村庄里的人文

汪国山 著

江西高校出版社
JIANGXI UNIVERSITIES AND COLLEGES PRESS

图书在版编目（ＣＩＰ）数据

村庄里的人文/汪国山著.－－南昌：江西高校出版社，2023.9（2024.9重印）

ISBN 978－7－5762－4226－3

Ⅰ.①村…　Ⅱ.①汪…Ⅲ.①散文集—中国—当代　Ⅳ.①I267

中国国家版本馆 CIP 数据核字（2023）第 173689 号

出 版 发 行	江西高校出版社
社 址	江西省南昌市洪都北大道 96 号
总编室电话	（0791）88504319
销 售 电 话	（0791）88522516
网 址	www.juacp.com
印 刷	三河市京兰印务有限公司
经 销	全国新华书店
开 本	700 mm×1000 mm　1/16
印 张	26.5
字 数	447 千字
版 次	2023 年 9 月第 1 版 2024 年 9 月第 2 次印刷
书 号	ISBN 978－7－5762－4226－3
定 价	70.00 元

赣版权登字－07－2023－707

引我乡愁读锦篇（序）

胡迎建

　　去岁将尽，寒风料峭，都昌汪国山先生来访，向我赠送厚重的两册书——他所著的《家训里的乡愁》《乡愁里的村庄》。我连日翻读，深感内容丰富，笔触细腻。国山与我既有乡谊，又是多年文字知己。我们结缘始于十年前：江西省诗词学会在萍乡市召开理事会，他作为都昌县诗词学会的带头人前来相聚。此后我一直关注他的研究，他笔耕不辍，成果迭出。这一次，国山辞别时嘱咐我为其即将出版的《村庄里的人文》作序。一位乡土文化研究者如此执着、勤奋地耕耘在都昌这片人文底蕴深厚的土地上，我深受感动。

　　都昌濒临鄱阳湖，是《尚书·禹贡》里所说的"彭蠡既潴，阳鸟攸居"一带。隔湖相望的是蒙青积翠的人文圣山——庐山。县境内，南有挺拔绮丽的南山，西北有气象氤氲的道教福地——苏山。沃土与丘陵相错绣，丛林与湖汊相掩映。千百年来，这里先后形成星罗棋布、或大或小的村庄，古往今来，繁衍无数生生不息的耕读人家。绵绵瓜瓞，创业远绍箕裘；俨俨华堂，传家恪遵礼义。维系各宗族团结的是孝义人伦、族规家训等，值得族人骄傲的是本族的杰出人物，还有无数不为外界所知的故事，我想这就是村庄人文之一义。

　　我油然想起，20 世纪 90 年代初，在台胞乡贤胡恺先生的倡导下，都昌历史名人研究会成立了。会长余星初是一位执着耕耘乡土文化的研究者、弘扬者,致力于研究乡先贤江万里、陶侃、余应桂、陈澔等人的生平事迹、著作。他们不仅是乡先贤,更是中华民族的精英与脊梁,在都昌家喻户晓。听闻余星初先生今年2月去世,我有挽诗以志哀恸,诗云:"自觉传承大任肩,耽文彰显邑先贤。广陵散绝谁能继,遥望茫茫云水天。"

不仅有余星初先生,还有徐观潮先生致力于都昌题材的文学创作,石和平先生致力于都昌名胜古迹的考证,詹良生先生致力于都昌红色文化的挖掘……诸位先生均为弘扬都昌文化下大力气,做大贡献。每当读到他们的著作或文章,我都感受到他们热爱故土的浓厚乡情。

与上述诸先生的研究路径略有不同,国山君长期奔走于乡村田园,访问记录,举凡族谱、村史、祠堂,还有口述史、活资料,均在他的研究范围内。国山君爬梳整理,日积月累,然后取精用宏,我想他积累的资料一定积箧盈筐。

全书共七辑,与他的前两部作品一样,此本亦收录100篇,根据每一村落的姓氏,择要引用宗谱中的"家训家规",如:"子孙有才,其族必兴。族中果有可期造之子弟,其父母即须课之读书,即家贫亦须设法培植。古来经济文章,无不从读书中出。族有英才,即可储为国家之用。"又如:"立身其正其言,待人以厚以宽,教子唯忠唯孝……做事不偏不倚,接物勿欺勿怠,处事曰谨曰廉,尊长必恭必敬,交友与德与贤。"刮垢磨光,家训家规既是箴规,又是勉励语,浸润儒家学说的营养,对于形成家族家风起到至关重要的作用,也是给后人留下的丰富文化遗产。今天将它摘录出来,实有提纲挈领的作用,暗示此文大意之所在。《村庄里的人文》一书有如下特点：

一、考证缜密，梳理分明。如"止马畈"村名的来历，是国山君从村里的但姓老人口中得来的口述历史，同时参考了《南阳但氏宗谱》所载：溁公"明正统年间由燕子窝迁居李师桥轩公店南止马畈"。"这句关于止马畈但村成村历史的记载，深究起来，其中所含人文历史元素颇多。"由此引出他的考察与推测。他考证始于明正统年间的止马畈村之来历与发展，旁征博引。又如他引述迁徙史料，考证冯氏一族之来由，考证冯椅之生卒年，既有逻辑推理，又有史料佐证；考证"读书坂"得名源于"冯说道在此办学"说，言之有据。再如写到苏山乡益溪舍胡村，他考证土目地名之由来，"梳理土目胡氏繁衍脉络"，依照"从远至近的线轴对胡氏姓氏文化做番探寻"，从历代胡氏的简史写到进士胡廷玉的前三代、胡廷玉自身的传奇、其四子与八女的事迹，国山君条分缕析，足见其掌握史料、从容驾驭的功夫。

二、追溯往古，兼写当今。这是此书的又一特色，但凡叙述一村，追溯其始祖，再叙其人文故事，又描绘当今现状，古今兼顾。如大港镇大港老街的周忠先生讲述的故事，从清末民初说来，带出民国年间锅炉厂的兴废、老街的变迁。周忠的祖父周义鼎，在"恒泰"前堂坐诊行医，在后堂药店济世。他家三代人的变故，折射出社会的变化、时代的轨迹。叙述巴家山村时，国山君从巴家人自四川迁来左里镇的过程，写到都昌巴姓五个村庄的繁衍脉络，乃至抗战时的村史。又如陶珠山村庄，"有千年瓷都景德镇的气息""村后的杨家背就有瓷土矿，明清时还有简易的瓷窑"，直至20世纪70年代，曾在景德镇任职的村上人江封富，在附近山顶取过瓷土，制成的瓷釉"白如玉"。陶珠山村头，建起了一座小型水电站,利用众山汇聚奔涌而下的山涧水发电。再如万户镇庄里余村,从溯源寻根之地黄坡垅与余村的始祖,写到余村人的故事,古今贯通。还有,他写了石家山村的古代,又写到启动新农村建设时,石家山村被作为徐埠镇的亮点村,发生了巨大的变化,一代代的袁姓石家山人赓续"卧雪家风",厚植家国情怀。

三、红色记忆,细节动人。如叙述汪墩乡后垅刘村时,写到这村里出过刘肩三,曾任红十军旅政委,与红十军军长周建屏情同手足,由此引出周建屏三次到都昌参加战斗,且去过刘肩三的家乡汪墩后垅刘村的故事,缅怀周建屏的红色人生。又写到汪墩乡后垅刘村村民身上的那抹红,引出刘嫦娥用乳汁救治伤员、刘书明舍命保住刘肩三故居、侯瑞香救护刘肩三之子、刘贤信勇护刘肩三的生动故事。国山君感叹道:"都昌子弟多奇男,血洒赣闽铸英魂。"再写到汪墩乡排门刘村人、战争年代的县委书记刘梦松的革命岁月。蔡岭镇望晓源村,与彭泽县兆吉沟接壤,国山由此叙述他到大浩山实地查访红色遗址的过程。正如国山所言:"我所写的不少篇目是挖掘并讲述都昌这片热土上革命烈士的红色故事。令我振奋的是,我和我的书写,也成了赓续红色故事、传承红色基因的一部分。"

四、环境画卷,空间展示。如写到陶珠山江姓村庄时,国山君描述道:"三面环山,唯北面入村处有平坦的水泥道。从入村的虎山数来,群山连绵,村中老者放眼指认,锁链坳、狮子山、九股山、社公山、含垅口、大山涧、杜家盘、卷水涧、虎脑涧、冷水涧、磨盘脑、自德冲、来龙筋、郎中山、团山……这些让村中后生无法辨识的一座座山峦铺展开来,群峰挺秀。早先环山的三面皆有斫柴、行旅之人踏出的山路,一条从

来龙筋到牌楼下,一条从舍垅口山岭到杭桥、陈吕两村,一条从大山涧山岭到杭桥老山村。"山乡丘陵,犹如山水画徐徐展开。

五、叙议穿插,亲切感人。如:"我们都昌人会读书,是在赣鄱出了名的。20世纪70年代后期,高考恢复,都昌学子井喷式地荣录各高等院校,至今势头强劲。那时便有俗语:'都昌人一会读书,二会养猪。''一会'说的是都昌'老师苦教、学生苦学',通过挤上高考'独木桥'以知识改变命运者众;'二会'说的是都昌农民勤劳持家,一家农户用潲水养一头或者数头猪,卖了换钱,几可温饱无忧。后来有都昌人将'一会''二会'装入逻辑之筐。"国山君的朴素话语,可谓精到,写出了都昌人勤奋读书、勤劳持家的个性。

六、文笔生动,读来有味。如:"直接以'读书'命名村庄,让人觉得村中屋宅里升腾起的袅袅炊烟里,分明有书气氤氲;也让人觉得阡陌间的泥土芳香里,亦分明有缕缕书香弥漫……都昌十都马蹄山上曾经响起的嘚嘚马蹄声,全然迥异于琅琅读书声,其间升腾起的是元末朱元璋与陈友谅大战的滚滚硝烟。马蹄山周边至今留有下阵塘、扎营凹等地名。大山村自古就汇聚文气与武烟,称得上'地灵'。"文武不同之气,写来声色俱全。

我脑海里不由得浮现出国山风尘仆仆于村头巷尾、笔耕不辍于灯下的身影。数年之间,他勾勒皴染,挥洒才情,推出如此厚重的都昌乡村人文三部曲,令我惊叹、敬佩不已。此书全面而又深入,融会贯通,达到如数家珍的境界,读来深浅皆宜,雅俗共赏。这正是对当今党和政府重视传统文化、振兴乡村诸方面国策的响应,也足以让人从中汲取文化营养,找回自信。

"江山代有才人出"，我相信，今后还会有年轻的文化人，继续在都昌这块人文热土上勤奋耕耘。最后感赋七律一首以结束琐语：

村落星罗千百年，人文底蕴积衍绵。

有君椽笔弘家训，引我乡愁读锦篇。

奔走搜寻资料广，研评叙议错综编。

苦心岂仅供谈助，教化还须故事传。

写于青山湖畔湖星轩

时在癸卯春

（胡迎建，生于星子，祖籍都昌，曾任江西省社科院赣鄱文化研究所所长，二级研究员。曾为中华诗词学会副会长、江西省诗词学会会长、江西省政府文史研究馆馆员。享受国务院特殊津贴。）

目录

一、红色记忆

二、源远流长

三、家族存史

目
录

3

四、文明新风

五、民俗风情

六、历史背影

七、缤纷人生

一、红色记忆

1. 汪墩乡后垅刘村（一）：红十军军长周建屏三进都昌

【刘氏家训】为有牺牲多壮志，敢教日月换新天。

关于"刘肩三和他的红色家族"，我在《乡愁里的村庄》一书中已书写了 9 篇，此为续篇。

曾任红十军政治部地方工作部部长兼第 7 旅政委的刘肩三，与红十军军长周建屏是情同手足的战友。1929 年秋至 1930 年秋，周建屏曾三次到都昌参加战斗，且去过刘肩三的家乡——汪墩后垅村。我们先来缅怀作为红十军"一军之长"的周建屏的丰功伟绩。

周建屏（1892—1938），原名宗尧，曾用名子炎，祖籍为江西省抚州市金溪县，生于云南省宣威市倘塘镇。中国工农红军和八路军高级指挥员，晋察冀军区四分区司令员，赣东北根据地和中国工农红军第十军的创始人之一。

周建屏的父亲周义忠是一个有识之士，在云南省宣威县（今宣威市）做地方小官。他给长子取名宗尧，字兴唐，就是希望儿子能效仿历史上的尧，将社稷复兴到唐朝时的兴盛。周宗尧 18 岁时报名参加云南新军，改名"建屏"，取"建立牢固的南疆屏障"之意。1909 年，周建屏考入云南讲武堂，在云南新军十九镇当兵，1911 年参加辛亥革命。他先后参加过护国运动、护法运动以及讨伐陈炯明叛乱的斗争。1926 年，周建屏进入黄埔军校学习，并参加北伐战争；1927 年春，加入中国共产党，转入朱德军官教导团，随后参加八一南昌起义；1929 年，被派往闽浙赣苏区担任军事指挥，与方志敏、邵式平等人合作，打下景德镇等多处要地，屡次击败国民党军队。1930 年 9 月，周建屏所部被扩编为红十军，周建屏担任军长。1933 年初，红十军被调往中央苏区，整编为红十一军，周建屏继续担任军长。1933 年 10 月，红军整编后，周建屏担任红 19 师师长，后又调任红 24 师师长，长征开始后率部留在南方进行游击战。1935 年，周建屏在一次战斗中负重伤,被送往上海抢救,次年伤愈后赴延安,任抗大第二科科长。1937 年 7 月,抗日战争全面爆发,周建屏参加洛川会议。红军主力改编为国民革命军第八路军后,周建屏任第 115 师第 343 旅副旅长,率部开赴晋东北抗日前线,参加平型关战役。之后,周建屏率部挺进五台山至河北阜平一带,发动群众,开展游击战争,建立敌后抗日根据地。由于艰苦的战争环境和频繁的转战、作战,1938 年 6 月 13 日,周建屏在河北省平山县小觉镇旧伤复发,不治去世,遗体安葬在他战斗过的平山县小觉镇。1939 年,晋察冀边区行政委员会把平山县小觉镇改名为建屏镇,1945 年 10 月,又以小觉镇为中心建立建屏县(1958 年与平山县合并),建屏县成为当时石家庄市第一个用烈士姓名命名的县。2014 年 9 月 1 日,周建屏被列入民政部公布的第一批 300 名著名抗日英烈和英雄群体名录。

戎马倥偬的周建屏首次踏上都昌这片红色热土,是在 1929 年秋,是年他 37 岁,正英姿勃发。2014 年由中共党史出版社出版、都昌县委党史办编著的《中国共产党都昌历史(第一卷)》的"组建赣东北第一游击大队"一节中,记载了周建屏以省特派员身份在都昌指挥建立革命武装的情形:

> 1929 年 9 月上旬,省特派员周建屏路经都昌,与都昌县委书记刘梦松取得了联系,在刘梦松公开工作的单位——县建设局的宿舍住了一晚。当晚,周建屏与刘梦松商谈建立革命武装的问题,拟在都湖鄱彭四县交界的武山地区创建游击区,与弋横苏区相呼应。在交谈中,刘梦松提出了夺取国民党汪墩靖卫团 12 支枪,并进一步攻打都昌县城的意见,他的意见得到了周建屏的肯定。周建屏还要刘梦松陪同他到县城各个城门、国民党县政府、县自卫大队和县监狱周围仔细察看一番。随后,周建屏在汪墩王滚垅村谭洪进家召开都(昌)湖(口)两县党组织负责人会议。都昌方面到会的有刘梦松、团县委书记吴士衡、县委组织部部长刘述尧;湖口方面的有县委书记谭和、团县委书记陈元绍、负责军事的周赓年等人。会议决定:第一,为了配合赣东北苏区的武装斗争,扩大根据地,在都昌、湖口建立一支强大的红色游击队;第二,行动计划是首先在都昌举行武装暴动,夺取汪墩靖卫团的枪支,再攻打县城,袭击国民党县政府的自卫中队,打开监狱救出被捕同志,然后转移到湖口活动;第三,为了便于今后斗争,决定由都昌方面负责秘密支援,湖口方面负责组织群众公开参加实际斗争。会后周建

屏同志又到汪墩街上仔细观察,同时对汪墩夺枪和攻打县城进一步做了细致、周详的部署。他们决定:夺枪后立即奔袭都昌县城,由高致鹤和吴士衡等同志分别把守县城东门和北门,暴动队伍一到,即打开城门迎接;城郊由家住北山刘家山村的刘书钟同志组织群众响应。这时,江西省委派朱某与刘述舜(都昌后垅村人)来都昌,在茅垅至善小学与谭和见面。朱某对周建屏的部署非常赞成,当即开会商定,由桑菊生去汪墩进一步侦察敌情,并通知打入靖卫团内部的共产党员刘书谅做好内应,及时送出情报。9月15日晚,周赓年率领15人的队伍从春桥头(都昌县春桥乡境内)出发,会同都昌的群众共100余人包围了汪墩街上靖卫团的驻地。这时刘书谅送出情报:靖卫团部只有一人站岗,其余的人都上街赌钱去了。周赓年和刘皋(都昌人)立即领人冲进去,缴获了11支枪,只有哨兵带一支枪逃跑了。后因时间不够,天色快亮,周赓年没有按原计划攻打县城,而是带队主动撤回茅垅,向湖口转移。他们随即在湖口城山乡的横山密庙成立了赣东北工农红军第一游击大队(简称"一队"),下设3个分队,每个分队有15人,连同工勤人员共60余人。队里有长枪22支、短枪5支,配以土铳、梭镖、大刀。队长为周赓年,指导员为汪笃辉。赣东北特委先后从景德镇调来余海楼、孙懋(均为都昌人)等7人担任副教官和号兵等。1930年初,一队发展到180余人,一支颇具战斗力的红色武装活跃在都昌、湖口两县的土地上。周建屏在都昌汪墩指挥夺取靖卫团11支枪的战斗,充分展示了他深入一线、工作细致、不打无准备之仗的良好素养。赣东北工农红军第一游击大队在战火中淬炼,经受血与火的考验。1930年7月下旬,都昌汪墩老屋刘村人刘龙嗣率领10余人激战突围,在乐平汇入刚刚组建的红十军。红十军宣告光荣诞生是1930年7月22日,在江西乐平县(今乐平市)界首村举行了建军典礼,军长为周建屏,政委为邵式平。周建屏第二次征战都昌,发生在1930年8月红十军第一次出击赣北之时。

都昌党史资料如此记载:

　　周建屏对都昌的情况很清楚,一年前他同都昌和湖口的县委领导共同策划了汪家墩夺枪,事前他还专门到都昌县城去了一趟,与中共都昌县委书记刘梦松一道察看了县城的地形和防守情况。所以,他认为攻打都昌县城与党中央"夺取九江,截断长江"的战略意图关联性不大,便命令部队通过都昌的马涧桥、蔡岭直插湖口。8月30日,红十军撤出鄱阳,进入都昌,次日在马涧桥与都昌县国民党保安队孙光林部相遇,随即展开了一场激战。孙光林部埋伏在马涧桥附近,当红十军一部通过马涧桥后,孙光林以为红十军已经全部走过去了,即从后面进行偷袭。谁知红十军的后续队伍听到枪声,迅即赶来,前面的红军队伍又回头开火。在两面夹击下,孙光林部溃不成军,被红军活捉了20余人。孙光林把指挥旗绑在树上,自己则仓皇逃走了。红十军在周建屏带领下进驻徐家埠。刘肩三率19团奔袭20余里,在汪墩排门村烧毁了刘士毅的房屋,处决了刘书会等欺压百姓的土豪劣绅,筹集了大笔军款。这时,周建屏带领红十军进入湖口县境内。

周建屏审时度势,带领红十军在湖口取得江桥大捷,于1930年9月5日夜率领红十军经都昌张家岭、大港和鄱阳肖家岭回师景德镇,返回赣东北根据地。周建屏浴血奋战,第三次驰骋在都昌,是1930年10月带领红十军第二次出击赣北之时。1930年10月10日,红十军挺进都昌,驻扎在大港、蔡家岭、张家岭一带。邵式平与周建屏等军部领导在蔡家岭街王成松家召开会议,制订了一个兵分两路、声东击西的作战方案:由周建屏率领第4、第7旅潜入鄱阳、彭泽边界,伺机袭击彭泽县城,占领马当,以达到"截断长江交通"之目的;邵式平率领红1旅和特务团在都昌、湖口交界的蔡家岭、张家岭、西洋桥一线,佯攻湖口县城,把敌人的注意力引向湖口,掩护周建屏攻打彭泽县城。周建屏率领红十军第4、第7旅由都昌大港移至鄱阳县肖家岭和彭泽县的唐家洲一带,于10月16日顺利攻下彭泽县城。红十军乘势攻下安徽秋浦县(今宣州区)后,跳出国民党军包围圈,回师景德镇。

周建屏三进都昌,展示了他在战场上顶天立地的一面。"无情未必真豪杰",他亦有大丈夫侠骨柔情的一面。周建屏参加八一南昌起义后,告别新婚妻子龚文卿,南下广东。1932年5月,龚文卿在朋友的帮助下,从南昌进入赣东北根据地。周建屏见到阔别5年的妻子,惊喜万分。

1933年,周建屏奉命调到中央革命根据地工作,他与革命伴侣龚文卿又一

次分别。此后,周建屏在粤赣山区进行艰苦卓绝的游击战争,又到硝烟弥漫的滹沱河畔抗日杀敌。1938 年 6 月 13 日,周建屏因积劳成疾,不幸病逝。临终前,他还惦记着身在白区、生死不明的妻子,他对守候在身边的战友邵式平、胡德兰等同志说:"全国革命胜利后,你们回到老家去,请代我向苏区人民问好,如果找到了文卿,就说我一直想念她。"

　　周建屏在太行山下去世,生命定格在 46 岁,离他第一次踏上都昌整整过去了 10 年。在周建屏数十年的戎马生涯里,"三进都昌"留下了闪光的一页,鄱阳湖畔传颂着英雄的故事……

2. 汪墩乡后垅刘村（二）：村民身上的那抹红

汪墩乡后垅村有刘肩三家"一门五烈"的壮烈，也有"一村十烈"的荣光。据载，1930年前后，后垅村只有16户人家60多位村民，却有13人加入了中国共产党，9人献身革命。革命后垅村，漫卷大赤旗。2022年布展的后垅村"刘肩三教育纪念馆"里，在展示烈士们舍生取义、慷慨捐躯的同时，也生动呈现了忠心耿耿、初心如磐的典型村民的红色故事。

刘嫦娥用乳汁救治伤员

村妇刘嫦娥用甘甜的乳汁救治农民赤卫队队员的故事，在后垅村一直传颂着。刘嫦娥的婆家是左里龚家嘴村，丈夫是一位乡间中医。1929年一个风雨交加的晚上，汪墩、徐埠两区的农协代表秘密在分水岭上的一间茅草房里召开会议。因消息走漏，会场被敌人包围。参加会议的游击队员刘圣年挺身而出，与敌人周旋和搏斗，掩护其他同志及时转移。刘圣年有意引着敌人向操武岭方向追赶他，被追上来的敌人凶狠地推下山，敌人以为他必死无疑。当晚，后垅村红色交通员刘嫦娥听闻赤卫队员遇袭，便带着丈夫和老乡在山间找到了生命垂危的刘圣年，将他抬回家，把他藏在存放中草药的一个地窖里，并给他疗伤，刘嫦娥的丈夫替刘圣年包扎伤口、敷中药。此时奄奄一息的刘圣年嚅动着干裂的嘴唇，说出一个"水"字。可地窖一时无水，正值哺乳期的刘嫦娥情急之下转过身去，用一个小茶缸挤了一小半自己的乳汁，喂入伤员口中。

当时缺衣少药，而刘圣年的身体又极为虚弱，刘嫦娥有一个不到半岁的儿子，正处在喝奶期。为人母的刘嫦娥每天除了给儿子喂奶，还要挤出一小碗乳汁给刘圣年喝，给他滋补身体。经过足足三个月的精心照料，刘圣年伤愈归队。新中国成立后，当地政府认定刘嫦娥为老革命，褒奖她为革命所做的无私奉献。

刘书明舍命保住刘肩三故居

汪墩后垅村是都昌革命的发源地之一，敌人对它恨之入骨，扬言"人要过刀、屋要过烧"。当年村里拥有较大的祖堂，分上、下屋。祖堂东边的黄梅厅上下屋、万烈公上下屋、村小学,以及刘贤振、刘贤扬、刘肩三大家族的 11 处房屋全部被烧毁。凶残的敌人一直想活捉刘肩三,可刘肩三的身影仍活跃于战斗一线。恼羞成怒的敌人又使出一招——放火烧烽火厅内刘肩三家的一间厢房。

穷凶极恶的敌人搬来干柴、松毛封住了烽火厅的大门,在烽火厅中间厢房点着火。这时,村里年逾八旬的刘书明老人拖着生病的老伴汤凤娇,拼命扑灭了厢房里的火。不一会儿,敌人又点燃了烽火厅的大门。刘书明对敌人怒吼道:"烧刘肩三的一间房,连着烽火厅的六间就会全被烧掉,我们刘家就无家可归了,你们总要讲点儿人性。要烧先烧死我老两口!"在刘书明老人的正气感召下,后垅村的男女老少手挽手、肩并肩,组成人墙。敌人用枪托砸人,但是没有一个人松手退缩。敌人还是把火点了起来,之后仓皇离去,刘书明组织村民把火扑灭。但烽火厅中间的两间大厢房还是被烧毁,后来坍塌了。

刘肩三故居是一座很有纪念意义的革命遗址,曾是刘肩三、刘述尧、刘述舜三任都昌县委书记为革命奔波时的驻足之地,见证了都昌如火如荼的农运,承载着当地党组织发动群众抗击敌人的使命,是宝贵的红色遗址。斑驳的外墙、焦黑的门梁像在诉说着当年残酷的斗争情形。2020 年,都昌县委组织部连同多方筹资,对刘肩三故居进行修复。南昌的黄风雷先生不计名利承担了维修工程。刘极灿先生题写了"刘肩三故居"匾额。此故居现已成为都昌的一处红色教育和研学基地。

侯瑞香救护刘肩三之子

1930 年 11 月刘肩三壮烈牺牲后,敌人多次想斩草除根,杀害刘肩三独子刘继忠。

后垅村的红色交通员刘贤仁利用在农村走村串户、从事贩牛生意的便利,获悉汪墩靖卫团过几天要来后垅村捉拿刘肩三 9 岁的儿子。刘肩三的遗孀成冬姣当即和村里的侯瑞香商量对策。沉着冷静、深明大义的侯瑞香让成冬姣把儿子刘继忠送到她家,她有一个儿子出生于 1917 年,比刘肩三的儿子刘继忠大四岁。她儿子和刘继忠都骨瘦如柴,容貌相像。数天后的深夜,敌人上门,用枪指着侯瑞香的脑袋问:"哪个是你的儿子?"侯瑞香临危不惧,坚定地回答:"这是我的老大和老二,都是我的儿子!"敌人料想一个弱不禁风的农妇不敢隐瞒实情,便转过头去捉拿成冬姣,成冬姣早已躲起来了。第二天天未亮,成冬姣就带着儿子走上逃难之路,含辛茹苦地养育刘肩三的亲生骨肉。新中国成立后,刘肩三的独子刘继忠曾担任都昌县政协副主席。刘肩三的嫡长孙刘同颜曾任九江县委书记。近年来,刘同颜老人赓续红色血脉,传承红色基因,为打造后垅红色名村付出艰辛努力,做出突出贡献。

刘贤信勇护刘肩三

1911年出生的汪墩后垅人刘贤信曾学过武术,从15岁开始便追随族兄刘肩三闹革命,后任红十军警卫排长。

1927年,刘肩三到余干县担任县委书记,带上了赤胆忠心的刘贤信。当时刘肩三有一个很重要的任务,就是为方志敏领导的弋横根据地红军游击队收购武器弹药,筹集根据地所需要的各种物资,如布匹、食盐、药品等。而安全运送这些战备物资就是刘肩三交给刘贤信的首要任务。刘贤信想了很多办法,比如用条椅或竹床抬"病人",用棺材抬"死人",或装扮成小贩用麻袋挑"鱼干"做掩护,秘密运送枪支和物资。仅在1928年4月,他就一次性将8支步枪、4支手枪运送到方志敏的家乡方家墩码头。

刘贤信生前回忆峥嵘岁月时说:"记得是1929年中央安排刘肩三从上海到景德镇做'扩红、筹款'工作,刘贤桢叫我来景德镇。当时得知是做刘肩三的警卫员,我非常高兴。刘贤桢把我打扮了一下,头发发型变了,服装换成保镖式样,还给我配了一把手枪,我自己身上4把匕首日夜不离身。当时我看到刘肩三日日夜夜沉浸在工作中。那时他在'平民夜校'里演讲,来的全是都昌人,南峰、芗溪、万户人最多。他讲得最多的是工人要团结起来,红军是穷人的队伍,穷人和穷人在一起闹革命,才有出头的希望,动员他们参加红军。有人问他参加红军有什么好处。他笑着说,发2块银圆,干革命有饭吃、有衣穿,报家仇、雪国恨。大家听后高兴得很。后来方志敏领导的红军独立团攻打景德镇,我跟着刘肩三跑个不停,在都昌人集中居住的区域,如戴家弄、豆腐弄、刘家弄等40多处张贴征兵布告。那些天,我几乎日日夜夜跟着刘肩三,接待报名参加红军的都昌籍年轻人。年轻人个个神气十足,高兴得不得了。他们把得到的2块银圆交给刘贤桢,要他做件好事——帮他们寄到家里。后来红十军成立了,刘肩三的警卫员换成他的亲侄子刘述禹,我当上了第19团警卫排长,团长是贵州人。刘肩三进了部队,任19团政委。这时红军遵照中央进一步扩编的指示,任命刘

肩三兼任地方工作部部长。他安排刘贤桢留下,继续和新来的都昌工人们一起交朋友,动员他们加入红十军。两个月后,红十军再次进入景德镇,数千名都昌籍工人报名参加红十军。"

刘贤信还留下了红十军政委邵式平来到都昌汪墩后垅村刘肩三家乡的回忆:"在刘肩三牺牲的一个月前,红十军第二次进驻都昌徐埠,刘肩三已是军地方工作部部长兼第 7 旅政委。邵式平政委安排刘肩三兼都昌县委书记创建根据地。这次邵式平高兴地布置了任务,说明天上刘肩三家去。第二天邵式平、刘肩三各骑一匹马,我作为警卫排长带着 20 多位战士分两组警戒,保卫首长,从白家山坳来到后垅村。邵式平中途在亭内休息了一阵子,又和他们一行人商谈建立根据地的事项。刘肩三安排我买了几斤肉。他们在后垅村做了什么,我不清楚,只知道吃了中饭后走白家山间小路,到了汪墩蒲塘庙。他们与老师们一起交谈了一阵子,之后回到了徐埠。"

刘肩三的嫡长孙刘同颜 1964 年考取华中工学院(今华中科技大学)。他同父亲刘继忠去过时任江西省省长邵式平的家。邵式平用红烧肉招待昔日战友的儿孙,还深情谈及 34 年前刘肩三在汪墩招待他的情景,餐桌上那一碗香喷喷的红烧肉至今仍让他记忆犹新。

3. 汪墩乡后垅刘村(三):刘同颜在红色名村里的"三步走"

"最美不过夕阳红,温馨又从容",这是对老年生活的深情礼赞。当夕阳里的那抹红,与象征革命的红色激情相融,这"夕阳红"似乎显得更加笃诚。

2022年,刘同颜77岁。1964年,他就读于华中工学院(现华中科技大学),1970年被分配到云南保山农机厂工作,1973年3月调入都昌县农机厂;1977年任县农机厂党总支副书记、厂长;1981年后历任都昌县工业机械局副局长,县工业总公司党委书记、总经理,县经济委员会党组书记、主任,县商业经济委员会党委书记、主任;1987年5月,任都昌县人民政府副县长;1990年4月,任都昌县常务副县长;1992年6月离开都昌后,先后任永修县委副书记、县长,九江县委书记,九江市总工会主席等职。这位1975年入党的老干部,近年来怀着一腔赤诚,践行如磐初心,赓续红色血脉,展示了一位老干部踔厉奋发、笃行不怠的风范。在2022年的酷暑时节,刘同颜向我讲述了他近年来以弘扬爷爷刘肩三烈士的革命精神为切入点,传播红色文化的故事。

刘肩三(1892—1930),都昌县汪墩乡后垅村人,著名革命烈士。在他的红色档案里,留下了光彩耀目的篇章:五四运动期间的江西学生领袖之一;1926年2月加入中国共产党,是都昌党组织五位创始人之一;曾任余干县委书记、都昌县委书记、都湖鄱彭四县总指挥;在军中曾任红十军政治部地方工作部部长兼第7旅政委,为红军在景德镇扩编做出了不可磨灭的贡献……1930年11月,刘肩三壮烈牺牲。刘肩三的事迹被收录于《中共党史人物传(第36卷)》。刘家"一门五烈",即刘肩三及其二哥刘贤扬,刘肩三侄子刘述尧、刘述舜、刘述禹。其中三位担任过革命年代的都昌县委书记。刘肩三的独子刘继忠(1921—1999)也是一位老革命,生前曾任都昌县政协副主席。刘同颜作为刘肩三烈士的嫡长孙传承红色基因,凝聚奋进力量,展示老干部风采,令人敬佩。他老有所为,投身于打造家乡汪墩乡后垅红色名村,可以说坚实地迈出了"三大步"。

第一步,收集与宣传"一门五烈"的故事,营造浓厚的红色文化氛围。刘同颜作为烈士后代,无论在哪个岗位,心中始终怀有红色情结。2015年9月,刘同

颜推动出版了《一门三代的信仰追求——刘肩三和他的后人》(江西人民出版社,2015年),以此纪念刘肩三诞辰123周年。他全身心地投入把生他养他的家乡后垅村打造成红色名村的事业,是从2019年开始的。2019年6月,已74岁的刘同颜遇到江西省委党史研究室有关领导,领导得知他是著名烈士刘肩三的嫡孙,便谈及刘肩三的亲密战友方志敏的英雄事迹。领导建议刘同颜向方志敏烈士的后代学习,以烈士后代的身份为弘扬烈士精神,做一些有意义的事。刘同颜心中那份红色激情被点燃,他觉得将余生用来传承红色基因、弘扬红色文化,既是对以爷爷为代表的后垅村"一门五烈"的告慰,也是一个老干部不忘初心、牢记使命的实际行动。

刘同颜深知,要宣传革命烈士的光辉事迹,首先要深入了解革命烈士壮烈的人生,尽可能多地掌握第一手资料。从2019年盛夏开始,刘同颜追寻着刘肩三烈士的革命轨迹,到本县的汪墩、徐埠、蔡岭、和合、万户等乡镇和南昌、景德镇、余干、鄱阳、彭泽等地,遍访党史部门和相关人员,搜罗刘肩三烈士的英雄事迹。刘同颜还到上海市档案馆,查阅与红十军有关的红色史料。他总是早上6点进入馆区,下午6点带着满满的收获走出馆区。在上海,经人介绍,他结识了陈毅元帅的孙子陈军,陈军的外公粟裕大将当年也是红十军团的领导人之一——他们同为"红三代"。陈军送给刘同颜一本《中共党史人物传(第36卷)》,这本书就收有刘肩三烈士传记。后来,刘同颜自费买了1000本,将此书分送给有关领导和身边的"红粉"。

刘同颜在对后垅村和都昌地方党史有了较全面的研究后,应邀参加了都昌县委宣传部门组织的红色宣讲团,赴和合、万户、南峰等乡镇和县财政局、城建局等县直单位,做红色文化宣讲报告。他是烈士后代,又是德高望重的老干部,每次宣讲都好评如潮。

第二步,修建革命烈士纪念设施,打造红色文化载体。近四年来,刘肩三故里汪墩乡后垅村的红色资源不断被挖掘,红色文化载体不断丰富。"一门五烈"的不少后裔尽心出力,投身于这项红色基因传承事业中,刘同颜也为之付出了心血。汪墩后垅烈士陵园是1976年由汪墩公社和县民政部门修建的。2019年,刘述尧烈士的儿媳陈千姣老人牵头,进行过一次扩修。2021年,中国共产党成立100周年,在当地党委政府的重视下,刘同颜参与了对后垅烈士陵园的升级扩建工程。2021年4月,九江市委宣传部、市史志办向全市公布并推介30处九江红色地标打卡地,后垅烈士陵园名列其中。2021年11月,九江市人民政府公布第一批市级烈士纪念设施,汪墩后垅革命烈士纪念碑名列其中。2019年底,刘同颜给时任江西省委常委、省委组织部部长刘强写信,认为后垅村的红色历史应该大力宣传。在刘述尧烈士的嫡长孙刘共平的积极联络下,省委组织部、省委宣传部、省委党史研究室、省农村农业厅将后垅村补录为全省"红色名村"。

刘肩三故居1930年曾遭国民党反动武装焚烧。刘同颜主张修旧如旧,都昌县委组织部从党费中拨付15万元予以支持,江西省金尚文物古迹保护工程有限公司的黄风雷总经理在施工期间也做了不少贡献。2021年动工兴建的刘肩三教育纪念馆基本建成,耗资300余万元。后垅村还被纳入全县秀美乡村建设示范村,红色、古色、绿色交相辉映,村容村貌焕然一新。据统计,近四年来,为打造后垅红色文化名村,各方拟投资立项超800万元。

第三步,做实红色名村文旅产业,彰显红色文化品牌。刘同颜作为一名从家乡走出去的老干部,已成为汪墩后垅村彰显红色文化品牌的标杆式人物。对于未来的工作思路,"不用扬鞭自奋蹄"的他提出"让烈士活起来,让村庄美起来,让产业强起来"的目标。在红色氛围日渐浓厚、红色设施日渐完善之后,刘同颜和村里其他烈士的后代把目光瞄准红色旅游业,以带动后垅村的发展。都昌县委、县政府着力将后垅村打造成全县党史学习教育常态化、长效化的示范基地。老干部刘同颜融入其中,乐此不疲。来后垅红色教育基地开展党日活动的党员一批又一批,有省直机关工委、省公安厅等省直部门的党员,也有县内各基层党组织的党员。刘同颜只要在村里,总是当义务讲解员。近一年来,有3万余人次到后垅村接受红色教育。都昌后垅村已成为市直机关工委党史教育基地、全县老干部"红色课堂"基地、全县中小学生红色教育基地。刘同颜还担任都昌县红色文化研究会的首任会长,推动都昌红色文化理论研究走实、走深。2022年6月27日,江西省红色文化研究会在省委党校组织了一场纪念刘肩三烈士的座谈会。2022年9月30日,是全国第9个烈士纪念日,都昌县委为刘肩三教育纪念馆举行了揭牌仪式。现在,红色名村后垅村与县城南山的都昌第一个中共党小组成立旧址、汪墩茅垅村、蔡岭望晓源中共都湖鄱彭中心县委旧址等红色地标连成一线,都昌红色旅游蓬勃兴起。如今,刘同颜在规划建设后垅红色民宿,带动村民依托红色教育资源增收致富。

　　刘同颜的红色旅程"三步走"带给老干部的启示是"三同"：一是要夯实"信仰之基"，做到与主旋律同频；二是要发挥"晚霞之热"，做到与正能量同力；三是要展示"银发之彩"，做到与新时代同步。一位红色老人，一路勇毅跋涉，深情的红色故事还在演绎……

4.汪墩乡后垅刘村（四）：邵宪康在刘肩三故里的红色之行

　　邵式平，是一个在中国革命史和社会主义建设史上熠熠生辉、光照千秋的名字。邵式平（1900—1965），江西弋阳县邵家坂人，是我党我军早期的无产阶级革命家、军事家，著名的农民运动领袖，是弋横暴动的主要领导人之一、闽浙赣苏区和红十军的创建者与领导者之一，也是闽赣苏区的创建人和主要领导人之一。新中国成立后，他担任江西省人民政府第一任省长，从1949年至1965年，任职时间长达16年，为江西这片红土地的发展可谓呕心沥血、鞠躬尽瘁。我在采访"传家训扬新风"系列时，自然熟知红十军1930年两次出击赣北时，作为红十军政委的邵式平先后两次在都昌留下战斗足迹的相关史料。采写都昌一些老革命的人生经历时，我也经常听到他们的后代讲述"邵省长"关心红色家庭的故事。我在日常生活中也总能感知到邵式平主政江西时的不凡政绩，从县城坐车经新妙圩堤（多宝人口头上喜称"大坝"）回多宝乡洛阳村委会蛇山垅汪村的家中，有时会想到这"新妙大坝"最初就是邵省长命名的；偶尔去南昌行走于八一大道，有时会想到这宽阔的省城通衢的设计者就是邵省长，有资料说邵式平当年要建"50年不落后"的八一大道，规划宽度是81米，后在各方压力下缩减至61米；毕业于江西农业大学的朋友，有时溯母校之源，也会想到母校的创办者就是有"教育省长"之称的邵式平，当年江西农业大学是全国首创的半工半读的"共产主义劳动大学"。所以，在2023年仲春，刘肩三烈士的嫡长孙刘同颜先生告诉我，邵式平的外孙邵宪康先生要来都昌汪墩后垅刘村，实地察看"式平亭"的建设，并开展一次红色之行时，我当然高兴地表示愿意陪同，乐于从邵式平后人的身上去感知红色教育，丰富都昌红色文化史料。我与邵宪康先生早先是互相加过微信的，当我用微信打语音电话给他，对他的都昌之行表示欢迎时，他提及我在微信朋友圈所发的"传家训扬新风"系列，并予以肯定。

　　2023年3月27日上午，邵宪康先生从南昌专赴都昌县汪墩后垅刘村，同行的还有红十军军长周建屏烈士的外孙女吴爱华和曾外孙姜昊君。红十军两位主要创建者和领导者的后代，同赴曾任红十军旅政委兼地方工作部部长的刘肩三烈士的家乡,这红色之行便显得特别有意义。

邵宪康先生退休前担任过中国银行江西分行的纪委书记,2020 年 11 月 18 日在都昌将《邵式平同志遗墨》《邵式平诞辰 110 周年纪念》画册捐赠给都昌县档案馆永久收藏。邵宪康先生此次后垅之行,是他第二次来都昌。在刘肩三故居,刘同颜先生展示了都昌红色文化书籍《信仰的力量》的题字,并讲述了刘肩三与邵式平、周建屏并肩作战,特别是 1930 年在都昌后垅刘村的一些难忘的交往故事。刘同颜将邵式平与刘肩三在倥偬岁月结下的战斗友谊概括为四个阶段。

一是支持弋横暴动的"枪支相送"阶段。1927 年 8 月党的八七会议召开后,刘肩三被党组织派往余干县担任县委书记,不久即接到为方志敏、邵式平领导的弋横暴动建立的弋横根据地收购、输送武器弹药的任务。刘肩三为了支援以弋横为中心的红色割据区域的发展,对收购枪支弹药一事抓得很紧。他多次讲:"革命需要枪,可我们手里没有兵工厂,只有从敌人手里缴来,再就是买些来。"为了将收集来的军械物资安全送到根据地,刘肩三和同志们想尽了办法,如用条椅或竹床抬"病人""死人"运送枪支,装成小贩用麻袋挑"鱼干"遮蔽枪支,用土车推晒簟等做掩护,秘密运送枪支和子弹。仅 1928 年 4 月,他一次将 8 支步枪、4 支手枪顺利地送到弋阳方家墩。由此,邵式平与刘肩三相识,并了解了刘肩三对党的事业的忠诚和出众的工作能力。

二是景德镇"扩红"运动中的"赤诚相携"阶段。1928 年底,刘肩三调任中共信江特委委员,不久赴上海学习工人运动经验。1929 年 7 月,他从上海返回,在景德镇从事工人运动。景德镇有个都昌人聚居的码头,俗称"无都不成村",景德镇窑、徽、杂三大帮中,居首的"窑帮"即瓷业系统,基本上以都昌人为主。刘肩三化名张定东,利用同乡关系,经常深入窑场、坯房、匣钵厂和工人交朋友,秘密发展党团和工会组织。到 1930 年 7 月,赣东北红军独立团攻入景德镇时,参加各种革命组织的工人达数千人。1930 年 7 月 6 日,由于地下党和工人们里应外合,赣东北红军独立团轻而易举地攻下了景德镇。红军进入景德镇,一下猛扩至 2000 余人,其中有整营、整连的都昌籍战士。刘肩三为"扩红"做出了特殊贡献,同时还为红军筹款,得到方志敏、邵式平的高度赞赏。红十军成立后,刘肩三调入部队,起初任红十军第 19 团政治委员。

三是红十军二进都昌的"兄弟相交"阶段。红十军于 1930 年 9 月初、10 月初两次进赣北,作为政委的邵式平亲临都昌,与这片热土上的人民骨肉相连,与后来担任红十军第 7 旅政委兼地方工作部部长的刘肩三更是亲如手足。邵式平身材高大,待人大气,在同志间有"邵大哥"之称,可 1930 年邵式平口中的"大哥"却是比他大 8 岁的刘肩三。据当年刘肩三的警卫员刘贤信(后垅村人)回忆,1930 年 10 月初的一天,他带着 20 多个红十军战士,随同邵式平、刘肩三从驻地徐埠来到后垅村。邵式平、刘肩三各骑一匹战马,从白家山坳入村,在村东头的一座亭子里歇息(新建的式平亭现址处),商量在都、湖、鄱、彭建立根据地的事。刘肩三让家人买来数斤肉,邵式平在后垅吃了一餐令他终生回味无穷的都昌红烧肉。

四是掩护红十军主力转移的"生死之托"阶段。1930 年 11 月上旬,邵式平在鄱阳肖家岭组织召开紧急会议,决定放弃红十军强攻九江的冒险计划,撤回老苏区,而在都昌、湖口、鄱阳、彭泽一带建立武山根据地,一方面继续发动群众与敌人斗争,另一方面为红十军主力撤退做掩护。这是一项十分艰巨的任务,可以说是生死未卜。邵式平以征询的口气问在场的红十军领导,谁留下合适?话音刚落,刘肩三主动站出来,坚定地表示,自己是当地人,熟悉情况,义无反顾地要求留下。邵式平对刘肩三十分信任,也知道他是最合适的人选,于是当场宣布刘肩三为都湖鄱彭四县总指挥,并兼任都昌县委书记。邵式平同时安排留下了二三十个红军战士,以都昌籍的为主,并配发了枪支,带领四县赤卫队坚持斗争。1930 年初冬的那场分离,成为邵式平与刘肩三的生死诀别。十余天后,刘肩三被疯狂"围剿"都湖鄱彭根据地的胡祖玉国民党军第 5 师第 28 团围困,在彭泽县黄板桥被捕,1930 年 11 月 17 日壮烈牺牲。

刘同颜先生在近期编印的地方红色读物《信仰的力量》中,如此记述邵式平在新中国成立后关心当年亲密战友刘肩三家人的情景:

> 邵式平从老革命向法宜(都昌汪墩人,1947 年曾任都昌县县长,对刘肩三独子刘继忠尽心保护)处获悉刘肩三烈士的家人还在,他非常高兴。1952 年 12 月 18 日,邵式平省长派人将刘肩三的妻子成冬姣和当时在省委党校学习的儿子刘继忠接到家中。见面后邵式平对昔日战友刘肩三的妻儿嘘寒问暖,问他们这 20 多年是怎么走过来的。他动情地说道:"我的战友刘肩三在 1930 年 11 月上旬,由红十军军部决定,第七旅政治委员的他留在根据地开展对敌斗争,红十军主力按命令撤退。当时军部安排了几十名干部战士组成了都(昌)湖(口)鄱

（阳）彭（泽）四县指挥部，由刘肩三兼任总指挥。这次命令是我亲自宣布决定的，想不到的是，从此就永别了！肩三是好样的，是一名优秀的共产党员，是一名红十军的好领导。我一直惦记着你们家的情况，今天见到你们心里格外高兴。肩三有幸，妻子健在，儿子成人。我想起向法宜还给我讲过，刘肩三的儿子和向法宜在都昌和平解放期间带领队伍剿匪是立了功的！我感谢你延续了肩三的血脉。今后家中有什么困难，随时都可以找我。我与肩三有特殊感情，在大革命时期，我任中共景德镇市委书记，能干得好，肩三帮了大忙，因都昌籍的瓷业工人太多，肩三同他们关系很融洽。1930年8月，红军扩编，由红军独立团扩编组建红十军，刘肩三一下子就动员了几千名都昌籍工人加入红十军，刘肩三是一位很有名气的工人运动领导者。"

在汪墩后垅这座全省红色名村，刘同颜向邵宪康动情地讲述，1964年他参加完高考在焦急地等录取通知，奶奶成冬姣让爸爸带着他去邵式平省长家。那时的邵式平已身染重病，但见到昔日亲密战友的子孙兴致很高。邵式平的妻子胡德兰搂抱着刘同颜，叫他的乳名"大头"，喃喃地说："刘肩三留下了亲骨肉，有子有孙，多好！"那天中午吃饭时，邵式平回忆起34年前在刘肩三家吃过的终生难忘的红烧肉，随即将大块的红烧肉夹在有点儿胆怯、羞涩的刘同颜的饭碗里。

在刘肩三故居短暂交流了一会儿，刘同颜和专门从九江赶来陪同的市党史办和都昌县史志办的领导陪同邵宪康一行，去拜谒后垅革命烈士陵园，参观2022年新建成的刘肩三教育纪念馆和已初建成的"邵式平亭"。刘肩三"一门五烈"、后垅村"一村十烈"的红色故事动人心魄，邵宪康怀着一份崇敬的心情，瞻仰烈士纪念碑，对纪念馆的每一展区都看得很认真。他向我讲起邵式平的红色家训家风。

邵式平和妻子胡德兰先后生育过二男三女。在艰苦险恶的战争环境下，邵式平、胡德兰这对革命夫妻将生死置之度外，听从党的召唤，四处奔波。哪有一檐可安小家？五个子女中，一个因患病得不到救治而夭折，另外四个都被亲戚或老乡收养。邵式平的大儿子小名叫胡崽，上有一个姐姐，出生于1927年，就是邵宪康的母亲邵佳玲。作为老二的胡崽寄养在弋阳县老家邵家坂的邵式平嫂嫂家。有一天，邵式平嫂嫂带着5岁的小胡崽住在邻村的一座破庙里。胡崽去乞讨，被仇恨共产党的国民党地方武装人员诱骗到一处水碓房，在碓臼里被碾压致死。邵式平抗战期间曾在延安托人找过被寄养的儿女们,一直无果,新中国成立后只成功找回大女儿邵佳玲。邵佳玲在南昌银行系统参加工作时,邵式平曾语重心长地对她说:"你是省长的女儿,但你是一名普通党员的女儿,无论干什么工作都要靠个人努力,可别指望我能帮你。"邵佳玲谨记父亲教诲,在一个普通的工作岗位上默默工作了40年,多次受到上级表彰,直至退休也没向组织提过任何过分的要求。为了使邵佳玲全身心地投入学习和工作,邵式平和老伴把四个孙辈接到身边抚养。"外公从不溺爱我们。"邵宪康骄傲地说,"他不许我们坐他的小车,不准我们告诉别人我们是省长的后代,更不许我们搞特殊化。"邵宪康清楚地记得,小时候谁要是把饭粒掉在桌上,外公外婆就会用筷子敲谁的脑袋,桌上的饭要捡起来吃掉,不许剩菜剩饭。"某年冬天早上,我和姐姐都带了馒头上学校,哪知馒头硬得实在吃不下,我们便把皮剥下来扔了。"邵宪康说起这件事,心中充满惭愧,"当天晚上,外公知道了这件事,把我们俩从床上拎起来打了一顿'板子'。"三年困难时期,邵式平规定家里不能吃肉,菜以茄子、南瓜为主。"小弟弟因吃厌了南瓜,有一次偷偷将南瓜倒在沙发下面。外公知道后,不因年幼而袒护他,一样进行了责罚。"邵宪康感慨地说,外公的严格要求影响了他们一生。1962年,邵式平积劳成疾。他在病榻上写下"俯仰不愧天与地,此出阳关任褒贬"的诗句。

战争年代,作为红十军政委的邵式平在1930年两次出击赣北,在都昌大地驰骋过;和平年代,作为一省之长的邵式平情牵都昌,对当年与他并肩战斗过的健在的老革命格外关心,对烈士后代倾情关爱,对这片土地发生的翻天覆地的变化尤为关注。都昌新妙大坝1960年9月开工建设,1962年竣工,如今是都昌五座万亩圩堤之一。新妙湖圩堤,当年叫北庙湖大坝。1960年10月28日,邵式平从星子县(今庐山市)来都昌视察,亲笔题写"新妙大坝"四字,从此,北庙湖更名为新妙湖。邵式平人文修养深厚,能诗善文,特别是书法,以行书见长,方正中有灵动,堪称一代书法家。都昌南山烈士纪念亭里的"革命烈士永垂不朽"八字就是邵式平的手笔。邵式平1960年金秋视察新妙湖区,欣然填词《浣溪沙·都昌县》:"星子乘船去都昌,新妙绕道观鱼场,饱览山色与湖光。屈指恰好是重阳,无怪湖山尽秋装,人民公社收割忙。"此词手迹收录于《邵式平同志遗墨》。

2023年春,邵宪康先生通过半天的都昌后垅村红色之行,看到了生机勃勃的都昌……

5. 汪墩乡老屋刘村：刘龙嗣血洒红十军

【家训家规】舍近谋远者劳而无功,舍远谋近者逸而有终。故曰:广文地者荒,务文德者强,有其有者安,贪人有者残。

红十军是方志敏、邵式平、周建屏、黄道等在赣东北苏区建成的一支红军队伍。在红十军的史册里,都昌人刘龙嗣烈士的名字闪耀其中。1930 年 7 月 22 日,中国工农红军第十军在江西乐平众埠镇界首村马氏宗祠举行隆重的建军典礼。时年 23 岁、身经百战的刘龙嗣是工农红军赣东北第一游击大队队长,他的部下同红军独立团和赣东北各地的赤卫队、游击队余部,组成了 1500 余人的红十军,刘龙嗣被编在由匡龙海任团长的第 19 团。这个团的政委后由都昌人刘肩三接任。刘肩三与刘龙嗣既同宗族,又都是汪墩人。刘龙嗣在人生的最后四年,一直随红十军(后改编为红十一军)征战,最后血洒福建省光泽县(当时属江西),年仅 27 岁。

刘龙嗣是都昌县汪墩老屋刘村(今属杨坞村)人,1907 年出生于一个贫苦的农民之家。刘龙嗣走上革命道路的引路人是村里比他大 4 岁的族叔、都昌县第一个党小组的创始人、中共都昌县委第一任书记刘越。

1926 年 1 月,共产党员刘越奉命来都昌发展组织,首先在自己的家乡老屋刘村办起了都昌第一个平民夜校。刘龙嗣参加了夜校的学习,接受了革命思想的启蒙。随后,勇猛的刘龙嗣参加了共产党领导的汪墩农民自卫队,抓土豪、斗劣绅,敢打敢冲,成为当地的农民运动骨干。1927 年春,刘龙嗣加入了中国共产党。大革命失败之后,刘龙嗣继续在当地坚持斗争。1929 年,中共都昌临时区委恢复,他被重新登记,并担任村里党组织的负责人。1930 年 3 月,中共江西省委派向先鹏(1907—1930)从鄱阳到都昌恢复遭受严重破坏的中共都昌县委组织。向先鹏是都昌北山向家舍人,时年 23 岁的他化名杨济民,来到有着深厚群众基础、周边多山便于隐藏和伏击的老屋刘村,白天住在村后大脑涧的草棚里,晚上到村里召开秘密会议,发动农民。刘龙嗣重新与组织取得了联系,积极配合向先鹏在老屋村重建中共都昌县委,向先鹏任县委书记。县委恢复后,他们着手组织武装斗争,发动春荒暴动,点燃革命火种。

向先鹏组织成立了都昌特务队,这支精干的武装小分队又称为"敢死队",建立了都昌县革命军事委员会,刘龙嗣被推选为都昌县革命军事委员会委员兼特务队队长。特务队向湖口游击队求援,要来了4支步枪,算是有了真枪实弹。随后,刘龙嗣便与向先鹏一道,领导着这支10多人的队伍,先后在汪墩汉暹、阳家港和苏山万家坂等地收缴土豪的枪支来武装自己。到同年4月底,特务队就在刘龙嗣的带领下,发展到30余人,有20多支枪。队伍扩大后,正式改名为中国工农红军都昌游击队,刘龙嗣继续担任游击队队长。1930年5月5日,刘龙嗣率游击队参与领导和组织了著名的茅垅暴动。暴动发生后,国民党县警察大队二分队队长董政率部从左里刘逊桥赶来镇压。向先鹏同刘龙嗣一起发动了千余群众,配合红军游击队埋伏在糊泥岭,用铁桶、爆竹、土铳、铜锣等简陋的武器,将全副武装的警察大队打得落荒而逃。国民党县政府慌作一团,担心农民攻城,一连三天不敢打开城门。5月14日,刘龙嗣又率部配合成立于湖口的赣东北第一游击大队,参加了攻打距九江仅五六千米的姑塘海关的战斗。随后,刘龙嗣率部在都昌苏山李家排顺应民意,处决了劣绅李孟芳、李咸舜;在茅垅村北部的千公塘和九区陆士郊部打了一场遭遇战,小胜后转场,让缓过神来的敌人无法追踪到游击队;在阳储山程家活捉了国民党寻邬县(今寻乌县)县长程璜,罚了他家的款。

为了避开强大敌人的进攻,县委决定让游击队向赣东北转移,去寻找红军主力。1930年6月22日晚,刘龙嗣带领经过整编的都昌红军游击队,聚集在老屋前面的前头铺,等待在茅垅整编的赤卫队前来汇合。不料6月23日凌晨,狡猾的敌人突然"围剿"老屋村。在敌强我弱的形势下,为保存革命实力,刘龙嗣根据向先鹏的命令,迅速带领部队登山钻林子突围。这次突出重围,让刘龙嗣体会到战友是生死之交,战友间的情谊重于泰山。向先鹏把生的希望留给了刘龙嗣,把死的危险留给了自己。向先鹏在刘龙嗣冲出重围的战斗中负责断后,直至身上的子弹打完。他估计刘龙嗣带领的游击队已经脱险,才考虑转移。这时天也亮了,由于长时间在山上风餐露宿,身上长黄疱疮,且双脚溃烂,行走不便,他冒险在距敌人阵营不到百米的山上,找了一个起了坟的坑隐蔽起来,准备待敌人撤退后再走。可狡猾歹毒的靖卫团团总陆士郊竟在天亮后派团丁搜山,向先鹏落入了敌人的魔掌。1930年7月5日,坚贞不屈的共产党人向先鹏被敌人杀害,年仅23岁。与他并肩作战的战友刘龙嗣突围后,转移到都湖边界革命根据地,并入了赣东北红军第一游击大队。

1930年7月初,赣东北第一游击大队接到赣东北特委的指示,为冲出国民党地方武装展开的"三县会剿"的包围圈,游击大队放弃原定湖口、彭泽、都昌山区的游击计划,由英豪、刘龙嗣率领,开赴鄱阳境内,计划配合信江红军独立团攻取鄱阳。后因信江红军抵制"立三路线"的冒险行为而未按计划赶到,游击大队遂在肖家岭山区与敌人孤军作战。7月12日,赣东北第一游击大队在鄱阳响水滩遭到都湖鄱彭四县国民党军队的联合"会剿",大队长英豪被敌人设下圈套刺杀。英豪牺牲后,刘龙嗣成为游击大队的大队长,他带领赣东北第一游击大队,在鄱阳响水滩与国民党军顽强斗争,与敌军激战七昼夜后,率部突围,转战到景德镇山区。

时任赣东北第一游击大队队长的英豪是刘龙嗣的直接领导和亲密战友。一如他的名字,英豪可谓是"英雄豪杰",可他没浴血沙场,而是死于被敌人策反的最亲近的内部队员的刺杀和族人的突袭。刘龙嗣从英豪的牺牲,看到了战斗环境的异常险恶和复杂。

在此,我们根据湖口县有关党史资料,来还原英豪的牺牲经过。1938年7月5日,英豪率领游击大队离开湖口驻地王老屋湾,乘船由罗家渡登岸,经武山向鄱阳肖家岭进发。肖家岭是武山山脉在鄱阳县境内的一个山高林密的地方,40年前,英豪就出生在肖家岭下的一个农民家里。他从小在这一带放牛、砍柴,对这里的一草一木了如指掌。英豪带领赣东北第一游击大队一进鄱阳,国民党鄱阳县县长姜伯彰就得到了密报。当游击大队到响水滩下屋胡家活动时,姜伯彰立即派县警察中队队长孔献璋连夜率队将游击队团团围住。游击队忍饥挨饿地苦战两昼夜,打退了敌人的进攻,冲出包围圈。行至陈家港时,当地的反动组织"红枪会"又拦路袭击,英豪等带领游击队击败红枪会后,便在肖家岭附近的魏家山召开紧急会议。会议决定,为保存实力,分散敌人的注意力,游击队不能集中在肖家岭,应化整为零。他吩咐刘龙嗣带一部分战士伺机突围。孔献璋见进攻数日都不能击败游击队,便不敢轻举妄动,就派士兵化装成农民,潜入肖家岭做内应打探情况,并举火为号,统一行动。7月19日,英豪和徐心田等人在朱家山隐蔽、休息,哪知这个徐心田是姜伯彰收买的爪牙。徐心田与姜伯彰曾演过一出苦肉计,他以遍体鳞伤、家产被毁为由获得了英豪的信任,加入了游击队。徐心田为了向姜伯彰邀功请赏，与英豪侄子、游击队员英宝林结为兄弟。徐心田按照姜伯彰密授的计策，找到英宝林说："你叔叔英豪还不觉悟，想据险顽抗，不肯投诚，等到大部队一到必覆亡，将来势必会连累英家家族里的人，怎么办？"英宝林听了非常害怕，便向徐心田求脱身之计，徐见时机已到，说："不如刺杀英豪，献他的首级投降。"傍晚，徐心田、英宝林假献殷勤，邀英豪到朱家山附近的黎家坞炭棚里休息。聚集的几个族人，连夜潜入英豪住处，趁其不备，用刀猛刺其胸部，并割下其头颅。这时已经五更，徐心田和英宝林等人举火为号，孔献璋带警察队和红枪会，前后夹击，进入肖家岭，分别包围游击队的隐蔽山头，疯狂屠杀革命者。徐心田和英宝林二人向孔献璋献首级请功，获得赏金 300 块银圆。游击队遭此突袭，损失惨重。刘龙嗣率少数队员顽强苦战七昼夜才冲出包围圈，转战到景德镇山区。

1930 年 7 月 21 日，身经百战、百炼成钢的都昌硬汉刘龙嗣，带领赣东北第一游击大队编入了中国工农红军第十军，成为红十军最早的一批坚强战士。1933 年 1 月，红十军改编为红十一军，编入中央红军系列。刘龙嗣升任红军某团团长，奉命率部转战至闽北，参加开辟闽赣苏区根据地。1934 年，在中央革命根据地第五次反"围剿"战斗中，刘龙嗣不幸在福建省光泽县的战斗中壮烈牺牲。

在汪墩老屋刘村，刘龙嗣烈士的亲侄子刘笑保讲述着关于叔叔留存在家族中的一些红色记忆。1949 年出生的刘笑保曾是一名军人，在福建漳州某部从军 6 年，1976 年转业到九江 806 厂，退休后一直在老屋刘村安享晚年。据刘笑保讲述，刘龙嗣上有一兄四姐，在老家结过婚，妻子吴氏是汪墩石树围屋人。吴氏是一个历尽艰辛、受人尊重的女子，丈夫刘龙嗣参加游击队后回家总是匆匆而别，远走他乡闹革命。她被戴上"土匪婆"的帽子在老屋里遭地方黑暗势力追查，平日里只得在娘家生活。在老屋刘村，受刘越影响，参加革命的热血男儿有很多，老屋刘村当年在敌人眼中是出了名的"土匪窝"。陆士郊所带的国民党靖卫团抓不到刘龙嗣等人，竟将村里的祖祠烧了两进，刘龙嗣家的房子也被烧毁。那年吴氏临近分娩，按当地习俗，不能在娘家生小孩。情急之下，她在娘家村里的一个牛圈里，生下了刘龙嗣的骨肉，是个儿子。但在恶劣的环境下，婴儿当天就夭折了。后来几年，刘龙嗣音讯全无，有人说刘龙嗣可能战死了，劝她改嫁。新中国成立后，刘龙嗣的亲哥刘贤辅才知他 1934 年初已牺牲在福建省光泽县。

在江西革命烈士纪念堂有刘龙嗣的名录。刘贤辅将大儿子刘荣泉过继给弟弟刘龙嗣，承祧为子。刘荣泉在 20 世纪 50 年代初上了江西烈士子女学校，学的是政法，毕业后先在省公安厅工作，后来去珠湖农场从事公安工作，其后代在珠湖农场成人成才。刘荣泉 1994 年辞世，在 20 世纪 80 年代就为老屋刘村修建烈士陵园一事四处奔波。2013 年，经多方努力，汪墩杨坞革命烈士陵园建成，安放着刘越及杨坞村 25 位烈士的英灵。其中老屋烈士陵园区立碑，修了 15 位献身革命的烈士的墓茔，包括老屋刘村 13 位烈士的陵墓。刘龙嗣也长眠于故土。刘笑保老人早先听他的大姑母刘民爱（嫁给汪墩茅垅村一家药店的老板）讲起过，刘龙嗣个子高，有一米八以上，在参加战斗时多次受伤，其中一次伤及一眼。他参加红十军战斗时，是有名的"独眼英雄"。在光泽县的激烈战斗中，他有意吸引国民党军队的兵力，为中央红军主力长征提供外围支持。刘龙嗣所带的团几乎全部战死，作为团长的他骑着一匹白马过桥。结果战马中枪，刘龙嗣跌落在地，中弹牺牲，生命永远定格于 27 岁。

都昌子弟多奇男，血洒赣闽铸英魂。后人翻阅走过苦难与辉煌的红十军历史，刘龙嗣的名字闪耀于卷帙中……

6. 汪墩乡排门刘村：第二任都昌县委书记刘梦松的革命岁月（一）

【家训家规】 立身其正其言，待人以厚以宽，教子唯忠唯孝，治家克勤克俭，存心能忍能耐，做事不偏不倚，接物勿欺勿怠，处事曰谨曰廉，尊长毕恭毕敬，交友与德与贤。

翻阅中国文史出版社1990年9月出版的《中国共产党江西省都昌县组织史资料（1926—1987）》，在第二章"土地革命战争时期"里，条文式地记载着：1928年9月—1929年2月，刘梦松（适中）任中国共产党都昌临时区委书记，组织委员刘述尧（东山），宣传委员刘书钟（刘卓），区委委员吴士衡、高致鹤、赵宗汴、何安甫。1929年2月—1929年12月，刘梦松任中共都昌临时县委书记。在地方组织编写的史籍中简录的早期中共都昌县委书记刘梦松，有着怎样的人生经历呢？我们深入寻访，广泛涉猎，试图还原刘梦松的革命岁月。

刘梦松（1907—1994），曾化名柳明生，别名刘适中、刘锄非，都昌汪墩乡排门刘村人。刘梦松7岁时进入本村的国民小学读书，后又在罗家桥、枫田村私塾求学。父亲刘秋国病逝后，刘梦松辍学，随二哥刘鹤松在家种田三年。1924年前后，刘梦松的大哥刘兆松在汪家墩刘氏私立蒲溪小学（原址在蒲塘庙附近）任校长，刘梦松得以重返学校，在蒲溪小学读高小。1925年5月30日，上海学生2000余人在租界抗议日本纱厂的资本家镇压工人大罢工和打死工人顾正红，并号召收回租界。英国巡捕开枪扫击抗议队伍，打死13人，重伤10人，逮捕150余人，制造了震惊中外的五卅惨案。鄱湖之滨的都昌县蒲溪小学的师生在汪家墩一带贴出"不买日本货""为顾正红报仇""打倒帝国主义"等标语。思想活跃的刘梦松在端午节当地划龙船时，编写《新龙船歌》，并教村民唱这首歌，声援五卅运动。当时蒲溪小学的教师中有数人是共产党员，校园内的红色氛围极为浓厚。追求进步的刘梦松在老师余激（江西奉新人，1927年在九江被捕牺牲）的介绍下，于1925年8月加入共青团组织，同年12月，又经刘越、余激介绍转为中国共产党员。刘梦松是都昌在1926年3月正式成立中共党小组前较早

的一批党员之一。

　　大哥刘兆松后来毅然辞去蒲溪小学校长之职,源于一场校建。1925 年底,蒲溪小学经校委会商议,在刘姓祖坟山上砍伐树木锯成木板,用于学校加固楼板和新添课桌。可当地劣绅却将此举状告至县知事,县知事竟传出话来要抓刘兆松。刘兆松毫不服软,义正词严地申辩。看到国民党政府的龌龊行径,刘兆松决定辞职,随后毅然奔赴广州考军校,但不幸刚入校门便罹病而亡。刘梦松的二哥刘鹤松在田间辛勤劳作,秋收所获却抵不了田租,被佃农的重荷压得喘不过气来,被迫外逃谋生。刘梦松高小毕业后,已是 18 岁的成年人。革命的召唤、家庭的变故,使刘梦松下定决心,迈上新的人生路。他扛起养家的责任:赡养老母亲,抚养在蒲溪小学读书的小弟刘挺松。刘梦松四兄弟的情感一如扎根山岩的松树,坚定不移。

　　刘梦松由"学生党员"转变为"教师党员",是在 1926 年的初春,他自此在蒲溪小学担任教师。刘肩三曾在蒲溪小学办过平民夜校,在农民中宣传革命道理,蒲塘一带群众的革命热情一直高涨。蒲溪小学当时有"共产党革命活动的大本营"之称,刘梦松就在任教期间,介绍了刘鑫、刘垣、刘梅等刘氏热血宗亲加入共青团,介绍了徐埠人向葵入党。学校教师中,连晚清秀才刘世仪也赞成革命。

　　1927 年,都昌有共产党员 200 多人,中共都昌区委成立,隶属江西区委。随后,根据党的五大通过的新党章,都昌地委改为都昌县委,第一任县委书记为汪墩老屋刘村人刘越,组织部部长、农委书记为汪墩后垅刘村人刘肩三,宣传部部长为向先鹏,工委书记为刘聘三,县委委员有王叔平、戴熙广、黄徽基。刘梦松的身份是县委技术书记,职责是主办县委内部事务,相当于办事秘书。1927 年4 月,刘梦松和刘鑫、刘垣等被党组织派往南昌,参加由国民党省党部主办的为期一个月的"江西省党务短期训练班"。

　　1927 年 5 月,刘梦松又被党组织派往南昌参加省农民协会主办的"江西省农民自卫军干部训练班",学习军事,培养共产党领导的武装力量。蒋介石在武汉发动"四一二"反革命政变,革命形势为之一变。随后,南昌戒严,禁止工农运动。革命形势进一步恶化,刘梦松所参加的训练班也随之解散。刘梦松回到都昌,家乡也处于白色恐怖中。县自卫大队副队长刘天成(排门人)叛变,刘越、刘肩三、刘聘三、向先鹏等一批共产党人被列入国民党的通缉名单。中共都昌县委1928年8月在刘越家乡汪墩老屋刘家后山上召开会议,研判形势,决定将露面较多、身份暴露的共产党员转移到外地活动,其他未暴露身份的仍留在都昌,继续坚持工作,保存革命力量。刘梦松是少数留下来秘密开展党的地下工作的党员之一。当时组织上主要出于两点考虑:一是刘梦松的党员身份并未暴露,"技术书记"是秘密身份,不像刘越等人,在大革命时期公开了共产党员身份,并以个人名义加入过国民党;二是刘梦松是汪墩排门人,在国民党统治时期,排门刘村以刘士毅家族为代表的封建官僚势力强大,刘梦松可以以此做掩护。事实上,刘梦松在1927年下半年,便应刘士毅三伯刘修吾的邀请,在排门村设馆教书,刘修吾的两个儿子刘士伟、刘士侃成为私塾里的学生。留下来的共产党员,身处恶劣的政治环境,在汪家墩、湖洲山、徐家埠、县城一带分散开展党小组或党支部活动,刘梦松是党的活动的主要负责人。1928年9月,中共赣东北特委派谭和到都昌与刘梦松取得联系,在七角刘矶里的刘遗清家建立了临时区委,隶属东北特委,刘梦松担任都昌区委书记。经审查登记,当时全县有70余名共产党员。

1928年12月,刘梦松的三姐夫余衡育担任都昌县国民党政府建设局局长,刘梦松辞去排门私塾先生一职,到县建设局做了一名事务员。有姐夫的护佑,刘梦松在县城更方便秘密从事党的地下工作。

1929年2月,刘梦松至景德镇向赣东北特委书记黄光汇报了都昌党组织的整顿恢复情况,经特委同意,将都昌临时区委改为临时县委,隶属赣东北特委(3月撤销赣东北特委后,隶属江西省委;10月恢复赣东北特委后,隶属赣东北特委)。县委机关先后设在七角刘矶里、二福庵和县城的吴士衡家。其时都昌县委下设茅圫、莲花塘、汪家墩3个区委、10个支部(其中有刘家山特支、前山山咀头直属支部),全县有党员120余人(一说83人)。

据党史资料记载,刘梦松担任都昌县委书记期间,组织共产党员杀死国民党都昌要员周梦昌,达到了"狗咬狗"的效果,导致都昌反共"五人团"垮台,这一仗体现了刘梦松的智谋。

刘梦松担任都昌县委书记期间的另一件得意之作,是配合夺取汪家墩敌靖卫团枪支,为工农红军赣东北游击队第一大队的建立奠定武装基础。1929年9月上旬,江西省委特派员周建屏(后任红十军军长)途经都昌,与都昌县委书记刘梦松取得联系,并在刘梦松的住地县建设局宿舍住了一晚。当晚周建屏与刘梦松商谈建立革命武装问题,拟在都湖鄱彭四县交界的武山地区创建游击区。刘梦松提出夺取国民党汪家墩敌靖卫团 12 支枪,并进一步攻打都昌县城的建议,周建屏对此建议予以肯定,并要刘梦松陪同他到都昌县城各个城门、国民党县政府、县自卫大队和县监狱周围察看一番。随后,周建屏在汪墩王滚垅村谭洪进家召开都昌、湖口两县党组织负责人会议,时任都昌县委书记刘梦松、湖口县委书记谭和等参加会议,对汪墩夺枪计划做了细致、周详的部署。9 月 15 日晚,湖口游击队员周赓年、刘皋身先士卒,在汪墩一举缴获敌靖卫团 11 支枪,只有哨兵带了一支枪逃跑了。随后,赣东北第一游击大队在湖口建立,红色武装活跃在都昌、湖口大地上。

1929 年 12 月上旬,江西省委前任总交通李兴国被捕,供出了都昌县委的通信地址,致使县委遭到破坏,共产党人高致鹤、何安甫、吴德坤等被捕牺牲。县委书记刘梦松只身逃出,被调至九江中心县委任秘书,组织部部长刘述尧代理都昌县委书记。自此,刘梦松的革命岁月续写着新的篇章。

7. 汪墩乡排门刘村：第二任都昌县委书记刘梦松的 革命岁月（二）

　　1929年12月上旬，江西省委前任总交通李兴国被捕，供出了中共都昌县委的通信地址，致使设在县城邵氏大祠内的县委遭到破坏，在邵氏私立弘毅小学任教的县委委员高政鹤、吴士衡、赵宗汴、邵同福等被捕。1930年2月6日，国民党江西省主席鲁涤平发出《江西省政府训令》，对共产党人刘梦松（都昌县委书记）、何安甫（都昌总交通）、吴德坤（都昌四特支书记，1930年在湖北牺牲）、黄徽基（乐平县委书记，1930年在南昌牺牲）四人，"通令各县一体协缉，解案讯办"。四人中，何安甫、吴德坤、黄徽基被捕，后皆成革命烈士，仅刘梦松逃脱。当天上午，刘梦松照例到县建设局上班，局长余衡育是他的三姐夫。余衡育告知刘梦松国民党县政府在派兵抓他，要他赶快逃跑。刘梦松闻言迅速躲避。抓他的人赶到县建设局，随后又追到刘梦松家里，都扑了个空。

　　逃脱后的刘梦松再也不能在都昌公开从事党的工作了。受党组织安排，他调到九江中心县委任秘书。其时新的江西省委还未成立，九江中心县委代替省委领导九江党组织活动。当时中心县委的力量也很薄弱，九江的基层党组织有三个不健全的支部，刘梦松参与指导三个支部，鼓励基层党员在党组织遭遇挫折时要抛弃失败情绪、坚定胜利信心。刘梦松对上积极向在上海的党的中央机关请示汇报工作，对下与德安县游击队、湖口县游击队加强联系。

　　1930年3月，刘梦松担任江西省委巡视员。当时，襟江带湖的湖口县是赣北革命的中心区域，新成立的红军赣东北第一游击大队红旗飘扬，威震四方。作为省委巡视员的刘梦松两次在湖口县巡视，传达省委指示，部署湖口暴动。1930年7月，刘梦松（化名柳明生）执笔、湖口县委书记谭和（化名陈又新，都昌汪墩人）署名，拟写了《湖口县委给中央的报告》，全文共6500余字，主要内容一如报告的副题——湖口县革命群众与反动统治阶级斗争的经过情形与失败的原因，对恢复工作的建议。刘梦松在这份长篇报告中，记录了他在湖口巡视的经历，比如制止游击队政治委员兼指导员汪笃辉、大队长黄澄对红军预备队队长沈春生的缴枪关押，刘梦松利用省委巡视员的身份有理有节地回击，稳定了

队伍。刘梦松在协调都昌、湖口、彭泽三县游击队"会剿"中也主动作为。这份报告的原件如今存在中央档案馆，对了解当时湖口暴动的具体经过有史料价值。湖口、都昌两县的一些党史书籍里也收录了这份报告。

1930年8月，刘梦松带着这份报告，亲赴上海向党中央汇报。其时，中央组织部的同志告诉刘梦松，江西省委和九江中心县委机关又遭到破坏，安排他暂留上海不要回江西。起初中央组织部拟安排刘梦松到武汉工作，因一时未联络上，于是安排他留在中央做巡视员工作。随后刘梦松还到上海市总工会任秘书，到上海沪南区委从事宣传工作，到沪西区委从事组织工作。1932年4月，刘梦松在上海向党组织提出要回家乡都昌，主要原因是身体出了状况——患上了严重的肺结核病，需要调养；还有一个原因是语言上存在障碍，刘梦松只会说都昌话，听不懂上海话，工作中交流很不顺畅。

刘梦松从上海返回都昌前，党组织安排申新三厂的一个织布工人、名为陈映华的"湖北大姐"作为他的联络人。通信地点是上海法租界徐家汇的"亨利商店"，此商店是中共第一任都昌县委书记刘越与肖家合开的，刘越的姐姐、向法宜（中共景德镇党组织的创始人，都昌汪墩杨坞人）的夫人刘莹帮忙打理。刘家数代在景德镇凭瓷业兴家，家境富裕。开始的三个月，刘梦松从都昌汪家墩邮电所寄往上海"亨利商店"的信件，还能得到"女朋友"陈映华的回复，后来双方就失去了联系。刘梦松曾亲赴上海，想联系上党组织，可联络人"湖北大姐"已无音讯。与上海党组织脱节后，刘梦松只得返回都昌，在追求革命的道路上踯躅前行。

刘梦松曾改名为"刘适中"。1951年，刘梦松撰文《"适中"之谜底》，解密"适中"的来由。1932年夏，刘梦松从上海回到都昌汪墩老家养病。他有个同村同学兼好友刘长春，他们从小志趣相投。大革命时期，刘长春追求进步，加入了共青团，后来定居鄱阳县，在国民党政府任职。刘长春让自己的父亲转交一封他写给刘梦松的信件，劝老同学刘梦松到他鄱阳县的家中养病。刘梦松也将此事向都昌党组织汇报了，党组织主张刘梦松赴邀，同时伺机劝导刘长春回到革命阵营中来。

刘梦松在刘长春家养病半年后，被派去出公差的刘长春邀肺病渐愈的刘梦松同去南京，并复查身体。不料刚到南京下关，刘梦松偶遇在上海相识、后来叛变革命的小李。小李告密，刘梦松在南京升州路太仓巷江西同乡会会馆被逮捕。刘梦松被拘留一个月后，刘长春竭力营救，将刘梦松保释出来。经此波折回到南昌后，刘长春郑重其事地劝刘梦松不要冒着生命危险追随共产党干革命，不如做他的"政治同路人"，加入国民党。刘梦松断然拒绝，改名"适中"铭志——我争取不了你刘长春加入共产党，你也别想我刘梦松加入国民党，我适应"中间路线"，走出一条路来。对于刘梦松改名"适中"一事，我们现在来审视其思想根源。刘梦松有坚决不背叛共产党、坚决不投靠国民党的那份坚毅，有对好友刘长春救命之恩的深情回应，其实也反映出刘梦松与上海党组织失去联系后在心态上的一种彷徨，这从他后来的人生之路也可以得到印证。

刘梦松改名"适中"，离开刘长春家后，一度辗转到在临川汽车站当司机的二哥刘鹤松家继续养病。回到都昌后，刘梦松一面在汪墩当地的私塾教书，一面参加党的一些地下工作。抗战初期，他参加过战地青年服务团，担任第八队组长，在都昌三汊港一带培训有进步思想的青年干部。服务团解散后，刘梦松接任汪家墩中心小学校长，在平民夜校散发抗日救亡自编教材。1940 年 2 月，刘梦松考入中央军校桂林第六分校，并改名刘锄非。揣摩"锄非"之意，此名应有铲除非正义力量的一份豪迈。毕业后，刘梦松在江西上饶短暂工作过。刘梦松一直很恋家，后经在浮梁专署担任教育科长的刘一燕（刘越）介绍，想在都昌工作。但都昌县立初级中学惧怕他"左"的革命经历而拒聘。1944 年 6 月，他来到景德镇这个"都昌人的码头"，在"适中"的人生岁月里求一份安宁。

刘梦松在景德镇的经历主要是从教，1944 年 6 月，也曾在浮梁县国民兵团担任小队长，负责征集新兵。1984 年 7 月由景德镇市政协主编的《景德镇文史资料（第三辑）》收录了署名刘锄非拟写的《抗日时期景德镇的征兵舞弊》一文。刘梦松在此文中用亲身经历揭露蒋管区的国民党征兵机构贿赂勒索、欺压百姓的罪恶行径。1946 年 1 月至 1950 年 3 月，刘梦松在景德镇天禄小学任教。1947 年 9 月，继刘嘉、刘重华（两人先后兼职校长）之后，刘梦松在天禄小学担任两年多的专职校长，同时积极寻求与党组织的联系。1950 年 3 月，天禄小学由人民政府接管，刘梦松卸任校长一职。

新中国成立后，刘梦松一直在景德镇从教，先后在市第七小学、第五小学、第一小学、第十一小学工作，直至 1976 年 1 月办理退休。他的政治历史问题一直没有得到正式结论。他多次向党组织反映要求恢复党籍，实事求是地评价他"奋斗的一生"。1985 年，景德镇昌江区党组织经多年审查，认定刘梦松被迫脱

党后无任何背叛和变节行为,遂恢复了他的中国共产党党籍,景德镇市人民政府也按国家相关政策规定,将其退休改为离休。晚年的刘梦松活到老、学到老,喜读书,并用蓝色钢笔做了详细的学习笔记。他看过的书有《写作基础知识》《中国哲学史》《中国古代教育家语录类编》《李自成》《列宁》《福尔摩斯探案集》《懂一点达尔文进化论》等。1994 年 5 月,刘梦松病逝于景德镇,享年 87 岁,葬于汪墩排门刘村西庄,魂归故里。《都昌县志(1990—2005)》"人物"卷有其传略。

8. 蔡岭镇望晓源村：从浩山到武山

兆吉沟：中共彭泽中心县委，都昌居七县之列

兆吉沟属江西彭泽县浩山乡所辖，处于彭泽县东北部、大浩山山脉西南向、枫树岭东侧山垄，与安徽东至县毗邻。"沟"自然形容的是地貌，与"源""涧""岭"相似，但用"沟"去形容大浩山西南向的兆吉沟，未免太小气了，若是到了实境，目之所及分明是惟余莽莽、气势雄伟的崇山峻岭。

彭泽县浩山乡原有兆吉沟村，后并入浩山村。兆吉沟是一方红色热土，2015 年被评为九江市爱国主义教育基地，并正式挂牌为 AAA 级景区。兆吉沟之所以作为红色景区，是因为这里曾是皖赣边的中共彭泽中心县委所在地。1934 年 6 月，中共赣北特委将彭泽县委扩大为彭泽中心县委，统一领导江西都昌、湖口、鄱阳、彭泽以及安徽东流、秋浦、望江等七县边区的革命活动，同时成立彭泽中心县苏维埃政府，还创建了红军游击大队第九中队。红军游击大队第九中队是中心县区域的主要武装力量。

2004 年，彭泽县举办中共彭泽中心县委成立 70 周年纪念活动，我当时作为应邀代表第一次来到兆吉沟。18 年过去了，我至今仍记得彭泽中心县委旧址坡岭上响起的激昂的红歌旋律、热情的红色歌舞表演、浩山乡柳墅村崭新的村居、从县财政局副局长岗位下到乡镇主政一方的精干的时任乡党委书记。2022 年 1 月 6 日，我再上大浩山，重温红色梦。跃上葱茏数十旋，满目红色遍山映。兆吉沟的红色基础设施比 18 年前自是完善了很多。特别是 2021 年以庆祝中国共产党成立 100 周年为契机，当地党委和政府投资 1400 余万元，对 15 栋承载着历史记忆的旧建筑进行了修旧如旧的修缮，扩建了大气的红色广场，改善旧址功能和景区环境。对通往景区的约 6 千米道路实行了"白改黑"，且对险段做了防护工程。兆吉沟走上了农文旅融合之路，当地的特色果蔬和茶叶带富一方百姓。

近年来，我怀着一份执念深入挖掘和弘扬都昌的红色文化。这次重来兆吉沟，我对其红色内涵也有了更深刻的体悟。我们且来了解中共彭泽中心县委成

立时的历史背景。

1934 年 3 月，为了加强赣北特委的领导力量和加速新苏区的建设，闽浙赣省委又任命省苏维埃政府文化部部长（一说教育部部长）兼裁判部部长柳真吾接任赣北特委书记，还派出省苏维埃政府内务部部长饶玉鸾、妇女部部长宣丹菊等一批干部，连同红十军参谋长匡龙海率领的一支红军游击大队一起，进驻浮梁县小源石里村。在赣北特委的直接领导下，皖赣边各县党组织进一步发展，并广泛组织农民为推翻边区的国民党反动统治、建立工农兵苏维埃政权奋斗。当时，赣北特委下辖的党组织主要有中共浮（梁）乐（平）婺（源）中心县委、河东县委、河西县委、秋浦县委和彭泽中心县委。中共赣北特委的成立及其下辖党组织的迅速发展，为创建新苏区奠定了坚实的基础。当时，驻防景德镇的国民党军第 55 师大部开拔，去"围剿"闽浙赣苏区，国民党在皖赣边区特别是在广大农村的兵力极为空虚。赣北特委决定利用皖赣边区退可守、进可攻的有利地形和群众基础好的有利条件，通过组织农民暴动、开展武装斗争，以创建新苏区来减轻闽浙赣苏区第五次反"围剿"的军事压力。

1934 年 7 月，鉴于赣北新苏区已发展到皖南，经中共闽浙赣省委批准，赣北特委更名为皖赣分区委，仍由柳真吾任书记。分区委委员有王丰庆、周成龙、饶玉鸾、宣丹菊、匡龙海等。另由邵建平任少共皖赣分区委书记。此时，分区党、政、军、群机构趋向健全。皖赣分区委下辖浮（梁）乐（平）婺（源）中心县委（书记杨贵良）和彭泽中心县委（书记陈开运）。除 2 个中心县委及其所辖 8 个县委、2 个区委外，分区委还直辖景德镇市委，在浮梁县境内建立的河东、河西两个县委和皖南的祁门县委。在红色政权方面，建立了浮乐婺、彭泽中心县革命委员会和彭泽、鄱阳、浮梁、河东、河西、秋浦、东流等县级政权。各县的区、乡苏维埃政权如雨后春笋普遍建立起来。

中共彭泽中心县委经历了怎样的斗争历程？都湖鄱彭中心县委又是如何创立的呢？1934 年 4 月，中共彭泽县委成立，陈开运任书记，李庚庆任副书记，县委会设在浩山乔亭村的伍龙庵。自 1934 年初，国民党当局多次组织力量杀向浩山，均被游击队击溃。4 月底，自卫大队副队长汪慕苏亲自带领县中队 100 余人，带上强劲武器，进驻浩山柳墅村。中共彭泽县委及时召开紧急会议，研究对策，一面派人前往中共赣北特委汇报情况并请求支援，一面隐蔽于高山密林，学习和开展战前训练。20 多天后，赣北特委游击大队 200 余人到达浩山，与彭泽县游击队会合。6月4日凌晨,由县委军事部部长李庚庆统一指挥的柳墅战役打响了,一时枪声大作,杀声震天,军民英勇奋战,仅半小时就结束了战斗,彻底歼灭了盘踞在柳墅的县自卫中队100余人。在这样的大好形势下,中共赣北特委决定扩大战果,经闽浙赣省委批准,整合皖赣边彭泽、湖口、都昌、鄱阳、望江、东流、秋浦(至德)七县的军事力量,以中共彭泽县委为基础,在浩山成立中共彭泽中心县委,建立皖赣边根据地。6月中旬,中共彭泽中心县委在浩山乔亭村村民欧阳甘林家成立,办公地点仍设在伍龙庵。中共彭泽中心县委书记由陈开运担任。不久,中共彭泽中心县委迁至浩山岚陵的张谷女家办公。后几经选择,中共彭泽中心县委决定把兆吉沟作为驻地,基本形成了一个完整的革命根据地。中共彭泽中心县委工作部门设有组织部、宣传部、军事部、民运部、交通部、检察部、土地部、妇女部8个部和秘书、肃反委员会、干部训练班等机构。中共彭泽中心县委成立一个月后,作为政权机构的县苏维埃政府也相继成立,11月改称革命委员会,主席由曾在禄担任。中共彭泽中心县委直辖的6个区也成立了政权机构。中共彭泽中心县委的武装力量是在原彭泽县游击队的基础上发展起来的,成立了游击大队,由军事部部长李庚庆兼任大队长。9月,游击大队改编为红军独立营,营长为吴东山,辖4个正规连,后被编入抗日先遣队参加了长征。

1934年10月,中央红军从江西瑞金出发长征北上,由红七军团编成的中国工农红军北上抗日先遣队于10月8日进抵皖赣边苏区,皖赣分区也随之迁移。1934年底,皖赣分区独立师在至德大板桥遭敌人包围。为保存革命力量,分区工作人员在柳真吾的率领下,与中共彭泽中心县委会合,向彭泽浩山苏区转移。1935年2月,敌人派重兵深入根据地中心浩山,实行严密封锁。中共彭泽中心县委及其武装力量势单力薄,孤立无援,由公开转入地下。6月后,潜伏在武山脚下、老山阳一带的中共彭泽中心县委少共书记田英,率领中心县委手枪队逐渐向西南方向发展,不久,在都昌望晓源成立了都湖鄱彭中心县委。中共彭泽中心县委在大部分力量分散和转移后,继续组织有生力量在浩山一带坚持革命活动。10月,隶属中共都湖鄱彭中心县委的中共彭泽县委成立,接替了浩山的革命火种,开始了艰苦卓绝的3年游击战争。

那么,中共彭泽中心县委时期的都昌县党组织发展情况如何?1934年1月,中共闽浙赣省委派蒋裕恒(鄱阳人,化名老宋)到都昌恢复县委,直属省委领

导,6月属彭泽中心县委领导。县委机关设在茅垄村,下设茅垄、前山山咀头、北山刘家山3个区委和后垄1个特支。蒋裕恒到岗后不工作,吃鸦片,贪污公款,4月在鄱阳公开叛变,带领国民党反动派到都昌抓人。因蒋裕恒刚到都昌不久,还不清楚都昌党组织的分布情况,只有县委委员秦展三、桑贤谷被捕。新中国成立后,蒋裕恒在乐平被镇压。当年7月,秦展三(新中国成立后在都昌被镇压)叛变,县委委员刘书钟、王家楷、吴先钊以及区委委员陆思谋、吴先仁等20余人被捕、牺牲,桑贤谷也遭敌人杀害,都昌党组织遭到一次很大的破坏。

望晓源:中共都湖鄱彭中心县委,都昌居四县之列

中共都湖鄱彭中心县委设在武山望晓源(旧称石埠涧),现属都昌县蔡岭镇望晓源村。关于1935年4月至1937年7月中共都湖鄱彭中心县委的红色记忆,我在"传家训扬新风"系列中以"望晓源里的红与绿"为题书写了5篇。在此,我们且转录中共都湖鄱彭中心县委旧址红色展板上的一段文字,以了解这段峥嵘岁月:

1934年10月,红军主力被迫长征后,南方各省革命形势急剧恶化。赣东北革命根据地在国民党军队的反复"围剿"下,遭受严重损失,多数变成了白区。1934年11月底,皖赣分区独立师在转移过程中路过大港,受到群众的热烈欢迎,中共闽浙赣省委委员、省苏维埃执行委员、教育部部长柳真吾,开辟都湖鄱彭新的游击根据地。1935年3月,柳真吾在都昌曹炎口鹰峰尖召集田英、陈守华、陈开运、沈友知等人开会,研究在都昌、湖口、鄱阳、彭泽四县交界的武山重建游击根据地的问题。会后,田英、陈守华赴赣东北,与闽浙赣省委取得联系并汇报了皖赣边区的情况。根据闽浙赣省委的指示,6月,中共都湖鄱彭中心县委在武山东部的都昌望晓源成立,书记为田英,组织部部长为丁大倪,宣传部部长为华永标,委员为戴其明、苏远全、邵荣兴、陈守华、石书文,直属中共闽浙赣省委领导。中心县委的任务是:保存革命力量,发展地方党组织,依靠群众,发动群众,巩固与扩大根据地,坚持以武山为中心的都湖鄱彭地区的游击战争。中心县委以上冲、下冲、曹钥里、曹洪里、石大屋等5个村庄为基础,建立以武山为中心的游击根据地,并将红七军团(后改编为北上抗日先遣队)的部分伤愈人员(编

者注：应还包括在秋浦突围的独立师一部和彭泽游击队方面力量）50余人，组成中国工农红军都湖鄱彭游击大队，匡龙海任司令员，田英兼任政委，重新燃起了武装斗争的烈火，开展了3年艰苦卓绝的游击战争。

1937年12月，田英带领150余人的游击队伍到浮梁接受陈毅同志领导的"瑶里改编"，随后开赴安徽岩寺，被编入新四军一支队二团三营七连。1938年2月，根据陈毅的指示，田英带领短枪队返回大港，设立"新四军都昌留守处"，并任留守处主任，公开进行活动。国民党反动派对田英一直怀恨在心，于4月5日制造了"大港惨案"，将田英等留守处的7人杀害。田英牺牲时年仅29岁。中共都湖鄱彭中心县委旧址位于都昌县蔡岭镇望晓源下冲自然村，为民国建筑，2004年被列为县级文物保护单位。因年久失修，濒临坍塌，2014年5月，县委、县政府、县政协倡导并牵头对旧址进行抢修，成为融合红色基因、牢记历史、缅怀先烈、激励后人的爱国主义教育基地。

那个时期的都昌县党组织具体构成是怎样的呢？都湖鄱彭中心县委将4个县划为4个工作区，整个根据地共建立了9个区委、80多个支部，有党员300余名。中共都昌县委书记由田英兼任，委员有苏远全、张金生、曹俊堂、万愈国。县委下属汪家墩、徐家埠、蔡家岭、大港4个区委，区委书记分别为张金生、万愈国、石宏勋（后叛变）、曹俊堂。都昌党组织宣传、发动、依靠群众，支持红军游击队，为都湖鄱彭根据地的巩固和扩大书写了光辉的一页。

巍巍浩山昭日月，武山雄鹰搏苍穹。谨以此文作为彭泽中心县委至都湖鄱彭中心县委期间（1934年6月—1938年3月）的中共都昌县委的红色历史记存。

9. 大港镇大港老街（一）：周忠先生讲述的老街故事

现在的"大港老街人"，更多的是指清末民初迁徙到大港老街的人以及他们的后裔。现在的大港集镇已呈现宜居、宜业、宜游的日新月异之貌。特别是2015年前后，当地党委和政府着力打造的大港新街，鳞次栉比的徽派建筑已成武山山麓的一道风景线。

历史上的大港老街在锅炉厂一带，"锅炉下"对于大港老街来说是一个地标。距大港老街约2000米远的邓仕畈村，民国年间有一个锅炉厂。名为锅炉厂，实则是生产生铁铸造的犁头、耙齿一类农具和锅、鼎一类炊具的小工厂。起初一个来到大港山的广东人，带着"生铁铸锅"的绝技，找邓仕畈村的一个富户人家合作办厂。后来双方散伙，那个广东人独自到大港街上办了"锅炉厂"。20世纪50年代初期，手工业公私合营，锅炉厂并入大港手工业联社。这些老工艺已无迹可循，空留一个"锅炉下"（老收购站附近）的地名，在大港街上叫响。现在的新四军都昌留守处纪念室门前，有一条十字形的道路，长的是水泥路，短的是半截的屋巷（另外半截已荒废成菜园），这大概是民国年间大港老街中心所在。老街远离了现今镇政府门前的主道，也偏离了热闹的新集市，冷清是免不了的。对于居家过日子来说，老街所在之处又有一分亲近田园的宁静。周遭的群山，是大港集镇的苍翠天幕，而老街还有水的灵性。在2022年这个大旱之年，从大港水库放出的抗旱水，经水渠汩汩地流淌，流经大港老街人家门前，宣泄着静好岁月里的欢愉。

1932年正月二十一日出生的周忠先生，到2022年已是90岁的耄耋老人。他是土生土长的大港老街人，至今还生活于此。身处武山深处的大港老街形成了街衢，近代的居民多半是从大港周边前来经商开铺而落籍的，也有从河南、湖北等地逃难到此地，筚路蓝缕以启山林的。相对于其他乡域，大港老街算得上繁盛，一方面缘于山里封闭，没有畅达的水路，乡民规规矩矩地做着铁打营盘式的生意，维持生计；另一方面又因大山的屏障，此处成为战争年代避乱聚居之地。对于游子来说，大山的怀抱有着母亲一般的温暖。大港老街嘈杂声起，马嘶人闹，是在抗日战争时期。都昌、湖口、彭泽、鄱阳四县交界的大港街，成了各方力量拉锯的相对后方,进可攻、退可守,战可入丛林、读可居古宅。抗战时期,国民党湖口县政府就落荒而逃,迁至都昌县武山深处的望晓源(即石埠涧),从1942年8月至1947年9月,时间长达五年。那时的望晓源归大港所辖。1943年8月至1947年9月,由湖口籍教育家梅荣汉先生领衔创办的"湖彭联立中学"成立于大港老街旁的邓仕畈村。国民党的抗战川兵就驻扎于大港老街,国民党都昌自卫大队也有分队驻守大港街。三年游击战争时期,都湖鄱彭红军游击大队在田英的带领下驰骋于大港一带。抗战胜利后,新四军都昌留守处就设立在大港街,1938年4月,田英等烈士血洒大港。这一个个历史事件,周忠老人亲历了不少。

周忠先生的老家是在现在的大港镇大田村汉港村。汉港村是由先祖周万金(1558—?)于明万历年间由二十一都排上分居汉港后形成的。再往上溯,大田排上周村是明永乐年间由太平畈(今属蔡岭镇太平村辖)迁入的。周忠家族后来迁徙至大港老街,应该是民国初年,他曾祖父那一辈迁到此处。

周忠的祖父周义鼎,号"岐吾"。周岐吾精于岐黄之术,那时大港老街有周凤仪、熊万泰、周恒泰、冯光宜四家药店,他在"恒泰"前堂坐诊行医,在后堂药店济世,誉满武山四县。1930年10月,红十军二进都昌,一度短暂驻扎在大港一带。作为乡绅的周义鼎望风而逃,逃往九江市区。其间,九江的一个县官慕名请周义鼎治顽疾,果然痊愈,便设宴感谢。宴席还未散,周义鼎自己倒染了急疾,可是他的医术治不了自己。一同赴宴的大港籍名流石砥如赶忙将他送往都昌县城医治,但终是回天乏术。数天后,周义鼎溘然长逝。情同手足的石砥如用轿子将死去的周义鼎体面地抬回大港老街。此时,红十军已离开大港转战彭泽县。纪律严明的红十军对大港老街不犯秋毫,周家的"恒泰"号药店也完好如初。周忠的奶奶娘家在鄱阳县响水滩下屋湖家,娘家人多势众,周奶奶因性格原因,平日里就有刚烈的一面。比如,在大港街上剁肉,屠夫不敢搭骨头,否则周奶奶便要黑脸甩砧板了。周奶奶对丈夫远避九江丢下妻小一事耿耿于怀,咒骂周义鼎以泄愤。当抬周义鼎的轿子一到周家门口,家人们欢欢喜喜地去掀卷帘时,出现在眼前的竟是一具尸首,周家女人顷刻间像天塌了一样,悔恨地号啕大哭起来。撑门户的周义鼎先生辞世后,周家如水退沙崩——败落了。1934年,周忠的父亲周时馥27岁便英年早逝,时年29岁的周忠母亲自然是肝肠寸断。周家两代丧夫之妇自此含辛茹苦地养育周忠和他的姐姐。

周忠幼年时读了数年小学,因家贫辍学之际,宗族的公会又供他读了三年私塾,所以周忠说自己只有小学文化程度,后来精于珠算财会、爱好诗词书法,实属"自学成才"。周忠 1951 年参加工作,后来一直在基层供销社、县颗粒化肥厂和县油脂公司等单位担任会计。早在 20 世纪 50 年代,他就撰写了《珠算速算法》。1957 年后,周忠开始在生活的底层挣扎,但仍旧不坠奋进之志,培育子女成人成才。20 世纪六七十年代,他在苏山农场、武山垦殖场、双桥公社等地工作,1986 年调到大港乡人民政府,1992 年退休。退休之后,他曾为汉港周村修建二拱石桥,争取县交通等部门的资金扶持,为公益事业奉献余热。他曾担任大港诗词分会会长十年,创办《飘水流韵》繁荣当地诗词文化。周忠常常吟诗,感叹自己的"九曲生平"。一向乐观向上的他明言自己早年也是"三惊"之人:以算惊人、以笔惊人、以貌惊人。晚年他津津乐道的是著有 18 本书,诸如《各体书法专集》《敬言杂集》《九曲回眸》《诗词联史》《耄耋余晖》等,大多是自印的集子。

周忠还有一些对大港老街的记忆:"大港老街原貌是十字合街,有四大城门,自我童年记事后只剩下三大城门,十字街的东边一家城门没有了,只剩下上街、下街、横街西边三个城门,不到三十户人家,店面不多。""抗日战争时大港老街变成了闹市,肉铺有几家,药店有几家,街上摆摊的也多了起来,豆腐作坊、歇店饮食各有几家,非常热闹。""抗战时国民党湖口县政府迁到了石埠洞(望晓源),有个马队长经常来大港老街采办物资,起码带两个卫士做保镖。有一天他一个人到大港乡公所办事,没穿制服,身着绸缎,雄赳赳地从我面前经过。不一会儿,马队长从乡公所出来。见老街田垄边有个国民党的川兵拿着步枪打狗,马队长从腰间拔出手枪对准打狗的川兵,厉声喝令:'不要动! 谁叫你打狗?'此时歇店里的另外一个同伙大摇大摆地跨过田沟,用长枪指着穿便服的马队长说:'你为什么要多管打狗的事?'马队长心想那里有一堆稻草,枪击引发了火咋办? 眼看两边要火并起来,正在这时当地一伙做屋的师傅从店里赶过来劝架,马队长才忍着把手枪收了回去。马队长即刻到老街的石经选家,不到一个钟头带来了一中队的人,把那两个川兵住宿的旅社包围了。川兵那时在当地名声并不好,做了不少到乡下打抢作恶的坏事。但那帮做屋的师傅看在川兵毕竟是来打日本鬼子的分上,让那两个川兵走掉了。"周忠这些关于大港老街的回忆鲜活而生动。

周忠老人在回忆童年的大港老街时,俨然是一副乡愁模样。

10. 大港镇大港老街(二)：新四军都昌留守处主任 田英的壮烈牺牲

大港老街红色历史上最壮怀激烈的一页，当属新四军都昌留守处发生的"田英惨案"。1999年9月，都昌县委党史办编印了一本《都昌革命史话》的小册子，对新四军都昌留守处主任田英的牺牲经过进行了较详细的叙述。

1938年元旦，中共都湖鄱彭中心县委书记、游击大队政委田英，率领游击大队150余人，离开距大港老街约三里的曹百四村(该村原址现在大港水库水底，后整村搬迁至大港漂水村)，经祁门舍会山，开赴浮梁瑶里改编。田英率领中心县委成员和警卫于1938年1月下旬回到都昌，在大港街设立新四军都昌留守处，田英为主任，在党内仍为中共都湖鄱彭中心县委书记。2月初，田英以留守处主任的身份，以春节拜年为名，邀请大港街的一些知名人士吃饭，公开亮出新四军都昌留守处的招牌。他利用留守处主任的合法身份，广交朋友，广泛宣传共产党的抗日民族统一战线，团结教育广大群众，争取爱国人士到统一战线中来。都、湖、鄱、彭四地的党组织也得到了恢复和重建，仅都昌县就恢复了大港、蔡家岭、徐家埠、汪家墩4个区委，下有62个支部。田英还为支援新四军和筹办抗日游击队筹集资金。大港的知名人士谢明礼、熊江楼、谢明仁各自捐了100到300块不等的银圆，共计1000块银圆送给留守处开展活动用。

国民党当局对公开建立的新四军都昌留守处表面上承认，暗中却蓄意破坏。1938年2月中旬，集结在瑶里改编的皖赣边游击队还未离开江西，国民党江西省政府就电令各县："查本省各级共党部队业经奉令交由新四军长叶挺改编调用归陈总司令诚指挥，并指定浙皖边区为其集结地点，限于本月底以前完全开拔离赣待命抗敌。近查各地方间有不逞之徒假借共党之名……蓄意破坏抗战工作……亟应严厉制裁……"不断制造反共限共舆论。国民党都昌县常备自卫大队第二中队第一分队派驻大港街，名曰"执行防务"，实则监视留守处的活动。分队长冯观涛(又名冯乐喜)表面上拥护抗日民族统一战线，主动接近田英，经常"友好"地邀请田英到大港老街品茶、吃饭、喝酒，甚至一起抓山里的石鸡，骗取田英对他的信任，使他放松警惕，实际上暗藏杀机。

当时有个叫瞿洋翰的游击队员是湖口人,在下山途中跑回家,借田英之名向豪绅要米。国民党湖口县政府立即向江西省政府诬告田英,说他仍在打土豪,破坏国共合作。田英原名黄万生,1909年正月初五出生于乐平县镇桥乡坑口黄村,童年时随母亲改嫁到胡家,遂改名胡万生。田英报到新四军军部备案的新四军都昌留守处主任的名字是胡万生。田英是他参加革命后所用的化名,在都湖鄱彭地区叫得十分响亮。国民党江西省政府立即致电湖口,声称:"据第四军电复,查本部无田英其人,仰即将其所部歼灭。"此令转到湖口县第三区区长张旭辉和都昌县常备自卫大队副大队长李运辉处。两人密谋策划,欲置田英于死地。这两人都是田英的手下败将,在三年游击战争中被红军游击队打得落花流水。张旭辉的老窝湖口县文桥第三区公所被游击队端掉,张险些被俘。当时国共合作抗日,但这些顽固派仍视共产党如死敌。

国民党顽固派的阴谋很快传开了。大港街进步人士曹光朝告诫田英:"听说湖口告了你,你要当心!"田英却不以为意,但在思想上开始警觉起来。1938年4月4日,在外地工作的中心县委委员被通知立即赶回大港研究对策,但万万没有想到会遭到国民党的公开剿杀。4月5日,部分人员赶到大港,留守处共有7人。冯观涛接到李运辉"围剿"留守处的密令后,为了稳住田英,监视留守处,对田英比以往更热情,当晚与田英形影不离。

5日下午3时,李运辉带领国民党都昌县常备自卫大队第二中队100余人从县城出发,扬言去打土匪,实则直奔大港街。自卫队步行50余公里,于6日凌晨三时到达大港。同时到达大港的有驻三汊港的第三中队和张旭辉带领的湖口县第三区分队,加上驻大港的一分队,共300余人。因为当兵的有大港人,为了防止走漏消息,李运辉下令不许队员走动,四时开始包围留守处,里外三层。

当天太阳刚出山,新四军都昌留守处的伙夫郑玉太开门去买菜,被埋伏的自卫队捉去。接着国民党自卫队的士兵就往屋子里冲,田英一听有动静,翻身下床,握着手枪"叭叭"两枪,把冲进来的李运辉的传令兵李咸涛打伤。自卫队都知道田英双枪的厉害,不敢冲进去,中心县委委员邵荣兴(化名老曹)冲出去,被敌人的枪弹打中了肚子,忍痛往外跑,最终倒在大港街的港沟边。田英知道大门已被封锁,冲不出去,就对中心县委委员苏远全、丁大倪,警卫员刘国均、陈光林挥手道:"上屋!"他们几个人冲上屋顶,居高临下,打得自卫队抬不起头来。两个多小时过去了,双方僵持不下。李运辉一看硬攻不行,就令冯观涛对田英喊话。冯观涛对田英说："老田，你下来，我保证你们的安全！"这时田英等5人子弹快要打完了，又轻信冯的话，便交出武器，走出留守处，随即被绑到一分队的碉堡里。当时陈光林躲在石经选家油榨屋的梁上。敌人清点人数时发现少了一个，于是继续搜查，最后陈光林也被抓了。丁大倪、刘国均、郑玉太当即被李运辉枪杀在一分队碉堡的草坪上。留守处的财物也被自卫队抢劫一空。

7日上午，田英与苏远全、陈光林被押往大港后面的狮子山（又名拦牛山、宝下）脚下杀害。自卫队300余人荷枪实弹，一路三步一岗、五步一哨，如临大敌。临刑前，田英面对李运辉的枪口悲愤地怒斥道："我死在火线上就服！死在你这狗骨头手里，我就不服！"最终他身中数弹，壮烈牺牲。

1932年出生的周忠先生是至今健在的唯一一个与田英有直接来往的大港老街人。他讲述的田英在新四军都昌留守处牺牲时的情景与党史资料记述的基本一致。周忠童年时居住的家宅紧邻新四军都昌留守处，两宅耳门相对。现在的新四军都昌留守处其实并不在原址，原址是老街冯光宜家的房子（党史资料记载是石砥如家的空置宅子），距现纪念室20余米，靠近横街东城门，现在是一片菜地。

周忠老人讲，1938年他6岁，那年端午节，周忠奶奶从自家耳门出，端了一些粽子、鸡蛋、米粑从留守处的耳门进，给同志们过节。田英回来知晓后，还回了周家一斤白砂糖。田英治纪很严，要是大港老街富户人家送东西，往往会被拒绝。田英任新四军都昌留守处主任那年29岁。留守处有一辆自行车，田英骑着自行车从大港老街上街到下街，周忠这些屁大点儿的小孩第一次见识两个轮子的自行车，就欢喜地追赶着自行车嬉闹。空闲的晚上，田英拿着铁钳去锅炉下的田沟里夹黄鳝、翻泥鳅，周忠也喜欢跟着。田英被包围的那天，周忠也亲历了。凌晨响起的枪声惊醒了周家人，他们以为来了土匪。被窝里的周忠吓得筛糠似的打战。天微亮，大港街上的国民党自卫队里一个叫石林的队员端着枪问周忠奶奶："老田躲你家了吗？"奶奶说："没有，不信你上楼查。"石林只上了三级木阶梯，就不敢贸然再上，对着楼上打了三枪就走了。

大港这片浸染了田英等英烈鲜血的红色土地，如今成为党史学习教育的热土。周忠是唯一一个健在的见过田英烈士的人，耄耋之年的周忠老人已再没体力去现场讲解。"我们要永远记着田英这些革命先烈，是他们用鲜血打下了如今的大好江山。"周忠老人回首往事，动情地用笔记下心声。

11. 大港镇大港老街（三）：田英烈士的身后事

1938 年 4 月 7 日，田英在设于大港老街的新四军都昌留守处（亦称新四军江西都昌通讯处）被捕后，惨遭敌人杀害，一同英勇就义的还有都湖鄱彭中心县委委员苏远全、邵荣兴（化名老曹）、丁大倪（兼组织部部长）和刘国均（警卫员）、陈光林（警卫员）、郑玉太（伙夫）。

折翅于都昌大港的"武山雄鹰"田英，有着怎样的红色人生呢？

田英 1909 年（宗谱记为 1899 年）出生于江西乐平县镇桥乡坑口黄家村，取名黄万生，又名黄水泉，5 岁时被父亲抛弃，与母亲一起被卖给邻村余家村的客姓胡水仇，改名胡万生。他在胡家读了四年私塾，因贫困辍学后替人打长工谋生。1927 年大革命失败后，乐平县镇桥一带建立了党组织。在白色恐怖中，黄万生参加了革命，18 岁时加入了中国共产党。1928 年，黄万生到乐平鸣山煤矿挖煤，在工人中秘密开展革命活动。1930 年 4 月，他参与领导煤矿暴动，作为矿工会负责人，领导矿工开展"发清欠饷，反对取消年关双薪"的罢工斗争和煤矿暴动。5 月，黄万生任乐平县总工会常委。1930 年 8 月，赣东北特区总工会筹备委员会在弋阳县成立，黄万生为委员。11 月，方志敏在乐平县众埠街主持召开十三县雇农代表大会，黄万生被选为赣东北特区雇农总工会委员长。此时红十军从乐平向赣东北苏区中心弋阳转移，黄万生跟随红十军离开了家乡乐平。12 月，国民党第 5 师血洗乐平，黄万生的继父和母亲均遭国民党杀害，这更激起他对敌人的仇恨。1931 年 5 月，赣东北特区总工会在横峰县葛源正式成立，景德镇市瓷业工人领袖昌松林（都昌北山乡人）为委员长，黄万生任常委兼青工部部长。11 月，在赣东北工农兵代表大会上，他被选为赣东北苏维埃政府执行委员兼劳动部副部长。在第二次全苏代表大会上，黄万生被选为中华苏维埃第二届中央执行委员。

1934 年 4 月，黄万生化名田英，与闽浙赣省委的一批干部开赴赣北，组织武装暴动，开辟新苏区。6 月，新苏区向皖赣边发展。中共赣北特委（后改为皖赣分区委）决定将彭泽县委升为中心县委，辖彭泽、湖口、都昌、鄱阳、东流、至德、望江七县，田英任少共中心县委书记。1935 年春，皖赣边苏区遭到敌人严重破坏,皖赣分区委和彭泽中心县委均遭到破坏,大部分领导成员失散或牺牲。田英根据闽浙赣省委指示,在都、湖、鄱、彭交界的武山东部——都昌大港望晓源建立都湖鄱彭中心县委,田英任书记。他将被敌人冲散的 50 余名战士召集在一起,组成中国工农红军都湖鄱彭游击大队,在都湖鄱彭边境开展游击战争。经过艰苦卓绝的三年游击战争,1937 年 12 月,田英带领 150 余人的队伍开到浮梁瑶里,改编为共产党领导的江西抗日义勇军第二支队第一大队,后在安徽岩寺改编为新四军第一支队二团三营七连。1938 年 1 月下旬,田英带领短枪队回到都昌大港,在大港街设立新四军都昌留守处。两个多月后,田英英勇牺牲。

烈士生前勇毅路,英灵身后多哀慰。年仅 29 岁的田英就义于都昌大港狮子山下。据说大港根据地的群众悄悄地弄来一口棺椁,将烈士就地掩埋。20 世纪 70 年代初兴建大港水库,烈士遗体从库底处移葬于大港烈士陵园。

新四军都昌留守处是 1937 年 9 月至 10 月间中共中央分局负责人项英、陈毅同国民党江西省主席熊式辉谈判时确定的,是抗战时期公开合法的机构。国民党都昌县政府很清楚,破坏留守处,杀害田英,就是破坏国共合作,破坏抗日,万一上面追查下来也不好交代,因此写了一份假报告:一是说都昌常备自卫大队只出动 27 人,协助湖口第三区区长张旭辉将田英所部歼灭;二是说自卫队遭到田英等猛力攻击后再还击;三是说田英在战斗中被当场击毙。同时国民党都昌县政府"令饬各队与区后备队会哨游击,以严防田英党羽窃发",实际上是害怕外界特别是新四军军部知道"大港惨案",所以企图封锁消息。4 月 10 日,中心县委委员华永标、戴其明等人在大港曹百四村召开了都湖鄱彭中心县委(扩大)紧急会议,决定立即派戴其明等人去汇报"大港惨案",要求派兵为田英等人报仇。不幸的是,去皖南的县委委员戴其明和老许在彭泽县杨梓桥投宿时被敌人杀害,去景德镇的老张途经鄱阳县石门街时也遭敌人杀害。后来,县委委员兼宣传部部长华永标千辛万苦于 5 月到达皖南,把田英等人牺牲的消息报告了新四军军部。昔日与田英并肩作战的战友已改编为新四军一支队二团三营七连,这些战友听闻老队长被害,尤其悲愤,一致请战打回都昌,为田英等烈士报仇。1938 年 6 月和 1941 年 1 月,《新华日报》先后发表社论和消息,表示对国民党政府的严正抗议。至此,都湖鄱彭中心县委遭到严重破坏,新四军都昌留守处也随之不存。6 月,赣北特委派在新四军军部负责留守处与军部联络工作的谢文珊(1906—1941,都昌蔡岭谢献村人)与许其昌一道回到都昌,在北炎高家

村的高道聪家建立都湖彭中心区委(鄱阳县单独建立县委,直属特委领导),许其昌为书记,华永标、谢文珊、张方茂、黄春发为委员,下设都昌汪家墩、徐家埠、石岳里区委,彭泽武山区委和湖口特支。

田英 1938 年 4 月 6 日凌晨被捕后,都昌曹店中屋李村社会贤达李幼农曾竭力营救过。李幼农得知田英被捕后,当即同思想进步的都昌县第三区(即马涧桥区)区长应自强赶至大港,可是当天田英已被杀害。李幼农去信指责他的老友、时任国民党江西省政府主席的熊式辉与中共合作毫无诚意。

关于田英在新四军都昌留守处开展的卓有成效的抗日民族统一战线工作,致力于都昌民国教育发展的程致远先生在 1984 年 6 月 14 日接受都昌县党史部门专家的访谈时,如此讲述:"我认识田英先生是在 1938 年 4 月某日。记得当日田英先生同应自强来我校(原都昌县办第三区中心小学)。据田先生自我介绍,系弋阳县人(应为乐平县人),任地下交通员时,多次遇险,终以机智勇敢幸免于难。1937 年 10 月来我校,主要目的是要些书刊报纸,以资了解国共合作是真心还是假意。他询及李幼农先生近况,我答以幼农先生在家教书,距我校仅半华里。田先生即邀同往幼农先生处。他俩一见如故,评论当时国内外形势,所见皆同。临别时,田先生主动要求幼农先生同我于清明节后去武山革命根据地游览,我同幼农先生表示衷心赞同。4 月 7 日,幼农先生凌晨即来我校邀伴同行。到盐田乡中心小学(校长系幼农先生之侄李援),惊悉田先生于当日凌晨遭李运辉等杀害,我们深感哀痛,幼农先生更是气愤万分,责李运辉等阴险恶毒,杀害田英先生等革命先烈,破坏国共合作,并致函(国民党)江西省政府主席熊式辉,严斥李运辉等险恶暴行破坏祖国统一,于抗日救亡极为不利。"

原土塘公社佛子山大队周家山村的周钟先生曾是李运辉自卫队冯观涛中队的一名队员。关于李幼农先生为营救田英而奔走的事实,他 1984 年 6 月 13 日回忆田英被害经过时,如此证实:"田英被杀不久,李幼农、应自强就赶到了。"周钟还讲述了田英被捕后他的一些经历:"我是清明的第二天吃中饭时赶到的。田英和老苏已在我分队看守,就放在我的碉堡内,我当第二班班长。因为平时老田待我们很好,我自己买了两包烟给他们抽,晚上放在碉堡内,我没有绑他们,只让他们靠床睡。第二天我叫副班长去打,并叫他用一枪打死,不要到处乱打。打以前,在他荷包里搜出 24 块钱。副班长名叫刘益利。老田和老苏是一同被打死的,连同围攻时被打死的 5 人共 7 人。"

武山有幸埋忠骨，英灵长眠大港陵。田英的陵墓后来移葬于大港烈士陵园。在烈士的故里乐平县，田英身后的红色故事还在续写。2021年5月，田英的侄孙黄兆美、外孙彭大华在田英牺牲83年后，第一次来到大港，以烈士后裔的身份祭奠。原来，田英在老家结过婚，并且生育一女，叫黄金莲。田英后来别妻离子，辗转各地，义无反顾闹革命，把对家中妻女的思念深藏于心底，一心为千万劳苦大众能过上幸福美满的生活而抛头颅洒热血。田英烈士在赴赣北组织武装暴动开辟新苏区前，因担心家人受到牵连，曾劝说妻子带女儿改嫁他人，以免遭受迫害。因此，田英烈士在大港镇牺牲后，都昌方面便以为田英烈士没有后代。新中国成立后，人民政府颁发烈属光荣牌时，田英亲生女儿黄金莲才知道父亲已壮烈牺牲。她误认为父亲是随红军北上抗日先遣队在怀玉山突围时牺牲的，所以循着这个方向寻找父亲的安葬地一直没有结果。1950年，黄金莲去世前，嘱托家人继续寻找。几十年来，黄兆美、彭大华先后前往弋阳县革命烈士纪念馆、上饶集中营旧址等地寻找线索，但大家都不知道黄万生已化名田英，因此始终没有找到他的下落。2021年5月，当他们联系景德镇新四军研究会常务理事程雪清、都昌和乐平两地退役军人事务部门后，事情出现转机。他们根据线索查找资料、比对信息，最终确定黄万生就是安葬在大港镇革命烈士陵园的田英。

2021年国庆期间，田英烈士的后人前往大港镇祭奠，这是田英长眠都昌83年来亲属第一次来祭奠。按照风俗，亲属们给田英带来用红布包裹的故乡土，并撒在田英的墓前。

田英，这位"武山雄鹰"的英姿，在缅怀他的红色传人的心中永不磨灭……

12. 大港镇大港老街（四）：有一种红色故事，叫赓续

我所写的不少篇目是挖掘并讲述都昌这片热土上革命烈士的红色故事。令我振奋的是，我和我的书写，也成了赓续红色故事、传承红色基因的一部分。

2022 年 10 月 13 日下午，我正在周溪镇鄡阳村采访，接收到几乎同时发来的两个添加微信好友的信息，见对方的自我介绍，一个是景德镇新四军研究会田英（黄万生）烈士事迹专题研究者聂春发，另一个是田英烈士的侄孙黄兆美。他们说下午到了都昌县望晓源，参观了田英在三年游击战争时期担任书记的都湖鄱彭中心县委旧址，正往都昌县城赶，想拜访我，交流关于田英烈士的史料。

当天傍晚时分，我们在都昌县委宣传部我的办公室见面。他们一行四人，另外两位是黄兆美的妻子和他的弟弟黄兆辉。黄兆美告诉我，他们前几天在网上看到了我写他们伯祖父田英的文章，便邀聂春发老师，今天专门赶来都昌。他们先是去大港老街，拜访了我曾采访过的至今唯一健在的、与田英有直接来往的周忠老人；随后去了蔡岭镇的望晓源，参观了都湖鄱彭中心县委旧址。

聂春发老师声音洪亮，身着迷彩服。他说他曾是一名军人，后从景德镇市公安部门退休，近年来在景德镇新四军研究会将景德镇市乐平人田英烈士的生平事迹作为一个专题来研究。我们就彼此了解的关于田英的红色史料进行了交谈。聂老从背包里取出一个文件夹，不少复印材料就套装在文件夹内。他指着一份网上下载的"第二届全国苏维埃代表大会中央执行委员会委员和候补委员"的花名册，用手指头在"执行委员"中点着"黄万生"的名字，赞叹道："这是黄万生在党内地位的'高光时刻'。"

我们来重温这段历史。1934 年 1 月 22 日至 2 月 1 日，中华苏维埃第二次全国代表大会（又称"第二次全国工农兵代表大会"）在江西瑞金沙洲坝中央政府大礼堂开幕，来自全国 15 个苏区的正式代表 693 人、候补代表 83 人，以及中央政府和中央机关组织的旁听者千余人参加了会议。大会选举了中华苏维埃共和国第二届中央执行委员会委员，其中中央执行委员会执行委员 175 人，候补执行委员 36 人。其时，黄万生的职务是闽浙赣省雇农工会委员长，他在中华苏维埃第二次全国代表大会上被选为中央执行委员，他的名字前面是来自闽浙

赣省苏维埃政府的中央执行委员方志敏、余汉朝,后面是汪金祥、关英、涂振农等。

我们查阅中共党史,了解一下列于"黄万生"前后的几位中央执行委员的身份,就可知名列其中的黄万生(田英)在1934年初,的确迎来了他在党内的"高光时刻"。而这一点,在都昌地方党史研究资料中往往被忽略。方志敏时任中共闽浙赣省委书记、省苏维埃政府主席;余汉朝时任闽浙赣省劳动部部长兼地雷部部长;汪金祥时任闽浙赣省苏维埃政府第一副主席;关英在方志敏牺牲后任皖浙赣省委(1936年,闽浙赣省委改称皖浙赣省委)书记;涂振农曾任红十军政委。1934年4月,田英受方志敏指派,赴赣北开辟新苏区。田英在武山组织都湖鄱彭中心县委和红军游击队,开展了三年艰苦卓绝的游击战争,在战火中磨砺斗志,淬火成钢。他从不以"中央执行委员"的荣光而居功自傲,体现了一个革命者的崇高风范。

聂春发先生送给我一本由景德镇市新四军研究会编印的《景德镇新四军研究》(2022年第1期总第4期),其中刊载了他所写的《黄万生烈士家人寻亲记》。在这篇文章中记下了黄万生的女儿黄金莲少年时汇入革命洪流的经历。关于田英女儿黄金莲的生平,聂老的文章相当可信,因为其中的内容是黄金莲小儿子彭大华讲述的。1948年出生的彭大华年轻时投身军营,后在一家设在景德镇的国防工业厂工作,退休后回老家乐平从事种养业,老有所为,颐养天年。曾同为军人的聂春发与彭大华在景德镇有40多年的情谊。他为挖掘田英烈士的事迹材料,这两年来多次采访田英的外孙彭大华,听他讲述他母亲黄金莲生前对他讲述过的故事。

据田英外孙彭大华的讲述,田英最后一次回到老家乐平,是在1930年底。其时国民党地方武装追剿革命者黄万生不得,而残忍地将他的母亲和养父胡水仂双双杀害。田英得知消息后,仇恨的火焰在胸膛燃烧,更坚定了投身革命去推翻黑暗统治的坚强意志。田英想到家中处境险恶的妻女,柔情袭来。加入共产党组织投身革命的三年来,他将生死置之度外,从没在家中照顾过父母和妻女。1930年12月,田英从闽浙赣苏区的中心横峰县葛源悄悄回了一次家,劝妻子孙龙梅改嫁,第二天将10岁的女儿黄金莲带回葛源。在葛源,黄金莲参加了少年儿童团,学文化、送情报,从小接受革命的洗礼。1934年,黄万生根据中共闽浙赣省委安排,随柳真吾、匡龙海等驰骋于赣东北的浩山、武山一带,开辟皖

赣边新苏区。临行前,他将14岁的女儿托付给他的乐平老乡、时任闽浙赣省苏维埃副主席兼内务部部长的徐大妹。1934年9月,主力红军要冲破敌人的包围北上抗日,闽浙赣省委留下了关英代理省委书记,省苏维埃留下了副主席余金德、徐大妹等。1935年夏季,国民党集中数万兵力,对赣东北游击根据地实施新的"清剿",徐大妹这位威震闽浙赣苏区的红军女游击队队长,英勇杀敌,参加战斗数十次,打击了敌人的嚣张气焰。1935年10月,在一次游击战中徐大妹受伤,不幸被捕,被押往南昌国民党监狱关押。抗日战争全面爆发后国共第二次合作,我党提出释放政治犯,徐大妹才被释放出狱。少年黄金莲在战火中几次死里逃生,以至她后来向后代讲述这段经历时,用"从死人堆里爬出来"来形容。黄金莲离开红军游击队后,只有一个信念:活下去,找到父亲!她扮成逃荒要饭的哑女,在好心人的帮助下,花了两年时间找到在乐平的外公家。在风雨如晦的岁月里,黄金莲隐瞒身世,长大成人。1937年,17岁的黄金莲嫁给了舅舅的儿子彭正周,从此与党组织失去联系。

　　1949年乐平解放后,徐大妹重新参加革命队伍,恢复了党组织生活,曾任上饶地区民政处副处长、区妇联主席。她对昔日战友黄万生的女儿黄金莲的生活予以关照。黄金莲曾任村妇女主任、乐平县人大代表。她一直以为父亲黄万生是随着方志敏的红军北上抗日先遣队在怀玉山牺牲的。她不知道已改名"田英"的父亲实际上转战于赣东北红色根据地,担任都湖鄱彭中心县委书记、红军游击队队长。1938年4月,父亲田英在都昌大港英勇就义时,黄金莲已与表兄结婚成家。1958年,黄金莲辞世,年仅38岁。临终前黄金莲叮嘱儿女们,一定要找到外公黄万生的下落,了却她的寻父心愿。2021年5月,黄万生的后人在各方的共同努力下,终于找到了烈士的长眠地。大港山里火红的杜鹃争相吐艳,那是烈士的鲜血染红的。2021年国庆节,党史学习教育如火如荼,热潮涌动,田英烈士的侄孙黄兆美、黄兆辉,曾外孙彭志斌(彭大华之子)一行来到都昌县大港烈士陵园,深情祭奠田英烈士。田英烈士的后人按照风俗,将烈士家乡的泥土撒在墓前,同时将墓前的一抔黄土带回老家,让英雄以这种特殊的方式魂归故里。

　　现存的公开党史资料均记载田英出生于1909年,1938年4月牺牲时29岁。聂春发先生和田英烈士的家人认定田英(黄万生)出生于1899年,比党史资料中记载的年龄要整整大10岁。此说最有说服力的证据是,田英的女儿黄金莲出生于 1920 年,那时田英 21 岁。如果田英出生于 1909 年,则他只比亲生女儿大 11 岁,这是不合常理的。《坑口黄氏宗谱》记载,田英派名叫黄乃山,其兄黄乃文生于 1897 年,黄兆美兄弟小时候听奶奶讲过,爷爷黄乃文比叔祖父黄乃山(黄万生)大两岁。至于宗谱记载黄乃山出生于 1905 年也是笔误,实际上田英烈士出生于 1899 年。乐平民政部门保存了一份 1953 年摸底登记的烈士烈属表,在"黄万生"栏年龄填写为"50 岁",这应该是当年按整十的概数填写的,至少接近 1899 年,但是与 1909 年相差甚远。黄兆辉先生还将乐平坑口黄村的关于"黄乃山"(黄万生)的宗谱记载转于我。令我感慨的是,乐平的宗谱书载体例过于简单,仅列出生年份、儿子姓名、殁于何年等简单信息。而我翻阅的都昌宗谱人物的记载,大多有人生简历、子女婚嫁情况、妻子生卒年份、墓茔情况等信息,可知都昌宗谱文化着实厚重许多。关于黄乃山(田英)的生卒情况,黄氏宗谱记为"公外出殁葬未详",平淡之中透着感伤。乐平民政部门 1953 年的表格在黄万生的"牺牲地点"一栏,也填写着"生死不明"四字。田英烈士的后裔在他血洒都昌 83 年后,帮他找到了回家的路。这个从"未详"到"已详"、从"不明"到"明了"的过程,是对烈士英灵的莫大告慰。

聂春发、黄兆美一行当天便匆匆返程了。我们约定,我之后会深入田英烈士的家乡采访,将后续的红色故事讲得有筋骨、有温度……

13. 大港镇止马畈但村:那桥那名　那碑那情

【家训家规】人之不同,心如其面。心口相孚,初终无变。鸡黍相约,千里尚践。既许以心,墓上挂剑。由衷之人,莫不再善。

(一)

"止马畈"是个村名,属都昌县大港镇里泗村所辖,是但姓小村落,现有村民130余人。在村口硕大的花岗石村牌上,村名中的"马"字,用了俊朗的马的图案代替。"止马畈"起初的得名,没有两军交战万马奔腾的背景,而是缘于"文官下轿,武官下马"中,象征威仪与荣耀翩然而至、戛然而止的绝尘一骑。

村里的老人向我讲述了村名的来历。止马畈但村的兴村祖先是明人但谅七次子但伯轩(1381—1431)的长孙但廷华(漠公,1426—1493),按但广而叙,漠公属其24世孙。但朝佐作为但伯轩之长子、但廷华之父,其在都昌的后裔分布在止马畈但村、凤湾但村、国本垅但村(属蔡岭镇蔡岭村)、但灿村(属鸣山乡界牌村)等。查《南阳但氏宗谱》载,漠公"明正统年间由燕子窝迁居李师桥轩公店南止马畈"。这句关于止马畈但村成村历史的记载,深究起来,其中所含人文历史元素颇多。比如:可知止马畈村成村于明正统年间,距今已有570余年;止马畈村是廷华公从都昌但姓的发脉之地燕子窝迁徙而至的;先有止马畈其名后有止马畈村;漠公祖父伯轩公在他所生活的年代可能在当地经商,才有"轩公店"之说;至于"止马畈"之名,祖辈流传下来的故事是说这一带的风水有孕天子之征,文武百官途经此地要落马下轿,以示十二分的虔诚和致敬;至于"李师桥",也就是里泗桥,架在流经盐田里泗的梅溪港的分汊水面上。据当地村民介绍,里泗桥原是青石板桥,1978年坍塌,随后当地政府在离原桥址上游约200米处,新建了一座石拱水泥桥,方便来往。1980年前后,止马畈人将一些粗沉的青石板用圆枕木挪移到门前港,架简易桥、铺浣衣石,1998年又被大水冲毁,直至2017年建造起钢筋水泥的"出马桥"。里泗桥原址如今空留下一方窄窄的青石块,在溪岸做了妇人的浣衣板,算是能觅得见的里泗桥遗迹。

　　"盐田"其名,可以肯定的是因此地多有段姓村庄而得名。承袭"京兆世家"的都昌段姓有"无田不姓段"之说,以"田"序昭穆、辨亲疏,"盐田"是都昌段姓十一田之一。"里泗",对于当下的大港镇颇有地标意义。这里是由蔡大公路折向老盐田的交叉路口,以里泗为路标,可便捷地识得里泗工业园、鄱阳湖太阳村等去处。在此地,"里泗"一度被称作"李师"(有时记作"李斯"),且存此说。里泗村村委会余家塘村的但艳阳先生如此讲述"李师桥"的建造者"李师傅"的故事。他说但姓先祖但谅七与饶州响水滩人李旭八义结金兰。李旭八身材魁梧,武功超群,因家中父母早亡而浪迹鄱阳湖区,仗义惩恶,除暴安良。李旭八在盐田落户,多次与山中匪贼搏斗,但谅七诚邀其长居此地,待之如弟,后来还有意将当地人口中的"李师傅"李旭八介绍给寡居的弟媳曹氏。李旭八在但家勤勉仁厚、乐于助人。他有一手好手艺,与当地村民一起参与了不少修桥铺路的善举。为旌其德,当地村民便将里泗街市旁的一座桥命名为"李师桥",也就是后来的"里泗桥"。李旭八的后裔甚至有"生但死李"的做法,在世时冠但姓,殁后碑刻李姓,以示纪念。

　　这个故事毕竟是流传的民间版本,"里泗"其名的本源留待当地的文化学者去详考。清同治版《都昌县志》"卷之一·川"载:"清水源南出礼思桥,又南东段极港,又东行陆家嘴,汇盐田坂诸溪流于钟山前。"原来里泗桥至少在清代有过一个很儒雅的名字,叫"礼思桥"。同治版《都昌县志》"卷之二·桥渡"载录了盐田(南宋时便属黄金乡)附近的三座桥,其中没有"里泗桥"或"李师桥"。此志所载三桥兹录于下:宫桥,在治东北八十五里,矶冲岭西路,通饶;段极桥,在治东北八十五里;碰桥,在治东北九十里。

(二)

　　都昌大港,是一片红色热土。在 1935 年初至 1937 年底三年游击战争时期,因武山山脉深处的大港石埠涧(即望晓源,现属蔡岭镇所辖)位于都昌、湖口、鄱阳、彭泽四县交界处,山高林密,适合游击战,又因淳朴的山民有投身革命的热情,这里曾是中共都湖鄱湖中心县委所在地。中心县委书记田英率领的红军游击大队,像展翅于武山的雄鹰,掠过长空,威名远扬。止马畈也曾响起红军游击队的萧萧马鸣声。

　　1965 年出生的止马畈村人但兆,在家乡这片红色热土上成长。1988 年从

九江师专中文系毕业的他,处事创业时胸间总蕴藏着红色情怀。他的两个爷爷,一个在武山深处埋忠骨,一个在止马畈里留忠魂。每念及此,但兆的心间总会激荡起一股天地英雄气。

故事发生在1937年农历十月,武山虽没有飘雪,但山上山下寒风凛冽,一片萧索。止马畈村的后生但汉禄是山里走村串户的棉花匠,个子高,艺也高,棉絮大,胆亦大。棉花匠但汉禄在"嘭嘭"声中,持弓为洁白的棉絮缀上红色的装饰线。他胸膛里的那颗心,在接受红军游击队的革命宣传中也更加红了。但汉禄有没有加入中国共产党,无人知晓,但他投身革命是事实。他的妻子王双姣知道他是革命者,对田英的红军游击队赤胆忠心。家里哪怕要断炊了,但汉禄也要将谷仓刮得见底,用谷箩挑去石埠涧,让"老田"的部队吃上米饭。但汉禄还会向妻子讲起游击队员在山上吃不上一顿饭的艰苦处境。敌人"围剿"时,游击队员每天只能吃上一顿饭,又不能烧火煮饭,怕烧火时被敌军发现,只能用衣服把米包起来,浸在水里,让米粒发胀,再挖个地洞把米放进洞里烧得半熟。游击队员还要留下一些饭团绑在裹腿里,好在转移时掏出来吃;太阳出来后,绑腿上的饭团发酸变味,也要咽下肚。粮食吃光了,敌人围得紧,与群众的联系断了,游击队员就在山上找野果和野菜充饥,甚至吃观音土,观音土又苦又涩,但也要咽下去。"我们总比游击队员要过得好。哪怕是送上半担粮,比黄金还珍贵呢。"但汉禄的话让妻子王双姣动容。

棉花匠但汉禄支援"老田"的红军游击队,被国民党的地方保安团盯上了。这一天,但汉禄挑着棉花和弹棉花的一应工具去了陡峭的石埠涧,谷箩底下藏着为红军游击队筹来的数百块银圆,游击队要用钱款买枪支弹药和生活物资。这次行动被段极村的保长知晓了,段保长派乡公所的团丁带着枪去追。山路弯弯,林木翁郁处,团丁追上了挑担的但汉禄。团丁在林密人稀处端枪搜查,但汉禄拿起扁担对抗。恼羞成怒的团丁射出罪恶的子弹,但汉禄倒在血泊中。

第二天下午,田英手下的一个游击队员拖着一条伤腿进了但家门。这位说着听不太懂的外地话的游击队员,但汉禄的妻子王双姣认得。但汉禄以前多次带过田英手下的人入家门,做过发动群众的工作后,改善伙食的事就是妻子王双姣负责的,她知道来人姓何。何队员特地来向但家告知但汉禄被团丁打死的噩耗,他自己的腿也在下山的路上被团丁击中。王双姣听闻自己与丈夫已阴阳两隔,眼泪顿时像断了线的珠子一样滴落。何队员说:"团丁在后面呢,恐怕快要追上来了，我得走。"王双姣擦着眼泪说："都快追过来了，哪里走？只能藏在我家躲躲！"她顺手麻利地将厢房里晒谷物的一个有破洞的篾制"肚筐"铺展开来。那竹筐有两米宽、五米长，足够卷藏一个人。不一会儿，段保长就亲自带着三个团丁追到但家，也见着了地上的血迹。段保长知晓受伤的红军游击队就藏在但家，只是她丈夫昨天刚被杀，他不想再在乡间间结下深怨，虚张声势地吆喝两声后便离开了。

但汉禄又名品生，生于1897年十月初四，1937年10月为红军游击队送款项遭枪杀时年仅40岁，正值壮年，生命之弓在苍茫的武山弹出一声呜咽绝响后戛然而止。但家有兄弟五个，都有谋生的手艺，干着篾匠、桶匠、石匠、棉花匠的活计。但汉禄的弟弟在嫂子的催促下，悄悄地去了石埠洞寻找哥哥的尸首，但没有见到，猜想哥哥已被敌人抛尸于崖底。何队员伤势不轻，也不好归队疗伤，一直在但家养伤。第二年春耕时，稍有好转的何队员还帮着但家做些简单的农活。1938年元旦这天，田英带领的都湖鄱彭红军游击队员150余人，离开都昌开赴浮梁瑶里改编成新四军，奔赴抗日前线，何队员离革命队伍也越发远了。因缺医少药，何队员在1938年冬季病逝于但家。

王双姣找来堂弟们商议何队员的后事。她说何队员身为一个外乡人，为咱穷人翻身来到武山闹革命，而且是为但家传讯而受伤死的，听说田英的游击队已下山赴瑶里参加新四军改编去了，我们但家要讲良心，好好安葬何队员。按照当地民俗，外姓人不能上本姓的祖坟山。但家人便将何队员殓葬于岭东的光头嘴。

王双姣每年都会嘱咐儿孙去给何队员祭扫墓冢，她觉得做这些事是再平常不过的了。新中国成立后，王双姣没开口向政府要一分钱作为为红军战士守墓的补助。质朴的但家人也没主动向政府申报把但汉禄和不知名的何队员列为革命烈士，以至革命史志里对他们无只字记载，后人总觉得愧对英灵。1976年，年逾八旬的王双姣寿终正寝。王双姣的儿子但盛椿是一位共产党员，儿媳段荷莲20世纪60年代在里泗大队担任过书记。但家第二代每年清明节、除夕等传统节日，都像对待自家逝去的家人一样为何队员祭扫墓茔。红色精神赓续至但家第三代但兆，但兆有时还会带上儿子去祭奠何队员。2019年清明节，但兆为何队员立了一块"英雄长眠"的墓碑，刻下了如此碑文：据传何老大人乃四川人氏，系中国工农红军某部士兵，因伤滞留居住于止马畈村王双姣家中一年有余，

后因病而故,生卒年月不详。王双姣后人为尊重老人立碑为记,望老人长眠安息,庇护王氏后人家业浩大,人丁兴旺。

但兆作为革命者的后代,为人做事总是怀着一种红色情怀,对但汉禄爷爷、何爷爷这些英雄的崇敬,更在他心底竖起一座高高的丰碑,激励他走好人生路,凝聚奋进力。2017 年,在资金无着落的情况下,但兆垫资 14 万余元,组织修建止马畈村通往外界的"出马桥"。政府资金到位后,他还贴补 3 万余元弥补资金的不足。但兆近年在省内一家国企从事工程建设工作,他对"红色工程"情有独钟。江西遂川县草林红圩是毛主席 1928 年 1 月亲手创建的一个红色圩场。在当时白色恐怖笼罩的环境中,草林红色圩场活跃了井冈山根据地的经济,为根据地的创建和巩固起了重要作用。遂川县政府打造的草林红圩小镇,2022 年入选国家 AAAA 级旅游景区。但兆在草林红圩小镇高质量完成了部分污水处理工程。江西吉安市青原区渼陂古村走出了共和国将军梁兴初、梁仁芥、梁必业、梁必骎,其中 2 位中将,2 位少将。近年来渼陂村打造升级版"将军馆",但兆也在其中承担了部分工程,以高品位、高质量得到业主的赞赏。2021 年,刘肩三先烈的故里都昌后垅红色村启动秀美乡村及部分红色附属工程建设,但兆带领的工程队承担了主要工程施工。但兆秉持打造"优质工程""良心工程"理念,倾力参与家乡红色基地建设,奉上至诚的红色情怀。

但兆在出马桥竣工的碑记上赋诗道:"止马畈上泛青烟,汉公慧择灵地衍。当年文官轿止步,历代武将马后牵。风流人物皆过客,时蕴骄子数今天。能人辈出尘后起,一代更比一代贤。"是的,无论是"止马"还是"出马",如今的止马畈人都纵情驰骋于各自的人生疆场……

14. 大港镇高塘村：远山故事多

早在 2018 年 3 月，"传家训扬新风之 22"就讲述了高塘村里发生的岭的故事、石的故事、洞的故事、村的故事。此文仍然讲述远山里的故事。

石家齐烈士的故事

查《都昌县志》(1993 年版)人物卷所载《都昌革命烈士英名录》，大港镇高塘村有两位烈士录入，皆是曹站村人。一位是石家齐烈士，1934 年参加革命，武山游击队战士，1935 年在本村就义，年仅 30 岁；另一位是曹明林烈士，1935 年参加革命，武山游击队战士，1936 年 6 月在本村就义，年仅 23 岁。三年游击战争时期，田英带领的都湖鄱彭红军游击队纵横驰骋于崇山峻岭间，石家齐、曹明林两位红军游击队员血洒家园。

1953 年出生的石党林是一位老党员，曾任高塘村党支部书记多年。他向我讲述了他伯父石家齐英勇牺牲的红色故事。石家齐有兄弟三人，他是老大，两个弟弟名石家友、石家国。石党林是石家国的独生子，大伯父石家齐牺牲前与邻村姑娘订过婚，烈士英年献身，并无子嗣，石党林便过继给石家齐为子。石党林讲述道，石家齐在田英带领队伍来武山开展游击战争前，就在当地组织深山里的贫苦大众闹革命，还被国民党地方武装力量抓捕过，在县城关押了五六个月。1934 年底，柳真吾、田英开辟都湖鄱彭新的游击根据地，高塘成为武山雄鹰展翅飞翔的一方热土。在流传于民间的讲述中，曾发生过初来乍到的田英将大港当地的劫富济贫力量当作"土匪"来围剿的偶发事件，高塘革命势力起初也对新来的红军游击队有几分排外，但他们随着革命的宣传而会合于红色旗帜下，共同杀敌的战鼓擂得更响。田英在叶冲涧办起的游击队练兵场，令高塘男儿血脉偾张。石家齐参加了田英的红军游击队，很快成了骨干。

当年战争环境可谓艰苦卓绝，石家齐躲避在北炎的大弟石家友家，苦命的大弟 14 岁时被卖到山外的北炎联民村。穷凶极恶的国民党武装在北炎将红军游击队员石家齐逮捕，将他押到高塘准备枪决。石家齐的母亲听闻音讯，肝肠寸断。她带着 9 岁的小儿子石家国躲在家旁边的竹林里，刽子手牵着被反绑的

石家齐,欲下毒手。刽子手姓冯,当时是酷暑难耐的夏季,敌人肩上揩汗用的罗布手巾,石家齐的母亲都看得真真切切。伤心欲绝的母亲叮嘱小儿子几句,让他去刽子手那里为哥哥求情。石家国跑上前去,环住刽子手的裤腿,眼泪噙噙地跪了下来,可又不知怎样表达。约一刻钟后,刽子手狠心地踹开小家国,将石家齐押往转弯处山坳里的田垅庄,那是石家的一块地。随着一声罪恶的枪响,石家齐为革命捐躯。

起初石家齐被家人悄悄掩埋于就义地,1970 年兴建大港水库,石家人便将他的墓茔往高处移,以免被水淹。20 世纪 90 年代,县民政部门下拨 5000 元,对石家齐烈士的陵墓进行了维修,并重立了墓碑。自此,烈士英灵与巍巍武山长伴。

抗旱的故事

李白《独坐敬亭山》诗云:"两看相不厌,只有敬亭山。"人们品读出的多是诗人的旷世孤独,其实,"两看"中又何曾没有几分相生相克、不破不立的辩证法? 细究高塘之名,其中也有辩证法的一丝味道。比如此地形胜分明是山,连村名亦多为焦源山、黄同山、石崇山一类,可冠名偏偏涉水,唤之"高塘"。高塘确实有其塘,处在高塘村。大概是因依海拔,它是都昌县内最高的池塘,海拔210 米以上,故名。而高塘村最高的山峰海拔当在 600 米以上。

2022 年的干旱,注定要载入鄱阳湖区乃至全国的抗旱史册。据鄱阳湖水文水资源监测中心的数据,9 月 26 日,鄱阳湖星子站水位为 6.99 米,跌破 7 米,比历年 9 月平均水位 16.18 米约低 9 米,跌破近百年水位记录。有关部门发出了枯水红色预警。在号称都昌县海拔最高村的高塘,"旱魃"的影响更甚。高塘人平日里的生活用水,一是靠数口水井,二是去港汊取水。2022 年,村中的井多干涸。高塘村的那些井,虽还有一些水,但水浅且混浊,已不能饮用;至于焦源山、黄家塘一带的港汊,早已卵石露天,短桥空跨,空留"请节约用水,保护水资源"的宣传牌插在地上,像是一个无奈的感叹号。

高塘人生活用水的警报在 8 月 10 日就拉响了。在高塘、横岭,在家居住的60 余名山里人眼看没有了生活必需的饮用水。常言道"水是生命之源",没有了水的山里人生存便有了危机。面对群众的急难愁盼问题,基层党组织总能做到"民有所呼,我有所应",我们总能看到党员干部发挥主心骨作用。沧海横流,方显英雄本色;降伏旱魔,亦彰为民真情。高塘村村委会党支部书记黄晒艳是一名退役军人,胸腔里流淌着滚烫的贴心服务于民的热血,他及时向镇党委和政府汇报高塘的旱情。在镇领导的支持下,高塘村迅即启动"送水行动",将山外拉来的一桶桶纯净水送到百姓家中,保证生活用水。

面对日益加剧的旱情,两天一次给每家每户送水始终不是长久之策。大港镇党委和政府及时将高塘村的旱情向县水利部门汇报,并请来水利专家实地察看,做出了一边送水解近渴、一边打井除远忧的部署。那时鄱阳县的专业打井队十分忙碌,四乡八村皆联系他们救急打井,都昌高塘村在排了四天队后,才装运来打井的机器。8 月 19 日,石崇山村钻井 102 米,打出了第一口出水的机井,当地山民提着水桶,纷纷前来装水运回家。黄晒艳捧着清凉的井水,喝了个饱,似乎要滤掉连日来为井为水奔波的艰辛。随后高塘、老牛冲分别打出了深 82 米、102 米的机井。汩汩流淌的清澈井水,滋润着纯朴村民的心田。

井水一时涌,更须长久流。镇村干部的目光瞄准的是因势利导,彻底解决高塘村人的用水问题,再也无须靠天吃水、用水。村支部组织人员在三口机井旁地势高的山峦上建起了水塔,将井底之水通过电泵打至水塔,在科学有序地排布好总水管后,又动员组织村民落实铺设进入每家每户的分水管,以确保在工程完全竣工后,群众只要拧开自家的水龙头,一年四季都可以用上放心、足量的自来水。

高塘人在 2022 年这个大旱之年,永久解决了饮水之忧,山民们笑逐颜开。9 月 19 日,都昌县人民政府县长万述幼深入大港镇调研指导森林防火和抗旱工作,亲自来到高塘村机井出水口,检查出水效果,提出下一步将好事办好、实事办实的要求。

乡村振兴锦绣展,高塘故事说不完……

15. 左里镇巴家山村：记吧，关于村史

【家训家规】纵狗苟蝇营、醉生梦死于一时，甚为我宗不取也。况夫盛衰去来，理有可推，黄流不注于瓦缶，福泽不降于淫人。

巴家山村迁徙史

巴蜀，指的是四川盆地及其附近地区。春秋时，四川、重庆一带既有巴国，也有蜀国。巴姓，是以国为姓。据说很早以前，巴水（今四川省东部一带）有巴氏，也有樊、瞫、相、郑氏。五个氏族之间相互争斗，起因除了辖域权属之争，还有所膜拜的神灵各有其主。五个氏族协商着推举头领，以率众族。上古时期比不了笔墨文辞，只能简单地比膂力——看谁掷剑掷得准，看谁制作的泥船漂得远。巴氏选出的参赛者叫务相，以智勇在两场比赛中胜出，做了五族的首领。巴国立于周朝，由氏族立国。国君称巴子，亦称巴公。巴国与相邻的楚国交好，后被秦灭。巴公的后裔有巴渠者，以国名为氏，为天下巴氏一世祖。

因发迹于川地，所以四川的巴氏文化很丰厚。都昌县左里镇林山村村民巴日初2019年春去四川阆中市旅游，发现巴国国都遗址竟被打造成了景点。巴日初所在的巴家山村2005年兴建祖祠，冠以"高平世家"。南朝置高平郡，治所在今山东济宁一带。巴氏从川地迁徙，山东高平成其郡望之地。有巴姓人家称"渤海世家"，指的也是郡望，在今河北沧县一带。

都昌县和合乡濒临鄱阳湖，有"十八湖咀"之称，比如黄金咀、义公咀、青龙咀、西崖咀等。西崖咀在和合滨湖村，很多人也许并不知道巴氏宗谱记载，"西崖咀"其名，来自巴姓都昌始祖巴政卿（1228—1306）。南宋时期的巴政卿，字国辅，号西崖，曾在西崖咀生活过。

巴政卿是受姓祖巴渠的59世孙，南宋咸淳三年（1267）中丁卯科贡元，功名上相当于举人。巴政卿没有走由贡生到进士的科举仕途，而是发怀远思亲之情，来到他的五世祖巴念四从汴京迁徙到安徽之后的安居地——安徽歙县河西

桥,尽享田园生活之静好。其后裔因人繁土薄,便另觅栖息之地。巴西崖于是走芝城、泛浔江、下彭泽、历东流而回到左蠡,登矶山望松门,寻石壁而涉都昌,盛赞"此乃奇秀甲江右",遂买荒地于治西,构屋数椽,筑墙编篱,种奇花异草,枕经籍书。数年后,园圃重增,人情益熟,巴氏遂于元至元年间携家眷由安徽歙县河西桥择居于都昌县治之南,后人以巴西崖之名称发祥地为西崖咀。

西崖咀没有成为巴政卿后代的长久居住地。他的曾孙巴仁仲(1304—1369)避朱元璋与陈友谅的鄱阳湖大战之乱,于元末由和合西崖咀移居都昌县城金街岭。都昌巴姓村庄现有5个,有1800余人,皆为元末明初巴仁仲之子孙。巴仁仲祖父巴亮、父亲巴德以良好的家风熏陶子孙。巴仁仲不受元爵,安贫乐道,寻松问菊,吟诗歌怀,誉满乡间。在此,且根据都昌相关姓氏文化资料,追溯巴仁仲所发的五个都昌巴姓村落的脉络。

都昌镇西湖居委会巴家咀村,由巴仁仲4世孙巴熹(1505—1579)从县城金街岭移居父亲巴宝(1490—1592)享清静而笃学的读书处(今丝瓜堰西)所形成,这里如今是生机勃发的城中村。北山乡芙蓉村桥头村,由巴熹之子巴圮(1531—1598)于明隆庆年间由巴家咀迁四十六都桥头所形成。左里镇傅桥村大堰塍巴家,由巴宝幼子巴烈(约生于1510年)于明正德年间由县城金街岭迁四十一都和瑶垅所形成。北山乡芙蓉村巴家墩村,由巴仁仲9世孙巴境(1551—?)于明万历年间从县城金街岭迁芙蓉山北麓的高墩上所形成。都昌巴姓族人每年清明节都会派代表到巴家墩祭扫先祖和祖婆杨氏的墓茔。左里镇林山村巴家山村,由巴仁仲8世孙巴仲礼(1498—1546)于明嘉靖年间从吴家湾(现属北山乡)迁四十都秦傅岭北麓所形成。本来在左里大堰塍下边、邻董家湾处还有一个明万历年间由巴家咀迁四十一都的积谷仓巴村。因遭瘟疫和自然灾害,积谷仓巴村难留人。至解放初期,积谷仓巴村仅剩的一户,也迁到巴家墩(一说大塘塍)。

1959年出生的巴家山村民巴日初参与过都昌巴姓修谱,他给出的都昌巴姓五个村庄的繁衍脉络是:巴家咀、桥头巴家、大堰塍巴家、巴家墩四个村庄都是巴仁仲长子巴世叶的后裔;他所生活的巴家山现有村民470余人,是巴仁仲次子巴世英的后裔,巴仁仲幼子外迁。至于500余年前巴家山由北山吴家湾迁现村址的原因,巴日初的讲述是当年先祖与邻村的吴姓、邵姓争山权而发生了一场血战,巴家人少势弱而败走他乡。吴家湾至今有田称"尸田""血田",似乎印证了那场厮杀的无情。

抗日战争时期的一段村史

巴家山在抗日战争时期成为日军据守的要地,这与地理位置有关。1939 年 3 月,日寇由星子、湖口渡鄱阳湖,在都昌苏山登陆,先驻于八里湖谢家,后由徐港桥经十里陶家冲入侵左里(民国时称白塔乡)。河野分队驻于横寨岭周村,秦傅岭上设有碉堡和炮台。巴家山紧邻秦傅岭,周边多高山,且扼守着林山涧和春山涧(今有林山水库、春山水库),与苏山相通。两涧之间有一条羊肠小道,日军为打通左里与苏山的通道,强迫民工拓宽成车道。日寇在巴家山周边的和冲山、程家林、莲花庵、马足涧等顶峰挖战壕,建哨所和瞭望台。残暴的日军在左里的罪行罄竹难书。《中国共产党都昌历史(第一卷)》中,有巴家山妇女遭强奸而被杀死的一段文字,警示后人毋忘国耻、铭记历史。"1940 年 4 月 3 日,秦傅岭村 23 岁的秦蔡氏、22 岁的傅秦氏(桂花)被日军捉至横寨岭村,肆意侮辱,百般摧残,事后还被日军推进粪窖淹死。1940 年 6 月 13 日巴家山村 21 岁的巴陈氏,在家织布,被日本鬼子发现,欲进行强奸,她往东北方向的林家山村跑去,结果被杀死在林家村屋西边。巴家山村的巴江氏,年仅 17 岁,刚结婚不久,在家织布,1940 年 9 月 26 日被日军发现强奸,她不答应,也被杀于袁松颈处。"

巴家山老一辈村民讲述着村里人在抗战时期的苦难与不屈。上段引文中所述巴家山村民巴陈氏之死的具体情节是:日寇将巴陈氏奸污后,遭到刚烈的巴陈氏痛骂;惨绝人寰的日本兵将她绑在林家山山涧的一棵树上,用土砖、石块将巴陈氏砸死了。巴家山村民还讲述了一对兄弟惨死的故事。巴荣九(祖河)、巴兰九(祖海)两兄弟随村民一起在日军驻扎横寨岭之前,就逃到了新妙湖石子桥的国统区。十几天后,兄弟俩想回巴家山家中弄些粮食去石子桥维持生活,弟弟走在前,哥哥行在后,被山顶哨所里的日本兵发现。日本兵一枪击中了兄弟俩。弟弟巴兰九中枪后忍着剧痛挣扎着去找水喝,结果倒在村头的殷家塘边,哥哥巴荣九被子弹击中后,爬行了 400 余米,最终还是倒在了福寿山口。巴德杨(青山)是一位县督学,也是巴家山中一位有爱国情怀的乡间知识分子。在他的家中有揭露日寇罪行、宣传抗日的书刊。日本兵进村搜查到后,叫嚣着要把巴家山烧光、杀光。后来据说是一位村民经受屈辱与伤痛,与一名日本宪兵队长周旋,巴家山才免遭劫难。巴祖善、巴祖祥当年仅是十一二岁的小男孩,也被强迫到日本人的营房里帮厨打杂、挑水砍柴,为日本兵烧水搓澡。

经历了抗战时期的那段磨难,巴家山人尤其珍惜和平年代的生活,家国情怀特别浓厚,村风也特别纯朴。村民巴芳洲自豪地说:"我们巴家山人特别勤快,平时都找不到一桌打牌的,这些也值得记吧?"

16.徐埠镇石家山袁村:卧雪家风传朴厚

【家训家规】家道之盛衰,视乎勤惰,更因乎奢俭。农要胼胝三时,学需讽诵五夜。饮食不妨菲薄,衣服不妨朴素。克勤克俭,自在皆得乐,家道自尔日崇也。不然,非得世长之久道。

承袭"卧雪家风"的袁姓村庄在都昌以苏山、徐埠两乡镇为多。徐埠镇合力村石家山袁村现有人口 280 余人,兴村于明代永乐年间,距今有 600 年了。村名曰"石家山"、地处大山涧下的现村居,早先是石姓人家居住。老一辈村民有更具体的细节叙述,说村里的祖先是有名的堪舆先生,相中了这块吉地,于是在他处建了棋盘屋,将原来居于此的石家婆的一间茅屋置换了下来,肇村后长发其祥,百世其昌。

都昌袁姓村庄多为明初袁鲁成(钦一,1357—1420)之后裔,鲁成公生十一子。石家山的祖先是其三子袁崇高(1401—1474),崇高公于明永乐年间由双溪畈旧庄(今徐埠镇象山村所辖)迁石山庄,形成石家山袁村。据考,石家山是 20 个都昌袁姓村庄的寻根之地,其中 19 个现属徐埠镇,旧时称清化乡。在此不妨一列:徐埠镇的袁寻村、张家山袁村、椒园袁村、坎八里袁村、春山袁村、大栗舍袁村、王家山袁村、袁钧村、新舍袁村、含樟舍袁村、歇马亭袁村、四件袁村、卓山里袁村、坳上袁村、大岭下袁村、寺舍袁村、进家山袁村、铁门袁村、向家舍袁村,外加苏山乡的菖蒲山袁村。

石家山的村风在当地是有口皆碑的,这当然是"卧雪家风"的赓续。"汝南世家"袁氏的"卧雪家风"源于东汉名臣袁安。据说某年冬天大雪纷飞,封门多日,洛阳令雪停后外出查看灾情,见家家户户都扫雪开路,出门谋食。来到客居洛阳的袁安门前,见大雪封门,了无生气,洛阳令以为袁安已冻死,便命人铲冰除雪,破门而入,但见袁安僵卧于床,气息奄奄。洛阳令问袁安为何不出门求食,袁安答道:"大雪天人人皆饥寒,我不应该再去打扰别人!"洛阳令嘉许其仁德,举为廉。东晋诗人陶渊明在《咏贫士七首(其五)》中赞道:"袁安困积雪,邈然不可干。"卧雪家风的内核是推己及人、不移操守。石家山人将新时代的社会主义核心价值观融注其间,淳朴的村风称誉乡间。

1962年出生的袁爱民曾任徐埠镇合力村村委会党支部书记,后任镇属象山林场场长。作为一名党员,他配合当地党委和政府组织村民为建设美好的石家山操心出力,不负众望。石家山村近30年来一直是当地村庄治理和建设的示范村。2002年前后,都昌县民政部门组织村落社区建设,石家山村是徐埠镇的"明星村",村民的大门门口至今还能见到30年前获得的"敬老模范户""清洁卫生户""重教好学户"等牌匾。正是因为在村落社区建设上先声夺人,在随后县扶贫部门组织的"三清三改"村居环境优化中,石家山又被列为全县的示范点。门前"三包"的保洁习惯就是那时形成的,沿袭至今,现今无论何时入村,都能看到石家山清洁宜人的环境。

2012年启动新农村建设,石家山村被作为徐埠镇的亮点村来展示。在村后的山峦里,建起了80余米长的生态休闲长廊,廊柱上贴了充满古韵的对联,廊外铺了鹅卵石小径。放眼田畴群峰,满目盎然绿色,美不胜收,令人心旷神怡。石家山的新农村建设既有精致的妆容,又有精神上的内涵。村里成立了村民红白喜事理事会,开展移风易俗、互帮互助活动。有特困户生病,村民自愿主动捐款,并嘘寒问暖。碰到孤寡老人病逝,村民会给逝者操办体面的丧事。大山涧封山育林、涵养生态,村民严格执行相关的乡规民约,从不违反。2012年,石家山村荣获"九江市先进村民事务理事会"称号。2022年,石家山村在镇、村的支持下,巩固脱贫攻坚成果,与乡村振兴有效衔接,内生动力不断激发。村里培植了50多亩艾叶产业基地。农田流转给承包大户,粮食种植做到了应种尽种。村民理事会在2022年春启动了停车场、健身小广场和水系管网建设,便民惠民,建设美好家园。

一代代的石家山人赓续"卧雪家风",厚植家国情怀。石家山村有四位烈士,他们分别是:袁训明,乡苏维埃政府主席,1930年54岁时牺牲于徐埠大桥港下;袁德海,赤卫队长,1930年10月26岁时牺牲于楼下村;袁世英,志愿军战士,1951年11月在开城保卫战中牺牲,年仅20岁;袁旺喜,志愿军战士,1951年在朝鲜牺牲,年仅22岁。烈士故里,如今生机勃发。袁希明、袁海华在外创业风生水起,年轻学子袁佳林这个农家女留学美国读博。

石家山人津津乐道于2011年9月5日发生的一件事。当天时任江西省人民政府代省长的鹿心社来到都昌徐埠镇合力村调研,在石家山通往新舍袁村的路旁,与载歌载舞的石家山村腰鼓队亲切交谈。当下,在乡村振兴的舞台上,石家山人的幸福之歌响彻希望的田野……

17. 中馆镇汪家岗村：父子两代烈士的荣光

【家训家规】天下之本在国，国之本在家，家之本在身。格物致知，诚意正心，皆所以修身也。《易经》曰："蒙以养正，圣功也。"家学之师，必择严毅方正者为师法。

（一）

亲生父子，两代英烈，在都昌革命史上极为罕见。中馆镇小河村汪家岗村的汪长发、汪河清父子一门忠烈的家风名垂青史。

汪家岗修建的祖祠兼村民文化活动中心大门正上方嵌着"平阳世家"四字，更多的汪氏宗祠嵌"越国世家"四字。天下汪氏的受姓始祖是春秋时期的公子汪，食邑平阳（今山东新泰市北）；隋末唐初的汪华（原名汪世华，为避唐太宗李世民讳，改名汪华）随唐高祖平定内乱，保境安民，于唐武德四年（621）授歙州刺史，总领歙、宣、杭、睦、婺、饶六州军事，被封"越国公"。都昌汪姓 43 个村庄 13000 余人皆为越国公的后裔。汪家岗现有 530 余人，是汪华公第七子汪爽（624—？）的后裔。兴村始祖汪福二于元至治年间由庙下汪村（今属都昌大港镇盐田村）迁十二都汪家岗，距今约 700 年；历三代后又分迁，形成如今的石嘴汪村。当地人便对两个汪姓村庄以上、下汪村称之。

汪家岗村祖祠神龛内供奉着九相公神像，"九相公"便是汪华公的第九子汪献。汪华公生九子，都昌汪氏分属其八子汪俊、长子汪建、七子汪爽的后裔。关于九子汪献，广为流传的"九相公"的故事是，汪献从小聪慧绝伦，弈艺了得，因与唐太宗下棋连赢三局而惹得太宗不痛快。汪华怕儿子锋芒毕露惹上祸端，为保全家族而杀子示忠。爱才的唐太宗对此痛心疾首，遍寻天下最好的沉香木，命工匠制作汪献的雕像。到了南宋，乡间汪、吴诸姓祭拜九相公祈福的习俗代代传承。而在安徽民间，关于"九相公"的故事，亦有"杀八留一"的版本，说某姓为父之人杀了八子后，因皇后求情留下幺子，被收为义子的九相公便被后人作为神供奉。

虔诚供奉九相公,成为汪家岗人的习俗。汪家岗人每年八月初八奉神膜拜,且定期以打醮仪式保太平,重刷神像祈福祉。九相公赐福汪姓村民自不必说,对他姓民众也广赐善缘。据说 2008 年正月初四这一天,在九江经营水暖器材的一个浙江老板来汪家岗访友。友人引领他在九相公神像前许愿,12 天后他竟中 508 万元彩票。在惊讶于九相公赐财运之余,他还拿出 5 万元,让劝他许愿的友人牵头,装修了汪家岗祖祠。

(二)

对汪家岗村史简溯其源后,我们来叙写父子两代烈士的壮烈。

在 1993 年版《都昌县志》"人物卷"之《都昌革命烈士英名录》中载:汪长发,1930 年参加革命,曾任浮梁县乡苏维埃政府主席,1933 年在浮梁牺牲;汪河清,1950 年 2 月参军,1951 年 10 月在烽火山(县志记"峰犬山",有误)战役中牺牲,年仅 26 岁。1950 年出生的村民汪会银是烈士汪长发的侄子,他能讲述伯父汪长发、堂兄汪河清(派名会金)两代烈士的牺牲经过。

汪长发派名际烟,1897 年 9 月出生于汪家岗的一个贫寒之家,兄弟五人。汪家岗从事木工者众,村里外出谋生的木匠有很多,汪长发从小也学得一手木工绝活,长大后便随村里人去浮梁县三龙镇一带走村串户做木匠。汪长发 1930 年前后参加当地的红军游击队,且因为勇猛仗义,做事有主见,办事牢靠,被推选为乡苏维埃主席(一说农会主席)。1933 年 10 月,汪长发面对国民党的"围剿"掩护游击队撤退时,被敌人在三龙镇芦田村抓捕。敌人将汪长发押往安徽方向的驻地杨家店审讯,性格刚烈的汪长发百般挣扎,被倒着拖拉,行了三里路。离三龙集镇还有七里许,汪长生喊着"中国共产党万岁"的口号,大义凛然。恼羞成怒的敌人竟在三龙木桥上将汪长发杀了,并揪着他的头发,残忍地将他的头颅弃掷于数里外的荆棘丛中。在芦田村一带做木匠的同村人汪锡蛟闻讯后,悄悄循着血迹在路旁荆棘丛中找到了汪长发的头颅,将尸首合体,拼了棺板,草草将烈士汪长发就地葬了。数年后,汪长发的弟弟汪满花在浮梁做木匠,寻到兄长下葬处,拣起尸骨带回都昌老家,葬于村峦二房背。2013 年,县民政部门拨了数千元,由烈士后人汪家银组织重修烈士陵墓。20 世纪 70 年代末,在浮梁山区石溪渡一带做木匠的汪会银,特地找到伯父汪长发当年闹革命时落脚的地方,听说当年就是嫁入芦田村的一个都昌同乡老妈妈,让汪长发住在她的家

中,一边做木工,一边参加革命工作的。

汪长发 36 岁时血染浮梁,留下了 8 岁的亲生骨肉汪河清,小名菊贵。汪河清的母亲要再嫁,汪家族人出面找到遗孤的外公家,拿了数块银圆,立了"恩养字",让汪河清寄养在外婆家,直至长大成人后再回汪家。过了两年,10 岁的汪河清没有入学堂,而是做了放牛娃,汪家人舍不得。其时汪长发五兄弟只有汪满花成家,婶娘王菊花就成了汪河清的养母,尽哺育之心。1950 年,已 25 岁的英俊小伙汪河清主动报名参军,汇入抗美援朝、保家卫国的洪流。他抱定一个心愿:多杀敌为父亲报仇!

以美国为首的联合国军 1951 年 9 月发动了一场凶猛的"秋季攻势",向志愿军阵地反扑,烽火山阻击战打响。汪河清在烽火山战役中壮烈牺牲。汪家人后来听双桥杨家湾一同参军的刘圣德说,烽火山阻击战十分惨烈,我军弹药供给不足,我所在连那天从山头下来,汪河清所在连换防冲上去。第二天上午,刘圣德再次换防上山头,就听到同乡战友汪河清腰身被炸裂而壮烈牺牲的消息。

汪河清牺牲后,人民政府给王菊花送来了革命烈士证明书。1966 年,王菊花带着革命烈士证明书找过县民政部门,县民政局写了一纸证明给当时的双桥公社,公社批转到小河大队,由汪家岗生产队每年补贴劳动日工分 100 分,后来增加到每年 200 分,作为烈士家属抚恤金。当年按一个劳动日 10 分计,起初 10 分才合 4 毛钱左右,后来升至 6 毛钱左右,算下来一年少则 4 元钱上下,多则 10 余元。1990 年前后,改为每年发 100 元烈士家属抚恤金,直至 1995 年王菊花老人辞世。现今,汪会银作为汪长发烈士的后代,享受烈士子女类的补助,感受到了新时代党和政府对烈士家属的关心和关爱。2013 年,汪会银组织重修烈士陵墓,将汪河清烈士墓放在父亲汪长发墓碑反面,朝北立碑。2022 年 7 月,汪会银对已显裂痕的烈士纪念碑启动重修工程,以告慰烈士英灵。汪会银如今享受着四代同堂之乐,他的孙子汪克明赓续红色血脉,曾投身军营,退伍后在九江创业。

烈士家乡汪家岗村当下正大力弘扬英烈精神,凝聚奋进力量,岗内、岗外呈现出一派村美人欢的和谐景象……

18. 北山乡上松峦余村:中共早期隐蔽战线上的坚强战士余球烈士

【家训家规】尚节俭以惜财用,隆学校以端士习,明礼让以厚风俗,务本业以定民志。

1930 年 8 月 21 日,都昌县北山上松峦村松林呜咽,为她的一个赤子悲泣。是日,年仅 31 岁的革命烈士余球在南昌惨遭国民党杀害,为信仰而死,血洒赣鄱,名垂青史。数日后,烈士魂归故里,安葬于村里的林峦间。关于余球烈士的生平事迹,流传下来的资料极少。我们且来深入挖掘,以传后世,告慰英灵。

在 1993 年版《都昌县志》"人物卷"之《都昌革命烈士英名录》中,"余球"一栏所写资料为:余球,松峦余家人,1930 年参加革命,地下工作者,1930 年在南昌被杀(熊国华案),年仅 32 岁。

烈士史料的求证

烈士余球有着怎样的红色人生轨迹呢?上松峦村保存的刻印版《余氏宗谱》留下了一段追寻余球生平的珍贵文字:"贵次子作球,原名式球,字尔玉,号新荬,讳球。民国九年(1920)北京大学肄业,转入江西省林业专门学校专科肄业。(民国)十五年(1926)充江西省立第五林区主任,于民国十六年(1927)充江西省立林业学校委员长。(民国)十七年(1928)充江西省建设厅技正,又充国民革命军第五军政治部秘书。生于光绪廿五年(1899)……公殁于民国十九年(1930)庚午又六月廿七日巳时,葬本屋新峦。"

这段谱载信息量很丰富,也可信。据此,我们搜集了有关余球烈士的一些红色史料。

一、关于余球的出生年份。2012 年都昌县民政局为余球烈士重立墓碑时记"生于光绪三十一年",即 1905 年;谱载"生于光绪廿五年",即 1899 年。党史资料载余球 1930 年牺牲时 32 岁,以此推断,余球出生于 1899 年。有当年照片题字"余球,民国十年(1921)21 岁"。所以,余球烈士 1899 年出生无疑,牺牲时虚

龄 32 岁。

二、关于余球牺牲时的身份和参加革命的时间。1983 年 9 月 20 日由中华人民共和国民政部补颁的革命烈士证明书上写着,余球系"乡秘书",参加革命时间为"1927 年","牺牲时间、地点、原因"为"一九三〇年在南昌作战牺牲"。"中华英烈网"根据此说记录了以下信息:"生前职务:乡秘书。1930 年在南昌作战牺牲。"显然,余球生前为"乡秘书"是误记。他的身份可定位为《都昌英烈》一书记载的"地下工作者",牺牲前是国民革命军第五军政治部秘书。余球是中国共产党早年隐蔽战线上的一名坚强战士。至于《都昌英烈》及《都昌县志》认定的余球 1930 年参加革命,有与事实不符之处。1930 年 8 月,共产党员余球被捕后牺牲。在三年前的 1927 年初,余球在江西省立林业学校委员长任上参加革命,革命烈士证明书记录了这个时间。

三、关于余球在北京大学的学习经历。都昌县 21 岁的青年学子余球,1920 年负笈来到名扬天下的北京大学求学。在都昌学界,这是一件十分荣耀之事。余球的孙女余小团保存了一张摄于民国十年(1921)的祖父余球在南昌的照片。镜头下的余球穿着双襟裋端坐着,神态淡定。照片镶嵌在椭圆形的相框内,反面用毛笔字工整地写着:"余球,都昌县人,年二十一岁,曾在江西省公立第二中学毕业,升入北京国立学校。迪亚题。""迪亚"即陈迪亚,都昌汪墩人,1914 年同刘肩三就读于省立农业专科学校,与余球是同乡好友。

余球 1922 年前后从北京大学肄业,升入北大前从江西省立第二中学毕业,从北大肄业后即入江西省林业专门学校专科就读。余球后来在南昌入职与林业有关的林区、省建设厅,即与此学科背景有关。家乡上松峦村那片高大挺拔的松林,可曾在他的职场"林业志"里幻化过一张彩页?

革命真理的求索

生于都昌县上松峦村的余球,能在青春飞扬时期就读北京大学,离不开宽裕的家境为他求学提供的物质基础。

余球派名式球、作球,余姓"式"与"作"同辈,属 81 世。上一辈为"顺"字辈,余球的父亲余顺贵,以勤勉发家,富贵后便购置更多的田地以求更顺达、富贵。余顺贵并不是景德镇的窑户老板,只是本乡的一名典型"地主"。余球的后代留存了一张余顺贵与儿子余球、孙子余铁涵、孙女余铁淙的合影,余顺贵身着长袍马褂,面庞清癯精干,一副城府很深的乡绅样子。在外面见了大世面的余球,没有选择固守家族之业,而是毅然踏上了一条为工农劳苦大众求翻身的革命之路。

余球求索革命真理的生动而英勇的故事,在权威资料中几无记载,都昌党史专家邵天柱先生在撰写收录于《都昌英烈》一书的向先鹏烈士传略时,提及余球出面保释向先鹏一事。1929年7月,向先鹏与中共鄱阳县委书记刘聘三(都昌人)一道去鄱彭边区参加一次党的联席会议,返回途中二人被作为"共党嫌疑"遭逮捕,被押回都昌县城受审。刘聘三、向先鹏坚贞不屈,不暴露党的秘密,被看押在南昌卫戍司令部茅家桥监狱。向先鹏的母亲变卖都昌县城西街的数间店铺,托人去南昌营救儿子。向先鹏未婚妻黄正梅的父亲黄吉人找到当时在江西省建设厅任技士的余球。1929年12月,余球出面将向、刘二人营救出狱。余球保释向先鹏,其中有作为家乡名流黄吉人的情分,有余家与向家仅一里之隔的乡邻之情,更有作为共产党人高尚的同志之情。

余球被捕时,他的公开身份是国民革命军第五军政治部秘书。隐蔽在敌人内部的余球遭逮捕的原因,有一种说法是他保释共产党人向先鹏。向先鹏1930年7月被杀害后,国民党倒查向先鹏被捕后旋即被释放一事,保释人余球事发被捕。

在《都昌革命烈士英名录》中,余球一栏"备考"中注"熊国华案"。且顺着这条注来做一番考证。1993年版《都昌县志》"卷三十七·人物"列有熊国华简传。都昌大港人熊国华是新中国成立后认定的革命烈士,可县志人物专章并没将他列为"革命先烈"放在"历史人物"一节中。其传略如下:"熊国华(?—1930),大港乡大港街人。幼读私塾,后入南昌二中,在校追随同乡石廷瑜、刘轶投身进步学生运动。1920年底加入江西改造社,1921年元旦,改造社集会宣告正式成立,为9名发起人之一。二中毕业后,入朝阳大学政治系,后又转广州大学。1926年弃学从军,投身北伐,任第14军政治部干事。因与政治部主任熊式辉同姓又同为南康人,关系甚密。14军缩编为第37师(后又改编为第5师)时,熊式辉任师长,即提升熊国华为政治部主任,随部驻守沪宁。1930年,熊式辉为推行'赣人治赣',与湖南人鲁涤平争夺江西省府主席位置,派他回江西,举荐为省社会局局长。上任后,即将江西省主席鲁涤平治赣种种劣迹,密报于沪。然不久事泄被捕,虽熊式辉及都昌旅省同乡多方设法,仍难营救。同年8月1

日,鲁竟将其诬为'共党要犯'于南昌公开处决。"

熊国华烈士可以说是共产党隐蔽战线上的革命者,鲁涤平查办熊国华,牵涉到都昌老乡余球使其暴露身份,又牵扯到向先鹏被保释一事。余球在南昌被张辉瓒杀害的时间是 1930 年 8 月,与熊国华被张辉瓒杀害的时间一致。

1956 年出生的余球孙女余小团与丈夫余火保 2022 年底讲述了她小时候从奶奶吴玉兰那儿听到的爷爷被捕时的情景。敌人抓捕余球是在一个晚上,大批持枪的国民党士兵敲开余球在南昌的公寓的大门,余球 10 岁的儿子余铁涵去开的门。在楼上卧室的余球见阵势,知道自己的身份肯定暴露了,已难逃魔爪。他镇定自若地从手指上褪下一只家传的金戒指,交给妻子吴玉兰,告诉她,他此去定遭不测,并叮嘱妻子带着两个孩子从省城回都昌老家生活。

余球 1930 年 8 月被凶残的张辉瓒部枪杀,有一说是施电刑杀害。但村里老者回忆起当年村民见到的余球烈士尸首的情景,说余球的遗体满身是血,据此可判断余球是遭国民党反动派枪杀的。敌人杀害革命者后,一般将尸体拖到南昌的下沙窝浅埋。余球牺牲后,地下党组织和都昌老乡利用鄱阳湖的救生红船,将年仅 27 岁的吴玉兰和 10 岁的儿子、8 岁的女儿,连同余球的遗体一起运回上松峦村。余球安葬于新峦的松林中。

烈士后人的求真

余球与都昌县城柳树堰大户人家的千金吴玉兰于 1917 年结秦晋之好。吴玉兰 1984 年享寿 87 岁,在上松峦村溘然长逝。余球与吴玉兰生子余铁涵(昭度)、女余铁淙。余球被捕时,儿子 10 岁,女儿 8 岁。在吴玉兰生前对儿孙们的讲述中,余球供职于江西省建设厅和国民革命军第五军政治部,薪金不薄,每月有 120 块大洋,但余球的生活却过得并不宽裕。本来乡下的家底也丰厚,无须贴补,但他的薪金多用于接济身陷窘境的亲友,更多的是捐给党组织作为活动经费。余球与吴玉兰诀别时送给妻子的那枚金戒指,后来被松峦大队的反动派从余家人的袜子里搜走而不知去向。20 世纪 70 年代,吴玉兰以烈属的名义向大队交涉归还戒指一事,最终以大队赔 10 元钱而不了了之。

余球的女儿余铁淙长大成人后嫁给景德镇人陈民生,可惜英年早逝无子嗣。陈民生 1961 年 10 月在岳母 64 岁时,请景德镇艺术瓷厂的徐福友先生以吴玉兰 50 多岁拍的一张照片为样画了一幅人像瓷版画,作为对吴玉兰最好的纪念。在余家保存的一本 1963 年的户口簿上,余球之子余铁涵的"个人成分"登记为"反革命分子",家庭出身登记为"地主",由此可知余铁涵走过了一段坎坷的人生之路。母亲吴玉兰享受"烈属"待遇,烈士之子余铁涵新中国成立后,在城郊石桥邵家、松峦等地做乡间教师,后来被定为"反革命分子",是由于查出了他参加国民党组织的记载。原来,余铁涵民国年间在南昌读高中时,学校老师在他完全不知情的情况下,将他的名字列入了国民党党员名册。当初老师的出发点也许是以此保护余铁涵这个共产党人的儿子。至于"地主"家族出身,是源于爷爷余顺贵广置家产。除了村里和周边的田产,余家还在老西街置办了两间店铺,可见当年家境之殷实。

余铁涵辞世前,一直在村里以耕种为生,与贤妻吴海香生女余小团,烈士第三代余小团与上松峦村村民余火保喜结良缘,生子余剑锋、余剑亮。余小团保存着祖父余球的一些资料,其中有一幅瓷像冠以"余新宁先生三十有一肖像"字样,余新宁即余球的别号。戴着眼镜的余球看上去就是一个文弱书生。瓷像下有署名"塞剑汪滔敬赠"的一首七律:"镜里眉山别样青,珊珊仙骨照心清。谪居亦在瑶华洞,新句犹书翡翠屏。放浪行骸容我辈,偶从香雪证前生。会当努力中原事,休管黄门雪鬓成。"

从诗的内容看,这显然不是一首悼亡诗。余球"三十有一"当是在 1930 年的上半年,"谪居""放浪形骸"等语似乎可预料余球在 1930 年 8 月被捕前,已是失意心态。他心中充满了对自己身份暴露给党的事业带来损失的忧虑,这当然不是外人所能理解的。此诗结句"会当努力中原事,休管黄门雪鬓成"中的"中原事",很容易让人解读为 1930 年 5 月至 10 月蒋介石发动的与阎锡山、冯玉祥、李宗仁等军阀展开的"中原大战"。赠诗之人汪滔想必是余球在国民革命军第五军政治部的同事,当然他弄不明白地下中共党员余球"眉山"里的"心清"之事。余球烈士的这张瓷像后来险些被毁,余铁涵用毛笔字抄录了一段选自《论联合政府》的话:"成千成万的先烈,为着人民的利益,在我们的前头英勇地牺牲了,让我们高举起他们的旗帜,踏着他们的血迹前进吧!"注释"余球烈士年三十一岁为革命英勇牺牲遗像"贴于瓷像下部,瓷像才得以保全。

中国共产党早期隐蔽战线上的坚强战士余球,他的心事连着广宇。长眠于故里上松峦的不屈灵魂,于松涛阵阵处,听着共产党人打下的红色江山里的滚滚春雷,含笑九泉……

19. 万户镇大屋洪村:洪泉水烈士的红色足迹

【家训家规】孝以事亲,义以睦族。敬以持己,恕以及物。

《都昌革命烈士英名录》中载,新民主主义革命时期,万户镇有9位革命烈士。其中洪钟、洪泉水、洪树头是大屋洪村人。关于洪钟烈士的生平,"传家训扬新风"系列已详叙。本篇追溯洪泉水烈士的红色足迹。

我们在公开出版的都昌革命历史资料中,能查到的洪泉水烈士的基本信息仅有一条:洪泉水,万户大屋洪村人,1926年参加革命,曾任景德镇市总工会委员长,1930年去弋阳后无音讯,年33岁。我们追寻洪泉水烈士的人生足迹前,且先将目标投向瓷都景德镇。

洪泉水的革命思想启蒙于参加景德镇平民夜校的学习期间。1925年11月,共产党人向义(都昌汪墩人,又名法宜)去景德镇创建党组织,起初以景德镇平民教育促进会的名义,筹办成立了平民夜校。洪钟任总干事,并亲自上课。洪钟与洪泉水同是大屋洪村人,洪泉水比洪钟大9岁,他作为瓷业工人参加革命显然是受了洪钟的影响。当年平民夜校设在景德镇东门口,教室里只有一块黑板、十几张长桌椅,一个星期上2次课,每次约2小时。报名读平民夜校的人有很多,但限于教室条件,第一期只招收了50多人,多为思想活跃的瓷业工人,如余金德、洪泉水、吕松林、陈斌、刘廷显等。平民夜校的创办,一方面宣传了马克思主义,在瓷业工人中进行了革命思想的启蒙教育,另一方面培养了大批工人积极分子,为景德镇党、团组织的建立,做了思想上和组织上的准备。血气方刚的27岁小伙洪泉水就是在参加平民夜校后,要求加入党组织的,之后成为景德镇工人运动的领袖之一。共产党在景德镇领导高潮迭起的工人运动,比如1928年9月的圆器琢器工人"四十天大罢工"、1929年5月的"雄黄酒运动"。洪泉水作为景德镇赤色总工会的代表,总是冲在与资方和军警斗争的前列。

1930年7月,景德镇市苏维埃政府在龙珠阁成立,5年前同洪泉水一起参加平民夜校学习的余干县人余金德(1902—1937)任主席。同时成立了景德镇市总工会,由洪泉水担任委员长,另一个都昌人詹锦坤担任副委员长。我们且来回顾洪泉水担任景德镇市总工会委员长前风起云涌的革命形势。

从反剥削反压迫的工人罢工发展到工人武装暴动，建立红色政权，其中的直接推动力是方志敏带领的红军队伍攻打景德镇，在千年瓷都燃起红色暴动的熊熊烈火。1930年7月，方志敏等率领江西红军独立第一团主力从弋阳芳家墩向景德镇进发，7月6日早晨在景德镇工人纠察队的配合下，直取国民党浮梁县政府、党部和公安局、电报局等机关，并冲进监狱，解救了300余名被关押的革命同志和无辜群众。整个战斗进行了两个多小时，解除了敌人的全部武装，缴获长短枪410余支、子弹数千发。其时景德镇归浮梁县管辖，红军势如破竹，由于得到工人纠察队的支持，顺利攻下了景德镇，并处罚了一批压在工人头上的"吸血鬼"和平时作恶多端的反动官吏。为迅速稳定社会秩序、安定民心，景德镇工人纠察队协助红军驻守银行、当铺、米行等与市民日常生活密切相关的行业，帮助恢复正常的经营秩序。同时，工人纠察队还日夜巡逻，维持社会治安，严防敌人搞破坏。工人纠察队根据红军军委会通令，查封了景德镇所有的烟馆、赌馆和妓院。

洪泉水在工人暴动中冲锋在前，扩大了在工人队伍中的影响力。他被推选担任景德镇总工会委员长，当然也与景德镇工人大部分是都昌人有关。1930年7月之后，洪泉水的革命身影驰骋于何方呢？大屋村的洪永福老人是洪钟烈士的侄孙，2022年春向我讲述了与洪泉水同时代的洪爵利对他讲过的故事。他说洪泉水器宇轩昂，手下有1000多人。他带兵参与打鄱阳县、乐平县、婺源县都节节胜利。洪泉水带兵打到家乡都昌时，与马涧桥孙光林的地方保安队遭遇。在那一仗中，洪泉水遭受了挫折。孙光林的队伍在都昌吕岭挖壕沟埋伏，树上挂着白衣服。洪泉水的队伍远远看到白大褂以为是敌军真身，猛烈扫射，结果子弹打光了，遭到了敌人反扑。从村民描述的洪泉水"带兵"的经历来看，与红十军1930年8月和10月两次出击赣北的路线相符，几可推测洪泉水离开景德镇后加入了红十军，一度征战家乡都昌一带。

洪泉水最终牺牲于何地？都昌党史资料记载仅寥寥数语："1930年去弋阳后无音讯。"洪泉水随红十军回师弋横苏区后，或许战死沙场了。不过，洪永福老人讲述了他听来的洪泉水烈士另一种壮烈的人生归途——洪泉水在江西苏区内部肃反运动中，被错误地打成"AB团"成员而遇害，后被平反。这仅是烈士家乡口传之一说，未见党史记载。

洪泉水烈士故里都昌县万户镇新屋村大屋洪村,的确是个大屋场,现有人口1400余人。在2016年新建成的祖祠兼村民文化活动中心正大门上方"敦煌世家"下冠另一村名"万斛里"。大屋村与老屋村现在俨然连成了一村,其先祖是北宋末期的洪皓。大屋洪村肇村先祖是洪皓长子洪适的10世孙洪绍一,万斛里之名起于洪绍一元末明初的后裔洪林轩。朱元璋与陈友谅大战鄱阳湖之时,在沿湖急征军粮,仗义疏财的洪林轩一次捐粮1万斛。朱元璋成为洪武帝后,诏令"万斛公"洪林轩进京,御赐八品散官,自此人们称洪林轩为洪万斛,他的家乡老屋里被流传开来,称作万斛里。"户"与"斛"谐音且更易写,万斛便叫成了万户,字面又蕴含了千家万户兴旺之意,这也是如今万户镇得名之来历。

万户镇清代属下九都,一度归孝行乡、长宁乡所辖,民国年间称平池乡、博爱乡。下九都历史上有"上有曹半图,下有洪万户,中有刘老虎"之说。所谓"图",是清代都之下的一种行政区划,县统乡,乡统都,都统社与图,社为乡都间劝农组织,图乃田赋督缴组织。"曹半图""洪万户""刘老虎"形容的是,曹、洪、刘三姓在下九都人多势众。

新时代的大屋洪村,赓续红色基因,凝聚奋进力量。烈士故里人才辈出,新风劲吹。洪承旭、洪蛟、洪建国、洪碧霞等无论职务高低,皆有拳拳公仆之心;洪永文、洪承君、洪军等无论创业于何方、何领域,皆绽放灼灼人生芳华。更多的大屋村人在乡村振兴的大道上,迈开大步走向未来……

20. 万户镇庄里余村（一）：红十军里的庄里人

【家训家规】一年之计在于春，一日之计在于晨，一生之计在于勤。

建 村 之 史

庄里村属都昌县万户镇长岭村村委会所辖，现有人口 280 余人，为余姓村落。都昌 170 个余姓村庄，分属十万公、杰一公后裔，而庄里属十万公后裔。

庄里村附近的寻根之地，是都昌芗溪的黄坡垅。黄坡始祖季一公（1219—1300）曾孙余君美（1285—1306），于元代泰定年间由黄坡垅分迁昆垅口西岸（今芗溪乡新丰小昆垅口余村）。余君美弱冠之年娶当地女子王氏为妻，生二子，名先一、先二。令人痛惜的是，余君美在 1306 年 21 岁时英年早逝，其幼子出生于同年农历十月十一日亥时。因君美公辞世的具体日期，宗谱并未准确记载，先二公很有可能是遗腹子，王氏含辛茹苦拉扯大两个儿子。幼子余先二娶江氏，于元代至正年间由十都小昆垅口迁至九都东岸嘴，此处是濒临鄱阳湖的幽静之地。乱世中的东岸嘴，不失为一方宜渔宜居、山清水秀的风水宝地。

余先二生三子，分别取名远九、进四、训一。长子余远九从东岸嘴迁至左家汊，左家汊在今万户镇长岭村耀璠村一带，繁衍 400 余载，仅存余英辛一脉迁往万年县刘铁炉版塘村。百余年来，虽多方寻找，此支至今无音讯。次子余进四迁往横塘畈庄里，形成现今的庄里村，庄里人奉进四公为开基始祖。训一公仍居东岸嘴，在渔舟唱晚里不振家声。庄里村与芗溪南垅村、三汊港镇长红村、周溪镇盘湖村等皆系训一公后裔。

红 色 记 忆

庄里人的耿直在 1930 年前后腥风血雨的时代大潮里，经过瓷都窑火的淬炼，化作一股股殷红的血，流淌在赣鄱大地上，浸染着这片魂牵梦绕的土地。

在《都昌革命烈士英名录》中，收录了两位庄里的革命烈士：一位是余白红，1930 年参加红十军，当年在闽浙赣革命根据地牺牲，年仅 41 岁；另一位是余昭

法(余彬),曾任景德镇区苏维埃政府主席,1931 年在景德镇牺牲,年仅 24 岁。两位烈士都是在景德镇讨生活的都昌人,他们的红色历程是从景德镇起步的。1939 年出生的余传凤老人是都昌万户中学的一名退休教师,在他保存的"余氏宗谱庄里世系"中特别注明:庄里村还有余昭龙(雨来)参加红十军,后无音讯,成为无名烈士;余昭鑫(文林)参加红十军,1992 年享寿 78 岁,在景德镇辞世;余式港参加红十军。宗谱载,余白红派名式南,又名文水,出生于 1914 年。这样来看,余白红牺牲时不是党史资料里所载的 41 岁,而是 16 岁。

2022 年秋,余传凤老人讲述了庄里人在景德镇参加革命的故事。余昭法年轻时同庄里村的余式港、余白红等 6 人在景德镇侯家弄开了一个篾匠铺,所编织的篾具是专门包装瓷器的。余昭法在景德镇地下党员的影响下投身革命。庄里人讲,余昭法的母亲冯白莲(1880—1960)与余式祖共生育六子,其中次子、三子幼殁。余昭法排行第四,其胞弟余昭旺(余政)也是革命者。冯白莲随余昭法兄弟在景德镇生活。庄里人说那时威风的余昭法担任了"景德镇市苏维埃主席",其实余昭法担任的是景德镇市区苏维埃政府主席(一说是三区,在中渡口昌江一带)。1931 年,年仅 24 岁的余昭法被国民党杀害于景德镇,为苏维埃政府流尽了最后一滴血。

千年瓷都景德镇在共产党组织闹革命的红色史册上也闪耀着光辉。1930 年,红军三进景德镇,沉重打击了国民党反动统治,扩大了赣东北红色区域。1930 年 7 月 6 日,江西红军独立第一团在方志敏、邵式平、周建屏的率领下,一举夺取景德镇。1930 年 7 月 21 日,独立团扩编为红十军,下辖 3 个团,全军指战员 1700 余人。红十军在连克弋阳、余江、乐平和鄱阳县城后,向赣北的都昌、湖口方向进逼。为扩大红军队伍、壮大革命力量,红军在景德镇开展了轰轰烈烈的扩红运动,成立了扩红宣传队,深入工厂、农村开展宣传活动。通过大力宣传鼓动,数天内就有 1000 余名瓷业工厂和其他劳苦大众踊跃报名参军。1930 年 9 月在取得湖口红桥战役胜利后,红十军第二次回师进入景德镇安营修整。在此期间,红十军开展了第二次扩军活动,瓷业工人参军者达千余人。扩编后的红十军有 6000 余人,下辖 3 个旅。据考,红军在景德镇的两次扩红运动,吸纳瓷都工人 3000 余人投身共产党领导的队伍,这其中就有数名来自都昌县万户庄里村的热血青年。

余传凤老人在"余氏宗谱庄里世系"表格中的"昭凤"名下,郑重地写下"红十军"三字。关于余昭凤参加红十军更有传奇故事。余昭凤又名岐山、云来,出生于1915年,因家贫在浮梁县黄坛乡福丰村一带乞讨。因为仗义且有主见,余昭凤被当地的乞丐推为"帮主"。红军在景德镇扩红时,饱受欺凌的余昭凤带头报名,使得衣衫褴褛、心志澄明的数个年轻乞丐也怀着对黑暗统治刻骨的恨、对翻身得解放迫切的愿参加了红军,在"讨饭棍"与"枪杆子"之间实现了人生转场。那时红军会给参军者发一两块大洋,有的参军者会将余钱捎给家中的父母,以谢养育之恩。更多的瓷业工人在景德镇抱团参加红军,不敢告诉家乡的父母。

1930年7月和9月,红十军两次在景德镇扩充队伍,壮大力量,数以千计的都昌籍瓷业工人怀着一腔热血参军,绝大多数战士血洒疆场而成了无名烈士。有党史专家呼吁,都昌在推动党史学习教育常态化、长效化工作中,要加大"都昌人与红十军"这方面红色资源的挖掘和整理,并在都昌大地上矗立起"红十军都昌籍无名英烈纪念碑",赓续红色基因,凝聚奋进力量。

21.万户镇庄里余村(二):余政的传奇革命生涯

庄里人余昭旺(1909—1984),又名余政,是曾任景德镇市区苏维埃政府主席余昭法烈士的胞弟。余昭旺 20 世纪 30 年代曾任化婺德中心县委书记,领导浙江开化、江西婺源、德兴三县的革命工作。20 世纪 60 年代,他任都昌县政协副主席。

关于余政的革命人生履历,都昌中共党史专家邵天柱先生曾撰文记载。余政,小名己得(因是清宣统己酉年出生),派名昭旺。1909 年 1 月出生于万户乡庄里余家。1921 年因家里贫困,余政去景德镇一家篾匠店当学徒。1929 年,余政随他哥哥余彬(余昭法)参加革命,同年 3 月 18 日,经李杰三、李坚介绍,加入中国共产党,随后又当选为支部的组织委员。1930 年 2 月,他奉命以做篾工为掩护,在景德镇侯家弄设地下交通站。同年 9 月,红十军第二次胜利攻克景德镇后,在景德镇城乡建立了各级苏维埃政府。余政被任命为景德镇第三区苏维埃政府财政委员。11 月,由于国民党进攻弋阳、横峰根据地,红军被迫撤回老苏区,他也随着红军经乐平撤到了德兴、横峰等地。

1931 年 3 月,余政被分配到弋阳集艺工厂工作。因忠诚老实,同年 8 月他被调到中共赣东北省委忠发学校做杂务,10 月改任事务长,12 月调任省委机关事务长兼收发,次年 3 月又被调到省委组织部发行科。1934 年 1 月,余政入闽浙赣省军区通讯学校学习旗语通信 40 天,结业后任省军区司令部电话队队长,9 月,又进修无线电一星期,结业后改任军区交通科科长。

1934 年 11 月,前方局势紧张,余政被调到浙江开化和江西婺源、德兴边界地区参加游击战,不久,因作战负伤,只身隐蔽山林月余,后由省委书记关英亲自找回。伤稍愈,1935 年 3 月,余政请命去德兴小河做苏区恢复工作,4 月又调至婺源,很快恢复了中共婺源里港特区委,任区委书记。1936 年 1 月,省委决定成立中共婺源县委,由余政任县委书记。1936 年初,婺源苏区已扩至德兴九都、十都,并计划扩至浙江开化。3 月,省委再次指示成立婺德中心县委,余政任县委书记。1937 年,国民党军对化婺德根据地实行"围剿",并采取烧杀掳掠、十家联保等反共政策,形势日益恶化。游击队经多次战斗被冲散。根据关英指示,7月底,余政率两名警卫员于德兴县(今德兴市)早禾田良坑山坞处理一名叛徒后,命警卫员下山找粮。因两人逾期未归,余政寻找组织无果,遂将枪支拆散,与随身文件、经费一起掩埋,后只身潜往景德镇。此后,余政又数次借机外出寻找组织,但均无着落,于是便在都昌、鄱阳等地种田、做工至解放。

新中国成立后,余政重新参加革命,历任民兵分队长、村代表主任、生产大队主任、县民政局协政干部、光荣敬老院院长、县水产公司副主任、县政协副主席等职,1973年离休还乡,1984年病逝。

据《余氏宗谱》载,余昭旺与前妻洪氏生一子一女,后与曹氏再婚。洪氏改嫁后,1956年带着儿子落户于徐埠良种场。曾任都昌县民政局副局长的冯宗北,1963年与余政和洪氏的女儿余凤英结婚。作为女婿,冯宗北听老丈人余政生前讲过他的一些革命经历。1935年前,余政在婺源一带做苏区恢复工作时,躲在山区一个淳朴的农妇家。国民党地方武装进山搜捕,余政只身从农妇家的猪圈里逃往村后的山上。在山上,余政靠吃野果、树叶充饥,无水解渴便扒开厚厚的枯叶层,去吮吸底下的潮气;白天,还要警觉有没有枪响、有没有人声。一个星期后,身体极为虚弱的余政下山,藏匿于景德镇,与党组织失去了联系。1964年,余政被安排在县民政局工作,随后担任都昌县政协副主席,月工资80余元,属当时的18级,是一般公职人员工薪的两三倍,那时余家人感到很光荣。都昌县政协原秘书长吴柏初,1964年初与余政在县民政局共事过一段时间。他听余政讲过一些人生经历。余政大概在1956年从景德镇回到庄里村生活,成了一名地道的农民。随后,他一直向政府反映他参加革命的经历,要求得到组织的认定。1965年,都昌县委接到浮梁县审干方面的函件,协查余政(余昭旺)参加革命的经历,都昌县审干办遂开始查找"余昭旺"其人。当年都昌县万户在景德镇追随余昭法闹革命的有两个余昭旺,余政年龄小些,另一个余昭旺被称作大余昭旺。关于大余昭旺,据说是景德镇总工会的财政委员,传闻他让妻子保管了一部分红十军进攻景德镇时收缴的银圆,后来来不及上交党组织。20世纪60年代前后,有个叫"余式旺"的公社副书记,其名也容易与余昭旺相混。都昌县审干办的人好不容易将"余政"与"余昭旺"对上号,便问他以何证明自己参加革命的经历和身份。余昭旺说,他当年在德兴良坑山意识到下山的警卫员遭遇不测后,将枪支和党员证埋于地下,现在肯定是记不清具体方位了。不过,1935年发生的一件事应该可以证明他的革命履历。1935年4月,余政在婺源

县里港特区委任区委书记,当时的婺源县委书记身负重伤,余政随身护理。县委书记伤势过重,又处于地下,缺医少药。他在弥留之际,将用油纸包的一叠东西交给余政,说里面是婺源、德兴一带党组织的秘密资料,叮嘱余政以后交给党组织。余政也没有拆包,将县委书记临终所交资料带到亲如家人的一农妇家,悄悄藏于她茅草屋的屋梁下。

那包资料里肯定还有当年党组织的更多秘密,都昌县审干办的干部刘高、刘平两人偕同余昭旺赴婺源山区,找到那个农妇家。幸运的是,30年过去了,当年的农妇还在,当年的老屋还未拆。余昭旺拿来梯子取出那个无人知晓的油纸包,同审干同志一起带回都昌。那个油纸包有婺源、德兴一带1935年前后的党组织和党员名单,余政的革命经历自然有记载。这包珍贵的资料后来上交给省委相关部门,为核查当年一些革命者的履历提供了佐证。

《中国共产党江西省都昌县组织史资料(1926—1981)》载,余昭旺1965年7月至1966年5月担任都昌县政协第四届委员会副主席,当时的县政协主席由县委书记方志彬兼任,另一位政协副主席为刘继忠(刘肩三烈士之子)。在1981年3月政协都昌县第五届委员会换届大会上,詹志英当选为政协主席,余政当选为政协常委。退休后的余政回到生他养他的家乡庄里生活,直至1984年享寿75岁辞世。

篾匠、县委书记、农民、县政协副主席,这些都是作为革命者的余昭旺在时代舞台上的不同身份。人生角色各异,"梦回庄里"一直是他不变的情怀……

22. 春桥乡彭桓六村：茅店街的古色与红色（一）

烈士彭远良是都昌县春桥乡彭桓六村人，我们且来探访烈士故里的人文历史，以及鲜为人知的烈士家族事和他的红色故事，让这片土地上的古色与红色交相辉映。

同盟会成员、民国首任都昌县知事彭伯庭

1912 年为民国元年，在军阀混战的乱世，民国年间的首任都昌县知事彭伯庭（百龄）于阳春三月走马上任，半年后的 9 月卸任。当了半年都昌县知事的彭伯庭是春桥彭桓六村人，属盛多园彭极公的后裔。民国元年至民国十五年，都昌换了 15 任县知事，而彭伯庭是唯一的都昌人。彭伯庭有着怎样的人生经历呢？

彭伯庭出生于清光绪二年（1876），祖父彭荣昕依托家门口的茅店街经商，家境宽裕。父亲彭梦松，号鹤巢，邑中耆宿。关于鹤巢先生的功名，与他是儿女姻亲，又是同邑的前清举人、教育名家杨士京在拟写的《例授修郎鹤巢公碑志》中称："先生在前清补邑庠生，施食饩。秋闱屡荐不第，以岁贡生候选教职。"这样论来，彭梦松亦有秀才的功名。彭梦松生三子，取名贡瑶、贡琨、贡玮。长子彭贡瑶，派名世胄，号云阶，清末举人出身，民国初年曾先后任湖口县仁区乡自治公所乡董、议长，仁区乡调查长、保卫团团总。次子彭贡琨，派名世阀，曾求学于白鹿洞书院、经训书院。三子彭贡玮，派名世阅，就是民国元年担任都昌县知事的彭伯庭。其时，彭伯庭家族作为彭桓六村盛多园支族，户籍属湖口县。

彭伯庭 1928 年 52 岁时便谢世。1944 年，彭伯庭之子彭祖荫（远周）请与杨赓笙、蔡漱芳合称"湖口三老"的名士高巨瑗，为其父撰写了一篇《彭君伯庭墓铭》，其中所述彭伯庭的一些生平当可信。彭伯庭小时候沉默寡言，不苟言笑，总是一副若有所思的样子。考秀才倒是很顺利，且"每试辄冠"，可"秋闱不第"，也就是说终未中举。但《彭氏宗谱》又有"考取正贡候补县丞"的记载。当时正值清廷废科举兴学堂，彭伯庭在江西大学堂肄业，被选送留学日本，宗谱记载东渡求学的学校是有名的日本早稻田大学。1910 年，从日本回国后，彭伯庭

被聘为江西实业学堂监学兼初级师范学堂理化教员。1912年3月,彭伯庭任民国都昌县首任知事,半年后,赴任江西农业专门学校校长兼女子师范学校主任教员。1914年秋,彭伯庭转任省立第三师范学校主任教员兼抚州玉茗女子学校教员,1920年转任省立第一师范学校主任教员兼附属小学主事。为表彰彭伯庭从教业绩,时任省长为其颁发了七等嘉禾勋章,而后彭伯庭当选省议会议员。1923年,彭伯庭担任湖口县仁区区立流芳小学董事会董事,施教于家乡子弟,1925年,被江西教育厅委任为湖口县教育局局长。1928年,彭伯庭归隐家乡春桥头的宝林书院教书,宝林书院是其南宋先祖彭方当年讲学之所。

与彭伯庭同时代的湖口名士高巨瑗在其所撰《彭君伯庭墓铭》中,称彭伯庭在日本留学之年,即加入同盟会谋革命。如此道来,他应该是都昌人入孙中山先生创立的同盟会的第一人。其时,作为国民党党员、湖口县教育局局长,彭伯庭为北伐军光复湖口出过力,墓铭记"君乃密集党人内应,驻军宵遁,君实与有力"。《中共湖口地方史(第一卷)》中记载,1926年10月,湖口革命先行者邹觉民与钱双九、彭伯庭、陈钧等20多人组成了有长、短枪12支的队伍,协助北伐军攻克湖口县城,后在县农协的统一指挥下,保卫农运活动,成为县农民自卫军。时任县教育局局长的彭伯庭受广州革命军政府令,与钱双九、邹觉民在彭泽等地募兵2个营,随北伐军攻占景德镇,但被景德镇市商会会长吴庭瑶和溃退军阀卢香亭击散。

彭伯庭著有《泊楼文稿》,多毁于兵燹。春桥黄邦本村名儒黄养和评价彭伯庭"诗喜吴梅村,文好为骈体"。吴梅村即明末清初大诗人吴伟业,与钱谦益、龚鼎孳并称"江左三大家",开创了"梅村体"。彭伯庭在人生后期隐居家乡宝林书院修德,并在附近建仰吓亭,休憩之余以明心志。雅亭取名"仰吓",源于庄子《惠子相梁》中的典故:"鸱得腐鼠,鹓雏过之,仰面视之曰'吓!今子欲以子之梁国而吓我邪?'"彭伯庭以"仰吓"寄寓的是身处乱世不为利惑的志趣。仰吓亭后来倾圮,1944年彭伯庭长子彭远孚组织重修过一次,如今不存。

县知事彭伯庭在其后人的讲述里只有淡淡的掠影。说彭伯庭的原配李氏在彭桓六村生活,子多母苦,民国元年(1912)生下四子彭远谋后,到县衙找丈夫讨钱买盐过生活,往往空手而回,彭知事言薪不高还要捐款济困。说都昌湖区向来民风剽悍,抗纳税捐,有一天彭伯庭轻车简从,到了南峰乡一余姓大村庄,独自一人进了村,与村里为头的"麻老虎"促膝长谈,教化风俗。"麻老虎"送客出门后才知晓此年轻书生样的人是一县之长。

　　彭伯庭生六子两女,瓜瓞绵绵。长子彭远孚(1898—1972),号惕存,曾任湖口县农技师、建设局局长、教育科科长。二子彭远周(1901—1968),号余存,曾为国民党上校军医,获甲级一等海陆空军金质奖章。民国时期彭桓六村有多人在军中从医,多得彭远周提携。1942年秋,彭远周升任第25陆军医院院长,他精湛的外科医疗技术称誉一时。彭远周是个很有家园情怀之人,20世纪40年代,尝试在彭桓六村办医院、办戏院、办农场。新中国成立后,彭远周在江西省第二人民医院做过外科主任。三子彭远良(梁),革命烈士,1930年牺牲。四子彭远谋(1912—1958),曾在国民党军队任军医。五子彭远阁(1914—2004),字祖慧,国民党少校军医,1949年去了台湾。六子彭远昌曾任军医和粮政管理员。彭桓六村彭氏"六远"的背影已然远去,他们的人生在历史的滤镜下色彩斑斓……

23. 春桥乡彭桓六村：茅店街的古色与红色（二）

农运特派员彭远良烈士

民国元年都昌县知事彭伯庭的三子彭远良是革命烈士，《都昌革命烈士名录》载：彭远良，游击分队队长，1930 年 24 岁在南昌就义。

关于彭远良投身革命、血染南昌的红色故事，流传下来的资料并不多。我们根据《彭氏宗谱》和湖口相关党史资料来追溯烈士短短 23 年的人生轨迹。

彭远良 1906 年农历八月出生于彭桓六村，江西省立第三师范学校附属高等学校毕业，省立第一中学肄业。1927 年对于 20 岁的彭远良来说是政治思想得到淬炼的一年：1927 年 4 月至 6 月，他进入武昌中央农民运动讲习所学习了三个月。

湖口地方党史资料记载，1926 年 12 月湖口区乡农协建立前夕，共产党组织深感领导农民运动的干部很缺乏，不能适应形势的发展，于是通过江西省委组织部与武昌农民运动讲习所联系，保送仁区的彭远良、蔡鹏，智区的张大勋，礼区的张世田到武汉农运所学习。既然是经中共江西省委举荐，说明彭远良在 1926 年底前就已加入了中国共产党。1927 年 6 月，彭远良学习结束回到湖口，其时湖口农民协会已正式成立，钱成九任县农协常委，彭远良在区农协担任农运特派员。1927 年大革命运动失败后，湖口党组织转入地下，钱成九与李训泰、邹觉民、彭远良等商量分头寻找上级党组织，更可证明此时的彭远良已是湖口县党组织的骨干成员。

关于彭远良 1928 年的人生经历，《彭氏宗谱》记载，他曾任湖口仁区清查田亩分局局长、湖口县筑路委员会管工员、县靖卫队中尉分队队长。这些身份有利于他在风雨如晦的年代从事革命工作。1929 年初，彭远良直接投入湖口红军游击队一展英姿。1930 年 2 月，湖口县靖卫大队伙同南昌卫戍司令张辉瓒派来增援湖口的特务连下乡"清剿"，与湖口游击大队在马影桥打了一场激烈的遭遇战，周赓年指挥游击队及时占据有利地形阻击。在枪战中周赓年中弹负伤，忍痛坚持指挥，直到敌人撤回县城。周赓年奉命养伤，大队长暂由彭远良代理。

这时游击大队扩编为 3 个中队 9 个分队 180 余人,有长、短枪 80 余支,并组建了 200 多人的湖口苏区赤卫大队,和游击大队一起行动。加入区乡赤卫队的农民有 2000 多人,湖口苏区革命形成高潮。

彭远良是如何牺牲的?据中共湖口县党史资料记载,1930 年 4 月 13 日,赣东北第一游击大队在中央特派员徐德下达攻打都昌徐家埠那场冒险军事行动时,彭远良负伤,而后"游击大队代理大队长彭远良患病在家治疗被都昌靖卫团围捕,秘密押往南昌,被张辉瓒下令电死"。

在彭远良的侄子彭仁老人的讲述中,三伯父彭远良于 1930 年 6 月壮烈牺牲后,敌人用麻袋裹了烈士尸首草草埋于南昌。彭远良的大姐彭金菊嫁给了春桥杨培祥村名士杨士京之子杨祖厘,杨祖厘 1929 年曾担任国民党县政府县长,他的接任者是湖南人石铭勋。彭金菊数月后请石铭勋疏通关系,去南昌找三弟彭远良的尸体。但时值酷暑,尸体已腐烂不存,彭远良终未魂归故里。

湖口县农协常委彭远镇烈士

都湖边界的彭桓六村,在白色恐怖笼罩的 1930 年前后,有 8 位烈士为打下红色江山而捐躯。据《都昌革命烈士英名录》载,彭桓六村革命烈士除彭远良外,还有 6 位,分别是:彭远镇,湖口县农民协会常委,1927 年牺牲;彭守兰,游击队指挥,1930 年 28 岁时牺牲于官桥;彭守贞,赤卫队员,1930 年 40 岁时在门口岭牺牲;彭远盛,赤卫队员,1930 年 25 岁时在门口岭细塘里牺牲;彭远喜,赤卫队长,1930 年 36 岁时在徐埠牺牲;彭焱娥(女),1930 年 19 岁在流芳庙牺牲。

彭远镇 1927 年大革命失败时牺牲,是春桥最早的一批革命烈士,是彭远良的堂兄。彭远镇,号茂(懋)林,毕业于江西农业专门学校甲种林学讲习科、江西实业行政讲习所,曾先后在九江马回岭、湖口县流芳小学任教,在浔阳担任过苗圃技术员,一展农学专业之长,投身革命后任湖口县农民协会常委,参与领导仁区的农民协会斗争。1927 年 5 月,彭远镇组织仁区数百名群众集会,准备清算欺压百姓的团总周搏九的罪行。平日里气焰嚣张的周搏九想到前不久恶霸周伯恒被农协群众用锄头、木棍活活打死的情景,竟吓得顿生恶病,口吐黄水而亡。群众给吓破了胆而死的周搏九编了一首打油诗:"农民一声吼,吓死周搏九;农民组织力量大,乌龟王八齐缩头。"

1927 年初,湖口县农民运动形成高潮,县农协领导彭远镇、陈钧(远绍)、邹

觉民、钱成九等在县城组织发动数百名群众,向贪污和私吞积谷捐税的县长萧干算账,愤怒的群众把萧干从县衙抓出来,让他戴上高帽游街示众,湖口的苛捐杂税得到减轻。随后召开全县国民党代表大会,改选国民党湖口县党部,选举彭远镇为常务委员,邹觉民、高道臧、钱成九、陈钧为执行委员。按国共合作时国民党县党部领导机构的设置,常委领导执委,执委下设监委,当时彭远镇就是国民党湖口县党部的"一号人物"。在第一次国共合作中,共产党人掌握了湖口县党部的领导权。彭远镇是如何为革命而献身的?彭桓六村的老者讲道,彭远镇在家中患痢疾而殁。新中国成立后,彭远镇被追认为革命烈士,想必在1927年大革命失败后有被抓捕而受尽酷刑坚贞不屈的经历,被释放后身体受了严重摧残罹疾去世。权威党史资料记载,彭远镇牺牲时24岁。而《彭氏宗谱》记载,其出生于光绪廿九年(1903)。这样算来,彭远镇牺牲时应为27岁。

19 岁的女烈士彭焱娥

彭桓六村的女烈士彭焱娥,在湖口县党史资料中叫彭艳仍,想当年她何等的气贯长虹,巾帼不让须眉。

1929年9月29日,赣东北第一游击大队成立的第二天,赣东北革命委员会在湖口县城山乡成立,作为赣东北区域临时的革命政权机构。9名委员中有邹觉民、周赓年、钱成九、刘肩三(未到职)、刘皋、彭艳仍等。由于赣东北革命委员会实际只开展了湖口的工作,1930年3月改成湖口县革命委员会,是湖口苏区最高红色政权机关,彭艳仍分管妇女工作。

1930年"五卅"运动5周年纪念日,赣东北革命委员会在湖口县赵家桥召开万人大会,除了湖口当地的群众,都昌、彭泽两县也有群众赶来参加,这是土地革命时期湖口最大的一次群众大会。会议安排追悼周赓年烈士,枪毙3个劣绅,宣布成立湖口县苏维埃政府。主席台上革命委员会负责人邹觉民、徐宝义、屈缇、彭艳仍等就座,台前用红布写着5个白色大字"苏维埃政府",两旁幛布上写着"来来来,来向烈士灵前誓折头颅扶赤帜;杀杀杀,杀进反动团里痛刳心肺饮黄龙"。大会先由湖口革命委员会主要负责人邹觉民围绕悼念周赓年,以及根据省委巡视员柳明生(即刘梦松,都昌汪墩人,曾任都昌县委书记)传达的成立县苏维埃政府的指示做讲话。年仅19岁的彭艳仍在大会上发言,表示要继承周赓年的遗志同反动派斗争到底。一个月后,在都湖鄱彭四县反动武装联合

"围剿"下,苏维埃政府不复存在。

　　《中共湖口地方史(第一卷)》记载,1930 年 7 月,彭艳仍被捕后在湖口县流芳乡八方桥(流芳庙)壮烈牺牲,年仅 19 岁。在彭桓六村老人的讲述中,彭艳仍在湖口县江桥南港湖向群众宣传革命道理时被抓,面对严刑拷打,坚贞不屈,怒斥敌人,正气凛然,气贯长虹。1966 年出生的彭德浪是烈士彭艳仍的亲侄子,他听父亲彭守相生前讲过彭艳仍烈士的一些故事。彭艳仍父亲几近失明,家境困窘。彭艳仍上有两个姐姐,下有三个弟弟。二姐幼时到湖口流芳乡周大屋村做了童养媳,她从小也被送至湖口流芳城隍余家一富户人家做了童养媳,余家在景德镇有瓷店。彭艳仍不太愿意到余家生活,又不敢常回娘家彭桓六村,因此在湖口沈天寺外婆家落脚的时日多。沈天寺村是一个红色村庄,新中国成立后有 11 人被认定为革命烈士。其时,彭艳仍的舅父是农民协会中的共产党员,可以说舅父是她投身革命的引路人。彭艳仍本来准备追随赣东北红军游击大队去弋阳、横峰苏区加入方志敏的部队,可因为白色恐怖年代信息上衔接不顺而未成行。彭艳仍在湖口被国民政府地方靖卫团抓捕,壮烈牺牲后被娘家人安葬于彭桓六村的前湾。同村的彭远良烈士在辈分上要比彭艳仍长一辈。1930 年,23 岁的彭远良牺牲于南昌,一个月后 19 岁的彭艳仍为革命抛头颅、献青春热血。

　　彭桓六村八烈士每个人都有革命故事,只是有的动人情节并未流传下来。地处都昌北大门的春桥茅店街彭桓六村,闪烁着人文古色,辉映着耀目的红色。在当下,这片历史底蕴深厚、红色故事丰富的多情土地,绽放出和谐幸福的生活之花……

24. 春桥乡黄邦本村：都湖边界立"红亭"

【家训家规】心不妄念,身不妄动,口不妄言,君子所以存诚。内不欺己,外不欺人,下不欺天,君子所以慎独。不愧父母,不愧兄弟,不愧妻子,君子所以宜家。不负名教,不负国民,不负所学,君子所以用世。

春桥乡凤山村村委会黄邦本村是都昌沙港黄氏的寻根之地。承袭"江夏家风"的都昌黄姓祖先黄俊伯(北宋初年),其千年古墓就在村周边。名门望族"沙港黄氏"从宋至清出过50余位进士。"传家训扬新风"系列曾分上、下篇以《进士之家的诗坛"三黄"》为题叙写了黄邦本村清末进士黄锡朋及其子黄养和、黄次纯的故事。此篇续写黄邦本村的红色故事。

距黄邦本村最南端的人家约一里远的田畴山峦间,有一幢徽派建筑——一座寺庙,叫香沙寺。此"香"为莲花之清香,黄邦本村祖先黄善七择莲花吉地而发村,门口塘中有莲花墩,荷香四溢,因此垅称流香垅,寺名香沙寺。黄邦本村进士黄锡朋光绪年间题过两首《香沙寺》,诗一曰:"深谷高陵莫复论,眼前乔木蔚然存。山墟如画斜阳淡,乌柏阴中认寺门。"诗二曰:"犹莫焦黄荔子丹,祀蚕祈谷酒初干。何人把笔新题额,不作粉榆旧社看。"从诗中可知旧时的香沙寺树木葱郁,特别是寺前高大的木梓树几成寻寺的标识。那时周边很少有人家,但善男信女祈福的香火很盛,更有名士吟诗作对。

香沙寺在风雨和炮火里几度倾圮,又几经复建。现在的香沙寺重建于2003年,在内厅墙上嵌有一块介绍"红亭"的展板:"第二次国内革命战争时期(一九二九年),都湖边界第一区农民协会在此开成立大会。主持人:黄绂祥、黄镇圭二烈士。"碑记落款字样是"一九六六年三月都昌春桥人民公社凤山大队第三、四、五、六生产队 立 黄雨华 镌"。黄邦本村在当地算是大村庄,现有人口700余人。20世纪60年代的"凤山大队第三、四、五、六生产队"指的就是黄邦本村。解读这段"红亭"碑记,离不开特定的时代背景。据村中的黄胜生先生介绍,香沙寺原有上、下两幢,共一个天井且有厢房的营式,是当地人寄托民间信仰、祈福求安的场所。1966年,香沙寺在破"四旧"中仅剩残垣断壁,村民在原址建了一个类似亭子的小建筑,所以才有"红亭"之称。"红亭"就是红军烈士纪念亭的简称,并立了碑记(2020年出版的《爱我春桥》载"红亭"在解放战争时期就已树立)。2003年重建时,亭子被拆了,与香沙寺融为一体。20世纪二三十年代,共产党人在白色恐怖形势下利用幽静、易疏散的寺庙召开革命会议的事并不稀奇,比如1926年3月都昌第一个党小组就是在南山寺成立的。红亭碑记中提到的二烈士黄绂祥、黄镇圭,都是黄邦本村人。在都昌党史资料中,两人之名写成了黄勿祥、黄振奎。我们且来回首红亭里的红色岁月。

1929年8月,湖口县游击队在周赓年的带领下从紧临湖口的都昌春桥头(一说春桥墩上游家)出发,会同都昌的革命群众,夺了都昌汪墩国民党靖卫团的11支枪,随即在湖口城山乡的横山密庙成立了工农红军赣东北游击队第一大队。随着队伍的不断壮大,一支颇具战斗力的红色武装活跃于都昌、湖口大地上。随后赣东北革命委员会成立,下设区乡政权组织。在湖口设立智区(第一区)、仁区(第二区)、信区(第三区),并在湖口、都昌交界区设立特区,成立区农协。随着以湖口横山为中心的湖口苏区的创立,区、乡苏维埃政府实行土地革命,伐罪安民,红色风潮席卷。红亭碑记中的都湖边界农民协会,就是在此背景下召开了成立大会。

关于都湖边界特区的红色历史,春桥乡游雄飞先生的叙述较为详尽。1929年12月,横山南麓的都昌县春桥地区成立了两个共产党支部组织,黄邦本村成立第一支部,黄勿(绂)祥任支部书记;朝阳游家祠堂成立第二支部,游星槎任支部书记。随后在今春桥乡朝阳居委会、春桥村村委会域内及附近村庄成立了第一乡、第二乡、第三乡、第四乡,茅店街附近为第四乡,游图乾任乡长。1930年1月,在凤山成立了第五乡、第六乡。各乡政权成立后,先后成立了农民协会,建立了赤卫队。1930年2月,位于横山南麓的都(昌)湖(口)边界特别区正式成立,黄勿祥任主席,游星槎任副主席兼秘书,彭世茂、彭德云、游中子、游伦礼、江兼前、彭远汉、石砥川、彭远畉等人任委员。在共产党领导的湖口县革命委员会的组织下,都昌、湖口两县交界的都昌县春桥乡凤山、朝阳、春桥(今春桥村村委会)等地,行使苏维埃政府权力,领导春桥人民开展土地革命。1930年2月底,游击大队在横山密庙开办了预备队训练班,以扩大赤卫队为培训骨干。特区赤卫队扩大为中队,游贞佬任队长,游叙玉、游图彩、石中山任副队长,刘本万、余式辉、余顺开、余昭坤、黄翌贵、彭远茂、游金尚、游叙玉先后任各乡赤卫队长。

特区成立了妇救会,黄冬娥任主任,游杏花任副主任,游松姣任监察委员。1930年3月,边界特区第四乡成立了两个少年先锋队,至月底,特区各乡少年先锋队先后成立。

　　1929年10月至1930年6月,都湖边界特别区成为湖口苏区的一部分,在中国工农红军赣东北第一游击大队的保卫下,在都昌县春桥乡部分地区进行了土地革命。边界特区没收土豪劣绅的房产、土地、柴山,分给无地或少地的农民,布告律令,帮助农民平粜度荒;废除苛捐杂税,发动群众退租、废债;保护工商,保障民生,提倡妇女解放。都湖边界特别区各项革命工作的开展,推动了湖口苏区的发展。湖口苏区革命形势的发展,引起了敌人的恐慌,特别是处于湖口苏区南缘的都湖边界特别区,成了都昌县反动政权的眼中钉。都昌反动靖卫队头目陆士郊将离春桥不到10公里的徐埠作为军事据点,纠集地方民团,经常骚扰都湖边界特别区,春桥人民与敌人进行了激烈的斗争。1930年2月16日夜,特区和乡苏维埃干部、革命群众在茅店街彭下坂村开会,都昌反共头目陆士郊、孙光林(孙麻子)带领都昌靖卫队突然包围了地下交通员彭永宗家,将开会的16位革命干部和群众抓捕,火烧了会场。特区赤卫队闻讯赶来,为吸引敌人,掩护群众撤退,在茅店街与敌人遭遇,赤卫队长游叙玉和赤卫队员游三麻子、鄱阳佬在茅店街头与敌人的战斗中不幸中弹牺牲。

　　《中国共产党都昌历史(第一卷)》,记载了黄勿(绂)祥、黄振奎(镇圭)牺牲的简略资料:黄勿祥任都湖边区特别主任,1930年6月37岁时在湖口县流芳乡牺牲;黄振奎,任乡苏维埃政府主席,1930年42岁时在本地就义。《黄氏宗谱》记载,黄绂祥谱名益麟,与妻沈氏生两子,名黄贻书(纪丹)、黄呈图(纪青)。黄镇圭(振奎)与比他小3岁的黄绂祥同辈,派名益福,与游氏生二子一女,按宗谱记载,其牺牲时应是40岁。黄邦本村1927年出生的邹银莉老人2022年已95岁高龄。她回忆道,黄绂祥烈士当年闹革命是受湖口沈天寺村的妻兄影响,被杀后敌人剁了他的头示众,十分残忍;黄镇圭烈士当年是为躲避国民党的追捕投水就义的。

　　黄邦本村是一个红色村落,查都昌权威党史资料,村里在土地革命战争时期有5位烈士英勇捐躯。除了黄绂祥、黄振奎,还有3位:黄小同,景德镇工人筹备队员,1930年34岁时在景德镇牺牲;黄世崇,红十军战士,1930年在景德镇牺牲;黄斋公,红十军某队队长,1930年在景德镇牺牲。

黄邦本村有 3 位烈士牺牲于景德镇,其中有 2 位是浴血沙场的红十军战士。黄邦本村至今有很多人在景德镇生活,据 1961 年出生的村民黄仲雄介绍,他的曾祖父黄元吉可以说是村里在景德镇发家的第一人。黄元吉因家贫 15 岁时便去瓷都学徒谋生,能够成为称誉景德镇的大窑户老板,自然是自身的禀赋、上佳的运气等造就的。黄元吉发达后在景德镇买了一座产青石料的山开采。黄邦本村不少人去了景德镇投靠他。在青石山上、在火红的瓷场里,一些挣了钱的黄邦本人便捐钱鬻个小虚吏,以至流传下一首打油诗:"清朝世界,石匠奇怪。二十两文银,买顶子戴戴。一来图名,二来抗债。"黄元吉有个儿子叫黄藩(字寿松,派名纪萧),读了黄埔军校,国民党统治时期成为军统戴笠手下的一员干将,民国年间也成了其家族厂矿在景德镇的一层保护伞。黄藩恋家,国民党政权溃败逃往台湾后,没有伺机远遁,而是装作跳了昌江自绝,家里的妻子亦哭哭啼啼地当着街坊的面将他的衣服烧了"祭魂"。黄藩改头换面逃回故里黄邦本村,成了一名放牛翁。新中国成立后黄藩还是受到了惩治,提前获释后,在村里自由地教农家小孩识字读书,直至 1984 年 80 岁时辞世。

黄邦本村有"三个半聪明人"的说法,此四人便是进士黄锡朋的两个儿子黄养和、黄次纯,加上黄藩、黄冀阶。黄冀阶派名纪月,先是参加国民党,后弃暗投明参加共产党。宗谱记载他曾任解放军团长级,后在安徽一所地方医院工作,1990 年故去。黄邦本村在景德镇牺牲的三位烈士,很可能就是随黄元吉的家族厂矿去景德镇的,现在的村里人对他们的身世和牺牲经过鲜有所知。黄仲雄介绍村里还有两三人是革命烈士,但没列入公开的《都昌革命烈士英名录》。

曾经的香沙寺里,其红色印迹当然不只是 1929 年黄绂祥、黄镇圭在那里召开都湖边界第一区农民协会成立大会。在其后的峥嵘岁月里,这里也成为都湖边区共产党人的一个革命活动点,播撒红色的种子。查阅《中共湖口地方史(第一卷)》,就有 1935 年 6 月底当时的都湖鄱彭中心县委书记田英带领武山游击队,得到当地革命群众配合,在黄邦本村打土豪、建立党支部的记载。

2022 年春天,黄邦本村在当地党委和政府的组织下,推进高标准农田改造,从村庄南端到红亭所处,顺垅依山新修了一条通车机耕道,方便直达。当下的黄邦本村人,赓续红色血脉,凝聚振兴力量,红亭已成为当地的一个红色教育基地……

25. 春桥乡彭家堰村:堰上古井

【家训家规】毋事贪淫,毋习赌博。毋争讼以害俗,毋酗酒以丧德。毋以富欺贫,毋以贵骄贱。毋恃强凌弱,毋欺善畏恶。毋以下犯上,毋以大压小。

"堰"在《新华字典》里的解释是"挡水的低坝"。彭家堰村,又称堰上彭家,属都昌春桥乡堰上村村委会。村前的堰约有400米长,宽处有百余米,对于不濒鄱阳湖的彭家堰村,已然是浩荡的一片水域。彭家堰处堰之上端,其水来自武山山脉,顺港堰流经春桥头、茅店街、湖口县流芳乡,注入皂湖,最终汇入浩渺的鄱阳湖。

彭家堰成村于明成化年间,距今约580年。与朱熹亦友亦生的南宋理学家彭蠡的后裔彭正通、彭正荣,明中期由槐木畈(今属春桥村村委会)迁游龙庄,形成彭家堰村,现有人口500余人。

彭家堰村有一口古井,凿井年代待考。古井在村中主道旁一农房前。井当然是全村人的,只是建农宅时将行路从井北改到了井南。现存的井口不大,大水桶都难置入,所以平日里备了长柄小木桶便于村民在井中取水。井型的特殊之处在井沿,不是通常人们见到的一圈麻石箍围着,而是四面麻石圈豁出了一面,木桶取水后出了覆盖着的青石面可以平移出来。井并不深,只四米许,井水清澈见底。

井不在深,有甘则沁。此井水冬暖夏凉,长年甘甜可口。先前彭家堰村人都是喝这的井水。炎热的"双抢"季节,远在湖口县武山乡西洋桥田间劳作的农民,都拿竹筒、水壶一类来此井舀水,消解大汗淋漓下的渴意。村民平日里取井水煮沸来泡茶,平添了几分茶香,且铁质的壶从不凝结白色水垢。

彭家堰人吃水不忘淘井,以保水质清澈。通常每年农历六月初六,村中为头的长辈便召集村民商议两件事:一是在晴日里搬出祖谱来晒,既防蠹又缅祖;二是请来工匠抽水淘井泥。倒是近年来此俗未成常态,乡愁的味道淡了些。不过现在村民大都在自家掘井,有的用上了自来水,只有临近的十余户人家还来取水,用水量已不大了。但古井依然竭其精诚,无论用水量多少,一直保持着它固有的水平线,满满地充盈着,从不亏虚。也有人估摸这井是通了十余米远的堰中水,可观察后得出的结论是"非也"。譬如干旱季节,堰里的水被抽来抗旱,或是过年前抽干堰里的水取鱼，堰里涸得几可见乌泥，可古井里的水照旧满满的；譬如山洪暴发时堰水浑浊不堪，可古井里的水照旧清澈见底。于是，村民断定，这古井是通了地下的活泉眼，活泉眼接通至武山脚下。村民后来在自家庭院掘井自用，往往要请专业队挖到三四十米才见水流汩汩，而古井深不过四米，不溢不亏，胜过村中所有的井，堪称"井魁"，无尽岁月从不败它的灵气。

井边斑驳处，岁月灼其华。这古井有故事，在 2020 年出版的《爱我春桥》一书里，此井冠名"红色古井"。据说 1930 年前后，共产党人谢文珊在参加红军赣北游击大队时，攻打徐埠国民党靖卫团陆士郊部而受伤。谢文珊是都昌北炎谢献村人，小时候投师于堰上彭家学篾匠，后来奔波于都昌、景德镇等地闹革命也是以篾匠身份做掩护。谢文珊这次负伤后连夜退守到师傅家，在躲避敌人追捕的日子里，就是用此井水生活，用该井水熬中药疗伤特别有效。

关于谢文珊烈士的生平，权威党史资料记载，他 10 余岁时因家贫从读了 3 年的私塾里出来跟人学徒，三载出师。与其说他投身革命后在师傅家疗伤对古井有感情，不如说他在彭家堰求师 3 年，上户出工前的早晨几乎天天为师傅家担日常所需之水，因而对古井感情深厚。1930 年，红十军来到都昌徐家埠、蔡家岭，让 24 岁的谢文珊热血沸腾，投身革命，并担任了乡苏维埃政府的赤卫队长。1935 年谢文珊在张岭、春桥、西洋桥一带开展斗争，加入了中国共产党，并先后任地下区委委员、区委书记。1937 年冬，谢文珊随都湖鄱彭中心县委书记田英参加武山游击战。1940 年一度去景德镇从事工人运动。1940 年 11 月，谢文珊被赣北特委指派为都湖彭中心县委书记，在武山一带组织力量打游击，抗击日本侵略者。1941 年 6 月由于叛徒出卖，谢文珊被国民党杀害于阳峰黄梅岭，壮烈牺牲。

饮着古井井水的一代代彭家堰人，在创造着属于自己的甜蜜生活。文明新风堰上来，且看今朝翻新篇。彭家堰人订立了新的村规民约，一改以前正月初一凌晨在祖祠前每家每户赛着燃放爆竹的风俗，由村里统一燃放数枚烟花，每家每户将本应买鞭炮的钱捐给村里办公益事业，每年总计筹集万元以上。此举既减少了集中燃放烟花爆竹的环境污染，又引领了村民融入乡村新风尚。村里每年中秋节在堰里用网取鱼，分鱼时哪怕是远离家乡的游子都能得到一份——由其族人代领，以让彭家堰的游子在异国他乡也能得到来自故里的暖意。2022 年新年伊始，春桥乡堰上村列入"四好农村路"的沥青路建成通车，到湖口县武山镇、都昌县蔡岭镇等地的路变得更加通畅起来。在新时代的乡村振兴康庄大道上，彭家堰人阔步前行……

26. 和合乡白土张村（一）：昔遗名之"都"，今兴盛之村

【家训家规】读书者不贱，守田者不饥，积德者不倾，择交者不败。

村庄颇具特色的老村名，是留在村庄里的历史，寄托了人们的乡愁与情怀。且让我们来倾听"白土"村村名中乡土文化之回响。

白土村是张姓村庄，属都昌县和合乡滨湖村所辖，现有人口近500人。"白土"谐音"白都"，作为村名的"白都（土）"之"都"，当然不是"都城"，而是明清时的一种行政区划，都昌为县，县辖乡，乡统都，都领图。清时都昌分48都。以县城治所为出发点，往东，一都在现今的大树乡大埠岗以西一线；二都主要在和合乡一线；三都在大埠岗以东一线，横跨现今的大树、大沙；四都在阳峰乡，阳储山下有"四都垅"之说；五都在三汉港、西源一带；六都在周溪一带……现在的少数都昌地名至今仍有"都"字，比如狮山乡就有"八都"村委会，万户镇大屋洪村一带有"下九都"之说。由东至西以序号名都，最末的四十七都、四十八都便煞尾于现今的都昌镇矶山一带。

"都""图"是明清乃至民国时期通行于南方地区的乡村组织单位。"都"发端于宋代保甲制度，"图"在南宋已有萌芽。关于"都"的记载，能查阅到最早的典籍是《宋史》，据载其设计者是江西临川人、丞相王安石。《宋史》记载：宋熙宁三年（1070），王安石变募兵而行保甲，宋神宗对王安石变法予以支持。起初十家为一保，选名望高的一人为保长；五十家为一大保，选一人为大保长；十大保为一都保，选深孚众望者为都保，同时配一副都保。"都"领"图"，以"图"冠之，的确有直观的"版图"之意。图即里，以每里册籍守首列一图，"田畴、山水、道路悉载之"，依图"征发、争讼、追胥，披图可立决"。明洪武初年，"每百家画为一图，内推丁力田粮近上者十名为里长"，催办税粮。都、图在明初成为黄册、里甲制度的编制，延续到清代，及至民国时期仍有痕迹，可见影响之深远。

康熙版《都昌县志》在"卷之一·封域"内详列清初都昌县的行政区划架构。即设城区为"坊五"，从市一图至市五图，大致相当于今天的都昌镇社区居委会建制；设"镇二"，柴棚镇（今属周溪镇）和左蠡镇（今属左里镇），主政者为

巡检司,又称厢长;设"乡十",10个乡下辖33个社、48个都。据此,可认定都昌区划48都定型于清初,而此前明代都的设置数量有增减。洪武十四年(1381),都昌县设10乡镇64都;永乐十年(1412),都昌析柴棚、左蠡二镇,置10乡41都52图;嘉靖三十一年(1552),都昌在行政区划上有"五十九坊里"之分,即全县设5坊2乡52都。据1992年版《都昌县志》载,民国初期全县行政区划仍袭清制。民国十八年(1929),废都图,改设区,后区领乡,乡领保与甲。

关于白土张村村名"白都(土)"的来历,有一个广为流传的说法。清初都昌所置48都,村村落落皆有归属,唯独该村被遗漏,未列入"都"。都图设置本来就有按造册标图督缴田赋和排轮服役之用,被遗漏的这个张村未列入官府的黄册、里甲编制,自然少了徭役。3年后,此事被县衙知悉,官府于是将在48都之外另列"空白之都"的白都张村,纳入赋役管理。自此,村名便称作"白都"。而对于"白都"沿袭到"白土",村中老一辈村民如此解读:为祖先尽顾体面——既然你堂堂县衙编都遗漏吾村,我等百姓亦来弃你之"都",只取"都"字左上角的"土"字,立名"白土"村,又谐音"白都"。其间当然也有一种戏谑:我等白白耕作了三年皇上的土地,免纳税赋,岂不快哉? 对于"白土"其名,永修县湖管局原局长、都昌县本土文化专家王旺春先生有另外的解释。他说在白土张村老村居滨湖处的岭咀上,曾有一座白墙的土地庙,香火一度兴盛。清代时将此庙至鄱阳湖中一瓢牙头小岛(岛形像倒扣的瓠瓢)这一条直线,划定为都昌、永修(古称建昌)捕捞水域的分界线,上域、下域分别为永修、都昌渔民传统捕捞水域。土地庙今已倾圮,张姓村庄因此土地庙而称"白土村"。白土张村人世代以打鱼为生,是典型的渔业村。不过,白土张村的村民对村名之来由,还是认同置都遗漏说。

若以准确的48都的背景来论,白土张村遗"都"之事应发生在清初,会不会是县衙的文吏抄册时因疏忽导致遗漏? 细究一下,在明代白土张村应该是编入了嘉靖年间的52都之列的。据查《张氏"清河世家"宗谱》,白土张村的建村始祖张文二(约生于1400年),于明正统年间由三都张家山(今属大沙镇大沙村)迁徙而来,距今约600年。

昔日被遗"都"之外的白土张村,如今在新时代绽放绚丽的光彩,村民生活发生了翻天覆地的变化。先前的白土张村可谓"一穷二白",村民多以打鱼为生,风里来雨里去的艰辛日子里,村民有一半染上俗称"大肚子"的血吸虫病,其

中五分之一为晚期病人,是典型的血吸虫病严重流行区域,1949年全村人口不到70人。在党和政府的关怀下,1979年底,和合乡宣布基本消灭血吸虫病。1998年,鄱阳湖区洪水肆虐,随后实施移民建镇惠民政策,白土张村部分村民从被水淹的低洼老村居搬迁而远离水患。和合乡滨湖村是"十三五"重点贫困村,2017年底,白土张村被纳入脱贫攻坚易地整体搬迁项目,全村87户306人易地搬迁至村西的乌沙园,项目总投资793万余元。村居统一规划设计,环境舒适宜人。这期间有关于建造管理问题的讨论,至今在网上能查阅到村民与有关部门的呼与应,听说对白土村后续的发展影响深远。2021年下半年,村民自筹资金在新村重建祖祠兼村民文化活动中心,薪火相传,福泽子孙。如今,白土张村的交通区位由滨湖边缘变为环湖前沿。先前入白土村只有狭窄的田塍小道,进出货物大多靠车推肩扛。2021年乡村组织硬化了村公路,群众出行条件得到改善。2022年,由城郊矶山至大沩池再至和合乡黄金嘴的疏港公路首期已动工建设,白土新村就在这条宽广的生态大道旁。通过此路直达县城东,车程不过10余分钟。

"48都"+"白都",文化的回响犹在耳畔;"白土"+"五彩",发展的美景铺展在眼前……

27. 和合乡白土张村（二）：张大妹的红色人生

"大妹"，作为女性的名字，犹如乳名般亲切。不同姓氏的"大妹"，其质朴味却一模一样，都昌县和合乡白土张村的张大妹（1911—2000），却有不一样的红色人生故事。

村民的讲述

要了解张大妹年轻时的红色足迹，绕不开的一个革命烈士是她的前夫余金德。余金德（1902—1937），余干县人，出生于景德镇。他有着苦难的童年：5 岁时父亲余接高病故，7 岁做童工，16 岁当学徒。1924 年，余金德在景德镇参加工人运动，成为工人运动领袖之一。1929 年春，余金德来到里村兼任景德镇近郊区委书记。1926 年 4 月，经省委特派员王怀心（烈士王经燕堂兄）介绍，余金德加入中国共产党，成为景德镇最早的共产党员之一。1930 年 7 月，景德镇市苏维埃政府成立，余金德任主席。随后余金德任中共赣东北特委委员、赣东北省苏维埃政府执行委员兼土地部部长。1932 年 12 月，余金德任中共闽浙赣省苏维埃政府执行委员兼土地部部长。1933 年初，余金德与张大妹结为革命伉俪。1934 年 11 月，方志敏率抗日先遣队北上抗日，余金德被留在苏区主持闽浙赣省苏维埃政府工作，机关所在地为江西横峰县葛源镇，率部队在闽皖赣边境地区坚持游击战争。1935 年 7 月，余金德任中共赣东北特委书记、赣东北军分区和红军游击大队委员，1936 年 4 月任中共皖浙赣省委委员。余金德 1935 年前后驰骋于闽浙皖赣四省边区，威震八方。1937 年 5 月初，游击队在德兴县杨家湾被国民党军 16 师包围，时年 35 岁的余金德率部英勇突围，腿部受伤，转移到三县岭。5 月中旬，敌军进行大搜捕，余金德与战士失散。因腿部溃烂发高烧，余金德躺在一石洞里 3 天，被敌人发现后被捕。面对敌人的威逼利诱，余金德坚贞不屈，同年秋被秘密杀害于浙江衢州监狱。

余金德在三县岭一带组织开展艰苦卓绝的游击战争时，他的妻子、共产党人张大妹作为闽浙赣省委机要员，被丈夫安排在德兴县横港做妇女工作。余金德夫妇俩将 3 岁的儿子托付给大哥余水金，转移到白区。不久，敌人进攻横港，

临产的张大妹为帮助群众进山转移,第二个小孩辗转间在深山丛林里降生,被敌人发现后活活摔死在山崖下。张大妹也落入敌军手中,被关进南昌第一监狱。

白土张村村民讲述了张大妹在家乡的一些经历。张大妹的父亲张承孝是村里地道的农民,耕种之余也去鄱阳湖上打鱼。家境贫寒的张家,将张大妹送给人家做童养媳(一说被阳峰四都垅巢家的一户人家接收)。从小性格倔强的张大妹被人带到景德镇小餐馆里打杂谋生。1927年大革命时期,和合乡的詹锦坤、詹赣州等人,在如火如荼的瓷业工人罢工运动中参加了革命。张大妹加入革命队伍的最早引路人便是这些老乡,她所打杂的餐馆也成为景德镇共产党人的一个秘密接头点。张大妹后来去瓷厂做过瓷工,就是党组织有意安排的,以利于发动女性工人踊跃参加工人运动。

张大妹1937年被捕入狱(宗谱赞曰"赣东驱驰,民国十六,反剿失利,被捕入狱"。入狱时间应有误,疑为"民国廿六"的笔误)。生她、养她的白土张村族人忧心如焚,积极营救。伯父张承财出面,张家卖了田地换来银圆将张大妹保释出来,张大妹得以回到村里生活。张大妹与余金德生育的儿子这一支族如今在余干县生活。史料从未提及的是,张大妹与余金德1935年还生育了一个女儿,寄养在都昌的兄嫂家,名"余摇云"。余摇云在村里与表兄成婚,如今幸福地生活在白土张村。

党史里的记载

1983年,余干县委党史资料征集办公室工作人员曾两次来都昌,为撰写《党史人物传》中的余金德篇搜集资料。因为在中共党史上的特殊地位,余金德被余干县列入"之一"开篇推出。此资料经省有关部门进行了审定,当下在网上能查阅到的关于余金德烈士的相关资料,大多是这次余干县党史部门搜集的。余金德传中,自然有关于他妻子张大妹的一些记载。

关于余金德与张大妹的婚事,余金德传中如此记载:"一九三三年三月,由周建屏、邵式平介绍余金德和张大妹(周建屏的义女)结婚。刚刚取得第三次反'围剿'的胜利,当时苏区财政一时十分困难,政府工作人员已经一个月没有发薪,方志敏与邵式平商议,准备为他俩的婚事好好筹措一下。余金德知道后,亲自找方、邵表示一切从简,'新房'虽然只有一条破棉絮,也没有什么关系,以后一切会慢慢好起来。他们简朴的婚礼,后来一直成为苏区同志们传颂的佳话。"

从这段文字可以了解到,张大妹曾认红十军军长周建屏为干爹,她与余金德的婚姻介绍人是邵式平、周建屏。余金德31岁时与小9岁的革命战友张大妹的婚事得到方志敏的格外关心。

关于张大妹与余金德的儿子交给余金德大哥余水金,易姓匿名转移后的下落,此资料如此记载:"水金背着小孩,冒着生命危险,越过重重封锁线。当逃到上饶姜村一个山头时,敌人疯狂搜山,小孩丢失,落入敌五十五师一个姓贺(山西贺兰县人)的营长之手,被姜村一个(做)地下工作的老同志知道,花了四十块光洋托人说情买来抚育。三年后,这位老同志夫妇双亡,小孩孤苦流浪。至解放后,黄火生(原三野政治部主任)到景德镇视察工作,得悉此事,便指示:一定要把余金德同志的唯一后代找到(后在姜村找到,上饶地区副专员郑占魁十分高兴,给他取名余姜成),水金后来也被捕入狱,不久病死。"

根据白土张村搜集到的关于余金德与张大妹所生子女的史料,这个后来取名余姜成的儿子不是他们的唯一后代,两人还生育一女,寄养在都昌乡间。

在土地革命战争时期,在赣东北这片红色土地上浴血奋战的不仅有都昌人张大妹,还有乐平人徐大妹,两个"大妹"在革命队伍中熠熠生辉。徐大妹(1906—2001)曾任赣东北省妇女解放委员会主任、内务部部长,闽浙赣省苏维埃政府副主席等。新中国成立后,徐大妹曾任上饶地区民政处副处长、区妇联主席等职。

关于张大妹晚年的人生轨迹,查阅《都昌县政协志(1958—2010)》,可从政协委员表格式信息中检索到一些权威记载。张大妹是江西省政协第二届、第三届委员,这两届省政协委员代表都昌县仅有两人:刘继忠(刘肩三烈士之子)与张大妹。张大妹还当选了政协都昌县第三届委员会、第四届委员会常务委员,第一届至第五届都昌县政协委员。在"文化程度"栏,有"初小"与"文盲"两种登记。界别为"老革命"或"特邀"。"工作单位职务"先后以民政局副局长、民政局敬老院院长、红旗居委会退休等载录。

儿子郑喜生的缅怀

1942年,31岁的张大妹经人介绍,嫁给都昌城郊大岭郑村(今都昌镇瓦塘村辖)的郑谟波。郑谟波(1897—1960)曾任过国民党地方政权的当地保长,前

妻陈氏亡故后娶张大妹。张大妹在郑家生三儿一女。大儿子郑林生、二儿子郑玉生已享寿辞世，小儿子郑喜生（派名猷喜）出生于1949年10月，是县建筑公司的退休职工。2022年，郑喜生深怀缅怀之情，向人讲起母亲张大妹晚年断断续续向儿辈讲述过的一些革命经历。

张大妹1937年被捕入狱，是娘家卖了当时仅有的一亩三分田，由族叔张承财出面将她保释出来的。回到白土张村后，张大妹在家随大人作田，但在她的心间革命的激情依然澎湃。张大妹独自赴都昌望晓源参加了大港山区田英率领的游击队，她没有暴露自己是余金德烈士妻子、曾担任过闽浙赣省委机要员的身份，也没谈及她丰富的革命经历，只是在都湖鄱彭游击大队里成为一名普通的女队员。晚年的张大妹向儿女们讲起时任都湖鄱彭中心县委书记田英的牺牲经过，说田英被国民党党部包围后，上了屋顶，腰间有两支枪，当时卡了弹，没有射杀到更多的敌人，被逮捕而英勇就义。

张大妹在大港打完游击后回到娘家白土张村生活，村里的一些"大老倌"认为她有"匪行"，不学好。族人规劝她再嫁人，她于是嫁入郑门。新中国成立后，张大妹在郑家所在的区乡积极参加土改。她与余金德当年的"证婚人"邵式平新中国成立后就任江西省首任省长。张大妹老革命身份的认定，据说邵式平省长予以过证实和关心。邵式平省长到都昌视察工作时，也亲自慰问过他昔日的战友余金德同志的妻子。张大妹到南昌出席省政协会议，邵式平都会邀请与他共同战斗过的"老革命"身份的省政协委员张大妹到家中吃顿饭，畅叙革命情谊。

20世纪六七十年代，张大妹一度受到冲击。有人说她当年从国民党监狱放出来后做了革命的"叛徒"，参加大港游击战也没人证物证。再加上她故去的第二任丈夫郑谟波的伪"保长"经历，张大妹被清退回家。后来，张大妹经落实政策恢复了工作，补发了工资，享受离休待遇。大儿子郑林生还被安排进了当时的县造船厂。曾任都昌中学书记、都昌师范学校校长的张之良先生是张大妹娘家的族弟，2000年曾为溘然辞世的张大妹撰写了像赞，言张大妹"绩著功巍，光荣离休。享年九秩，不幸星坠。缅怀生平，百世立辉"。

张大妹晚年一直在彭家阁郑家置买的一间老屋随儿子一同生活，安享晚年。张大妹老人看到电视上播放方志敏参加革命的红色内容的电视剧，会向儿子们讲起方志敏、周建屏、邵式平在赣东北闹革命的故事。县城中小学清明节祭奠英烈时,也时不时地请张大妹老人讲亲历的红色故事。方志敏的女儿方梅特意到张大妹家中去慰问,并了解当年张大妹与自己的母亲缪敏一同被捕的详细经过。张大妹随身携带的小相框里,一直珍藏着一张年轻英俊的余金德身着戎装的照片,那曾经的血色浪漫值得终生铭记。

2000年夏,生于辛亥之年的张大妹享寿九旬,溘然长逝,葬于村旁徐家庄的山林里。她的长眠之地,正前方高楼林立,都昌城东片区在快速崛起,生机勃发。都昌这方热土,如伊所愿,山河一片锦绣……

28.苏山乡八里港谢村:谢家有湖扬波澜

【家训家规】居则致其敬,养则致其乐,病则致其忧,丧则至其哀,终则致其思,五者备而后可以言孝。

(一)

都昌县苏山乡以山命名,"苏山"又名元辰山,为道教第五十一福地。苏山实乃山清水秀之地,有山亦有水,水是浩渺的鄱阳湖。鄱阳湖在其辖境有了分域,这"谢家湖"便是一方。每到湖区防大汛之年,"谢家湖圩堤"便时不时出现在当地的通讯报道里。谢家湖在明代的确是谢姓人家所属的一方湖域。这谢姓村庄便是八里港谢家。

都昌谢姓承袭"陈留世家",陈留是谢姓的郡望,在今河南开封东南陈留镇。八里港谢家的祖祠冠"宝树留芳",这"宝树"自有来历。唐代大诗人刘禹锡名诗《乌衣巷》中有名句:"旧时王谢堂前燕,飞入寻常百姓家。"王、谢两家是偏安江左的王朝(东晋、宋、齐、梁、陈)中最为显赫的世家大族,以至"王谢"成为中国历史上世家望族的代名词。"王"即琅琊王氏,有王导、王羲之等风流人物,"谢"即东晋著名政治家、军事家谢安以及其侄谢玄等。"淝水之战"是谢安人生的高光时刻,此战可谓挽狂澜于既倒,扶大厦于将倾,谢安于晋室居功至伟。"谢家宝树"在刘义庆的《世说新语》里便指太傅谢安与少将军谢玄,喻指德才兼备、光耀门楣的家族子弟。王勃《滕王阁序》中有"非谢家之宝树,接孟氏之芳邻"之句,其意是王勃谦称自己虽没有谢玄这样的"宝树"式人物优秀,但从小也接受了良好的教育,常与贤德之人交往。

都昌谢姓奉南宋末年的谢瑞(1204—1264)为一世祖。谢瑞当年在并不祥瑞的宋末迁徙,出临川、经豫章、往匡南,而选择落籍都昌云井(今蔡岭镇东平村岗上村),据说追寻的就是先祖谢灵运的遗迹。谢灵运(385—433),是谢玄之孙,东晋至刘宋时期的大臣,山水诗派鼻祖。作为那个时代的旅行家,谢灵运脚着谢公屐,先后到过都昌两次,一次留下诗作《石壁精舍还湖中作》,另一次留下名篇《入彭蠡湖口》。谢瑞为在乱世求嘉瑞,便卜居筑室于都昌。谢瑞 7 世孙谢伯琛(1385—1456)于明宣德年间由云井迁至八里港,形成如今的苏山乡八里港谢村。苏山乡另有大屋里谢村和细屋里谢村,两村与八里港谢村同族源。谢瑞 6 世孙贤五于元末明初由云井迁往元辰山,其后裔又迁至如皋湾燕窝里。谢贤五第 16 世孙谢祚堂于清雍正年间由如皋湾燕窝里卜居大屋里,繁衍成如今的大屋里谢村;谢祚堂 8 世孙谢明德(1884—1944)于民国初年由大屋里谢村分居细屋里谢村。

八里港谢村兴村历史已逾 600 年,在徐港这一带算是落籍早的村居。谢氏祖先定居鄱阳湖边时,便放开手脚把周边的山与田、水与湖纳入家产,如今的八斗畈、官垅、陶家舍垅等田亩,马山坳、周家涧等山岭,当初都是谢家的田产,直到 20 世纪 50 年代初才划拨给他村。至于水面,从村头至湖口屏峰一带,都纳入谢姓村民的辖地,直线距离有 8 里多长,据说这就是"八里港"其名之来由。

几乎与谢家祖先同居此地的还有万姓人家,现不存。关于万姓人家的衰弱有传说故事流传下来。相传张家岭虎山万家有一个教书先生在八里港万家开馆授塾,终老后葬于万家祠堂后。这是一块破了龙筋的凶地,以致八里港万家"鸡不鸣,狗不叫",沉寂没落下来。其实万家的没落是因为血吸虫猖獗,村民一个个得"大肚子"病而致败落。新中国成立时,万家只剩三四户,20 世纪 60 年代只剩万振发一户。万振发生的 6 个女儿,纷纷外嫁,有一女嫁到八里港谢家。随着万振发 1983 年病故,万家在八里港也就没了独立撑户的人了。八里港谢家原有 3 个村落,乡间称 3 个"墩头"。下屋居谢家湖之滨,遇水上移百余米,渐渐聚居于八里港中屋谢家。另还有陶家舍谢家。1998 年发大水,党和政府实施移民建镇惠民政策,3 个村落又从中屋上移 200 米许汇合成一村,统称八里港谢家,现有村民 260 余人。1999 年,八里港谢村与徐港桥村(以徐姓为主,现有村民 280 余人)和谐合居,形成如今的徐港中心村。

(二)

谢家湖的水土养育的谢家子弟,身上流淌着滚烫的血。在土地革命战争时期,这血,为换来如今的盛世花开而洒。

《都昌革命烈士英名录》载,苏山乡八里港谢家有谢文珍和谢定华 2 位烈士。党史资料记载:"烈士谢文珍 1930 年 24 岁时参加革命,曾任红十军班长,

1930年随红军去后无讯。"《谢氏宗谱》"文珍"条记载,其生于"光绪乙巳年",即1905年。凝重的宗谱里"投军未回"四字与党史里"随红军去后无讯"相互印证,蕴含了几分壮烈。宗谱记载,谢文珍之父谢显豫(字必经)葬于景德镇莲花山,由此几可断定谢文珍一直随父亲生活在景德镇。1930年,方志敏、周建屏、邵式平在景德镇"扩红",谢文珍参加了红十军,同年血洒疆场。正因为谢文珍一直生活在景德镇,在家乡又无嫡嗣,所以在故乡八里港谢家村,烈士其名鲜有人知,更无人知其"去讯"。1930年参加红十军的都昌籍瓷业工人数以千计,八里港子弟谢文珍便是其中一个。作为战士的他,最终没有回到故乡,而是战死沙场。英雄血洒何役、长眠何处,已无可考证。

都昌党史资料记载,八里港谢家的谢定华烈士1925年参加革命,曾任组织部部长(烈士证载"九江县委组织部长"),1932年在南昌就义。1943年出生的谢明锟老人是烈士谢定华的亲侄子,承祧为继子,享受烈士子女待遇。谢明锟讲述伯父谢定华牺牲的情形时一脸凝重。谢华父亲有兄弟4人,其中3个铁匠,1个皮匠,皆有技艺加身,家境还算宽裕,兄弟4人挣钱送从小聪颖的谢定华读书求知。受进步思想影响的谢定华走上社会后,在九江市国民党政权机关讨了一份差事,暗地里参加了共产党,担任中共九江县委组织部部长。1932年某日,谢定华在九江市十里铺秘密参加党组织会议时被捕,被押往南昌审讯而坚贞不屈。其间,作为铁匠的父辈得知音讯,带上所筹到的全部赎金,去南昌救人。据说行至九江时,三兄弟听闻九江煤炭降价,便凑钱低价买了一船煤炭装回谢家湖,一半留作打铁烧炉的燃料,一半销给了当地的铁匠,以换来更多银两去搭救谢定华。据说三兄弟因此周折迟了三天去赎人,行至半路便听到谢定华被国民党反动派施了电刑,用麻袋抛尸赣江。一同英勇赴死的还有苏山益溪舍村的共产党员胡振南。谢定华22岁牺牲前在家乡说过一门亲事,但未成婚,无嫡传。2012年冬,都昌县民政部门对革命烈士立墓碑予以专项支持。谢明锟作为烈士后代,将谢定华衣冠冢立于新村头自来水塔下,且在传统节日祭扫烈士墓茔,赓续红色血脉。

(三)

风高浪急的谢家湖,也闪过抗日的刀光剑影。

八里港谢家是鄱阳湖畔一个普通的村落,但在抗日战争的岁月里,俨然是

"都昌抗日第一村"。2014年由中共党史出版社出版的《中国共产党都昌历史（第一卷）》第十四章"日寇在都昌的暴行"中载录日本侵略者踏上都昌土地实行"三光"，激发都昌人民奋起反抗，奋起反抗的"第一村"便是谢家湖（港）谢家。1939年3月13日（农历正月二十三日），1000余人的日军军队由星子县渡过鄱阳湖在屏峰登岸，先驻于八里湖谢家，然后分兵由徐港桥进入十里陶家冲，出左里清辉，驻于桥边陈家。其番号为日陆军116师团218联队小林大队。接着日军派一分队队长河野驻于左里横寨岭周村。直至1942年4月日寇撤退至湖口，他们蹂躏了多宝、左里、苏山三个乡整整3年之久。那时的苏山乡分辛南、辛北两乡，后合并为元辰乡。据不完全统计，被日军杀害的都昌人总计1476人，尤以元辰乡的受害者为最多——492人。全乡被日军抢走粮食2628担、生猪11060头、牛105头、植物油1200担。

1962年出生的谢汉民曾任苏山乡徐港村党支部书记多年。他听出生于1931年的父亲生前讲述，日本兵驻扎在八里港谢家村前，不少村民逃离村庄，躲到彭埠桥一带。日本兵强占民房驻扎，还将村民的房子用来养战马，破墙透气，将竖立的柱子锯卡口用来拴马。20世纪70年代，有村民改建房屋循用旧木料，于是又用木块将卡口补上。日本兵在村头构筑战壕，至今旧址处还能看出当年的沟壑来。

沧桑的八里港谢家村，作为"都昌抗日第一村"，见证了那段"血与火"的历史。要是村里能保存一幢凶残的日本兵当年驻扎过的民宅，用以铭记历史、警示后人该多好啊。谢家村人后来整体搬离了原村址，村民们用行动去践行勿忘国耻、强我中华。

（四）

乡愁是什么？在诗人的眼里，乡愁是村头的老树，是湖里的弯月，是家中头发花白的爹娘。如果把乡愁比作一幅格调沉郁的画，那么，八里港谢家的乡愁画幅里，分明是蝌蚪似的尾尾鱼苗游弋的水墨写意。

八里港谢家濒湖，但村民历来不从事传统的捕渔业。先前的谢家田地多，便请长工帮忙作，男劳力大都靠繁殖鱼苗、出售鱼苗挣钱。鱼以四大家鱼类为主，鱼苗从湖北官洲、九江江洲等地贩来，是由洲上人在长江产卵场采集，后用船运至谢家湖的。装鱼苗的篓器是两头小、中间大的葫芦状，内壁用石棉纸粘

贴,并搽抹桐油,不至渗水。那时没增氧机,人们便采取敞口晃荡"葫芦篓"的方式给鱼苗透气。村民从外地用船运来鱼苗,倒进村中的小池塘里繁养。这鱼苗在当地多为人放天养,肉质十分鲜美。农历三四月,买来的两厘米长的小鱼苗叫"小花",养个把月,到了端午节前后,有寸把长,叫"夏花"。八里港谢家村人用葫芦篓挑着鱼苗到外村去卖。讲好价钱过数时,谢家人持碗算尾——"一碗一十""二碗二十",将鱼苗舀起往购鱼苗者的池塘里放。到了真正的夏天,天气炎热,也就不适宜养鱼苗了。一直到初冬,谢家村池塘里的鱼苗已长至三四寸长,叫"冬片"。村民用猪崽来类比不同阶段的鱼苗,那"夏花"好比体量小的"伢猪",而那"冬片"相当于要花大本钱买来的"驳猪"。八里湖谢家村人繁殖鱼苗和贩卖鱼苗,一直到20世纪70年代中期才式微。

八里港谢家村村民的记忆浪花,有人文色彩的,比如清末村里出过一个叫谢祚流的县长;也有风物样式的,比如1977年到1989年村里利用当地长垅水库的水,办过徐港电站(又叫成效电站),发的电保证当时徐港大队村民定时照明。

谢家有湖波澜起,宝树流芳看今朝。八里港谢家村人从谢家湖启程,通江达海,勇立潮头……

二、源远流长

29. 汪墩乡黄家坂村：枝繁叶茂的黄家坂(上)

【家训家规】务敦孝悌，务存忠信。务习礼仪，务尚廉耻。务睦宗族，务和邻里。务读诗书，务勤耕种。务亲君子，务重有德。务厚亲朋，务笃故旧。务慎言行，务襟交游。务守王法，务畏官刑。务尊高年，务怜孤寡。务崇节俭，务严教训。

(一) 旺家与旺族

承袭"江夏世家"的黄家坂村，现属都昌县汪墩乡古岭村村委会所辖，北距汪墩乡集镇所在地喆桥约 3 千米，南距都昌县城约 6 千米，东达都蔡公路约 0.5 千米。黄家坂现有村民 600 余人，在人口规模上属于一个较大的村庄。黄家坂成村于 1356 年，距今 660 余年。"黄家坂发四十八屋"，黄姓人家的开枝散叶，让黄家坂成为都昌诸多黄姓村庄的寻根之地。

黄姓"四十八屋"这一支的共同祖先是元末明初的黄卫谦(1338—1413)。卫谦公的后裔号称"四十八屋"，几乎占到都昌 150 余个黄姓村庄的三分之一。我们且先顺着卫谦公世系上溯，梳理都昌黄姓家族的播迁历史。都昌黄姓尊五代十国时期的后周人黄俊伯为一世祖。黄俊伯官至比部郎，属于五品。黄俊伯，讳善，身罹五季之乱，而善避隐退，携夫人、家仆从后周都城开封潜出，直奔祖居地江夏(今属湖北)，再归隐于江西之柴桑。960 年，赵匡胤倚陈桥兵变建立北宋。此后 19 年之内，中华大地上仍有一些封建割据政权存在，南唐便是"十国"之一。现今的都昌县春桥乡、湖口县流芳乡一带就属当时的南唐所辖。黄俊伯畏惧因自身的后周官吏身份而遭锐气正盛的宋朝士兵追捕，便移居都昌、湖口交界处名"沙港"之地，此后枝繁叶茂，瓜瓞绵绵。都昌一带的黄氏统称"沙港黄氏"即源于此。

黄俊伯后裔昌盛。其 8 世孙黄泽(约生于 1075 年)北宋政和年间由沙港迁徙至都昌一都大宁池(今属大树乡)。黄泽之长子黄唐发(1100—1163)登南宋建炎二年(1128)进士,在偏安一隅的南宋,唐发公的仕途发展轨迹为:初摄永丰令,再任衢州龙游主簿、饶州浮梁丞、温州平阳府丞,秩满后回父亲的居住地大宁池,老年在土塘设馆教书,著有《冷谈诗集》等。"大宁池"是一个地名,说是"池",实际上是鄱阳湖的港汊。康熙版《都昌县志》"卷之一·封域·山川"中如此描述"大宁池":"在东十里一都大宁社,有汛潮出鲜鱼。""小宁池与大宁池相邻。"同治版《都昌县志》"卷之二·桥渡"中有"大宁池渡"条,注"在治东十里,通新城乡"。

这方水域有渡,可见此处之浩渺。晚年的黄唐发在大宁池渡口闲赏渔舟唱晚,甚是惬意。然而世道多变,他的 8 世孙黄卫谦少年时在渡口血流成河。元至正十二年(1352),徐寿辉、刘福通、邹普胜、陈友谅等各部屯兵于鄱阳湖,战火硝烟中,大宁池黄村在杀戮中何曾有一日的宁静?当年百余人口的黄村只逃出了黄卫谦与黄文彬两人。其时,黄卫谦只有 14 岁,逃至潘家湾避难,被村里人潘再成收留。及至弱冠之年,长得一副谦谦君子模样的黄卫谦入赘西湖郭村的郭贵家,与他结秦晋之好的是郭贵的掌上明珠。因是黄卫谦的正室夫人,在谱牒里郭氏被称为"一娘"。郭贵在当地倒也真是富贵人家,有大片的良田和山林。黄卫谦作为郭家的上门女婿,总有寄人篱下之感。他少年遭战乱开始依附潘家,入赘郭家后单独撑家立户的意愿特别的强烈,时常在贤妻面前感叹身世之飘零。善解人意的郭氏在母亲面前倾诉心声,得到母亲的支持,于是为人女的郭氏在父亲面前一再恳求独立门户,又盛赞夫君黄卫谦如何真心待她、谋业上进。为人母的郭夫人亦帮腔,力主赠些家产给一娘,且当陪嫁。郭贵怜女爱婿,情动之下,答应将村前港对面的花园(后来成为黄家坂老祖厅所在地)给黄卫谦小夫妻栖身。至于田地,二三亩养家足矣,郭贵便张口说了句:"创业维艰,让卫谦明天扶犁翻耕一天,耕多大送多大。"一娘道声谢后,回到家将父亲的赠田之言说给了黄卫谦听,笃诚的黄卫谦尽管微微有些失落,因为他知道一天下来,再好的男劳力挥牛持铧在田间一圈圈来回翻耕土地,也不会超过 5 亩,但他还是怀着感恩之心,蓄好臂力,准备第二天扶犁耕田,多耕几分,也就多得几分。聪慧的一娘当晚在枕边耳语授计,听得黄卫谦竟热血偾张起来。

第二天拂晓之际,黄卫谦在一个叫高塽岭的田块下犁,在广袤的垅亩间,他不是囿于一方一圈圈地来回翻耕,而是挥鞭奋起牛蹄,直线式地驰犁而下,碰到田塍则移挪犁具,续接成线,犁了大片田地。晌午,黄卫谦犁至一个叫"千谷洲"的田块收轭歇犁。一娘挽着父亲去现场看丈夫犁的地,郭贵见了,满满一垄田,总有500亩上下,尽有直直的一路犁迹。郭贵望田兴叹:"农家犁田应是一圈圈犁得翻卷土浪啊,何来此种离奇之犁法?"一娘又挽着母亲的手满脸笑着回应:"父亲大人当初不是说犁到哪儿送到哪儿吗?卫谦心实诚,还只犁了半天呢。父亲大人可要说话算话,不诓骗晚辈。卫谦力弱,没有犁到之处,我们也绝不争要。"郭贵也怕失了体面,反正自己家大业大,也没与女儿家计较,便将千谷洲一带的大片良田赠予黄卫谦夫妻立业,算是给了女儿一笔丰厚的嫁妆。

喜看犁铧洲千谷,遍地田产下黄家。黄卫谦得岳父所赠之田而开始旺家,是年为元惠宗至正十六年(1356)。"旺家"之后便开始"旺族"——有了其后裔发"四十八屋"之说。据《黄氏宗谱》载,一娘育五子一女,长子黄友善,依排行称丘一,娶本里张氏;女丘二,适余干山汤执中;次子黄济善(丘三)娶高桥向氏;三子黄性善(丘四)娶雁塘陈氏;四子黄至善(丘五)娶谭氏;五子黄资善(丘六)守祖居地,受业于节庵先生入府庠,娶匡城梁氏。黄卫谦继娶郭氏,相对于"一娘",被宗谱载称"二娘",生女丘七,适侯家山侯德仁;生子黄乐善(丘八),取卢氏。黄卫谦公元1413年享年76岁辞世时,其6个儿子发孙子20人,孙女6人。卫谦公的后裔一代代播迁,形成"四十八屋",还有的迁往鄱阳、南昌秋溪、景德镇、湖南醴陵、浙江常山,据说还有迁往四川的,现有人口逾5000人。2020年10月,由黄纪来先生担任主任的沙港黄氏村落简史编辑委员会,编纂了一册《沙港黄氏村落简史》(主编黄棒林)。其中,黄卫谦的后裔形成的村落都将自家的始迁出发地,直接或间接地定位在黄家坂。

朝夕莫违庭训语,晨昏须荐祖宗香。元明之际的黄卫谦从"旺家"到"旺族",倚清水垅之湾,借黄家坂之地,在时光的舞台上,演绎出号称"四十八屋"的家族繁盛剧。

(二)处士与进士

黄家坂的祖先黄卫谦当年犁到的"千谷洲"上千层稻菽浪并没传千代,"沧海桑田"本就是千秋势变常态。传8代后,千谷洲易主。其间有关于明代黄家坂人黄天威的故事。

黄家坂人黄火星曾是一位血性十足的军人,在广西从军,2008年因在部队表现优异被选为北京奥运会的火炬手。2010年,黄火星转业至都昌县审计局工作,他在单位兢兢业业干好本职工作,同时融入乡村振兴,业余热心于村庄的公益事业,对地方人文历史也颇有研究,特别是对都昌黄氏历史典故尽力搜集与传承。在他的讲述里,卫谦公的8世孙黄天威是一位处士,所谓"处士",古时是指有德才而隐居不做官的人。黄天威不愿入仕,却有"被入仕"的故事,且虚衔至五品,曰"进宝状元"。

黄天威既承祖业操农事产米,又经商销米,是江南一带的大米商。某年,他的商帮从南康府经鄱阳湖入长江至南京应天府。泊船于岸边后,黄天威让手下的用人放起铳炮来,本意是以炮声引来民众围观,以快速销米。在一阵铳炮掀天后,近处的民众纷纷前来围观。有官场中人翘首之际,告知老友黄天威,说黄老板难道不知这舟中放铳炮只有皇家才能有此"天威"吗?听闻铳炮声,地方官员会到码头迎候皇驾。这就犯了欺君之罪,是要杀头的。黄天威吓得伏地求计,忙问该如何是好。久居仕宦的朋友出主意,说,你不如就势抖威解套,在船头挂出"赈灾济民"四字,将这数条谷船之米全捐了,这样你那铳炮就是替天行善,可允特例。黄天威为去欺君之罪只得照办,让老友在布绢上饱蘸浓墨书了"赈灾济民"四字悬挂于船头。待地方官员闻铳声前来揖迎,才知是来自鄱阳湖上都昌县的黄老板义举救灾,于是便禀告了皇上。而按大明规制,这响众的赈灾义举要一赈三年,黄天威连续装得满仓之粮去应天府。为撑此门面,黄天威竟将杨家湖周边的千谷洲——一片祖业良田——变卖了,来购谷赈灾。黄天威终究倚仗天子之威而风光了一回,朝廷为表彰其义举,赐其五品"进宝状元",冠带荣身,虎皮垫坐。自此威自天来,"处士"不隐。

黄家坂人文底蕴深厚,村里出的进士说的是清乾隆年间的黄学璠,这在《都昌县志》里有记载。黄学璠,字远焕,号蓉岗,自幼颖异,仪表不凡。入郡庠,中乾隆十二年(1747)丁卯科乡试举人,登乾隆十七年(1752)壬申恩科会试秦大士榜进士。乾隆壬午年(1762)任四川叙州府富顺县知县,后改授山东登州府荣城县知县,任知县6年,克己奉公,颇有政绩。黄学璠曾组织都昌周边"三府十县"(一说"三府七县")同修黄氏族谱,传为佳话。其敕授文林郎,娶刘氏诰封孺人,生七子。道光二年(1822)进士、同邑诗人黄有华曾为刘氏撰墓志铭,尊其为太叔祖母,墓碑至今仍完好地立于猫儿岭。

璠,美玉也。进士黄学璠似熠熠生辉的玉石,在黄家坂人文史册里闪光。

30.汪墩乡黄家坂村:枝繁叶茂的黄家坂(下)

(一)兵患与水患

黄家坂的祖先黄卫谦当年落籍于此地,源于陈友谅在鄱阳湖区发起的"兵患",黄卫谦逃过大难后历经坎坷而兴族。500年后,太平天国军与曾国藩湘军之间发生的一场兵燹,让卫谦公的后裔经历了一段"衰族"之患。

清咸丰五年(1855),太平天国西征军主帅、翼王石达开与曾国藩的湘军水师发生了九江保卫战,令曾国藩兵败之际几要投湖自尽。当时在鄱阳湖都昌水域统兵打败湘军的是太平天国部将罗大纲。据相关资料记载,在九江保卫战之前的咸丰二年(1852),石达开、罗大纲部这些被老百姓称作"长毛"的太平天国农民起义军,在都昌兴风作浪,令清朝基层政权防不胜防。某日,罗大纲部在徐埠港弃舟登岸,筹划着经横贯黄家坂的一条陆路,攻袭都昌县城。太平军当晚驻扎于城郊的黄家坂村,不料消息走漏,遭官军突袭。黄家坂一片火光,民宅除进士厅和孟节公厅残存,其他皆付之一炬,且村民遭屠戮,导致黄家坂人口锐减。这个黄家坂与太平军相涉的故事版本是村民为清兵所屠,而另一个版本是,村民为"长毛"所害,有村内贤能抗击太平天国军而"带团殉难"。据《黄家坂族谱》载,进士黄学璠的5世孙中就有两位带领乡间团勇与太平天国军交战,一同于同治癸亥年(1863)"殉难"。一位是黄嗣曙(1802—1863),另一位是黄嗣易(1823—1863),他们经堂弟黄嗣旭(晓山)禀报清廷皆得到褒奖:"蒙恩钦赐世袭云骑尉,祀入昭忠祠。""钦赐"贯注的是气数将尽的清朝的招魂汤,而在民间,百姓对扰民行为的抵抗,彰显的是天地间的一股拙朴之正气。黄家坂的贞节妇王氏智斗"长毛"的故事一代代传下来。据说王氏在"长毛"兵入村扰民时躲避不及,慌乱之际在锅灶下抹了一脸锅灰,乱发蓬松,美妇王氏转眼成了蓬头垢面的"丑女"。即使如此,天生丽质的王氏透出的迷人气息还是惹得"长毛"兵欲将其蹂躏。王氏守节誓死不从,"长毛"兵气急败坏下用利刃劈向王氏的头部,王氏顿时血流如注。待"长毛"兵退去,王氏家人赶忙捉来一只雏鸡,活活捣碎,敷于伤处,将王氏救治过来。

如果说旧时代的"兵患"是人祸,那么,先前的"水患"对于黄家坂人来说,就是天灾了。鄱湖之滨的黄家坂,老村址处于杜公山西北方的排型地,低洼易涝。"沉灶生蛙,中庭运舟",是形容黄家坂水患很雅致的语言。老百姓亦有民谣慨叹水灾导致的贫瘠:"猴枣好吃,毛栗刺人。参参打我,我去帮人。帮上帮下,莫帮坂上、墙下。天晴三日,一升陡车;落雨滴答,不在碓下,就在磨下。吃起饭来挑塘泥巴,吃起粥来照得见爷爷嬷嬷。"这首形容黄家坂旧社会贫困生活境况的民谣,当然要做些解释我们才能体会其神韵。开始两句以诗的比兴手法,喻生活之艰辛,一如毛栗刺手。村里人替人帮活谋生计,一是不要到黄家坂,二是不要到与黄家坂相邻的另一个同族村庄——墙下黄家。黄家坂天晴三天,就要扛水车去车水灌溉庄稼,而听了滴答的雨声,村里就会被淹。但活计不能停歇,辛苦的村民有的在碓臼里捣米,有的在村庄磨坊间磨粉。就是这样辛勤劳作,村民们生活的标签还是个"穷"字。一日三餐,吃食是像塘泥一样的糊状,喝的粥稀得能照见爷爷奶奶的面容。

近200年来关于黄家坂遭遇"水患"的记忆,有着清晰的年谱:1823年、1931年、1954年、1958年、1998年、2020年。1958年,政府组织拆除村里的"进士厅",砖瓦木料被运到准备新建的农舍点,但因建筑材料匮乏最终农舍点未建成。1962年,属黄标大队管辖的黄家坂村民,自力更生,艰苦奋斗,兴建中舍水库灌溉惠民,同时以防从龙望垴、芙蓉山冲过来的山洪。1998年,政府实施移民建镇惠民搬迁。黄家坂历时两年,村居从杜公山西北方搬迁至东南方地势高处,真正远离了水患。

(二)村兴与人兴

处士、进士的背影已远去,兵患、水患的磨难亦已远离,在中国共产党的领导下,黄家坂的历史掀开了新的一页。

刚过不惑之年的黄火星在自拟的村庄简史里,记录了改革开放以来,黄家坂随时代一路前行的足印。1981年,实行家庭联产承包责任制,分田到户,村民的生产积极性高涨。1986年,从墙下村接通照明用电,后经数次变压器改造,农家大放光明。1987年,在原三进祖厅旧址上改建烽火砖二进祖厅和门楼。1989年,铺设都蔡公路联村组路,2003年实施硬化。2002年,在新村兴建新祖厅。2010年前后的黄家坂在村落社区建设上成为"明星村庄",省、市、县领导亲临视察,总结推广经验,新华社等主流媒体予以报道。黄家坂村落社区2003年被评为九江市"创建学习型社区先进单位",2004年被评为都昌县"明星村落社区",2005年被评为"全省农村先进村落社区"。2012年前后,黄家坂村开展新农村建设,村内主干道及大小巷道硬化,并在村前建游泳池一座,家家户户通上了自来水。2015年,在政府的扶助下实行高标准农田改造,填塞巴塘,并拆除1987年所建祖厅下进及门楼,将40余亩原老居处复耕,经改造后的成片农田包租后大户采用机械化耕作。2015年在原址重建周涧庙。2019年将村前700余米的公路实施硬化,先前通往黄瀰、郭家桥、竹峦三个村庄要经过黄家坂村而影响安全出行的老问题得到解决。2019年,建成村中的文化广场,部分村民和亲友捐赠部分设施。2019年1月,响应政府移风易俗的号召,黄家坂村实行殡葬改革,逝者火化后一律入公益墓地。近年来,全村脱贫攻坚撸起袖子加油干,乡村振兴擂响金鼓勇向前。

黄家坂村容村貌日新月异,焕发异彩,黄家坂人的精神面貌更是焕然一新。2021年任村民理事会组织者的黄冬生、黄启民、黄国林等可以列出黄家坂众多骄子在各自人生舞台上展露的精彩时刻。比如与共和国同龄的黄方生,从教书育人岗位上退休后,为村里的公益事业奉献余热,深得村民敬重。1960年出生的黄火庚曾被授海军中校军衔,1999年转业到南昌市人民检察院工作,先后任副处长、处长,2020年退休。毕业于江西农业大学林业系的县林业局二级主任科员、林业副高级工程师黄东平,是村里最早一批参加高考跳出农门的骄子。拥军模范黄纪连2016、2017年分别将儿子黄梁、黄新送入军营淬炼。1970年出生的黄利初(艺名"长兴")跻身中国工艺美术家协会会员、江西省高级陶瓷美术师、江西省高级技师(国家一级)之列,德艺双馨,一展芳华。黄家坂的学子好学上进,书海泛舟,扬帆起航。

号称发脉黄姓四十八屋的黄家坂,有底蕴深厚的人文历史,更有活力迸发的美好未来……

31. 多宝乡东高村：光发其祥

【家训家规】以孝义为本，以忠义为主，以廉洁为先，以诚实为要。

都昌高姓 24 个村庄共同的祖先是南宋的高光，高光人生的"高光时刻"是宋理宗宝庆二年（1226）登王会龙榜进士。高光进士之名在清同治版《都昌县志》里并无记载，想必是因为高光由鄱阳迁至都昌前就已跻身进士之列。

明永乐十二年（1414）《高氏宗谱》撰谱，其序开篇有言："高氏祖先光公世居鄱邑，因与陈公同时为判，僚密情好，亦复同时致仕，乃携至都昌，卜筑桃源荻坑，家世渐盛。宋祥兴中分析三庄，一马鞍，一西阳，一望仙，均荫祖庇。""桃源荻坑"即今天的都昌县多宝乡罗垅村东高村（真正的原址约在村西南 300 米处）。东高村是都昌乃至省外不少高姓人家的发脉之地、寻根之所。

承袭"渤海世家"的都昌高姓祖先高光博得显赫的进士功名，但是关于其仕途的记载，仅留下"湖南永平路金判"一职。宋代"金判"是各州幕职，协助州长处理政务及文书案牒，相当于四品文官。高光生于何年？查《高氏宗谱》似无具体记载，保存的清嘉庆二十三年（1818）立的墓碑也只笼统地写着"生宋世"。高光从官场秩满后择居桃源乡荻坑，有准确时间的记载："端平初年"。"端平"是南宋理宗赵昀的第三个年号，共 3 年，初年即 1234 年。从高光荣登进士之年和致仕（退职）之年来计算，高光应生于 1170 年前后。

高光当年同陈姓同僚一起迁徙都昌，那陈金判的后代呢？与东高村挨着的倒是有两个陈姓村庄，一个叫陈香村，一个叫陈湘村，且同属如今的罗垅村所辖。而查这两个陈姓村的肇村史得知，陈香村、陈湘村是明景泰年间的两兄弟陈思明（1414—1499）、陈思敬（1416—1501），从属于都昌南桥陈的太平庄快陈里（今属都昌徐埠镇合力村）迁入马鞍山下的现村址而形成的。显然，他们并不是南宋陈金判的后裔，也许陈金判在都昌并未播衍人家。能查阅到的《高氏宗谱》只记载高光当年就落籍于桃源乡荻坑。东高老一辈村民讲述，光公起初拟定居于都昌涩垅（今老爷庙附近），后遇风沙侵袭田地便移居南陈地（今多宝乡仁义村所辖），南陈村至今有塘称"高家塘"，旋即又移居至现在的山清水秀之地。山便是马鞍山,在同治版《都昌县志》"卷之一·山"如此记载:"马鞍山在旧山西,由宋家岭北西行,中过徐家岭、施茶岭至罗垅颈。西南起为马鞍形,故名。瓦石嘴、李家嘴、划船岭俱由此东南他分出止于河。"这段关于马鞍山之山形的文字,无意中留下了一个关于"罗垅"其名的注脚,这说明早在清代就有"罗垅"之名传世。据当地村民介绍,马鞍山下早先有罗姓人家居住,后因"大肚子病"(血吸虫病)和战乱而迁徙,如今有黄姓村庄直接以"马鞍山"命村名。现今的罗垅村村委会早先叫黄金大队,因村头的北庙湖有黄金堰而得名。查中国共产党都昌组织史相关资料,此地由"黄金"改"罗垅",当是在 1976 年 10 月。

我们再溯东高村自光公以下的先祖。高光生四子,分别取名壏、垍、堉、型。都昌高姓都是光公次子高垍之后裔,其他三兄弟的子孙外迁鄱阳、湖口乃至浙江等地。垍公生四子,分别名恩一、恩二、恩三、恩四。恩一公高任重的后裔由桃源乡荻坑迁往都昌县城郊的望仙庄,后又分迁土塘等地;恩二公高任远由桃源荻坑迁往西阳而至双溪(今属徐埠镇平塘村),从花门楼高村发徐埠、苏山、周溪、北山、蔡岭、左里等高姓村庄;恩三公高任厚由桃源荻坑迁四十七都望仙庄,与恩一公的嗣孙共居望仙(今属都昌镇中坝村村委会)。恩四公高任坚生二子:允平、允显。长子高允平生五子,取名德佐、德荣、德用、德才、德信,老三德用和老四德才元代大德年间由桃源荻坑往西分居于约四里许的沈家垅,形成如今的西高村(今属多宝乡长平居委会);老大、老二和老五的后裔在故庐发脉,形成如今的东高村,现有人口 400 余人。恩四公之次子高允显,于元大德年间由桃源荻坑迁至都昌县城东桂花垅下,形成县府南路柏树高村。

高光的陵墓在马鞍山怀抱中的莲花心,属南宋墓葬,自然是古迹。如今仍存的墓碑是"嘉庆二十三年岁在戊寅仲春月"而重立的,距今已有 200 余年了,碑文仍可辨。正中竖刻"宋进士高公名光大人之墓"。左排《序我祖》碑文:"光公傒公嫡派,琼公 10 世孙也。生宋世,理宗朝丙戌科登进士,掌州判。由鄱迁都,相宅桃源,以为开后承先之所。子孙昌炽,名迁尔宇。或居西阳,或处双溪,或筑望山之宅,或奠周溪之基,或远迁鄱、乐二邑,或地(利)涉湖口一津。至若历世愈远,迁居愈近,而溯所自始要皆从我祖一本而分也。殁葬马鞍山子向,因原碑损坏,用更而新之,欲勒之铭夫。公生平之美善著在志册者,昭如日星焉。用铭其亦志,公之始末与公之克昌,厥后者而为之序,弗朽云。"

高光墓碑文右列数辈子孙名序。紧挨的中行是"显祖姚夫人李氏袁氏合葬塞场"字样。"男"有四,次男"埚"下是"任"辈四子,再下是"允"辈,列庆、相、安、协、恭、济、祥、平、显九兄弟。20世纪80年代,高光墓被盗墓贼盯上过,块石料(乡间称火石)垒起的墓穴被挖出一个大深坑。1991年,高姓后人用混凝土浇筑茔体予以保护。每年清明节,都昌光公后裔代表会来祭奠先祖。因寻访墓地要披荆斩棘,所以都昌高氏后人曾商议过将通往光公墓地的山路硬化一事,以缅其祖德。

"东瓴世泽文经武纬宗德裕,高门及第古贤今盛家声腾。"这是东高村2016年新修的祖祠兼村民文化活动中心大门处的一副对联,横批是"进士及第"四字,旁署"苏士澍　题"。苏先生是前任中国书法家协会主席。这四字是村民从网上拓印的。

32. 大树乡大树下邵村："大树"其名小考

【家训家规】上品之人，不教而善。中品之人，教而后善。下品之人，教亦不善。不教而善，非圣而何？教而后善，非贤而何？教亦不善，非愚而何？是知善也者，吉之谓也。不善也者，凶之谓也。

都昌约3000个村庄里，有没有村庄、行政村、乡镇三层级同名的？有！大树乡大树村村委会大树下邵村可以说是全县唯一的村庄、行政村、乡镇三层级同名的村。

地名沿革的背景，其实是时代的风云。我们从下往上来溯"大树"其名之源。大树下邵村临都中公路，大树乡政府在往大沙、三汊港方向约400米处。大树下邵村祖祠兼村民文化活动中心大门正上方嵌有"甘棠世家"四字，有深厚的人文底蕴，承袭的是西周时受姓始祖召公之家风。召公，即召公奭（shì），又称召伯、邵伯，姓姬名奭。召公乃周初王室的重要辅佐大臣，燕国的奠基者，历经文、武、成、康四朝，是历史上有名的长寿长者。因采邑在召地（今陕西岐山西南），故称召公或邵伯。他曾辅佐周武王灭商，被封于北燕，建立燕国，而且一直在王室辅佐周天子。周成王时，召公任太保，与周公旦、太公望共列为"三公"，与周公旦分陕（今河南陕县）而治，"自陕以西，召公主之；自陕以东，周公主之"。他常巡行乡邑，曾在甘棠树下决狱治事。在他的治下，"自侯伯至庶人各得其所，无失职者"。《诗经·召南》有《甘棠》篇记其事，诗文曰："蔽芾甘棠，勿翦勿伐，召伯所茇。蔽芾甘棠，勿翦勿败，召伯所憩。蔽芾甘棠，勿翦勿拜，召伯所说。""甘棠遗风"是颂扬官吏政绩的典故。

大树下邵村成村已有430余年。明万历年间，邵初芳、邵郁芳由都昌县城邵家街迁至一都上垅大树下，上垅邵村和大树下邵村是由亲兄弟分迁而成的。1956年出生的邵春久高中肄业，为村中公益活动出力不少。他讲述，村名"大树下"，是因村头果真有大树，树是木梓树。相传很久很久以前，村民不只背靠大树好乘凉，而且还攀缘大树好挣钱。说是村里100个人穿着与木梓树同色调的大褂，攀至树枝上，用绑在竹竿上的夹子采摘成熟的木梓，木梓在那个年代是熬木梓油(融合助亮蜡烛)的上好油料。这木梓树葳蕤到百名采摘手在树上彼此看不见,到用膳时要在树下鸣锣为号。这棵古木梓树后来在风雨中老朽,树蔸被挖起,形成了一口塘,这池塘至今仍在,村民称"莲花塘"。早年的夏季,满塘荷花盛开,不只是一处乡村胜景,也喻指了邵伯播迁之美德。先前的莲花塘只有现今塘域的三分之二,塘塍中坝是周溪、西源、大沙一带通往县城的通途。1958年拓修现在的都中公路沙石路面时,就近在田中取土,便临塘塍中坝深挖出一个凹坑来,后来将中坝铲平了些,与原塘连成一口大的莲花塘。冬季水浅时,那塘坝依稀能辨。

站在冠名"徽猷衍庆"的大树下邵村门楼处隔塘望去,便是兄弟之邦上垅邵村。"徽猷衍庆"四字按字面理解,"猷"乃道之意,"徽猷"就是美善之道。其中也含了邵姓的"徽""猷"两字派,都昌邵姓从30世到44世的派辈歌是"同继徽猷广嗣承,蕃生介景振家声"。"衍庆"就是绵延吉庆之意——美善之道,绵延吉庆,表达的是祝福。"徽猷衍庆"的另一层含义是赓续都昌邵姓二世祖邵庆之家风。北宋年间邵庆曾任徽猷阁学士,"徽猷阁"为宋朝皇宫藏书处,也是士儒辅政和治学之地。

大树下邵村因一棵木梓树而得名,而后来的大树乡与大树村村委会之得名亦源于此。1945年出生的罗松林先生是大树乡罗岭村华垅罗村人,曾任大树乡乡长、汪墩乡党委书记、县粮食局副局长。德高望重的罗松林先生作为乡贤,老有所为,现担任大树乡诗词书画协会会长。作为大树乡发展变迁的亲历者和见证者,他讲述了由"东山"到"大树"之名的演变史。1956年和1957年,中共都昌县委下辖土塘、徐家埠、三汊港、北山四个区委,而北山区委下辖茅垅、新桥、枫田、矶山、都昌镇、七角、东山、南山、西山、北山等10个乡镇。其时,东、南、西、北四"山",有的是实指,比如现属都昌镇管辖的南山,而东山(现属大树乡)、西山(现属北山乡)、北山则更多的是表述方位。1958年10月,由东山、枫田合并成立东山人民公社,首任党委书记为沈静波。东山公社下辖华光、联星、爱国、枫田、大埠、明星等6个大队,大树下邵村就属当时的爱国大队。1970年,东山公社在原6个大队的基础上又拓展了联合、联光、团结、南星、金星、东山6个大队,形成12个大队,其时公社书记为彭凤扬。1976年10月,东山公社下辖玉阶、龙门、参岭、瓦塘、枫田、马塘、白山、烽火、大树、大埠、罗岭、岭上、牡丹、东山等14个大队,大树下邵村属大树大队。1984年5月,东山公社改名为东山乡,同年8月,更名为大树乡,14个大队相应地改为14个行政村。大树乡隶属七角区工委,第一任乡党委书记是余顺荣。罗松林时任大树乡党委副书记,同时经选举被破格任命为大树乡人民政府第一任乡长,1989年调到汪墩乡任党委书记。罗松林先生回忆,他1971年开始在东山公社当秘书,起初公社办公地点在玉阶邵村的邵贤南(民国初年曾担任过浮梁知事)家老宅里,后来增建了办公用房。大树乡政府办公场所是1998年实行移民建镇而新建的。

关于"东山乡"改名为"大树乡"一事,据罗松林先生讲述,1984年夏撤公社成立乡,当时江西省有两个名"东山"的公社,另一个在赣州市上犹县(该县如今仍有东山镇),于是为了不重名,都昌这边更名。当时县里列了大树、玉阶、龙门三个新名备选,最后省里批复定名为"大树",自此"大树乡"沿用至今。

宋太宗有诗云:"乘云无滞碍,大树种而生。"如今的大树乡,在当地党委、政府的坚强领导下,经济社会实现高质量跨越式发展,呈现出争先创优的勃勃生机。在城镇一体化的进程中,大树成为城市建设城东板块的一方热土。大树乡大树村村委会大树下邵村得天时、地利、人和之利,小区建设品位高雅,周边环境绿荫环抱,大树下,蓝天上,一派春和景明、生机勃发……

33. 阳峰乡经家畈村：曾经的慕荣畈

【家训家规】懋修启兴国，芳名百世昌。忠烈孝礼义，光崇绍仁宏。

"源自经侯，望居荥阳"，此八字往往被用作天下经姓宗祠的通用联。"源自经侯"，典指经姓始祖经侯。经侯是春秋时期周王室的一个大夫，因被封于经邑，故称经侯。东汉著名科学家张衡在《东京赋》中描写洛阳的天文气候特征时言："昔先王之经邑也。"古经邑就在河南洛阳一带。"望居荥阳"，典指经姓的郡望之地荥阳郡。春秋时期，郑武公幼子共叔段封地于京(今河南荥阳)，简称京叔段。他的子孙中有的以封邑名称为姓氏者，称京氏。后为避难，取"京"的同音字"经"为氏，称经氏。经氏奉京叔段为始祖。

都昌阳峰乡阳峰村经家畈村的始祖叫经友福(1661—1735)。都昌《经氏宗谱》如此叙述其迁徙渊源："吾经氏分姓叔段封荥阳郡东鲁之地，此国为姓。传至三十五世若定后，迁居江南凤阳府寿州县(今属安徽)十六都，后五十八世祖克智公由江南迁江西九江府湖口八都，又五十九世友福公由九江府迁南康都昌县四都慕荣畈，见此山明水秀，由是择地而居焉。"这样算来，经家畈成村于清康熙年间，距今300余年。现今都昌徐埠镇韩田村、蔡岭镇太平村有经姓人家，皆是20世纪四五十年代由经家畈外迁而居于此地的。经家畈人远的外迁至江西余干、陕西等地。

经家畈现有村民180余人(不少人在景德镇务工)，是阳储山下一个普通的小村庄，与周边侯姓、罗姓等村庄和睦相处。经家畈自新中国成立以来有10余人投身军营，报效祖国。20世纪60年代出生的经启国是他们中的佼佼者，曾任广西南宁警备区政治部主任，大校军衔。经家畈子弟中曾在中国人民解放军41集团军服役者有很多。如20世纪80年代出生的经海斌、20世纪90年代出生的经启洪，他们从部队退伍转业至九江市，在新的岗位以军人本色成就新的业绩。2020年从军的经兴镇，将青年人的激情在八桂大地燃烧。

旧社会陋俗随风而逝，新社会文明新风扑面而来。如今的经家畈人在各行各业以勤劳和智慧大展风采……

34. 土塘镇坳上樊家：梨花争春

【家训家规】读书以立品为上，故士先德行而后文艺。心在精，功在专，道在择师，益在取友。

　　江右樊姓人家多集中在幕阜山深处的修水县，古宁州府南阳堂修水樊氏八房，几乎每年都会在修水大桥镇的樊氏宗祠举行宗亲文化交流研讨活动，并祭拜先祖德厚公。鄱阳湖畔的都昌县，仅有两个樊姓村庄，现今人口百余人。一个是土塘镇冯梓桥村坳上樊家，另一个在南峰镇油山村，这里有数户樊姓人家，与余姓村民共居一村。

　　查阅都昌樊姓人家民国十三年（1924）纂修的《樊氏宗谱》的序言，可溯其播迁之源。都昌樊氏承袭"上党世家"，战国时期的上党郡属韩地，在今山西长治北，樊氏尊周宣王时的仲山甫为受姓始祖。仲山甫属姬姓，因战功显赫，成就了周王朝的中兴大业，而受封于樊邑，称樊侯，后裔以邑名樊为氏，迄今已有2800余年的历史。仲山甫72世孙樊君明由江苏沛县迁居山西藻阳，78世孙樊忠由山西藻阳迁居江南凤阳（今安徽凤阳县），84世孙樊崇思由凤阳迁居寿州（今安徽寿山一带）三里街东乡十四都仙广庙，100世孙樊名扬携二子樊崇礼、樊崇智于清康熙初年由仙广庙迁居南康府都昌县土塘后港湾，后转迁至都昌十图新安畈（今南峰镇油山村一带）。

　　1928年出生的樊永兰老人是坳上樊家这一家族的发脉人，村里60余人皆为他所生的7个儿子以及他们的后代。2021年已93岁高龄的樊永兰老人讲述，他这一支樊氏从安徽樊家湾迁入，先是落籍都昌土塘后港湾（原址在今土塘中心小学附近），后转迁至新安畈。到他父亲这一辈有兄弟3人，老大樊代亨一支留在新安畈，老二樊代富至今仅发一户，在土塘大屋舒家定居，他父亲樊代凤（谱载还有老四樊代南）由新安畈回迁至土塘杨家垅。樊代凤一家起初帮杨家垅村看守杨家山而艰难谋生，搭茅棚（俗称地舍）住了下来。1934年是大旱之年，看山的樊家人遭遇土匪抢劫，生活异常艰辛。樊代凤带着独生子樊永兰在旧社会的底层卑微地讨生活。贫苦的樊家人翻身不忘共产党，新中国成立后开

展土改运动,樊永兰家分得了田地和山林,与坳上杨家人和睦相处,亲如一家。

　　樊家人向外人介绍"樊"字的写法,常会补上一句"樊梨花的樊"。相传樊梨花是唐初的巾帼英雄,武艺高强,貌美惊艳。她与公公薛仁贵、丈夫薛丁山平定西北边乱、沙场挥戈的传奇故事,在中国民间家喻户晓,盛演不谢。似乎是得樊梨花崇武之风韵,樊永兰家族从军者众,堪称"光荣之家"。老人的四子樊吉湖、五子樊吉河以及长子樊吉汉之子樊昌斌、次子樊吉湖之子樊剑、三子樊吉海之子樊昌盛等皆先后在军队里淬炼,百炼成钢,报效祖国。老人的六子樊吉港务工,最小的七子樊昌清在蔡岭小学教书。

　　村头梨花开,春色满目来。家国情怀在坳上樊家一代代的子孙血脉里赓续……

35.大港镇余家塘但村:但见燕适

【家训家规】人或可欺,天不可欺。万事之宰,一掬之微。诚能动物,唯至为宜。不诚无物,唯间以私。风雷可动,肝胆可披。

(一)

"周公后裔,齐桓子孙",在一些但姓宗祠常常可以见到此八字,说的是姓源。

关于但姓姓源,有源于姬姓说。西周初年,周武王姬发之弟姬旦(即周公旦)、姬奭(即召公)共同辅佐周成王。周公旦有孙名姬但,其后裔以祖名为姓。但姓姓源还有源于齐桓公说。齐桓公将自己的一个儿子封在雷旦(今河北沙河),其后裔子孙中有以先祖封邑名称为姓氏者,称雷氏、旦氏。到了春秋中期以后,旦氏族人中有的将姓氏加"亻",称但氏,世代相传至今。此说的另一种解释是作为春秋首霸的齐桓公的后代为桓氏,因避仇改为但氏;亦有说北宋靖康年间桓氏避宋钦宗赵桓所谓"国讳"而改但氏。其实更早的但姓姓源可溯至黄帝,《南阳但氏宗谱》存此说。传说黄帝有子叫含宏,讳应龙,乃五妃连山氏所生。含宏生而奇异,左手掌纹见"人"字,右手掌纹显"旦"字。及壮,身长九尺,仁而威,惠而信。奉命与作乱蚩尤战于涿鹿之野,大有功勋。群臣奏请,当合两手掌纹赐姓封功,便有但姓。

但姓以南阳、开封、燕山为郡望,承袭"南阳世家"即指其郡望。都昌但姓尊但应龙为一世祖,应龙90世孙但广生三子:但操、但捷、但拘。幼子拘公于唐僖宗乾符年间(874—879)任都昌县令,致仕居颜阳。拘公之子但衍后出任望江县令,晚年遂承父命,卜居都昌县黄金乡盐田老鹳畈燕子窝。1100余年前,燕子窝想必是呢喃燕子云集之吉地,这方都昌但姓的发脉之地如今已荒弃,祖茔罗列,荆棘密布,位于如今的夏家山水库之东、余家塘但村之北,属大港镇里泗村所辖。据统计,都昌但姓自然村有30余个,共4900余人,聚居在大港、鸣山等乡镇,尤以大港镇里泗村、盐田村为最多。

（二）

余家塘村属但姓村落。老一辈村民有流传的故事讲述其源。据说余家塘的祖先是但谅七之幼子但伯诚（1387—1430），伯诚公之孙廷滨在盐田老屋湾一带素有名望，尤精易学。某日，但廷滨驭马至邻邑，见一年轻女子在村头痛泣，于是下马安抚，且问其为何如此哀伤。女子泪眼蒙眬，答："贱女曹氏，不知前世造了什么孽，命里屡克夫。前不久丈夫又病辞，亡人西去。眼下上有年迈的公婆，下有年幼的儿女，我一个弱女子如何撑家？"但见才貌出众的廷滨柔声劝慰一番后，让曹氏且将生辰八字报来，不妨一测。曹氏如实报来，但廷滨掐指算过，又端详起女子的天庭与地角，脸上掠过一丝微笑：此曹氏厄运已过，余生有旺夫发子之佳运，富贵之命不可挡。他与曹氏侃侃交谈一番后，曹氏竟动了情愫，当即愿意随但廷滨策马而去，夫唱妇随。数日后，曹氏的公婆、小叔小姑、幼儿幼女一行七人追随曹氏，于仲夏薄暮时分来到但家。但廷滨刚起家的窄宅一时容纳不了一行人洗脸擦脚，便引来客去村后的一口小池塘擦洗。这七个人围着池塘，坐在青石板上洗漱起来，但公对曹氏莞尔一笑，随口道来："家和，人和，甚好。围家塘！""围家塘"后来谐音叫成了"余家塘"。这口与余姓无关的池塘处于村峦口，如今已近干涸，塘型仍存。

昔日的余家塘已废弃，后来村民在村前新辟了一口门首塘，状如牛角，因此有村民说"余家塘"是"牛角塘"之谐称。站在绿树掩映、碧波荡漾的门首塘岸放眼青山，凤湾北口处是绵延的红岭。出生于1973年的村民但艳阳对挖掘和传承家乡这方水土的人文历史饶有兴趣。他曾记下少年时从奶奶那儿听来的关于红岭的古老故事。相传，在元末乱世，燕子窝有但普汲兄弟5人，个个武功了得，疾恶如仇。老大但普汲追随反元的红巾军起义头领徐寿辉，卖布出身、宽仁立世的徐寿辉（1320—1360）是蕲州（今属湖北黄冈市）人。他率领的农民起义军效仿北方的韩山童、刘福通，头扎红巾，亦称"红巾军"，又焚香聚众，也称"香军"。元至正十一年（1351），徐寿辉在蕲水（今浠水）称帝，建立"天完"政权。"大"字上面加一杠，"元"字上面压宝盖，"天完"旨意就是要压倒"大元"。来自鄱阳湖畔都昌县的但普汲战功卓著，且忠诚不移，成为徐寿辉帐下的功臣。将"摧富益贫"口号喊得震天响的红巾军首领徐寿辉，他的命运最终还是归于一片血红。元至正二十年（1360），徐寿辉被部将陈友谅杀死于采石（今安徽马鞍山西南）。血染徐寿辉的那抹红也溅到了但普汲身上。在江州（今江西九江）自称汉王的陈友谅爱才惜将，对但普汲恩威并重，希望收降但普汲，但是百般所为皆徒劳。但普汲痛斥陈友谅"煮豆燃豆萁"式不义后，咬破毒丸自尽。但普汲的4个弟弟听闻哥哥殉义，连夜从汉阳逃跑，回到都昌老家。陈友谅担心但氏兄弟蓄势谋反，派追兵追剿。但氏四兄弟倚凤湾口险峻之势，与追兵激战。为保全名节，不让战事殃及乡人，寡不敌众之际，兄弟四人悲壮地拔刀自刎，血流峰岭。当地人后来将红巾军中但氏四兄弟赴死的那片山岭唤作"红岭"。红岭下曾建有庙宇，祭奉忠勇的但普汲五兄弟，后倾圮不存。

从燕子窝迁徙至余家塘，不过区区数里；从立村之时，穿越550余年的时光隧道，余家塘但村人安居乐业于当下的新时代，但见到处莺歌燕舞，一派祥和……

36. 大港镇漂水村严姓人家：库下第一庄

【家训家规】 敬父如天，敬母如地。汝之子孙，亦复如是。量其所入，度其所出。若不节用，俯仰何益？

"庄严"一词，属联合式合成词，"庄"与"严"为庄重、严肃之意。作为姓氏的"庄"与"严"，属同宗，有"庄严一家"之说。

庄姓与严姓共同的祖先可追溯到西汉时期的词赋家严忌（约前188—前105），严忌本姓庄，世称"庄夫子"，被严姓奉为得姓始祖。庄姓得姓更早，奉春秋五霸之一的楚庄王为得姓始祖。东汉著名隐士严子陵，名庄光，少时与东汉开国皇帝光武帝刘秀同窗，有高名。刘秀称帝后，严子陵隐居富春江垂钓不仕，后人所称严姓堂号"富春堂"即源于严子陵。其不慕富贵、不图名利的品格，被宋代范仲淹称赞不已："云山苍苍，江水泱泱。先生之风，山高水长。"庄光之子庄助，在明帝刘庄时仕中大夫，为避汉明帝讳，将庄氏改为严氏，其父庄子陵也就成了严子陵。到魏晋时，有部分严姓复改为庄姓。

都昌漂水村（原称星畈）村民严小龙，其村庄所在地在大港水库脚下，堪称"库下第一庄"。出生于1954年的严小龙娶但秀珍为妻，生二子，名严美华（嘉登）、严志坚（嘉激）。成家立业的嘉字辈两兄弟在祖居地分别建起了楼房，形成一个微型村落的模样。庄后有山，庄前有田，皆为严家之基业。大港水库下的严家，其实还算不上一个独立的村庄。严姓人家早先与隔了水库溢洪道相望的谢汉村俨然是一个村落。早先没建大港水库，大港群山洪水汇聚，山洪暴发时，严姓人家与谢汉村的田畴相通，抱团劳作总要等到山洪退去才无涉水之虞。后来严姓人家与岭后的口头熊村相连，成了一个村，跋山比涉水要便利多了。

严小龙家的谱箱里，收藏着近年新修的一套《严氏宗谱》，有数十册。大港漂水这一支严姓自然也上了此宗谱。严小龙在宗谱上的派名叫"礽明"，列在20世的父亲"云贵"之下。严小龙能讲出家族的一些迁徙历史。他这一支严姓人家是清道光年间，由严廷櫹（约生于1790年，属严子陵76世孙）从安徽桐城南乡迁入的。天下严姓望出天水郡（今属甘肃）。明朝初年，严福一从江西瓦屑

127

坝迁至安徽桐城罗家岭袁家坊定居。严廷樯在祖先由赣入徽约450年后回迁江西，当然不是怀着炽热的情感认祖归宗，而是在文脉昌盛的桐城，苦日子实在熬不下去了，被逼逃荒谋生。严小龙的祖先开始徙居于都昌廿一都大港石门涧。临大港水库底部的石门涧草丛里，至今还能找到严姓先人的荒冢。石门涧地僻壑深，不仅生活不便，还常遭山里的土匪打劫，于是严氏兄弟三人搬出深涧，在现在的楼下山定居。楼下山起初叫楼虎山，后来改称过楼花山，再后来叫楼下山，在气势上一个比一个弱。严氏兄弟起初在楼下山搭茅草屋栖身，开垦荒地，种粮果腹。

当年的严氏三兄弟，一个外迁到王竹里（今属大港镇大港村），一个外迁至彭泽县的东山岭，老大这一支则坚守楼下山。老大开荒种田，养猪增收，稍有点儿积蓄便花了些银两买了邻村几近废弃的一幢石碾坊，取砖与檩在楼下山建造安身的屋宅。在碾坊的腰墙砖斗里意外地收获了原屋主藏的一沓银圆，严家人借此助力，将宅院建得更体面些。这屋宅1958年政府组织修筑大港水库时仍在。严家可以说是离大港水库脚下最近的人家。20世纪60年代，大港水库修建得热火朝天，严家主人严云贵见证了那些场景，并热心接纳川流不息的民工。

在严家楼房的二楼阳台上，隐约可见镶铺在主坝上的"大港水库"白底四字。放眼"库下第一庄"，周边徐徐展开的俨然是一幅美不胜收的山水画卷……

37. 大港镇穆姓人家：根在河南

【家训家规】忠、孝、仁、智、礼、义、廉、耻、勤、俭、信、学、和、保、谦、修。

《新华字典》对"穆"的释义有二：一是温和，二是恭敬。"穆"作为姓氏，其授姓之含义就是褒扬品德。据《元和姓纂》记载，春秋时宋宣公之弟名和，承兄位9年，死前遗诏传位给宣公之子与夷，而让自己的儿子离开宋国到郑国居住。为褒奖其肃穆、淳朴之品德，死后谥号为"穆"，史称"宋穆公"，其支庶子孙称为穆氏，也有以先祖的名字为姓氏者，称和氏。穆氏、和氏同宗同源即源于此。

穆姓望出汝南郡，承袭"汝南世家"，又望出河南郡，皆在现今的河南省辖境。都昌穆姓人家现多在大港镇大田村居住。因户籍规模太小，没有形成独立的村庄。都昌穆姓根在河南省信阳市光山县白雀园穆家湾，他们落籍江西都昌县大港，一是为逃荒逃难而来，二是为投靠亲友而来。穆姓世派有"一应宗支继，肇世永居家，正大光明显，富贵国宝华"，都昌穆姓人家尊穆一朋为一世祖，按其8世孙"永"字辈四人在都昌的繁衍来叙，继世脉络一清二楚，迁徙故事也有人性的温度。

1953年出生的穆欣是大港中小的一名退休教师。2022年他讲起曾祖父穆永林清末从河南光山县白雀园镇大、小穆家湾，迁移到现在的大港镇大田村周璞村，与周、曹、何、陈、余、花姓和谐相居一村的故事。穆永林与妻子杨氏带着儿子老二、老三（长子夭殁，幼子穆居稳留在老家未随行），离开祖辈生存之地白雀园，为的是讨生计——因天灾人祸，他们在故园已难以生存下去了。途穷命蹇之时，穆永林在半途将三儿子卖了，一是为亲生骨肉留条生路，二是换少许银两作为继续逃亡的盘缠。在风餐露宿间，穆永林夫妇含悲忍泪带着二儿子穆居敬又踏上了乞讨之路。某日，过了湖北武汉，途经吴镇，见一户人家门口铳炮掀天，吹箫击鼓，很是热闹，办喜事弄喜宴的场面自然是穆永林乞讨的最佳去处。于是，他领着妻子和儿子走进那户人家，但见庭院里操持的账房先生急得团团转，只因原来请来研墨挥毫书写婚联的私塾先生一时病急来不了。倘若没有婚联，这体面人家的婚礼岂不让世人看了笑话？"乞丐"穆永林闻知，镇定上前言道："小事一桩，我来书联！"他铺展笔墨，在鲜红的联纸上，写下"红莲并蒂""彩凤双飞"一类的婚联来,且字体飘逸,颇有王羲之之风貌。原来穆永林早年是一个读书人,只是后来家道败落,命运多舛。办喜事的主家村里正要延请私塾先生,见穆永林知书达礼,又出于对扶妇携幼者的同情,于是便让穆永林留在村里当教书先生,而不再受颠簸之苦。一年后,穆永林积了几吊钱,又带着妻儿开始了江右之行。穆家最后落籍于都昌大港大田畈东山,这里属于山区,人少地多,避乱亦易,是跋涉之后相对满意的栖息地。

穆永林1944年病故,葬于穆家在当地购置的名叫筲箕洼的一方山林中。穆永林之子穆居敬生二子:穆家庆、穆家康。穆家庆曾在高级社时期任过当地的社长,是一名老党员。穆欣为穆家康之子。穆永林幼子穆居稳在父亲落籍都昌之后,也举家迁往大港,其后裔现多在九江等地生活。

1950年出生的穆家国在辈分上要比穆欣长一辈,他这一支是祖父穆永禄(1874—1938)和叔祖父穆永宽在清末民初迁入都昌的。穆永禄兄弟与穆永林同居河南光山县小穆家湾,也是为了逃难而外迁。穆永禄带着妻子朱氏、女儿穆彩娥、儿子穆居荣流落到都昌后,居无定所,靠帮人打长工谋生,在湖口沈祯里、都昌徐埠等地都留下过讨生活的足迹。女儿穆彩娥成人后嫁到鄱阳县。儿子穆居荣的命运就有些凄惨了:生活困窘时借了稻谷和一些外债,后来替人顶壮丁,将自己"卖"了,顶壮丁而得的八担谷还了外债,只身入国民党军营后杳无音讯,下落不明。穆家国的父亲穆居华1924年出生于大港东山。穆家国5岁丧母,8岁丧父,是在姑母穆彩娥家长大的。穆永禄的亲弟穆永宽迁居徐埠袁坑村落户,繁衍生息。

自河南迁入都昌大港的另一支穆姓人家祖辈是穆永丰(1859—1909)。他与穆永林是同族的兄弟,在老家白雀园所居村里也相邻。光绪年间为逃避一场缠身的诉讼而外迁,先在安徽省滁县(今滁州市)居6年,后有投靠穆永林之意便迁至都昌大港大田东山落户。穆永禄与刘氏生四子,为穆居安、穆居宝、穆居祥、穆居万。

都昌穆姓人家总计不到200人,现散居在大港大田村周璞、排上、少庄、岗上和徐埠镇袁坑等村落。20世纪90年代初,穆家庆、穆家传、穆家祥曾去河南省光山县白雀园大、小穆家湾寻根问祖。1994年,为溯源追根,承前启后,都昌穆姓请人手抄简修的《穆氏家谱》,称之"墨谱"。但愿此文能成为都昌穆氏后人的一份"根目录"。

38.三汊港镇印家村:印象族源

【家训家规】力农桑,省冗费,防饥馑;毋赌博,毋争讼,时输纳。

　　都昌县唯一的印姓村庄,是三汊港镇左桥村所辖的印家村,现有 10 余户 70 余人。1948 年出生的印榜文一生务农,他的老宅门楣上用红漆书写了"冯翊世家"四字。对于族源,印榜文能讲出个大概。

　　印姓出自姬姓。周宣王公元前 806 年封小弟友于郑,建立郑国,为伯爵。郑穆公有儿子舒,字子印,其子孙在郑国做卿大夫,以祖字为姓,为印氏。郑大夫印段,字子石,即子印之孙,其后人世代沿袭为印姓。印氏承袭"冯翊世家",冯翊貌似人名,其实是地名,东汉时置冯翊郡,故城在今陕西省大荔县一带,印氏望出冯翊郡。都昌印家村尊印段的 90 世孙印仁敬为一世祖。印仁敬 33 世孙印庆玺(1713—1752)于清乾隆年间,由江南省庐州府合肥县十一都老屋场,迁至江西省南康府都昌县二都下高塘(今属和合乡黄金村)。印庆玺 5 世孙印久进(1868—1926)于清光绪年间由二都高塘迁居五都芭茅峦现村址。另一支迁至都昌中馆刘山杨梓村。1992 年,杨梓村的 4 户印姓人家外迁至共青城定居。

　　印久进、印久财两兄弟由二都下高塘迁徙至五都,起初借了花门楼方家看山人的旁屋栖身。印久财无嫡嗣,印久进生二子:印登尧、印登寿(无子嗣)。印登尧世情练达,能说会道,在左桥一带有人缘,其生二子,叫印金华、印金茂。现在的印家村人是 1968 年辞世的印登尧的后代。印榜文是印金华之子,印金茂与夏梅花生五子,印家人丁渐渐兴旺起来。

　　"传久登金榜,祖德芳香远",这是都昌印姓世派诀中的两句。溯都昌印姓族源和村史,无不打上光前裕后的烙印……

39. 大沙镇猪头山村：何地有杨

（一）

"猪头山"作为一个村落之名，迄今不过80余年。猪头山村现有村民80余人，其中杨姓50余人，何姓30余人，是何、杨两姓村民合居的一个小村落。查2017年由政协都昌县委员会编、江西人民出版社出版的《都昌姓氏与家风》一书，无论是何姓篇还是杨姓篇，都未将猪头山村收录其中。

猪头山村属都昌县大沙镇太阳村。1953年出生的何烈定老人2022年接受采访时称，肇村史始于其祖父何横模。何横模的祖居地在都昌周溪夏山垅何家，他早年去景德镇开过经营瓷业的小店，后来因家境困窘外迁谋生。1932年前后，何横模背井离乡，来到都昌大沙官山，在猪头山下搭舍栖息，想必当时是替官山大潮下江家看山。何横模看山之余也走村串户，颇有人缘。猪头山的山林之权属周边数村，诸姓业主怜何家迁徙之苦、欣何家相处之欢，曾将山下的荒地赠送给何家建造房宅，何家也陆陆续续购置了一些田产。勤劳善良的何横模、何以香父子从头发家，便在猪头山下安居下来。至于与杨姓人家的合居，也是源于何横模。何横模的妻子夏氏，原是嫁给杨姓人家的媳妇。丈夫病故后，被生活压得喘不过气的夏氏带着在杨家生育的儿女乞讨，1930年前后与何横模结合，生儿育女。何横模落籍猪头山下，夏氏与先夫所生儿子随着她也来到了猪头山，与继父何横模在同一个屋檐下温馨地生活。老何的杨姓继子所生儿子仍姓杨，何、杨二姓便共同繁衍了猪头山村。何横模夫妇分别于1952、1963年辞世，他们的后代亲缘相依，千秋万代亲如一家，和谐相处，合称"猪头山"村。

（二）

"猪头山"的本义就是一座山名，出现在何、杨两姓合居形成猪头山村之后。"猪头山"之得名，很容易让人想到此山形似猪头，嘴鼻毕肖。细究起来，此名来自1363年朱元璋与陈友谅的鄱阳湖大战，算来距今有660年。

官山村的老人讲述起"猪头山"的故事，其中历史人文底蕴算深厚。据说朱、陈大战的某战役,朱元璋出师不利,被陈友谅的部将追杀得丢盔弃甲、落荒而逃,带着两三侍从仓皇逃至官山的一片山林中。陈友谅部将带着一队人马紧追不舍,翻过山脊,部将眼看朱元璋的身影就要隐入山林中,便飞掷手中的斧头,对朱元璋行斩首之骁勇。斧头飞出丈远之际,农家的一头大肥猪吭哧吭哧地上山道,正往上拱窜。斧落瞬间,寒光闪闪的刀刃宰向了大肥猪,大肥猪顷刻头断毙命。陈友谅部将奔突过来,但见猪血如注,猪头狰狞,却不见被古樟虬松掩蔽的朱元璋的身影。部将回师复命:"朱(猪)头已取!"这猪头替代了朱元璋之头,自此当地民众将此山唤作"猪头山"。据说,后来做了明朝洪武皇帝的朱元璋听说有"猪头山"之说,不但不以为耻,反感猪首之恩,遂赐金猪于官山庙宇享祭。官山一带本就有过年以猪头、雄鸡、鲤鱼祭祀的民俗,"猪头"祈福更沾了"天子威",于是沿袭至今。

猪头山濒临浩渺的鄱阳湖,500余亩的丘陵山貌在岁月长河里阅尽花开花谢、潮涨潮落。时至新时代,在脱贫攻坚与乡村振兴有效衔接的锣鼓声中,猪头山变得欢腾起来。2019年底,来自都昌徐埠镇的创业者刘友平,受"绿水青山就是金山银山"之感召,首期承包官山、太阳、黄香等村千余亩土地,成立"都昌县友平农作物种植合作社",打造高品位的大沙镇官山产业园,"丽雯农旅综合体"初具规模。

猪头山村何、杨两姓村民和睦合居,共享幸福。放眼猪头山,宜居宜业,生机勃发……

40. 中馆镇甘家村：旧学家声远

【家训家规】施敬，友恭。

甘姓祖祠喜用一联："旧学家声远，渤海世泽长。"这里当然有典故。夏朝时有诸侯国甘国（在今河南洛阳一带），甘姓溯源属以国名为氏。及至殷商时期，有中兴名主武丁，拜甘盘为师，并礼聘为相。甘盘由此封为"旧学"，且被甘氏后人尊为受姓始祖，而甘氏望出渤海郡（在今河北沧州沧县一带），承袭"渤海世家"。

都昌唯一的甘姓村庄现为中馆镇港西村所辖，约有380人。永修县吴城镇的松门山（旧属新建）在明代曾是都昌甘家村的一个播迁驿站。据查《甘氏宗谱》，居鄱阳的甘理为避金兵，宋元之际从鄱阳迁徙至都昌。其8世孙甘仲一（约生于1382年）于明永乐年间携家眷迁至四十七都望仙（今属都昌镇矶山村）。甘仲一的5世孙甘有德（1502—1621）在落籍都昌120余年后，于明嘉靖年间迁往与矶山一湖之隔的松门山。甘家人在松门山安居五代后，甘慕耕（1575—1621）于万历年间由松门山复迁都昌狮山八都，后转迁十一都都田畈，形成如今的中馆镇甘家村。

甘家村人追根溯源、敬祖崇宗的意识特别强，耄耋之年的甘盛利老人就代表都昌甘家村参加过多次宗亲联络活动。甘盛利老人是一名正直的老党员，多次荣获中馆镇授予的"优秀共产党员"称号，2021年"七一"前夕获得了党组织颁发的"光荣在党50年"纪念章。甘盛利早年曾担任过生产队队长、大队民兵连长、大队支委，年岁高了后，仍为甘家村的一些公益事业热心奔波，受人敬重。甘盛利老人讲道，甘家村土改时才13户（其中有3户后来绝户），如今的约100户，是由20世纪50年代初的10户兴盛起来的。甘家村祖先从吴城松门山迁徙至都昌，是跟随卖杂货的沈姓舅父落籍于此的。20世纪70年代，村里有个叫甘盛典的秤匠，在走村入户替人做木杆秤时，得知松门山甘姓村庄所在。村里人都知道他们的根在松门山，只是宗亲间一直没有来往。甘家村人揣着保存完好的民国年间编纂的《新建松门山甘氏宗谱》，续上了族缘，供奉南宋绍兴年间的

甘理为"松山甘氏之鼻祖"。

都昌甘家村人从宗谱查验到有一同族支派从都昌迁徙至湖北的段家桥街。20世纪90年代初,甘盛利同村里的三人开了一辆小车,去属于湖北黄冈市黄梅县所辖的段家桥街寻找宗亲。甘姓村庄已从始居地搬迁至长江一圩堤下居住。来自鄱阳湖畔都昌县的甘家村人,以泛黄的老式宗谱为认族的印证,得到了黄梅甘氏宗亲的热情接待。数年后,这个甘姓村庄有一个叫甘智德的骄子,就任都昌县人民政府县长。淳朴的都昌甘家村人,从来没有一人以宗亲关系去巴结一县之长以求扶持,村民们认为,遵纪守法、勤劳致富便是对甘县长的最好支持。

松门山甘氏祖先甘理属南唐征南将军甘从矩的后裔。2017年11月,江西丰城隆重举行"首届征南将军甘从矩文化节",甘盛利老人同甘家村村民代表同往,参加了这个联谊数省甘氏宗亲的文化节。甘从矩(865—950),南唐丹阳人(今属江苏南京),唐朝灭亡后的五代十国乱世期间,甘从矩投身兵营,征战保民有功,吴王杨行密拜甘从矩为开疆大臣,功晋"征南将军",食邑江西丰城骊塘(今丰城市秀市镇潘桥水库库区内),爵丰城伯。开平二年(908),甘从矩急流勇退,回归骊塘,行善桑梓。甘从矩文治武功,积德累仁,得后人祀敬。就是在丰城首届甘从矩文化节上,甘盛利见到了来自莲花县的甘祖昌将军的夫人、白发苍苍的龚全珍"老阿姨"。

甘家村所在的港西村,有近3000人,离中馆集镇约2千米。所谓"港",乃是一条从北向南汇入鄱阳湖的都联港。港西村是"十三五"贫困村,在当地党委、政府和九江市民政局等单位的帮扶下,"十三五"期间整合村庄整治和产业帮扶资金近千万元,励精图治打赢了脱贫攻坚战。如今,过着甘甜日子的港西甘家村人,迈向乡村振兴新征程,奔向新天地……

41. 中馆镇颜家山村：齐家报国是颜训

【颜氏家规】世间名士，但务宽仁。至于饮食饷馈，僮仆减损，施惠然诺，妻子节量，狎侮宾客，侵耗乡党，此亦为家之巨蠹矣。

"我的祖宗是真卿公。"2021 年，年届古稀的颜昌禄以平淡的口吻溯其祖源。颜昌禄是江西都昌县中馆镇小河村颜家山的一位老农，他口中的"真卿公"，即名垂青史的唐代书法大家颜真卿。都昌单独成村的颜姓村庄只有中馆镇的颜家山村，奉颜真卿为一世祖。

人们常用"五颜六色"来形容色彩之绚烂，我们且从家训文化的视角，梳理一下在中国文明史的长河中熠熠生辉的"五颜"。先说颜姓的受姓始祖曹夷父，字颜。夷父在西周时曾是邦国的国君，后人以夷父的字"颜"为姓。一说周公旦之子孙有人被封于颜邑，遂以封地为姓，也有"缪、颜、廖"三姓一家之说，单从三字的书写上看，都有三撇，也算中华姓氏文化之趣。第二"颜"，可说是孔门七十二贤之首的颜回。颜回，又名颜渊，有"复圣"之称，古儒"三圣"中隆于前的为"至圣"孔子、"亚圣"孟子。作为孔子的老乡，颜回生于鲁国都城（今山东曲阜市）。颜回并不是以自己的专论而闻名，而是凭借恩师孔子的赞评而遗德于后。孔子在《论语·雍也》中对这个最得意的门生留下过不少"金句"，说颜回"一箪食，一瓢饮，在陋巷，人不堪其忧，回也不改其乐。贤哉，回也。""不迁怒，不贰过。"颜回 30 岁时英年早逝，为师者孔子哭天抢地。"噫！天丧予！天丧予！"颜回一生未入仕，只随孔子周游列国，他如此感叹孔子之道："仰之弥高，钻之弥坚。瞻之在前，忽焉在后。"

时光挥鞭，颜氏越千年。第三"颜"，则是南朝宋文学家颜延之（384—456），琅琊临沂（今山东临沂）人。其官至金紫光禄大夫，文章与谢灵运齐名，并称"颜谢"。第四"颜"，为南北朝的文学家、教育家颜之推（535—约591）。颜之推所写《颜氏家训》，堪称我国家训专著之鼻祖。第五"颜"，当属颜之推的 5 世孙、唐代名臣和书法家颜真卿。颜真卿（709—784），字清臣，出身琅琊颜氏。作为一代书法名家，颜真卿所创端庄雄伟、气势遒劲的"颜体"，对后世影响很大，

他与赵孟頫、柳公权、欧阳询并称"楷书四大家",与柳公权并称"颜柳",有"颜筋柳骨"之誉。颜真卿有《多宝塔碑》《颜氏家庙碑》《颜勤礼碑》《颜氏告身》等碑帖供后世效法。颜真卿不只是一代书法家,亦是唐代名臣,唐代宗时官至吏部尚书、太子太师,封鲁郡公,人称"颜鲁公"。书品彰人品,安史之乱让颜真卿在平乱中一展谋略。颜真卿入仕,刚而有礼,尤崇忠孝。784年,已75岁的颜真卿被派晓谕叛将李希烈,凛然拒贼,终被李缢杀。唐德宗为颜真卿废朝五日,追赠司徒,谥号"文忠"。颜真卿之兄颜杲卿也是一位精忠报国之臣,曾任御史中丞。安史之乱时,颜杲卿与其子颜季明守常山,任太守,后被处死。颜真卿在寻得季明头颅后,于唐乾元元年(758)悲愤地写下《祭侄文稿》(又称《祭侄季明文稿》),既在点横捺撇中注入了斑驳血泪,又在笔墨劲势中灌注了一腔豪情。此作有"天下第二行书"之称。

忠节标兄弟,家训示子孙。都昌颜家山承袭"东鲁世家",成村于清雍正年间,距今300年。颜家山的肇村先祖颜明鸾(1688—1757)、颜明世(1692—1757)两兄弟按世辈系颜真卿的31世孙。清雍正年间由南康府星子县三都古塘湖滨蓼花池颜家咀,迁至都昌八都茶园山(今属狮山乡狮山村村委会所辖),其后裔于清乾隆年间由茶园山迁至十二都东图麻坦山处。据传,麻坦山里猴子成群,碗柜里放置的饭菜常在夜间被毛猴席卷一空,田畴里的庄稼也因上蹿下跳的猴子而倒伏一片。颜家人便将村址移了一些位置,搬至门口涧。1955年,人当地政府兴建颜家山老水库,颜姓人家便迁移至坝外的一方平地,选屋落村。1966年,在兴修水利的热潮中,双桥公社主持扩修颜家山水库,颜家山村再次响应党和政府的号召整体搬迁至山下,村里的数十亩山地淹没于库底。颜家山人多次向县有关部门呼吁,村民因修建水库两度搬迁,请求按库区移民相关政策予以扶持。1993年版《都昌县志》载,颜家山水库属全县小(1)型水库,集雨面积1.58平方千米,最大坝高14米,总容量100万立方米(有效库容65万立方米),有效灌溉面积700余亩。

除了颜家山村现有村民140余人,都昌另还有颜姓住户散居异乡他村,有150余人,皆从中馆颜家山外迁。据考证,鸣山乡九山坳上颜姓清雍正年间外迁;鸣山乡万家湾颜姓清嘉庆年间处迁;鸣山乡丁峰但家庄颜姓20世纪50年代初外迁。此外,还有的颜姓迁往鄱阳县响水滩金鸡山、共青城江益乡等地。颜家山人与这些外迁的同族宗亲,来往密切,赓续血脉。

清臣风节,复圣渊源。颜家山人在当下以淳朴为笔,以田园为纸,书写着宁静岁月里优雅淡泊的画卷……

三、家族存史

42. 苏山乡益溪舍胡村（一）：土目胡氏之族源

【胡氏家训】仁乃有恩，义乃有济。夫然从修色养之孝，助以甘旨。立身扬名，以显父母，则子道足矣。施之政，有弗理者，吾未之信焉。诗书文章，仕宦忠义，此自传家，不当懈且怠也。

（一）土目胡氏

"土目"是地名，在都昌县苏山乡，现有土目村村委会。"土目"其名有底蕴，在宋代就已定型。清康熙版《南康府志》"封域志·山川"卷对"土目"如此诠释："土目山，在县西北八十里，临大湖，巨浪冲击成孔如目，故名。"目之所及，是湖、是矶，也是乡。土目湖通常指如今的都昌县左蠡、星子县宫亭至湖口县屏峰之间的这一水域。土目矶即今马鞍山南面的石咀，咀伸入湖中，有石礁屹立，又称"鹞石"。明崇祯十六年（1643），南康府司理廖文英铸铁柱立于鹞石，作为过往船只的警示标志，亦成鄱阳湖上的第一座航标。旧时的土目乡原称白凤乡，主要包括现在的土目、马鞍、徐港等行政村。土目胡氏是当地的显姓，有"胡氏十八村"之说。

梳理土目胡氏的繁衍脉络，不妨循着从远至近的轴线来对胡氏姓氏文化做一番探寻。

天下胡姓的受姓始祖，是3000余年前西周时期一个叫胡公满的人。胡氏得姓的渊源，上了太史公司马迁的《史记》。在《史记·陈杞世家》中记载："陈胡公满者，虞帝舜之后也。昔舜为庶人时，尧妻之二女居于妫汭（妫水隈曲之处，在今山西永济南部），其后因为氏姓，姓妫氏。舜已崩，传禹天下，而舜子商均为封国。夏后之世，或失或续。至于周武王克殷纣，乃复求舜后，得妫满，封之于陈，以奉帝舜祀，是为胡公。"胡姓源于妫姓，胡满公封于陈国，陈国被楚灭

后,胡公满的后代以谥号为姓,是为胡姓。

天下胡姓也有出自归姓、姬姓和外姓改姓的支脉。比如著名学者胡适就曾经说过:"我本不姓胡,绩溪胡姓都是李唐的后代。"现存的《安徽考川明经胡氏家谱》都尊崇李昌翼为明经始祖,其中有历史故事。唐昭宗之子李昌翼在危难之中为胡三公所救,其后裔改姓为胡,堂号"明经",氤氲着书香。

江西胡氏有别于明经胡氏,承袭的是"华林世家",尊唐中期的胡城为一世祖。胡城,生于唐僖宗乾符二年(875),32岁那年进士及第,官授国子监博士,迁侍御史。唐末战乱起,五代兴,城府很深的胡城辞官不仕,携五子归隐华林山麓。华林属豫章之西的新吴,今属奉新县。新吴的华林早在500年前就是胡城晋代祖先胡藩的徙居地,胡城算是归隐华林祖居地。胡藩传载于《南史》,属胡满公的57世孙。胡藩,字道序,谥壮侯。人如其名,他立下藩地凭的是武功,晋安帝时官封太子左卫将军,参相国军事。因平伐有功,赐土豫章(今南昌)。胡城是胡藩的24世孙,进士及第的胡城的后代也是诗书传家、明晓经学。唐末宋初胡城创办的华林书院招贤选士。至北宋,其5世孙胡仲尧光大华林书院,华林书院成为鼎峙江南的三大书院之一。时有真宗皇帝及朝臣、郡宰等72人题赞,华林书院名噪一时。胡城的8世孙胡直孺北宋年间擢进士第,靖康初知商丘,领东道总管,与张叔夜同朝齐名。南渡后历任吏部、刑部尚书,直龙图阁、淮南路转运副使。宋高宗曾在白团扇上题写"文物多师古,朝廷半老儒"十字相赠。赐扇之后还给胡直孺升官加爵,改兵部尚书兼权吏部,加封开国公,食邑900户,赐白米田租800石,以养其家,可见宋高宗对这个号称"西山老人"的胡直孺的器重。在《胡氏宗谱》卷首,往往会题名"安定家声远,华林世泽长",华林泽世之长,可溯至胡城的24世祖胡藩所生活的东晋与刘宋朝。"安定"家声远在何方呢?胡氏望出安定郡,在今宁夏固原一带。

都昌有胡姓村庄30余个,皆为胡城后裔,分数支迁入都昌。首迁的是城公10世孙胡绍先,于南宋绍兴年间(约1127—1130)由华林迁入都昌南桥,形成如今的汪墩新桥村南桥山里胡村、阳峰胡家湾等村。土目胡氏落籍都昌的时间稍晚一些,胡城的19世孙胡受一(1312—?)、胡受二(1318—?)与堂叔真八公,于元至正年间由星子长岭徙居都昌白凤乡避难,距今670余年。由奉新始迁长岭的是胡城的9世孙、胡直孺的第三子胡栝,避讳改泳,号桐源先生。胡栝在南宋末期任朝散郎知峡州军事,后追随朱熹讲学于白鹿洞书院,嘉定年间接朱子任书院堂长。位列洞中 14 位显儒,从祀宗儒祠,并陪享南康府圣庙。在《白鹿洞书院志》中有存录胡泳的《枕溪桥志》等诗文。胡栝之后又传 10 世,有胡受一、胡受二。兄弟俩元末为避难一同迁入都昌白凤乡土目。

胡受一的后裔居今春桥乡,立村于白石。关于胡受二的发家,存在土目胡氏"世代不欺陶"的典故。其时,土目陶姓为大族,可追溯至东晋名将陶侃。有都昌文化学者考证,如今苏山、左里交界处的十里陶家冲就是陶侃曾孙陶渊明笔下的"桃花源"的原型。胡受二避难异乡,在大财主陶钦三家帮佣,就是通常名义上的打长工。后来的故事便有了中国古代戏曲里"天仙配"式的翻版。陶钦三很是喜欢长相英俊、品行笃诚的后生胡受二,将爱女许配给了胡受二。女婿胡受二尚无立足之地,陶钦三便赠予一方土地,资助这对年轻夫妇建成一栋房宅。此地就在现今土目大湖(屋)圈祖堂的前方,胡氏后裔称老堂前,亦称麒麟堂,此处是土目胡氏的发脉地。沧海桑田,苍云白狗,后来土目陶氏或是败落,或是外迁,至今已无一户,其田产多为胡氏继承下来。知恩图报的胡姓人家至今仍保存着许多崇陶敬陶的习俗,算是对祖婆陶氏的追思,对杆林陶家的感恩。浙江、福建等地的陶氏宗亲一批一批地到都昌土目来寻根问祖。胡受二的妻子是陶氏,其父真四在小蟹娶的也是陶氏,胡、陶二姓在这个家族有割不断的亲缘。

在土目胡氏的老堂前照壁上,曾镶嵌着一块高 1 米、宽 3 米许的青石板,上面雕刻着精美的麒麟图案。族茂麟趾,宗固磐石。胡受二在老堂前生子胡福铭(1375—1457)。号"妙隆"的福铭公,品行上"牧己以谦,接人以和,崇信高贤,不吝施舍",生七子三女。七子各取了马字旁名:骐、骥、骟、驰、骏、驿、骢。土目胡氏肇发 18 村皆与这 7 匹"骏马"相关。七兄弟中胡骟、胡驰、胡驿、胡骢后裔不详,所以真正在苏山土目一带发脉的是胡骐、胡骥、胡骏三支族。

明万历年间,胡骏(1419—?)的 6 世孙胡益溪由祖居地分居八房祠堂之南,后人以祖名称村名,是为土目益溪舍胡村。《胡氏宗谱》将胡福铭的三个女儿分别排行第一、第三、第四,便有了"7＋3"之"十子"的穆序。胡骏为胡福铭八子,行"全八"。

(二)进士胡廷玉的前三代

土目胡氏益溪舍,簪缨累代呈彩霞。益溪舍胡村历史上最耀眼的人物当属

清同治年间的进士、官至二品的胡廷玉(1841—1895)。在叙写胡廷玉的生平前,且来对其前三代先人的逸事做个铺陈。

胡廷玉的曾祖父叫胡肇泗,字鲁川,为清乾隆年间国学生。胡肇泗的祖父胡继麟,与弟继龙、继凤、继虎兄弟四人,起初家境贫寒,胡家发家始于在景德镇从事陶瓷业。在瓷都辛苦打拼,挣下十万家财后,胡家荣归故里,名誉乡间。胡肇泗的父亲胡传贵在生下胡肇泗后英年早逝。胡肇泗在寡母张氏含辛茹苦地哺育下长大,14岁时便显得比同龄人要老成持重。后来他到景德镇打理瓷业,负责租赁给他人的店铺租金的收取。他"精警内敛,忧勤不懈",也得到胡氏大家族从长辈到平辈兄弟的认可。胡肇泗如其父,亦是英年早逝,44岁时便撒手人寰。

胡肇泗之妻江氏,是徽州歙县人氏。在丈夫亡故后,江氏对婆婆张氏极尽孝道,她的行孝方式本身便能彰显端慧人品。张氏丧夫失子,甚感孤寂,江氏便总是把从古书上看来的今古奇观、神怪志异的故事,讲给婆婆听,以娱其暇,以博其乐。张氏生性严厉,为人可以说是有些乖戾,见到不合心意的游手好闲者,总是痛加训诫,连周边的乞讨者都非常怕她。而以慈善立世的江氏总会巧妙地缓和婆婆与他人的关系,让世人洞察到胡家人性的温暖。她在服侍婆婆吃完膳食后,总会孝顺地递上烟斗,让婆婆在吞云吐雾中只顾自乐而忘却训人。这时江氏便走到婆婆近前用身体遮挡婆婆的视线,家中的仆人便趁机给门外的乞丐以食物,施舍者与被施舍者各自轻步潜声,免得惊动了张氏,惹来一通劈头盖脸的说教。逐渐地,张氏也受到感染,后来即使发觉了,也能理解儿媳助人的苦心,不予责怪。

族上有个婶子平日里在胡家干些零工活。婶子每次在村头石碓臼米,都会悄悄地私藏些廪谷,拿回家去。其实心细的江氏每次都发现了婶子的非分之取,但她缓步而退,装作若无其事的样子,更不会以此训斥婶子行为不端。家中有女佣实在看不下去,认为江氏太过迁就这个婶子了。可江氏笑着说:"婶子家子女多,无所得食,她这样做实在是养家的无奈,又有哪个会以窃为乐事?我如果让她知道我察觉了她的行为,她肯定会自愧不已,我不忍心这样做!"某日,婶子正故技重施,取谷入筐。江氏无意间迎面入室,婶子仓皇掩饰、躲避。江氏低声细语:"大婶勿惊,如令婆婆老人知道了,必会大发雷霆,你可不作声响地快快离去。"婶子听后既羞愧又感动,在抹过一把眼泪后,从此再也不做私窃谷米之事。

江氏每每见到贫穷人家在冰天雪地里饥寒难耐,总会施舍棉衣棉裤,有时甚至脱下自己的棉袄,给受冻者御寒。第二年冬天来了,又是一个寒气袭人的季节,江氏的长子胡平甫见母亲衣着单薄打哆嗦,便安排家人速速添制新衣,以暖母体。可没过几日,母亲身上又只剩下薄薄的衣裳,厚厚的棉袄不见了。儿子感觉很奇怪,江氏却一脸平静地笑着说:"吾儿不为不孝,只是做娘的视物过轻。只要见到有人寒不可禁,尤其是年岁比母亲要大的老妪挨寒冻,为娘便于心不忍,便脱下棉袄给他人御寒,毕竟我们家还可就着旺旺的火炉,以炭取暖。"贤淑的江氏那份助人为乐、与人为善是从骨子里孕育的,每每遇到困窘者,伤痛得流涕,随后尽力给予救助、体恤,屡为不鲜。对村里失了父母的孤儿,江氏以母爱之光去呵护,亲自为孩童洗澡、梳头,将无家可归者牵回家中,视若己出。仁者寿,江氏年至耄耋,无疾而终。乡邻如丧慈母,得其施救的乞丐更是哭拜不起。

胡肇泗与江氏生四子,长子胡国珍,字平甫,就是胡廷玉的祖父。胡国珍也曾研习儒业求功名,挽弓比武试夺冠,皆因时运不济而文不成、武不就,于是转承祖业,在景德镇投身陶业,并成为陶会组织的牵头人。清道光末期,规矩尽敝,法度殆失,江湖上有狼狈为奸者,私自铸造铜币,鱼目混珠。这种被民间称作"鹅眼钱"的铜币辗转流通,瓷都的一些不良陶户,竟以假币结付工人工薪,使得底层百姓劳而无所获,官府却听之任之。胡国珍便通过募捐买来假币,将假币放在石舂里杵碎,让鹅眼钱绝于市,让窑工得利,让良币归本。胡国珍得其母江氏乐善好施、扶贫济困之遗风。益溪舍乃至土目周边有到景德镇谋生的,一时无落脚之地,都会找到胡国珍寻求帮助,他救助了上百人。对于多时没收入养家的族上雇的用人,胡国珍还定期分月分季地给他们家中寄钱,让他们能养家糊口。他对被救助者的唯一要求就是以诚立世,不得在外为非作歹。对于涉及民工权益的事,胡国珍也总是仗义执言,慷慨解围。胡国珍以54岁谢世。

胡国珍与原配龚氏生三子,长子胡苏亭,字水心。道光庚子年(1840)乡试举人,客居京城9年,后授丰城教谕达16年之久。胡苏亭的个人雅趣一是读书,以诗文见志,著有《亦清堂诗稿》;二是养花,托兴于花石琴鱼,不为世事撄其心。胡苏亭后来升为广信府教授,加内阁中书衔。光绪三年(1877),胡苏亭卒于京城,享年67岁。次子胡莘亭,便是胡廷玉的父亲,后以子贵赠荣禄大夫。

幼子胡丹亭,躬耕力田,做了不少诸如收敛野外的露尸立冢瘗埋的好事。胡苏亭兄弟三人事继母李氏一如生母,从不拂她的意,宗谱为其孝义立传。

清末进士黄锡朋的家乡春桥黄邦本村,与益溪舍村几属同邑。黄锡朋中进士是在光绪癸卯年间(1903),比胡廷玉中进士要晚 29 年。黄锡朋与胡廷玉的侄子胡雪抱(元轸)同属诗坛名流挚友,他在记写胡苏亭传略时如此评价:"公为文,简澹清超,如画远山,其人亦似之。""简澹清超"又何尝不是胡廷玉上三代为人处世的写照,远山图里,松贞萱茂,一片葳蕤……

43. 苏山乡益溪舍胡村（二）：张謇撰"二品顶戴" 胡廷玉墓志铭

张謇笔下的胡廷玉

　　一代伟人毛泽东在回顾我国民族工业发展历史时曾说过,谈到中国民族工业,有四个人不能忘记:讲到重工业,不能忘记张之洞;讲到轻工业,不能忘记张謇;讲到化学工业,不能忘记范旭东;讲到交通运输业,不能忘记卢作孚。四人中的张謇(1853—1926)生于江苏海门(今江苏省南通市海门区),清光绪二十年(1894)状元。他不仅是清末民初的实业家,还是近代政治家、教育家、书法家。南通人张謇比鄱阳湖上都昌县的胡廷玉小了整整 12 岁。这两位属相均为"牛"、牛劲十足的进士,在历史上没有直接交往的记录,但张謇为胡廷玉撰写过一篇墓志铭。在史志对胡廷玉身世并未留下单传的情况下,张謇所撰墓志铭为后人了解胡廷玉的生平,留下了简略的可信资料。

　　胡廷玉光绪二十一年(1895)客死南京,张謇是在胡廷玉卒于官舍后的第 7 年,应胡廷玉的长子胡元辂之请而为之撰墓志铭的。胡廷玉父子与张謇故里江苏通州皆有交集。胡廷玉曾提任海门通州厘捐,主管通州的税务,而其子胡元辂以副贡生之身,也曾候选过通州通判。张謇曾撰《二品顶戴江苏候补道胡公墓志铭》。按清代官制,品级高下与职能所属,通过服饰与顶戴区分。所谓"官不到二品,戴不得红顶",是指清代仕宦官帽上的顶珠,一品为红宝石,俗称亮红顶,二品大员为红珊瑚,俗称暗红顶。胡廷玉官至二品,顶珠为耀眼的红珊瑚。

　　张謇的落款是"赐进士及第武英殿协修撰加五级通州张謇顿首拜撰"。张謇在墓志铭中开门见山地写道:"公讳廷玉,字香玖,江西南康都昌人。胡氏世为江西鼎族,唐有金紫光禄大夫城,宋有兵部尚书直孺,居南昌之新吴。"这里要指正张謇的一个谬误,唐代的胡城授国子监博士、迁侍御史,唐灭后即归隐华林,并未授金紫光禄大夫,此一荣衔的获得者是宋代的胡直孺,那时还没有"土目胡氏"播迁一说。张謇接着叙写了胡廷玉的身世。胡廷玉少年时家境甚贫,无钱入读私塾,渴望求知的他只得站在学堂外听塾师授课,回家后便能背诵听

来的诗文。后来村里曾任内阁中书的大伯父胡水心(即胡苏亭)发觉胡廷玉天资聪颖,于是把他带在身边教他读书。胡廷玉每日抄书读之,恒久不辍。数年教诲下来,胡廷玉所作诗文,总能令人刮目相看,堪称大器。当时正值太平天国军攻打江西,南康诸县多临鄱阳湖,时局大乱。胡廷玉的父亲胡葆荃(即莘亭,候选从九品)带着训练的团练入南康府助守。胡廷玉在颠沛流离的况下仍手不释卷,挟着书随着避难的人逃往庐山五老峰的山谷间。有一次,胡廷玉被太平天国军紧追而堕入深崖,所幸被崖下青藤挂住,被樵夫发现而捡回一条性命。太平天国军被平息后,胡廷玉从深渊跌落处升腾起攀登功名之峰的牛劲来,一路从补廪膳生到以选拔贡太学。他的文章,冠绝一时。同治元年(1862),胡廷玉中本省乡试举人;同治十三年(1874),荣登进士,授内阁中书掌制诰。胡廷玉在京城为官,俸薪偏低,生活清苦,不足以养家,以至于他回家休假还要为他人授课赚些小钱贴补家用。后来祖母和他的原配夫人袁氏(长子元辂生母)相继病逝,家庭更加拮据。胡廷玉主动要求离京任职,先后改任江苏一知府,以三品衔历任厘局督办税捐,提调海门通州厘捐、下关掣验官。其间亲生母亲杨氏病逝,胡廷玉丁忧后保升道员,并加二品顶戴,总办金陵淮盐掣验局差,仕途达到人生巅峰。照说胡廷玉主理江南富庶之地的税捐多年,应大藏财资才是,可胡廷玉崇尚勤廉,绝世而立,以至 55 岁卒时,同僚皆蹉叹其贫。张謇在为胡廷玉所撰墓志铭中如此赞叹:"长裾玉佩,宜其不逢。要无丧我,卒获已丰。有蕴不施,君子之风。"

与苏山土目毗邻的春桥黄邦本村清末进士黄锡朋,在 1913 年应好友胡廷玉的侄子胡雪抱(元轸)之请,撰过一篇《资政大夫观察胡公家传》,略记了同邑先达胡廷玉的生平事略,"观察"即清朝道台的别称。同为进士,黄锡朋比胡廷玉年轻 18 岁,但他与胡廷玉却有直接的交集。光绪癸巳年(1893),黄锡朋参谒金陵(今南京)龙江关,胡廷玉与之相见,并对都昌后学黄锡朋慰勉有加。黄锡朋在文中这样称誉先达胡廷玉:"处人宽厚和豫,樵野贩竖,接之皆一体。乐奖励后进,于子弟未尝厉言遽色。其待朋友,无机械心。""介服官屡处膏泽,而卒之日,同僚合口蹉其贫。""雅量宏致,涵茹古今。"胡廷玉淡泊明志,是一个顾家的人,"醴豢妻孥"见温情。胡廷玉善行书,在书法上学苏东坡。朋友之间的书信往来,多作"吉祥阴骘语",他是一个磊落之人。

胡廷玉墓立于离益溪舍约二里处,2012 年由其后裔重修,与封为一品夫人的继配刘氏合葬。墓碑上选刻了张謇所撰的墓志铭。

附:《二品顶戴江苏候补道胡公墓志铭》

公讳廷玉,字香玖,江西南康都昌人。胡氏世为江西鼎族。唐有金紫光禄大夫城,宋有兵部尚书直孺,居南昌之新吴。其后子孙散居诸郡县及他省,近十万人。元季,名受二者,由星子再迁都昌白凤乡,世称白凤乡十八村胡氏。有本支祖玉书以下,代有清德。曾祖国学生,讳肇泗。祖府学生,讳国珍。考候选从九品,讳芈亭。祖、考并以公贵,封荣禄大夫。祖妣龚氏、李氏、妣江氏、杨氏俱一品夫人。杨太夫人生三子一女,长即公。公生数岁,家贫甚,尝听塾师授群儿读,归自背诵。及就外傅,不终岁毕数经。稍长,世父水心,爱其聪异,携以自课,日令抄书读之,恒竟夕不辍,帷镫以自蔽。学既成,每一文出,见者辄目为大器。时粤寇寇江西,南康诸县多滨湖,贼所出入孔道,尤被蹂躏。考葆荃尝督团练丁壮,入南康助守。公挟书从人避山谷间,尝被贼追急,堕深崖,为藤所挂得不死。贼退回里,府试冠其曹。明年补廪膳生,以选拔贡太学。使者单文恪公奇其文,有冠绝一时之誉。同治元年,中本省乡试举人,十三年成进士,用内阁中书掌制诰。京曹清苦,俸入不足赡家,乃假归授读。旋丁祖母忧。原配袁夫人继殁,家益贫。请外改江苏知府。督部沈文肃公,雅礼重公。预河运之荐,加三品衔,历充厘局,提调海门通州厘捐。下关掣验官书筹防善后局差。中间复丁杨太夫人忧。服除,以赞划关陇军饷,保升道员,并加二品顶戴。江南自大乱初定以后,庶务殷凑,当事又惩往者有司不事事之弊,于是广设诸局,所以候补道、府、厅、州、县佐贰之官,参错尸之。久之而一事数人,事故不举,而耗民益甚。其贤者裁能,中大府之微化,调同官之多口,取容而已。公尝管厘捐,尤世所称大藏,而天下赀郎取盈之窾也。公屡处膏泽,而卒之日,同僚合口太息嗟其贫!公亦何必赫然尝有廉,矫绝世之名而已。坐弃酬酢妻孥之籍,则夫沉没之士,其必以公为前鉴,而知所逞也已。

公生于道光廿一年四月十九日,卒于光绪廿一年正月初九日,春秋五十有五。初娶袁氏,继娶刘氏。子四:元铬,副贡生,候选通判;元轼,县学生,湖北试用知县;元辐、元辙尚幼。女八。元铬及长女,袁夫人出。公卒之后七年,元铬等将葬公于祖茔,请为之铭。

铭曰：一间有眥，群狙所攻。茋虒其间，犹有拙工。长裾玉佩，宜其不逢。要无丧我，卒获已丰。有蕴不施，君子之风。赞辞昭诔，以讯幽官。

赐进士及第武英殿协修撰加五级通州张謇顿首拜撰

诰授中宪大夫候选道知宜春县事加五级通州张謇顿首拜书

胡廷玉逸文

他人为胡廷玉生平撰文，胡廷玉也为他人撰写过简传而以文化人。在有限的关于进士胡廷玉的资料中，能查阅到的出自他笔端的逸文只有四篇。常言道"文如其人"，且让我们从胡廷玉的笔下文字以文品来察其人品。

"族叔德广之妻余氏，孝廉东之之妹。十六岁于归，三年夫卒，矢柏舟节。举动矜严，治家事井井有条，事姒以礼。南阡北陌，熟悉于胸中，而笔记极精密。凡如妇女往来，非端谨者，未尝容接，婢仆敬惮之。梁上一白燕，孤寄其中，亦十余年，人以为节义所感之云。赐进士出身钦点内阁中书江苏候补道族侄廷玉敬撰。"封建时代的二品官吏胡廷玉为族婶敬撰节妇纪事，一方面表明其念族缘，另一方面，自然也显示他对封建节妇价值观的认同。胡余氏之牌坊称"冰坊"，意指"节懔冰霜"，立于光绪甲辰年(1904)。其时胡廷玉已去世10个年头，可以推定，是先有胡廷玉的节妇纪事，后有"天鉴神钦"的节妇牌坊。胡廷玉揣着福荫底层民众的情怀，也在故里益溪舍立起一座旌表道德的石碑。

胡廷玉在清同治八年(1869)以拣选知县、族内侄孙之身份为另一个族长胡范亭写过一篇传略。胡范亭又名胡鸿图，土目大屋圈胡村人。一生只是个教官，"广文"为训导的别称，所以文题是《范亭广文先生传》。胡廷玉亦曾蒙教于胡范亭，因此与胡范亭有师生之情。嘉庆年间，土目胡氏族人曾在南康府之西建"胡氏试馆"。作为"候选训导"的胡范亭在道光七年(1827)为重修试馆撰写过一篇《重建康郡试馆记》。胡廷玉从胡范亭"弱冠游庠，其志固已远矣"着笔，尔后粗线条地勾勒出胡范亭"晚年抱孙，杖履自得，精神矍铄，怡不减少年时，目炯炯如曙星"。胡廷玉写此篇怀人记事之作是在同治八年(1869)，其时传主胡范亭已去世8年。犹带人性温情的是，胡廷玉忆及10年前他参加郡试(院试)得中秀才，将中榜的捷音面报比他年长41岁的胡范亭先生，是年59岁的胡范亭欣然谓曰："余生平别无所嗜，见子弟有志上进者，若获至宝，尔其奋志云霄，博青紫与老眼看也。"殷殷之情跃然纸上。可以说,胡廷玉正是在这样的书香中,成就了他后来的"进士之阶",亦使得他对后学"雅量宏致"。

遍寻都昌历史名人文存,我有幸找到了都昌县芗溪乡湖下曹村的清道光年间榜眼曹履泰在道光二十八年(1848)所撰的《诚斋公先生义行传》。曹履泰时任翰林院编修、兵部给事中加三级,所列传主"诚斋公",即胡范亭的父亲胡文信,号诚斋。曹履泰(1790—1861)会试中进士并榜眼及第是在清道光癸巳(1833)年,比胡廷玉中进士要早41年。曹履泰为大屋圈人胡诚斋立传时,胡廷玉是7岁孩童,自然与他没交集。曹履泰因为与胡诚斋的侄子是姻亲关系,应其嘱托而为文。胡诚斋发家源于在景德镇治陶兴窑,"弃四子书,与长兄北屏治陶昌江,克俭克勤,大兴宗业",可见土目胡氏至少在200年前就在瓷都扎根立业。胡诚斋既掌管陶事,也精通岐黄术,是一代名医。他在秉性上的最大亮点是乐善好施。最经典的一个细节,在曹履泰为其所立传记中得以形象地展示:"里中缓急相通,有无相济,不能偿者听之,尝检券付火,计其金已逾万。"对困窘者的债契付之一炬,确属"义行"。清同治版《都昌县志》在"卷九·人物志·善良"中载录了胡诚斋的事迹:"胡昆,字诚斋,例贡生。幼失怙,恃随兄文恭为贾,恭敬不渝。壮岁家颇裕,遇岁歉能推其所余,济亲族之贫乏者无所吝。"胡诚斋的这种家风传给了儿子胡范亭,在胡廷玉笔下的描述便是"捐资助读""振铎有声"。

胡廷玉的《范亭广文先生传》撰于同治八年(1869)仲冬,在同年两个月前的秋季,胡廷玉还撰写过一篇人物传略式的文章《敬公行述》,写的是他的6世祖胡敬,也就是胡继麟的父亲。胡敬是一个卖肉的屠夫,"张酒肆于渡头,兼市肉焉"。胡敬的店并无招牌,而以薄扇为记。店不在名,胡敬卖肉却"心厚于仁",对供奉父母者,"析骨加秤";对村中长者,逢初一、十五总会"馈肉"。胡敬穷老终生,离世时最小的儿子胡继虎尚在襁褓中。家贫鲜厚葬,他被置柩于屋后的黄楝树边,巧归"牛眠吉穴"。胡廷玉也信"祖荫"之说,他如此感慨:"天之福公,不于其身,于其子孙,理固然也。"胡敬的长子胡继麟后来在景德镇兴陶发家,以至"田连阡陌,屋成广厦",也是经过了一番磨砺。《敬公行述》便记下了胡继麟勤俭起家、"孝友"修桥的故事。文中说,有一次胡继麟带着年幼的3个弟弟,来到离景德镇10余里远的罗家渡准备过江。可是要乘渡船才能涉过昌江,而胡继麟路费告竭,身上已无分文。艄公不见钱硬是不肯让胡氏兄弟上船。胡继麟无奈之下,一趟一趟地将3个弟弟背过浅渡。涉水之际,他立下誓言:"水神有知,我兄弟得成先业,愿修此桥,以便万民。"后来,果真是胡家与人筹资

万金修了义桥,供人自由来往而不受渡费之累。

胡敬葬于"牛眠吉穴"犹如"福星一聚,可光万代",在嗣孙胡廷玉的笔下确有记载;而在民间,有更早的关于胡继麟一先祖康熙年间葬于"卧牛出栏穴"而荫后世的传说。益溪舍的胡涂(音同"托")先生是胡苏亭的6世孙。2004年他撰写的《卧牛山的传说》一文,被都昌《胡氏宗谱》收录。故事是说益溪舍两兄弟除夕日无钱葬母,便向舅父借铜钱20吊制棺殓母。嗜赌成性的兄弟途经徐港街市,竟将借来的用以葬母的铜钱在赌场又输个精光。兄弟俩只得在除夕这天,冒雪用稻草裹体将母亲草草葬于村后黄莲树下一坑内。奇异的是,第二天正月初一,兄弟俩来到坑头,却见坟堆已自然成型。又过了三日,舅父来墓地吊唁其姊,赞叹此为"卧(饿)牛出栏穴",并言用稻草裹葬才配这一风水吉穴。两个外甥闻言立即跪伏陈情,言正是无奈之下才将慈母尸首"稻裹"而殓,舅父额首连道数声"发"。这当然只是个传说,真正让益溪舍胡姓后裔兴旺发达的,是家国情怀下的忠厚继世、诗书传家。

胡廷玉同治十三年(1874)中进士。尤为珍贵的是,他当年参加会试的朱笔答卷至今留存在国家博物馆。他的堂曾孙、著名学者胡迎建30多年前复抄了这份试卷,让后人一窥胡廷玉的科举文笔。

同治十三年的会试题目是"自诚明,谓之性",摘自《中庸·第二十一章》。"自诚明,谓之性",意思是从本性真诚而明晓道理,称之为天性。其紧随的下一句是"自明诚,谓之教",意思是从明晓道理而生发诚心,称为教化。胡廷玉在答卷中开宗明义:"惟诚故明,所性而有者也。"通篇引经据典,论述"诚""明""性"的关系,不失为一篇思辨色彩浓郁之文。文章立足"圣道",即圣人行事之准则,论及"天道",即自然之规律。其基本观点是:人天生的本性,本为自然,没有偏倚;所以说诚者之性,与天道合一。自己的真诚,才是自己的本性。

胡廷玉在会试答卷中关于"气质"之论,"实""虚"相生,可看作是"性"之附体。其实胡廷玉以"质"论"文",对后世的文艺创作开启"神化之妙",也可"畀之良"。"附乎气,独昭然于气先;丽乎质,仍超然于质外",这是"实也"。"非必屏乎物,而物莫之撄;非必绝乎欲,而欲莫之蔽",这是"虚也"。"虚也,而实以致之,亦广大,亦精微也。"

"愚与智,初无异同,而神化之妙,不藉人功,坐照本自然。"这是胡廷玉在会试答卷中对"神化之妙"的阐述。纵观他在那个落寞衰败年代的处世之道,他一直在慕诚者之性,只是时代的帷幕已不"明","圣道"何其遥远……

44. 苏山乡益溪舍胡村（三）：清进士胡廷玉的儿女们

胡廷玉之子

清代光绪年间的二品顶戴胡廷玉，派名茂柏。土目胡氏的世派为：传思祖德茂，大振家声昌；经义昭全国，忠诚至远方……胡廷玉的儿子一辈便为"大"字辈。我们且来梳理胡廷玉4个儿子的生平事略。

大儿子胡元铬，派名大文，字绍商。胡元铬是胡廷玉与原配袁氏所生长子，自幼聪慧。光绪甲午年（1894）中副举人，后就任江苏通判职。38岁英年早逝。

二儿子胡元轼（1880—1924），派名大章，字苏存。曾在民国初年任江西军政府都督、民政长的彭程万（1880—1978）撰《苏存公传》，为胡元轼留下了简略的生平资料。彭程万是江西省贵溪县（今贵溪市）人。在彭程万长达98个春秋的生命历程中，不同的时代舞台都留下了他独具个性的身影：清末20岁时中秀才；民国初年任江西民政长、南浔铁路总监；中华人民共和国成立后担任过江西省人大特邀代表、省政协委员、省参事室参事。彭程万为都昌土目人胡苏存（元轼）拟传，原因有二：一是他在日本留学时与胡元轼同为孙中山创办的同盟会的成员；二是他与胡元轼的独子胡振风交情甚笃。胡元轼幼时颖异好学，少时文名有誉。但积贫积弱的晚清，风雨飘摇，胡元轼对功名愤而弃绝。光绪年间，江西官府出资派遣少年到日本游学，时年13岁的胡元轼以高材获得推选。在东瀛异国，他益加进取，入日本中央大学法科攻读政治经济系三年。在那个年代选读政治经济学，可见胡元轼的政治抱负。其时，清王朝腐朽没落日甚一日，胡元轼总是慷慨悲歌，痛击时弊。在时代风云激荡之际，孙中山先生在日本东京成立革命进步团体同盟会，都昌土目人胡元轼毅然加入了同盟会。在风雨如晦的清末，也有亲朋为胡元轼的安全担忧，劝他不要入会，胡元轼却一往直前，义无反顾。1911年10月10日，辛亥革命在武昌爆发，推翻了清王朝的封建统治。此时，胡元轼学成刚回国，任江西文事局监察官。10余天后，耿介的胡元轼因献言未行，挂冠而去。随后在江西贵溪县任知事，这次为官共10个月。胡元轼秉承了其父胡廷玉之廉洁个性，洁身自爱。及至县衙改组，他仍旧行囊空空，了无余蓄。胡元轼后来从贵溪回到南昌主纂《晨钟报》,评骘当世得失,嬉笑怒骂,皆成文章,在文人中名噪一时。其时,窃国大盗袁世凯已渐露狰狞面目,胡元轼洞若观火,但此时他已卧病在床,不能挥戈讨袁了。就是在病榻上,他疾恶如仇的秉性也仍然不改,对袁世凯痛斥不绝。1913 年 7 月 12 日,江西籍将领李烈钧、杨赓笙经孙中山先生动员,在湖口县发动讨袁起义,打响了"二次革命"的第一枪。湖口起义如一剂强心剂,让胡元轼重疴立失,勃然而起。1918 年,胡元轼被选为江西议会会员,他屡与主政的北洋军阀争执,始终不得志,便离开江西,奔赴广东。胡元轼在广州仍追随孙中山加入中国国民党。1923 年他由粤返赣,怀着投身国民党致力革命的一腔热血,只可惜天不假年,44 岁英年早逝。

胡元轼在家是个极孝顺之人,母亲刘氏生病,他总是躬侍汤药,废寝忘食。每遇不平事而愤怒至极时,只要母亲三言两语规劝,他便会很快平静下来。对待兄弟姐妹,至诚至纯,对待亲朋邻里,尽力解困。胡元轼生子振凤,生女德华、淑华、全华、满华。胡元轼字苏存,他的两个孙子分别叫胡苏荪、胡继苏。胡廷玉兄弟三人,大弟胡廷桂,举人出身;小弟胡廷玮,官教职。胡廷桂之长子胡雪抱为清末民初江西诗坛一代诗词大家。胡雪抱在风华正茂的 25 岁时编辑了第一本个人诗集《锦瑟集》,取名自李商隐《锦瑟》中的诗句"锦瑟无端五十弦,一弦一柱思华年"。1909 年,此诗集由大他 2 岁的堂哥胡元轼于东京刊印。诗集名改为《昭琴馆诗文小录》,取义于《庄子》中的"昭氏之鼓琴",由留日学子、彭泽人欧阳木初与胡元轼共同校印千余册。胡元轼撰写了一篇《刊成赘言》,重在叙写胡雪抱锐志为诗以及诗集在日本刊印的情况。胡元轼还为堂弟胡雪抱诗集刊印留下了一首诗:"宝瑟由来廿五弦,云和声调走珠盘。岂因求价能轻拨,不是知音可废弹。入乐久登唐典籍,传神如睹汉衣冠。一从闻罢湘灵鼓,江上青峰日夜寒。"胡元轼对吟诗作对并无多大兴趣,他志在政经,对吟咏诗词的态度是:"虽雅耽诗文,特卑视之,以为不足称道,偶有述作,聊自抒写,不求人知,故知之者绝寡。"但从此诗还是能窥见他深厚的古文功底。他在日本留学期间,与留学日本的郭沫若亦曾一同唱和诗词。

胡廷玉的三子胡元辅,派名大德,号叔颖。胡元辅早年随其兄胡元轼留学日本东京,从日本明治大学经济科毕业后,又考取高等师范,升入日本中央大学商科。毕业回国后,胡元辅曾任江苏南通甲种商业学校教员,与清朝末代状元、著名教育家、实业家张謇有师生之谊。胡元辅受兄长胡元轼影响,大具抱负,对天下大势亦常慷慨陈词。胡元辐擅诗词,据说 9 岁能诗。他编著的《皖江诗刊》悲壮苍凉,沉郁顿挫。胡元轼曾以"会看千里腾骧日,始信吾家有白眉"来称道弟弟胡元辐的才情。"白眉"指三国蜀汉官至侍中的良臣马良。马良(187—222),字季常,马谡之兄,因眉中有白毛,人称"白眉马良",因此有"马氏五常,白眉最良"的赞誉。胡元轼以马良喻弟弟在四兄弟中才情最好。天妒英才,胡家"白眉"1926 年初夏罹患伤寒而殁,时年 33 岁。

胡廷玉的四子胡元辙,派名大宝,是遗腹子。读过商校后在景德镇经商,开办华美瓷行。抗日战争时期吐血而殁,时年 44 岁。其女胡清华 2020 年 8 月 12 日以 92 岁高龄仙逝,是胡廷玉这一支"振"字辈最后一位后人。其长子江新农音乐造诣颇深,退休后热心于鄱阳湖太阳村公益事业。

胡廷玉之女

胡廷玉生育了 8 个女儿,她们的后裔分布于海内外,但土目益溪舍是她们永远割舍不了的老外婆家。

长女胡金翠(菊秋),是胡廷玉与原配袁氏所生,嫁到都昌汪墩老屋刘村,丈夫在景德镇从事窑业。其三子刘越(一燕)是中共都昌党组织的创始人,首任都昌县委书记;其女婿向法宜(汪墩向家畈人)是中共景德镇党组织的创始人之一,曾任民国年间都昌县县长,与国民党国防次长刘士毅(汪墩排门人)一起创办都昌任远中学,晚年曾任江西省政协常委、民盟江西省委员会委员。胡菊秋亦能为诗,存录一首如下:"秾李夭桃一色春,小村风景最宜人。待他结子无言日,阴满山蹊绿叶新。"

二女儿胡泽芬曾在南昌女子师范学校任国文教师。她才情过人,兹录其《感事》诗一首:"欲买袁江棹,难禁雨雪飘。素书迟鲤信,青眼出鸢翘。憔悴谁相慰,殷勤肯见招。征尘拥云反,挥泪迓班昭。"从此诗内容来看,她似是在思念远嫁的妹妹胡若。"沽酒十千莫辞醉,红稀微褪海棠丝。"胡泽芬这两句诗是她堂弟胡雪抱最为赞赏的。

三女儿胡若,又名胡海秋、胡绮秋,毕业于上海务本女子师范学校,一生办教育,颇有诗才。堂兄胡雪抱曾如此赋有禅意地为其名"若"而赞:"鉴形似苦,叩声似乐。无苦乐界,如是我觉。"胡若出生于 1883 年,比胡雪抱小一岁。胡若才智过人,曾编印诗集《淡翠室诗卷》,胡雪抱为之作序。其诗起初"多凄婉鸣愁之音"。不仅胡雪抱不喜欢读此类风格的诗作,胡若自己也不珍惜,付之一炬。"天赋以材人"的胡若,后来写诗"寄怀抱,淑心性,沉博精丽,通乎鬼神,伟奇灵妙,模于造化",以至胡雪抱将她与东汉才女蔡文姬相比。

四女儿胡磊(蕊),又名胡铁笛,日本东京女子大学教育系毕业,同其姐胡若一起,致力于兴教,《都昌县志》《都昌教育志》列有其单传。胡铁笛诗风豪放,有女"剑南"之味。她在1927年对时局深感迷茫,留下《时感用咽公韵柬同人》七律二首,兹录于此:

其一

泽畔行吟独往还,江城月白水湾环。

新秋莫讶诗情恶,深巷犹惊血色斑。

举目不殊悲楚岫,披荆谁复叩秦关?

陆沉何处寻幽境,收拾雄心合买山。

其二

回忆花飞春意阑,西窗剪烛强为欢。

高歌尘海谁青眼,自笑皋比负素餐。

荒径藤芜常独往,故园禾黍忍重看。

苍凉家国兼身世,信是相逢一笑难。

五女儿幼殁。

六女儿远适广东韶关名门望族,民国年间其子女前来都昌土目益溪舍认亲。

七女儿胡金莲嫁江西宜黄名流黄爵滋之孙黄传炯(明艺)。黄爵滋(1793—1853),官至礼、刑二部侍郎,清代著名政治家、思想家、文学家,积极倡导禁烟的先驱者之一,与林则徐、邓廷桢等均为禁烟名臣。土目下舍胡村人胡恺先生于1996年曾总纂过一本自行印制的《土目胡氏志略》,为此书撰序的台湾辅仁大学历史学教授、美国哈佛大学客座教授黄大受先生即为胡金莲之次子。胡雪抱曾有诗祝黄传炯、胡金莲夫妻恩爱:"并蒂兰芽伉俪新,佳音到耳长精神。当知举案齐眉解,不似寻常燕婉人。"

八女儿胡静霞,大号"八先生",有女侠之风,出口成诗,其豪达举止大多不为乡间人理喻,有"女孟尝"之称。胡静霞早年嫁到马鞍牌楼戴村,丈夫早逝后回娘家生活,殁于益溪舍村。

胡廷玉的四女儿胡磊,在1993年版《都昌县志》"人物"卷列有单传。1996年8月,其孙辈胡家治(马超英)撰写过《胡铁笛传》。县志和家史中关于胡磊逝世年份的记载不一致:前者为"胡磊(1884—1978)",后者为"1974年逝世,终年91岁",其后裔所记家史类当更可信。胡铁笛堪称民国年间江西的女教育家,被誉为"江西女学之先驱"。

胡铁笛8岁时随母亲刘氏在父亲南京官署跟从家庭教师受教6年,接受了良好的早期教育。1895年父亲辞世,11岁的胡磊回到家乡都昌,曾辍学赴上海学纺织。宣统二年(1910),胡铁笛入南昌义务女校读书,3年后毕业。1912年,江西教育厅招考留学生,这个民国初年的革新之举,其特殊性在于可以男女混招,这显示出女子地位的提高。胡铁笛以优异成绩跻身公费留学日本之列,为江西首批女留学生之一,1916年毕业于东京女子大学教育系。回国后她的人生的精彩之章在办教的生涯里写就。胡铁笛先是承办江西南昌匡秀女校,即南昌女子师范学校,鲁迅先生撰文纪念的热血青年刘和珍即毕业于该校。1922年,胡铁笛任安徽省第一女子师范校监,同时被推为安庆女子中学校长,1927年。由皖返赣,任江西省民政厅第一科科员。1935年,胡铁笛任母校南昌义务女校教员。抗战初期,胡铁笛随民国省政府外迁,避难于江西泰和,1941年至抗日战争胜利期间,在南昌第一女中任教,授国文及史地课目。新中国成立后,胡铁笛被聘为江西省人民政府文史研究馆馆员,1974年,以91岁高龄辞世。《江西名人传》载其事迹,《近代江西诗话》和《豫章才女诗选》选载其诗数首,诗风挟雄豪之气,无纤弱之态。

胡铁笛这一支"人生铁笛"吹奏的不只是诗风上的雄浑短章,也飘逸出乐善好施的动情音符。胡铁笛一生俭朴,特别是到了晚年,生活更是捉襟见肘,但即便这样困窘,每每遇到贫困潦倒之人,她还是尽力解囊相助,对娘家的侄儿侄女辈也尽力呵护。胡铁笛儿时随父亲过土目湖去马鞍访友,父亲胡廷玉深感马鞍与土目乡人往来无渡船之不便,言说要捐资为乡梓建造渡船义渡乡民,不意未竟而逝。1946年在胡廷玉当年建渡遗愿过去半个世纪后,胡铁笛回到土目,替父亲遂愿。她将平日里省吃俭用的积蓄悉数捐出,购置了一艘大渡船,同时置田产10余亩,用其租金支付船工酬金。据说此渡船运行了10余年之久,胡铁笛的善行更是长久地抓铁有痕,潜化人心。

胡海秋、胡铁笛姐妹共同劬劳于民国年间的江西女学教育,她们都没有留

下自己的儿女。有人说这两个才女均抱独身主义,其实姐妹俩都结过婚,但最终选择独善其身,与其说是践行"独身主义",不如说婚姻的不美满让个性鲜明、卓然而立的姐妹俩在宣示一种自立自强的人生姿态。胡海秋的婚配带有"父母之命",夫家是广西临桂县(今临桂区)人谢子受的儿子。谢子受,字元福,官至江苏淮扬道台,与胡廷玉一样,同在大清"观察使"之列,两人可谓同僚。据说谢子受先后娶了七房太太,前6个均未生育。最小的年轻貌美的太太替他生了个儿子,却从小得了软骨病。此种情况,很容易让人猜想谢观察有隐疾。得软骨病的独子长大成人后,靠父辈的护佑娶了才貌双全的胡家三小姐胡海秋,其时父亲胡廷玉已故去。胡清华老人生前讲述三姑母胡海秋的往事,感慨万千。胡家人了解到谢家公子的真实情况,劝说胡海秋退婚时,胡海秋又体现了坚贞的一面。她凄婉地以俗语"鄱阳河里水飘飘,好夫好妻命里招"来反劝家人,去殉"嫁鸡随鸡,嫁狗随狗"的道。江苏那边临到新婚大喜之日,早派船行至土目湖畔迎嫁,胡家这边由二哥胡元轼随船送嫁。谢道台夫妇是心地善良之人,对儿媳深怀愧疚之余,待胡海秋如亲生女儿。谢子受理政恪尽职守,以至小时候在南京见过他一面的胡雪抱,1906年哀挽这位姻伯时,发出"素车白马空西去,忍见淮黎遍口碑"的缅怀之情。谢家与胡家往来密切,胡海秋数度在江苏婆家生病,胡家兄弟屡次行远程赴清江浦(今江苏淮阴区)探望。胡家曾保存的一个古木盒,便是谢子受所赠。1914年,胡雪抱两度作《古木盒记》,"之一"言:"此盒系古木片制成,文理幽润,精气内藏。光绪中,清江浦修城掘堑,发见昔人木椁,潜薶土中,不被风日者殆逾千年。淮扬道谢子受观察取出制作,以余小片为小盒。数事辗转入余手,恐其脆薄难久,命工加漆,其里仍存真面。灵芬古泽,宜永宝也。"在"之二"中更是直接交代了"入余手"之因——"此盒为余女弟携来",也就是谢家儿媳胡海秋将此盒携至土目胡家。

胡家对胡海秋的不幸婚姻还是秉持着封建时代的婚姻观,不主张离婚。胡雪抱1907年赴省城参加贡生考试,临别赠诗给婚姻不幸的三堂妹胡海秋,在赞其才华"高怀出人群,俊志由天成"之余,如此劝道:"结褵遇艰难,秉毅迈前征。""积忧思忧恻,临别绪纵横。"数年后,丈夫仍是扶持不起之人,胡海秋心如死灰,她让丈夫收养一个继子,她要远飞去跋涉余生的孤旅了。婆婆无奈,自愿将家产立契分成三份:自己一份,儿子一份,儿媳一份,以示对胡海秋的挽留。胡海秋离开淮扬后,曾在江西田赋粮食管理处任秘书,抗日战争时期避难于江西泰和。孱弱的她后来染疾死于泰和,被她带在身边的侄女胡振华扶枢让她魂归故里,将她安葬于生她养她的益溪舍村。

胡铁笛的夫君是安徽都督倪家之子,纨绔子弟嫖赌逍遥,冰清玉洁的胡铁笛厌倦没有深情相伴的婚姻,安顿好夫君与他人婚配生儿育女后,离家出走,全身心投身于热爱的教育事业。

胡雪抱 1906 年曾赋诗《寄绮秋兼示韵笛》,绮秋即胡若,韵笛即胡磊。诗曰:"悲欢入梦华年史,去住关心急难人。我欲吹笙更骑鹤,灵香个个道成真。"二品顶戴胡廷玉的儿女们,在各自的人生舞台上,"悲欢"似梦非梦,"灵香"入道唯真。

45. 苏山乡益溪舍胡村（四）:胡雪抱之"舆"与"矜"

（一）孟舆之"舆"

胡雪抱,字孟舆,"舆"有"车"之意。我们且来列出胡雪抱的人生简谱,追寻他人生之印迹。

1882 年 4 月,降生于都昌县苏山土目益溪舍村一个书香门第,是年为清光绪八年。

1888 年 6 岁,天资好学,"幼习声韵,早得世父香玖公(即胡廷玉)之教"。

1895 年 13 岁,入县学为诸生。稍长,刻苦攻读经史百家乃至佛道典藏。

1900 年 18 岁,县学取四名生员以应光绪庚子科试,李学使取胡雪抱为庠生(俗称秀才)第二名。

1902 年 20 岁,参加在省城南昌举行的科考,江西学政吴士鉴任主考官,将胡雪抱取为"古超"等学列行。

1903 年至 1908 年,以在乡里教塾学为主,也曾访山证道,或是远游求师。

1906 年 24 岁时,计划编刻诗集《锦瑟集》。3 年后,诗集以《昭琴馆诗文小录》为名,由堂兄胡元轼在日本校印出版。

1909 年,27 岁,赴省城参加秋季科考,选取本科优贡第 16 名。

1910 年,28 岁,参加夏季庚戌进士考试,所考课目有西学内容,故人称考"洋进士"。廷试报罢,胡雪抱未中进士,朝廷遵例掣签,让其就职盐运司分发广东试用,胡雪抱辞职不就。适父病危,急于返家。

1912 年至 1915 年,以在南昌生活为主,客居章门,寻师访友,诗坛扬名。其间,应胡思敬之邀,参与编校《豫章丛书》。

1916 年至 1918 年,在都昌春桥黄邦本村设塾教读,对逝去的先贤黄锡朋二子黄养和、黄次纯精心施教,并编黄锡朋文集《蛰庐文略》刊刻行世。

1919 年 37 岁,在景德镇设馆教书,直到 7 年后病逝。

1926 年底,在益溪舍家中离世,时年 44 岁。

（二）元轸之"轸"

胡雪抱，名元轸，"轸"有伤痛之意。胡雪抱生活于清末民初——改朝换代、乱局频生之际。文章合为时而著，歌诗合为事而作，在胡雪抱的诗作中，后人能读到他的家国之痛、轸念之深。

胡雪抱作于 1905 年的《中秋怀仲兄游东国并江南北姊妹》五首中的第三首云："东瀛谰语播中州，西门欢筵侍胜游。我独苍茫两无意，罟人狞恶媚人羞。"此诗作似是作者中秋怀人之作，实则是感事言志的咏怀诗。第一、二句意即日本军国主义言论放肆嚣张，企图打败俄军后，夺取中国旅顺，进而瓜分中国，而慈禧太后竟然置国耻于不顾，仍过着奢侈豪华、醉生梦死的生活。诗人难掩内心的忧愤，无奈之下以"苍茫"心境感慨叙之。在《赠秋韵女塾学生》一诗中云："铁血满天地，金瓯半豆瓜……贱子颇自警，岁月如奔车。"胡雪抱以豆剖瓜分做比喻，形象地描绘出中国被列强瓜分的局面，表达了对清末国势不振、列强环伺的忧虑。光绪三十四年（1908）十月，光绪帝、慈禧太后先后驾崩，光复会成员熊成基在安庆率千余人兵变，后遭镇压而失败。胡雪抱有《感事告乡人》为证："国哀若已深，民气应毋堕。莫说太湖沉，莫说长江破。"清政府回天无术，摇摇欲坠，但诗人胡雪抱还是警醒乡人，不应就此堕落。辛亥革命后，时局无常，胡雪抱在《醉语》中发清醒之词："渺渺愁心在，恢恢世网疏。收功才瞬息，政海问谁如？"他在《秋杪小渡》中痛楚而泪："江山莫遂悲摇落，更眺南云有泪痕。"他在《除夕》里著语哀痛："襟上酒香杯底泪，裁欢减恨两无诗。"胡雪抱在 1910 年离京，同邑先贤黄锡朋与他告别。胡雪抱在后来为黄锡朋刊印《蛰庐文略》时撰序回忆道："是时国论甚嚣，灶突炎上，而鶸雀犹相为娱。余适试京师，下第南旋，先生乃约登高楼。举酒为别。宫墙秋晚，老柳萧瑟，相与歔欷感怆，因谓余曰：'世变至此，吾辈舍魏阙而取名山耳。'"两人均已预见清廷覆亡之迹象，相约告别京城，以著书博取名山事业。自京归来，途经天津、上海、九江租界地，莫不使他忧愤如焚而赋诗。

胡雪抱的"轸怀"还表现在诗中对身世际遇的感慨。1909 年，胡雪抱辞去广东盐经历一职后归家探望父亲，途经南京时，暗自悲叹少时壮志未酬，而在《次金陵下关，怅然感旧》一诗中云："早慧兰成悲长大，吟愁点点上钟山。"《昌江客感》一诗吟："花暖红惊眼，山浓绿到眉。如何池上影，瘦甚旧年时？"泛舟昌江，为生活奔波，用"花暖""山浓"与自己的"瘦影"对比，感叹人世之艰辛。读

胡雪抱不同年岁的生日咏怀诗中,怅然、忧郁总是抹不去的底色。比如 24 岁生日所作《初度日约看牡丹,阻雨不果》:"花枝灼灼人憔悴,不倚芳颜不敢看。"《题三十二岁像》写道:"纫佩骞裳惜流景,芳馨修阻奈君何。"用《离骚》意言光景流逝,空有报国之志。《四十初度日感赋》云:"绿尽江山饶一醉,此时哀感昔人同。"沉郁的感情已然内敛。

胡雪抱生活在政治黑暗、理想破灭的时代,加之体弱多病,他的感时吟怀诗便具有强烈的孤独感和悲伤感,成为其抒发轸伤的代表作品。

（三）雪抱之"抱"

胡雪抱以"雪抱"名世,当年他父亲并不赞成取"雪抱"为号,言"雪如何抱"？有研究者考论,胡雪抱对佛学颇有研究,诗中不乏佛学禅理。胡雪抱《灵犀铭》云:"唾弃一切,斩除一切。余一二种,幽馨雅孽。雅孽吟风,幽馨抱雪。弥久弥敦,不生不灭。佛成山就,历无量劫。""雪抱"之喻,或许源于此。胡雪抱作为一个都昌历史文化名人,其成就在于古诗词的创作。在中华优秀传统文化古诗词的王国里,胡雪抱以雪似的纯洁,与清末民初的江西诗坛名流兴会唱和,灵魂相抱。胡雪抱与同光体赣派诗人胡思敬、王易、王浩、汪辟疆等均有密切交往。

胡雪抱曾参与编校《豫章丛书》,与胡思敬共襄"乡邦文献之不坠"。胡思敬(1869—1922),字漱唐,号退庐,江西新昌(今宜丰)人;光绪二十年(1894)进士,历任吏部考功司主事、辽沈道监察御史、广东道监察御史;宣统三年(1911)挂冠归故里。民国初年,胡思敬在南昌东湖畔修筑退庐图书馆,又名问影楼,馆藏书达 40 万卷。其时胡雪抱科考落第,又放弃出任广东盐经历的差职,于是前往省城南昌谋职。胡思敬非常赞赏胡雪抱的才华,邀其共同刊刻《豫章丛书》。《豫章丛书》共收唐宋以来江西历史名人著作经、史、子、集 103 种 694 卷 266 册,对乡邦文献的搜存颇有建树。胡雪抱参与《豫章丛书》的编校,不只是如他的学生黄养和在《胡穆庐先生传》中所言,"招先生下榻湖楼,共襄雠校,丹黄穷日夜",而且也拓展了胡雪抱诗词创作的眼界。江西修水人陈三立(号散原,国学大师陈寅恪之父)是同光体赣派当之无愧的精神首领,江西一代硕儒胡思敬与之相交甚笃。胡思敬出示晚年寓居南京的陈三立寄给他的诗篇,与胡雪抱共赏,胡雪抱以陈三立诗韵作诗为赠。胡思敬礼待比他小 13 岁的胡雪抱,以"友人胡雪抱"称之,"二胡"同庐相处融洽。民国四年(1915)暮春,胡思敬将往南京搜书,胡雪抱在送行诗中吟"靡靡行歌伤蔓草,绵绵远道惜芳馨",抒发淡淡的离愁。胡雪抱是年夏季致信胡思敬，欲离退庐而去，"退庐"回信"穆庐"，谈立言之道："文词一道，固学者所当从事，然不于本原处求功夫，而徒猎艳矜奇，夸富斗靡，未有能成器者。我辈所争者在千秋不在一日，在民物不在一身。"因言之恳切，胡雪抱暂留馆中。

1915 年秋，胡思敬自南京归，年底胡雪抱回到故里益溪舍村，与王易、王浩兄弟唱和情笃。王易（1889—1956），字晓湘，号简庵，江西南昌人，毕业于京师大学堂，曾执教于南昌多所中学，后应聘为国立中央大学教授，抗战期间出任国立中正大学文学院院长。王浩（1893—1923），字瘦湘，号思斋，民国初年任江西财政厅秘书。胡雪抱 1914 年夏在南昌与王易、王浩兄弟相识，并为《南州二王词》赋诗赞其文采斐然。无论是南昌的畅饮，还是分离后的互相"叠韵"，都在诗坛留下佳话。近年来，有学者查阅到南京《学衡》杂志刊有胡雪抱与王易间的"诗录"。胡雪抱编印《昭琴馆诗存》，王易撰序，重在论其为诗之旨与庄子学说的内在关联，评赞胡雪抱诗词"沉郁绵邈，长言无穷"。他对胡雪抱的"高品"如此慨叹："为人之诗，有识者自知之，独其生乎今日，不为治世之学，而以末艺自遣，宁免壮夫不为之讥？然返观于屈身丧志以役禄利者，其高下之品迥殊。"胡雪抱称赞"二王"的诗："一串清歌回万象，八琅声律冠蓬壶。"胡雪抱与王浩交情甚笃，他在都昌黄邦本村整理黄锡朋诗文遗作时，王浩时有诗作"寄怀"胡雪抱。1923 年惊闻王浩英年早逝，胡雪抱悲痛不已。

与汪辟疆"昕夕论文""说诗因"。汪辟疆（1887—1967），名国垣，字笠云，江西彭泽人，国学大师。宣统二年（1910），胡雪抱赴试京城，比他小 5 岁的彭泽人汪辟疆在京师大学堂读书，慕名前来拜访他。交谈中汪辟疆谈及自己在上海邓海秋处见过胡雪抱的诗，并将自己所作的《秋兴八首》呈胡雪抱粲正。因此之故，胡雪抱还认识了汪辟疆的一些好友，往复论诗。汪辟疆在《京洛题襟集》云："入都以后，姚鹓雏、林忏慧、胡雪抱、胡诗庐、程凤笙诸子，昕夕论文，一时投赠之作繁然。"后来胡雪抱客居章门时，在南昌心远中学任教的汪辟疆约胡雪抱前来论诗。胡雪抱有《题汪笠云诗卷》，结句为"羡杀林姚尽才子，骅骝骖駬出风尘"。胡雪抱自注"林姚"即林忏慧（庚白），民初任众议院秘书长。

胡雪抱与清末民初享誉都昌诗坛的袁铁梅（苏山人，曾任省参议员）、吴端任、刘严吾、吴楚英、余淡如、陈迪亚等均有文酒之会。都昌前清举人、阳峰人邵伯棠赋诗赞胡雪抱："才仰八叉温助教，饮惭十日赵平原。"将胡雪抱等都昌名士比作温庭筠，自惭无平原君养人之能。

46.苏山乡益溪舍胡村（五）：胡雪抱之"穆"与"荣"

（一）穆庐之"穆"

清末民初的江西诗坛名诗人胡雪抱，号穆庐。

处事之清穆。胡雪抱性格上是一个很内敛的人，这从王易所撰《昭琴馆诗友序》中的叙述可见一斑："吾友都昌胡孟舆，今世特立之士也。其所为文章歌诗，沉郁绵邈，长言无穷，既早见而异之。甲寅识于章门，神意萧散，不似并世间人。其三十前尝贡优行，授盐经历，未赴，遭会时变，遂淡驰骛。平居旷达自许，养之以沉，莫窥其际。稠人丛坐，有时伸眉抵几，慷慨论故事者，则席间无俗士也。否则穆然敛容，默默隅坐而已。近更屏迹里门，罕与世接，世亦几忘其人。"王易文中的"神意萧散""淡驰骛""养之以沉""穆然敛容，默默隅坐"诸语，传神地刻画出胡雪抱的处事清穆。

为人之雍穆。"不动湖山围夜语，无常风雨触离襟。"这是胡雪抱1917年所赋《送别三妹、四妹、七弟》诗的额联。1916年，他与从上海归来的三堂妹胡若（海秋）、自日本归来的四堂妹胡磊（铁笛）、七堂弟胡元辐在益溪舍村围炉夜话，分别后亲情难舍，胡雪抱忆及此事遂吟诗寄望。胡雪抱诗集中有不少家人之间的离情别愁。最能体现胡雪抱雍穆、和顺一面的是，他在都昌春桥黄邦本村为前辈黄锡朋整理遗集，并为黄锡朋之子设馆相教之事。清末进士黄锡朋在京城为官时，就与胡雪抱结识，以"君自诗名遍天下"称誉胡雪抱。胡雪抱在追挽黄锡朋时言："折柳京衢眷昔恩。"黄锡朋1915年56岁因中风逝于家乡，临终时对儿子叮嘱道："定吾文者，非雪抱谁属？"1916年冬，胡雪抱从南昌回到故里，次年初便奔赴黄家劬劳三年。一是整理编印黄锡朋的诗稿《凰山樵隐遗集》，并请硕儒胡思敬作序；二是刊刻黄锡朋文集《蛰庐文略》，胡雪抱在序言中如此释怀："悼美志之不遂，垂馨逸于靡穷，所谓解人当如是也。"黄锡朋有二子，长子黄养和时年17岁，次子黄次纯12岁。为了将兄弟俩培养成人成才，胡雪抱在黄家设馆教读三年，归行时赠《解塾别养和、次纯》："愿得终身葆天趣，壮游能寄益州笺。"盼着敬师的兄弟俩能多多寄诗来，以慰孤怀。胡雪抱辞别黄家后,1919 年在益溪舍教书一年。1920 年春,胡雪抱赴景德镇珠山书馆教书,在瓷都扬名。都昌新妙的吴楚英为其入室弟子,工于诗词书法。黄养和兄弟从南昌寄诗于珠山书馆的恩师,黄次纯在《寄胡穆庐师》云:"安得祛衣来问学,珠山影里一轩眉。"表达对先生的景仰,并有再来问学之意。黄养和、黄次纯在诗词创作上才情勃发,与其父黄锡朋的诗篇均被陈衍采录于《石遗室诗话》中,"三黄"一时传为江西诗坛佳话。陈三立在《镂冰室题词》中如此点评黄养和的诗风:"构思沉挚,缀语峭洁,盖能脱凡近而渐进于古之作者。"

居乡之澄穆。胡雪抱年少时大多时候在乡村,后来也数度闲居乡间,对终日与他相伴的田园山水尤有亲切的感触,益溪舍的山水在诗人胡雪抱笔下显得情景交融,澄穆恬淡。这种诗风上的澄穆在胡雪抱身上自小就有。胡雪抱曾在 7 岁时随父亲往金陵探望伯父胡廷玉,并赋诗:"野花生野岸,孤月照孤舟。"伯父见而称奇。《田家杂兴》写田间劳动景象:"逐逐花风拂野过,耕人呧犊麦人歌。"《村居二首》其一犹如陶渊明式的牧歌:"夕阳归乳鸭,残雨上鲥鱼。"《三村看桃花竟日,口占四首·其四》流露出人与自然的无间融洽:"世外仙源此问津,护花鸡犬足娱贫。"在《村居》中灵动勾勒:"曲终举足心快快,归时踏月天迷黄。"在《村居即事》中旷情抒怀:"一泓天外看帆影,万绿风前沃酒尊。"

(二)大荣之"荣"

胡雪抱,谱名"大荣"。其人生之"大荣",当然表现在他是清末民初江西诗坛一位颇有影响力的诗人。

贵州"80 后"王乃清 2008 年考上了南昌大学中文系文艺学研究生,师从胡建次教授。她在评述胡雪抱诗作的历史地位时如是说:"作为同光体赣派外围队伍中的重要一员,胡雪抱诗学步踪江西诗派,并融合唐宋为一体,其富有地域色彩的诗歌创作成为振兴近代江西诗坛的一股坚实力量。研究其诗,对于了解近代江西诗坛的发展状况大有裨益。从这个意义上来说,胡雪抱的诗因其自身卓越的艺术成就及所反映的朝代特征,在江西文学史上具有一定的地位与意义。"

1993 年版《都昌县志》"历史人物"中单列"胡穆庐"条,评价胡雪抱"治学主张自启户牖,卓然树立。胡雪抱于文习柳州(指柳宗元),于诗追长吉(指李贺)、玉溪(指李商隐)。早期诗风明快清旷,多用比兴;晚年渐肃穆沉重,渊深朴

茂"。与胡雪抱同时代的诗人对他的诗作给予了很高的评价。同光体闽派诗人沈瑜庆称胡雪抱诗"一变西昆成杰构,千秋硬语读韩碑",说胡雪抱诗从北宋年间整饬、典丽的西昆体,峻洁拗健,犹如读韩愈《平淮西碑》的千秋硬语。与胡雪抱交好的都昌乡贤黄锡朋,赞其诗"兰芬雪洁,遗世独立"。近代江西著名诗人、《江西民报》主编、天津候选直隶知事胡以谨(1886—1917)是安义县人,宣统二年(1910)与胡雪抱同赴京师应试,两人皆落第不中。其《赠胡雪抱同年》有诗云:"天籁绝群音,此意果谁识?"说胡雪抱的诗似天籁之音,识者有谁?都昌民国闻人邵伯棠有诗:"少陵怀抱曲江度,信是诗家第一流。"赞其作诗似有杜甫的怀抱,堪称一流好诗。江西南城的刘未林(1867—1933),名凤起,号真庐居士,是晚清进士。他在《誉胡雪抱》中云:"我喜压装有佳句,鄱湖仰视秋星横。"赞其诗艺超绝。1994年出版的《近代江西诗话》中"胡雪抱篇"就以"鄱阳湖仰视秋月明"为题,"鄱湖"言其地域,"秋月"譬其诗才。胡雪抱弟子黄养和也在《寄胡穆庐师》中写道:"挐音已远水波定,神迹难求冰雪滋",赞胡雪抱"诗风清峻,富有意蕴"。

当代研究胡雪抱着力最大且颇有成就的当属胡雪抱之孙胡迎建。胡迎建(1953—),历任江西省社科院赣鄱文化研究所所长、二级研究员,现任江西省诗词学会会长、中华诗词学会副会长、江西省文史研究馆馆员,著有《帆影湖星集》《雁鸣集》《轻舟集》《莹鉴集》等。胡迎建2008年将胡雪抱《昭琴馆诗文小录》和《昭琴馆诗存》重新整理笺注,合为一册,由江西人民出版社出版《昭琴馆诗文集笺注》,此书的编纂列入了江西省社科院科研项目。胡迎建还悉心整理出《胡雪抱年谱》和《诗人胡雪抱传》,留下了研究胡雪抱的权威资料。安徽著名学者吴孟复先生评胡雪抱诗:"格高力健,意境宏深,而神澄秋水,有如香象渡河。"上海知名诗人马祖熙评价胡雪抱诗:"初履其阈,便觉洞心刿目,如悲风怒涛之奔荡其间。歌诗气骨高奇,精微郁勃。思深情远,迥出尘表。"赣南诗社副社长周作忆称赞胡雪抱诗:"古风近体,皆思深旨远,气畅禅定,渊郁幽奥,古健沉雄。"

胡雪抱的身后之"荣",既彰显于后人对他诗词创作地位的肯定,也播迁于他的后裔对书香门第之家风的传承与弘扬。胡雪抱夫人袁氏(1880—1950)是苏山鹤舍村人,袁氏父亲袁和久曾任汤溪知县。胡雪抱1907年前后曾短暂在鹤舍村浣香斋教书,他始将他的袁村行馆取名为"昭琴馆"。胡雪抱与袁氏育二子五女。长子胡振纲从医,中年早逝,无嗣。次子胡振常,号长青,在星子县以教书为业,与从医的妻子徐子瑜生四子(胡小刚、胡迎建、胡迎朴、胡迎峰)一女(胡晓娜)。胡雪抱长女胡静与戴熙庠喜结良缘,由胡雪抱与土目马鞍岛邑友戴质约定为儿女指腹为婚。戴熙庠是明嘉靖年间进士戴凤翔的 5 世孙,戴熙庠与胡家大小姐生二子——戴绳祖、戴式祖,生三女——戴家聪、戴家敏、戴家骊。胡雪抱次女胡琛与丈夫刘孟郡生三子,生二女——刘意聪、刘锦聪。胡雪抱三女胡畹、四女胡瀛挚幼殁。五女胡纨,谱名振华,与丈夫徐敦睦生二女:徐梦燕、徐海燕。胡雪抱家族的后裔慎终追远,绳其祖武,谱写着各自的人生华章。

2023 年,胡雪抱逝世已 96 年,诗人已萎,诗传远方。在哀祭他逝世 60 周年的 1986 年,后裔为他重修了墓茔。胡雪抱之孙胡迎建为祖父撰墓志铭:

> 府君孟舆,厥号穆庐。少承师训,锐志诗书。佩玉长裾,其行趑趄。渊默自守,志高节刚。蕴结而吐,凝为辞章。沉郁绵邈,一何琅琅!宅塘之侧,荫裔泽长。地轩以敞,兼桐与梧。庶荐清酌,鲜可以茹。

47. 苏山乡益溪舍胡村（六）：孙中山、郁达夫与胡家之交往

　　都昌县苏山土目益溪舍人马超英，是晚清进士、二品顶戴胡廷玉的曾孙。马超英先生是胡廷玉三子胡元辐的女儿胡毓华的长子。胡元辐生一子三女，其中一子和二女早亡，唯独幼女胡毓华长大成人。1952 年，胡毓华在左里乡旧山小学任教，与山西黎城人、南下干部马子瑜结为夫妻，生儿育女。2017 年农历十一月，胡毓华辞世，享年 92 岁。1958 年出生的马超英，谱名胡家治，知名医学专家，本科和硕士均毕业于江西中医学院（今江西中医药大学），曾任西南交通大学药学院院长及医学院党委书记，二级教授、博导，享受国务院特殊津贴专家。马超英教授主要研究的领域是中西结合急症、中医内科急症、热病，尤其在外感发热性疾病、感染性休克、肾功能衰竭等急症的研究上有较深造诣。已办退休的马教授作为学术带头人，被引进到深圳一家著名的中医院，继续展其医技。闲暇之余，夫妇俩与在广东工作的女儿一家享受天伦之乐。

　　作为土目益溪舍胡家人的马超英教授，能讲出不少他这一家族与中国近代著名历史人物交往的故事。通过马超英的娓娓讲述，钩玄提要、抉隐发微，这既是家族史中荣耀的一页，也是波澜壮阔的中国近代史长河中一颗晶莹的水珠。

　　马超英听母亲胡毓华讲过一些胡家的故事。孙中山先生 1921 年曾为胡廷玉夫人刘太夫人送过一块古稀之庆的寿匾，上书"寿比南山"四字，落款为孙文，此匾一直挂在益溪舍的胡氏宗祠内。这祖祠在胡家村民的口里，通常被称为"大堂前"，是胡廷玉在江苏为官时捐资兴建的。2019 年祖祠倒塌，村民着手重修。如今，这里成为胡氏后人尊祖敬宗的一方圣殿。孙中山所赠寿匾 1952 年土改时不知去向，村里 80 岁以上的老人，对寿匾都有记忆。

　　孙中山先生与二品顶戴胡廷玉毫无交集，作为"临时大总统"的孙中山为刘太夫人赠寿匾，是因为他与刘太夫人的儿子胡元轼交情甚笃。胡廷玉次子胡元轼在日本留学时，结识孙中山，并加入同盟会，那时胡元轼弟弟胡元辐也在日本留学，平日里总是称孙中山为"孙老头子"，可见孙中山与胡元轼交情匪浅。胡元轼回国后追随孙中山从事国民革命，曾任江西省参议员。他性格耿介，不愿

逢迎权贵,44岁病逝于江西贵溪县县长任上。

刘太夫人是都昌汪墩老屋刘村人,父亲叫刘世琨。她22岁时嫁给胡廷玉作为继配。关于刘太夫人的生平,曾任江西都昌县县长的李子云是胡廷玉的侄子,曾撰《胡母刘太夫人传》,让后人知晓她的生平。刘太夫人"性廓达而刚果,卓然异乎凡俗"。夫君胡廷玉在富甲一方的江南任道台,且管税务,可刘太夫人仍在官衙布衣蔬食,勤俭持家,可以说胡廷玉终生以清廉著称,亦与刘太夫人贤内助之力相益。胡廷玉家无奢财,唯二楼满屋藏书,其中不乏《四库全书》等珍品。刘太夫人的淑德在夫君去世后彰显得更为动人。胡廷玉光绪二十一年(1895)病逝,她与胡廷玉生育三子七女,先前胡廷玉已与原配袁氏生一子一女。

光绪二十一年(1895),胡廷玉客死南京官舍,享年54岁,时年44岁的刘太夫人率子女扶柩将夫君归葬桑梓。家中没了顶梁柱的胡家,倚靠刘太夫人治家殖产,素待宾客,抚教子女。民国十年(1921)上半年,刘太夫人七十大寿,儿女们为她庆生,孙中山大概是从挚友胡元轼处得知此事,便赠匾相贺。此时的孙中山在广州刚就任非常大总统,准备以两广为根据地北伐。1921年底,刘太夫人溘然长逝,享寿70岁。在后裔为胡廷玉与刘太夫人重修的合葬墓碑上,对刘太夫人有"清封一品夫人"的敬辞,其哀荣来自"诰命"。

享誉现代文坛的著名文学家、革命烈士郁达夫曾为都昌土目益溪舍胡氏家族的胡元辐写过一道寄寓彼此深情的七律诗,胡元辐的女儿胡毓华将此珍贵史料写进了她的回忆文章。近年来,郁达夫研究领域对此也予以认可。

郁达夫与胡元辐的交往发生在1913年的日本东京。胡元辐13岁时便随其兄胡元轼留学日本达6年之久,曾就读于东京高等师范学校、日本中央大学,1913年回国。比胡元辐小2岁的郁达夫民国二年(1913)随长兄郁华赴日本留学。17岁的郁达夫初来乍到,与在日本留学多年的19岁青年胡元轼一见如故,他们谈得最多的是古诗词。胡元辐在日本留学时曾用名为胡浪华,此名其后裔并未听说过。郁达夫在《东京忆旧》日记里叙及两人首次见面的情形,"论诗多时"。查郭文友先生撰写的、1996年10月由四川人民出版社出版的《郁达夫年谱长编》,其中写道:"……夜校同学中,有一位东京高等师范学校的中国留学生,江西人胡浪华,郁达夫与之一见如故,结下了深厚的友谊。"郭文友的年谱资料来源为饮鸿所撰的《新发现的郁达夫佚诗〈寄浪华南通〉》一文,此文云:"浪华姓胡,乃江西省人。1914年左右在东京高等学校学习期间,曾进英语夜校补

习英语,因与同岁(实际上小 2 岁)的郁达夫相识结交。他才华出众,娴于诗艺,常与郁达夫'驿楼樽酒'论诗文,相偕度过了许多美好的时光。浪华与郁达夫在东京分手后,看来是到了南通。《寄浪华南通》把他俩的深挚友谊写得十分真切动人,一定是客居南通的浪华颇多感慨,于是乎不肯独自欣赏,而要公诸当地报端了。"

郁达夫的《寄浪华南通》发表于 1917 年江苏南通的《通海新报》副刊版《报余杂俎》。原诗为:

> 重闻消息反潸然,别后飘零又几年。
>
> 世上人谁知子直,井中蛙但识天圆。
>
> 订交犹记红兰谱,说怨曾通白雪弦。
>
> 我亦江湖行役倦,商量回马梦游仙。

胡元辐的女儿胡毓华 89 岁留下的回忆录《书香门第之少小印记》一章中言:"回国后郁达夫曾专程到都昌老家寻找父亲,不遇,遂留诗一首相赠……"胡毓华所记郁达夫赠给父亲的诗与 1917 年《通海新报》所发原诗,只有两处不同:"红蓝谱"写成"红兰谱","行已"写成"行役",应是同音别字造成的。

胡毓华 2015 年前后写回忆录时,肯定是没有机会从报刊或网络上看到郁达夫此佚诗的,她的"少小印记"也肯定不是来自父亲本人的讲述,因为她是父亲的遗腹女。胡毓华和胡家爱好诗词的姐妹胡清华等小时候都能一字不差地背诵出郁达夫的这首诗。胡元辐没有留下自己刊印的诗集,其诗作手稿全毁于 20 世纪 70 年代。马超英教授回忆,家中的书稿一部分被人抄家毁弃,一部分因母亲怕惹祸端而付之一炬。因此,胡毓华背诵的郁达夫所写的这首诗,要么是来自母亲的传授,其母秦宜容娘家也是都昌北山石头巷的书香门第;要么是来自父亲遗留下的诗抄本。

胡元辐的后代在佚诗尚未广泛收录和解读的情况下,能背出郁达夫的赠诗,是郁达夫的《寄浪华南通》就是寄给胡元辐的最有说服力的印证。至于"郁达夫曾到都昌来访胡元辐未遇而赋诗"一说,在胡家也是千真万确地流传下来,其间细节的探微,留待郁达夫研究者去索证。

我们可对郁达夫原诗做另一种解读:郁达夫并未到都昌,仅仅是如诗题所示,是寄托诗情给在南通的密友胡浪华(胡元辐)的。郁达夫写此诗是在 1917年,其时胡元辐正在江苏南通著名教育家、实业家张謇门下谋事。诗题"寄浪华南通"直指浪华所在地"南通",郁达夫应不会贸然来到胡元辐的家乡都昌益溪舍拜访。更何况1917年郁达夫还在日本留学,即便短暂回国探友,性情中人的郁达夫也一定会在诗文或是日记中留下些许记载,后人所编年谱也会录入郁达夫的赣北之行,赠诗中也会有寻访不遇的遗憾表达,会有对鄱阳湖都昌风物触景生情的描写。揣读全诗,郁达夫赠胡元辐诗,开篇就是"重闻消息",应该是1917年他在日本留学,听到久无联络的挚友胡元辐(浪华)在南通的消息,因此赋诗一首以解思念之苦。当年两人曾有兄弟结拜之情。"红兰谱"(而非"红蓝谱"),此处"兰"不是指颜色为"蓝",而是指兰花,这样理解才好与下句的"白雪"对仗。至于结句"我亦江湖行役倦,商量回马梦游仙",表达了郁达夫漂泊于异国他乡,已生倦意,筹划着回国后纵情山水,怡然自得。从"潸然""世上人谁知子直""我亦江湖行役倦"等词语和诗句,或许也可以推测胡元辐修书给老朋友郁达夫,以诗寄怀,言及他离开日本后困蹇、失落、怀才不遇,又被身边眼界狭隘的井底之蛙式人物诟病,才引发郁达夫生发感慨。

无论郁达夫是否到过都昌,他曾为都昌人胡元辐留下过一首赠诗都是可信的史料。都昌的文艺史,乃至都昌的志籍上,都应该郑重地记下一笔。

48. 苏山乡益溪舍胡村(七):曹浩森、郭沫若 与胡家的交往

苏山土目益溪舍胡氏家族与北山石头巷秦氏家族联姻,在清末民初的都昌地方文化历史长河中激起一朵浪花。

(一)曹浩森为胡廷玉的儿女亲家秦玉阶撰传略

都昌周溪牌楼人曹浩森(1884—1952),曾任国民党政府江西省主席,他曾以"后学"之身,撰写过一篇《同邑秦玉阶先生事略》,此文已收入 1993 年《都昌县志》"艺文卷"。

所谓"同邑",是从都昌县这个邑地而言的,秦玉阶是都昌北山石头巷秦村人。秦玉阶(1840—1911),讳鼎升,与小他一岁的苏山土目人胡廷玉是好友,举人出身。秦玉阶、胡廷玉两人,好到对上了儿女姻亲。遵父母之命,秦玉阶的女儿秦容宜嫁给胡廷玉的三儿子胡元辐。胡、秦订的是"娃娃亲",13 岁的胡元辐赴日本求学,秦容宜以类似"童养媳"的方式,早早地来到益溪舍胡家生活。东瀛留学归来的胡元辐一度有悔婚之意,被胡家长辈断然制止,而后按部就班步入婚姻殿堂。

秦玉阶幼时家极贫,祖父与父亲以力田经商为业。秦玉阶少时读书,天性聪颖,异于常人,且博览群书,尤工诗词古文、历史地理。曾以高才生身份被一何姓学政器重,就读于南康府的白鹿洞书院和南昌的友教书院。同治丁卯(1867)科考,以第四名取优贡(举人),授德化县(今德安县)教谕。秦玉阶由举人而慕进士,却是"七赴春闱不第,遂灰心进取"。秦玉阶在德化教谕任上最为扬名的是阻止了一场民变。

那时,瑞昌洪发源民风强悍,老百姓不满县令的强征暴敛,揭竿造反,起初当局派兵围剿,被压迫的劳苦大众以摧枯拉朽之势,让官府张皇失措。九江兵备道李希莲、九江知府曹达三会商之下,诚邀"识大体、有胆略"的教谕秦玉阶全权办理。秦玉阶力主安抚闹事的饥民,在一线与民反者开诚布公,辗转劝导,得到饥民的信任。一月有余,事态渐平息。秦玉阶并且承诺,对带头闹事者可监

禁十年,许以不死。不用一兵一卒,不费一枪一刀,秦玉阶妥善处理了一场民变。这一年曾国藩任两江总督,总管江苏(含今上海市)、安徽、江西三省军民政务。曾国藩以"才优学裕、砥砺廉隅"保举秦玉阶到他省去任知县,可秦玉阶力辞不就。其后三年,秦玉阶因父亲去世,守孝三年,并在村里塾馆授徒。他善于调解民间纠纷,有"片言立决"之效。丁忧制满,秦玉阶被任命为江西会昌县学教谕,兼湘江书院主讲。赣南会昌时为文化荒蛮之地,历40余年无一登乡榜者,得秦玉阶之教化,后学脱颖而出。秦玉阶在会昌动之以情、晓之以理,调处张、汪两巨族之械斗,化干戈为玉帛,声誉日隆。光绪三十年(1904),秦玉阶调任九江府学教授。秦玉阶辞别会昌之时,当地百姓依依难舍,家家户户在香案上置清水一碗、明镜一面,同时赠万民伞,喻秦玉阶清廉为民之品行。在所赠匾额中,上书"泰山北斗""霁日光月"牌对,盛极一时,传为佳话。

秦玉阶在九江主理一方教政,还被聘为九江中学堂监学,培养了一大批投身时代大潮的高徒。这其中就有中国近代民主革命家张世膺、徐子鸿、张鲁藩、杨赓笙等。特别是湖口人杨赓笙,后来成为"湖口起义"发起人、江西督军李烈钧的总司令部秘书长。武宁人李烈钧是曹浩森投身军营的引路人,两人有师生情谊,这或许是曹浩森为秦玉阶撰写"事略"的一个缘由。秦玉阶后因疾卒于任上,享年71岁,育有五子二女。其时,他的儿女亲家胡廷玉已辞世16年了。秦玉阶后裔各发其祥,其5世孙秦松寿曾任中国人民解放军南京气象学院院长,是少将军衔。

曹浩森与益溪舍胡家亦有交集,他幼时曾求学于苏山鹤舍袁村的"浣香斋",师承名师胡雪抱等人。

(二)胡元辐、秦行素与郭沫若的交往

秦玉阶幼子秦行素是中国铁路工程最早的一批专家型人才,让都昌人在民国初年的铁路交通领域灼华一时。

胡元辐与秦行素是内兄弟关系。秦行素清末毕业于山海关北洋铁路官学堂。山海关北洋铁路官学堂是清朝开办的第三所大学性质的学校,当年是由直隶总督王文韶光绪年间上书皇廷而创办的,是中国第一所铁路学堂。马超英曾在五舅公家看到过一本资料,20世纪30年代召开全国交通大会,秦行素是全国交通委员会委员。20世纪20年代,国民政府交通部派秦行素到南昌铁路局,负

责南昌至九江的南浔铁路的修建,秦行素将他的妹夫胡元辐从张謇创办的南通甲种商业学校任教的岗位上,请到九江担任南浔铁路总务科科长,具体负责工程材料的管理。

胡元辐的女儿胡毓华女士 2015 年前后在撰写的《书香门第之少小印记》中,给小舅父秦行素留下了如此一段文字:"曾应江西都督李烈钧、民政长官杨赓笙之邀参与'湖口起义',讨伐袁世凯,后任南浔铁路车务处长、代理局长,江西公路管理局局长。1926 年北伐,郭沫若到南昌登报反蒋,后因避祸,逃至南浔铁路处找小舅寻求帮助。小舅念其与我父亲交好之故,连夜安排 8 名铁路工人用手摇铁路检修车将其送往九江搭乘江轮至沪,逃往日本而幸免于难。此事在郭沫若所撰《洪波曲》中有记载。"文坛泰斗郭沫若与胡毓华父亲胡元辐交谊情深,缘于两人在日本留学期间性情相合。郭沫若自传体传记《洪波曲》,追忆了郭沫若 1937 年在国民党管制区的一段经历,但没有郭沫若在 20 世纪 20 年代相关经历的记载。郭沫若自传体三部曲的另两部为《学生时代》《革命春秋》。在《革命春秋》"南昌之一夜"中,有如下文字记叙在南浔铁路坐手摇车的情景:

> 摇车的工友劝告我们,最好把摇车减少一部,我们大家都集中到一部车上,他们四个人轮流着摇我们四个人,沿途就不用换班了。看情形沿途一定经过了散兵的骚扰,换班恐怕也是不容易的。
>
> 我们接受了这个意见,接着便在车站附近,尽可能采办了一些干粮,在十点钟左右,又重新坐上了摇车,离开了涂家埠。
>
> 八个人坐一部手摇车,两个人坐在靠椅上,两个人摇,四个坐在车板上,虽然拥挤得一点,但力量可显得愈见集中了。
>
> 车在轨道上飞快地滑走着,沿着铁轨两旁,不断地还有零星的散兵从对面走来……

郭沫若的自传体文字中并没有出现秦行素、胡元辐的名字,但胡氏后人关于此段历史口口相传的细节记忆当可信,也算"革命春秋"里的一茎嫩叶,吸纳着来自鄱阳湖上都昌县的水汽。

胡毓华老人 2017 年以 92 岁高龄谢世,其长子马超英这位都昌骄子,在1978 年考入江西中医学院之前,一直生活在家乡都昌这片热土上。对于胡氏家族的历史,他听母亲胡毓华讲过不少,也亲耳听见父老乡亲讲过一些。1969 年至 1973 年,他随母亲胡毓华下放到益溪舍村,在土目小学、土目中学读书。邻村83岁的胡德春老人向他讲过曾祖父胡廷玉年少时的一个故事：胡廷玉小时候读书很顽皮，有一次私塾先生用戒尺狠狠地敲击他的头以至于他头上起包，从此读书"开窍"，书性大悟，直至荣登进士。民间传言，胡廷玉是一个有福气之人，老虎碰上了都不会伤他。苏山前山有黄土岭，有一次胡廷玉在朋友家喝多了，醉卧在黄土岭的一块大石上。半夜半酣半醒之际，来了一只老虎，在胡廷玉身边闻了闻。胡廷玉心里自是惊悸不已，但他表现得异常冷静，紧闭双目，不敢出一口大气。老虎似乎有个习惯——不吃死人尸首，于是摇尾而去，胡廷玉躲过一场劫难。

胡德春老人还向少年马超英讲过外公胡元辐的超凡气度。胡元辐的诗情在众兄弟中最为出众，据说小时候过目不忘，9岁就能作诗吟对。胡元辐年轻时长得一表人才，拥有一米七五的高个。在乡亲的眼中，他注定会有大出息。胡元辐在日本留学期间就追随孙中山先生从事国民革命，据说随同哥哥胡元轼秘密加入了同盟会。他在参与建设南浔铁路时，曾向秦行素谈起即将到来的北伐，他是北伐军内定的江西省教育厅厅长的人选。可惜天不假年，1926年农历四月，胡元辐得伤寒病亡故于九江，年仅33岁。胡氏家族"大"字辈的男性在民国年间似乎走不出英年早逝的魔咒，鲜有活过60岁以上的。作为医学专家的马超英现在看来，外公的病也就是细菌感染导致高烧，按现在的医疗水平，这算不上什么大病。可那时缺医少药，胡家请了一位姓蒋的名中医，开了几服中药，终是回天乏术，胡元辐含恨而逝。

元辐之"辐"，在《新华字典》中的释义为"连接车辋和车毂的直条"。胡元辐短暂的33年人生路，连接过中国的益溪舍这个小村庄与日本东京这个大都市，连接着孙中山、郭沫若、郁达夫等近代名人，亦连接着秦氏与胡氏的一代姻缘。秦、胡之好还延续到他们的后代身上。1979年，秦行素的孙子秦建村（曾任中共都昌县委常委、宣传部部长，九江市电大校长）与胡元辐的外孙女马晓玲（马超英二姐）喜结良缘，这是后话。总之，诗和远方，在天外连接……

49. 多宝乡长平塘余村:丹桂飘香长明塘(上)

"丹桂五枝秀,山河万载春",这副简短的五字联,镌刻在都昌县多宝乡长平塘余村1998年重修的门楼两侧,正上方牌匾为行书"乐善第"三字。门楼后的祖祠兼村民文化活动中心仍是一单层老宅。后人若要知晓这副对联的上下联之义,就要追溯长平塘余村的兴村历史。该村庄在此地播衍的历史并不长,从清同治三年(1864)至今岁,才159年。"丹桂"既指农历八月飘香之"丹桂",又与下联首字所嵌的长平塘村肇村祖先余丹山(顺言)名讳呼应。"五枝秀"含有家族五房枝繁叶茂、英才辈出的寓意。"丹桂五枝秀"亦化用了唐末诗人冯道在《赠窦十》中的诗句"灵椿一株老,丹桂五枝芳"。

丹山公生五子,皆以五岳之名而名之,曰式泰、式堃、式恒、式华、式嵩,长平塘余村众村民分属"五式"之后裔。余姓"式"为"顺"之世系,都昌余姓十万公大塘支脉76世至85世世系诀为"以全忠和顺,式昭祖传荣"。至于"乐善第",当然是寓意丹山公"乐善好施"之家训。

(一)丹山公的善报之财

多宝仁义嘴一带的四五个余姓村庄皆同宗,承袭"十万世家"。有"江南戈壁"之称的秃山一带明代中期曾是余氏祖先的家园。秃山前山,如今有花门楼余村;秃山后山,如今有后山余村。仁义嘴之东在明代洪武年间有云泉舍,此地便称东舍。若以秃山为坐标,此地属秃山之南。大塘余显芳8世孙善五公之子崇六公由大塘余村分迁至秃山,余崇六长子余用一(1399—1486)携子余君佐(1416—1485)于明天顺年间由秃山迁秃山前山东舍楼下。余君佐13世孙余丹山(1802—1887),于清同治甲子(1864)年,由秃山前山东舍楼下迁现址——长平塘余村。

丹山公从仁义嘴东舍迁庄,源于家族内的非"仁义"之举。余丹山兄弟三人,东舍有同族兄弟八人,号称"八老虎",仗势欺人。口传下来的一个细节是,八兄弟在公塘取鱼,竟呵斥余丹山兄弟关上家中窗户,不准看他们取鱼,更别说吃鱼了。

余丹山天性中的正直与善良也有故事流传。相传,仁义嘴一带的余姓族人联手将在当地偷牛偷粮的贼绑住了,族人打算对屡教不改的贼按家法处置——系石沉塘殒命!夜里贼被擒于东舍,族人拟天亮示众沉贼,以儆效尤。是夜,余姓人将外来之贼用村民收割季节用来甩脱稻粒的禾斛扣住,将笨重的磨盘石置于禾斛上,那贼人只待天亮沉塘毙命。为人忠厚笃诚的余丹山被族人安排值守。是夜,余丹山听见密闭的四方禾斛底下贼人发出垂死呻吟声,便起了恻隐之心。半夜,他推开自家门唤来妻子马氏,两人商议后决定救贼人一命。贤淑的马氏规劝贼人要正派做人,偷鸡摸狗不是正道,还取来几吊钱送给贼人做盘缠。那贼人千恩万谢,随后便逃命去了。余丹山夫妇将磨盘石推至池塘内。第二天,余丹山对族人嚷道:"这个贼骨头,实在嚣张气人,死到临头还半夜骂我,我气不过拿了扁担在禾斛内打翻贼身,然后将贼人沉下塘底,送了他的狗命,让他在世上少造孽一天!"族人也信此言,反正此后,贼人在仁义嘴一带也的确没了踪影。

至诚厚道的余丹山不久带着妻子马氏离开村庄,去了景德镇,一是为了谋生,二是不想与八兄弟在村里结怨。余丹山与马氏生五子,家境窘困是常情。后裔描述道,丹山公当年去景德镇后,随多宝老乡做"坯房佬",离家时"戴着一顶破斗笠,穿着一身破猪袍絮"。他数年之后,凭着吃苦耐劳,挣了一些苦力钱。在瓷窑烈焰的映照下,余丹山的谋生之路变得亮堂起来。他带着手头的余钱与其他窑户老板搭伙。财运特别眷顾这个又名"余顺言"的都昌人,凡是搭了他入伙的窑,满窑的瓷器总是凑脚青(全窑产品合格),废品极少,烧窑点火的祈祝"顺言",后来变成开窑的"顺货",尔后又变成生意场上的"顺钱"。余丹山的生活在景德镇渐渐有了起色,生活倒也顺风顺水。可真正让他发大财的人,却是3年前被他救了一命的那个贼。

1858年至1859年,洪秀全领导的太平天国军与湘军发生景德镇争夺战,1859年7月,太平军将领杨辅清势如破竹,景德镇沦陷。是年,被民间称为"长毛"的太平军攻占景德镇,城内大户窑主在乱世纷纷避走。余丹山也没到腰缠万贯的地步,没有家财的拖累,再加上子女多,不便携妇将雏外逃,便踞守景德镇,且有数户窑户老板叮嘱余丹山代为照看窑场和宅庭。某日,马氏带着5个儿子在一巷弄玩耍,迎头碰上当年释放的贼人领着七八个"长毛"进了弄里。原来昔日得余丹山夫妇救命之恩的贼人,参加了太平天国军,凭着一身膂力,混成

了一个小头目,"贼头"变成了"长毛头",这当然也有底层人在无奈中生出的对不公平世界的反抗。他一眼认出对面的妇人便是当年深夜掌灯救他且塞给他路费的好心"嫂子"。他从衣兜里掏出数吊零钱,打发手下兄弟去大街上喝杯酒去。他独自来到马氏替人看守的宅院的大门口,在两人惊讶之余互认后,轻声说:"嫂子,你和大哥还不走啊?我们头说后天就要屠城大开杀戒了。"马氏回道:"你家大哥替人巡窑场去了,我家子女多,也不方便离开镇上。"他掏出身上数块银圆,并劝马氏明天就租船离开景德镇,回到家乡都昌躲避,又随身扯出一面太平天国的旗帜,插于这宅院前的窗眼上,相当于"保护旗",其他兵卒见之便不会侵扰。

是夜,余丹山回到值守的宅院,马氏告诉丈夫,她遇到当年那个"贼头"的情景。余丹山面对日趋紧张的城内氛围,决定租船离镇躲避到乡间去。那天晚上,宅院内猫抓老鼠,"喵喵""唧唧"之声不断,原主人家的大花猫竟将堆垒于厢房的烧窑的炭篓拱翻下来,滚展于地。第二天凌晨起床,余丹山将翻落的炭篓砌码成一摞,也算尽最后一份守护之心。可在他堆叠炭篓时,有三个炭篓特别沉,不像正常的炭篓那么轻巧。在诧异中他拆开炭篓,发现黑炭间竟有用黑绸布包着的一沓沓银圆,三个炭篓足有三小筐。这显然是避难的宅主怕遭"长毛"抢劫而藏匿于此的。余丹山想到明天"长毛"屠城之时,必是一番无情的烧杀抢掠,金银财宝藏哪儿都徒劳。于是,第二天他将这三筐银圆从水路带回了乡间。

数月后,余丹山特意悄悄回了景德镇,四处找原主人,想将银圆完璧归赵。但见院宅遭焚毁,瓦砾遍地,余丹山四处打听原主人去向,亦无所获。

(二)长坪、长明与长平

钱帛充盈的余丹山从景德镇回到家乡都昌县多宝东舍后,想到的头等大事便是迁村。"财大"与"势众"劈面相逢,余顺言选择与村里的"八兄弟"分开生活,另辟村基。从咸丰九年(1859)自景德镇下乡,到同治三年(1864)余丹山迁徙至如今的长平塘余村,相距5年。这5年间,余丹山并没有一直偏居乡间,而是在太平军撤出景德镇后,又去景德镇从事窑业。由于有了不凡的底气,生意做得风生水起。余丹山在景德镇以诚信与上海客商做起了描金洋料的生意,瓷器上的条条镏金线,接通的分明是都昌人余丹山发家致富的金光大道。他在景德镇添置了 6 座窑场,还在洪源一带购置了 100 多亩的田地。

据长平塘余村老一辈村民讲述,现在的长平塘村居距东舍二里许,此地曾先后在东邓村、黄登山村、傅超灵村人手中易手,最终被余丹山买下。村名因塘名而得,其间更名数次。20 世纪 80 年代初,当地村民在上沙坪开垦山坡地时,挖到过一块上下同位叠棺。上层墓穴有一块王氏墓碑,碑文中有"杨梅塘"一址,可见长平塘历史上曾叫"杨梅塘",想必塘边曾有过杨梅树。"长平塘"起初是写作"长坪塘"。"长坪"者,地平坦阔大之状。至今仍存的长平塘总共 30 余亩,可见先前此塘面积之广,非同一般。在《余氏宗谱》的记载里、在建村祖先余丹山的墓志铭上,长平(坪)塘被写作"长明塘",以至村里不少村民试图将现在身份证上标示的"长平塘余村"改为古称"长明塘余村",这当然在法理上有一定难度。"长"是长远之"长"、长久之"长"、长治之"长",长长的坪位、长久的明亮、长治的平安,对应于长坪、长明、长平,皆是好寓意。

我们且围绕现用的"长平"其名,来探究"长平"在多宝乡的区域之变。长平塘余村现属多宝乡仁义村,与之紧邻的多宝乡集镇有长平居委会,"长平"其名显然是来源于"长平塘"。1944 年前,现在的多宝乡长平、仁义一带属都昌县 35 乡之一的维新乡,长平塘村村民余式恒曾孙余连山(派名传泓)民国年间曾任维新乡乡长,2019 年以 103 岁高龄辞世。1944 年 3 月,原苏山乡、白塔乡、维新乡合并成左蠡乡,多宝属全县 17 乡之一的左蠡乡(后一度短暂分为苏山乡、左蠡乡)。新中国成立后,"长平"以乡名正式登场。1952 年,左蠡区属都昌二区,辖 16 乡,其中有多宝、金沙、长平三乡,那时的长平乡大致辖现今的长平、仁义、绍兴一带。1956 年 4 月,区划调整,长平(一说"枫树")、金沙二乡并入多宝乡,属徐埠区(1957 年 1 月多宝乡划至左蠡区)。1958 年 8 月,人民公社化运动在都昌展开,多宝属左里人民公社。1962 年 1 月,原属左里人民公社的长平、枫树、金沙、华光、黄金、多宝 6 个大队划入,成立多宝公社,党委书记为王礼春。1976 年 11 月,多宝公社辖长平、枫树、周仓、金沙、宝桥、洛阳、罗垄、仁义、绍兴、寺前、多宝等 11 个大队。其间,多宝公社党委书记先后是蒋煌松、余传经。1984 年 5 月撤公社改乡,多宝乡辖长平等 11 个行政村(现增团子口村),前两任多宝乡党委书记分别是谭方苟、胡东春。

多宝公社的治所一度在长平塘余村,那时有医院、粮站等单位。多宝治所在新中国成立后设在长平塘余村,一是因为在地理位置上,此处居于乡域中心,二是当年余丹山所建数栋宽敞明亮的屋宅为公家办公提供了可用场所。1962年,多宝公社治所渐移至北陈村,后来乡政府办公楼新建于北陈村、蛇山垅汪村一带的多宝集镇。20世纪60年代,数栋长平塘余村古宅被拆除,砖木被用于在北陈移建单位办公用房。长平塘水域现在的产权归上舍马村、长平塘余村、邓家村所有,其灌溉面积延伸至北陈、夏家等地。先前有"长平塘会",按受益面积来摊付稻谷,作为修塘、理塘之费用。

长平塘在岁月的波澜里,见证了一代代村民幸福长久的生活,也泛着与周边村庄"长治平安"的粼粼波光……

50. 多宝乡长平塘余村：丹桂飘香长明塘（中）

（一）积善之家必有余庆

余丹山将自己在村里建的宅第命名为"乐善第"——在世时，他将"乐善"之德，贯注到宅第的飞檐里；故去后，他将"乐善"融入传世家训，让子孙仰之弥高。

余丹山的人生在他花甲之年前后可谓顺风顺水。他在景德镇经营窑业，凭勤俭和智慧发家。余丹山家大业大，除了在景德镇置田添窑，还荣归故里，在迁徙的新村址，连造5栋大棋盘屋——一个儿子各一栋，外加一幢"乐善第"，举家合用。相传"乐善第"是按照景德镇的都昌会馆而建造的。宅第所用木料先在景德镇由木工锯好刨好，再装上船，经过昌江直驶多宝马家堰码头，最后请当地民工抬到长平塘。民工见是余老板家的活计，便异常踊跃，因为一干完活，余家便会把脚力钱铺叠在案板上，按力付酬，足额发放。那5栋棋盘屋建成后，行走于村上可不走泥巴路，一是因为巷道铺了麻石，古朴而洁净，二是各栋门门相通，室内各屋相连，畅通无阻。

"乐善"是余丹山为人处世的箴言，当年救"贼头"于系石沉塘之祸，终得"长毛头"之恩报，这是一堂最深刻的"乐善"课。在"乐善堂"的中厅和下厅的立柱上，分书明白、通晓的两副对联，以诲示后裔："丹桂有根常长诗书门第，黄金无种便生勤俭人家。""做个好人最妙处心润神安魂梦稳，行些善事幽暗中天欢地喜鬼神钦。"

余丹山发家后，在乡间乐善好施，看见乞丐过村，总要施舍些饭食。他从星子县买来青石，刻制墓碑样，家贫者没钱购立碑牌给亡人，即可在余家的一间侧院里抬取碑石。

长平塘余村的开基始祖讳凤梧，派名顺言，字履中，号丹山，娶马氏，诰赠宜人。丹山公辞世于清光绪丁亥年（1887）二月二十六日，享寿86岁。余丹山得朝廷赠"奉直大夫"——清代从五品的文散官。其墓志铭由王凤池（1824—1898）所撰。王凤池号丹臣，与余丹山二子余炳熙交往甚密，其落款为"钦点翰林院庶吉士,前任南康府正堂加十级纪录十次世愚弟王凤池顿首拜撰"。"正堂"是正职长官之意,王凤池原任南康府知府。王凤池在为余丹山所撰墓志铭中称道:"兹公自不朽,德行道艺,咸挂人齿颊……公初,家无担储。去读归商,遂为昌江巨擘。资累富有,视之欿然。又开基桑梓,处长平塘之东偏。虽迭遭播迁,而尊师重道,至老不衰……豁达之度,尤能容人所不能容、忍人所不能忍。"

长平塘余村开基始祖余丹山辞世 10 年之后,5 个儿子(分称五房)于清光绪二十三年(1897)合力建造了祖堂。在此,且录祖堂碑序(据印章、字迹考证为余炳熙作)于下,此序文不失为民间传统文化原生态之一考:

五 世 其 昌

昔张公艺九世同居,相传以忍;陈义门十三代合爨,一出于公懿哉! 治家之道,美矣! 尽矣!

我先君丹山公自甲子(注:1864 年)迁居长明塘东,燕翼贻谋,惟行善读书,愿世世子孙相传于勿替。而先慈义方尤笃。赏慕燕山之行事,钜细咸理,筋力俱瘁,甚矣! 开创之维艰也,守成之不易。越丁酉(注:1897 年)建立祖堂,承先志也。群昭群穆,济济一堂。其何以正家声而画一? 我思古人,虽不能至,心窃向往之。堂构告竣之日,爰约数则如左,其恪遵焉! 庶几群处和集,庆衍螽斯。世德作求,泽绵瓜瓞云尔!

尊卑有序,名正则言顺,言顺则事成;贤愚有别,勤劳则赏,游惰则罚;祖堂宜清洁,五房照年轮流管理香灯洒扫;公物,五房照年轮流晒检,毋得私借遗失霉坏;洋烟关系身家,祖母遗训,永不准嬉戏;赌博有干名分,祖堂重地,永不准盘游;柴草灰土,大件农器,概不准堆积;工匠杂艺,概不准设厂;衣物布匹,概不准晾架;牛马猪羊,概不准屯蓄。

清光绪二十四年岁次戊戌年吉月毂旦树立堂东壁。

丹山公嗣孙、十万世家

(二)画家余炳熙的写意人生

"丹桂五枝秀,山河万载春。"丹山公的 5 个儿子以天下五岳名之,个个顶天立地,令后裔高山仰止。

长子余式泰（1842—1904），讳炳文，字炳泰，号晓云，赐赠奉直大夫。作为长兄，余式泰在景德镇总理余家窑业，并联络城乡——长平塘大家族要在镇上置办财物，"买办"之人便是大哥余式泰。都昌名流、自署"钦点吏部小京官世愚侄"的石云星（字霖伯）曾为"晓翁"余式泰撰墓志铭，称其"怜孤恤贫，种种善事乐而为之"，"行医救世，作画酬宾，吟诗结友"。次子余式堃（1844—1925），讳炳熙，字炳昆，号午云，清优增生，在乡间行医救世，是清末民初都昌著名画家。三子余式恒（1847—1908），讳曰都，字炳恒，号赋三，曾求学白鹿洞书院，清代优廪生。四子余式华（1850—1920），讳廷璧，字炳华，号莲峰，曾任左蠡救生同仁堂监造，清代例贡生。作为"老四"，余式华履管家之职。五子余式嵩（1851—1925），讳玉辉，字炳崧，号嵩山，清代例贡生，继承父业，在瓷都经营窑业，其后裔在外经商、从政者多。

余家"五岳"，名显其尊。作为艺名，尤以余炳熙（式堃）为最著。1993 年版《都昌县志》"卷三十二·文物"载："《大降甘霖图》，画面长 0.73 米，宽 0.4 米，写意画，清末县人余炳熙（多宝乡人）所作。此外，县博物馆还藏有余炳熙《双鹰图》《猴图》。"我们且从余炳熙曾孙余祁三先生的讲述中，了解一代画家的写意人生。

老二余炳熙、老三余炳恒皆被其父余丹山寄以读书谋功名之厚望。有别于其他公子的经商之路，兄弟俩皆从小入庐山白鹿洞书院求学。余炳熙不仅聪慧，而且勤勉。据说比余炳熙还要小 3 岁的余炳恒同治甲戌（1874）参加南康府考，取第一名，而是年作为哥哥的余炳熙科试未入。余炳熙发奋要追上弟弟。第二年秋季，他早早背上被褥去南康府备考。翻越蒋公岭时在白塔寺歇息，被子里竟钻入一条小蛇。及至余炳熙赶考回来，父母帮他松开被子上的绑带，竟发现被子里有一条已死的小蛇。余炳熙备考期间，夜夜秉烛攻读，困了就倚靠被子躺一会儿，以致从没铺开被子舒舒服服地就寝，那条本来噬人的蛇才窒息而死。当年（1875），余炳熙的科试被提督学政许星叔正取为第二名。

余炳熙与清光绪年间的南康知府王凤池交情甚笃，其媒介是丹青。两人齐为画坛名手。王凤池有《窑变庐山图》，余炳熙作有《庐山图》，皆为稀世上品。余炳熙的画技启蒙缘于他自小生活的景德镇，是瓷都艺术给他以最初的艺术熏陶。至今拍卖网站仍有余炳熙晚年所画的一对"浅绛彩鹿纹帽筒"和《柳浪闻莺》盖盅。余炳熙在《柳浪闻莺》盖盅画上题诗："风卷晚烟开，钟声一杵来。片

帆忽飞渡,疑是老僧回。"

余炳熙与同时代名流王凤池的交往,也是因画结缘。王凤池是湖北兴国州(今湖北阳新县)人,42 岁中进士,翰林院庶吉士,47 岁授翰林院编修。1875年,51 岁的王凤池分发江右,知江西饶州府,辖景德镇、上饶、鄱阳等地,后又署南康府事、九江知府。他任内勤于政事,不留遗案,深得民心。王凤池擅诗画、通文史,有《昌江日对黄山图》等瓷绘作品。他任南康府知府期间,经常到白鹿洞书院讲史传经,曾续修《兴国州志》,著有《福云堂诗稿》。清光绪己卯(1879),王凤池推荐余炳熙任白鹿洞学长。

余炳熙工于水墨,走兽、翎毛无不栩栩如生。有国画作品被江西省博物馆收藏。据说,母亲马氏曾令其作一幅《猫》图,用来吓唬侵害庄稼的麻雀。图成后悬于田间,结果老鼠、麻雀望而生畏,可见其画作之逼真。余炳熙画作《双鹰图》有题诗:"英雄并立在云霄,拔地掀天眼界高。百尺凌风微健翮,栖迟应不染尘嚣。"余炳熙有少量诗作传世,兹录《赋得远闻佳士辄心许》。

> 推许惟佳士,英才乐育心。
>
> 刚闻来自远,辄使喜难禁。
>
> 秋水蒹葭阔,春风雨露深。
>
> 菁莪三径绿,桃李满门阴。
>
> 信岂凭鱼雁,情都托瑟琴。
>
> 坐中修竹拂,榻上素兰侵。
>
> 雅诣真如玉,高怀不待金。
>
> 莫辞千里至,广厦月斜临。

余炳熙次子余昭爵(1866—1917),字萍章,清国学生。余炳熙为儿子余昭爵在科举功名上蹇滞前行也是煞费苦心。余祁三先生曾讲述曾祖父余炳熙泼墨画菜的一个故事。有一年参加府考前,南康府的考官在春暖花开之时来多宝寺游赏,余炳熙叮嘱儿子向考官奉送上他的四棵白菜的画作。作画前,余炳熙让家人拼拢两张八仙桌,铺开四方白绢布。他脱了鞋靴,穿着袜子站立在木椅上,挥毫落绢,运笔而就。第一棵白菜呈"小菜才露蓬蓬叶"之势,绿意渐露;第二棵白菜吐蕊绽放,生机勃发;第三棵白菜葳蕤喜人,青翠欲滴;第四棵白菜结苞守持,淡泊宁静。四幅菜图意在笔先,心使腕运,因意成象,以象达意,意象之外,悠然有情趣。四棵白菜雅逸中有别趣,疏朗中见率真,简淡处空灵剔透。

　　当地乡绅引着余家二公子去多宝寺谒见府考主官,临行前余炳熙还不忘叮嘱儿子,在府考官面前要恪守读书人的礼数。比如坐椅子只坐半边屁股,不宜满座;比如折扇只开一半,不宜悉面铺展:这些都是矜持有礼的仪制。主考官在离长平塘四里路远的多宝寺见了呈次第生长状的四棵白菜画作,连呼"绝妙好画""天官奇才"。当年农历四月,余昭爵下蒋公岭,过了神灵渡去南康府赶考。他觉得答题顺畅,又有"四棵白菜"的引荐,府试题名不在话下。余昭爵欣喜不已,三天后坐夜渡回到长平塘的家中。不承想第四天放榜,榜上有名的余昭爵不在现场,官府点卯,衔接失序,因此没有资格再参加选秀才的院试。童生余昭爵经此一挫,竟变得精神恍惚,51 岁时郁郁寡欢而辞世,时年 73 岁的老父余炳熙白发人送黑发人,何其哀痛。余昭爵这一去,更让寡居的妻子含辛茹苦拉扯大四个儿子,后家道中兴。

　　余炳熙工画,只是雅趣。他在长平塘一带真正立世扬名的是行医,以岐黄济世。请余炳熙上门治疑难杂症,要恭敬地用轿子礼接。重疴者得午云先生(炳熙)望闻问切过,死而无憾。据说,某日余炳熙从一田塍经过,见一壮汉挥锄种芋头,余炳熙察其脸色,对壮汉说:"你已病入膏肓,只三日存世,何必劳碌至此,不妨歇息数日,留些遗训于子孙。"壮汉怒目视之,仍躬身插播芋种。三天后,壮汉果然病逝。

　　宣统己酉年(1909),余炳熙举"孝廉方正",相当于六品备用虚衔。民国元年(1912)委充本邑自治会长。关于余炳熙的生平,流传于世的文字资料极少。广搜旁引成此篇什之际,谨录其后裔提供的余炳熙像赞,纪念这位都昌乡间宿儒:

　　　　先生讳炳熙,号午云。天资灵秀,性质纯厚。精哲学,博群书。好善乐施,诚一乡之名士也。弱冠以诗赋,擅词林。冠童子军,入泮宫肄业。匡庐府宪以品学兼优,举白鹿书院洞长。宣统己酉察孝廉方正,民国委充本邑自治会正会长。善丹青书法,喜参禅,一时名噪海内。犹精医学,全活者众,乡党咸歌颂之,均谦弗居。民国十四年九月丙戌终于故里,时人感其恩者,莫不深加惋惜,哀声载道。噫,非有德,如先生者,曷克臻此。

　　　　铭曰:休于先生! 百行毕备,抱宝怀珍。礼乐是悦,诗书是敦。林泉隐逸,洋洋缙绅。善诱能教,奕叶流芬。岐黄济世,彩笔生春。含藏

合度,富贵浮云。如何昊穹? 既丧斯文。缅维神采,明德维馨。

余炳熙的玄孙余开丰(乐泉)是一位出生于1995年的年轻人,从部队转业后从教,现任教于都昌县白洋中学。余开丰对其家族史颇有研究,有感于高祖五彩缤纷的人生,近期特赋诗《赞高祖父炳熙先生》一首:

> 钟灵毓秀天资慧,谦益功名屡选拔。
> 济世岐黄医有术,丹青翰墨笔生花。
> 道德醇厚文章显,情理通达礼数嘉。
> 富贵浮云诗艺寄,吉光片羽乐无涯。

51. 多宝乡长平塘余村：丹桂飘香长明塘（下）

　　长平塘长清，乐善家常乐。长平塘村的最精彩处，当然是这方水土养育的一代代人。第一代——丹山公，于景德镇发家、乐善；第二代——"五岳"，峙立于人世，各展其彩，一如余炳熙的画作，式样五彩斑斓。

　　长平塘余村人的取名很有特色，一般人家通常是三字谱名，中间一字为派，同一辈自然同字，而长平塘余村同一辈往往将三字姓名的末字同用。据说这源于先祖余炳熙，他框出由己辈而下的五辈，取名分别嵌落于"文章如山峰"。余炳熙这一代三字姓名落"文"字的，是大哥余式泰，讳炳文。自此下四代，便以"章""如""山""峰"嵌尾，亦有将"山"写作"三"的，将"峰"写作"丰"的，比如"学三""开丰"。

　　且循着村里老人的讲述，略记长平塘村生活于民国年间的数人的背影。

（一）惨遭日寇残暴杀害的余秀章

　　余丹山四子余式华（1850—1920），讳廷璧，字炳华，号莲峰，曾任左蠡救生同仁堂监造，承父之善德而将体面的施善之事做到了老爷庙水域的"红船"上。

　　余式华生三子，名同章（昭鳌）、升章（昭蛟）、秀章（昭虹）。四房这一支在1925年丹山公大家族分家时，分得两幢"大八间"棋盘屋。至"三章"再分家时，老大余同章（1893—1974）似有谦让之意，两个弟弟便各分得一幢老宅，为人兄长的余同章得了些金条，新开宅地建庭院。深深庭院里植了桃、柳、竹，自是有生机勃勃的园林景色。因是新辟的村沿房基，打开院门，余同章家的鸡禽便肆意侵蚀门前另一个族侄的八斗丘稻菽，惹出两家对骂的纠葛。余同章的夫人是同邑的邵家湖村人。近鄱阳湖的邵家湖村彼时村风剽悍，有20多个后生似是逞强好斗的江湖汉。邵氏在受了委屈后，到娘家诉苦。邵家的几个江湖汉得知此事后，某夜便来到村中滋事。受扰的邻居唤醒村里人捉拿滋事者，可又不见其踪影。有长者疑是余同章家作祟，叼着烟杆暗自来查，却发现余同章家平静得很。原来那十余个汉子屏住呼吸躲在同章家的壁巷里，恰似隐入尘烟。又有一日，任性的邵家湖汉子竟在黄昏放了一把小火，让结怨的同章族侄的老娘被

烟熏火燎,族人自是调解劝和一番。

余同章在当地也算是有头有脸的人物,曾任都昌县第九保联办事处主任。平日里行走乡间时是个戴礼帽、着长衫、拄文明棍的主儿。1939年冬,日本侵略军在左里刘逊桥设岗哨驻扎,侵扰苏山、多宝、左里一带。保联办事处主任余同章被人告发通了"中央军"、通了游击队来反"皇军",于是被日本侵略军从长平塘抓到十里外的刘逊桥日军驻地,因无"良民证"而被捕的还有余同章的小弟余秀章。入了日本鬼子的魔窟,自是性命难保。而余同章得以脱身,传说是被他的一个貌美如花的知音所救。据说这糅合了媚气与侠气的奇女子某日盛妆而入——进了敌军把守的岗哨,趁哨兵不备,将余同章带出日寇的魔窟。余同章踏出岗哨后拼命地逃。他将上身的背褡反穿,布褡扣在背后,从岗哨里远远瞧去,似乎正朝岗哨跑来,实则南辕北辙。当天,余同章一口气跑到秃山的沙丘间,几个时辰后,但见村里浓烟升腾,自家的房宅被一路追来的日本兵付之一炬。

跑了同章跑不了秀章,弟弟余秀章被看管得更紧了,且遭日寇报复必死无疑。当时日本人认可的维持会长是左里交椅湾村人陈竹庭,尽管他费了心思周旋,想救下同胞一命,但30多岁的余秀章最终还是在一个深夜被打了火把的日寇押到刘逊桥旁的邵更坑里残忍杀害。刘逊桥人在那个寂静的晚上,听到余秀章凄厉的痛哭惨叫声。余秀章的妻子刘炳莲的娘家在坑下刘家,刘炳莲与刘逊桥人有宗亲之情,刘逊桥人从暴于荒野的尸体上剪下一方衣衫布,捎给刘炳莲辨认,刘炳莲一眼便知那是丈夫余秀章身上棉袄的一角,顿时泪湿衣襟。刘逊桥人在得到确认那是刘家人姑爷的尸首后,便备了两个麻袋,悄悄地将尸首装好,再带着麻袋上了一条小船。不久船停泊于一河湾处,刘逊桥人让余家人接了麻袋,将余秀章的尸首抬回长平塘村安葬。

贤淑勤劳的刘炳莲在丈夫惨遭日本鬼子杀害后,含辛茹苦地拉扯大两个儿子。有一阵子,她还带着幼小的儿子赴景德镇里村替人打工。其后裔毋忘国耻,发奋图强,一个个奉献社会,报效家国。余秀章之三孙余学三,现在都昌县云住学校任教,其妻汪玉梅现在县实验小学任教,皆为立德树人的名师。

余同章新中国成立后,一直在景德镇安享晚年,1974年以81岁高龄辞世,其后裔多在外地兴家立业。余同章曾孙余荣忠(耀峰),现任景德镇市纸箱厂中层干部。

（二）景德镇早期革命者余卓如

丹山公的五子余式嵩（炳崧），子承父业，一直在景德镇经营窑业，其后裔多在外地发展。曾任都昌左里镇中心小学副校长的余赣峰是余式嵩的长子余建章（昭富，1876—1904）的曾孙。

余式嵩生七子，名昭富（建章）、昭熙（寿章）、昭显（庚章）、昭耀（满章）、昭均（汉章）、昭墙（端章）、昭圭（文章）。幼子早夭，其余六子在景德镇形成现在的小六房。余式嵩次子昭熙，1880 年生，原名昭贵，讳百朋，字寿章，号鹤轩，清授奉直大夫，州同知升二级，晋封三代。乙巳年（1905）县试取为第九名；丙午年（1906）被江西提学使取为第八名，考入优等师范。余昭熙擅诗词书画艺术，与人对谈，常能于身后以磁粉胶泥捏塑人像，面目形象神似，堪称一绝。据其孙余贵山回忆，新中国成立初其画作流散于景德镇市书画界。余昭熙之子余祖锦（官如）曾亲见父亲的画作多次在书画作品展中参展。余昭熙曾著《鹤轩画稿》，已毁于 20 世纪六七十年代，今仅存一页《秋山行旅蜀道岖崎图》。多宝乡老爷庙正殿对联"数百年庙貌重修遍颂吾王功德；九万里威灵丕显顿平蠡水风波"为余昭熙所作，可见其才思敏捷。长平塘余村现存的门楼对联"丹桂五枝秀，山河万载春"亦由余昭熙题赞。余昭熙之子余祖锦，曾任景德镇新光瓷厂画工技师。余昭熙曾孙余昌辉，现在彭泽县委办公室供职。

余式嵩三子余昭显（1884—1925）之幼子余卓如（1908—1952），在景德镇革命历史上留下了红色印记。

余卓如，派名祖锡，复旦大学（一说附中）预科毕业，随后从上海南洋无线电专科学校毕业。中共景德镇党组织的创始人向法宜（都昌汪墩人）与景德镇早期共产党组织领导人姚甘霖、何燮三人在新中国成立之后，合撰《第一次国共合作时期景德镇的革命运动》一文。此文成为大革命时期景德镇党史的珍贵资料，收录于 1986 年 11 月刊印的《景德镇文史资料（第三辑）》。此文中有两处直接提及余卓如的革命轨迹。一处是在第 59 页的"团的沿革和组织概况"中，叙述如下："迨北伐军在江西取得胜利后，中国国民党景德镇市党部从地下公开，但团组织仍处在地下。团的工作活动是通过中国国民党景德镇市党部青年部来进行的。何燮任景德镇市党部青年部长。从地下到景德镇市党部公开这一段时间，团组织先后在小学教育界和失学青年中发展了洪文林、胡宗陈、吴仁浩、许崇熏、王俊、余卓如、张懋德、朱省吾、张震、王肃敌、易三五、姚象贤、余冬

梅(女)、倪瑞清(女)、许家祯等十五人,加上从南昌转来关系的团员有倪端等人,这些团员,其中大部分后来都转为党员,而且大部分被安排在景德镇市党部青年部、宣传部、教育界和县党部工作。团市委成立后,下面编了三个支部,由王俊、易三五、余卓如等三人分别担任三个支部的书记。"

另一处是在第70页,叙述了共产党人余卓如等人的被捕经过:"党组织经过邵式平同志整顿以后,正着手开展工农运动时,景德镇的反动势力,加上逃跑的党内叛徒范一峰、范一夏的出卖,在八月底的一天早上,天还未亮,在浮梁县县长周钦贤的带领下,出动了大批反动武装,由二范领路,遍处搜捕共产党员和革命人士,闹得满镇风雨。当天被捕的有姚甘霖、王俊、吕林松、陈斌、许崇勋、吴仁浩、余卓如、刘阮八位同志。另有非党员胡耿甫、熊海珍(女,国民党左派)同遭逮捕,解往南昌监狱。在被捕的八位同志中,有的经狱中百般折磨,坚贞不屈,死于狱中,如王俊同志;有的在南昌大屠杀时牺牲,如刘阮同志;有的出狱后重上战场,如吕林松、陈斌两同志参加了红军,在转战赣东北战斗中献出了自己的生命;也有少数消极悲观,动摇脱党的。"

当时被捕的8人中,作为当事人之一的姚甘霖事后撰文,对其中的4位交代了牺牲的场景。余下的3位——许崇勋、吴仁浩和余卓如肯定有人被列入"脱党"的一类。2006年11月由中共景德镇市委党史办编、中共党史出版社出版的《中国共产党景德镇地方史·第一卷》对向法宜、姚甘霖、何燮所撰回忆文章材料加以采信和引用,而对余卓如自1927年8月之后的人生经历没有只字记载。长平塘村健在的老一辈村民讲述,余卓如当年与邵式平相交甚深。余卓如1927年8月被捕后,其伯叔兄弟凑了5斤金条,由二伯父余昭熙通过自己的人脉关系,亲自前往南昌,费尽周折将他保释出来。向法宜、姚甘霖在另一篇收录于《景德镇文史资料(第四辑)》中的《在景德镇参加过大革命运动的同志名单》一文中,关于"余卓如"的文字为:"都昌人,共青团员。他在上海复旦大学附中肄业,是国民党市党部的宣传干事。'八一'起义后,景德镇反动政府大捕革命分子,与姚甘霖等十一人同时被捕。他家以一千银圆贿赂县官,变更情节,才被保释,同案者亦免于牺牲。"余卓如1927年被捕后,家人费尽周折将他保释,此事得到佐证。

关于景德镇早期革命者余卓如的人生经历,能查阅到的文字资料极少。流传在老一辈村民口中的讲述是,新中国成立后,余卓如在建国瓷厂担任党委书记。20世纪50年代初"三反""五反"运动中,他过分相信手下的一个刘姓会计,将公章私印放在他身边。余卓如到北京开会,刘会计私盖印章以余卓如之名贪污了不少钱财。在"三反"运动中,刘会计的私欲所为,牵扯到余卓如,余卓如受到追查,他在运动中据说以极端方式自证清白,结束生命。

余卓如新中国成立初期在建国瓷厂的任职,也许只是一名主管,并没担任过"党委书记"一职。1950 年 4 月 1 日正式成立的"江西省景德镇建国瓷业公司",是景德镇第一家国营瓷厂。1952 年 8 月 1 日,建国瓷业公司更名为"建国瓷厂"。建国瓷厂走过数十年的辉煌瓷业之路后,于 2009 年进行国有企业改制,不复存在。查阅公开出版的景德镇市建国瓷厂历任党政领导干部任职情况,其中并未出现"余卓如"其名。"三反"运动期间,建国瓷业公司的经理是吴兆繁。

余卓如将红色人生,留在了景德镇的党史荣光里。其次子余传滨(东山)曾任景德镇市马金岭储蓄所主任。其三子余传淞(恩三),曾先后任《景德镇日报》记者、景德镇技校工会主席。他的后人,卓然而立,气势如虹。

(三)民国年间的火车司机余仑山

长平塘五房余式嵩长子余昭富(建章)之孙余仑山(1921—1999),抗日战争时曾是京沪线上的一名火车司机。其子余玉峰 2022 年讲述了父亲的一段特殊经历。

余昭富生子余森如,生女余的始、余恰始。余的始嫁给多宝绍兴湾李村人李华英。李华英是上海有名的资本家,开办了纺织厂、元钉厂等。据说长平塘村人民国初年几乎垄断景德镇瓷器上描金用的"洋料",这"洋料"是从美国进口的,在上海的上线便是余家姑爷李华英。余森如生四子:仁山、定山、仑山、昆山。得姑母余的始引荐,余仑山 14 岁时便到汉阳兵工厂当学徒,后来到京沪线铁路上随车,烧了 3 年煤炭,那时的火车通过烧煤炭而驱动蒸汽机获得动力。司炉 3 年,头脑活络,早年又在工厂历练过的余仑山,被训练成了一名火车司机,奔波于京沪线 5 年。其时,他的妻子吴香花不肯随他到上海生活。抗日战争爆发后,余仑山回到家乡长平塘余村,1999 年以 78 岁高龄辞世。老二余定山,水电专家,曾在华东、西北、西藏等地工作。

余的始的妹妹余恰始从小在长平朱村当童养媳,大革命时期参加共产党组织的金沙庵农民协会运动,任妇女指导员,为穿过历史尘烟的余氏家族添了一笔红色记忆。

秉承丹山公"乐善"之德,长平塘余村立村距今 158 年来,长发其祥,瓜瓞绵

绵。限于资料的缺失,我们无法一个个详尽地展示他们的精彩人生。丹山公的不少子孙并未在村里生活过,"长平塘"只是寻根认祖之地。有些学界、商界、政界人物,都是都昌多宝长平塘余村人。比如大房余式泰的长子余昭瑞(1871—1945),讳芝庭,字明章,号月楼,光绪丙申年(1896)中秀才,例授九品。余昭瑞之孙余荣山,曾任景德镇市邮政通信设备厂(五二三研究厂)技师。二房余式堃之孙余鼎如(1898—1973),派名祖铨,传承家学,得祖父亲炙。新中国成立前余鼎如为复旦大学客座教授,知名画家,在庐山、海会、上海等地专业绘制社会名流瓷像。余式堃次子余昭爵(萍章)之孙余魏山,从武汉回到家乡工作,以对做大多宝型砂产业有所贡献而获评市、县劳模,被称为"沙山上的一条老龙"。余昭爵的玄孙余纯熹,现在九江市委政研室供职。四房余式华之孙余展鹏(元如),曾任景德镇市人民检察院干部;余式华之孙余祖鑫(利如),曾任景德镇市城市建设局中层干部;余祖鑫长子余传湄(峨山),曾任景德镇市红光瓷厂党委书记、副厂长;余传湄之子余荣杰(余乐),毕业于中国人民公安大学侦查系刑事科技专业,现成为南昌市警察队伍中的一员;余式华的曾孙余康山,曾任景德镇市珠山区公安分局副局长;余康山之子余荣斌(标峰),现任景德镇市公安局督察支队大队长;余式华的曾孙余庐山,曾任景德镇市景兴瓷厂副厂长;余式华的曾孙余忠山,曾任景德镇市窑炉建筑工程公司副总经理。五房余式嵩之孙余祖金(丹如),曾任湖南水电学院副教授、湖南省交通厅厅长。心血管专家余少良,派名传淋,教授,任主任医师,享受政府特殊津贴,在国内各种学术期刊发表学术论文10余篇。余昭耀(满章)之子余松如,曾任景德镇市教育局电教站站长。余松如之子余健、余忠均是景德镇市华意制冷设备厂的工程师。余昭富的曾孙余恒峰,曾任景德市昌河飞机制造厂材料科科长。晚辈余学斌(楠欣),现在景德镇市第二中学任教……

　　现在都昌白洋中学执教的余开丰(乐泉)是二房余式堃次子余昭爵(萍章)的曾孙,他在新近的《赞开基祖丹山公》一诗中如此吟咏:

> 担储虽无贸昌江,去读归商勤经营。
>
> 丹桂五枝杰辈出,山河万载水长明。
>
> 行仁慈厚乡里颂,乐善好施口碑铭。
>
> 顺道以德成光裕,言传身教开太平。

　　是的,丹山公一片丹心泽后人,长平塘万世长安溢芬芳……

52. 汪墩乡胡家山村:一个家族数代人的剪影(一)

【胡氏家规】惜分阴,戒游乐,慎气质,勤深功,子弟之切务。知所戒,则知所兴矣。清而俭者,始于保命,终于保家,极于保族、保子孙,至要至切者也。君子力学,非以求福,善积而福自至,亦天理之必然者矣。

2019年,我曾刊发《汪墩乡胡家山村:一个家族三代人的背影》一文。距今3年过去了,当年的讲述人胡云舞先生如今已89岁高龄。2022年仲秋,胡云舞老人再次兴致盎然地讲起他的家族故事,当然不限于他的曾祖父、祖父、大伯父三代人的故事,而延伸至上下数代。

(一)烈祖的"五间厅"

胡云舞的曾祖胡肇海加入太平天国军,随石达开兵败四川大渡河后,仓皇逃回老家都昌胡家山,后靠磨绿豆粉发家兴业。胡家在历史上真正的兴盛是在胡肇海的曾祖父那一辈,也就是胡云舞的烈祖,靠在景德镇烧窑发家。而在胡家山建造的气度不凡的"五间厅",残垣至今仍存。

胡云舞的烈祖在景德镇筚路蓝缕,以启山林,起初只是一个小窑户老板。某年某月,烈祖千辛万苦烧了一窑的渣头碗,却无人问津,原因是烧走火了,青花成了紫红,捧在手上似血色残阳。于是,胡家人怀守株待兔之心将那些渣头碗摆放在货场的庋架上。胡家那时聘了一个叫"华本"的忠实管家,一应账房事宜全赖华本打理。某日,货场来了一个上海瓷商。在琳琅满目的器物中,沪商唯独青睐胡家的紫红碗,他那目光像发现了新大陆一样惊奇。沪商问老板这碗何价,厚道的烈祖嘟囔了一句:"等华本来卖。"沪商一时未听清,于是追问,烈祖复答:"等华本来卖。"沪商听成了"等划本了再卖",于是又急切问道:"什么价叫划本?可挣得本钱回来?"烈祖看出眼前的求购者是真心要买这批货,他联想到坊间说过的瓷都大佬们,靠一窑歪打正着而烧制出的异品瓷器发家的故事,心想也许自家的这批货亦是瓷家眼里难得的精品,于是大开一口价。沪商也没还价,将货架上的紫红碗一买而尽,烈祖遂发了财。

　　胡家将家业吹泡泡似的撑大,得益于家传的一对"风波铜"。话说那上海瓷商买走胡家的所有紫红碗后,大概是大赚了一笔,第二年又找寻到胡家,让胡家扩大窑场烧制此类瓷器。胡家能出异品——紫红碗,背后一定有天赋异禀的师傅怀了绝技。烈祖引沪商到家,以荤酒款待。席间,烈祖一脸无奈地说:"本金不够,无力扩窑。"沪商从金丝镜片里瞄到胡家香案上有一对似钵形的"风波铜",问:"此物何用?"烈祖告之:"祖上遗物,逢年过节祭拜先人轻敲作磬。"沪商揣物把玩,惊呼"斯为至宝",并言作为挚友不会诓骗他,若是胡家出手,他会来收购,只是眼下他拿不出购物的巨资。胡家大哥可到典当铺去,定会满载而归。烈祖第二天果然将家传的"风波铜"拿到在典当铺去换取了超出意料的赀财,作为扩大窑场的费用。此后财富的"雪球"也越滚越大,胡家富甲一方。当然,那对"风波铜"后来也被赎回,被胡家人视为神圣的传家宝。

　　烧窑发家的胡老板,"烧钱"的方式是回故里造大宅。"五间厅"建造得无比阔大,其规模有通常的四幢棋盘屋那么大。精致物件雕龙画凤自不必说,而且规制高大巍峨。屋柱下垫底的红石礅墩上,又重叠起七寸一层的六层木礅——硬礅上加软礅,既防潮,又规避了官家的一些苛捐。据说明清之际,官府对民间造屋要按面积和层高收税,而木礅不计入层高。

　　胡老板所建的"五间厅"雄踞于南桥岭下胡家山。太平天国时,石达开的兵卒在厅堂操练拳脚。1933年出生的胡云舞先生少时在天井边沿铺设的篮盘样大的青石板上,用粉石划了棋盘,与小伙伴们走射棋、翻田棋、五子棋。暑天中午歇息,族人齐聚"五间厅",享受阴凉。"五间厅"20世纪80年代倾圮,村民在腾挪的地基上建起了数栋楼房,烈祖的荫后之德一代代承袭下来。

(二)日本兵的都昌地图

　　胡云舞先生的烈祖在瓷都发家,在胡家修建五间厅。他大概想不到,在往后的岁月里,五间厅掠过多少刀光剑影。太平天国时,五间厅被用作室内练兵场。抗日战争时,村民们在厅堂窥探过日本兵在村道穿行。

　　胡云舞先生讲述,大概是1941年的某天深夜,100余名穿着军靴军衣、带着枪支的日本兵在胡家山通往南桥岭村西的院墙外,倚墙歇息。日本兵当天的战略企图是翻越南桥岭至阳峰、三汊港一带,深夜又怕在幽深险峻的南桥岭遭袭击而在胡家山待到天亮。黄夜,有警觉的村民从自家门缝看到日本兵就在村外,自然恐惧,不少人到五间厅躲藏,此宅庑廊曲幽,难于被搜捕。天一亮,兽性不改的日本兵放胆进村侵扰。胡云舞的婶娘打开门,看见日本兵的身影,拼命地跑,凭着好体力,越过门口港,入了树林躲过一劫。8岁的胡云舞天亮后看到挂着日本旗的两架飞机低空飞行,掩护日本兵过南桥岭。

胡云舞先生讲述,日本侵略者的铁蹄踏上都昌土地前,日寇已精准绘制了都昌沦陷区的地形图,小到要道上的一座亭、一棵树都有标识。日寇入侵汪墩一带前,派会说中国话的日本工程人员进行侦察。白天他们化装成和尚,走村串巷,寻阡索陌,敲着木鱼,念着经诗,沿途化缘;晚上则借空置的祖祠,关上大门,在煤油灯下将白天所勘测的地形绘制成图。有的村民对这些三天两头来乞讨的"和尚"生出厌烦之心,呵斥不已,善良的胡家山人当然不知道他们是将要入室的豺狼,只是出于纯善本性,礼待"和尚"。当年日寇并未在胡家山实行"三光"政策,深夜过村还做到了倚墙不扰民。有善良的胡家山人便说是日本兵念及村民礼待"和尚"而放过胡家山,这当然是对豺狼吃人本性的天真揣摩。日本侵略者在都昌大地犯下了罄竹难书的罪行。

日本兵手中有精准的都昌地图,这从抗日战争胜利后日本兵的一项举动得到印证。1945年9月2日日本在投降书上签字,中国取得近代以来反侵略历史上的第一次完全胜利。当年,在都昌溃败的日本兵被集中在南山,日本兵的战马要吃草,国民党接收人员便安排丢盔卸甲的日本兵去阳峰、三汊港一带的粮草区驮运新鲜的稻草。日本兵揣着地图,无须问路,顺畅地分化民石牛岭、阳峰吉阳岭、汪墩南桥岭三线翻岭行进,比一些当地人还要熟。

日本兵侵略都昌时绘制的当地地图,当然没有留存下来,要是收缴后存留了一本,那抗战历史褶皱里的细节,或许也被存录下来,为后人所知。

53. 汪墩乡胡家山村：一个家族数代人的剪影（二）

都昌解放的日子是 1949 年 5 月 12 日。2010 年都昌在南山之巅修建标志性建筑——灵运塔,塔高设计为 49.513 米,就是为了纪念都昌解放日子的第二天——自此,都昌的天是明朗的天。

1949 年,胡云舞已是 16 岁的成熟少年了。这一年 5 月 12 日,解放军入城的场景,他亲身经历过,胡家山的梦幻少年把这个在都昌历史上有红色意义的日子铭记于心。胡云舞 1948 年从汪墩蒲塘小学毕业,并在新桥读了一年——算是预备初中,便面临着失学。1949 年 5 月 12 日这一天,他邀了同学兼堂兄胡东鲁从胡家山家中结伴,同去县城圣庙(彭家角老公安局处)找在县立初级中学任教的大伯胡侠樵,要求继续读初中。那时从胡家山到县城自然只能步行,他们两人经遇驾山至七角塘上了通往县城的大路。说是城郊大道,其实还是尘土飞扬的土路,且坑坑洼洼,这路上的坑洼处原是在抗战期间故意挖的,为的是不让日本兵的车子耀武扬威、畅通无阻地从此处经过。

胡云舞在大路上看到 5 个着黄军装、背短冲锋枪的解放军战士。初夏的田畴一片安宁,田间还有锄草的农民,和平的气息扑面而来。胡云舞与堂兄好奇地跟随着这支 5 人的解放军小分队,兴起时甚至摸摸解放军背后的枪托。行至赤水岭时,两人止步不前。"赤水岭"其名摹状的是下雨天岭脊上淌下的红色雨水,是雨水裹挟特殊的红壤往下流导致的。岭上有亭,士兵到了亭子前便和气地说:"小鬼,你们现在去县城,我们在此歇息一下。"胡云舞哥俩花了 4 个多小时走到入县城的大东门(在现县人民医院附近),见城门口有二三十个市民,举着红色三角旗,打着"欢迎人民解放军解放都昌"的标语。事后胡云舞得知,当天下午 2 点多,解放军大部队从都昌县城北门(现牛角塘附近)挺进,和平解放都昌县城。

关于 1949 年 5 月 12 日都昌县城解放的情景,能查阅到的入城队伍中的亲历者写的回忆文章有两篇:一篇是曾任都昌人民政府第一任县长的李冀础 1988 年回都昌后写的《回忆都昌解放》;另一篇是曾任都昌县农业局副局长的二野战士王志业(安徽亳州人)叙述,经人整理成篇的《回忆我进都昌城》。根据两人的回忆文章,人民解放军1949年5月12日凌晨从徐家埠出发,经民盟成员刘继忠(刘肩三烈士之子)曾任乡长的已立乡(今汪墩乡),而后从县城北门入城。入城的人有500余人,其中包括解放都昌的二野18军162团3营的官兵、随军南下的2中队等(县委书记夏树屏和县长李冀础等,多为河南濮阳县干部)。入城时间是下午2点左右,当天凌晨人民解放军从前一天落宿的徐家埠出发后,在谭颈里与向法宜、刘继忠、谭绪琦、谭绪腾等人会合,后在汪家墩检阅了率县自卫中队起义的向熙的队伍。那么,胡云舞所看到的5个入城的解放军为什么离开了大部队而独立行动?从王志业的回忆文章中似乎可以找到答案。王志业当时在二野第5兵团第2支队1大队2中队尖刀连任连长,可以说是人民解放军入城解放都昌的第一人。他如此回忆:"……从徐埠出发,经汪墩向县城方向前进,并派一个先行排打头阵侦察情况。5月12日,部队到达县城北门外,部队停止前进,营长李明树命令我一人先入城,查看城内是否有国民党残兵抵抗及埋伏。我接受任务后,便身骑一匹白色的战马,腰插两管驳壳枪,从北门入城,经东街、西街到金街岭,过邵家街,再返回北门,一面侦察敌情,一面告诉城内居民,都昌马上解放,军队马上进城。侦察完毕后,我向郭团长报告,城内无异情。于是,郭崇义团长下令让大部队进城。大部队进城时,受到各界人士和广大人民群众的夹道欢迎。"在二野官兵入城前,"派一个先行排打头阵侦察情况",胡云舞、胡东鲁两人看到的5个解放军战士的任务就是"打头阵侦察情况"。如此辨析,说明当天先行排战士也是三五成群、分头行动来侦察情况的。

耄耋之年的胡云舞先生讲述着家族历史,他自己的人生经历也是家族史的一部分。他对高中阶段在鄱阳中学求学的记忆尤其深刻。

胡云舞的五叔胡立(任樵)从医的经历以1949年为界,可划分为两个18年:前18年在安义、黎川县医院当院长,后18年在鄱阳县医院当院长。1949年秋季,新中国刚成立,百废待兴,设在南昌的"八一大学"是一所培养军人的熔炉,胡云舞听五叔在捎到乡下的信中说"八一大学"在鄱阳县招生。"八一大学"招生的消息起初是在林业部工作的胡云舞的二伯父胡畏(剑樵)写信告诉胡立的。16岁的胡云舞热血沸腾,又邀大他2岁的堂兄胡东鲁一起去。他们找到各自的家长,要了少许盘缠,说是到鄱阳县去读高中。1949年是一个大水年,天黑了两人便在沿途人家搭宿,在土桥、田畈街各住了一晚。胡云舞兄弟俩过漳田渡、童子渡,一路艰辛地来到鄱阳县城的胡立家。然而他们刚到胡立家不到

半小时,胡云舞的父亲胡德馨(晓樵)就推门而入,原来他听说儿子要报军校从军,死活不肯,于是硬逼着胡云舞回到胡家山,宁愿他留在身边种田。

胡云舞的六叔胡成(乐樵)省医专毕业,1948 年从赣南迁到鄱阳县,夫妻俩都是名医,开办了一家私立的广济医院。1950 年 9 月,胡云舞再次来到鄱阳,投靠六叔学医。3 个月后,六叔凭声望调到江西省第一人民医院做主任医生。他有 5 个年纪尚幼的儿女,胡云舞一边跟着婶婶学医,一边协助婶婶照顾堂弟堂妹。那时胡成的诊所在鄱阳县很有名望,凭着哥哥胡立在鄱阳县人民医院当院长的关系,能拿到一些国外药厂出品、疗效甚佳的先进药品。当时有个都昌人吴燮在景德镇医院当院长,途经鄱阳时,也会带些良药给胡成。某日,胡云舞在都昌读初中时的班主任吴杰(鄱阳人)到胡成家叙旧,看到昔日的学生胡云舞在当学徒,便问他为何不继续读高中。胡云舞说,家中无钱供读。吴老师说,现在国家对贫困学生有助学金。胡云舞抱定了要攒劲读书改变命运的执念,征得叔、婶的支持,参加了鄱阳中学的暑期短训班,后来顺利考上了鄱阳中学,录取名单刊登在 1952 年 8 月底的《江西日报》上。

抗日战争时期,鄱阳县城可谓是避风港,一批知识分子云集于此,后来留了下来。鄱阳中学当时集中了一批名师,有的毕业于浙江大学等名牌大学。胡云舞起初是住在离学校 7 里远的六叔家,后来与余干、乐平、万年等地的 4 个同学租房住在学校附近。那时生活清贫,胡云舞在学校时总是前夜把米淘洗干净,然后放在热水瓶内焐熟,第二天早晨当粥而食,聊以充饥,这样发明的"煮粥"方法坚持了一年。高中班上的学生一般不超过 50 人,同学之间友爱相助,胡云舞还做了班上物理和化学钻研小组的组长。1954 年 6 月,胡云舞读高二下学期。那年发大水,期末考试都没法组织,因为学校地势高,教室里住满了来避灾的群众。水退了之后才重新组织期末考试。

1955 年,胡云舞高中毕业,父亲给了他 5 元钱,他踌躇满志地赴省城参加高考。他当年填报的志愿是北京大学心理学系,可录取结果是华中师范学院中文系。他立志要考上心仪的北京大学,当年便放弃了华中师范学院,回到家乡,在汪墩完全小学(现蒲塘庙处)担任代课教师,一边任教,一边复习。1956 年,他再次参加高考,被江西农学院(现江西农业大学)农学系作物栽培专业录取。胡云舞觉得尽管未遂"北大"之愿,但不能再放弃录取而增加家庭负担了。农业也是他这个农家子弟喜欢的专业,胡云舞由此踏入了大学校门,从此与农业结缘。

1960 年 7 月，胡云舞从江西农学院毕业，因为当班主席，又加入了团组织。他表现突出，据传后来留校任教。大学毕业后，胡云舞被安排到北京农业大学参加为期一年的支边老师的培训，并兼任辅导课的助教。胡云舞的指导老师是著名农业科学家娄成后（后被评为院士）。1961 年，胡云舞赴东北农学院（今东北农业大学）松花江分院工作，两年后调回家乡，在都昌县农业局工作。科班学农的胡云舞扎根田间，与老百姓同吃、同住、同劳动。推广农业技术，耕田耙地，他样样都是好把式。据他统计，从 1963 年回到家乡工作，到 1982 年担任都昌县人民政府副县长，他有三分之二的时间在生产队一线与农民打成一片，先后在南峰、芗溪、万户、徐埠、汪墩等地从事棉花生产，其间在新妙共大教专业课三年。1980 年，胡云舞指导的棉区皮棉产量达到 100 公斤，时任江西省委副书记、老红军出身的刘俊秀多次亲临都昌看望、鼓励胡云舞，总结推广都昌丘陵地区植棉示范经验，并对都昌基础设施建设予以支持。1982 年，胡云舞以党外人士的身份步入处级领导岗位，先后担任都昌县人民政府副县长、县人大常委会副主任、县政协副主席，1998 年 65 岁时办理退休。

往事如云，族史似舞。胡云舞的家族史的肌理，在他的讲述中，如此地有时代质感和情感温度，值得后人去体悟……

54. 春桥乡杨培祥村：县志里的杨士京家族四代人（一）

【家训家规】勤耕务读，敦伦孝亲。卑无犯上，富莫骄贫。居仁由义，睦族和宗。布衣菲食，气忍家宁。

"治天下者，以史为鉴；治郡国者，以志为鉴。"编纂志书，彰往昭来，意义甚大。1993 年版《都昌县志》（新华出版社出版）为新中国成立后的第一本都昌县志。都昌旧志始修于明万历乙亥（1575），末修于清光绪丙子（1876），至 1993 年重刊已逾 110 载。1993 年版县志历十载修成，可谓卷帙浩繁、严谨翔实，存史、资政、教化之功跃然纸上。在"卷三十七'人物'"中，春桥乡杨培祥村教育名流、治史方家杨士京（1874—1960）家族四代贯序载入，堪称望门。

据统计，承袭"清白世家"的都昌杨姓村庄，在全县有 60 个，现今人口约 1.5 万。"清白"家风源于东汉时的名吏杨震。杨震官居太尉，一身正气，两袖清风，对暮夜向他行贿十斤金子的县令王密质问道："天知，神知，我知，子知。何谓无知？"杨氏的"四知堂""清白堂"纪念的就是有"关西孔子"之称的先祖杨震。

都昌杨姓发源于鸣山九山的源余里，杨姓村庄相对集中的地方有鸣山乡九山村、阳峰乡屏峰村、土塘镇冯梓桥村、春桥乡凤山村。春桥凤山有杨家山村、杨越垅村、杨培祥村、庙下杨村、杨家舍等，他们共同的祖先是元代的杨维鹏（城四公），寻根之地为横山柘塘，即今春桥乡横凤水库（原五星水库）内的老屋场。这个杨姓老屋场曾称为杨柘塘村，后因修建水库被淹，数住户并入杨家山下村。据宗谱载，杨显甫的 5 世孙川八公（字昭明，1329—?）于元至正年间，由湖口陈山大塘边迁至都昌横山柘塘。据说杨昭明有一身狩猎的好功夫，经常到凤凰山（凤山村便是因有凤凰山而得名）猎获兽禽。凤凰山一游姓富户人家的千金爱上了阳刚机敏的杨家后生杨昭明。好猎手杨昭明捕获了美如山花的姑娘的芳心，入赘游门，成就了一段凤凰共飞的佳缘。待游家公婆故去后，杨昭明将父亲杨维鹏从湖口陈山接到横山柘塘，另立门户，形成杨姓老屋场。杨昭明之孙杨舜二（1358—1435）于明建文年间由老屋场分居杨枫湾。杨舜二长子杨德二（约生于 1380 年)于明永乐年间由杨枫湾分居杨铣湾里。杨铣是人名,乃杨德二之后裔。康熙年间,杨铣迁至杨培祥村现居地。关于"杨培祥"村名之来历,一说祖先有以皮匠为业者,"培祥"与"皮匠"谐音,至今村中有一口池塘名"牛皮塘",想必是古时浸牛皮之所;一说杨家有外甥名叶培祥(湖口人),曾为杨家嗣子,后人以祖名称村名。

这样叙来,杨培祥村立村已有 600 余年,在现村居兴村已有 300 余年。杨培祥村如今有村民 360 余人,一代代村民在凤凰山下的都、湖两县边界,培根固土,长发其祥。

《都昌县志》"人物卷·历代闻人表"载:"杨蓉境(镜),光绪十四年举人,吏部注册拣选知县。"所谓"拣选",是择优录用之意,即具备了任职资格,但要等到有官职空缺才拣选任用知县,现实是往往等到头发花白也未入仕。杨蓉镜乃杨士京之父,是《都昌县志》里关于这个家族记载的第一代。关于杨蓉镜的生平资料流传下来的极少,他于清光绪十四年(1888)戊子科中试,为江西第九名举人。

这位拣选知县淡泊仕途,毕生教书,著有《问字楼诗文集》。杨蓉镜为诗擅长排律,诗风雄浑,景理交融。现录吴宗慈在《庐山续志稿》中所录他的数首诗于下:

简寂观古松歌

白云缕缕纷相从,蜿蜒夹道盘飞龙。

牙爪怒作欲张势,拔地直上摩苍穹。

相传此是晋时树,修静手植岩前路。

风霜饱饫几千年,定有山灵常呵护。

十有四株颠倒生,株株实具真龙形。

立者如飞卧如蛰,苍鬐一奋天青青。

忽然天末长风自远至,但见泉声喷雷,日色隐曜,半空涛沸,草木含余腥。

我来小憩简寂观,拟欲骑龙抉云汉。

礼斗石前鹤不归,香炉峰头篆初散。

铜筋铁骨森千章,偃蹇空山岁月长。

郘石胎腭不敢量,大厦需材此栋梁。

何日贡之白玉堂。

登紫霄峰摹禹王碑歌

凌空夭矫蛟螭走，堕地蹲踞怒猊吼。

紫霄峰头露光怪，人间始见古蝌蚪。

此碑刻自唐虞世，洪水怀襄曾儆帝。

帝曰汝禹于予治，驱逐滔滔昼夜逝。

衡阳荆过淮海扬，彭蠡震泽波汪洋。

层峦叠嶂尽漂没，惟余紫霄片石停帆樯。

　朝登紫霄峰，鲸波鳄浪涛汹汹。

疏沦决排胸有竹，万派顺流齐朝宗。

天书纪功深勒石，点画离奇质丹赤。

光焰万丈射斗牛，乾端坤倪尽轩辟。

人事代谢三千年，莓苔班驳如列钱。

永叔不作夹漈死，谁集金石相流传。

风霜不蚀鬼神护，我欲摹向人间去。

雷霆石室逐妖狐，黑海冥冥不知处。

缠腰铁索挂山隈，足底步虚鸣风雷。

篝火寒缩小于豆，生绡搨出生面开。

倒薤悬针剑飞舞，泊凤飘鸾驭龙虎。

籀书斯篆走且僵，眼界心胸拓万古。

七十余字识者希，就中六字辨依稀。

侯芭载酒无处问，仅别燕瘦与环肥。

予生好古嗟太晚，直向灵岩索真本。

不随九鼎同销沉，美哉禹功明德远。

君不见前朝典宝尽沦亡，何物陆离生光芒。

大禹立碑紫霄旁，遥与衡岳岣嵝相颉颃。

和华山长天人九老图

我读天官书，岁星分野吴越墟。

其国多福人多寿，祥符瑞应钟扶舆。

达者分明识端委,仁乐山兮智乐水。

栖闲习静太古心,久视长生端在此。

天上五老本仙真,无端偷堕来凡尘。

化作奇峰参碧汉,年年笑傲匡庐春。

忆昔宋至朱文公,宏开讲帷启群蒙。

只今更有主人翁,齿尊德劭颜如童。

颜如童,老益壮,石渠天禄敦硕望。

遗弃一切尘世俗虑想,讲学鹿洞开绛帐。

有僧隐莲社,笼鹅经迭写。

面壁时忝上乘禅,庞眉鹤发真寿者。

神明佛子贤太守,后学宗之若山斗。

与公臭味共苕岑,别有广文先生陪座右。

名山名士合为耦,紫绶黄冠竟称叟。

龙马精神海鹤姿,数符老阳畴衍九。

吁嗟乎,人生遇合皆前缘,一觞一咏心陶然。

竹筇草屐寻幽胜,何用乾石饭求神仙。

君不见虎溪三笑已千年,于今世事变桑田。

变桑田,感何极,无事金丹驻颜色。

俯仰身世等浮沤,天人吏隐难再得。

他年太史应奏德星聚,物色勤求江南北。

怀古四咏·丹井

古井无波澈底清,仙人拔宅赴瑶京。

留题墨洒三山遍,炼汞丹还九转成。

下界有人烹玉液,上池何事乞金茎。

长生真诀无从访,勾漏思从采药行。

池　墨

落纸挥毫戒墨猪,迩来湔涤总无余。

半池仙乐涛相应,一座繁香麝不如。

泼向醉时走蝌蚪,素从缁化染龙鱼。

精诚贯注山川映,怪底波光不改初。

社 莲

虎溪路转石参差,入社人寻慧远师。

出水白莲迎客起,满林绿竹到门迟。

住山同乞安心法,呈佛何妨本色诗。

不藉维摩湔俗虑,泉声坐听晚风时。

栗 里

数间老屋槿篱编,诗酒琴樽听雨眠。

老盖撑松猗屋角,游丝裹柳护门前。

逃荣托故诗难隐,入社辞招醉则仙。

农服先畴士旧德,风光犹是义熙年。

栗里陶渊明醉石歌

北窗松盖张酒军,东篱菊蕊策酒勋。

烂醉如泥枕石卧,不知四山皆白云。

解组归来结茅屋,温泉上接黄龙麓。

一饱长吟乞食诗,百钱沽得邻酿熟。

掀髯奋袂手持螯,吞若长鲸吸若鳌。

侧身天地复何物,俯视世事轻鸿毛。

沧桑变幻不可说,匿迹销声与世绝。

酩酊一醉总无知,唾痕开遍杜鹃血。

仰视但青天,俯听惊鸣泉。

四顾寥落空无边,胸中儡傀浇不尽。

醉乡犹是义熙年,先生去今已千载,凭吊遗徽余石在。

贞心不转与石同,纵教石烂心不改。

庐阜山苍苍,彭蠡水茫茫,此石与之齐高长。

吁嗟乎,此石与之齐高长。

55. 春桥乡杨培祥村：县志里的杨士京家族四代人（二）

杨士京的教育情怀

　　杨蓉镜长子杨士京是江西省教育名家、文史大家，也是其家族中声名最隆者。《都昌县志》在"历史人物"章列有他的单传。我们且以"三路三情"来追寻他的人生轨迹。

　　清末举人的求学路。杨士京，字席衫，清同治十三年（1874）出生于都昌春桥杨培祥村的一个书香门第，少有异禀，聪慧过人。清光绪十四年（1888），时年14岁的他，负笈求学于南康府白鹿洞书院，打下了良好的国学功底。1894年，杨士京入家乡的经训书院攻经史，对匡时救世致用之学颇有感悟。是年爆发中日甲午战争，次年清政府迫于日本军国主义的军事压力，签订了丧权辱国的《马关条约》。面对国破之现实，21岁的杨士京变法图强之心日炽。光绪二十二年（1896），杨士京应府试，中秀才；次年赴省城参加乡试，中举人。戊戌变法中，科举制度遭康有为、严复等人猛烈抨击，清政府加设经济特科，荐举经时济变之才。1900年，杨士京考入江西省高等学堂，民主革命思想得以启蒙。1902年，京师大学堂（北京师范大学前身）复校，杨士京以清末举人及新学优等生考入京师大学堂这所近代我国最早的大学，入师范馆，主攻史地学科，为他日后在文史学科方面治学奠定了坚实的治学基础。1904年，而立之年的杨士京沐近代新风，从京师大学堂以优异成绩毕业。

　　四十余载教坛耕耘路。杨士京从京师大学堂毕业后作为举人被任为中书科中书，宣统元年（1909），杨士京缺裁改分农工商部七品小京官，加四级呈请封典，例封直奉大夫，倒合了其名"入仕（士）京官"之意。没落的清政府已处于消亡的前夜，杨士京身处京城，不满清廷腐败，民众生灵涂炭，遂辞职不仕。当年，杨士京赴清朝蒙古王公在京城设立的民族学校——殖边学堂主授中国历史，开启了他的从教生涯。1912年，杨士京离京返回南昌，就任江西高等师范学堂主任教授，主讲文史。1916年，江西农业专科学校（今江西农业大学前身）成立，杨士京受聘任教于省农专。1920年杨士京转往省立第一中学，担任国语、历史

课教师,1925年后,改任赣省中学教师。1927年,杨士京应挚友杨赓笙之邀,出任省吏治训练所教务长,1930年,重回赣省中学任教。此后,或兼职或专职,杨士京施教于江西法专、工专、二中、心远中学等学校,直至抗日战争胜利。40余载风云激荡,40余载诲人不倦,杨士京在江西省城南昌教坛育人无数,堪为名师。

抗战胜利前后的治史路。杨士京在治史志方面,可说是科班出身。1902年他进入京师大学堂求学,攻读的就是史地学科。在40余载的执教岁月里,以史育人是他的坚守。杨士京在抗日战争胜利后与江西现代著名历史学家、方志学泰斗级人物吴宗慈(江西南丰县人)有过一段时间的合作。比杨士京小5岁的吴宗慈同样是清末举人出身,20世纪30年代,曾先后在中山大学、西南联大任教授,讲授清史、通史、方志学等课程,其编著的《江西通志》《庐山志》《续庐山志》《中华民国宪法史》等体例新颖,重在实学,影响深远。1940年底,吴宗慈担任江西通志馆馆长兼总纂、江西省文献委员会主任委员。杨士京应邀协助吴宗慈撰写《江西省人物新志稿》。杨士京1940年前后还编著了欧美国家一些爱国志士传记,书名取为《泰西英雄传》,旨在激励国人奋发图强,杨士京的报国之志跃然纸上。都昌汪墩排门人、曾任江西钨矿监理的刘肃有《题席衫译述＜泰西英雄传＞》三首,称道:"澄清独抱救时心,忍见神州坐陆沉;异地借材搜断简,念毫怀古一何深。痛哭思登广武原,古今成败与谁论。描摹双管多齐下,一卷能招故国魂。"《泰西英雄传》未曾出版,书稿散失。有资料载,此书是杨士京在抗战胜利后所撰。此说应有误。因为刘肃先生1944年辞世,可证《泰西英雄传》早在1942年前已基本成书。杨士京在史论上尤其欣赏司马迁,称其"德操之高洁,学识之宏富,才华之卓越,论事之高远,千古一人而已"。

与杨赓笙的同学情。江西湖口县人杨赓笙(1869—1955)在中国近现代史上是一个风云人物,1912年参与发动"二次革命",撰写《江西讨袁总司令部檄文》,与孙中山先生交往颇深,后任国民政府总统府咨议、元帅府参议等职。抗战期间,杨赓笙公被推为江西中学校长,中华人民共和国成立后,被聘为江西文史馆馆员。其三子为中国科学院院士、华中理工大学(现华中科技大学)校长杨叔子。在湖口县城,如今辟有杨赓笙纪念馆。杨士京在年龄上比杨赓笙小5岁,都昌春桥与湖口地域相连,他们又同属"四知堂"后裔,因此在情感上更容易惺惺相惜。清末,杨士京和杨赓笙同在白鹿洞书院、江西省高等学堂求学。因民主革命思想相通,两人结下了非同一般的同学情。1926年,北伐军占领南昌,九江武宁人李烈钧出任江西省政府主席,杨赓笙任省民政厅厅长,呈准创设吏治训练所、训政养成所、警政人员训练所,以培育县政人才,并视其德能次第任用。因志同道合,杨赓笙力邀杨士京协创江西省吏治训练所,出任该所教务长三年,训练县官,招贤任能,以革贿官鬻爵旧弊。

与邵式平的师生情。杨士京在省城多所中学以及专科学校任教期间,邵式平、方志敏等都是他的学生。家乡都昌不少先烈和仁人志士投师于他,如刘肩三、石廷瑜、向法宜等。学高为师,身正为范。杨士京教学态度极为严谨,呕心沥血育后人。杨士京在省城兼课多,为不误课时,以身作则,家里专门雇用一辆黄包车,在甲校授课完毕,匆匆乘车前往乙校,无论寒暑、无论雨晴,从不延误一分钟上课时间。晚上有慕名求教者,杨士京总是个别面授,从不懈怠。邵式平(1899—1965)是我党早期革命家、军事家,著名农民运动领袖,第一任江西省人民政府主席(省长)。邵式平在南昌读中学,杨士京是他的良师。1923年秋,邵式平以优异成绩考入北京师范大学——就是老师杨士京早年求学的京师大学堂,且所读“史地”专业也一脉相承。新中国成立后,邵式平曾给有关部门发出函信,建议根据杨士京先生的特长安排工作,让他安度晚年。1952年,经省人民政府任命,杨士京为省政府参事室参事、省文物管理委员会委员。在垂暮之年,杨士京为江西省文史事业皓首穷经,一展其长。

与家乡的故园情。杨士京的派名叫世琪,2014年重修的《杨氏宗谱》记载,1925年杨士京在省城一中学任教,回过家乡参加杨氏裕公派下鹗、鸾、凤、鹏四大房宗谱编修,并作为主编,撰写《民国甲子重修宗谱公序》。杨士京特别重视子孙教育。高峰时全家20多口人四代同堂,他的薪资已捉襟见肘。面对生活困窘之境况,为维持生计,杨士京教学之余撰写文章挣些稿费,有时替商贾人家做寿联,添些微薄收入。他的儿孙很多受过高等教育,承续家范,终生难忘桑梓,恪职造福社会。杨士京对都昌的学生往往高看一眼、厚爱三分。都昌大港街人熊国华是他的学生,熊国华1930年曾得国民党高官熊式辉举荐任省社会局局长,同年被国民党江西省政府主席鲁涤平抓捕入狱,杨士京冒着生命危险参与营救,还因此身陷囹圄数日,后熊国华壮烈牺牲。1968年出生的春桥乡凤山村诊所的医生杨献忠是杨士京的曾侄孙,他对我讲起流传下来的关于杨士京在家乡的故事,以彰其清白家风。杨士京曾在省吏治训练所任教务长,训练和

举荐江西各县县长。其时,有一春桥老乡提着一篮银圆,向杨士京行贿,想买个县长做,杨士京严词拒绝:"你有一篮银圆,生活百般好;当县长好劳心,何必靠买辱败名声。"大有远祖杨震"四知"之遗风。

"伟著千金重,遥承肘后方。疾能疗螟眩,厉莫遁膏肓。北海抟风徙,南山隐雾藏。江城难久驻,燮理在阴阳。"这是杨士京的一首《赠友人》。"北海""南山"间的徙与藏,吟咏的又何曾不是杨士京自己的漫漫人生路。"缣纻联欢见性真,多能远绍越秦人。温柔敦厚通诗教,利落浮华悟立身。"这是杨士京的一首《题〈南州诗抄〉》。"温柔敦厚"贯通的是诗教,又何曾不是杨士京自己以情立身之所悟。1960 年,从都昌春桥凤山杨培祥村飞出去的清朝举人、民国教授、新中国江西省人民政府参事杨士京先生终老于南昌,享寿 86 岁。

56. 春桥乡杨培祥村：县志里的杨士京家族四代人（三）

北伐前的民国初年，一县之长称"县知事"，最后一任都昌县知事是民国十五年（1926）9月到任的陈伟绩。1993年版《都昌县志》"政权"卷《民国历任县长（1926—1949）》载："杨祖厘，籍贯江西都昌，民国十八年（1929）4月28日到任。"杨祖厘的继任者是湖南人石铭勋，同年11月9日到任，这样算来，杨祖厘担任都昌县政府县长仅半年。杨祖厘乃杨士京之三子，是《都昌县志》里记载的这个家族的第三代。然而，很少有人知晓春桥杨培祥村人（1903—1979）杨祖厘的另一个身份，他是民国元年（1912）担任都昌县知事的春桥彭桓六村人彭伯龄的女婿。相隔17年，翁婿同为都昌县县长（知事），这算是都昌旧闻的一个花絮。

据相关资料载，杨士京生5子3女，儿子辈属达字辈，但杨士京为儿女取名皆含"祖"字，五个儿子分别名祖陶、祖愉、祖厘、祖霸、祖光，女儿名曰祖嘉、祖芬、祖蓉。一生从教的杨士京对子女读书自是极为尽心，作为三子的杨祖厘是武昌中山大学经济学（一说武昌商业大学）专业的毕业生。杨祖厘中学就读于江西豫章中学，1927年进入由父亲任教务长的省吏治训练所学习，1928年担任江西余干县县长时25岁，1929年春夏之交调都昌担任县长，是父亲杨士京的好友杨赓笙代表省民政厅所发的指令。杨祖厘1929年26岁时担任都昌县县长，当时第一次国共合作破裂，不屈的共产党人组织农会，与国民党地方政权进行了针锋相对的斗争。

杨祖厘担任国民党都昌县县长仅半年。在杨祖厘任都昌县县长期间，发生了"五人团"垮台事件。在都昌权威党史资料记载的此历史事件中，有杨祖厘的影子。据《杨氏宗谱》简载，杨祖厘后来一度在南昌的私立中学任教。抗日战争时期，杨祖厘任国民党军政部第137、138后方医院军需生，军政部第四会计分处审核主任，广西高级人民法院会计长等。他的个人命运后来在时代大潮中沉浮不定，20世纪60年代一度下放靖安县。1979年，76岁的杨祖厘在南昌辞世。

57. 春桥乡杨培祥村：县志里的杨士京家族四代人（四）

诗书继世长

关于江西教育名流、江西省人民政府参事室参事杨士京家族第四代，在1993年版《都昌县志》中有记载的是我国著名的畜牧兽医专家杨宏道（1920—1986），他的简传与祖父杨士京同列县志"人物卷·历史人物"。

杨宏道是杨士京次子杨祖愉之长子。其父杨祖愉（1901—1954）学农出身，江西省立甲种农业学校毕业，后曾任国民革命军第六军司令部经理处上尉经理员、南昌市社会局庶务员，随叔父杨祖厘先后任余干县和都昌县政府会计员，后任国民党军政部浔饶师管区浮梁团管区上尉等职，53岁时逝于南昌。都昌春桥杨培祥村人杨宏道可以说是新中国成立初期兽医学的集大成者。关于其业绩，史志专家邵天柱在总纂的1993年版《都昌县志》中如此记录：

杨宏道，春桥乡杨培祥村人。1942年6月，杨宏道于江西省立兽医专科学校毕业后，先后去省农业院遂川耕牛保险分会、永新省种猪场任畜牧兽医。其时，日寇骚扰，畜牧业萧条，杨宏道被迫改行当教师，辗转于永新禾川、鄱阳等地，在湖口中学、湖口师范执教生物、化学、英语。中华人民共和国成立后，杨宏道方回兽医科技队伍，初任九江专署农科所技术员，旋调省农业厅、省农科所任畜牧兽医技士、技师。1956年10月，杨宏道奉命创建江西省农业厅中兽医实验所（1963年易名为江西省中兽医研究所），历任副研究员、高级兽医师和所长。数十年来，他孜孜不倦潜心钻研祖国传统遗产兽医学，努力使之与现代兽医科学相结合，成为我国知名的中兽医学专家，尤以兽医针灸著称，是国内牛、猪、犬、兔、猫以及家禽等实验动物针灸的创始人。1978年，杨宏道主持"牛、猪、禽针灸技术的系统研究"课题，荣获全国科学大会重大科研成果奖。他对农史与考古也有很深的造诣，为继承发扬祖国兽医学遗产，培训提高基层兽医人员水平，加强中西兽医结合，保护畜牧生产，开展国际学术交流等做出了杰出的贡献，受到国内外同行的崇敬。杨宏道曾当选为中国畜牧兽医学会理事、全国中西兽医结合学术研究会副会长、华东地区中西兽医结合学术研究会副会长兼秘书长、省科学技术协会常委、省畜牧兽医工作者协会副主席、省畜牧兽医学会副理事长，是江西省第三届、第五届人大代表。其主要著作有《实用兽医针灸学》等 30 余部，其中部分已为美国、日本、朝鲜等国翻译出版。

杨宏道这一辈取名多嵌"宏"字，按《杨氏宗谱》其实属"克"字辈，杨宏道派名叫克忠。在这一辈中，他的堂弟、杨祖厘的次子杨宏汉在化学工程领域卓有建树。杨宏汉派名克慈，1923 年出生于南昌，1946 年毕业于中正大学（今南昌大学）化工系，1946 年至 1952 年在高雄炼油厂任工程师，1953 年获美国圣母大学化工硕士学位，1956 年获美国密西根大学化工博士学位。1955 年至 1957 年任美国得克萨斯大学教授兼美国橡胶公司顾问工程师，1963 年至 1991 年任美国杜邦化学工程高级研究顾问。杨宏汉在工业纤纺方面的著述十余种。杨宏汉情牵大陆，1980 年应邀随美国高分子化学科技团访华，回国讲学，受到时任国务院副总理方毅等国家领导人的接见，并在清华大学、南京大学等大学做学术报告。杨宏汉曾受聘为中国纺织大学（今东华大学）名誉教授，南昌大学、华东交通大学客座教授。1983 年、1994 年，杨宏汉两次回南昌探亲，分别受到时任江西省委书记白栋材、吴官正的接见，并在江西省化工学会和南昌大学做学术报告。乐享高寿的杨宏汉先生暮年在美国享受天伦之乐。

"百世难忘养育恩，身居异国总思亲。风吹日晒不辞苦，万里归来祭祖坟。"这是杨宏汉的堂弟杨宏统 1988 年为当年已 65 岁的杨宏汉从美国归来，到故里杨培祥村宝平山上祭祖一事而写的诗。杨宏汉桑梓情浓，2000 年出资在村中杨家老宅旧址捐建"思园"和杨士京纪念亭，方便后人寻根问祖，缅怀先人。在纪念亭正中，石碑两侧刻有一长联，正中撰有杨祖厘之父杨士京与杨祖厘之子杨宏汉的简历，唯独没有杨祖厘的传略，是不是忌讳杨祖厘的国民党都昌县县长的身份呢？这种隔代的碑文让人读了会生出一丝缺憾来。村民说，杨宏汉身在美国的子孙辈并没来过杨培祥村寻根。代际间隔越来越大，乡愁也越来越浓了，但故里的父老乡亲总记得远在异域的亲人。1944 年出生的杨宏彩是杨士京的小弟杨士彝之孙。在杨宏彩写着寥寥数行亲友信息的本子里，就保存了堂兄杨宏汉的儿子和孙子的出生日期。杨宏汉的儿子杨绍华，1959 年 9 月出生于美国德州波蒙特市，美国医学博士，曾任美国南方胸腔外科学会会长，其胸腔外科手术之精驰名中外。杨宏汉有一对双胞胎孙子，出生于 1991 年 6 月，取名杨瑞祯、杨瑞祥，是很有儒学内涵的名字。如果按春桥凤山的杨氏派诀"宗嗣世达，

克振书香;忠孝济美,源深泽长"来推,杨瑞祯、杨瑞祥应是"书"字辈。

忠厚传家久,诗书继世长。杨蓉镜的后裔培根固本,长发其祥。我们且从2020年1月出版的《爱我春桥》这本有关春桥人文历史的书中,撷取本书提及的这个家族的数个人物的信息略记一二。杨宏益,杨祖厘之子,1935年出生,16岁参加抗美援朝,后曾任炮兵学院教员、扬州大学税务学院教务处长,1998年退休后,与人合办民办扬州江海学院,老有所为,奉献社会;杨宏勋,杨祖厘之子,1948年生,高级经济师,曾先后任中国人寿保险公司江西省分公司和江苏省分公司总经理、党委书记,2006年任中国人寿保险有限责任公司总部督导员,2009年退休;杨太兴,杨士京大弟杨士亮之曾孙,1962年生,华东石油学院(今中国石油大学)化工机械系毕业,曾任九江石化总厂炼油厂、化工厂副厂长,九江石化总厂处长、副总工程师等职;杨文波,杨士亮玄孙,曾任宜春市中国人寿财险公司经理;杨东,1974年生,1997年毕业于武汉大学,复旦大学工商管理硕士(MBA)、中欧商学院高级管理人员工商管理硕士(EMBA),2010年开始创立上海麦哲房地产顾问有限公司和上海麦合投资管理咨询有限公司,任公司董事长。

"春光人莫负,奋力向前奔。"春桥中学退休教师、杨蓉镜玄孙、新生代才俊杨东之父杨振丰先生承诗书家风如此吟咏。当下,这个家族的每个人奔赴于新时代的明媚春天里……

四、文明新风

58. 徐埠镇黄荆坂陈村：忠孝传家久

【家训家规】主忠信以植根本，守本分以寡过恶。务谦逊以迓吉益，辨义利以定人品。

如果要为一个从历史深处走来的传统村落的人文内核贴上标识，都昌县徐埠镇合力村黄荆坂自然村在其精神的旌旗上书写"忠孝"二字，则是毫无疑义的。

关于村名"黄荆坂"的来历，根据村中老人的讲述，祖先外婆家姓黄，兴村之地原是黄姓人家馈赠的，故名。"黄荆坂"有时也被叫作"黄金坂"，想必在早先的农耕时代此地土壤肥沃，五谷丰登。黄荆坂的建村始祖叫陈佐(1447—?)，明代成化年间由数里远的快陈村分迁至此，距今已历500余年。黄荆坂村现有人口180余人。

黄荆坂村"忠孝"之义传家久远，且不断融入新的时代内涵，成风化人，成为乡村振兴大潮中打造秀美乡村的一道黄金般耀目的风景，是徐埠镇乃至都昌县耀眼的"明星村"。

黄荆坂村紧毗G351国道——都蔡公路，交通便利。在村口立有古朴雅致的宣传牌"忠孝黄荆坂，休闲生态村"。如果说"忠孝"是黄荆坂人赓续家风的精神内核，那么，"生态"便成为黄荆坂秀美乡村建设中的一袭华美的衣袍。

早在2009年，黄荆坂村就被列为全县新农村建设示范村，进行了硬化村内道路、生活垃圾无害化处理、改造池塘、建立村民议事民主管理制度等软硬件建设。2021年当地党委、政府将黄荆坂村列入秀美乡村建设，意在打造一流的宜居宜业的幸福家园。此后，黄荆坂村被省自然资源厅列为整村规划重点村庄之一，邀请九江市规划设计院、江西兰德设计公司对村庄人居环境、国土空间布局等进行了整体设计规划，并成为全省村庄规划优秀典型案例。秀美乡村建设进

入实施阶段后,承建的江西宝涛建设工程有限公司将建筑质量置于首位,在县、镇、村的指导下,高品位打造、精细化施工,取信于民,打造精品。驻徐埠镇合力村实施"十四五"乡村振兴帮扶的九江市人大常委会驻村办公室给予了精心指导和大力支持。如今,黄荆坂村移步即景,赏心悦目。村中名为"腰塘"的池塘,岸边回廊通幽,水中石雕矗立,"子孝母慈""上善若水""清正廉洁""厚德载物"分四层叠加展示。村内大道实行"白改黑",升级为柏油路,小径铺设仿古压花艺术砖,古韵四溢。村后山峦下的近300米步道采用彩色透水混凝土铺设,漫步此幽径,还有道旁音箱播放的轻快音乐相伴,无限惬意。村中保留的9幢老屋整修后,实行外墙勾缝涂抹美化,在立面改造中,让它们在古朴中散发清新脱俗的气息。村头一间老宅被打造成小巧雅致的民俗展示馆,收集到的旧农器、老家具、古石磨、陈蓑衣等,让人在看得见山、望得见水中,也记得住乡愁。全村所有户厕进行了高标准改造,并建有雨污分流和污水处理终端。所有弱电全部进行地埋。500余平方米的文化广场上,休闲长廊、运动设施等功能配套,成为村民载歌载舞的欢乐地。黄荆坂村不近水,工作人员便因地制宜地将村前的响水亭港疏通美化,同时将村中的三口池塘进行高标准打造,让村庄更灵动。

黄金坂村散发出金子般光泽的还有村民致富产业。村中土地实行流转,由福建客商连同合力村村委会一同承包周边的土地,成立都昌县鄱湖食用菌专业合作社,培植的高档竹荪畅销市场,助力农民就业致富。

富了口袋富脑袋。清新的文明村风润泽金子般的心灵。走进黄荆坂村,文明新风扑面而来。房宅外墙上的墙绘画将社会主义核心价值观进行了立体的渲染。村文化广场的长廊里,新的家训、家规、家范朗朗上口。修葺一新的祖祠兼村民文化活动中心内,"忠孝"文化氛围浓郁,"孔融让梨""百善孝为先"的主题铜雕栩栩如生,教化育人。黄荆坂村还打造了"法律明白人"广场,宣传法治文化,促进基层有效治理。

黄荆坂村人以践行为笔、以修德为墨,书写着秀美乡村的文明新篇。淳朴的村民顾大义、讲团结。2021年,村里着力开展秀美乡村建设,涉及让基、拆墙、捐资、帮困等公益事业,只要村民理事会理事长陈万寿在村民建立的微信群里将情况讲清,将道理挑明,平日里在外务工的村民总是热烈响应。黄荆坂人将"忠孝"家风赓续传承,出新出彩。80多岁的刘杏元婆婆身患高血压、糖尿病等疾病,老人的三个儿子陈桂寿、陈银寿、陈松寿在身边无微不至地照顾她,孝顺无比。耄耋老人陈茂兰的儿子陈亚青在广东汕头打工，儿媳妇袁英桃在家悉心照顾老人，呵护小辈。这个普通农家的第三代陈鑫投身军营，让金色年华在忠于祖国的至诚大义里闪耀。

忠孝节义为本，耕读奉公传家。黄荆坂村人传承古家训，开拓新生活，在乡村振兴的金光大道上一路奋进……

59. 三汊港镇岭东石家：姹紫嫣红看岭东

【家训家规】言行君子之枢机,枢机之发,荣辱之主也。夫德行者,人之本也,学问者,人之枝干也,未有本不正,而能端其枝干者也。苟德行一乖,即为人所鄙弃,虽有学问,何所济乎。夫使人之视、听、言、动皆本于礼,亦何患品行之不臧乎?

都昌三汊港镇岭东石家是一个自然村,又称韩婆庄石家。我在"传家训扬新风"系列曾在 2019 年 3 月 20 日以"氤氲丁仙垴"为题,对韩婆庄石村的人文历史进行了叙写。岭东石家现有人口逾 2400 人,属三汊港镇岭东社村所辖,除了石家,岭东社区还有一个 200 余人的周姓村庄。

岭东社区在当下无疑是都昌县的明星社区,其秀美的生态环境为全市乃至全省一流,单单是近年来多方筹资投入村居环境建设的资金规模——1200 余万元,就让人心生羡慕,刮目相看。岭东社区近三年来发挥"实力、魅力、活力"品牌效应,着力将社区打造为既有高颜值,又有厚内涵的"岭东样板",得到上级领导肯定、人民群众点赞、各级媒体宣传,成为都昌乃至九江的一张亮丽名片。岭东社区入选 2020—2021 年度江西省"绿色社区 美丽家园"创建活动示范社区,2021 年入选省级森林乡村,2022 年被评为"九江市卫生村",2021 年 6 月获得都昌县委授予的"全县先进党组织"称号,并连续多年被三汊港镇党委和政府评为全镇高质量发展目标考评先进单位。

（一）产业兴旺出新彩,提升实力

岭东社区立足自身资源和基础条件,因地制宜兴旺产业,助推社区群众增收致富,提升社区发展实力。

岭东社区正大力发展油茶产业,分别于 2018、2019 年成立了都昌县培虎种养专业合作社和都昌县鼎仙油茶种植专业合作社,已种植油茶 500 余亩。社区采取"合作社 + 农户 + 脱贫户"模式,油茶产出后获得的收成按照土地流转农户 30%、脱贫户 30%、合作社 40% 的比例分成。社区发挥光伏效益,已建有两座

50kW 的光伏电站,所有收入全部用于公益购岗和补助没有经济来源的困难群众。仅"光板板"一项,村集体经济年创收入就达 20 万元以上。

岭东社区走农文旅产业融合发展之路,着力打造岭东社区"蝴蝶谷"乡村旅游项目。该项目按照三个区域规划,力争 2022 年创建省 AAA 级乡村旅游点,条件成熟后顺势申报省 AAAA 级乡村旅游点。农耕文化体验区包括农事体验、农具体验、水上乐园、迷宫等。该区域规划面积 800 余亩,建成后既可以让游客深度体验传统农耕文化,又可以作为中小学研学和劳动教育基地。花卉观赏区规划面积 200 余亩,拟遍植花卉,建成后可打造成花卉节、乡村摄影比赛基地。瓜果采摘区拟建设的 2 万平方米瓜果大棚,在助力农产品销售、增加农民收入的同时,也是"家年华"的采摘体验乐园。目前"三区"的排水、绿化、道路、游乐设施已基本建成。岭东社区"蝴蝶谷"乡村旅游景区已成型,与三汊港镇域内的丁仙垴民俗文化、港头街古埠文化、铸铁山工艺文化、赤岸咀候鸟文化等连成乡村一体游片区,旅游产业日渐红火。

(二)村居秀美呈新貌,彰显魅力

三汊港镇岭东社区打造了品位一流、功能配套、赏心悦目、宜居宜游的村居环境,社区建设与管理尽显魅力。

岭东社区打造村居环境,绘就秀美画卷,让人"看得见山、望得见水、记得住乡愁"。按照"七改三网、绿色生态、因地制宜、群众参与"的工作标准和要求,岭东社区先后投入资金 1200 余万元打造秀美乡村,其中群众筹资投劳合计 200 余万元。社区整洁有序,基础设施日益完善。社区改造区域水系,铺设管网 9480 米,建有污水处理终端 4 个,日处理生活污水 65 吨,实现雨污分流、净化达标要求,确保港渠水质干净。村中自北向南的港渠流水潺潺,9 座玲珑小桥各具古韵,呈现"小桥流水人家"的胜景。社区升级村内道路等级,硬化拓宽及新建道路 2000 余米,村内主干道铺设沥青道路 6000 余米,100 多户原本宅前不通车的农户顺利实现了车开到大门前的愿望,方便了群众生产生活。为美化社区环境,岭东社区改建了居民休闲广场 4200 余平方米,增设停车位 200 多个,建设绿化带 1350 余米,配套足球场、健身器材、座椅等公共服务设施。此外,社区居委会将建于 1972 年的原村小学融入红色文化元素,融合传统建筑风格,修缮改造成社区党群服务中心;在社区办公楼内高标准设置"五室二站两中心",完善

服务功能,真正从载体上打通服务社区群众的"最后一公里"。

岭东社区创新数字治理,以融入市域社会治理现代化试点工作为抓手,在主要交通要道、产业基地、水库周围共安装了 40 余个摄像头,在线上就能看到全村的卫生保洁、治安管理、车辆停放等情况。岭东社区还探索 5G、大数据与社区治理相结合的治理模式,将巩固脱贫攻坚成果大数据管理平台接入视频网,居民足不出户就能查询到与自己息息相关的政策,办理医保社保、养老等民生事项,"云管理"的魅力在岭东社区现代化气息里初显。

(三)文明实践展新姿,增强活力

岭东社区成立了新时代文明实践站,以此为平台,大力弘扬社会主义核心价值观,实现乡村传统文化与现代文明的融合。2022 年 4 月 28 日,省领导深入岭东社区调研脱贫攻坚成果巩固情况和乡村振兴推进情况,对当地一手抓产业发展、农民增收,一手抓移风易俗、乡风文明,持续推动百姓既富口袋又富脑袋的做法给予勉励和肯定。

岭东社区在文明实践中,开展清洁家庭、孝道榜样、创业致富、文明之家"五星户"评比活动。奖罚分明:评上"五星户"的农户可以凭积分到"爱心超市"兑换日用商品,激发荣誉感;对有违传统美德、有损公序良俗的予以扣分。每月农历初一、初二、十五、十六四天,社区都会聘请理发师为社区居民免费理发。岭东社区孝亲敬老蔚然成风:70 岁以上的百余位老人每月聚会两次,费用由在外创业有成的村民捐赠。社区的颐养之家跻身第一批省级颐养之家示范点。社区出资邀请戏剧班来村里唱戏,让欢歌笑语响彻村头巷尾,丰富群众的文化生活。社区革除逢年过节家家户户燃放烟花爆竹的陋习,改由社区红白喜事理事会在规定的地点象征性地燃放一挂(筒)鞭炮(烟花),以实际行动净化生态环境。岭东社区在秀美乡村建设中拆除老旧危房 108 栋,并将拆旧改路后重做的院墙建成文化墙,把民风民俗、道德准则、实用知识、文明守则等通过接地气的"墙头文化"传递到社区的各个角落,文化墙成为社区的"文明礼仪墙""道德教育墙""政策明白墙""科技普及墙"。社区注重人才培养,制定村规民约,对考上大学和参军入伍的优秀学子和热血青年给予适当奖励,规定:参军入伍的,奖励其家庭 1200 元;考上本科以上的学子,给予 600 元至 30000 元不等的奖励。社区完善公共文化设施,注重规范农家书屋的建设和管理,组建管理人员队伍,定期开展书屋管理培训。此外,社区还配套建设篮球场、足球场、健身器材和座椅等公共服务设施,让人们乐享生活。

岭东社区成立了居民理事会,现任理事长由老党员石坤鹏担任,理事会成员由"五老"——老党员、老干部、老退伍军人、老模范、老教师,以及有威望的乡贤组成。理事会在社区治理中功不可没。村庄整治碰到难点,他们以德服人,总能解决,顺利推进;在公益事业上,他们带头捐款捐物,率先垂范,为家乡建设奉上拳拳爱心;在红白喜事的操办上,他们既传承礼仪,又宣传移风易俗;在邻里纠纷调解上,他们晓之以理、动之以情,为和谐社会建设倾尽心力。岭东社区"两委"班子在乡村治理中发挥主心骨作用,对各类矛盾纠纷、安全隐患、风险点进行摸排,及时与政法部门、应急管理部门等部门有效衔接,将不稳定因素消除在萌芽状态。社区将自治、法治、德治有机结合,探索完善"有事好商量"的社区协商民主议事制度。

姹紫嫣红看岭东,乡村振兴展画卷。岭东社区在奋进的征程上,生机盎然,美不胜收……

60. 三汉港镇江泗源村：泗源村里的"四源"

【家训家规】勿以恶小而为之，勿以善小而不为。处公无私仇，治家无私法。勿损人而利己，勿妒贤而嫉能。见非义之财则勿取，遇合义之事则从。诗书不可不学，礼义不可不知。

江泗源村属都昌县三汉港镇荷塘村所辖。关于泗源村的特色，我们且来初探其"四源"。

（一）村庄得名之源

对于江泗源村名的来源，村里大多数人的解释是"四个水源汇集之地"，且掰着指头说出"四源"之名——田家垅涧、姚家垅涧、西边涧、南边涧。江泗源村临近鄱阳湖，但不是典型的湖边村庄，周边山涧有很多。"泗"通"四"，除了音同，在意义上并没有关联。查村里的《江氏宗谱》得知，"江泗源"是其祖宗之名。所以，该村村名其实是源于祖名。

据了解，都昌江姓有 176 个村庄，现有近 6 万人，其族脉有"四本两济"之说。所谓"四本"，指本茂公发 3 村、本仁公发 32 村、本直公发 39 村、本善公发 55 村，皆为元房后裔；所谓"两济"，指济一公发 4 村、济九公发 43 村，皆为景房后裔。江泗源村发脉于本仁公。江忻 9 世孙江本仁之子江宗海（1074—?）于北宋政和年间，由鄱阳青溪泽源铁炉埠迁徙至都昌四都大山。江宗海 13 世孙江振四，字泗源，于明代宣德年间（1426—1435）由四都大山迁至三都中荷塘，后以祖名冠村名，形成如今的江泗源村。村史距今已近 600 年，现有人口 400 余人。

江泗源村所处地理位置优越，田地肥沃，旱涝保收。在古代是上土塘、阳储，下周溪、西源的必经之路。现今距三汉港集镇不到 3 千米，荷塘村村委会的办公地、荷塘小学和荷塘村诊所就设在村中。三汉港镇荷塘村 1956 年一度归刘金乡，1958 年并入三汉港公社。当地有荷塘垅，又有上荷塘（江儒里、吕家等所处的老横塘）、中荷塘（江泗源等村）、下荷塘（老屋王村等所处）之分。"荷塘"其名，显然缘于斯地有大小池塘，夏季遍开美丽的荷花。江泗源村至今仍有莲蓬塘、藕塘之称。

（二）道教文化之源

江泗源村在 1949 年前的数百年间,村民兼做道士的有很多,道教文化兴盛堪为此地的人文特色。

中国的道教有"四大天师"之说:一是东汉时的张道陵,道教创始人;一是三国时的葛玄,道教灵宝派祖师;一是晋代的许逊,号旌阳,又称许真君,南昌人;一是宋代的萨天师,又称萨真人。都昌这方水土,流传着不少许逊的道教故事。想必江泗源村的道士,得了许真君的真授。都昌苏山乡的元辰山,为道教七十二福地之第五十一福地。

道教是中国的本土宗教,尊老子为道祖,奉老子的著作《道德经》为主要经典,主张的"道法自然"具有朴素的辩证法思想。在中国,广东省茂名市就是因晋代著名道士潘茂名而得名,而在都昌,也有一个缘于道教而得名的村庄——道士垅江村,如今属周溪镇柴棚村。道士垅的开村始祖是江泗源村振四公的 6 世孙江极(1514—?),于明嘉靖丁酉年(1537)由中荷塘江泗源村迁至周溪柴棚村。距今 480 余年前的泗源村人江极,在滨湖的柴棚村因替人做道场而落籍,发脉一村,即道士垅村。由此可见,江泗村道士之众的历史至少可追溯到明代,江泗村崇尚道教文化,历史底蕴深厚。江泗源村人精于道事,自然有不少拔萃之人,成就了卓然的民间工艺。比如有道士手绘的道人彩像挂画惟妙惟肖,堪为珍品;有道士以清亮之声将经文吟唱得宛若仙音;有道士巧手缝制的道袍品相不凡;有道士贴地编词、现编现唱,让听者心里动容生暖。

道术一般得家传,在移风易俗的新时代,江泗源村仍笃持道家仪轨的已寥寥无几了。"人法地,地法天,天法道,道法自然"的道家思想核心,却植根于一代代江泗源人的秉性中。

（三）篾匠手艺之源

江泗源村先前道士多,篾匠也多。村上篾匠手艺兴盛始于何年,待考。究其源,在农耕时代,面对人多地少的村情,村民学了篾技可谋生,是生存之道。

出生于 20 世纪 70 年代末期的江书福,近年来深情地写过一些关于亲情与乡愁的散文。在《山里篾匠》一文中,他用雅致的文字,回首已故去的父亲从篾岁月的艰辛,为读者描绘了他的父老乡亲以篾为生的酸甜苦辣。

在当时，学手艺最有保障的莫过于木匠和石匠，因为他们都是基本建筑不可或缺的，往往被雇主请到家中，贯以师傅之称，好烟好酒待如上宾。但我家及至我村的大多数长辈们学的都是篾匠，跟其他手艺相比，篾匠有着许多迥然不同的特点。几乎所有用刀的手艺活刀口一律是向外的，唯有篾匠们的刀口是对着自己用力，因此每位篾匠学徒要学会这门手艺除了流汗外还非要流上几两鲜血不可；篾匠也不像其他工匠是人家堂而皇之请来的，他们基本上是在深山老林找一户有竹园的人家作为"落家"，借他们大厅之一隅，蹲在墙角忙活着一家人的生计，如与"落家"没什么嫌隙，一蹲便是几年。因为长年蹲着做事，有时他们便自嘲是"落家"的一只狗。当然，做篾匠也有一些令人歆美的地方，在景德镇的瓷器盛行用竹篾包装时，篾匠也就成了铁饭碗。再者长年在外"落家"，时不时便传出一段风流韵事。

在景德镇附近有两个地方能容纳大量的篾匠，一是波阳县（注：今鄱阳县），一是浮梁县。我族人都是在浮梁山里找的"落家"，他们在深山里把竹子破成篾，然后扎成捆，卖到景德镇的各大瓷厂。起初他们是一担担地挑，一担篾，百余斤，往返路程两百里；结过账，几十元，除去本钱所剩无几。后来他们就联合起来，用板车拉到山底，然后用手扶拖到集镇，再搭客车运往景德镇。这虽然少了徒步之艰辛，但每一个环节又多了几分风险。用板车拉时，走的都是山里的羊肠小道，路窄得仅能通过一辆板车，又多陡坡急弯，拉着几百斤的篾几乎是呼啸而下，拉车的人唯有凭着口中不时的呼喝来提醒上山的人及早回避，稍有不慎便是一场惨剧……用手扶拖篾时，因为篾堆得特高，山路又颠簸，人坐在上面，一不小心就可能摔下车来。搭客车是要安全多了，但当地是不允许拉篾出山的，经常有人在路上设置关卡，一旦被发现，这一车篾花费的工夫（大概一个月）就全打了水漂。

篾匠们最苦恼的日子是江南的梅雨季节，因为多雨和潮湿，破好的篾若不经几个太阳是很容易发霉的；最开心的日子也是这个时候，碰上雨多，反正开不了工，干脆大家聚在一起，喝喝酒、玩玩牌，一年到头难得这样轻松。虽然钱少了，但大家苦在其中、乐在其中。时间也就这样不紧不慢地过着，尽管苦些、累些、担些风险，若不出什么意外，一家人的生活还是可以勉强维持。

江泗源村至今仍持篾刀者,也是寥寥无几。现今,无论是在瓷都还是在乡间,篾器替代品多了,村里当年的一批篾匠手艺人只得转场。他们大多在 20 世纪 80 年代就汇入外出打工的行列。他们的后人彻底弃了篾丝,正用幸福的璎珞,编织着新的生活。江书福在《山里篾匠》一文的末句,乡愁式地咏道:"别了,山里篾匠们!"

(四)村风文明之源

在江泗源村 2007 年修建的祖祠兼村民文化活动中心正门上方,有一匾,上书"忠孝世家"四字,这源于南宋爱国名相江万里。江万里是都昌县阳峰府前江村人,为抗元率全家投水而死,留下"一门忠烈"的江氏家风。江泗源村人传承"忠孝"家风,在新时代融入社会主义核心价值观的实践中,成为厚植文明村风的精神之源。

江泗源村尊老爱幼、和睦团结蔚然成风。每年的年夜饭,往往是大家族十余人、二十余人的大团聚。吃过年前饭,大家欢聚一堂,畅叙一年来的收获,展望来年的愿景,对未成年的孩子说上一番谆谆告诫之话。先前,每年的正月初一,各家各户争先恐后地拿着比体面的鞭炮,去祖厅燃放,安全隐患多,还滋生攀比心理,也由于燃放时间有早有晚,爆竹品相有高有低,多少会影响村民的和谐相处。村民理事会倡议,各家各户约定正月初一早晨七点一齐在祖祠燃放,既消除了天未亮燃放鞭炮的安全隐患和噪音,又在一片祝福声中增进了村民间平等互助之情。村风良,家风好。村民江慎治家有兄弟五人,最小的弟弟 3 岁时因一场病导致精神发育迟缓,如今年过半百生活还不能自理。江慎治和另外三个兄弟每人轮季照顾小弟,在当地传为美谈。2017 年江泗源村在党和政府的支持下开展新农村建设,村内"三横三纵"的道路实行了硬化,疏浚了水塘,垒了塘岸,开挖了污水处理管道,建起了小型文化广场,村容村貌焕然一新。江泗源村人尚读书,从村中走出去的学子,就读于中科院、第三军医大学、南京邮电大学、南昌大学等,各自成就着精彩的人生。江泰在广东农垦系统展公仆风采,留美博士江旭品如今在军医烧伤科,事业如日中天……当年的一批篾匠和他们的后代,沐浴着改革开放的春风,在外创业有成,他们追根溯源总不会忘记家乡的哺育。

在乡村振兴的广阔原野上,江泗源村幸福生活的源头活水汩汩流淌……

61. 三汊港镇长红余村:28 年村落重阳敬老侧记

【家训家规】凡卑幼于长者,偶有纷结,必须虚心下气与之分理,即或有所质于尊长,亦须委心听理,毋得哓哓抗违。然尊长亦要秉公以剖,不得炎凉轩轾。

岁岁重阳,今又重阳。2022 年的九月初九重阳节,正逢国庆假期,像往年的重阳节一样,都昌县三汊港镇长红村余村老年协会举行重阳敬老活动。28 年前的 1994 年,余村老年协会成立,自此,年年的重阳节这一天都会成为村里老人暖心的盛会。

据第七次全国人口普查数据,作为都昌县人口数排第四的余姓,有 169 个村落,而三汊港镇仅长红余村,就有人口近 2000 人。长红余村又称庄边垅余村,属十万公后裔。这"垅"似有两层寓意。一是特指长红近处的垅形。村落环境山清水秀,面临鄱湖,背靠长岭,有梅垅、大头垅、彭白垅、刘家垅"四垅会水"。二是指向族源的沿袭。长红余村属十万公后裔黄坡垅支脉,与都昌芗溪乡的黄坡垅余村、南峰镇的玉岩垅余村、芗溪乡大昌垅口余村与小昌垅口余村等村名含"垅"字的村,同出一支。至于"庄",源于万户镇庄里余村。都昌黄坡垅余姓祖先为南宋理宗年间的余季一(1219—1300),明永乐十四年(1416),季一公九世孙、庄边垅始祖余云一(1386—?)由九都东岸嘴庄里余村徙居五都大山南麓,形成今天的庄边垅余村,至 2022 年已立村 606 年。

悠悠 600 余年的长红余村,人文底蕴深厚,敬老助老之村风蔚然。

据长红余村现任村老年协会会长余祖宽介绍,协会成立于 1994 年的重阳节前,发起人是余启发(已故),当年的首批参与者有余祖智、余兴旺、余大华、余传儒等老人。余启发曾任周溪公社管委会社长、杭桥公社革委会主任等职,退休回到生他养他的故里后,成为一名受人敬重的乡贤。他 20 世纪 90 年代初同村里的几名德高望重的老伙计一合议,率先在三汊港成立了自然村一级的老年协会。会员开始是以"五老"——老党员、老教师、老干部、老战士、老劳模为主,随着影响扩大,渐渐吸引了村里的其他老人加入。1994 年的重阳节这一天,首批加入村老年协会的 15 位老人,在当时村里的瓦屋祖厅里,每人吃了一碗长寿面,这集体便有了仪式感。"老吾老以及人之老",在外务工的年轻后生十分支持村里成立老年协会,并纷纷劝说家中的老人融入协会。起初入会的老人一次性交纳50元会费,现在是每人一次性交纳100元入会费。老人去世后,所交费用退还给其子孙。村老年协会精打细算,将入会费的有限利息用于助老扶老活动,更有村民自愿主动捐款,从数十元到数千元不等。现在的章程规定,为激发有识之士为村老年协会多奉献爱心,对捐款1000元以上的,如有子孙考上大学,村老年协会送上贺幔和200元的贺礼,以表彰其敬老爱幼之家风。1998年,长红余村老年协会寻求各方支持,筹资数万元,建起了总建筑面积达150余平方米的村老年活动中心,添置了一些老年活动设施。其时,余启发的儿子余传俊热心扶持老龄事业,帮忙筹集到约4万元。在县税务部门工作的余金明情系桑梓,也筹来不少兴建村老年活动中心的扶持资金。村老年活动中心的建立,让长红余村的老人有了自己活动的"家"。近年来,村民理事会结合新农村建设,在村后紧临老年活动中心的一座30余亩的山峦,建起了健身走廊、休闲古亭、园林小山等景致,这里已成为村中老人修身养性的生态绿洲、生活乐园。

家有老,是个宝;村有老,布德好。长红余村的老年协会成为乡村社会治理的一支辅助力量。人生阅历深、人脉关系广、民情民俗熟,是老人们的优势。每逢村里有个家长里短的邻里纠纷、家庭内的婆媳不和、与外人起了争执,老年协会出面配合调解,总能达到握手言和、相逢一笑的效果。村老年协会在三汊港镇关工委的指导下,开展"老手拉小手"活动:防止小孩溺水、对未成年人普及法律知识等,老人慈祥的面孔让村中少儿如沐春风。村老年协会有时还会给在长红村小学读书的余村学生发个笔记本、小书包,鼓励他们争做品学兼优的好少年。村老年协会还开展孝亲敬老评选活动,对公婆极尽呵护的孝顺媳妇王彩凤、孝敬父母的余建中等村民都得到了褒扬。每年冬至前后,村老年协会组织对80岁以上的高龄老人开展慰问活动。村里还开展延年益寿的老年文体活动,有钓鱼爱好的,不时垂钓成趣;村里的老年太极拳队、老年广场舞队还在全镇的比赛中夺过冠军。

"集思广益互关心,免得老人坐家闷。生病就医随时管,子女在外不担忧。""万贯家财转眼过,有钱难买寿年长。忠孝节义传千古,积善敬老颐千年。"2022年重阳节前夕,长红余村老年协会会长余祖宽就将自己用通俗语言编写的《颐养颂》用大红纸书写了满张,张贴在老年活动中心的外墙上。敬老爱老当然不

只是在物质生活上养老,更要在精神生活上怡心。每年重阳节聚会,余祖宽总会请一些年长者现身说法,交流老年为人处世之道。比如要尊祖训、守村规、传家声,长辈要有长辈的样子;要量大福大,不去攀比,放平心态,知足常乐;要积德行善,莫倚老卖老。村里的余祖义老人在三汊港镇开了一家药店,他在重阳聚会时会给老人们科普养生知识,从老人饮食、老年健身,讲到老人调整心态。总之,老人们要明白"健康是1,没有健康,一切荣华富贵都是无用的0"这一道理。1945年出生的余祖春,曾担任过都昌县交通稽征所所长。作为一名退休的老党员,他热心村里的公益事业,几乎每年都会参加重阳敬老聚会。回到村里,他很投入地拉起心爱的二胡,与昔日的玩伴在重阳文艺表演中放飞快乐的心情。

岁岁重阳,年年出新。2022年长红余村的重阳节敬老活动当然有与往年不一样的内容。当天,应余传俊先生之邀,都昌县国学原典读书会的邹国坚先生一行,带着由读书会张春生先生筹集的《国学》读本,送给村里的老人和中小学生,让传统美德滋润心田。鄱阳湖文学研究会的余略逊(明然)先生带来了《鄱阳湖》文学杂志相赠,让乡间老人有兴趣时品味一分书香,让村头的鄱阳湖与书中的《鄱阳湖》奇妙相遇一番。纪录都昌地方人文历史的《家训里的乡愁》《乡愁里的村庄》作者也来到现场向村民赠书。都昌县人大常委会原主任、县关工委原主任但俊华在20世纪90年代末,多次亲临长红余村老年协会调研指导,助力打造全县首个村级品牌老年协会。1948年出生的都昌县人民政府办公室原副主任、县房管局原局长王平友今年照例参加了长红余村的重阳敬老活动。特别令长红余村人感动的是,老领导王平友28年来几乎年年都来参加这样的聚会。王平友如今也是74岁的老人了,他老家是与长红余村邻近的荷塘王村。40余年前,他在当时的三汊港公社工作,曾任革委会副主任。20世纪70年代中期,他曾被派到长红余村蹲点,那时叫长红大队第七小队,干部蹲点作风实,做到与村民"同吃、同住、同劳动"。回首往事,王平友在村里敬老的情景也留在了老一辈村民的记忆里。当年村里有个叫郑秀英的80多岁的五保户奶奶,每天清晨,蹲点干部王平友起床后的第一件事就是挑上两担生活用水装满郑婆婆家的水缸。王平友后来参加县里的老龄委和县关工委领导工作,他选择长红余村作为他的示范帮挂点。2018年,长红余村老年协会被九江市老年协会评为全市三星级老年协会。快半个世纪的敬老情,成就了王平友与长红余村父老乡亲的一段佳话。长红余村老年协会向王平友这位"不平凡的老友"赠送了一面上书"真情敬老人,温暖送爱心"的锦旗。2022 年重阳节这一天,王平友在长红余村还见到了他的启蒙老师余大华先生。92 岁的余大华老人是目前长红余村男性老者中健在的最长寿者,一生教书育人,也将尊老敬老的美德灌输给了一代代学生。

长红余村的重阳节盛会,不只是弘扬敬老助老文明新风、践行社会主义核心价值观的载体,也是村中游子人到老年一解乡愁的桥梁。长红余村 2022 年重阳节活动现场,来了特殊的一家人。年逾八旬的余祖善老人带着祖孙三代人,还有创业有成的女儿女婿一家,从景德镇驱车来到长红余村,第一次参加家乡的重阳节活动,并捐款 2000 元支持村老年协会开展敬老活动。余祖善老人动情地表示:"家乡是我永远的家。只要身体尚健,我会年年回家过重阳节。"罗序文、刘叙夫妇在景德镇从事品牌汽车销售和文化产业,事业有成,夫妇俩在现场以庄边垅余家外甥(媳)的身份捐款 1000 元,以此缅怀故去的母亲余爱香。

长红余村的重阳敬老活动已坚持开展了 28 年,2024 年将会迎来村老年协会成立 30 周年庆典。岁月不居,时光如流,村民们期待着 40 周年、50 周年乃至几百周年的庆典。人生易老,青山不老。长红余村长久展露的那片夕阳红,该是多么温馨、从容啊……

62. 土塘镇陶珠山江村：山村"三优"

【家训家规】古人治家之道，唯以身教为先，为家长者当以至诚待下。言不可妄发，行不可妄为，使子孙有所准则。

"陶珠山"，不是山之名，而是村之名，属都昌县土塘镇殿下村所辖。陶珠山是江姓村庄。都昌有少数行政村整村几乎是一个姓氏，比如土塘镇的殿下村，有 2200 余人口，有 7 个自然村全是江姓村庄，只一个刘丛村有 4 户不到 20 人姓刘。第 7 次全国人口普查最新资料显示，都昌按人口数排在前 10 位的姓氏是刘、江、曹、余、王、陈、张、黄、冯、李。都昌县江姓有人口近 6 万，170 余个江姓自然村溯其源有"四本两济"之说（即从鄱阳铁炉埠分 6 支迁入的祖先本茂、本仁、本直、本善和济一、济九），陶珠山江姓是本直公之后裔。北宋年间的江本直的 11 世孙江仁一，于元至正年间居十五都长林道老屋，江仁一的 5 世孙江琏于正德年间由老屋场分居陶珠山。也有老一辈村民讲述，其肇村祖先江琏率子江仲才，于明成化年间立村，距今 550 余年，现有村民 390 余人。

"陶珠山"其名，细细琢磨有千年瓷都景德镇的气息。也有村民考证，村后的杨家背就有瓷土矿，明清时还有简易的瓷窑。20 世纪 70 年代，村里的江封富担任景德镇红星瓷厂的党委书记，红星瓷厂就在陶珠山的杨家背山顶取瓷土，制成瓷釉"白如玉"。如果说陶珠山之"陶"有陶瓷的踪影，那么，陶珠山之"珠"，自然使人联想到"珠山"。瓷都有"珠山八友"，如今人们在打量陶珠山村时，至少可总结出"陶珠三优"。

（一）优美的生态

陶珠山不是一座山的名字，但陶珠山村的确是一个山村。陶珠山村三面环山，唯北面入村处有平坦的水泥道。从入村的虎山数来，群山连绵，村中老者放眼指认，锁链坳、狮子山、九股山、社公山、含垅口、大山涧、杜家盘、卷水涧、虎脑涧、冷水涧、磨盘脑、自德冲、来龙筋、郎中山、团山……这些让村中后生无法辨识的一座座山峦铺展开来，群峰挺秀。早先环山的三面皆有斫柴、行旅之人踏出的山路,一条从来龙筋到牌楼下,一条从含垅口山岭到杭桥、陈吕两村,一条从大山涧山岭到杭桥老山村。倒是进入 21 世纪,无须砍柴取薪,无须伐树取料,这山的生态便涵养得越发好了,先前翻山越岭的山道被疯长的荆棘、茅丛遮掩,没有了援山走路的人,也就没有了山径的踪迹了。村民现在出入全凭一条进村路,从老化民街黄土嘴入口,经殿下枫树村,三里许的路直抵村中。

"青山"往往与"绿水"相连,陶珠山也有青山绿水,这水,却不是浩渺的鄱阳湖之水,而是山涧里的那一股溪流。现今的土塘镇号称都昌 24 个乡镇中的第一人口大镇,人口逾 6 万,是由老土塘、杭桥、化民三乡合并而成的。殿下村原属老化民乡,老化民乡在都昌行政区域有 30 个乡镇时,是其中 4 个不近鄱阳湖的乡镇之一。山阻隔了陶珠山与鄱湖。那山汇聚之山洪,赋形于水,这方"绿水",妩媚更胜浩渺了。当然,山涧之水最终流向的还是鄱阳湖。千词浩荡的湖上文章,更有灵性。

陶珠山人关于水的最美记忆,是在 1980 年前后。1974 年,当年的化民公社在陶珠山村头建起了一座小型水电站,利用众山汇聚、奔涌而下的山涧水发电。一年丰水期有 8 个月,所发电用于当时化民公社周边的排楼、枫树下、陶珠山一带的照明。后来随着小(2)型水库——大山涧水库扩建蓄水,山涧的拦堤改道,特别是高压电的闪亮登场,导致 1984 年陶珠山水电站废弃不用,空留下入村口的那座桥——村民仍习惯叫"电站桥"。

如果说青山绿水的陶珠山村,其优美的生态犹如一顶皇冠,那么,2021 年建成的陶珠山乡村森林公园无疑是这顶皇冠上的明珠。2021 年,得省、市、县林业部门扶持,陶珠山村投入 40 余万元,在村后重峦叠嶂、山道盘旋处,建成一座乡村森林公园。近年来,江西省林业部门深入践行绿色发展理念,按照"六个一"标准建设乡村森林公园,即建设一处乡村公园标志性主入口、一个森林休闲广场、一条森林植被景观带、一条森林步道、一座 A 级标准生态公厕、一处森林生态科普长廊,同时创新"公园 + 业态"发展模式,以此带动村民增收致富,推动森林旅游产业健康发展。陶珠山乡村森林公园在"六个一"的基础上,拓展到"九个一"——添建了一个绿色休闲亭;一个兼具消防功能的景观塘,6 条锦鲤游弋其中;一套悦耳动听的绿色音响融入其间。陶珠山村打造了高标准、有品位的乡村森林公园,"绿色之珠"成为乡村振兴中的一道亮丽风景。

（二）优厚的民俗

每年的农历十月初十,对于陶珠山村人来说,是一个喧腾热闹的氛围不输过年的节日——为老爷爷佛庆生。初九开始,家家户户做米粑,提前一天为爷爷菩萨"暖寿"。初十当天,家家户户请来亲朋好友上门做客,推杯换盏中欢腾一片。有时,村里还会请来电影队放专场电影。爷爷佛供奉在村祖祠右龛,经年享祀。

陶珠山村农历十月初十为老爷爷佛庆生的独特民俗,发源不过百年。据说民国初年,陶珠山一村民捐铳去杭桥那边的风登坳打猎,从一座寺庙里请来了这尊爷爷佛,占卜得知神佛是十月初十这一天生日。这尊佛能驱邪赐福,在陶珠山村民心中衍化成神祇,进而形成一种民间信仰。1953 年出生的江卓海如今是一位退休教师。在他的记忆中,有着爷爷佛经历三次火灾而安然无恙的故事。1966 年,老祖厅周边是低矮的牛栏猪圈,是年秋季的一天牛栏着火,但这一天竟刮起了这个季节少有的东风,将火势引向了后面的山峦,供奉老爷爷佛的祖祠完好无损。20 世纪 80 年代的那一次火灾,把祖厅的飞檐斗拱烧着了,祖厅主间却没染烈焰,爷爷佛照旧一脸祥和。

相传陶珠山村南边高山之巅曾有碧玉庵,后毁于一场大火。数日后一喜鹊从废墟上的庵前香炉内,衔着香头飞至山脚下的太和涧平地处,啼叫不已。村中长者发觉异样,料定是神祇在暗示什么,于是在喜鹊落香处重修一庵,曰"沿脚庵"。庵成之后,香火缭绕,信众络绎不绝。1969 年,沿脚庵被拆。

独具特色的民间信仰与崇拜,可以说是民俗文化发展的固有基石和根源,犹如一部活泼生动的百科全书。陶珠山人敬奉老爷爷佛,他们以素朴的情感寄托着祈福禳灾的愿望,这里也成了研究民俗文化的一个窗口。陶珠山人沿袭民俗,山里恬静的日子一天又一天,一年复一年。

（三）优良的村风

1963 年出生的陶珠山村人江新宝,近年来担任村民理事会理事长。他不计个人报酬,同理事会一班人齐心协力,组织实施乡村森林公园建设等项目和公益事业。江新宝对陶珠山村的好村风如数家珍。比如村民之间团结互助,以义相处。20 世纪 80 年代刚分田到户时,哪家的男劳力出外挣钱谋生,或是家中遭

遇变故,这家的责任田就由其他村民耕作,绝无荒田荒地、歉收绝收之虞。比如现今村民大多外出打工和在外地生活,常住的村民只有 80 人左右。村中老者在农闲时倡议聚一次,便由一家牵头,架锅烧灶做起米粑来,第二天在这家吃顿"全村粑",当然会配置一些美酒和佳肴,满满七八桌,宛如一大家人。这样其乐融融的聚会,一年总有六七次。山里人的淳朴植入陶珠山人的骨髓里。村里从未发生打架斗殴现象。村中妇女也不恋打牌,在村里居家过日子的,会到村里农业合作社的蔬菜大棚里务工,或到山上的油茶、茶叶基地干点儿零活,以勤劳的双手在家门口挣些务工钱。早在 6 年前,陶珠山村民理事会就倡议红白喜事禁放爆竹,只可放烟花,以净化环境,村民纷纷自觉响应。村里的年轻人也有一股子正气,碰到不识大体的村民,便群而导之,化阻为畅。

陶珠山人崇尚"耕读传家",因此尤其崇教重学。一代代陶珠山骄子以知识改变命运,成为飞出大山的凤凰,在辽阔的天空展开理想的翅膀飞翔。在清代,陶珠山出过一个叫江世程的举人。民国年间的私塾先生、乡间名医江隆裕的身影,嵌入老一辈村民的记忆里。新中国成立后,明媚的春光里,陶珠山文运日盛,陶珠山人种田之余亦"种文化",村人往往会提及两个"播种人"。一个是已故的江封宏先生。先生得其父江隆裕之教,国学功底深厚。他早年就读于九江卫校,是村里最早进入正规高中等院校求学者。文脉相承,薪火相传,他的大儿子江卓远从西北工业大学毕业后在中国大型商用飞机制造业一展身手。江卓远之女江峥增曾在法国攻读研究生,研究生毕业后在上海从事医学病体研究。江封宏次子江卓达博士,现任九江学院教授。陶珠山另一个知识的播种者是 1953 年出生的江卓海。自 1968 年至 1982 年,他一直在村里做民办教师,后来转为国编教师后,也在化民一带的小学任教,陶珠山的一代代学子有不少是他的学生。

陶珠山读书的种子在春风细雨中悄然发芽,葳蕤一片。村里的江卓达、江新洪、江雯斐等人有"博士"头衔。江新奇、江立宪、江立浪、江小青、江卓逞、江思静、江民强、江小河等一批骄子在各自的人生舞台上绽放芳华。江新洪在省会南昌履公仆之职,江小龙在军营英姿飒爽,指挥若定。更多的陶珠山人,在各行各业发出珍珠般的光彩……

63. 大沙镇官山张村：卷锦看尽厂官山

【家训家规】百忍歌，歌百忍。忍是大人之气量，忍是君子之根本。能忍夏不热，能忍冬不冷。能忍贫亦乐，能忍寿亦永。贵不忍则倾，富不忍则损。不忍小事变大事，不忍善事终成恨。

"分久必合，合久必分"，此语最有影响的出处是《三国演义》第一回，话说的是"天下大势"。其他天下小域的变迁，其实也有不同层次的分分合合。比如都昌县大沙镇官山村。"官山"是行政村名，在20世纪六七十年代，大沙公社的沿湖、黄香、官山三个大队合称为"朝阳大队"。那时的朝阳供销分社就设在现在的官山村，几成大沙计划经济年代商业的次中心。当年的朝阳大队现今分属沿湖、黄香、官山三个村委会。1998年，国家开始实施移民建镇政策，官山张村百余户从近沙咀坝的低洼湖边，搬迁到地势高的现村址，现在与大潮江村、坳上周村前后相连，三姓村庄俨然合成一个大官山村落。三姓村庄徙居官山的时间依次是：张姓成村于明代天顺年间，距今560余年，现有村民1200余人；江姓成村于明代成化年间，距今约540年，现有村民300余人；周姓成村于明代万历年间，距今约450年，现有村民200余人。三姓村庄一辈辈亲上加亲，相处得亲如一家。

（一）

在"官本位"充斥的封建时代，"官山"当然是一个很有气势的吉祥之名。查都昌《张氏宗谱》，官山起初叫"厂官山"，来源于官山肇村祖先张子富（1414—1463）。张子富靠科举的敲门砖步入官场，明正统九年（1444）三十而立的张子富在省城参加八月"秋闱"，中甲子科乡试第八名。中举后的张子富被派驻四川铜梁县（今铜梁区）任教谕，执掌县儒学，相当于当下的县教育局局长。后得升迁至福建古田县任县尹，任了一县之长。一个来自鄱阳湖畔的官吏在外省外县当差，不敢懈怠，励精图治，颇有政声。后经翰林院和国史院"两院"共同举荐，张子富出任户部主事，从七品擢升到了六品。入了官场的张子富一如其名,家藏富足起来也不足为奇,因为他最后的任职是芜湖税厂的主办。张子富天顺年间致仕(退休),归田于故里赤塅庙前村(今属大沙镇官山村村委会)。在官场开了眼界、富了家底的张子富外迁至骑龙湾之北半里许,建造起巍峨的院堂,肇兴了一个新村落。这位芜湖税厂的主办兴村之地被人以其官职呼之,称作"厂官山"。

单就张子富的正五品厂官,说不上有多显赫,倒是上溯至其九世祖,庙前张村的肇村祖先张荣廷,荣光更著。他登南宋淳祐元年辛丑科(1241)徐俨夫榜进士。清同治版《都昌县志》记其名为"张荣霆",都昌同榜进士还有曹去非、冯去非(都昌理学家冯椅之子)。张荣廷官至翰林院大学士,赠奉禄大夫、上柱国,为三品之官。张荣廷在官则荣耀朝廷,致仕则荣兴门庭。宋理宗景定年间由竹村咀(今属阳峰乡)迁三都赤塅庙前。张荣廷的后裔从赤塅庙前外播而发脉的村庄,包括庙前张村、棋盘下张村、官山上张村、桃源岭张村、中央垅张村、紫山上张村、芦冲山张村等,所列村名中前五个为大沙镇官山村所辖,紫山上、芦冲山分别为大沙镇黄香村、中馆镇中馆村所辖。

"厂官"张子富的后裔无论是居庙堂之高,还是处江湖之远,骨子里都浸染着"修身齐家治国平天下"的儒家正统仕宦观。在清朝,"作"字辈的张作兰为五品军功,张作珂为九品登仕郎,张作煊、张作瑜、张作北由皇帝钦命为乡饮大宾。乡饮大宾尽管不是一种官职,但以德望在官家面前享受到的礼遇,本身就是一种荣耀。此外,清代还有张圣纶为太学生,张念正为登仕郎等。2004年,村民筹资建起了新祖堂兼村民文化活动中心。厂官山涉官场之人在历史的长河里留下了一串串的名字。时至当代,官山村人张化礼(1948—2020)曾任景德镇古窑瓷厂厂长,受到党和国家领导人的接见。张化杨(已故)、张通学、张爱国、张瑜华、张欢、张义模等党员干部淡化"官"念,将"为人民服务"的信念贯注于各自的人生旅途。

(二)

官山村所处地区是典型的湖区丘陵地貌,并无巍峨的群山。如果把湖边的官山之"山"理解为精神家园的意象,那么,迈入新时代的官山张村,此山是"福山",是"书山",是"金山"。

家园兴盛奔"福山"。1960年出生的张义春于2021年春卸任村支书一职。

在过去的 20 多个春秋里,张义春作为大沙官山村村干部带领群众奔向幸福。他既是故园官山张村面貌巨变的见证人,又是官山村人创造美好生活的带头人。如今的张义春年老心红,热忱奉献家园。1966 年出生的张铭,6 岁时失聪,后一直生活在无声的世界里。张铭作为县供销系统内一名身残志坚的下岗职工,30 余年来执着于新闻写作和社会公益事业,先后在《人民日报》《中国纪检监察报》《经济日报》、中央人民广播电台以及《江西日报》《九江日报》等主流媒体刊发了大量的新闻稿件,先后荣获九江市十佳通讯员、首届十大感动都昌人物、最美都昌志愿者、九江市优秀政协委员等称号。2020 年底,九江市政协选派张铭到上海交通大学参加了为期一周的政协委员履职能力提升培训班。张铭用手中的笔写好都昌故事,同时也以一个村民的视角,记录了官山张村 30 余年来的沧桑变迁。官山村人总是津津乐道于创业路上两群人的别有洞天:一是村里不少人在景德镇生活。瓷都的窑火照亮不少官山人激情飞扬的面庞。二是村里有不少从事口腔医学(俗称"牙医")的村民。官山张村人均不到七分土地,村民外出务工便成为创业就业的好选择。散布长城内外、大江南北的"口腔人",成为官山张村人靓丽的身影。据统计,现在村里有 80 多人从事"牙业",他们咬定目标的坚韧让人惊讶不已。

人生砥砺攀"书山"。1962 年出生的村医张才生,关于跋涉书山的记忆皆与生他、养他、教他的官山村重叠,他的小学、初中、高中的求学生涯一直在村里完成。高中毕业参加高考,上了录取线但因小儿麻痹症导致的肢体残疾,终未踏入大学校门。张才生将满身才华施展在官山家园,甘做一名乡村医生,为"仁心"而绽放生活的精彩。早年的大沙二中就建在官山自然村,20 世纪 70 年代更是办过两年制的高中。不少大沙学子从当年的大沙二中毕业,青涩的岁月里有恩师精心施教,让梦想放飞。一届届大沙二中的学子,以知识改变着命运。2002 年前后,大沙二中与大沙一中合并,形成新的大沙中学,在集镇上赓续着文脉。原大沙二中遗留下来的老校舍近年来被村里进行了改造,用于兴办村民文化活动中心、村老年康养中心等。官山远跋,风光无限。2018 年,16 岁的官山村人、都昌县第三中学应届生张立藩以 684 分的成绩,位居全县高考理科第二名,荣录北京大学医学部临床医学(八年制)专业。张军军 2016 年 16 岁时在都昌一中毕业,以全县高考理科第八名的成绩荣录中山大学,后又成为中山大学应用统计专业的研究生。近年来,官山张村有一批批学子攀登"书山",遍览层林。

田园开发造"金山"。官山这片多情的土地,张开双臂欢迎有识之士前来共襄盛举。2019 年 12 月,都昌县徐埠镇韩田村人刘友平在他 42 岁这年,经官山张村人引荐来到大沙镇官山考察,相中了官山一带的山水开发优势和良好的人居环境,承包下几近荒废的山地和因劳力外出而无人耕作的田产,首期总面积达千亩,从事种植和养殖开发。刘友平注册成立了"都昌县友平农作物种植合作社",吸纳当地村民在家门口务工增收,一些村民因此脱贫奔小康。此后,刘友平又将目光投向官山周边的黄香、太阳等村的土地,着力打造更大的"一乡一品"农旅综合体,将"绿水青山就是金山银山"的理念在这方土地上践行。

人不负官山,官山定不负人。在乡村振兴的广阔天地间,官山张村的锦绣画卷正徐徐展开……

64. 苏山乡仓下徐村：家风承礼节

【家训家规】谨遵国法,笃念天伦。教睦宗亲,笃课儿孙。崇尚节义,相助守望。

苏山乡苏山村村委会下辖的仓下村的村民徐旦生,在 2022 年虎年正月初一这一天特别有感触。出生于 1961 年牛年正月初一的他,被父母名为"旦生"——元旦之日所生。早在南朝,文学家萧子云就在其诗作《介雅》中吟咏:"四气新元旦,万寿初今朝。"至于现在将公历的一月一日定为"元旦",则是辛亥革命之后的事。2022 年正月初一,是徐先生 61 岁的生日。此年是壬寅年,120 年前的壬寅年,为光绪二十八年,即公元 1902 年。徐先生想起这一年是她贤惠的祖母袁银姣的出生年,在祖母诞生 120 周年之际,徐旦生产生了要找人聊聊的想法,要写写美德生辉的祖母以及赓续下来的优良家风。

徐旦生奶奶袁银姣之美德的内核在于"紧跟时代勇争先"。袁银姣的娘家是同乡的佑元湾村,她年轻时嫁给仓下村的后生徐观国,夫妻俩勤劳持家。1949 年共产党领导的人民政府成立,那时袁银姣已是 47 岁的农家中年妇女,尝过旧社会的苦,格外珍惜新生活的甜。1949 年 7 月,苏山仓下村属第二十二农会,共产党组织翻身农民在晴朗的天空下开创一片新天地。据 2022 年 96 岁高龄的苏山延仪山村民袁英华老人介绍,1949 年 7 月他在苏山第二十五农会担任文书,仓下村的袁银姣是当时响当当的女模范。袁银姣巾帼不让须眉,在仓下村当起了新生活的带头人,凭着积极劳动,担任了村里的妇女队队长。后来成立尖山乡,袁银姣被推荐代表乡里参加了县里的劳模大会,20 世纪 50 年代初,成为苏山当地首批加入党组织的女共产党员。20 世纪 50 年代,尖山乡创办了万头猪场,袁银姣踊跃参与其中。年过六旬之后,袁银姣还带头参加队上的抢收抢种。"双抢"期间,双脚长期浸泡在稻田里,久而久之,湿气侵了筋骨,以至袁银姣晚年不能行走,几近瘫痪。1966 年,称誉乡里的老党员袁银姣谢世,享年 64 岁。

徐旦生父亲徐志成(派名良仙)得贤母之家教,他的良好品德特征是"忠于职守,善待人"。徐观国、袁银姣生育一子一女,女儿徐女花 20 世纪 70 年代曾担任大树公社的妇女主任,儿子徐志成多年来在科级干部的岗位上恪尽职守、勤政廉政。徐志成年轻时参加秋征而被举荐进入县财政部门担任财粮干事,袁英华是见证人和助力者。我们从 1990 年中国文史出版社正式出版,由中共都昌县委组织部、中共都昌县委党史工作办公室、都昌县档案馆编纂的《中国共产党江西省都昌县组织史资料(1926—1987)》中可基本理清徐志成的任职脉络。徐志成 1957 年 7 月至 1958 年 10 月,担任土目乡(现属苏山乡)总支委员会第二书记、土目乡人民委员会乡长;1962 年 8 月至 1966 年 5 月担任西山人民公社(现属北山乡)书记;1974 年 6 月至 1981 年 6 月,担任新妙水产养殖场书记(隶属县委领导的公社一级书记);1981 年 6 月至 1984 年 4 月,担任县水产局副局长;1984 年 12 月至 1987 年 10 月,先后担任县水产局、县农业经济委员会调研员。徐志成 20 年前已辞世,他 30 余年在基层勤廉为民的政绩虽然没有具体文字记载,但已然刻写在如今生机勃发的都昌山水间。仓下村村民如此评价徐志成:德高望重、兢兢业业,而且故园情深、乐于助人。30 年前仓下人到村头水井挑水,用于生活所需,走的是滑脚的泥巴路,徐志成拿出自己的工资,帮助村里铺了 400 米长的麻石路。村里的年轻人每有进步,他总是热诚鼓励,厚朴待人。

徐志成与妻子龚杏仍(曾任尖山乡妇女民兵排副排长)生育三男三女,儿子徐旦生、徐林生、徐长生后来的职业都与水产相关,分别就职于县矾山湖水产场、县湖管局、县新妙湖水产场,女儿徐美玉、徐满玉、徐九红各有所成。作为长子的徐旦生,赓续厚德家风,展现"崇侠尚义蕴爱心"的正直品格。徐旦生 17 岁时在新妙大坝学会了驾驶大货车,1982 年调入县水产公司,1987 年担任县冷冻厂副厂长,将都昌鄱阳湖里的银鱼、青虾等水产品远销各地,业务做得风生水起,引得美国客商前来考察与都昌水产项目合作事宜。时任县委领导陆元初、徐美龙还为徐旦生戴红花、颁奖牌。1993 年企业改制,徐旦生下海跑起了都昌至上海、广州、珠海等地的长途客运。那时宣传"万元户"致富典型,徐旦生的积蓄超 3 万元。

徐旦生的侠义在"救人一命"中张扬着。那是 1994 年农历正月初四,徐旦生驾驶都昌至广东的客车,途中在 105 国道龙南县郊区的"大世界饭店"停车。一名都昌的年轻旅客与廖姓店主家的厨师发生争执,厨师竟持刀砍向都昌小伙,第一刀砍在穿着棉袄的背上,第二刀眼看要砍向年轻人的头部。说时迟,那时快,在一旁的徐旦生冲上前去拉住,并伸手阻挡。刀落之际,徐旦生的右手除大拇指外的四个指头齐崭崭地断裂,年轻后生趁机逃离厄运。徐旦生的断指再

植后至今仍时时隐痛。他的仗义在都昌徐氏宗亲会,乃至在全球徐氏文化商业联谊总会上,皆有好口碑。2019年9月,徐旦生在贵州参加徐氏联谊活动,交流宗亲文化,扩大都昌的影响力,被授予"热心奉献者"称号。

徐旦生的侠义还体现在知恩必报、大度处世上。15年前,徐旦生得过一场病,当时在医院输了他人身上的血,后得以痊愈。此后,徐旦生成为义务献血队伍中的积极分子,每年献血2次,每次300至400毫升,十余年来从未间断,一直至年满60岁,不再是合格的采血者为止。2022年1月21日,仓下村的两兄弟不幸出车祸,徐旦生主动借给他们5000元,用于手术,并在仓下村民的微信群里组织捐款活动。徐旦生这个家族的后代亦传承优良家风,在各自的人生路上演绎着精彩故事。

仓下村成村于明代嘉靖年间。其时,熙让公的六世孙徐宗孝(1524—1560)从苏山彭埠桥迁至仓下。据村里的九旬老者徐良镜讲述,村名"仓下",源于祖先肇村时,斯地彭埠桥徐姓有众多田产,五谷丰登,稻粱满仓。比徐宗孝小两岁的弟弟徐宗学(1526—1595)同时由彭埠桥迁至仓下附近,取村名"峦下"。这一带居苏山(元辰山)北麓,白石岗、老虎洞、猪婆巷等徐姓所属山峦绵延不绝,堪称山清水秀之宝地。

仓下徐村人的好家风、好村风当然不止载承于徐旦生家族,也遍拂于如今仓下的20余户人家。曾担任九江科技中专学校副校长的袁银初先生,是三级教授、语文特级教师、江西省作协会员,有作品集《教育情》《鄱湖韵》《景文苑》等出版,在史志编辑方面著述颇丰。袁银初先生既是仓下村的外孙,又是仓下村的女婿,对仓下村一往情深,对村里的人文历史也识察甚多。袁银初外婆王杏花出生于1913年,贤惠开朗,丈夫去世早,她以勤劳和坚韧的美德哺育儿孙辈成人成才。王杏花生前也是全村、全乡令人尊重的先进典型。袁银初的岳父徐良郁1930年出生,忠厚笃诚,任劳任怨,生前在仓下村担任会计多年。他生育7女1子,凭着勤劳和智慧精心养育大8个子女。耕作上的辛苦,体现在从没闲过一天,无论晴雨。徐良郁务农之余为贴补家用,早年上苏山密林打猎,既得兽肉,也销兽皮。面对生活的艰辛,徐良郁负重前行,常持乐观心态,为村民讲评话传说、道演义故事,传承地方文化,良俗馥郁,成风化人。

古语云"仓廪实而知礼节"。在致力共同富裕的当下,这"礼节"便融汇了社会主义核心价值观的时代内涵。仓下村人在乡村振兴大业中,将优良的家风和村风发扬光大,植根心田……

65. 土塘镇宋家塘村：宋家有"仁"

【家训家规】敬祖宗、孝父母、和兄弟、序长幼、别男女、睦宗亲、谨婚姻、慎丧葬、勉读书、勤生业、崇节俭、戒淫行、戒匪僻、戒刻薄、戒贪饕、戒争讼。

宋代的都昌，有一姓宋名仁者荣为进士。这位距今 830 余年的先贤宋仁，在都昌宋氏家族的功名路上，是走得最远的一个。在当代编纂的《都昌县志》等典籍中，能查到的宋姓举人或进士，仅宋仁一人。

清同治版《都昌县志》"卷之九·仕绩"有"宋仁"条："宋仁，绍熙癸丑进士，任南直华亭知县，有德政，列祀松江名宦。"宋仁跻身进士的"绍熙癸丑"年为 1193 年，"南直""松江""华亭"三个区域地名的关系是——南直隶管辖松江府（今上海、浙江嘉兴一带），松江府下辖华亭县。都昌人宋仁在南宋曾为华亭县知县，且因德政仁绩而入"松江名宦"之祀。

南宋进士宋仁是都昌哪个宋家人？由近年公开出版的都昌姓氏文化相关书籍中的记载来推断，宋仁应该是现今土塘镇杭桥宋家塘或者潘垅村老屋宋村人。承袭"京兆世家"的都昌宋姓，是唐朝著名宰相宋璟（663—737，今河北邢台人）的后裔。大唐有四大贤相之说，前有"贞观之治"时代的名相房玄龄和杜如晦，是唐太宗李世民的肱股，史称"房谋杜断"；后有"开元盛世"时代的名相姚崇与宋璟，先后辅佐唐玄宗李隆基开创"开元盛世"。宋璟的后裔宋哲，字世昌，北宋初期隐居不仕，览彭蠡、匡庐之胜，遂从河南东京府徙居江南南康府大街。其四世孙宋福二（约生于 1055 年）于北宋元丰年间由南康（今庐山市）黄龙山迁至都昌鹿冲山麓姜家山，形成今天的宋家塘（堂）村。几乎是同时，宋哲五世孙季叔（约生于 1040 年），由星子迁至都昌十八都上黄梅岭，形成今天的老屋宋村。都昌现有宋姓村庄 5 个，万户镇民丰村宋家汉村是明朝初年从宋家塘外迁的，土塘镇潘垅村新屋宋村、湾里宋村是从老屋宋村外迁的。这三个宋村的成村时间都早于进士宋仁生活的年代，所以说，宋仁应该是北宋元丰年间已成村的宋家塘人或老屋宋家人。

在宋家塘人代代相传的谚语中，有"未有都昌县，先有宋家塘"之说。用这

样的句式去表达肇村时间之早,不只流传于宋家塘,在都昌徐埠镇大塘余村十万公发脉之地,也有"未有都昌县,先有大塘余"之说。我们且来对都昌县城的变迁脉络做个梳理。都昌历史源远流长,夏、商、周为古扬州城,春秋战国为楚、吴地,属番邑。秦始皇分天下为三十六郡,番邑属九江郡。汉高祖六年(公元前201年),都昌正式立县,叫"鄡阳县",属淮南国豫章郡所辖的十八县之一,治所在四望山(今属周溪镇泗山)。现今流行的对都昌县情的介绍——"江西18个文明古县之一"即源于此。南朝宋永初二年(421)前后,"沉鄡阳,浮都昌",鄡阳县沉没于彭蠡湖中,其境域入彭泽隶江州,彭泽县一度易名龙城县,隶九江郡。真正让"都昌"作为一县之名闪亮登场的准确年份,是唐高祖武德五年(622),因地有都村,南接南昌、西望建昌(今永修),故名。都昌县临时治所在王市街(今蔡岭镇洞门口),唐大历年间,治所徙迁至彭蠡之东,即今天的都昌县城。说成村于北宋年间的宋家塘"未有都昌县,先有宋家塘",显然在时序上有悖,我们姑且将它理解成宋家塘在杭桥一带确实是成村最早者。

1954年出生的宋家塘人宋尚交先生早年从过军、从过教、从过商,一直对宋氏宗谱文化研究葆有热忱。他1996年就主编过江西、湖北、安徽三省的宋氏联宗谱,近年来在县内外宋氏宗亲文化交流与研究方面颇有影响。宋尚交从谱牒学的角度对宋家塘村"先有说"提出一种可能。都昌宋氏宗谱在明朝散佚不存,到了清康熙年间,星子举人宋之盛(白石先生)主修南康府宋氏宗谱,将同处一邑的都昌宋姓与星子谱系续接上。宋尚交先生认为,宋家塘也有可能在唐朝初期都昌立县之前,就迁徙至现在的姜家山,只是现今能查阅到的宗谱未记载。

2007年重修的《宋氏宗谱》中列有宋尚交先生所撰《仁二公传记略》。宋仁二(1280—1368)所生活的年代正值元朝,距其先祖宋福二生活的年代晚了200余年。宋仁二88岁谢世的那一年,忽必烈开创的"大元"历98年在元至正二十八年已然落幕,朱元璋的大明王朝将是年定为洪武元年。在《宋氏宗谱》中的"传略"中记载宋仁二"弱冠进士及第",拒元之仕不任,坚隐明志,曾任庐山白鹿洞书院主讲。宋仁二生三子,名国贤、国杰、国作。宋国贤生二子,其长子宋汝广的后裔世居宋家塘,并播迁于安徽东至县昭潭街等地;次子宋汝用于元末明初率子宋启升移居都昌万户宋家汊,并散枝于西湖渡。宋国杰长子宋廷煌移居湖口县老台山、安徽宿松鱼塘里等地;次子宋廷辉移居庐山海会梅溪龙坝。宋国作迁居都昌赤岸,无后。宋仁二"隐居讲学,屡召不出",明太祖朱元璋"嘉其道德,仰其醇风",御封宋仁二为"石隐居士"。一些当地的宋姓宗亲文化研究者认为,"宋仁"与"宋仁二"为同一人,但此说无法逾越《都昌县志》与《宋氏宗谱》中对两"仁"生活年代不同的记载,且宋仁为"名宦",而宋仁二则归隐,人生履历也全然不同。所以,几可断定,"宋仁"与"宋仁二"实为相距百余年的两个宋家"仁"人。如果宋仁二也是进士及第,那么,《都昌县志》里便遗漏载录了。

"宋仁"与"宋仁二"作为宋家塘的先祖,此"仁"非彼"仁",但他们赓续下来的思进取、明大义的优良家风,同为仁德,代代相传。宋家塘在清代人口逾千。单从宗谱上看,那时同一字辈的单身汉就有40多个,可见人丁之旺。后来因为战乱、瘟疫、水患等原因,人口锐减,至1949年前夕,全村才41人。宋家塘沐浴着新中国的光辉,村子日渐兴盛,现今人口200余人,村民的精神生活和物质生活不断提高。宋德楷、王宝香夫妇1976年以人间大爱收留中洲潘家的三个孤儿,将他们哺育成人。宋德楷夫妇扶贫济困、尽施仁德的行为在乡间广获赞誉,获"江西省五好家庭"称号。宋德楷夫妇先后辞世时,周边村民纷纷自发前来送别,缅怀他们的仁德。宋德楷、王香宝之子宋尚蔚弘扬家风,并潜心书法,广结人缘,网络上有他作为军旅书法家、中国国家书画院副院长的宣传报道。宋家塘年过古稀的宋尚坤深耕乡土,勤劳致富,成为当地有名的"产粮大户"。宋崇和、宋崇强、宋崇伟在央企工作,事业有成。宋崇军、宋崇华、宋崇喜、宋华安、宋和平等在实体经济领域一展身手。

仁心仁术、大仁大义的家风在宋家塘注入了时代内涵而深仁厚泽、积德累仁……

66. 多宝乡邵家湖村：头头是道邵家湖

【家训家规】日往月来，终则有始。半行天上，半下地底。照临之间，不忧则喜。予何人哉，欢喜不已。

"都昌都旺，多宝多美"，这是都昌县多宝乡人民政府微信公众号的名称。邵家湖村属多宝乡罗垅村，近两年来的秀美乡村建设令人刮目相看，如果要给邵家湖拟个形象的宣传语，"头头是道邵家湖，锦绣前程多宝地"似可入选其一。邵家湖村井井有理，理承传统文化；邵家湖村头头是道，道通秀美山河。今天，让我们走进邵家湖村，领略渔耕风物，留住乡愁味道。

（一）井井有理的邵家湖

说邵家湖村"井井有理"，当然是形容其跻身全县"美丽宜居示范村庄"建设所呈现的焕然一新的面貌。比如农家楼院的规整、门前菜畦的整齐、村中亭台的布置、院墙青砖的拼接、地面压花的设计、池塘围栏的网勾，甚至地下看不见的"3+1"格废水处理生态模式等等，都彰显了邵家湖在乡村美学上的"井井貌"。"井井有理"这个成语的出处，本身就带有浓郁的文化气息——《荀子·儒效》言"井井兮其有理也"。邵家湖村的"井井有理"，除了体现在村容村貌怡人，更体现在其内涵中氤氲着中华优秀传统文化的一股理学之气。邵家湖村的祖祠兼村民文化活动中心挂着的"理学世家"匾，就源于北宋理学家邵雍。

邵雍（1012—1077），河南伊川人（今洛阳），北宋理学家。自号安乐先生，谥康节，列先儒从祀孔庙。邵雍一生苦学悟道，著书立说，德感世人，隐居不仕。著有《皇极经世》《渔樵问对》《伊川击壤集》等。邵雍与理学家周敦颐、张载、程颢、程颐并称"北宋五子"，朱熹将此"五子"和司马光并称为北宋道学"六先生"。邵姓称"理学世家"即源于邵雍。

长居中原洛阳的邵雍，其理学之光一脉相承于鄱阳湖畔都昌县的邵氏族群。都昌邵姓的承袭，或冠"理学世家"，或冠"博陵世家"，或冠"甘棠世家"，尊周文王之子召（邵）公奭为始祖，奭公103世孙邵惟周为都昌邵姓一世祖。邵雍是邵惟周的曾孙，而都昌邵姓祖先邵时（973—1055）是邵惟周之孙。邵时于北宋仁宗庆历二年（1042）自卫州（今河南卫辉一带）移居江西饶州，四月舟过都昌，与邑令洪沂有旧谊，过往拜访，遂留寓于都昌恭仁坊，后落籍于该坊，即都昌县城邵家街。邵时之子邵庆与理学家邵雍同辈分，邵庆被列入清同治版《都昌县志》，是有资料可查的都昌进士及第"第一人"，登北宋庆历六年丙戌（1046）贾黯榜进士。范仲淹在千古名篇《岳阳楼记》中开篇即言"庆历四年春，滕子京谪守巴陵郡"，"庆历"（1041—1048）是宋仁宗使用了 8 年的年号。同治版《都昌县志》"卷之九·儒林"开篇第一人即为"邵庆"，且有其简传："邵庆，字尧锡，受业于周茂叔讲求理学，登进士，任渭州司法，擢知处州。时欧阳文忠参知政事，意在为朝廷得人，引庆授殿中丞，庆奏对称旨赐绯鱼袋，入徽猷阁，旋致政归。"据志书可知，邵庆的理学根基可谓极深。他的业师"周茂叔"，便是儒家理学思想的鼻祖、世称濂溪先生的周敦颐（1017—1073）。至于邵庆拜周敦颐为师之缘由，是其父邵时在庆历元年（1041）游袁州（今江西宜春），结识了时任分宁（今江西修水县）主簿的周敦颐。后来在父亲的引荐下，邵庆三兄弟与学友吴锡等 7 人一同赴分宁拜周敦颐为师。邵庆进士及第后的 28 载官场履历：先后选任渭州（州治在今甘肃平凉）司法、鄠县（今陕西鄠邑区）县令、祁州（今河北安国）金判、虔州（今江西赣州）参知、通议大夫、殿中丞、徽猷阁大学士，历仁宗、英宗、神宗、哲宗四朝。邵庆年逾七旬后归都昌邵家街，著书传学，两年后殁，葬于三都（今大沙镇）凤凰山。时任"参知政事"的欧阳文忠即北宋赫赫有名的政治家、文学家欧阳修（1007—1072），是他举荐邵庆入朝为官的，得皇帝赐绯鱼袋。"绯鱼袋"即绯（红）衣和鱼符袋，是古时皇帝赐予有名望的大臣的服饰，对应着五品以上的文官身份。至于"徽猷阁"，是北宋在皇宫设置的主要保存宋哲宗御书的藏书地点。邵庆能入徽猷阁，足见其是饱学鸿儒。都昌邵氏衍派有"同继徽猷广嗣承"，其释义就是"邵姓众多嗣孙共同继承徽猷阁庆祖遗风"。"徽"之意为美好，"猷"之意为计谋，"徽猷"已成为都昌邵姓赓续祖德的一面旗帜。

邵庆年老辞朝后回到家乡都昌恭仁坊（邵家街）终老。邵庆的 4 世孙邵执中生三子：邵侦、邵侃、邵伋，开枝散叶。都昌邵姓，据统计有 106 个村落，总人口约 3 万。邵侃的 12 世孙邵仍于明嘉靖年间由邵家街迁至四十都獭狮塘（今左里镇旧山村村委会所辖），邵仍之孙邵涌芳（1583—1648）于明崇祯年间由獭狮塘迁至四十三都桃源乡，形成现在的邵家湖村，所以村中祖祠有"涌芳"字样，

"涌芳"乃是发村祖先之名。邵涌芳由獭狮塘迁邵家湖之经过有个逸闻流传下来。据说邵家湖村址原住的是黄姓人家,黄家主人喜养鱼,尽管居地有无边之水,但400余年前的鄱阳湖没有内坝,水面浩渺到难以划域养鱼。而距此地十几里远的邵涌芳那儿有两口大塘,曰"獭狮塘""杨梅塘"。偏偏邵涌芳不喜养鱼而擅骑马,他喜爱枯水季节鄱阳湖湖滩的一马平川。邵家与黄家便各得所好置换居地。邵家湖村在鄱阳湖畔落籍算来距今已历440余年了。

爱骑马的邵家湖祖先邵涌芳,因择湖畔而居,他的后代在漫长的农耕时代,注定要在欸乃声中行船,以捕鱼为生。邵家湖村的老人至今还记得旧时邵家湖的捕捞水域——从北山团山前的射里头一直到老爷庙,长达50余里的水域是邵家的"势力湖"。邵家湖渔业退潮于20世纪60年代初,鄱阳湖建成了新妙湖圩堤,门前一方名为"邵家湖"的小水域,自此融入新妙湖而成了内湖。由于1998年鄱阳湖区那次百年不遇的肆虐洪水,邵家湖村实行移民建镇,整体搬迁至现村址,又离梦中水乡远了一程。2020年开始十年禁捕退捕,邵家湖的渔网如今只是陈列着寄寓乡愁了。但邵家湖人的恋渔情结总在,在退捕转产之余,村民邵继成牵头投资约200万元,打造了一个集装箱养殖基地,延续着"望渔梦"。铁打的养殖集装箱基地旁,就是大棚蔬菜种植基地。邵家湖人对从祖先那儿承袭的"渔耕传家",做了生动的现代版注脚。邵家湖村的旧祖厅前的朝门上,曾冠"爱树第",邵家湖的祖先以"爱树"命名宅第,也许此树可溯"甘棠之树",是心慕远祖在甘棠树下理政善决之风范。邵姓祖祠有冠"甘棠世家"的,就源于周文王时的召(邵)公奭,他曾在甘棠树下决狱治事,留勤廉品德泽后世。移植到当下,这"爱树"二字,又何尝不可以抹上一层穿越时空的"生态文明"的亮色。

村庄所承载的文化元素因村而异,各呈其彩。行人走进"井井有理邵家湖",在冠以"理学世家"的祖祠兼村民文化活动中心里,中华传统文化与社会主义核心价值观宣传语交相辉映。这里有"雍庆源",可追溯从北宋理学"五子"之一的邵雍到都昌志书记载的进士"第一人"邵庆之族源,沐浴那份理学之光;这里有"望渔台",可流连渔耕文化的乡愁,在村头农家乐品咂"舌尖上的邵家湖"……

（二）头头是道的邵家湖

"头头是道"，没有比这个成语更能贴切地形容邵家湖的区位特点了。邵家湖处是"桥头、路头、坝头、码头"，甚至还有观多宝洞子李候鸟、赏马影湖蓼子花、探神秘"东方百慕大"的出发岸头。

邵家湖是新妙湖特大桥入多宝乡的桥头"第一村"。从县城经新妙湖特大桥到达西桥头的邵家湖村，仅15分钟车程。2020年9月28日，新妙湖特大桥建成通车。该桥是省道S214都昌境内多宝乡至县城段升级改造工程重点建设项目之一，全长2292.5米，宽28.5米，设双向六车道。新妙湖特大桥桥头连接西桥头还要经过一段517米许的邵家湖大桥，此桥几乎穿越邵家湖原村址，路旁的山峦、田畴、湖域曾是邵家湖村的祖居地，所以才有了"邵家湖大桥"之称。

邵家湖是都昌西收费站入口都九高速路头"第一村"。从连接杭瑞高速的都昌西收费站上高速，都昌至省会南昌的行驶时间可缩短一个半小时。邵家湖和邻村马鞍山黄家因村头都昌西收费站的设立，变得车水马龙，仅都昌西收费站附近的农家餐馆就有五六家。

邵家湖是新妙圩堤北坝头"第一村"。新妙大坝（圩堤）原名北庙大坝，横跨北山乡、多宝乡南北两岸，1960年9月兴建，1962年竣工。新妙湖由此形成，流域面积432.5平方千米，湖区8个乡镇4.77万亩农田受益，圩内有水面5.54万亩，形成新妙湖养殖场。大坝建成后，还沟通了沿湖两岸的交通，阻断了血吸虫病的传播。时任江西省人民政府省长邵式平亲临工程视察时，在闸门横额题"新妙大坝"四字。1960年，邵式平省长填词《浣溪沙·都昌县》："星子乘船去都昌，新妙绕道观鱼场，饱赏山色与湖光。屈指恰好是重阳，无怪湖山尽秋装，人民公社收割忙。"2020年初，新妙圩堤作为万亩圩堤，其加固工程被列为都昌水利补短板项目。圩堤总长2.23千米，堤顶高程为23.50米，保护面积达76.47平方千米。据公开报道，圩堤加固项目总投资达2626万元。项目完成后进一步提高了防汛抗洪能力，生态效益日显。镇守新妙圩堤北坝头的邵家湖村也迎来了新的发展机遇。

邵家湖是新妙大坝货物中转趸驳码头"第一村"。在新妙大坝的北坝头，一度形成繁盛的大坝码头，停泊着归港的渔舟、远航的货船。20世纪60年代末出生的现任多宝乡罗垅村村委会书记兼村主任邵国山记得，村头的大坝当年建有

粮站仓库,新妙湖区的数个公社用船装运来的公粮,在粮站屯转,经码头运往大国库;多宝、左里人从外地进来的化肥、食盐等农资和生活用品,经大坝码头下船后分装到供销点。邵家湖村人曾办过砖瓦厂,起初是用柴火土窑烧制青砖瓦,后来发展到用煤炭烧制轮窑生产红砖。邵家湖的砖瓦最早就是倚仗大坝码头而从水路外销的。

以邵家湖村头十字路口的红绿灯为坐标,向东,是新妙湖特大桥桥头;向西,是都昌西收费站入口的高速公路路头;向北,是新妙大坝的坝头和码头;那么,向南呢? 又是另一番洞天。从邵家湖村向南沿 S214 线行驶 3 千米许可接袁多公路,左折通往多宝乡集镇。多宝"宝多",单论旅游资源,就有东方百慕大、老爷庙、千眼桥等;右折通往左里、苏山、徐埠、蔡岭等乡镇,自有他乡看头。

这样一个头头是道、四通八达的邵家湖,秀美乡村建设更让它魅力尽显、胜景满目。人们从"井井有理邵家湖"的仿古入口饱览一番后,可从"头头是道邵家湖"的门庭出村,鹅卵石堆砌的大围院的正面墙上,如果有醒目的形象语"头头是道邵家湖,锦绣前程多宝地",能够让乘兴而归的游人,特别是来参加研学游的中小学生、参加亲子游的家庭,绽放笑脸,拍个照、留个影、打个卡,该是多么美好的定格——他们所站立的地方,这里是邵家湖,这里是多宝乡,这里是"东方百慕大,江西都昌县",这里是乡村振兴宜居、宜业、宜游的一个缩影……

五、民俗风情

67. 北山乡夏家山吴村：金盆盈福是吾乡

【家训家规】《都昌吴氏统谱》"古训家礼"言：子弟仕宦者，务以奉公，勤职报国，抚民为念。毋得任意苛虐，苟有一毫妄取，致以贪墨毁官，于谱牒上削去其名。若官大禄厚，亦须创置义田、义塾，以惠及宗族，违者祖实临之。

（一）毗　城

对夏家山村的地理定位，大致可以这样描述：东连芙蓉山脉，南接县城北门，西与新舍村、生水坑村为邻，北倚梅鹿山（又名烟头山）。从县城万里大道或是幸福路入北多公路，不到一公里便是夏家山的地界，右侧的村名牌会提示过往的行人夏家山村已至。近城商味浓，公路两旁一幢幢村民的私宅变成了鳞次栉比的店铺。

夏家山吴村属北山乡夏家山村村委会所辖，有村民千余人。夏家山这个城郊之村的地理标识，一是池塘，二是祖祠。现今的夏家山，有南头、北头、塘东三支系，其实三支的发脉方位皆由塘而定。夏家山的祖先当年就是"择塘而居"。此塘就是门口塘，有"金盆"之称——金脸盆聚宝，人财两旺。如今站在塘沿眺望，城内的高楼大厦清晰可见。夏家山最早的祖堂是明末清初建的敞口祠堂，尽管在岁月的侵蚀下已经倾圮，但遗迹仍存。所谓"敞口"，指祖祠不设大门。据说，起初立村始祖兴建祖厅时，祖厅是有厚重大门的，后来一堪舆老者指出祖堂所在地是"侧船地"，又称"卧虎地"，老虎岂能关门囚禁？于是村民听从指教，卸去祖厅大门，敞而避灾纳福。夏家山除了敞口祖厅，另外还有三栋祠堂，各具特色，气势不凡。

夏家山是近城之村。其实早在500余年前，夏家山村的开基始祖吴守严就从县城吴家街迁至夏家山。吴守严生于明正德六年（1511），娶袁氏生二子：可

畏、可顺。吴守严有雅士之风,起初在县城开办塾馆,作为子孙习文之所。骨子里信奉"耕读世家"的他,感叹大街上的麻石路长不出谷穗,城里吟诗作对的院落里耕不出禾田,于是举家搬迁至离城治约四里路的现村址,翻开耕读传家的新篇章。早先此地是夏姓人家栖身之处,后因战乱和瘟疫,仅存的几户夏姓人家也外迁,吴姓便迁入此地,村名沿用"夏家山"。

吴守严的两个儿子得"耕读世家"之真谛,书香稻香飘逸乡邑。长子吴可畏是一位孝子,在母亲袁氏亡故后,"庐墓三年",即在墓茔前搭草棚守孝三年,得到司礼道院的粟帛奖励,并入祀忠义祠。清同治版《都昌县志》"卷之九·孝友"有其条:"吴可畏,邑庠生。行谊纯笃,母病吁天祈祷。及卒,庐墓三年,服阕乞衣衿。终身养父,承顺倍至。父丧葬祭以礼。院道各给粟帛以奖励之。"次子吴可顺生于嘉靖二十七年(1548),饱读诗书,执教弟子,仗义疏财,和睦邻里,育五子二女,被奉为夏家山村之始祖。

明清之际的吴姓依托县城迁播,堪称"城乡互动"的古代版。吴氏宗祠在县城西街(今棉麻公司宿舍处),夏家山的始祖吴守严生活的县城北门一带就是吴家街。以"吴家街"命名,可见当时县城北门一带吴氏商贾云集的繁盛景象。都昌县北山、汪墩等地的吴姓村庄,很多是从县城吴家街外迁形成的。吴守严明嘉靖年间由吴家街迁往夏家山。220 余年后,吴可顺的第五代嗣孙吴言淮候补县佐,授"文林郎",官至七品。吴言淮在清嘉庆年间迁回县城北门口一带,形成如今属都昌镇西湖社区居委会管辖的牛角塘吴村。因其原址属于牛姓一片林地而得名,牛角塘吴村现今有 20 余户百余人。夏家山村先人的外迁似乎总是和"耕读传家"相通。清代的夏家山人吴舜徒在邻村徐中市附近,择得一处钟灵毓秀之地,设塾馆授学,并在堂前屋后遍植花草树木,同其兄吴舜让从夏家山塘东迁至此地建村,繁衍成现在的花园吴村。

(二)有"伞"

文人吴伞是盲人,是夏家山"吾乡吾民"中的典型人物。吴伞(1876—1954),号济民,自号"我非我",生于晚清。其豪放不羁的个性、博古通今的文才、清新脱俗的诗情,乃至坎坷多舛的命运,应该在都昌近代文化史上载录上一页。

且从其名吴伞之"伞"来一窥其人其事。吴伞在清末赴南昌参加科举考试归家不久,撰《志伞》文,以"过客"问、"伞子"答的方式,从个人修身到家国治理,纵横捭阖。吴伞对其名取"伞"进行了多番解读:"是以仆之名伞,实有微意在,非故矜异务奇,上不敢与古人同名,下不屑与今人共号也。盖亦仆之志愿如伞,因有所取耳。""过客"又从伞的特性发问:"今夫伞也者,能任人之所卷也,先生之名伞,先生殆亦任人之所舍而卷而怀之乎?"吴伞慨而答道:"卷而怀之志固在孔孟也。"吴伞由伞"卷"而论伞"舒":"仆之见用,愿有利于世,一如伞之一舒,而有利于人也。"进而由伞之功用引申到家国情怀:"仆虽不才,其志亦愿为国靖乱,一如伞之能为人而御雨也。""仆虽不肖,其志亦愿为天下兴利除弊,一如伞之能为人而蔽日也。"吴伞作为旧时代底层读书人的襟怀跃然纸上。吴伞更有一诗以《伞》为题抒怀:"福庇群生得荫身,须知一柄重千斤。头衔赫赫遮天手,面貌团团捧日心。蔽雨能防人体湿,临风惯却野尘侵。卷舒随世无忧怨,盖大夫名自古今。"吴伞的学生许文华是一位作家,有长篇小说《湖殇》等问世。2008 年 5 月,他在回忆老师的文章中,对吴伞坐不改名有一段记载:吴伞在最后一届科举时考入前列,面试时,主考令其改名为"吴楫"。公因执拗高傲,不同意改,并曰:"上不敢与古人同名,下不敢与今人共号。五经四书无一'伞'字,故号'伞'不改。"主考言:"此生太傲,下届再取。"于是落第。

吴伞 42 岁时双目失明,改号"醉明"。他在《五十抒怀》一诗中表露遗憾:"失明废却千斤笔,遗恨抛残万卷书。"随即又抒发豁达性情:"养休毕竟惟盲好,自在清如水底鱼。"新中国成立后,吴伞晚年在《江西日报》上发表了一首《棉花歌》,受到时任江西省省长邵式平的赞赏。其时,政府鼓励农民种植棉花改善民生,吴伞的《棉花歌》句句落韵于"花"字上,诗曰:"谁个园丁唤种花,种花须要种棉花。他花仅足供人目,适体年年赖此花。一着一眠花世界,应无孝子衣芦花。花生自我花生我,花活我兮我活花。花盛花衰分冷暖,斯民生死系斯花。万花何若斯花好,斯是花中第一花。顾我不如花有用,斯花应号济民花。我与花如同变化,愿花为我我为花。"

吴伞乃性情中人,诗词创作体裁多变,不拘一格。《反恨歌》《竹山行为孙晓初纪事》等诗,可谓是仿效白居易《琵琶行》的长篇叙事诗。《绮罗恨》作宝塔十三层体,第一行 1 字,第二行 2 字,依次逐行增至末句 13 字。吴伞终生著书 6 卷,多散轶。中华诗词学会会员、都昌县诗词学会副会长吴荣森是吴伞的侄孙,2008 年吴荣森组织重印了吴伞的《劫余轩》。

吴伞历经清朝、民国、新中国三个时代,终其一生未离开过夏家山村,他在这方故土孜孜以求,传承文脉,特立独行,焕发异彩。

(三)行　　世

对于天下吴姓,序起昭穆来,有两个历史人物会被提及。一个是周朝的泰伯,三让王位于弟而南拓勾吴。孔子在《论语》中赞叹:"泰伯,其可谓至德也已矣!三以天下让,民无得而称焉。"司马迁在《史记》中称吴泰伯为"世家第一"。另一个是春秋时的吴王夫差。刚愎自用的夫差,让卧薪尝胆的越王勾践"复活",将姑苏城毁为"吴墟"。夏家山吴村人,将开姓始祖伯泰身上的忠义、孝顺、谦让、开拓的秉性承袭,亦从亡国之君吴王夫差身上明了"知耻而后言勇",将除暴安良、保家卫国的血性融于基因。

文韬武略,是行世之正道。夏家山村数百年来文脉昌盛,"督课后人"是夏家山人在取得科举功名后的行世之选。学而优则仕,清代吴必爵、吴顺琪、吴朝风、吴鸿钧、吴道修、吴道珍等夏家山人,授知县、知府衔者众。清末吴岐山饱读诗书,例授"奉政大夫"。近代有名的吴东阁,在瓷都博得儒名,20 世纪 50 年代曾任省政府文史馆馆员。

在民国时期的都昌县城,有"吴老虎邵半街"之谚,说的是吴姓、邵姓人多势众。夏家山村的吴金山,绰号"搭头",曾任景德镇国术馆馆长,骁勇无比。景德镇本来就是都昌人的码头,窑户人家恫吓自家孩子:"不要哭!吴金山听到了要来砍头!"孩童果真噤声。吴金山替瓷都的大户人家做护镖,名震四方。吴金山对生他养他的夏家山故土情深,每到冬季农闲时,就召集村里的后生跟他学武艺,练得虎虎生威。到了年底,吴金山也会动员村里的富裕人家为困窘度年关的穷人家送上些钱物。据传,夏家山有一段时间频频失窃,村民人心惶惶。某日,吴金山早起练武,朦胧晨光中,隐约看到一人行色匆匆。吴金山健步如飞,绕过塘尾,将那人逮了个正着。经查询,原来"梁上君子"就是眼前这位在县城有"贼王"之称的詹泰时。詹泰时叩头求饶,吴金山厉问何以见其改邪之诚,詹泰时当下承诺:护佑夏家山村自此不再失窃。可数日后,夏家山一财主家的院墙洞开而遭窃。吴金山立即传唤詹泰时,詹泰时在现场逡巡一番,旋即将邻村一小贼押来。小贼申辩"捉贼要捉赃"。詹泰时喝道:"尔等功夫还能瞒过我,此洞必为你辈所为,快快从实招来。"小贼做贼心虚,老实认罚。自此夏家山几乎夜不拾遗,不再失窃。后来,吴金山在时代的大潮里沉没,土改时期被人民政府枪毙。在外成人的吴金山儿子前几年来夏家山认祖归宗。民国时期,从夏家山走出去的吴绍刚、吴先启、吴希白、吴绍广、吴先美、吴绍铎等投身军营,驰骋疆场。说到"吴老虎",20世纪20年代曾担任都昌县商会会长多年的夏家山人吴秋阳,是一个绕不开的人物。翻阅1999年9月都昌县党史办编纂的《都昌革命史话》,"反共'五人团'覆灭"一章详尽记载了1926年以周新亚、刘天成、吴秋阳、邵继先、江晓初为首的国民党右派反共"五人团"成员把持都昌,1929年底垮台的一段历史。后来,吴秋阳病死于看守所。

在新时代,夏家山人合着乡村振兴的主旋律,奏响创新创业的新篇章。夏家山村人无论就职于"工农学商兵"的哪一行,也无论身处"东南西北中"的哪一方,都在不同的人生舞台上,成就着各自的梦想……

68.大树乡下垅邵村:"博陵第"浅探

【家训家规】勤俭,治家之本;和顺,齐家之本;谨慎,保家之本;诗书,起家之本;忠孝,传家之本。

(一)"博陵"是邵姓郡望,"博陵第"原是村中一支族之祖祠

下垅邵村属都昌县大树乡大树村村委会所辖,现有人口600余人。下垅邵村有一幢清代老宅,正上方嵌青石名"博陵第"。村中人很少有人知晓,"博陵第"三字几成时下古瓷界对元代青花品牌的习惯称呼,京城的学者与古瓷收藏界名流还专赴都昌大树乡下垅邵村,考察村中"博陵第"与瓷界"博陵第"之关联。我们还是先来探究村民讲述的"博陵第"之本相。

都昌邵姓村庄有100余个,总人口约3万。都昌邵姓的寻根之地为县城的邵家街(现东街靠街心花园附近),北宋时,邵时(973—1055)落籍于此,古称恭仁坊,距今已有980余年历史了。邵时的五世孙邵侦(1117—?)、邵侃(1121—1183)、邵佽(1123—1194)开始从邵家街外迁至全县各地,所以邵姓村庄有侦公、侃公、佽公三族裔之分,而大树乡下垅邵村人是侃公的后裔。

有关宗谱资料载,邵侃的14世孙邵厚道(1453—1533)生三子,分别以单人旁字取名曰仕、佐、储。邵仕、邵储为宦他乡,家境渐富裕,碍于恭仁坊地狭人挤,于明代正德年间由邵家街迁至一都,并建牌楼立新村,后人以邵储之名称地名为"储家嘴",后来谐音叫成"涂家嘴"。大树乡现有东涂家嘴邵村、西涂家嘴邵村。邵佐(1485—1515)的四世孙邵一遑(1624—1678)于清顺治年间由涂家嘴移一里许,发脉繁衍形成现今的下垅邵村。

大树乡大树村村委会有下垅邵村,也有上垅邵村,村名冠"垅"字,形容的是所拥上畈下垅良田广阔。古时有麻石街穿垅而过,直接通往港头的"官道",官道以北为上垅,以南为下垅。下垅邵村属侃公后裔邵天伦支族的后裔,又可分出大房、二房、细房三房。二房后来再散叶,开上厅、下厅、南头厅,而"博陵第"当初乃是从二房上厅分拆开来的下厅的祖祠,建造年代应是清康熙年间,距今

300余年。村民讲述了建造"博陵第"的故事。据说下厅祖先是走南闯北、气度不凡的商人，既做树排、药材生意，又做瓷器生意。老二房原本住在一幢五进的敞亮屋宅内，其时人旺财旺，正月初一有99个男丁齐崭崭地给祖祠里供奉的先祖拜年，慎终怀远，赓续"理学家风"。五进厅的和睦与人气，从留传下来的一个小掌故可见一斑。据说一外姓小偷潜伏其中欲行不义窃事，连续十天下来未曾下手，每至深更半夜蠢蠢欲动时，都被五进厅里的孩童吃奶、把尿的骂声惊得缩手缩脚，最后无奈夜行他地。

回头来说祖祠的建造由来。某年，老二房的这位商人先祖腊月三十还在外收账，沿途踏着"噼里啪啦"的过年爆竹声匆匆回家。可五进厅的族人都在祖祠还过"年福"了，各自在家欢聚于年夜饭桌。按习俗，还过"年福"的祖祠已关上大门，商人"年福"受阻，多少有些失落，便起了分迁另居、自立门户还"年福"的打算。商人当然不缺钱，第二年便着手建厅。这厅造的是二进，与五进一样，有诸多房间容纳自家人居住，前一进主要用来作祖祠，敬祖崇宗、议事聚会。现在仍存的"博陵第"只是前一进，后一进已倾圮，空留一块老宅基地。商人当年兴宅精于筹划，屋柱底下的红石磉墩上再用了圆木墩，俗称"软磉"。循清朝税律，私宅要按层高纳税，而"软磉"不计入层高。尽管只加了十余厘米的高度，终究是减了些官府应缴的第捐。

下垅村二房下厅见多识广的经商先祖给新建的宅第冠以"博陵第"之名，据其后人讲述，无非就是承袭邵氏的"博陵世家"，"第"泛指大宅。邵氏望出博陵，东汉建安末年有博陵郡，西晋改博陵国，故城在今河北蠡县南；南北朝开始又改博陵郡，辖境在今河北安平一带。

下垅邵村的"博陵第"在300余年的风霜岁月里当然经历过数度修葺。村民记忆犹新的是1998年大水，洪水漫漶而来，连门楣都淹没在洪水中。2007年，二房下厅支裔将倾塌的砖墙重砌，门楼也修旧如旧地整修了一番，2021年又集资将屋顶换了，古雅犹存。1998年，下垅邵村实行移民建镇，下邵村很多村民建新宅于大树集镇乡中小南面的江家岭上，且新建了全村共享的祖厅兼村民文化活动中心。但对于二房下厅的村民来说，"博陵第"仍是一方承袭祖训的胜地。

（二）"博陵第"是元代青花瓷的款识，下垅邵村"博陵第" 成为有物证的元青花的寻根之地

下垅邵村的"博陵第"在当下陶瓷专家学者的打量和追寻里，却有了新的诠释。

对于瓷界所言"博陵第"，我们先来了解一些相关背景知识。"博陵第"是元代青花瓷的款识，其特别之处是瓷器底部嵌有圆形、长方形或葫芦形等多种样式的标牌，有的是"博陵第"，有的是"古相·博陵第"，以阴刻为主，亦有阳文。"博陵第"瓷器种类繁多，以青花为多，还有釉里红、青花釉里红、红绿彩、青花五彩、珐华彩等，其精美程度和文化含量远超已知的元瓷。"博陵第"瓷器引起轰动，首先是在民间。2004 年，"博陵第"在瓷器市场横空出世，而此前官方出土的瓷器和各类博物馆鲜有"博陵第"瓷器。被誉为"元瓷中的贵族"的"博陵第"其名来自中国历史上的"定窑"。定窑曾为宋代五大名窑之首，主要产地在今河北省曲阳县，古属定州，故名定窑。博陵与定州在地域上同为一体，定窑工匠便以"博陵第"为名。宋末，定窑在兵灾动乱中逐渐衰落和废弃，官窑便"弃定用汝"，汝窑在河南汝州一带。于是，大批定窑工匠不断南迁，一批手艺高超的工匠和画师流落到江西、浙江、安徽等地，这就有了"博陵第"元青花的广域制作，瓷都景德镇自然亦是窑火熊熊。目前发现"博陵第"元青花以个人名字落款的以"张文进"为最多，另还有"张进成""陈景陶"等。很多人以为元青花"博陵第"成谜，难识其"庐山真面目"，主要原因在于其瓷品符合元代瓷器工艺水准和时代特征，但又找不到历史记载，也找不到窑口和窑藏地。面对这些瓷器，时下的藏家都不说它假，专家也不说它真，这自然有名利场的掣肘因素。理性的声音是既不"棒杀"，也不"高捧"，是仿品抑或是真品，让时间分辨。

都昌县大树乡下垅邵村的"博陵第"老宅与中国瓷坛的"博陵第"元青花迎面相逢，便有了瓷话无数。2021 年 11 月 27 日，北京来的数位专家造访下垅邵村"博陵第"，老宅正大门上方青石板上飘逸的"博陵第"三字，便成了元青花前世今生的实证——据说此处乃是全国能寻访到的有"博陵第"址存的唯一所在。年逾七旬的中国传媒大学文学创作院顾问、北京本元古韵研究所所长、莱格工作室主任谢意先生在古物收藏界久负盛名，自喻为"河滩头走出来的文化憨

牛"。他在亲临都昌考察后发出惊呼:"'博陵第'有救!"他认为下垅邵村的"博陵第"是散落于鄱阳湖畔的一颗明珠,并表示在当地政府的支持下可尽力策划在都昌下垅邵村"博陵第"旧址上办一个"博陵第"元青瓷展示馆。"鄱湖一斗"胡昌平先生是土生土长的都昌人,曾在大树乡政府、县委宣传部、县教育局担任领导职务,近年转场书法界,宣传鄱阳湖地域文化品牌。胡先生在北京加入了由文化名流组织的"都昌博陵第文化研究群",他坚信故乡的"博陵第"之渊源如鄱阳湖水般浩渺。"古相"波诡云谲,为此他还采写了新闻予以宣传。

面对精美的"博陵第"系列元青花,有人甚至将其传人张文进封为"瓷圣"。在北京大学历史系李教授发给"鄱湖一斗"关于张文进家世的文章中,有如下文字:"张氏裔孙名文进,系徽州路祈山县甘泉坑乡七甲里社张家人仕。自幼亡母,少年背井离乡随祖世伯在外漂流,至浮梁余氏器成堂学艺,朝暮五载许,严寒酷暑不言苦。艺满后,独自开设张氏作坊,数年之后随岁流失,名气也有所增加,生意日益旺盛,成为邻里之富甲,并得监管磁(瓷)器官员赞许。时隔数载,娶邻村王氏女,生一儿一女。因时运不济,次三年得一重病于至正十八年病故,终年四十有九。葬于白马岭祖氏张家山之源,艮山向。墓内置器瓶、香炉、觚、盘、碗,共计三百九十八件,以示镇墓为安。"这篇烧烙于"博陵第"瓷器图案上的张文进传略,从用词的风格上有今人的痕迹,且有意无意地迎合了原作为地名的"博陵"的另一层字面注解:张文进殁后,其陵内置了不少他生前烧制的瓷器"镇墓"。这何尝不是"博陵——内有博杂瓷器之陵墓"的别样意旨?

都昌县大树乡下垅邵村的古宅"博陵第"与元青花品牌"博陵第"如何无缝对接? 有专家学者这样设想:从世系的传袭角度看,下垅邵村清代建宅的先祖甚至明代的肇村祖先与元代至正年间的张文进的后裔或许有交集;从都昌与瓷的关系上看,景德镇自古是都昌人的"码头","廿里长街半窑户,赢来随路唤都昌",下垅邵村祖先在瓷道上的跋涉,凭人做怎样的推想都不过分;从人传送财的途径看,鄱阳湖浩浩汤汤、风帆正举,古时未修大汊池,行舟下垅邵村村头也很畅达,以至有专家看了"博陵第"门前现今呈现的一方池塘,便生发出下垅邵村就是"博陵第"瓷路上的一处水驿站的断想。

凝望都昌"博陵第",让她蒙上一层神秘的面纱,甚好……

69.鸣山乡冯珂堰村：都昌古建的"样式冯"

【冯氏家训】孝父母、笃友恭、守国法、睦宗族、和乡党、训读书、勤耕织、肃家范、慎交友、端品行。

都昌不少村庄的名字，源于其始祖之名，鸣山乡丁峰村冯珂堰村也属此列。村中祖先名"冯珂"，后缀"堰"字，是因冯珂为利灌溉和通行，在村东的港中，建了两座石坝堰，一曰上堰，至今仍存石桥遗址；一曰下堰，今弃。村庄有了港堰，便有了水的灵动。港堰发源于金家山，通往源头港，最后流入鄱阳湖。入村的路口竖立起花岗岩的巍峨门楼，村名由第七届中国道教协会会长、书法家任法融书写。

冯珂堰村现有人口240余人，在村居的门楣上可常见"理学世家"四字，上溯的是南宋理学家、教育家冯椅。冯椅（1140—?），号厚斋，是大儒朱熹在白鹿洞书院主讲时的都昌"朱门四友"之一。冯珂堰村的建村先祖冯珂（1443—1511）按辈序是冯椅的13世孙。冯珂于明代成化年间，由仲海山冯村（今属鸣山乡丁峰村）迁至汪家边，在青山绿水、吉祥环绕之地定居繁衍。

冯珂堰村是当地有名的古建筑村，尤以仿古木雕称奇。相传村中古建之技的勃兴，是从明崇祯年间的冯珂6世孙冯仁显起始的。他的后裔一时号称有80张斧头，俗称"八十木博士"；有40件羊皮，俗称"四十袍哥"。冯家的能工巧匠除了在鄱湖之滨以手艺营生，还远走徽州，在徽派建筑里挥斧击凿，留下印迹。据说属古徽州的黟县西递宏村、歙县唐模村里，就有村民说自己祖先是江西南康府都昌冯珂堰的工匠。

在中国的古建筑史上，江西永修的"样式雷"如雷贯耳。在清初，一个叫雷发达的南方人来京城汇入营造宫殿的建筑大军中，因为技艺高超，很快升到了相当于如今的"首席建筑设计师"的位置。雷发达以降的后七代一直为皇家修建宫殿、园囿、陵寝以及衙署、庙宇，圆明园、颐和园等都是雷氏负责，这个世袭的建筑师家族被称为"样式雷"。都昌与永修同属一邑，冯珂堰村的不少"木博士"便随"样式雷"的后代北上京城，在藻井斗拱间施展自己的本领，堪称都昌

"样式冯"。清嘉庆年间,冯珂堰村人冯忠维领着族上的一帮后生,在越国故地、西施故土浙江诸暨(一说临安府)建造府堂。大厦落成后,州官甚喜,褒奖其为都昌"样式冯"。冯忠维衣锦还乡时,带回了一块官府馈赠的匾额,长5尺许,宽3尺许,上嵌"严于重典"四字。承载着"样式冯"荣耀的此匾,在21世纪来临之际,被冯忠维的后人贱卖给了"文物货郎",收价120元,很是可惜!

　　1960年出生的冯珂堰人冯木贵没承袭一手好木工活,却练得一手好厨艺。冯木贵曾任村民理事会理事长,能讲出不少与营造屋宅有关的典故。民国年间,厚德载物、世事洞明的乡贤冯乐喜,在国民党保安队做着头目层次的差事。乱世的大鸣山多匪盗,可冯珂堰村鲜有遭劫遭盗之虞,这大半是因冯乐喜"保安"头衔的威力。他为人厚道、以德待人的品行亦令人肃然起敬。冯乐喜身在江湖,既与名震一时的国民党保安队中队长陆士郊有同道之情,也与共产党的都湖鄱彭中心县委书记田英有互敬之谊。这种交集,于冯乐喜既有立命之需,又有地缘之近。冯珂堰村距陆士郊的故里盐田不过十余里,与"武山雄鹰"田英浴血奋战之地望晓源,彼此山脉相连。冯乐喜每每从治所骑着一匹白马回乡,经马涧桥,总会下马向桑梓地致意。1946年,冯乐喜在村里建新宅,构式自然在当地称得上堂皇。砖瓦是自家的柴窑定制的,比普通人家的要厚、要大。冯木贵的爷爷冯家桂是村里的顶级木匠,被延请来做木工的师傅。主家找来风水大师选了吉日上梁,工匠们掐指一算却说这是个民间犯"土板"的大忌日,利主凶匠。主家的日子已告知亲友,难以更改。上梁这日,原本需要木匠、锯板匠各一名,操持南端之梁,石匠、雕花匠各一名,操持北端之梁。木匠冯家桂坚拒不往,锯板匠碍于与冯家是至亲,一人独自操持南端之梁。北端的石匠暗地行了祛邪之术,用黄表纸画了个马符,悄悄地在梁凹口压置符件。后来据说凶煞得了应验,石匠在梁檩上下来的当天,连说"驮不起",三日之后暴病而亡,冯家也尽了道义为之殡葬。又据说宅主家三年后,有人亡于非命,于是想到破谶,重挪主梁,并取出马符,家运才得好转。20世纪80年代末,这幢私宅毁于烈焰。后来冯乐喜的孙辈修旧如旧,在原址重建了此宅,此宅已成为冯珂堰村难得的古民居样板。

　　改革开放后,冯珂堰村的"样式冯"传人身怀古建高技,行走神州大地,将汗水和智慧留在一幢幢古色古香的古建里。"样式冯"最有名望的传人当属冯春生。1958年出生的冯春生在发表于鸣山乡"古韵马涧桥,人文大鸣山"微信公

众号的一篇文章中,这样描述冯珂堰人的"古建之旅":

> 村中的古建筑艺人 20 世纪 80 年代在景德镇打造了最有影响的古窑瓷厂、陶瓷历史博物馆、明清古建筑群体,完成了庐山黄龙寺、诺那塔院、仙人洞道院、东林寺、西林寺等佛教殿宇建设;20 世纪 90 年代南下珠海参加建设园明新园古建群施工,先后完成了宫廷买卖街、濂溪乐处、菱荷深处等宫廷仿古建筑。2000 年,村里的艺人合股成立了"江西省鸿祥古典园林建筑有限公司",先后在全国各地承揽工程,完成了西安市大雁塔慈恩镇古建街道建设、西安三环路景点绿化工程、西安法门寺修缮工程。赴深圳、广州、汕头、澄海等地的工匠 80 人以上。承建的都昌南山灵运塔工程、庐山东林古镇仿古街工程,双双被中国建筑学会授予"优质工程"奖。

鸣山乡丁峰村有一口铸造于清光绪十四年(1888)的洪钟,原在鸣山古刹——东国寺。洪钟曾被掩于泥淖长达 8 年,现在置于丁峰小学的操场上。不少上了年岁的丁峰人会说"我小时候是听着这口钟声长大的"。如今,另一种钟鼓之声在丁峰村激越响起。丁峰村曾是贫困村,在打赢脱贫攻坚战的征途中,冯珂堰村的村容村貌焕然一新,农文旅示范基地生机盎然。港堰上 2018 年底新建的传统风韵的休闲亭,成为村庄古建的一个路标。冯珂堰村头巷尾充溢着的古建元素,传承着"样式冯"的独特审美,成为新时代乡村振兴的秀美样板……

70. 狮山乡李贺村：长风回气扶葱茏

【李氏家训】遵圣训,洁身自律,日当三省,常思己过,莫论他人是非,切不得自甘自戕,辱没家族声望,保其永世清白。修身、齐家、治国,平天下,乃人生要义。享用斯人,永利后世。凡我族人记之。

（一）

都昌县狮山乡珠岭村村委会下辖的李贺村,建村历史可追溯到南宋末年,距今700余年了。肇基祖李重六,字永光(1246—?),元世祖至元年间始迁苦竹坂,再迁八都上堡山罝冲垅的清水塘。李贺村的原村址在罝冲垅的老虎头,迁现村址的祖先是李重六的7世孙李号、李瓒这一辈。村名"李贺"源于弟弟李瓒感念兄弟之情,在李号亡故后,以兄长之名命名村庄。"号"与"贺"谐音,"李贺"渐成村名。周溪街李家庄、周溪镇周官咀李村、大港镇大港村村委会所辖的李村、鸣山乡店背塘李村等皆发脉于李贺村。

在都昌,肇基之祖因"母猪旺地迁居"和"扮穷相半价买树"的故事,不止在一个村庄演绎,这种有趣的文化现象值得民俗学家去研究。李贺村村民口耳相传的这类故事,甚至刻入了石碑上的"村志"。相传李贺村的祖婆江氏贤惠持家,她饲养了一头母猪,母猪每逢生猪崽时便到罝冲垅口坂上的一处芭茅丛中。江氏夫妇觉得此地福泽深厚,便从原址老虎头移至此处筑屋而居。当年的一间砖瓦房至今仍在。老一辈村民讲述着从祖辈流传下来的祖先"半价买树"的故事。相传李瓒的次子李兴禄长年经商,积累了丰厚的家产,便有了在村里大兴土木的宏愿。某年寒冬腊月,李兴禄故意衣衫褴褛,去邻近的杭桥八角树下的游水潭,在湖汊的树排上左看右瞧。第三天,卖树的老板认为李兴禄影响了自家的生意,便带着轻蔑的口吻说:"叫花子似的,你如果有能耐买树,我半买半送。"李兴禄就等这句话,当即叫来证人,摆过酒宴后,立下了字据。他那臃肿的破棉袄下,就绑着成串的银圆。李兴禄得了便宜大买其木,请人装运回家。其后花了三年多工夫,建了祠堂、花厅屋、五进厅、私塾、当铺等近10栋建筑。至

今尚存的旧祖祠、花厅屋、五进厅，是李贺村能跻身都昌"古村"之列的压舱石。在五进厅的外墙砖上，有窑匠用细树枝在砖土坯上随手刻下的"乾隆壬戌年造"字样，淬火成青砖后，留下了有确凿时间的物证。古宅应该为1742年前后所建，距今已有270余年了。

李贺村的祖先除了建造厅祠外，还陆续兴建起东、南、西、北四栋功能性用房。北屋是书屋，在至今仍存的残垣上，可觅见"光启书香""赤壁之功"字样的横楣石。关于粮屋，有个神奇的传说。李瓒的儿子发家后，广置田业，收租兴家，有"先买浮梁景德镇，后买鄱阳进都昌"的宏愿。相传在李贺村的粮仓底下，藏着"谷王"。仓里的稻米，母鸡日复一日地啄食也不见消减；外借放债，仍旧谷生谷，溢出粮仓，取之不尽，用之不竭。这当然只是传说，"天道酬勤"才是真谛。

（二）

李贺村在2006年前后，以"古村"之誉声名远播，一个叫李辉勤的村民功不可没。

李辉勤出生于1957年，他的创业人生起步于在景德镇经营砂石业。后来，他投身九江的建筑行业，奋力打拼。李辉勤有了一定的财富积累之后，心怀文化情怀回报桑梓，为李贺村彰显古村特色、建设文明新村慷慨解囊，无私奉献。他捐资对花厅、五进厅等古宅进行修缮，加以保护。不久，李贺村建造了气派的门楼。嵌在门楼正上方的"李贺村"三字，是曾先后担任都昌县委书记、九江市委副书记的中国书法家协会会员严晴瑞的手笔。面向村内的一面门坊上是"望贤思齐"四字。李辉勤捐资拓宽硬化环村道路、美化入村通道，还建造了300余米长的文化长廊，嵌贴青石板刻260余块，以传统美德涵养村风。李贺村将考上大学的莘莘学子的名字逐年刻入村口的奋进榜，激励后人用知识改变命运。2016年5月，经历了人生起伏、事业跌宕的李辉勤在年近花甲之时病逝。他为李贺村的发展所付出的心血、做出的贡献，在当代村志上应该深深地记上一笔。2009年4月，时任九江市人大常委会主要领导在一篇关于市人大代表作用发挥的调研报告中，留下了短短的一句话："都昌县李辉勤代表先后投入240万元支持当地新农村建设。"在李贺村的文化碑廊里，留有一方李辉勤撰写的"前言"，兹予转录如下，以致敬这位李贺村的"乡贤"，从中也可探察到李辉勤为人做事的境界："古往今来凡成大事者，除具备真才实学外，均深懂为人处世之道。可以说中华五千年的谋略精华，处世为人，在他们身上得到了集中的体现，成功的黄金定律也被一代又一代实践和运用，并收到了巨大的成效。今天此碑囊括为人、处事、修身、养性、从政、治家、经商、聚财、智慧之大成，可谓治世、处世、劝世、醒世之宝鉴。此碑只为选粹，求精不求全、求深刻而不求工整、求实用而不求华丽，注重提炼对人生的智慧感悟。只要读者能够遵循这些法则，并加以灵活运用，必能事半功倍，从而在整个人生中走得更加稳重，获得更多的幸福。视角不用，道亦不用，而使读者有益之拳拳之心愿皆同。"

（三）

李贺村有古民俗，更有新气象。

李贺村传统手工艺——熬糖，甜遍乡邑。中秋节和春节期间，经过蒸煮、捣碎、滤汁、熬浆、打压、成糖等繁复工艺，一盘盘浅黄的糖盘在扁担挑着的谷箩里走街串巷，在裹黏的芝麻里香酥可口。李贺村有尚武之风，据说先前村里不只出过"文秀才"李孔潘，还出过"武秀才"李良松。清朝早期，洞庭湖上的镖局，以来自鄱阳湖畔李贺村的李宗占兄弟为老大。李贺村人在景德镇做瓷局镖卫，亦是虎虎生威。相传李贺村刚立村时，与扎根较早的邻村发生过山林权属之斗，乾隆年间为争一口叫凌塘的饮水塘相杀过一场。李贺村的李宗白从洞庭湖赶来驰援，夹一对石磨盘，飞掠过凌塘，骁勇了得。清朝末期的李大贵（又名李会贵）根脉在李贺村，武功之名张扬于湖北，得到慈禧太后的赏封，权重位尊。李贺村的农民赣剧团曾风光一时，演绎的赣剧《双龙会》《天门阵》《红霓关》以古喻今，以文化人，丰富了村民的文化生活。20世纪80年代后，外出务工的村民多了，年轻人也没兴趣学戏了，戏班慢慢也解散了。

李贺村一如当下的乡村，一些传统文明在失散，亟须传承和发扬。新时代乡村振兴的大幕已徐徐拉开，新气象装点着新生活。有1100余人的李贺村，2017年筹集资金近300万元，在村后的空地上建起高品位的村民文化活动中心，建筑面积达2200多平方米。文化中心的新戏台上演绎着登场与退场，戏味在张弛有度间弥散开来。两侧厅堂可容纳千人赴宴，很是气派。在旧村址口的罢冲垅老虎头，创业有成的村民李映义，致富后难离故土，2007年以来，投资千万元，着手建设集农业、文化、研学、生态、休闲、旅游于一体的"得陇农庄"。秉承"光启书香"的村风，一些农家子弟攻读完硕士、博士，在津、粤等地崭露头角。

　　盛唐诗人李贺,其姓名与李贺村名相同。浪漫主义诗人李贺写出过"黑云压城城欲摧""雄鸡一声天下白""天若有情天亦老"等千古绝唱。李贺在《新夏歌》中云"长风回气扶葱茏",描摹的是乡村长风横吹,裹挟着温暖的气息,山深林密,一片葱茏。新时代的李贺村,分明是唐代诗人李贺笔下诗意的呈现,到处生机勃发,葱茏一片……

71. 汪墩乡老山侯村：侯门忠义庆绵长

【侯氏家规】善人君子是同胞中得乎灵秀者,惟能亲之则可以熏陶,德行好之则可踢其芳美。故志士厉行,必诚于好善,急于亲贤,但贤益必先辨善恶,乐于亲贤师,善而人德矣。若大贤尊为师,则父事之;同德亲为友,则兄事之。

　　承袭"上谷世家"的 20 余个都昌侯姓村庄,现约有 7000 人,分属于汪墩、阳峰两乡镇(其中莲花塘侯村属大树乡参岭村,与汪墩乡域相连),有"岭东侯""岭西侯"之称。所谓"岭",指阳储山脉的南桥岭,阳峰乡侯家山诸村属"岭东",汪墩乡老山侯诸村属"岭西",东西两侧侯姓人口数量相当,他们共同的祖先是北宋年间的侯忠素(999—?)。

　　老山侯村属汪墩乡新桥村村委会所辖,离新桥街不过 2 千米,现有村民逾千人,是汪墩乡人口数量排在茅垅谭村之后的第二大村庄。行走于老山侯村,不少村中长辈能讲起他们的祖宗崇忠尚义、以德沐后的故事。

(一)侯忠素尽忠守孝落籍都昌

　　天下侯氏落籍开基的发祥地在上谷郡(今山西省太原市、河北省怀来县一带),奉春秋时期的晋侯缗为受姓始祖。

　　晋侯缗的 17 世孙侯霸(今河南新密市人)在《侯氏宗谱》上备受敬崇。侯霸于建武十三年(37)去世,因忠君保民之德绩被东汉开国皇帝汉光武帝刘秀追封为"哀侯"。当年王莽篡政,天下大乱,侯霸任临淮郡尹(即太守),在乱中左支右绌才保全其郡。及至更始帝刘玄称帝(23 年),侯霸入朝任职,治下临淮百姓闻讯攀辕卧辙,恳求持诏使者禀告皇帝将侯霸留下,侯霸遂又留在临淮一年,继施爱民之政。建武四年(28),东汉光武帝刘秀召侯霸相会于寿春,任命他入朝任尚书令,次年迁大司徒,封爵关内侯,殁后追为哀侯。侯霸任职期内明察事理,奉公无私。《后汉书》如此评价侯霸:"霸矜严有威容,家累千金,不事产业,笃志好学。"

　　绳其祖武,积厚流光。侯霸的 37 世孙侯忠素,安徽寿县人,宋仁宗时登进

士,天圣九年(1031)春任都昌县尹。侯忠素主政都昌期间,随衙的母亲严氏病故,葬于都昌县城西的大矶山。秉持孝道的侯忠素,抱素朴而守忠孝,秩满后不忍心离去,遂卜居县城白莲池旁(现莲花苑小区)设馆教徒,且为母守孝,在淡泊的岁月里看鄱阳湖潮涨潮落,在"万家灯火"的县城观隔水南山云卷云舒。

卜居街市的侯忠素被都昌侯姓奉为一世祖,其子裔播迁到赣东南的"饶乐之梅源"等地。且说至元十七年(1280)都昌左蠡仙井畈人杜可用聚众抗元,遭江淮行省参政史弼镇压。元军入都昌县城抢掠百姓,侯忠素的9世孙侯维化(号埜窦)因避元乱,由县城白莲池潜居四都垅茶园冲(又名埜猪山,今阳峰乡阳峰村村委会所辖),尔后便有了"岭东侯"与"岭西侯"。

(二)侯世通乐善好施迁徙福地

侯氏在都昌迁徙的跋涉途中,总被战争的风云笼罩着。侯忠素落籍都昌县城是因为没落的南宋与激烈的金元之战;而他的14世孙侯世通由阳峰四都茶园冲迁徙至岭西,亦是因为百年之后朱元璋与陈友谅的那场"一战成名"的水仗。公元1363年,年仅14岁的少年侯世通被驻兵追杀,在叠尸中假死得以活命,遂翻过南桥岭,栖身于山麓的西边山下(今陈继铭陵园南侧)。

侯世通在乱世中勤勉上进,成长为一名英俊有为的后生。陈姓村庄里名曰陈舜忠者,知人善信,将自己贤惠的爱女许配给侯世通为妻。在西边山下站稳了脚跟的侯世通与陈氏生育四子,曰德仁、德信、德义、德满。其中侯德满长大后做了伍宗奇村(今属大树乡参岭)赵士海家的上门女婿。

侯世通长子侯德仁后来率子嗣从地形逼仄的西边山,迁徙到开阔舒展的现村址,择良地而居,兴盛发村。其间有以德动人的民间故事流传。传说侯德仁家所在的西边山还有一张姓人家,张家请了一个有名的堪舆"地仙"看地。某年年底,先生背起行囊回家过年,其时北风呼啸,大雪纷飞。先生没走出一里地,便见西边山侯家窗户亮着灯。他平日里也听闻侯德仁夫妇乐善好施,于是在凄惶中直奔侯家屋檐下暂避风雪,忐忑不安中轻敲数下侯家大门上的铁环门挂。侯家任闻声开了门,见是落魄的张家风水先生,忙将他迎入家门。问了原委,侯德仁夫妇让风水先生在家过年,毫不忌讳当地不留外人在家过年的习俗。新年的爆竹声里,暂无去处的风水先生在侯家一直享用着好酒好菜。数天后风水先生临行时,贤惠的女主人黄氏将一包乡间印子米粑塞进先生的行囊里,并柔声相嘱:可当应急的念想、充饥的干粮。侯德仁也在旁以手足情话别:"路上少了盘缠,却有粑可吃……"

先生行至一里许,似觉肩背上的行囊有点儿沉。他在邵家村旁的一小林垄(该地后来取名"粑印上")处歇息,解下行囊,将侯家包裹的印子米粑打开一个,觉得这粑似有异常,于是扒开米粑馅心,"咣当"声中一块锃亮的银圆掉在地下。细捏下来,只只粑心皆以银圆为馅。先生顿悟同侯德仁夫妇道别时女主人黄氏说的"应急""盘缠"的话,粑里包裹着的分明是侯家夫妇有意留给自己的救急盘缠。先生被侯家夫妇的美德嘉行感动得热泪盈眶,此时他唯有一个心愿:报恩! 先生背起行囊折回侯家,在侯德仁和黄氏面前感激得无以言表。他将在张家堪舆所占测的一块上好吉地掏心窝地告之侯德仁,说侯家在西边山居住人丁不旺,要搬到斜对面的山峦里居住,后嗣才会开枝散叶,千秋永昌。对面的山峦站在侯家放眼可望,可那是董姓人家的地产,纵是好地,如何能获? 先生捻髯授计,让侯德仁明天到对面山峦披荆斩棘,整出宅基,砌起楼院,全家迁至新地而居,且要养鸡养狗,有日常人家的烟火气;要往新砌屋墙上浇粪尿、淋卤水,三年会长出青苔;要将造屋的铁钉在生铁锅里用盐水卤炒,锲木后会生锈色;还要用松枝熏屋内的竖柱与横桁……一言以蔽之,要让外人觉得侯家在此已住了很久很久。不是吗? 田家有鸡黍,民居生青苔,柱钉已锈蚀,柱桁已旧黑。

历一番周折,侯家后来在新村址昌盛发家。

(三)侯德仁崇德惟仁福荫后裔

侯世通的大儿子侯德仁年轻时在齐鲁大地经商,与其说他是经商挣钱发家,不如说他以德取仁赢得贤妻而有"聚宝盆"发家荫后。村里的老人也能讲出不少老山侯先祖侯德仁弘扬忠义的故事。

据说侯德仁在山东济南府做生意,其时有个黄姓都昌人,在济南府为官时遭小人诬陷而入了牢狱。侯德仁召集来自江西的江右商帮极力营救,据理力争,将被折磨得半死的都昌老乡从大牢里捞了出来。黄先生晚年回到都昌故里,在年衰卧床之际总是唉声叹气,孝顺的儿女在病榻前问老爷子为何整日愁容满面? 黄先生说出了自己的抱憾之事:他今生还未报答同邑的侯德仁济南相救之恩,如果没有那一救,自己这堆老骨早已弃之异地,又哪有眼下的天伦之

乐？儿女们便道："老父已风烛残年,如何报恩？"黄先生听罢儿女宽心之语愁容散去不少,并说："侯德仁有如此美德,定有后福,吾家有女许配之,既报侯门之恩,亦彰黄门之义。"听父亲说出如此报恩之策,大女儿直摇头——她已有心仪郎;二女儿则连连点头——她肯嫁身成"仁"。后来,嫁入侯门的黄氏因贤惠成了侯门令人敬重的一代祖婆。

都昌汪墩一带岭西侯姓村庄奉侯忠素的 14 世孙侯世通、15 世孙侯德仁为发脉祖先。老山侯村由侯世通成村于明永乐年间。老山侯村早先又称侯岳舍里,得名于世通公的孙子侯岳（1446—1535）。侯岳,又名侯大衡,号静隐,享寿九十。他是个有德望之人,"躬历田圃,克勤克俭,高积日厚,乡间穷乏,赖有以济者,其孝敬诚信无不称"。侯家冲村由世通公的 5 世孙侯曰明（讳埠,字醉翁）于明嘉靖年间从老山侯村外迁成村;岸上侯村由世通公的 6 世孙侯景禄（讳钟,号确斋）于明嘉靖年间从老山侯村外迁成村;新舍侯村由世通公的 9 世孙侯道行（字绎可）于清康熙年间从老山侯村外迁成村;大树参岭莲花塘侯村由世通公的 13 世孙侯承琉（字儒）于清道光年间由老山侯村外迁成村;谭球侯村由世通公的 37 世孙侯寿和（字为贵）于民国年间从老山侯村外迁成村。另也有世通公的后裔外迁至景德镇三龙街。新桥老街的紫油墩侯村（又称安公村）肇村历史要早一些,由比侯世通还要长三辈的侯安（派名以仁）,于元代至元年间从县城白莲池旁迁入新桥成村。因此,当地有"未有都昌县,先有紫油墩"之说。都昌县立名于唐代武德五年（622）,若由此说推断,紫油墩存世已历 1400 年以上,而侯安落籍紫油墩则距今不过 700 余年。

"勤慎堂"为天下侯氏堂号之一,勤与俭乃治家上策,慎而言为训子良规。老山侯人承袭上谷世家"勤慎"家风,人才辈出,近当代也有不少村人在时代的舞台上成其功名,添其光泽。侯重信为黄埔军校 6 期生,抗日战争时期曾任第三战区的营长,新中国成立后一度在都昌县政府兵役局任职,1979 年病逝于故里。侯清华是都昌一代名医,尤擅长妇幼科,与都昌杏坛的魏荷生、何懋林等齐名。侯慰农是一名从老山侯村走出去的南下干部,曾任国家物资总局人事劳动司司长、中国机电设备公司总经理,20 世纪 80 年代为都昌化解进出口汽车一案出力不少。侯东屏（派名隆谟）,曾担任北京市高级人民法院党办主任、组织处处长,病逝后魂归故里。侯满平是中国农业大学博士,着重在城乡规划建设方面施展才华。侯华青在南昌大学就读本科后又考上清华大学研究生,后任职于武汉核物理与化学研究所。侯华歆 2009 年跻身都昌高考理科成绩第一名,当地所授的"理科状元"匾额悬挂于村里的祖祠兼村民文化活动中心。他当年荣录上海交通大学,应用经济学硕士毕业后在上海互联网业绽放芳华。一代代的老山侯骄子荣录各类大学,以知识改变命运,以拼搏成就人生。侯隆和先生吟诗赞道:"驰骋环宇展才华,重塑辉煌震梓桑。"

老山侯村的一个个青年才俊,或在商海泛舟,或创业于南天,或投戎于朔方。在老山侯新建的文化广场上,村民的欢声笑语更是荡漾在阳储山下。1949年出生的侯任年曾任都昌县农业银行行长,退休后也参与过都昌侯姓宗谱的编修。对家乡的沧桑巨变,侯任年赋诗赞曰:"阳储岭西发侯庄,古往今来美誉扬。前绕源流财富广,后作叠翠脉龙长。钟灵毓秀贤能出,叶茂枝繁昆裔昌。上谷家风传百世,老山明日更辉煌。"

72.苏山乡下林渡徐村:渡头烟火起

【家训家规】徐氏《十训》"训和邻"言:我族散处各乡,其往来者,岂尽皆本支,尽皆姻戚哉? 有邻焉。鸡犬既已相闻,田产亦且相挽,出入既可相友,守望亦可相助。

"下林渡"是桥渡之名,在今都昌苏山乡雷山村委会辖域。"鄱阳湖上都昌县"之渡,皆连着古彭蠡之港汊。在先前船舟为出行主要工具时,下林渡的繁盛自不必说。瓷都景德镇过都昌徐埠至屏峰,经鄱阳湖入长江,而达南京,其中徐埠至屏峰一段水路的必经地便是下林渡。正因此渡是苏山一带首发远方的要津,所以入了县志载录。清同治版《都昌县志》"卷之二·桥渡"载:"下林渡,在治北七十里,亦名夏天渡。"县志续载"北西"相邻的还有松口渡、潭子口渡、土目渡。"下林渡"又称"夏天渡",想必除了谐音,还喻指夏天丰水季节的奋楫帆影。

如果当下去寻觅下林渡的遗址,与下林渡的一孔石拱桥相通的是小水面的枯港——类似水面大点儿的池塘。即使在仲冬这样的枯水季节,拱顶离水面也不到一米,如何摆渡行船? 身置现场,古朴之感扑面而来,令人心生凭吊之意。据考,林渡桥由板桥改石桥,重修于清嘉庆十六年(1811)。渡口除了砌桥的斑驳麻石,还有数年前倒下的一棵虬枝剥落的柘树。下林渡村民说,那棵柘树有数百年树龄,当地人称之为"天灯树",当年渡口经年不熄的油灯就挂在如今已倒下的柘树的树梢上。这灯的烁亮,折射出多少民间慈善的光芒;这灯在湖面上发散出的光,又成为多少觅渡人温暖的向往。下林渡头,有一尊石狮,数百年来将渡内渡外多少人间事看了个够。传说渡头原有八只同样的石狮,狮子恢复了真身在谢家湖洲将滩涂上放养的牛吃得只剩一头,惹得牛主人找下林渡徐家人告状索赔。八头中的七头牛牯吼啸着入了山林而不复归,只可怜剩下的一头被下林渡人严加约束,用铁索勒住,永驻原地。下林渡的废弃,自然是"沧海桑田"一词的诠释。1965年,当地修筑了谢家湖坝(因与谢姓村庄相傍而得名),后又在离渡口约300米处修筑了通村的公路,下林渡便与"浩渺"告别了,节节退浪,遂成了静水流深下的一方寂然古迹。

繁盛的四村落

下林渡随水而远逝,而下林渡村在岁月的烟波里,历经数百个春去夏来、秋至冬归,变得繁盛无比。

下林渡是徐姓村庄,承袭"东海世家"。关于下林渡村,当地有"老四村"之说,即下林渡徐村、新屋里徐村、振斋湾徐村、鸡枫树徐村,四村落皆属现苏山乡雷山村委会所辖。我们且来溯其族缘。

都昌徐姓祖先是南宋期间从饶州的凰岗(今属鄱阳县)迁入的。徐应午(1186—1235)常游学于都昌,于南宋理宗年间由凰岗迁至都昌秃山(今蔡岭镇田民水库内)卜宅居之。其子徐学宾(1234—1267)于南宋景定三年(1262)钦授河南通判,三年后淡泊明志,退出官场,移居双港画林(今徐埠镇子云村所辖)。徐学宾生三子,幼子徐岳卿(1255—?)之孙徐国用(1307—1396),于元正至年间由双港迁至吕岭(今属蔡岭镇吕岭村所辖)。徐国用之孙徐子祥(1359—1433)于明洪武年间由吕岭迁至徐埠枣树下。子祥公生数子,在都昌发脉繁衍的有熙让、熙和、熙通、熙昇四兄弟。长兄徐熙让(1394—?)成为现苏山乡彭埠桥徐村之始祖,今苏山、徐埠不少徐姓村庄是熙让公后裔。徐子祥幼子徐熙昇(1403—1477)于明景泰年间由枣树下迁至三十八都下林渡。熙昇公三子徐玉聘(1431—?)读书循礼,广施善举,在高家山西麓居住。徐玉聘学养深厚,设馆课徒,其所被称为"学堂岭"。其三子徐庭济(1485—?)由学堂岭分居兰谷,形成如今的新屋里徐村。徐庭济四世孙徐振斋(1571—1656)于明万历年间由新屋村分居八里港谢家湖东岸,后人以其名"振斋"冠村名。徐玉聘幼子徐庭声(1488—?)于明嘉靖年间由学堂岭迁至鸡枫树下,成为鸡枫树徐村之始祖。徐熙昇在都昌的后裔,除了下林渡老四村,还有其长子徐玉联(1429—?,名耀)发脉多宝乡徐耀村(傍都昌西高速公路口)、多宝乡竹林舍徐村,次子徐玉辉(1430—?)发脉蔡岭镇牌垅口徐村,这三个徐姓村庄的寻根地皆是苏山下林渡。

下林渡有"老四村"之说,也有"新四村"之分。以"老四村"的下林渡徐村为主体,1998年那场百年不遇的洪灾过去,党和政府实施移民建镇,下林渡徐村生产队年代的第五、六、七、八这四个生产队分迁四处,看似四个村落,说到底还是老下林渡徐村。"新农村新农民金山银山聚宝山山山富有;讲科学用技术农

业林业运输业业业兴隆",这副立于下林渡新村的不锈钢架上的入村对联,就是由中国作家协会会员、九江市作协副主席,曾任都昌县民宗办主任、县信访局局长、县卫健委党委书记的徐贵水(徐观潮)为故园所撰。徐观潮著有《信访救济手记》《名将陶侃》《同根兄弟》《失落的文明》《烈焰瓷都》《中国健康档案》《生命即将远行》等著作。从鄱阳湖中下林渡走出的都昌本土作家徐观潮如此深情表白:"我一日不见鄱阳湖,就想她,天天见她还是在想她,就是想在她的喜怒哀乐里浸泡我孤独的灵魂。""鄱阳湖的魂魄化身在红尘之中,一湖清水、一条溪流、一朵浪花、一个旋涡、一片烟霞、一道彩虹、一叶扁舟、一曲棹歌、一缕忠魂、一首小诗、一声长叹,皆是千娇百媚。"家乡下林渡的灵性,流淌在徐观潮的每一行文字里……

神奇的三敕赐

在下林渡,流传着徐振斋捐粮赈灾而得皇帝赏赐三件神奇宝物的故事。

明万历年间的徐振斋是"振"字辈,据说富甲一方,在雷山(古有雷姓村庄迁此而得名)一带有"千谷洲""万谷畈"便是印证。徐家与邻村万家结了一门儿女亲。万家靠做丝绸生意发家,为显富裕,万家嫁女时从家门口铺设绸缎至万、徐地域交界处,各色主宾行于红绸之上,皆不走泥土路。徐振斋家斗富的方式是,从徐、万交界处至徐家,铺了数里金灿灿的稻谷,宾主亦皆不涉泥土。

阡陌间的露富脱不了泥土味,而下林渡人徐振斋还真在繁华的南京做了一回"赈灾公",在街衢里露富了一次。类似的故事版本在都昌民间其他姓氏祖先身上,也屡见不鲜。据说徐振斋从下林渡扬帆启航,安排了18艘粮船到南京籴米。为宣示粮到放秤,好售得快些,徐振斋让船上的壮实伙计放铳三响,声震古都。江湖上的良友听见冲天的铳声探出头来,告知徐振斋惹祸了:只有皇家的官船才可在码头放铳,衙内的仕宦闻铳声会来码头迎接御舟。徐振斋惊悚甫定,问有何计可脱身,要是等百官前来,辨得是假冒之铳声,恐怕要捉拿船主呢。良友指点,干脆将错就错,在船头挂出"赈灾义粮"的横幅,放铳是为壮义举而已。徐振斋当即点头道是,咬破中指,在一方白巾上血书四字"赈灾义粮",白巾迎风猎猎挂在桅杆上。待应天府的一应官员来到码头,但见"赈灾义粮"之帜下,徐振斋容光焕发,点头回揖。就这样,满满18船的稻菽尽入官仓。

徐振斋赈灾的故事还有后续:应天府府官将江右粮商徐振斋捐粮赈灾的义

举禀告皇上,皇上敕令赐予徐振斋三件御物,以示褒扬。一是"水火敕",亦称"珍珠烈火旗";二是八片象牙菩萨雕版,分刻八仙图;三是一对黄花梨质的龙凤蜡烛台。这三套赐物还真不是"传说"而已,而是实有其物,下林渡的老一辈能讲出神奇"三宝"的下落。那敕旗有神性,比如村里有女人生孩子难产,取此旗在宅院迎风招摇,祈福避邪,婴儿多会顺利降临于世。此旗后来藏于一村民家的谷仓里,民国年间因一场火灾付之一炬,归于"烈火"。八片象牙菩萨雕版现仍存两块,从有些破损的刻像中还能判断出是"八仙"中的何仙姑和曹国舅。另六块在清末被保管雕版的村民卖到南康府(今庐山市)去了,下林渡人为惩罚数典忘祖、贪图钱财者,让那位村民请全村人吃了一餐通村不烧炊烟的大宴。至今能看到的两块象牙版的缺损处,是经年累月头疼肚痛者刮雕版的粉末以治愈顽疾而留下的。至于那一对龙凤烛台,村中不少老人亲眼见过,有1米多高,10厘米粗,1968年前后上交给苏山公社,后不知去向。

下林渡先人赈灾的故事,也有资料记载。故事主人公不是徐振斋,而是他的烈祖(六世祖)徐玉聘。读圣贤书、沐儒家风的徐玉聘(一说是明正统年间的徐征)于景泰六年(1455)出粟1300石,用于赈灾,明朝代宗皇帝特敕奖为义民冠带。在康熙版《南康府志》中,关于都昌县明代义赈名单中有"徐希通",清同治版《都昌县志》认定"徐希通"即"徐熙通",此乃徐振斋之七世伯祖。

下林渡先人赈灾的善举,彰显的是一种乐善好施的传统美德,这种美德在一代代下林渡人中得到赓续。在下林渡村,村民动情地讲述老兵徐观达情系桑梓、行善植义的故事。徐观达1949年去了台湾,1991年回故土探亲,见下林渡祖祠兼村民文化活动中心破旧,主动捐出3万元用于修建祖祠。直到2004年,老下林渡徐村人又花了10余万元对祖祠进行了改建,这其中就有徐观达的一份奉献。1998年,鄱阳湖遭遇大洪水,徐观达当年给下林渡徐村600余人每人分发20元,用于扶助村民买米。2015年,徐观达夫人抱着徐观达的骨灰回归故里,将徐观达安葬于下林渡祖坟山。下林渡每家每户燃放爆竹,送行善之人最后一程。

尚武的七尊婆

下林渡村得水之灵气,可通湖达江。下林渡周边也有山,村秀于林,东望有兰若山,连着大巴头山;西望是道观尖,山下有雷山庙,供奉陶仙,与庐山"相看

两不厌";南望是高家山,连着元辰山。下林渡村傍水,有"渡"的故事;倚山,有"林"的故事。

元末朱元璋与陈友谅大战鄱阳湖,八里港谢家湖水域血流成河。某次战役,凯旋的朱元璋来到苏山下林渡,在鸡枫树山峦,见瑞气蒸腾,认定此地实乃龙虎宝地。朱元璋便请来雷山当地的地仙指点江山,地仙不知面前的人是怀了坐天下雄心的朱元璋,便坦言斯地形似龙椅,必有帝王降生。朱元璋听罢暗笑:"我就快成帝王了,一山哪能容二虎?"五年之后,在南京登基为洪武帝的明开国皇帝朱元璋,仍记得下林渡要出帝王争天下一说,便下旨将当年他站立的地方命名为"笊箕凹"(笊箕乃乡间老汉拾猪粪狗屎的竹筐),将岭对面的山脊诏名曰"叫花子颈"。一个讨饭的叫花子,肩扛笊箕拾粪,算是卑微到尘埃里了,如何争夺皇位?朱元璋还令人在龙椅形底座盖上一枚皇印,将阳气彻底压制。说来也怪,现今下林渡除了沿袭下来的笊箕凹、叫花子颈,相传的"皇印"之处——八仙桌大的地方硬是寸草不生。

下林渡关于朱元璋赐地名的传说,多半是后人的附会。山高皇帝远,近地有凡人。倒是关于七尊婆在山间呈武的故事,被下林渡上了年纪的村民讲得有板有眼。故事的帷幕在清朝咸丰年间拉开。

下林渡有一户大户人家,家中有七兄弟。幼子的媳妇是左蠡仙井畈万家人。大概是排行最末,万氏娘家又势单之故,前面的六妯娌抱团欺凌万氏。万氏有武艺护身,所以平日里妯娌也只能挤眉弄眼。比如寒冬徐家生炉烤火,七个儿媳妇要轮流早起打扫庭院,六妯娌两人一结对,轻轻松松地抬着笨重的铁火盆腾挪空间打扫,只难为了万氏没人相帮。这时万氏的膂力派上了用场,每每独自值扫,她一手托着一般妇人举不起的沉重的炭盆,一手持帚灵巧地打扫厅堂,让六妯娌看傻了眼。万氏的丈夫性格暴躁,又听了哥嫂的唆使,便对她暴打一番。万氏在田间劳作,丈夫老七稍不顺眼,便拿铁齿耙扫过来;万氏总能反手抓住,将铁齿耙夺下,也不反击,只是将铁齿耙掷在坎上,让老七发怵,心生愧意。万氏有时在宅屋下堂前操持家务,老七从二楼木板间砸杌椅过来,偷袭万氏,可万氏总能瞬间接住,将杌椅在厢房鼓皮板下摆正,掸去灰尘,继续收拾家什。老七再次低下了羞愧的头,对妻子也多了一分敬畏。

真正让万氏享誉乡间的,是为"轻佻柴郎点穴"的警戒之事。某天,万氏去苏山、左蠡交界的十里陶家冲砍柴。半下午,万氏不输男子,挑着一百五六十斤重的柴薪下山。万氏身着红襟褂，晃悠着膀子，脸蛋红扑扑的，朝气逼人。邻村的十个后生，亦晃悠悠地担着柴薪走在前面。见紧跟上来一貌美红衣女子，走在最前面的轻佻后生，不但不闪到一旁让路，反而将柴担横在路中央挡道，紧随其后的九个后生也齐崭崭地横在路上歇了担，摆出一副不到天黑不起步的架势，言语间还调戏万氏。万氏将肩上的柴担放于路旁，既不求情，也没搭理他们，而是只身腾跃过十担柴的秒部，蜻蜓点水似的飞掠而过，轻巧地在最前面的后生身边落地。万氏在那一后生肩上拍了一下，逼视着他，告诉他娘家仙井畈万家与婆家下林渡徐家的父辈姓名，并告诉他身体不适时可找她。万氏的柴担仍摆放在原地，尔后飘然而去。

那十个后生对万氏的飞掠之功，目瞪口呆。为首的后生起步荷担回家，只半里路的工夫竟口吐鲜血，气闷胸塞，痛苦难忍。同伴想起刚才万氏的留言，猛悟到他是被武林中人点穴了。解穴还需点穴人，敏捷的后生赶忙放下柴担，去下林渡找到了徐家的儿媳，哀求着将万氏请回。万氏折回山间，直视后生言："天下路天下人走，何必刁难人？这回长记性了吧。"言罢，在后生肩上复一击，将穴解了。那后生血止气缓，醒悟过来的第一件事，便是将万氏的柴担挑到徐家门口，而后蹑足而退。

万氏被她的后裔尊称为"七尊婆"。相传七尊婆家中延请了武师教其兄弟习武，她从旁习得武师要诀，承传了几式绝招。下林渡这一支族习武成风。在村民的讲述里，清代的徐春早是武举人，替官家在乐平县剿匪有功，后得升迁，但途中在湖中遇狂风，舟覆人亡，早早绝仕。其数子承五品、六品军功。徐际鸿是七尊婆的嫡孙，元宵舞起狮子来，能叠八层八仙桌（两张桌叠一起），让苏山鹤舍一带只会一张桌功夫的打狮人，对下林渡的板龙高看一眼。

"高朋挚友聚雷山，村史寻幽谈笑间。东海源长留胜迹，南洲崛起换新颜。下林渡口盼狮舞，徐拱桥头扬橹帆。最念'六仙'何处去？传承文化决非闲。"这是1949年出生的下林渡村民徐秋阳写的一首七律——《雷下林渡村史初探》。岸南岸北往来渡，带雨带烟深浅枝。知名作家徐观潮在重拾鄱阳湖"失落的文明"，只读了高小的村中老农徐秋阳在笑谈中寻觅村史。下林渡的子民无论出生于何年代，文化素养如何，都在完成人生三渡——渡人、渡心、渡自己。

73. 苏山乡黄打锡村：老台山下的锡质

【黄氏家训】敦孝悌,睦宗族,和乡邻,明礼让,务本业,端人品,隆师道,时祭扫,戒争端,莫为非,敬尊长,守法律,崇谱系。

黄打锡村属都昌县苏山乡合岭村村委会所辖,苏山乡域内多山,合岭村村域更是连接诸岭。在当地,最有名的当属老山,老山处都昌县春桥、苏山与湖口县流芳交界处,省道 S214 横卧山下。都昌春桥乡有"老山村村委会",先前合岭村就叫"苏山公社老山大队",因与春桥老山重名,后来改称"合岭"。黄打锡村老者讲述,"合岭"其名表面言山,实则归水。老山与白山岭两垅水在下舍港合汇(此处原名狮子湾,早先有合水桥),经伍家桥,流入湖口县皂湖,尔后注入浩渺的鄱阳湖。这样叙来,"合岭"其名,源于合水桥。

当地村民口中的"老山",在典籍里叫"老台山"。同治版《都昌县志》"卷之一·山",对老台山的形胜如此描述:"老台山距治北七十里(湖口界),由蓝石岭北东行过叶家山。北起台形山,东南下为法云寺涧(有古法云寺址),涧东为刘岳山。""老台山西下北行为前、后破山,前破山为蓝泥山(有兰若庵),又西下行过下林渡,北为大石嘴,南为袁成堰(湖口界有都湖界牌)。"

承袭"江夏世家"的都昌黄姓,尊后周比部郎黄俊伯为一世祖,黄打锡村的肇村始祖是俊伯公的 5 世孙黄拱之 12 世孙黄诚四。距今约 600 年前的明宣德年间,拱公由湖口沙港迁至老台山北的合水垅。"黄打锡"是一个耐人寻味的村名,其源释有二。黄班泉 2022 年在合岭村小学担任校长,他给出的解释是"开村之时因我村祖上以打锡为业,遂以从业名'打锡'冠村名"。也有村里的老者讲述"黄打锡"之名的另一版本,说村落周边有袁垅庵,生活着余、周、黄、徐诸姓人家,尤以下舍徐村人口为多,占绝对优势。徐姓在苏山同袁姓一道,成为显赫的大族。传说下舍徐村人操办喜事,毗邻的周村数户人家的男丁忙着去端托盘出菜,而黄村的男丁也同样忙着用锡壶为徐家客人筛酒。周、黄人家殷勤中有几分谦卑,自此便有了"周打托""黄打锡"之称。

且来考究下舍徐村、黄打锡村、黄垅周村在合岭兴村的历史,最早的是黄打锡村:建村于明宣德年间。随后是周村,由三十七都甘思港奇仕村迁至三十八都老台山下的黄垅。下舍徐村成村稍晚些:明成化年间徐熙让之孙徐庭和(1459—1500)由彭埠桥迁入。黄打锡村现有村民 140 余人,与徐、周、余诸姓村庄和睦相处。

对于"黄打锡"之得名,"锡壶斟酒"说似乎有些牵强,"打锡祖技"说更令人信服。如今,锡酒壶、锡烛台、锡瓶、锡碗等精美的锡器皆成古董,锡匠的身影也几乎绝迹。黄打锡村人的祖先曾在一汪汪的锡液里浇铸着生活的喜怒哀乐,各式银灰色的锡器沉积着岁月的五彩斑斓。黄打锡村祖先走村串户,打锡之声已成绝响,但古朴、硬朗的金属锡的特征熔注于他们的秉性里。新时代他们的后人安居乐业的欢歌响彻老台山下……

74.左里镇集镇:寻访魏氏糕点

【魏氏家训】克勤克俭,毋怠毋荒;孝亲睦族,六行皆臧。

我当然想把我这个"传家训扬新风"系列做成都昌人文历史的"百草园",传统工艺的挖掘是园中的一朵奇葩。听不少老一辈的左里人说起过,在供销合作社年代,左里街上魏和平师傅的糕点做得很有名。"魏氏糕点"是家传吗?魏和平老人又有着怎样的"糕点人生"呢?这似乎是"非遗"的题材,我不妨一访。

2022年12月2日下午,我找到了魏和平先生在都昌县城白洋路侧巷的家。魏先生出生于1945年,已是78岁的老人了。平日里他和妻子李冬妹一起生活。大儿子考上大学后在江苏工作,定居那边;小儿子魏明华在左里镇开了一家"老魏糕点"作坊,算是子承父业。老人不善言谈,听说他近来有恙,所以我当天的采访不是"滔滔不绝、故事泉涌"式,而是"泉眼惜流"式,但毕竟出自源头,清亮可鉴。

魏和平先生的"魏氏糕点"之技,并不是我猜想的都昌本地的世家相袭,而是他在左里学徒式的累积。魏先生老家是南昌郊区的湖坊镇新港里魏家,父亲魏运军在老家的房子抗战时被日军从飞机上扔下的炸弹焚毁,之后便来到都昌逃难。谋生的方式是做"鸡毛换灯草"式的扁担货郎,也在左里老屋赵家开过小店。抗日战争胜利的1945年,魏和平出生于左里,其名字就含了普通百姓远离战争、渴望和平的愿望。新中国成立后,作为个体工商业者的魏运军被吸纳到左里合作商店,成了一名员工,他的四个儿子后来陆续进了供销和商贸部门就业。1960年,15岁的魏家大儿子魏和平进了左里合作商店学做糕点。老年的魏和平总结的他今生做人做事的优点,就是不偷懒、不马虎、讲整洁、出细活。当年有两三个学徒跟师傅学,师傅有秦家圈的秦绍节、刘逊桥的刘杏生等。每到中秋、春节等加班赶货,魏和平晚上总是抢着干,让师傅早点儿休息,他的勤快特别得师傅喜欢。要是前一天哪里没做好,挨了师傅责怪,他便把师傅的指点记在心上,晚上在床上琢磨难眠,第二天非要达到合格标准。那时的糕饼有月饼、茶饼、排饼、董糖、桂花糖、寸金糖、麻丸、菱角酥、芝麻糖等,一年四季,应时入市,常年在柜台畅销。对每个品种,魏和平都用心去操作。所谓绝招,无非是熟能生巧。比如给月饼上芝麻,手中的篮器翻播间,"铜锣"边没沾一粒芝麻,撒在月饼两面的芝麻平整均匀,全然不会重叠打结。比如制作排饼时,要用手伸进烧红的烘炉中搭饼,只有掌握火候,恰到好处,才能达到嫩软、有光泽,放到水里煮膨胀不易化,不会一煮成羹。比如糕饼的包装,过去多用纸包,有斧头包、托盆包、三角包、四方包、长方包等,讲究包装技巧。菱角酥内里膨松,重量轻,皮薄易碎,难以包装。魏和平能将二两菱角酥包成一个漂亮的礼品果包,顾客用来馈赠亲友很受用。糕点业内有句行话叫"三分案板七分熬"。比如给雪枣、麻丸上瓢糖,要用手指在饴糖锅沾点儿糖,两指拉丝,看长短、识老嫩。又比如桂花糖的制作,特别讲究芝麻、桂花、白糖等馅料的选配,两寸长、拇指粗的棒糖坯,裹上黑芝麻,脆而不黏,甜而不腻,香而味清,入口即化。

左里合作商店后来改为左里供销合作社。魏和平一直没离开左里,他和左里供销社饮食组贤惠的李冬妹姑娘成就美满婚姻。左里无疑是他的第二故乡。学徒魏和平渐成糕饼名师,他也带徒弟,可徒弟们都嫌做糕点活脏且累,吵着去坐柜台卖货,觉得卖货体面、轻松。所以当年跟着魏和平学做糕点真正出师的,只秦玉山一人,现在也年过六旬退休了。

魏和平的各式糕点做得喷香可口,几十年来留在四方顾客的舌尖上,当然也有一些荣光留在他晚年的回忆里。那个年代,县商业部门重视糕点制作手艺的切磋和提高。魏和平参加过县里组织的赴四川、安徽安庆等地的参观交流活动,回来后总要对外面食品的长处消化一番。左里供销社还请来都昌糕饼世家许家和向家的传人前来进行短暂的管理和指导。20世纪70年代,县里每年都要组织各公社的供销社将自家最拿手的糕饼产品,在老电影院前(现街心花园)一溜摆开,让百姓来参观和购买。左里供销社的糕饼总能赢得啧啧称赞,赛过县城食品厂的货样。20世纪80年代,魏和平亲自做的茶饼得了省商业系统的优质奖,左里供销社赢得了一台3000多元的电烤箱,魏和平自己则赢得了一只小花瓶。后来都昌将这款茶饼冠名"桂花茶饼",并在包装盒上标示"省商优"字样,算是都昌食品行业最早的品牌营销了。

寡言的魏和平先生已讲不出多少他数十年糕饼人生里的酸甜苦辣。他无意中提到一个人,说当时县供销社的领导冯奕江带队组织产品展销,知道他的糕饼做得好。当天采访结束回来后,我从我的书架上取出冯奕江先生叙写人生

经历的《江流奕滴》一书,此书是冯奕江先生 2019 年夏签名后赠予我的。冯奕江先生与魏和平同年,曾任过都昌县供销社业务股股长和多种经营股股长、县日杂品公司经理,同时笔耕不辍,发表过不少新闻稿件。1989 年,都昌县委、县政府为庆祝新中国成立 40 周年编纂《峥嵘岁月》一书,冯奕江执笔以时任县供销社主任李咸迁的署名在此文集发表了《供销三部曲》,且刊载于当年的《九江日报》通讯第三期。我在此文中读到了有关魏和平当年服务的左里供销社糕点食品业的一段文字。"各基层供销社创办的糕点食品工业,就是职工长期艰苦探索而紧紧跟上的社办主体工业。它是基层供销社所属的一个部门,又是供销社一个须臾不可分的组成部分。有的企业领导人曾说过:'没有食品加工的供销社,不是完整的供销社。'现在已经具有红外线烘箱、原材料搅拌机、条龙饴糖灶的左里供销社加工部,过去就只有二名加工人员,加工厂坊还是和饮食业连在一起的三间小屋。通过二十年的壮大发展,这个加工部不但具有现代化电力加工机械设备,还创建了单独作业的厂坊,生产加工的茶饼、桃酥,从造型、质量、配料、色面都具有独特风味,1985 年和 1987 年两度获得全省系统优等产品。1987 年省商业厅厅长罗旭东到这厂视察工作,品尝了这里的茶饼后幽默而风趣地说:'城里人吃了乡里人的饼,眼界都开了。'"当年的罗厅长当然不知道受他称道的"乡里人"叫魏和平。

渐老的魏和平经历了农村供销社改制而带来的市场功能的衰退,他仍在老供销社的两间店铺里做糕点。1993 年,他 16 岁的小儿子魏明华从左里中学毕业后随他学做糕点,"魏氏糕点"算是有了第二代传人。魏和平夫妻在十余年前回到县城带孙辈读书,魏明华和妻子王柳珍在原左里供销社院落旧址建起的新宅里,传承糕点加工技艺,并挂起了"老魏糕点"的招牌。在 2022 年岁末下第一场雪的冬日,我来到位于左里集镇的"老魏糕点",追访第二代传人魏明华。生于 1977 年的魏明华正在店堂里卖早餐——包子、馒头、油条,妻子在案板上捏粘着排饼的圆粉团。魏明华用时兴的表达告诉我他的生意经,就是坚持"质量第一",从进糕点原料开始把好质量关,面粉、白糖、油料、配料等用精品,制作上不偷工减料,以诚待客。他的一个独门绝技就是做中秋月饼不用电烤,坚持用柴火在锅里烤,留住从父亲那里传下来的月饼老味道。都昌不少人,特别是回头客,每到中秋来临之际,都会专门来买魏家月饼,有的还寄给在外地生活的亲友,"舌尖上的都昌"勾起游子的无限乡愁。

我对魏和平、魏明华父子两代人的糕点人生的寻访,平常而平淡。当魏明华在岁月的揉搓里真的成了另一个"老魏",几可断定的是,世间再难品得"老魏糕点"——魏明华的儿子正就读于江苏师范大学,女儿和小儿子在都昌就读中小学,魏家第三代再没人愿意从事传统的糕点制作了。回望并不显眼的"老魏糕点"招牌,耳畔响起魏和平先生接受我采访时脱口而出的话:"我做糕点没什么诀窍,就是做事认真,从不粗糙。"我悟到,与其说我是在寻访老魏的人生经历,不如说在寻找现世稀缺的一种人生品格——匠心。一个人终其一生恪守一门技艺,把它做到极致,这种匠心便显出一份高贵来。

对于魏和平先生曾经安身立命的左里供销合作社,因我的家乡多宝与左里地缘相近的关系,我有了更多的了解。我知道左里供销社出过一个劳动模范,叫周火香。翻阅冯奕江先生的《江流奕滴》,我竟读到了他收录其中的刊载于1986年2月15日《九江日报》一版的报道《劳模周火香劳效居第一》。报道中写到了周火香在那个年代如何站柜台卖布:"全省商业系统劳动模范周火香一九八五年创劳动效益二十万元,占本单位销售总额的百分之二十七点六,是本单位人均劳效的七倍。居全县商业同类工作人员的首位。四十五岁的周火香是都昌县左里供销社总店门市部布匹组营业员。十多年的营业实践使她掌握了裁剪技术,可以为顾客量体裁布。她把毛料、涤粘、中长布剪裁成不同规格的衣料、裤片,把彩色拉毛绒布裁成儿童大衣翻领,把黑彩棉毛绒布裁剪成大人棉大衣翻领。这些衣料出售给顾客后,没有一件不成规格,没有一件造成浪费。顾客用户节省了衣料,缝纫工人节约了时间。当地群众都愿意到周火香柜台买布料。周火香对待顾客热情周到。顾客需要的布料,一时没有货源,她就登记在本子上。算不准尺寸的,她走出柜台量身高;对残疾老人,她端来椅子让座问候。"

我还在都昌县委人才办、县总工会2019年主编的《都昌县劳模风采录》上读到了周火香先进事迹的简述:"农忙时节,为了支持生产,同时考虑到群众上、下午要在地里忙农活,只有中午在家,她便利用午饭时间,主动挑着货担进村入户,有时衣服被汗水湿透,脚也走起了泡,磨破了皮。看到乡亲农事缺人手,她二话不说放下货担就去帮忙。1980年,了解到五保户石冬香家里有困难,周火香主动去帮忙照顾,搞卫生、洗被子、缝补衣服、挑水做饭,冬天为她送木炭。没有洗脚盆,周火香便将自己的洗脚盆送过去,就这样一直照顾到老人去世。周

火香1978年获'江西省先进生产(工作)者'荣誉称号;1980年获'江西省供销社劳动模范'荣誉称号;1983年获'江西省商业厅劳动模范'荣誉称号。"

据相关资料记载,周火香比魏和平大4岁。她1958年参加工作,也比魏和平要早2年进当时的左里合作商店。一代人有一代人的精神成色,一代人有一代人的奋斗底色,我们读懂了周火香朴实无华、从心底里流淌出的那个年代的劳模精神,也就更能体悟同一年代同一单位的魏和平的工匠精神。我在寻访"魏氏糕点",更在呼唤着浮躁世相下匠心的回归……

75. 土塘镇大舍吕村:杭桥望

【吕氏家规】敬宗收族,明理躬行,清慎勤实。

(一)

中年汉子吕善忠是土塘镇杭桥居委会所辖的大舍吕村的村民理事会理事长,据他介绍,村里新建于 2018 年的祖祠兼村民文化活动中心造价近百万,这对于当时人口只有 110 余人的大舍吕村来说,是一项浩大的工程。吕善忠说服当时村中男丁每人捐资 1.4 万元,并发动事业有成者捐款,以此说明大舍吕村人在崇祖敬宗、兴建公益文化场所方面的凝聚力强。作为被村民称呼的"村长",吕善忠问心无愧。他不仅不计报酬打理修建事宜,而且因修建一事待客,从没报过一分烟酒钱。

大舍吕村祖祠兼村民文化活动中心的大门正上方嵌有"渭水家风"四字,这家风之源便追溯到了 3000 年前商末周初的政治家、军事家、韬略家吕尚。都昌吕姓奉吕尚为一世祖,吕尚便是民间故事里赫赫有名的姜子牙,其有姜姓、吕氏之说。耳熟能详的短语"姜太公钓鱼——愿者上钩",比喻自愿去做可能吃亏上当的事。这个俗语的相关典故说的是姜子牙老年退隐在渭河(在今陕西)之滨,他的持钓之法十分奇特:直钩、无饵、离水面三尺。吕尚当然不是一般独钓的"蓑笠翁",他是年近八十怀才不遇的文韬武略者;他要钓的鱼当然也不是"水中鱼",而是"宫中王"。周文王姬昌外出狩猎遇吕尚于渭之阳,与垂钓的吕尚相遇,相见恨晚,纵论天下大势。姬昌觉此耆宿恰是先父太公早前所盼望的辅佐周王朝之圣人,于是封姜子牙为"太公望"。文武兼备的吕尚辅佐周文王建立霸业,周武王即位后,尊其为"师尚父",成为周国统帅。当年垂钓于渭水之滨的吕尚,在文史典籍里被尊为兵家鼻祖、武圣,在后世被封神膜拜。

吕尚的后裔吕太郎(约生于 1162 年)于南宋宁宗庆元年间,由鄱阳县高埠夏阳畈(今属鄱阳县响水滩所辖)迁居都昌四都团林(今阳峰乡株桥村所辖)。吕姓 75 世吕太郎生两子,长子吕千一,字圣佐,讳明卿;幼子吕千五,号禹卿。

杭桥一带的吕姓后裔于 2008 年重修了始祖千一公的墓茔。千一公生六子一女,大舍吕村的肇村祖先为其 8 世孙吕太简(1460—1532)的幼子吕仁美之长子吕信(约生于 1511 年),于明嘉靖年间由发宝园上屋分居毗邻的杭桥街。据统计,都昌有 26 个吕姓村庄,人口约 8000 人,而在现今的土塘镇杭桥居委会一带,集中了 8 个吕姓村庄。吕仁美之子在杭桥发脉 6 个村庄,吕信为长子,发脉的村庄称"大舍";次子为吕乔(约生于 1516 年),发脉二舍吕村;三子吕阁(1521—1583)发脉三舍吕村;四子吕器(约生于 1525 年)发脉四房吕村(今属土塘镇潘垅村);五子吕侃(约生于 1530 年)发脉五房吕村;六子吕喈(约生于 1535 年)发脉六房吕村(今属土塘镇珠光村村委会)。土塘镇另两个吕姓村庄一是姜家山吕村,其祖先为吕信兄弟的大伯父吕仁富(约生于 1460 年);二是二房吕村,其祖先为吕信兄弟的二伯父吕仁英(1485—1550):两村如今皆为土塘镇杭桥居委会所辖。

(二)

大舍吕村的祖先吕信 500 年前分居杭桥街兴村,此"杭桥街"说的是老杭桥街。如今可辨识的地理标识是仍存的一座古桥——杭桥,距如今车水马龙的杭桥新街约 4 里路远。

清代同治版《都昌县志》"卷之二·桥渡"篇载:"杭桥,在治东七十里新城乡七都。""杭桥"得名有来历,当地人讲述,源于朱元璋与陈友谅的那场鄱阳湖大战。

在某一战役中,陈友谅的部队被围困于都昌黄岗山东边的湖汊里,粮绝之际只得投降。受降地在此桥,便称"降桥"。因杭州之"杭"与投降之"降"谐音,于是就唤作"杭桥"。杭桥一带在鄱阳湖大战时的确是兵家相争的古战场,20 世纪 60 年代修建西湖联圩时,民工就挖出过刀、剑一类的兵器。作为桥名的杭桥,后来成了行政区域上的定名。20 世纪六七十年代有杭桥公社,20 世纪 80 年代中期设杭桥乡。2002 年,原土塘乡、杭桥乡、化民乡合并成现在的土塘镇,如今人口逾 6 万,成为都昌 24 个乡镇里的第一人口大镇。

老杭桥人讲起鄱阳湖大战的故事来,有具体的"杭桥版本"。说某次战役,骁勇的陈友谅部急追逃遁的朱元璋部,行至杭桥滩涂,远远望去,但见一支"头戴尖顶帽,身穿倒毛衣,手拿钩镰枪"的队伍浩荡迎战而来。这装束神秘而神奇,陈友谅部畏惧得望风而逃,朱元璋部不明就里地得以撤退。究其实,那支装扮特殊的队伍哪里是什么神兵,只是当地渔民结伴出湖打草,"帽"为斗笠,"衣"为蓑衣,"枪"为打草刀。据说另一次战役中,朱元璋部又被陈友谅部追杀。站在山麓之巅,陈友谅的军队见过桥而来的一干人马,抬着类似木筒炮的锐器,猩红亮眼,铳炮掀天。陈军畏惧其炮威,仓皇撤退下山。这次吓退陈友谅部的仍是当地的民众,那"炮"原来是百姓人家出殡的棺椁。据说朱元璋登基成为洪武皇帝后,念及杭桥一带的殡仪助威,便敕斯地丧杠上置棺木出殡,有别于其他地方棺木系于丧杠之下出殡,留下了杭桥一带"大红棺材现杠抬"的民俗。

渔民退兵、棺椁成炮这些版本的故事,在都昌苏山、万户等乡镇同样有讲述。只是在杭桥有确切的投降(杭)之地,此故事听起来便多了几分真切。

(三)

当鄱阳湖大战的硝烟散去,杭桥周边的人间烟火气便氤氲开来。

杭桥那座桥在古时是三汊港赤岸、黄岗一带通往景德镇的必经之地。鄱阳湖畔杭桥的兴盛,虽然无法与钱塘江畔杭州的繁华相比,但其人气在都昌县域腹地也喧腾无比。彼时的杭桥街,人声鼎沸,商肆林立。出生于 1966 年的大舍村村民吕善忠犹记得在 20 世纪 70 年代,读小学的他帮着在村里当生产队队长的父亲吕敬瑄用独轮车从村里运公粮至杭桥。父亲汗流浃背地推车,年幼的吕善忠弯着腰在前面拉引,公粮在杭桥用船装运到公家的粮库里。那时杭桥公社有供销社(设在杭桥街上),供销社用船从外面调煤炭,当地的村民便肩挑着煤将煤运往供销社的大院,报酬为运 100 斤 5 分钱。

如今杭桥寂然落寞、独横湖面,其因主要有二:一是为避水患,民众远迁;二是各处交通四通八达,不能行车的石条桥就被废弃了。20 世纪 70 年代,在大修水利的热潮中,桥之北建起了越光圩堤(又称杭桥圩堤),桥之南建起了珠光圩堤。为避洪涝,大舍村人陆陆续续从原村址往二舍村搬,族源同根,田地相挽,房宅相连,俨然一村,以至现今的大舍村人居民身份证住址标注的还是"二舍"。1998 年那场百年不遇的洪灾之后,离桥约 500 米的大舍吕村同周边村庄一样,享受国家移民建镇政策,整村搬迁到都中公路两侧,在村里的一片山坡旱地上,兴建了现在的温馨村落。

杭桥新集镇尽管已不是乡镇行政中心,但横向沿都中公路,纵向沿杭狮公

路,店铺鳞次栉比,完全不输昔日的繁华。大舍吕村不少村民的新居就建在杭桥新集镇上。在2022年2月12日闭幕的都昌县第十七届人民代表大会第二次会议上票决了当年的民生实事项目,其中东风、珠光、霞光、越光、左桥等5座圩堤应急防渗除险加固项目被列入。

(四)

杭桥的精彩在一代代杭桥人身上演绎。当年的吕姓祖先吕尚在渭水之滨以"无为"之钩钓"有威"之君,成就了一番功业。如今大舍村人承袭"渭水家风",在鄱湖之滨以"无畏"之勇品尝"有味"岁月。

回望旧昔,驻足于桥的人在看周边山川,行走于黄岗山下的人亦在看桥上人。民国年间,黄岗山下的三汊港、杭桥一带有"黄岗四友"之说(一说"四佛八友"),他们都是乡村自治中有威望的乡绅。"四友"者,乃江浒湾村的江南春、大舍吕村的吕宜松(狄春)、三汊港灌里村的段佛、铁炉下的江涛。他们能写会道。江南春是明进士江一川(1506—1562)的后裔,江一川历任宁国府(今安徽宣城)推官、温州府推官、刑部给事中、吏部都给事,是明代中晚期一位铁骨铮铮的名臣。"黄岗四友"中有人被请去三汊港港头断讼,有时甚至不用亲自出面,只需车夫说事。其貌不扬的车夫有理有据地辩驳一番,争执双方便握手言欢,由此可见"黄岗四友"在当地的威望。说是人的威望,究其内核还是德望。作为旧乡绅,他们不乏扶贫救困、仗义行善、助力乡梓的口碑。"黄岗四友"之下有"十八棍",仗的是以武息事端。"十八棍"中有品相好的"金棍""银棍""讼棍";最后一棍是"搅屎棍",沾了地痞的恶习。作为"黄岗四友"之一的大舍吕家人吕宜松,给他三个"敬"字辈的儿子分别取名敬乾、敬坤、敬国。1945年出生的小儿子吕敬国说,父亲曾担任过国民党地方政府的左里乡乡长、县政府财政科科长、学校的校长、私塾的教书先生,1982年80岁时辞世。

大舍吕村的三代"党员之家""军人之家"在新时代大放异彩。1937年出生的刘香秀老人1958年入党。2021年庆祝中国共产党成立100周年时,老人领取了"光荣在党50年"的纪念章。老人有四个儿子,如今是五代同堂,共享天伦之乐。刘香秀老人的二儿子吕承华是县政协委员、林业高级工程师,曾任县候鸟自然保护区管理局副局长,有着30年党龄;吕承华的儿子吕志坚、女儿吕敏作为年轻党员,奋发有为,曾分别任职于乡镇政府淬炼人生。年逾六旬的村民吕善敏曾是一名在福州军区服役的军人,如今在杭桥新街的一家超市售肉,老有所为。吕善敏的父亲吕敬章曾在原南京军区服役,退役后在村委会担任过会计;吕善敏的侄子吕承威大学毕业后从军,曾是南部战区一名优秀的二级士官。三代从军人,一腔报国情。村民吕勇、吕承荣、吕承厚等在广州、珠海、九江等地创业,企业办得风生水起。

　　一个个大舍吕村人的人生之桥通往荣光无限的远方……

76.阳峰乡胡家山村:山里的民间绝技

【**胡氏家规**】养蒙以养心为本,故能正其心。虽愚必明,虽塞必聪。养心之道——头容直、口容止、手容恭、足容重,貌必肃、气必纾、色必温,视宜端、听宜谨、言宜慎,动必畏、坐必正、立必中、行必安、寝必恪。作圣之功,不外于是。

都昌村落中名冠"胡家山"者有二,一个属汪墩乡新桥村村委会,另一个属阳峰乡吉阳村村委会。两村所依傍的"山",指的是都昌境内闻名的阳储山。汪墩乡胡家山在山之西,而阳峰乡的胡家山在山之东,皆承袭"华林世家",奉唐末的胡城为一世祖。据了解,都昌有32个胡姓村落,苏山乡占了12个。阳峰乡胡家山现有村民700余人,与苏山乡胡姓族缘最近。元代至正年间,胡直八(约生于1320年)由星子长岭(今属庐山市)徙居都昌四都吉阳岭,兴村距今670余年。

阳储山下,得地灵之蕴,胡家山人文历史之花的艳丽自不必说,村人津津乐道的民间技艺,还有"割猪、线鸡、穿蓑衣",堪为胡家山技艺"三绝"。

(一)

"割猪",又叫劁猪,就是将小猪崽的睾丸或卵巢割掉。劁猪,是我国一项宝贵的畜牧兽医技术遗产。距今2500多年的《周礼》一书中,就有"攻羲"的记载,"攻"者,"阉割"也;"羲"者,猪也。

劁猪的作用有三。一是利于育肥。一窝猪崽中公猪、母猪都有,如果猪没有阉割,饲养一定时间后就会造成母猪怀崽,扰乱正常的饲养规律。二是控制数量。阉割公猪可以控制猪婆下崽的数量,一定程度上节省了成本。三是节省饲养成本。没有阉割的公猪,一年才能出栏,阉割后没有性激素的影响,饲料转化率高,生长速度加快,通常6个多月就可出栏。都昌乡间称公猪为结(脚)猪(又称牙猪),称母猪为草猪。先前的农家散户养了猪婆,下了一窝猪崽,自然有公有母,结猪、草猪争吸母乳,共槽抢�。一个月内结猪就要遭劁割,且技法相对简单。阳峰胡家山人割猪技艺娴熟,3分钟之内便可阉割一头结猪,不少人练成了"胡一刀"。至于草猪,则要等它们三四个月后长到50斤上下,卵巢的硬肉团在外形上有了表象,割猪人可用手触摸到准确的部位,才好施行阉割术。"胡一刀"下手便见高技了——一刀的位置要精准,以同时摘掉左右两个卵巢,而无须左右各划一刀。

现在的生猪更多的是在养猪场进行规模养殖,民间的割猪术几近失传。养猪场是如何解决割猪这一关的呢? 结猪照例是要阉割的,早的在猪崽脱胎10多天后就可下手,操作技艺简单。至于草猪,现在的杂交良种猪大异于早先的本地猪,要等到长膘至160斤上下才发情。草猪膘肥体壮之时,束缚起来在人力上十分不易,猪越大对割猪的技术要求越高。高手难觅,养猪人干脆不去阉割,20多天的周期发两到三次情,就长到了200斤以上,可以出栏了。有的干脆用针剂抑制草猪发情。如今生猪养殖规模较之以往扩大了许多,但胡家山人的割猪术貌似却失去了用武之地。

<h2 style="text-align:center">(二)</h2>

线鸡,又叫阉鸡,就是通过手术将小公鸡的睾丸摘除。其功效类似于劁猪,阉后的公鸡,性情大变,不再争强好胜,而是多进食、多消耗体力。线鸡的慵懒让自身成长速度加快了许多,长膘快提高了农家养鸡的经济效益;线鸡的肉质也会变得细腻柔软。若是小公鸡不变身为线鸡,任其生长,便成了报晓的雄鸡了。

线鸡通常是在端午节前后,雏鸡是当年春天孵出来的。胡家山人走村串户帮人线鸡,会在前一天的下午去村里打招呼,让各家主妇第二天早晨关住鸡窝里要线的鸡。第二天早晨,线鸡师傅早早地来,在村落中心搬来凳椅坐好,将黑布包铺开,一应的小刀、小剪、小钳、竹镊、勒线等大小工具展开来。各家主妇依序将自家要线的鸡提来。线鸡的胡师傅像施法一般,扭住鸡头包在鸡翅下,这只鸡便老老实实地躺在操刀师傅膝盖上的黑布上,再用特制的夹板夹住鸡的双脚,使其动弹不得。胡师傅在鸡肋下拔下几把毛,尔后只听"嘶"的一声,鸡肋下就划开约半寸长的刀口。胡师傅随即从工具堆里取出一竹条,顺手一弯,用竹条两端的金属钩轻轻撑开刀口,让刀口张得大大的,以看清鸡肚内脏器官的搏动情况。胡师傅随即又取出一根比筷子短些、宽些的竹条,伸进刀口内,用套在竹条一端的马尾鬃线,将鸡体内豌豆大小的剔透鸡蛹剥离出来,并快速将它切

割下来,置于早就准备好的清水碗里。手术完毕,在鸡的创口上按贴上一撮鸡的绒毛,松开鸡翅膀,也不用特意消炎和缝合,线过的鸡便一拐一瘸地跑开了。一天之后,划开的伤口会自然愈合。

"线鸡"这门民间绝技,胡家山人得家传,起始于何时待考。先前作为谋生之道,胡家山的成年男丁大多都会学这门绝技。悟性好的,一周时间便可学会。线鸡的徒弟当然也有失手线死小公鸡的时候,鸡脊动脉血管丰富,动作失偏便会让刀下之鸡毙命。通常线鸡时间选在上午,就是因为上午小公鸡气血旺,勃发状态下好动手术;下午小公鸡蔫巴着,不宜施线鸡术。

胡家山割猪技艺的赓续,比线鸡之技的传承要晚得多。据 1952 年出生的老兽医、曾任阳峰乡畜牧兽医站站长的胡昌早介绍,村里割猪之技的传播源于他的祖父胡家全(1912—2001)。20 世纪 30 年代,十七八岁的农家子弟胡家全拜都昌左里上袁村人袁诚伟为师,学割猪之技,袁师傅通常骑马去给村民割猪。袁师傅的祖师爷则是苏山割猪湾袁村人,村名冠有"割猪湾",可以想见其技之远古与正宗。胡家全技成后,在胡家山带了不少徒子徒孙。因为割猪技艺复杂,承此技者比操线鸡术的少得多,一般学劁猪出师要两到三年。胡家全新中国成立后被收编为东山畜医站工作人员。胡家山割猪术的开山鼻祖"胡一刀"为人仗义,英俊豁达,走村串户间留下了不少佳话。2001 年,老人故去,享年 89岁。胡家全带出的第一批徒弟里,有自己的儿子胡声波,曾任大沙畜牧站站长。胡昌早 1970 年子承父业,一生从事畜禽医道,直至 2020 年歇手。胡昌早的儿子没有承袭此道,大学毕业后在高中的三尺讲台上为人师表。作为一代名兽医,胡昌早 2013 年从阳峰畜医站退休。令他忧心忡忡的是,割猪术现在后继乏人,几近失传。他在乡间带的徒子徒孙,年轻一点儿的大都弃了此业去打工挣钱,上了年岁的在乡间偶尔还会被人请去线鸡割猪。散户养猪已变得凤毛麟角,少之又少。以胡家山为例,140 多户的村庄现今没养一头猪,而在 20 世纪八九十年代每户都有猪圈,多的一年出栏五六头猪。过去兴盛一时的乡镇兽医站,现在也解散了。一个乡镇一般只留一人做做动物检疫工作,不会线鸡割猪,也不会医禽治畜。农业大学里的畜牧专业,没有割猪线鸡的方法传授和操练,即使是大学教授最多也就只懂些"小挑花"——对小母猪动些小阉割术,而"小挑花"效果不好,小母猪长大了往往照样发情,还需民间的猪郎中来第二次"大挑花"。

按行话,线鸡是"小刀",割猪是"大刀",而行规是"小刀满天飞,大刀有摊位",说的是线鸡师傅哪个村哪个户都可随意去闯,靠本事挣钱,无人干涉。"一打铁,二割结"说的就是乡间挣钱快的手艺要算铁匠和割猪匠。20世纪六七十年代,线一只鸡挣两毛钱,劁猪则有各自的业务范围,各有各的挣钱地盘,手艺人的边界不得侵犯,割一只猪挣20到30元不等。胡家山操阉猪术的师傅有很多,要以技谋生,自然要拓展地盘,远的甚至做到乐平、星子、新建、浮梁等外县。胡家山人往往三五人一伙结伴同行,白天各自走村串乡,揽割猪挣钱业务,晚上同宿于一家小旅馆,有个照应。胡家山人割猪技术精、收费低,施技的地盘便撑得大。"割猪线马,碰到就打",胡家山人的跨地界作业自然惹怒了当地的割猪佬,于是遭到驱逐。受了欺凌的胡家山割猪师傅晚上在小旅馆一商议,第二天结伴的三五人就找到前一天驱赶胡家人的"割猪佬"家,以声势晓以利害。当地"割猪佬"也怕遭众人暗算,也就不再干涉"都佬"越界割猪了。人缘好的、情缘到的胡家山人有的干脆就地落户下来,融入外乡。

身怀割猪线鸡绝技的都昌吉阳胡家山人,在20世纪70年代前后,不少人被收编了当地公社的兽医站,"胡站长"成了他们的标称。胡昌早家族三代先后称誉乡间畜医站就是典型的例子。20世纪80年代,乡畜医站按农户人口每人一元五角收包畜禽生长服务费,不仅包线鸡割猪,还包平日里的医猪病鸡病,90年代还延续到按每户定额包药。

时代在变,乡间畜医人的背影日渐远去。

(三)

如今已古稀之年的胡昌早在他整整半个世纪的"割猪人生"里,见证了近50年来乡间畜牧兽医事业的发展与变迁,也留下了一些"小试猪刀"的喜与忧。

20世纪80年代,各地养猪场大上马,养的杂交猪300多斤才发情,劁割前不仅要四五个青壮劳力一同束缚住大草猪,下手阉割的技术也不是一般兽医能驾驭得了的。阳峰、三汊港一带要阉割这种大草猪时,就是胡昌早大显身手的时候了。阉割后的草猪,大的竟能长到500斤以上才出栏。在学阉猪术的初期,偶尔失手是正常的。胡昌早从技4年后,被当时的阳峰公社竹林大队的大队支书请至家中阉割母猪。那时割猪在割断草猪卵巢的连体血管前并不用医用线绑扎血管,这头血管很粗的猪在阉割数小时后竟大出血死掉了。碰到这种

情况,畜医站会对24小时内接到死猪报告的农家赔付20元到30元。至于线鸡时死鸡的,一般主家也不去追究,线鸡师傅下次用心就是了。后来胡昌早割猪术日渐精进,还上了一年共大培训班学习畜牧兽医理论。随着割猪技术不断改进,比如阉割草猪时会结扎绑系血管口,切口消炎也用上了青霉素一类的粉末,胡昌早刀下再也没发生割猪死猪的事了。

胡昌早兄弟对爷爷胡家全的传奇人生也能讲出许多的故事。胡家全从小练就了一身武功。200斤重的石锁,他单手就能举过头顶。一拳打得世面开,凭了孔武有力和精艺有道,胡家全在周边割猪人行列里可谓是一条好汉,事业拓展到了永修、吴城、新建等地。传说他的竹烟杆有一米许,走村串户割猪线鸡时便扛在肩上,背后扛着的除了必备的工具袋,还有与众不同的一个丝网。这网当然不是用来捕鱼的,山里人胡家全不善水性,这网是用来捕鸡的。他每到一村便呼喊着:"线鸡咯——"有农妇笑眯眯地说:"自己家的小鸡线是想线,就是在地上没法抓住。"胡家全笑着放下烟杆,答道:"不碍事,我有法子抓你家小鸡。"于是他取了罩网,押展开来,向鸡群一抛,大鸡小鸡罩了一网,线鸡的营生也就干起来了。线毕,农妇笑道:"师傅好线鸡手艺。"胡家全端坐下来,一边搭讪,一边嗞嗞地吸起长烟杆来。农妇对黄烟杆好奇,便笑说:"下回我家的鸡还等你胡师傅来线哈。"

胡家全线鸡施的是阴柔之功,割猪才能展示他孔武阳刚的一面。猪圈里的杂交草猪长到160余斤才发情,这时便要请猪郎中来割猪。胡家全猫着腰进了猪圈,伸出双手抓住草猪后腿,把猪拽出栏,往地上一按,一脚踩着猪脖,一脚踩着猪后腿,一个人便把要阉割的大肥猪制伏,施起劁割术来。更令人称奇的是,胡家全秉"人畜一般"之理,在钻研畜医的同时摸索治人之术,尤对民间偏方有揣摩和深究之兴趣。20世纪70年代,全市科技大会在三汊港窑场的老初中召开,兽医胡家全被请上讲台,讲解民间中草药之药性。胡家全上户治鸡、治猪、治牛,有时连人一起治,且治病救人一分钱不收,还倒贴草药。有一天,和合的詹老汉因浓痰淤积,在县医院救治时因被一口痰呛着,竟不省人事,被大夫辞了单。詹家人用竹床抬着詹老汉回家只等下葬,途中经东山公社邵家村,詹家人顺路停下并想起胡家全亦善治人,便请在东山兽医站上班的胡家全来把"死马当作活马医"。胡家全把了詹老汉的脉,尚微微搏动,摸摸体温,不至冰凉:詹老汉一息尚存。于是胡家全取来自己的黄烟杆,从烟嘴、烟筒里刮出烟垢(俗称

"烟屎")约20钱,泡了水,搅拌均匀后用竹筷撬开詹老汉的嘴唇,将一大杯水直灌下去。不一会儿,詹老汉呕出半脸盆的淤痰和血水,竟慢慢苏醒过来。詹老汉被救过来后,他的家人给兽医胡家全送来一面锦旗,上书"华佗再世"。

胡家全将自己的兽医绝技悉心传给比他小21岁的长子胡声波。后来胡声波在都昌大沙畜牧兽医站当站长,也是声名远播。乡间兽医除了懂鸡懂猪,当然还要懂牛。某天,大沙公社横山大队一生产小队的母牛下犊,母牛腹中先伸出小牛崽的两只脚,艰难的生产过程便卡住了。可怜这头母牛一整夜在牛栏里死活不得,牛眼湿润。天一亮,村民请来了胡声波站长。胡声波见状,撸起袖子,右手从母牛阴囊处慢慢探入,以庖丁解牛之熟稔,将牛崽的双腿蜷回,牵引头部慢慢挤挪出母牛的腹腔。待牛犊顺产落地,又找来空心竹筒,对着奄奄一息的小牛鼻孔处吹气。最终母牛和小牛都平安无恙,为人敦厚的胡声波背着药箱又去了下一村。

(四)

"孤舟蓑笠翁,独钓寒江雪",这是唐代诗人柳宗元的《江雪》中的名句;"怎有农谣又渔曲,稍谈钓笠与耕蓑",这是宋代孙嵩《和谢虚谷》中的诗句;"短蓑冲密雨,素发净秋霜",这是宋代司马光《渔父》中的诗句;"倚钓重来此蓑笠,梅花十里雪空江",这是宋代文天祥《宿山中用前韵》的诗句;"不羡上公被雉衮,宁为野老着牛蓑",这是宋代诗人刘克庄诸多次韵"蓑"中的诗句。

古代关于穿蓑衣戴斗笠之诗句,皆有烟火意境、脱俗气韵。在古时,遮雨当然也可用油纸伞,有与小巷里的丁香花相伴的诗之意境。天地间的蓑笠不只是长久沐雨时的实用器具,也让那千山万径的视域扩大了许多。吉阳胡家山人似乎没人留下过关于吟咏蓑笠的名诗,却有一代代编蓑衣的巧匠,编制遮风挡雨的蓑衣,成为"割猪线鸡"之外胡家山人的又一绝技。

蓑料来自田间地头栽种的上等棕树,棕料不够就收购外村外乡。蓑技来自家传,比如村民胡家景的曾祖父、祖父、父亲三代皆为"穿蓑人"。至于蓑工要领,一是要编织得平整,不"夹颈脖";二是要编织得周密,不透水;三是要编织得轻巧。蓑人走天下,蓑艺播四方。胡家山人靠穿蓑衣谋生,足迹遍及湖北、安徽、福建等地。在计划经济年代,乡间供销社出售的蓑衣,不少是请胡家山人上门编织而成批上柜的,丰富了商品供应。

胡家山的传统工艺熬米糖也很有名,不过都昌乡间不少村庄的米糖做得也甜腻腻、香喷喷的。因此,熬米糖算不上胡家山的独树一帜之技。

"解甲归田逢考举,机缘巧遇进官场。名誉泰岳清风爽,利欲鸿毛骨气扬。岁月蹉跎车马歇,韶华荏苒画书忙。舒心使命京城驻,享受儿孙福满堂。"这是在都昌兽医界有"胡一刀"之称的胡家全的嫡孙胡昌平在 2021 年春夏之交所作的一首七律《逢时》。胡昌平没有成为一如祖辈父辈那样身怀"割猪线鸡之术"的传承人,在时代的浪潮里,他 60 多年的人生可谓风生水起,桑榆尽芳。一如他的这首《逢时》所吟,他从过军,转业后从教,继而参加考试入了师范,成了国编教师,后来改行当过乡镇领导,进城后分管全县新闻报道而显赫一时,时任县委领导以"格子窗前有曙光,爬好格子迎太阳"的题词予以褒奖。胡昌平先后任都昌县委宣传部副部长、县文联主席、县教育体育局党委书记,退休后怀"八斗之才"赴京城创立"鄱湖一斗"书画工作室,现为中国书画家协会会员、中国工艺美术协会根雕专业委员会理事,江西省书法家协会、美术协会会员。胡昌平先生干一行、悟一行、精一行。比如:从事新闻写作时,佳作迭出,既可以将典型人物"生命之弓"的正能量故事刊发于省党报的头版头条,也可以将"蛇看电视"的奇闻趣闻讲得让人听来一愣一愣的。从事根雕艺术时,其古沉香樟作品《活化石十二生肖》有收藏家出价百万而他竟惜之不售。此作连同另一件传世之作《佛经图》一起放置于故里的自家庭院内,吸胡家山天地灵气,在无尽岁月里添其芳华。从事书法创作时,主攻秦篆自成一体,屡屡获奖。胡昌平先生艺多隆身,可以说贯注其间的还是从祖辈父辈那儿传承下来的奇绝超人、独领风骚的"技匠精神"。

更多的胡家山人怀着山一样的博大胸怀,揣着缝线一样的缜密思维,在各行各业长袖善舞,绽放奇彩……

77.阳峰乡楼厦沈村：人文如椽

【沈氏家规】身者不可不修也。身者父母所属望,而子孙所观型者也。故必敬以持己,恕以接物。视听言动,决去非礼。喜怒哀乐,务求中节。庶身可修,而家可齐矣。《书》云:"慎厥身,修思永。"子姓当各置一通于座右。

（一）

楼厦沈村属都昌阳峰乡黄梅村村委会所辖,旧属四都。黄梅岭于四都有地理标识的意义,而芭蕉山于四都一带的沈姓村庄,又是黄梅岭下的一个子标识。查同治版《都昌县志》,在"卷之一·山"有此条:"黄梅岭在东山东,又南东为下黄梅岭(断处有凉亭),又东芭蕉山。"

阳峰乡域内有 7 个沈姓村庄,其中 6 个在黄梅村,分别是楼厦、塘上、新屋、玉华舍、畈上、港西,另一个沈彦湾村在金星村。7 个沈姓村庄承袭"吴兴世家",其源在南北朝时期,浙江会稽吴兴、武康一带,沈姓形成望族,遂有"吴兴"之堂号。在楼厦沈村 2019 年新修的祖祠上,嵌有"理学世家"四字,其溯源为南朝时的沈约(441—513)。沈约是吴兴郡武康县(今浙江省德清县)人,南朝梁开国功臣。沈约作为政治家,在梁武帝萧衍时受宠一时,担任散骑常侍、吏部尚书,兼任右仆射。作为文学家,沈约精通音律,与周颙等创"四声八病"说。格律诗上的"平、上、去、入"四韵即为沈约所倡导,沈氏"四韵家声"即源于此,是南齐永明年间兴起的清新通畅新诗体"永明体"的旗手。作为史学家,沈约著有《晋书》《宋书》《齐纪》《梁武帝本纪》等,其中《宋史》入二十四史。

有关资料显示,楼厦沈村是阳峰沈姓村庄中成村历史较早的村落。天下沈姓起源于河南,尊周朝的聃季公为受姓始祖。北宋熙宁年间,沈氏有祖先沈匡祚(约生于 1040 年)由浙江处州府(今江西丽水)迁至江西鄱阳;南宋淳祐年间,沈向善(约生于 1210 年)由鄱阳迁至湖口;明永乐年间,沈敬仲(约生于 1380 年)由湖口迁至都昌。明景泰年间(一说元末迁入),沈本三由都昌黄金乡西源堡(今属大港镇繁荣村,迎官岭沈村附近)徙居四都芭蕉山,距今已历 570 余年。

村名实为"楼厦",往往被人简写成"楼下"。"楼厦"者,想必肇村时当有高楼大厦立于村。大沙镇起凤沈村、多宝乡彦得湾沈村以及周溪、三汊港的沈姓村庄等皆从楼厦村迁入。

(二)

古时村庄里的楼呀厦呀在岁月的风尘里自然已不见了踪迹。对楼厦村而言,不在于建筑营式的巍峨,而在于其间氤氲着的人文气息。让我们从村民的讲述里,拾捡起如一根根"木椽"之人文,从近当代村中的一些人文历史里回望"楼厦"。

黄梅岭古时的确有黄梅树,黄梅花满岭绽放,芳香沁人。芭蕉山楼厦沈村村头先前的确有芭蕉树,有诗为证:"呼儿灌入芭蕉下,日月天和好濯缨。"不过,在楼厦沈村人的乡愁里,枫树和樟树是一代代人磨灭不了的记忆。遮天蔽日的古樟仍葳蕤着,树址先前在村南头,随着村民房宅地的拓展,现在处于村中了。樟树上 2020 年钉挂的一块"国家一级古樟"铁片上说"树龄 620 年",落款为"都昌县人民政府",这超过了楼厦沈家的建村历史,树龄的可信性值得考究。查《都昌县志(1990—2015)》载录,楼厦村古樟迄今算来也不过 230 余年。与古樟相伴的,原是一棵硕大无比的枫树,秋季枫叶红似火,村气浓烈。有见多识广的村上雅士将楼厦红枫与上海的枫泾相类比,自豪地称"枫泾第二"。老一辈楼厦人讲述,大约在 1939 年,枫树的红叶消融于一场火光之中。说是村里的一个老人辞世,三天后老人的子孙按习俗为亡者"送火把"——日暮之时,在坟茔前烧祭禾秆,尔后举着火把回村,让逝者辞了"阳间道"。这家人家行至村南头,粗心地将未烧尽的秆把儿扔进了枫树洞。枫树洞内原本阔大到可放下一张八仙桌,夜间秆把儿未灭,蓄势而燃,竟将古枫烧毁,古枫化为灰烬,至今树苑仍能觅见。也有人说是孩童玩火引发大火,把大枫树烧掉了,当时还有两株小枫树蓬勃生长着。枫树、樟树旁的桥下堰川流不息。黄梅岭下的张山涧、罗公山、东边涧水库、联合水库,诸路水脉流过此处,经三汊港而后汇入鄱阳湖。

说到楼厦村的风物,四都芭蕉山下的紫皮蒜,是旧时阳峰"贡蒜"中的出类拔萃者。这方水土孕育的姜,也辛辣出众。楼厦沈村人手工制作的筛箩在村中兴盛一时,用现代人的眼光去打量,这是濒临失传的传统工艺,而当年的村民只是借此无奈地走南闯北,谋份生计。

（三）

　　出生于20世纪70年代的沈国勇先生，90年代初在长春师大读本科，后来考入华东政法大学法学专业读硕士，毕业后投身上海律师界，兼做基金管理，以低调行事、平淡是真的理念处世。沈国勇对故园楼厦沈村乡情依依，哪怕是多年在国际化的大都市生活，鄱阳湖畔的小山村也是他割舍不了的根，他对村里的人文历史如数家珍。楼厦沈村的楼宅里，一直有"诗书继世长"的琅琅读书声。沈国勇的父亲沈华柏老人近年曾主修过一届宗谱。沈国勇翻阅《沈氏宗谱》，能觅见关于明朝秀才沈谱，清朝秀才沈克清、武秀才沈邦雍，民国乡绅沈孝国等只言片语的记载。远逝的先人的背影已难寻觅，沈国勇对年少时触摸到的村里的物、事、人总会生出"人文楼厦"之感慨。他在乡间读初中时，清明节跟随长辈在村后山峦的墓群处祭扫，见过不少墓碑上刻有诗诔，现今不存。

　　文化传承链条上的古迹在日渐消失，其间的人文故事却口耳相传下来。沈国勇20年前读过著名作家余华的小说《活着》，主人公徐福贵的一生和他对苦难的承受能力、对世界的态度，使他想到他的祖母魏圣娇那种"活着"的坚韧。沈国勇入律政界，似是得了家传。他的曾祖父沈孝英是民国初年当地有名的讼师，通情达理，能言善辩，也挣下了一份家产。沈孝英生独子沈友盛，倚了"门当户对"，娶了邻村芭蕉山魏家的千金小姐魏圣娇。魏家经商、行医者众，村里多殷实之户，传说出过一个"魏十万"。"魏十万"辞世时，其子孙怕厚葬"魏十万"而遭人盗墓窃宝，便在魏家山下葬时故意出棺椁数个，让人难辨真假。相传魏家与沈家有雅士对弈，在魏府上用的棋盘、棋子皆为金质，富丽堂皇。冬季，魏家人上沈府对弈，沈家拿不出金质棋盘，只得用木质的，却安了四名棋童。冬日的阳光移照到哪儿，棋盘的"楚汉之界"就挪腾到哪儿。沈家人显示的是，金子是呆宝，人才是活宝，楼厦沈家人丁一直兴旺。

　　且说魏圣娇带着娘家的丰厚嫁妆嫁入沈门，婚姻却以悲剧启幕。丈夫染上了赌博恶习，为还赌债，先是偷偷将魏氏娘家带过来陪嫁的一应细软卖了，后来背着家里人，将田产也卖了大半，气得老母亲跺脚。直至1948年，丈夫自己也被卖了，做了国民党的壮丁，在解放战争的隆隆炮声中没了音讯。贤惠、貌美的魏氏在失去不争气的丈夫后，贤惠持家，上要照顾年迈的婆婆，下要抚育两个年幼的儿子：华金、华柏。长子华金的英俊善辩、幼子华柏的笃诚勤勉，让为人母

的她欣慰不已。1977 年,魏氏在家道渐兴中含笑谢世。

(四)

说到楼厦沈村的民国闻人,上了年岁的村民总会提及饱读诗书的沈孝光、沈孝顺两兄弟,他们的人生命运在时代大潮里浮浮沉沉。

沈孝光年少时曾求学于白鹿洞书院和省城,学贯中西,一个例证是他能说英语。沈孝光清末民初之际去省城(一说南京)赶考,有官场中人惜其才学,暗示他去拜见一下主考官,定能得到格外照顾。可心高气傲的沈孝光不愿为功名折腰,结果在乱世自然落第,后来只谋了个水上"卡官",也就是管理鄱阳湖地方水运的小吏。沈孝光看破红尘回到家中,1949 年后在村里放牛,晚年疯癫,落寞病逝于家中。民国八年(1919),都昌沈氏重修宗谱,留下了一篇沈孝光撰写的谱序。序中有"今岁阖族重修谱乘,未获卸县立高等小学教员之职以从事襄校,心甚歉然。幸诸族长黾勉贤劳,不数月而族谱告成"之语。从此陈述里可知,沈孝光 1920 年前后应在县城的县立高等小学任教。沈孝光为文纵横捭阖,这可从他所撰谱序的开篇之句领略到:"国家者,以人合之团体也;家族者,以天合之团体也。以天合者,因天然之血统爱同气而欲同盛也;以人合者,由人谋之联络建大业而御大敌也。惟能团结天然之团体而然能合人为之团体。"据说沈孝光只生育一女,独女终生未嫁,早于父亲而殁,满腹才学的沈孝光最后的文华之光在为女儿所撰的一篇祭文中闪耀了一回,悲情命运令人唏嘘。

沈孝光的弟弟沈孝顺,号懋南,字务本,满腹经纶,文誉都邑。可惜的是,沈孝顺并未有多少诗文流传下来。民国廿九年(1940),都昌沈氏修族谱,留下了沈孝顺为楼厦村的沿革历史写的一篇简介。民国年间前后相连的两届《沈氏宗谱》编纂,沈孝顺、沈孝光两兄弟分别撰序著文,也算是一段佳话,印证了当年兄弟俩之文誉与声望。沈孝顺的语言风格已然是白话文了。与兄长沈孝光重立论、善说理不同,沈孝顺为文多了情理相融的小品文风格,现代文学的浸染尤深。沈孝顺所撰的谱文,开篇首句为"如果说宗法社会的特征可以拿什么东西来表现,那么除谱牒之外,实无其他更适当的了"。此文对楼厦沈村的载述列为"历史、形胜、文化、物产、风景"五大部分,夹叙夹议,意趣盎然。写到楼厦村的形胜,简直是在用散文的笔调轻吟了一阕对家乡礼赞的如歌行板:"板山的山麓每当朝霞焕彩、夕阳吐红的时候,有无数缕的炊烟从绿树葱茏中蓊然而起,这就是我们的楼厦村。村之地势,东靠高山,北连黄梅岭,西面沃野,南通三汊港,而良田美畴、深地长港之属,则缭绕于村前的钓游之幽、灌溉之便。"沈孝顺绝不是迂腐之儒,他笔下流淌着随时代而动的心潮。在谱文中谈及家乡的"风景",他笔头一转,发出端绪:"我走笔至此,真有无限懊怅。黄梅岭载在县志旧传,岭多黄梅,花时黄白一片,幽芳清野,现闻仅剩一株生于涧底,不易探寻,则天然物之汰灭,良可叹也。我们要抛弃因袭,创造生活,把生活的内容充实起来,才不愧为二十世纪的人。"据沈孝顺的后人讲述,沈孝顺20世纪30年代前后加入过中国共产党,但处事谨慎的他并未将革命进行到底。1927年,他在都昌县国民党政府担任县教育局局长,他的前任是共产党人刘一燕(刘越),后任是都昌民国年间的著名教育家李伯农(土塘曹店人)。沈孝顺1928年曾任国民党都昌党务指导委员会委员,其时主任委员为周梦昌。沈孝顺弃职后也曾在景德镇浮梁师范教书。1955年,惧怕经历复杂的自己被波及,沈孝顺走进县城西湖自尽。沈孝顺的儿子沈淦得家风熏陶,颇具才华,1955年在都昌县人民委员会担任秘书,组织上有意提拔他。但是父亲投湖自尽在政治上对沈淦产生了冲击,他后来的人生抱负也未得到施展,最终英年病逝。妻子余氏出生于教育名家,她在沈淦故去后精心培育四个女儿成长,多年居县城焦子巷。沈孝顺的后裔如今俊才辈出,有的还留学海外。

(五)

老一辈村民描述的家乡楼厦沈村的人文画卷里,不只有雅致的人文工笔,亦有率性的泼墨写意。

村里有个叫沈斋春的,又名沈未来,孔武有力,自称进过黄埔军校,后来在民国乱世落寇为王,独占山头,又也曾出家修行,超脱红尘。有村民讲述,他在20世纪80年代落魄到家中无薪柴为炊,借了村民担柴的冲钩去砍柴,最终连冲钩一起烧了,村民也不好与他计较。沈斋春又何尝不是在时代的舞台上颠踬前行? 沈国勇小时候喜欢听一个叫"强盗"的爷爷讲述不少传奇故事。楼厦村是从庐山下来的外国传教士最先落脚的村落,村里有笃诚的基督教徒,尤以老妪入教者多。"强盗"爷爷也能说出"博爱"的话头来。他自身的经历也有传奇性,年轻时在景德镇追随方志敏的红十军闹革命,后来舍不得父母回到了村里。抗日战争时期,古驿道的黄梅岭烽烟升起,"强盗"爷爷一天被日寇抓着去当挑

294

夫,翻过黄梅岭之际,日本兵嫌"强盗"爷爷走得慢,用枪托重重地击打他的屁股。"强盗"爷爷摔下岭来,他干脆趁树丛遮掩,没命地逃往岭下,捡回一条命。黄梅岭自古就是阳峰、三汉港一带通往县城,乃至经湖口过九江的驿道。明代中期的刑科给事中李源题过一首《黄梅古道》,这样刻画当时的繁盛:"险惊去马回山半,曲讶长蛇出岭头。忙似蚁纷人度广,接如鱼贯客登稠。"1941 年 6 月,中共都昌县委书记谢文珊(蔡岭谢献村人)就被国民党反动派杀害于黄梅岭。黄梅岭上的黄梅树拂扬过鲜血和白雪。

楼厦沈村很多人同"强盗"爷爷一样,在瓷都景德镇打拼过,自然有风光的窑户老板,亦有底层的瓷工。有的定居下来,以陶瓷业为生,在景德镇扎根。他们人生图景的彩绘里,故乡的樟绿枫红是底色;他们的人生故事里,时代的潮涨潮落见波澜。村民沈国光于 20 世纪 80 年代初,在生活困窘之时来到景德镇谋生,得一苏州师傅传授古陶瓷修复绝技,后到上海城隍庙做古董陶瓷收购、修复、拍卖生意,把生意做得风生水起,当年在瓷都樊家井一带名声很响。另一个也是发生在 20 世纪 80 年代的"楼厦人在瓷都"的故事。有户人家将一幅收藏于楼厦村宅的唐伯虎画作卖了 30 万元。出手者的爷爷当年为躲避日本侵略者攻占景德镇而逃往乡下的楼厦村,当时店铺背不走,瓷器挪不动,主人只在背包里背了数卷画轴,据传是唐寅、文徵明的遗世之作。每逢梅雨季节,这户人家在老宅二楼晾晒画卷和古医书,村民近前不得,甚是神秘。

(六)

楼厦村的村容村貌在新时代焕然一新,不少高楼大厦彰显出现代农村的气息。村中的传统文脉在赓续,现有 1200 余人的村庄仍存古宅三四栋。村民沈国兴讲述了他家保存完好的老宅的故事,其间散发魅力的内核还是人文。沈国兴家的老宅建造于 1938 年,当年兴建的主人是沈国兴的祖父沈潜(1917—1985),派名友业。沈潜年少时在饶州府求学,后经岁月打磨通天文、地理、医学,属博学之士,对易经、民间戏曲研究颇深。民国年间曾任都昌县第五行政区(今三汉港、周溪一带)保学校长、都昌县战时民众训政组组员。年过而立后,沈潜对日薄西山的国民党政府很失望,便甘守淡泊,回到楼厦村设馆授徒,是四都有名的"大先生"。20 世纪五六十年代曾任都昌县委常委、县政府副县长的欧阳宗亿是楼厦村的骄子,其妻沈玉姣(又名华杨)就曾求学于沈潜的私塾,国学功底深厚,能写一笔娟秀的书法,堪为才女。沈玉姣凭着所练文化功底,助力丈夫添其文采。村民回忆,欧阳宗亿同志每逢在职场上遇到文字材料拿捏不准时,就会带回家让妻子参考和着墨。后来成为一代针灸泰斗的芭蕉山魏村人魏稼教授,也曾拜沈潜为师。

沈国兴至今保存有爷爷沈潜在自己瓷像上所题的铭文,通篇贯注着古朴的儒家修身齐家之道。铭曰:"士林学界,首重修身。笃志于斯,以德为邻。谢慕荣利,更杜风尘。缊袍不耻,野服葛巾。常酌醇醪,三乐鼓琴。持身涉世,和蔼乡亲。责人责己,恕己恕人。坚定温故,宜古宜今。怀瑾握瑜,抱道归真。"沈潜古宅所藏之书在 20 世纪 60 年代大多被付之一炬。晚年的沈潜对时代风云的变迁仍有洞察,他与阳峰名流傅旦初为姑表兄弟关系,改革开放之初,两人在叙谈中对拂来的春风满怀憧憬。沈潜生四女一子,他为四个女儿分别取名荷玉、碧玉、润玉、小玉,名之首字合起来便是谐音"何必论小"。儿子取名华佐,承父之儒雅风,曾参与数届《都昌沈氏宗谱》的编纂,2021 年 5 月谢世。沈潜的曾孙沈文锦 2018 年就读九江学院土木工程与城市建设学院城乡规划专业时,与朱子谦、李晓琼合作,撰写论文《浅谈沈宅建筑的意境之美》,对沈潜所建老宅从建筑美学的视角予以解读,生发出保护好传统文化的宽域之见。

"黄红青蓝紫染得家乡五颜六色,梅杏桃李橙香透故土水暖花红",这是楼厦村民沈和义老人描绘家园多彩画卷的一副对联。生于 1951 年的沈和义在村里开了一间小卖部,在卖烟销酒售百货和气生财之余,自编文集《忍让》。老人 2018 年以 67 岁高龄在村里加入了中国共产党,满怀激情拥抱当下的生活。彩练飘飘,如欢歌缕缕;人文悠悠,似椽桷条条。楼厦村新时代美好生活的高楼大厦金碧辉煌……

六、历史背影

78. 周溪镇鄡阳村:所谓鄡阳　在水一方(一)

都昌人言及 2000 多年前的此方县域兴衰史时,往往会脱口而出"沉鄡阳,浮都昌"六个字来。如今的"鄱阳湖上都昌县",的确是由西汉时期设立的鄡阳县历尽沧桑演变而来。其实,在江西的地域文化史上,与"沉鄡阳,浮都昌"相提的还有另六字:沉海昏,起吴城。

关于"海昏"的话题,在当下成了热门。南昌市新建区还专门辟有海昏侯国遗址博物馆,此博物馆已成为江西省近年来打造的一处人文旅游胜地。海昏侯遗址的丰富之处,不只在于烁金的文物,更与其主人刘贺(前 92—前 59)的传奇经历有关。刘贺的一生实在是坎坷,壮年便病殁的他是汉武帝刘彻之孙,短暂一生从"王"(昌邑王)到"帝"(在位仅 27 天的汉废帝),再到"侯"(海昏侯),其跌宕人生使己昏昏、令人昭昭。刘贺"食邑四千户"的海昏侯国,究实比海昏县的区划还要小。当年的海昏县范围大致包括今天南昌市新建区北部、南昌县北部,永修县、武宁县、靖安县、安义县、奉新县部分区域,以及被湖水侵袭的鄱阳湖西南部,而海昏侯国仅是分封制体制下由皇室成员在海昏县建立的侯国。所谓的"食邑四千户",说白了就是有 4000 户人家为海昏侯刘贺提供日常生活所需而已。

沉下海昏而浮起的吴城属今天的永修县,与都昌县城隔河相望。"沉海昏,起吴城",在沉起之间的节点上,与"沉鄡阳,浮都昌"的沉浮合拍。西汉的海昏县与鄡阳县同立于汉高祖六年(前 201)。鄡阳县在地壳的激烈碰撞中沉没于南朝宋永初二年(421)。四年之后,地壳的砰然之声以人间无法抗拒的威力再次响起。海昏县于宋元嘉二年(425)沉没。如今"海昏"的文化标识再次风生水起,我们且来走近同时代的鄡阳,张扬其从历史深处走来的人文底蕴和光彩。

2022 年,都昌县委人才工作领导小组开展了首届"鄡阳精英"人才评选活动,对全县优秀的企业经营管理人才、农村实用人才、教育科研人才、文化发展人才、医疗专技人才、科技工作者予以命名,称为"鄡阳精英","鄡阳"品牌旗帜在新时代的都昌仍猎猎作响。鄡阳县的遗址在今都昌周溪镇,周溪镇有鄡阳村,我们将关于鄡阳历史挖掘整理的篇什附于"周溪镇鄡阳村"之下,是这个"传家训扬新风"书写体例上的归类。至于仿《诗经·蒹葭》名句"所谓伊人,在水一方"的标题"所谓鄡阳,在水一方",来自周溪籍多才多艺的刘凤荪先生。

(一)从"鄡阳"到"都昌"

都昌人在县情介绍资料里,往往会说"都昌是江西 18 个文明古县之一",以彰显建县历史悠久,其源头便是鄡阳县。2200 余年前的秦始皇分天下为三十六郡。其中的九江郡,在西汉演变成淮南国豫章郡。豫章郡大致与现在的江西省区域相合,其下置十八县,鄡阳县即为其一。从"鄡阳"到"都昌",我们寻其历史沿革,不妨记住几个驿站转身处的时间坐标。

汉高祖六年(前 201),立鄡阳县,隶豫章郡,治所在四望山(今周溪镇泗山、鄡阳村一带)。那么,我们都昌这方水土再往上溯呢? 据记载,夏、商、周为古扬州域,春秋战国为楚、吴地,属番邑。

南朝刘宋永初二年(421),鄡阳县在彭蠡湖盆地发生沉降而沉入水中,世间从此再无鄡阳。境域入彭泽县(隋朝易名为龙城县),隶江州郡(后隶九江郡)。鄡阳县存 622 年,而从"沉鄡阳"到"浮都昌",沉浮之间又历 201 年。有当地文化学者慨叹,彼时的都昌成弃儿,遭受着漂泊式的撕裂和阵痛。

唐高祖武德五年(622),置都昌县,治所在王市(今蔡岭镇洞门口)。据《都昌县志》记载,安抚使李火亮谓土地之饶,井户之阜,水陆之阻碍,遂割彭泽之西、鄱阳县雁子桥之南境置都昌县。因地有"都村",南接南昌,西望建昌(今永修),故名"都昌"。"都昌"作为县名横空出世,从字面揣义,自然亦有"都是昌盛之地"的期冀。2021 年 12 月 30 日,都昌县委、县政府发布了"东方百慕大、江西都昌县"的城市战略定位,并将"都昌都旺"作为招商口号,"都昌"之字义再次被彰显了一回。

唐大历年间,都昌县治所迁徙至彭蠡湖东,即今县城所在。

(二)鄡阳之"鄡"

"鄡"字,在商务印书馆的《新华字典》里查无此字。《康熙字典》对其释义

有三：一是东汉县名，在束鹿（今河北省辛集市）东南；二是汉代县名，鄡阳在江西都昌县东南；三是姓。

鄡阳之"鄡"往往被写成"枭首"之"枭"，一方面是书写简便，另一方面倒引出一些定名旨意来。据《史记》《汉书》《资治通鉴》等史书记载，这里曾经是淮南王黥布（英布）被杀的地方。秦末时期，陈胜在大泽乡起义后，黥布在鄱阳起义，跟随着项羽攻秦，后来被封为九江王，后又叛楚归汉。刘邦立黥布为淮南王，当时管辖九江、庐江、衡山、豫章四郡。汉高祖十一年（前196），黥布举兵反刘邦，后被枭首于此地。自然，叱咤风云的异姓王英布也可谓一代枭雄，这"鄡"便通了此"枭"。但毕竟规范的写法是"鄡阳"，以至当有人念成"枭（xiāo）阳"时，专家会特意校正，正确的念法是"鄡（qiāo）阳"。

一代枭雄九江王英布被枭首斯地，这是带了血性的他之枭，也有一说这样解读：灌注血性的是古时都昌人自己之枭。都昌县已故的著名作家杨廷贵先生（1949—2008）在其所著的《遥望先民们渐行渐远的背影》一文中，"以文学的样式，表现本土风情与县人风骨"。他在此文中，从"都昌老表"文化人格角度进行剖析，辩正他眼中的"沉鄡阳"之"鄡"、"浮都昌"之"浮"：

　　　　自西汉初年始，鄡阳县人在新的文化改造过程中，由抵制反抗到妥协苟同，最终慢慢被同化，经历了漫长而屈辱的岁月。那种心理感受，只有当事人清楚，我们后人只能靠想象臆测而已……

　　　　地震之后，鄡阳县一直未能恢复建制，新县亦未有册立，残存的鄡阳遗民在残存的土地上，成为被遗弃的流浪儿。由此可见，古鄡阳在地震的破坏下，造成了大面积沉陷，无论从陆地面积到人口数量，均不足以支撑一个县级的架构。嗣后的二百余年里，这里的人们在行政隶属上，荡秋千一般，一会儿东一会儿西，一会儿划拨给这个县，一会儿落脚在那个县，变了有上十个来回。这种现象到了唐代才开始改变。现代版的《都昌县志》上说："唐高祖武德五年（622），安抚使李大亮谓土地之饶，井户之阜，水陆之阻碍，遂割鄱阳县雁子桥之南境置都昌县。"可以看出，自公元421年地震发生至公元622年的201年间，鄡阳遗民游魂一般晃荡了两个多世纪。他们远离郡县的政治经济文化中心，带着震后的心理阴影，及寄人篱下的落拓心态，以极大的忍耐力与辛勤的劳作，维系着某一群体的命脉，极其顽强地挺了过来……

西汉的文化官员，在番县拆开之后，特别地将其中一地取名"鄡阳"，很可能因了特别的历史背景。对此，都昌曾经的一些颇通文墨的读书人，用心思进行过考证与剖析。他们认为，枭，乃古之极刑名，即把人杀了之后，将其首级悬于木桩上示众；用之为县名，因从"邑"而故为"鄡"也。又《左传》有云："天子当阳。"王天下而置郡县，是"鄡阳"故。依照这般解释，就有些令人毛骨悚然了。其实，"枭"字还有多解，如"枭，雄也"，也可以理解为对番人强悍的一种礼赞或者惧怕。我们现在依照前一种说法，猜想当年刘邦所部征讨赣北时，遇到了来自番县地区蛮夷们的顽强抵抗，并令其损兵折将；原以为打败了西楚霸王，坐天下便可高枕无忧，想不到苗蛮地区的土著们都不是省油的灯。即使武力征剿镇压之后，他们仍不愿臣服，令那些新朝委派来的行政长官头疼莫名，无法顺利地开展统治工作，甚至性命堪忧。是这样才惹得刘邦龙颜震怒，咬牙切齿地"析番县"而立"鄡阳县"？关乎此，史书上都没有过任何记载……

在都昌人的口中，至今流传着"沉鄡阳、滂都昌"（在书面语中，人们往往使用"浮都昌"，是不确切的，无论从语音到语义，还是"滂"字贴切，它在词典里的解释，就是"形容水涌出"）的故事。老百姓们凭常识推断，地壳运动同其他物理升降一样，有下降必有隆起，按下葫芦浮起瓢，都昌人现在的居住地，一定是从低洼处被大水"滂"起来的。想来不无道理。

杨廷贵先生在《遥望先民们渐行渐远的背影》开篇就直言，他对"都昌地域文化检点及情景摹写"，是受余秋雨《文化苦旅》式文化"寻根派"影响。杨先生的背影因他对家乡都昌地域文化的摹写并没有"渐行渐远"，而是越发让后人亲近。

79. 周溪镇鄡阳村:所谓鄡阳 在水一方(二)

(一)谭其骧的鄡阳沉沦论

存立了 600 余年的古鄡阳县为何而沉?1993 年版《都昌县志》在"卷一·建置"中给出的答案是:"南朝宋永初二年(421),因彭蠡湖盆地发生多次沉降运动,湖水南侵,鄡阳县地大部分沦入湖中,鄡阳县撤销,境域入彭泽县,隶江州。"其实这段话也点出了鄡阳县消失的过程,所谓"沉鄡阳,浮都昌",只是形容一座古老县城死与生的沧海桑田。沉浮之间绝不是一次猛烈的地震而呈现的"按下葫芦浮起瓢"的此消彼长的即时对应。古鄡阳人在湖水南侵后已无立足之地,鄡阳先民只得避走他乡,固化了的物件和不值得带走的碎什,无可奈何浸入水中,成为后来人的考古物证。沉之觞如此而已,没有人们想象中的一夜震坍中的赤脚狂奔、积尸如叠。后人放眼量其风物,此沉彼浮其实是鄡阳县的一次涅槃,新的都昌县后来应运而生。

1993 年版《都昌县志》,是志书中关于沉鄡阳之因给出答案的最早记载吗?反正我们查此前的清代县志,只记沉事,没给沉说。被文化人相袭着引用的记录了鄡阳县从何处走来的典籍有《禹贡》《史记》《汉书》《三国志》《晋书志》《太平寰宇记》等,但均未对鄡阳何故而沉有论载。能查阅到的《明一统志》在饶州古迹一节载:"鄡阳城,在府城西北一百二十里。汉初置县,属豫章郡,晋属鄱阳郡。刘宋永初二年废。"一个凝重的"废"字,略去了所有的前因,让后人平添感慨。《明一统志》是明代李贤、彭时等撰修的地理总志,成书于天顺五年(1461),算是较早直列鄡阳之废的典籍了。

历史的谜团总会让有识之士试图去解开,哪怕往事已越千年,哪怕仅是一家之言。1982 年第 2 期《复旦学报(社会科学版)》刊载谭其骧、张修桂的署名文章,探讨鄱阳湖的历史演变,从鄡阳平原的理念入手,对鄡阳县的消失之因予以论述。谭其骧(1911—1992),浙江嘉善人,中国著名历史学家、历史地理学家,1932 年获燕京大学研究院硕士学位,1980 年当选为中国科学院学部委员(院士),曾任复旦大学教授、历史系主任,中国历史地理研究所所长,是中国历史地理学科的主要奠基人和开拓者。从谭先生的学识名望,便可知他的学术观点影响之大。我们且来撷取谭其骧先生关于鄡阳沉没的论述,给探讨沉因灌注一份学术气息。

谭其骧先生首先从常理入题:一座县城的建立起初肯定是有置城的充足理由的,后来又因何而沉没不存了呢?谭先生在文中先来了一番博古通今的介绍。《汉书·地理志》载,豫章郡辖鄡阳县。《太平寰宇记》饶州鄡阳县中载:"废鄡阳县在县西北一百二十里。"清同治版《都昌县志》古迹条云:"古鄡阳城在周溪司前湖中四望山,至今城址犹存。"1960年,江西省博物馆在鄱阳湖中的四(泗)山(即四望山)发现汉代古城址及汉墓群,其位置与史书记载完全吻合,此古城无疑即汉代的鄡阳县城。谭先生接着说,值得注意的是,偌大的一个县城,在今浩渺无涯的鄱阳湖中的孤岛上发现;并且在每年洪水季节来临时,古城即被淹于波涛之中。显然,在交通工具尚不发达的封建社会早期,县治一般是不可能设在这样一个环境之中的。这就很清楚地说明,在5世纪20年代鄡阳县撤销以前,今天鄱阳湖的广大水体尚未形成。

谭其骧先生提出了古彭蠡湖先有北湖、后有南湖的学理,而南北之分界线就在都昌老爷庙与星子杨家山(今属庐山市)之间的婴子口。当下的都昌人会惊呼:这不就是有"东方百慕大"之称的神奇魔鬼水域吗?谭先生提出,根据湖盆地貌形态和历史演变情况,以老爷岭、杨家山之间的婴子口为界,鄱阳湖可分为鄱阳北湖和鄱阳南湖两部分。在唐末五代至北宋初期,彭蠡泽空前迅速地越过婴子口,向东南方的鄡阳平原扩展,大体上奠定了今天鄱阳湖的范围和形态。如此,设立在泗山的鄡阳县,其辖境恰好局限在今矶山、长山一线以西的鄱阳南湖中。如果当时鄡阳境内,不是田园阡陌的沃野,而是像今天那样一片汪洋巨浸,那就失去了设县的意义。无疑,鄡阳设县前后,今日浩渺的鄱阳南湖尚未形成,当时的地貌形态应当属赣江下游水系的冲积平原。虽然鄡阳县的辖境和豫章郡所辖各县的辖境相比,实在显得太小,但因它地势平坦,冲积土壤肥沃,随着农业经济的发展,在这富饶的平原中部设县,还是完全可以理解的。

谭其骧先生给出了自己的结论。位于鄱阳南湖地区的古代鄡阳平原,从汉高帝在此设立鄡阳县、王莽改县名曰豫章以及淘金业的发展等情况分析,两汉时代可能是该平原地区经济最发达的时期。但因自全新世开始以来,鄱阳湖地区的新构造运动具有强烈下沉的性质,鄡阳平原河网交错的地貌景观经长期沉

降,逐步向沼泽化方向演变。至南朝和隋唐时代,平原沼泽化可能已经相当严重,大部分地区不宜居住和从事农业生产。刘宋永初二年鄡阳县的撤销,与此演化过程当有密切关系。在唐末五代至北宋初期,彭蠡泽空前迅速地越过婴子口向东南方的鄡阳平原扩展,大体上奠定了今天鄱阳湖的范围和形态。位于鄱阳南湖地区的古代鄡阳平原,几乎沉没殆尽,鄡阳县城被浩渺无际的湖水包围在荒丘孤岛上,唐代闽越入京道上的白沙、武阳亭则相继陷入湖中,波光粼粼的大湖景观终于取代了河网交错的平原景色。

可以说,1993年版《都昌县志》关于古鄡阳消逝原因的寥寥表述,大致与10年前谭其骧先生的地理历史学术考据相符。

(二)"沉鄡阳"的民间故事

学术泰斗谭其骧对鄡阳县的沉沦经过,条分缕析地考据,字斟句酌地论述,治学的严谨缜密令人信服。对于民间文学工作者来说,"沉鄡阳,浮都昌",又给文学创作带来了充满十足魅力和无限想象的空间。在作家的笔下,仅一个"沉"字,可衍生出扬善惩恶、恩仇相伴、情天恨海、神魔相斗的几多主题故事来。鄡阳古城址城头山上有多少散落的片陶块砖,人们就可以拾捡起多少神秘的民间故事。1944年出生的詹玉新先生,曾任都昌县文化馆馆长、县文联主席。他在1988年撰写、由中国民间文艺出版社出版的《鄱阳湖的传说》一书,荣获江西省文学创作三等奖。在此转发他创作发表的关于"沉鄡阳,浮都昌"的传说,与读者分享。

话说两千多年前,汉高祖刘邦在周溪泗山前面筑了一座城,立了一个鄡阳县。这鄡阳县城在饶河水路要道上,过往的商船、渔船特别多,很快就繁荣兴旺起来,光打金换银的店铺就有七十多家。后来有一年,鄡阳县调来了一位姓侯的县令,这位侯县令既贪财又好色,许多奸商刁贩便向他行贿送美,搞得平常老板生意凋零,良家女子遭殃;湖匪也趁机夜入县城,杀人劫财劫色。为躲避祸患,百姓纷纷逃离鄡阳县城。

鄡阳城西有个地方叫石壁墩,墩上住着从鄡阳县城逃出来的母子俩,母亲年迈多病,儿子陶焦每天都要下湖捕鱼侍奉老母。那一天,鱼没捕着,倒捕到一只金光闪闪的梭子。陶焦好生奇怪,估计是过往船上的商人丢落的，便在湖滩上守了三天三夜，可就是不见有人来领取这只金梭。第四天清晨，只见一个年轻美貌的姑娘来到湖滩上，对他说："小哥哥，感谢你的好心和善良，那金梭就送给你吧。千万记住，无论发生了什么，你都要把它藏在身边，保你平安无事。"说完，霞光一闪，那姑娘不见了。

后来的一天，鄡阳城里出了三件怪事：一是丽日高照的大白天，突然变得昏天黑地；二是满街老鼠成群结队四处乱窜；三是一个披头散发的疯女人满街狂呼乱叫："快搬！快搬！"弄得满城一片惊慌。也就在这一天，侯县令又强娶来一个民女，这民女如花似玉，侯县令恨不得立刻抱上床。那民女说："我一个渔家人，满身腥味，让我先洗个澡吧。"当那女子一跳进洗澡盆，澡盆里的水立即上涨，四面溢出，很快涨满了后堂，冲向县衙大厅。那女子指着侯县令怒骂道："狗官！你霸尽县内良女，榨尽百姓钱财，把一个好端端的鄡阳县城搞得虎狼横行，民不聊生，天地岂能容你！我乃彭蠡湖龙王的小女龙驹，受父王之命，今日要荡平鄡阳！"说罢，挥动黄龙旗，大喝一声："沉！"霎时电闪雷鸣，天摇地动，整个鄡阳县城在晃荡，南面城头山崩开一道裂口，滔天洪水奔涌而入。转眼间，鄡阳县城便沉没在一片汪洋之中。

陶焦听懂了疯女人的话，劝说百姓都搬到泗山避难。大难来时，他身藏的那只金梭变成了一条金光闪闪的龙船，载着他母子俩在波浪翻滚的水面上向西北方向漂浮而去。第二天清晨，人们发现，在彭蠡湖西北方的湖心上突然浮出了一片荒草洲，洲上的芦苇棚里住着陶焦母子俩和那位龙驹公主，人们把这片荒草洲叫浮洲。这浮洲上人丁繁衍特快，农渔日益兴旺，浮洲便改称昌洲。至唐朝武德五年（622），昌洲便立县为都昌。

"鄱阳湖区是一个多么美妙而神奇的地方！"这是全国劳动模范李咸龙先生的创作感悟，是他2020年创作的《鄱阳湖传奇故事》（中国时代经济出版社出版）一书中自序中的结句。包括鄡阳文化在内的鄱阳湖地域文化，已然成为"文化都昌"的一张亮丽名片。

80. 周溪镇鄡阳村：所谓鄡阳 在水一方（三）

（一）鄡阳城址考

"六百春秋汉晋匆,文明古邑没泥中。残张砖瓦图纹晰,半壁城山蓁莽蒙。烟水茫茫浮紫屿,巉岩岌岌叩苍穹。麻姑若解鄡阳事,定笑苍桑等雪鸿。"这是周溪籍老诗人江五科先生的一首七律《游古鄡阳旧址》,刻诗碑位于周溪镇的文化广场。鄡阳古城址 2013 年 5 月被国务院核定公布为"全国重点文物保护单位",这个"国字号"的古城址有着怎样的前世呢？在此,我们撷取已故的都昌考古专家周振华先生 1983 年发表于《南方文物》杂志上的《鄡阳城址初步考察》一文,来窥其址迹。此文不以文采和宏论取胜,但它出自都昌本土文博专家 1981 年的亲身考察,质朴中显得特别珍贵。

为弄清古鄡阳城址的确切位置,1981 年冬——枯水季节,由当年的都昌县文化馆借调到筹建中的县博物馆从事文物勘查和保护工作的周振华,对鄡阳古城址进行了一番考察。周振华找到了城址的具体位置,他的表述是"在都昌县城东南 40 公里,今周溪乡泗山大屋场邵村以南 60 米的湖洲上"。不少后来的现场勘察者对鄡阳古城址的定位,都是循周先生此说来进行的。

周振华先生先整体叙述城周地貌。鄡阳城址西北有王家山、鹁咀山、狮子山、座山、石虎山作天然屏障;南有城头山,山下有横港河;中部开阔平坦。城址坐落在这块平坦的湖洲上,纵横约一平方千米。因年代久远和地理变迁之故,地势下沉,涨水季节,城址常淹没于鄱阳湖水之中,枯水季节才露出水面。据观察,当鄱阳湖水位达到 18.5 米时,城基全部淹没。冬季水位低时,当地群众还在高处开垦耕地,种植庄稼。

周先生描述,在鄡阳古城址西北的山旁高地,发现大量东汉时期的墓葬,据初步调查有四五十座之多,但大多先后受到严重破坏。当地群众将这些墓葬称为"烟墩"。这种外表看上去像土墩的"烟墩",在周溪当地有另说。据考,周溪有 18 个"烟墩",沿湖高处而存,是元末朱元璋与陈友谅大战鄱阳湖时,朱元璋的部下构建的传递军情的设施,"烟墩"内部有拱门,通往观察台、宿营地。周先生考证,鄡阳城址上类似"烟墩"的墓室,由花纹砖砌成,有"对角纹""网线纹",纪年砖上刻印有篆体"永元七年三月十四日"字样。永元(89—105)是东汉第四位皇帝和帝刘肇的第一个年号。墓被湖水冲刷后露出随葬器物,有汉代罐、剑、箭镞之类。在城址处还收集到西汉五铢、王莽货泉,以及四乳蟠螭铜镜、昭明铜镜各一面。在城址东北处,1968年兴修水利,民工取土时,在一米深的地下发现窖藏,出土汉五铢一万余枚及各式大小铜盘10余件。由于严重腐蚀、凝结,当地村民作废品处理而不知去向,这些物件当系富商大贾所埋。

我们来随着周先生的考古视线由西北高区的墓葬转到城内东侧的商区。鄡阳古城东侧有长约300米、宽30米的手工业作坊区遗址。旧时,有人在雨后拾到过金条和金颗粒。据称,1939年到1942年退水季节,常有一二百人在这里淘金。金颗粒形如鼠粪、荞麦壳,有的如绿豆大小,中有穿孔,有的剪成丝条状。这些情况表明,此系两汉时镶嵌手工艺作坊,后人发现的金条或金颗粒,是手工业工人在制作工艺品时剪切的金屑或遗下的装饰品。当地人称这一地段为"打金街",现在这里只见当年淘金的大小潭坑遗迹。在城址中部,文化层堆积有的达一二米,其中汉代建筑遗下的筒瓦箭首俯拾皆是,还有"卷云纹"瓦当、"万岁"瓦当、"长乐未央"瓦当和印纹陶片。陶片纹饰有绳纹、网线、蕉叶纹、席纹、米字纹、附加堆纹等,其中以方格纹居多。

我们再将视线由鄡阳古城城东转向城址南端的城头山。山头有城堡遗迹,城头山顶部有人工修筑的土城墙。东北城垣线长28米,南城垣线长15米,西城垣线长5米,各城垣高约4米、顶宽3米。作为防御设施的城垣因湖水冲塌,今不见全貌。

周振华先生40余年前亲历鄡阳城考古,为后人留下了专业化的城址辨位。不过留有遗憾的一点是,周先生文中对护城河没有提及。水运是鄡阳古城的主要交通方式,护城河应该是必不可少的,其遗迹也许是因了鄱阳湖的融合而更难寻觅。如今目之所及,古城更是周边皆溪,倒合了"周溪"之字义。

(二)"泗山"其名

人们说起鄡阳古城址,往往会说"在周溪镇泗山"。周溪镇现有泗山村,鄡阳村就是1992年从泗山村分离出来的。

《新华字典》对"泗"字的释义有二:一是鼻涕,涕泗;二是水名,泗河在山东

省济宁。现今的小学课本里，"泗"字出现在宋代朱熹《春日》诗篇中："胜日寻芳泗水滨，无边光景一时新。等闲识得东风面，万紫千红总是春。"这首诗表面描绘了春日美好的景致，但寻芳的地点是泗水之滨，而此地在宋室南渡时早被金人侵占，因此所谓"寻芳"，即是指求圣人之道。诗人将圣人之道比作催发生机、点燃万物的春风。"泗水"如此有理趣和哲理，我们且将鄡阳古城址"泗山"之名来做一番追索。

从"四望山"之说。清同治版《都昌县志》"卷之一·山"中查无"泗山"条，在"卷十六·古迹"有"古鄡阳城"条目："在周溪司前湖中四望山，至今城址犹存。"撰志者附了一个小注："考《汉书·地理志》，余水出余汗北，至鄡阳入湖汉。朱子谓湖汉即彭蠡。按：余汗即今余干县，四望山前为饶河口，则俗传四望山城即古鄡阳城不诬矣。"清《都昌县志》倒为今天的余干县名之得留下了一个旁记，原来鄱阳湖畔的余干县之名源于"余汗"水系，环水的"余汗"，去掉三点水旁便成了"余干"。当然，我们在此更关注县志里与古鄡阳城相连的"四望山"。鄡阳古城的城头山原来叫四望山——登高四望，辽阔无比。四望山就是后来的"泗山"。

从"四水"之说。"四"与"泗"除了音同，更丰富的内涵在于"泗"旁有水。在周溪镇政府大门正对着的文化广场碑廊里，对"泗山"的简介文字为："泗山是古鄡阳的门户。泗山因泗水而得名，泗水叫贪郎水、辅弼水、巨门水、武曲水。'周溪'者四周当有水流，'周溪'一名当源于'泗山'。"当然，"周溪"其名是否源于"泗山"，待考。

从"邵泗山"之说。邵姓宗谱对"泗山"之名有另说，说鄡阳村大屋场邵村的先祖邵子鹏（1472—1515），号泗山，留居此地肇村。

从"死山"说。2013 年由都昌县政协编印的《都昌名胜古迹》（江西人民出版社出版）对"泗山"做如下注："泗山位于鄱阳湖东北，与都昌周溪镇隔港相望，由大小湖中山岛十几处隔水组成。过去，这里是鄱阳湖上的交通要道，是去饶州、景德镇的必经之地。这里又曾是渔埠港湾，渔火船灯，甚是热闹。泗山相传叫'死山'，精卫填海时，秦始皇曾赐赶山鞭，欲将这一片湖中山岛赶去填海，然而这些山岛巍立湖中，一动不动，气得精卫咒之为赶不动的'死山'，后来人不愿接受这个带凶气的名字，以四座湖中较大的山岛为主冠名为泗山。"这段文字其实犯了一个常识性的错误——将"精卫"与"秦始皇"作为同时代人来提，其实"精卫"是神话中的人物,传说她是上古炎帝的女儿。不过,此处所言"死山"谐音成"泗山",不失为民间故事之一说。

　　等闲识得泗山面,千山万水总是景。撩开古鄡阳城的神秘面纱,无边泗山光景四时新……

81. 阳峰乡府前江村(一):名村之村名

都昌的历史名人中,若论宦职之隆,当然要属江万里(1198—1275),南宋度宗朝一度担任左丞相兼枢密史。让江万里光耀故里,名留青史的,不是他的职位,而是他气贯长虹的爱国主义精神。"传家训扬新风"系列在阳峰乡府前村篇曾以"江行万里 浩气千秋"为题,书写了江万里作为13世纪中国历史上著名的教育家、政治家的生平事迹。本篇以"村名"为线索,挖掘江万里故里深厚的历史人文底蕴。

(一) 府 前

"府",《新华字典》对其释义之一为"贵族或高级官员办公或居住的地方"。江万里的故里名曰"府前",来源于江万里在家乡所建府邸。江万里当年所建丞相府堂叫太师府,青砖碧瓦,七进规制,气度不凡。太平天国时,太师府被毁于兵燹,后来被夷为平地,成了村中的晒谷场。在太师府周边配置着一些附属建筑。有"下马坊",距相府300步远。当年入村谒见江万里,此处是"文官落轿、武官下马"之处。仕宦之人下马徒步去府上拜见丞相,其马当然要有礼待,于是下马坊便有18个拴马石,一米许的麻石条竖立于地,上凿有拴绳的孔洞,旁置花岗石马槽,长4尺、宽2尺。直至1988年,此处还有半截马槽留存,被村民建宅当了下墙础石。有"石涧井",离相府25步,两分地大小的井塘,民国年间被填塞了。有"洗砚池""洗笔池",紧临相府大门。后人在池沿红石上磨刀,弯弯的月牙儿缺口便有了世俗生活气,后亦不存。有"表忠坊",横跨入村道路,由大紫石垒砌而成,高达5米许,在龙飞凤舞的图案里有明代敕封的"一门忠孝"字样,民国年间倾圮。有"衮绣坊",在相府前,建造年代要早些,是江万里父亲仕至大理司直、江万里拜监察御史时,宋理宗敕令建造的,旌彰父子德治,明永乐年间倾塌。

江万里除了在村中建了太师府,还在"东去十二里",建了"同野府",又称古心别业,后来宋理宗御书"古心堂"以荣之。同野府周围有廊庑百余间,茶亭设到了土塘街。家乡永远是游子温馨的港湾。"同野府"其名一度十分契合江万里的遭遇和心境。宋理宗淳祐七年（1247），知天命的江万里任侍御史，年初回都昌老家奔母丧，随后因中谗言，弃官闲居，同野府成了他由朝行野的养心堂。江万里遭劾坐废十二年，直至宝祐三年（1255）57 岁时起用为知建宁府兼福建运使、端明殿学士，四月出知福州兼福建安抚使。在同野府闲居时，江万里作《自牧斋铭》等大量诗文，后元兵侵扰，同野府被焚毁，文稿也被付之一炬。江万里的同野府府址在哪儿？有人考证在现今的土塘镇殿下江村黄土咀附近，这也是老化民乡有"殿下"其名之来源。在同野府之南，江万里还建有南野府，亭台楼阁，风雅韵集，宋理宗御书"朝阳阁"。

2018 年初，府前村人筹资兴建"圣厅"，2019 年江万里诞生 820 周年时竣工。"圣厅"二字由曾任九江市中级人民法院院长江民才先生（阳峰乡墩上江村人）所题，正大门上是颂扬江万里"一门忠孝"的那副有名对联：兄宰相弟尚书，联璧文章天下少；父成仁子取义，一门忠孝世间稀。如今的圣厅被赋予了多种功能，既是府前村的祖祠兼村民文化活动中心，是冠名的"江万里纪念堂"，又是"古心堂"的赓续，并悬挂了著名历史学家姚公骞先生生前手迹"古心堂"。厅内敬祖崇宗，弘扬文忠公家训文化氛围浓厚，"忠孝世家""根脉相传""忠肝义胆""汨罗止水"等江氏族裔庆贺圣厅竣工的贺匾道出了其间精髓。

圣厅古时称"圣堂"，与太师府是两种规制的建筑。相府在圣堂之后，今不存，圣堂重建为"圣厅"。圣堂为名相江万里和他的官至户部尚书的弟弟江万顷封赠恩典时恭迎圣旨之所，凡官员拜谒，悉在中庭，世代遵例。据江民春先生考证，清同治年间，圣堂遭太平天国军焚毁，后来府前人在原址上重建。重建的圣堂有三进，中间有天井，后庭地略高，铺三步红色台阶，设檀门。后庭神位供奉双忠檀香木装金神像，万里公（古心）、万顷公（古崖）秉笏正视，万里之子江镐、万顷之子江铎侧立。两边神龛供奉历代祖先牌位，正上方置"一门忠孝"横匾。中庭左右上方和反照堂左右上方分书"文元、魁元、贡元、拔元"八个颜体大字，正上方端挂竖形龙凤牌匾 20 余块，上书"圣旨"和"敕封""恩典"等字样，下面放着宋、元、明、清各代的褒扬一门忠孝的匾额百余块。20 世纪 60 年代，横匾尽毁，只剩一块斑驳油漆中依稀可辨"名高宋代"字样的匾，后亦失。

（二）柏　树　下

府前村古时曾称"柏树下"，也是源于江万里。清同治版《都昌县志》"卷之

一·封域志·山"在注释触山垴时载:"触山脑(垴)在东山南,脑(垴)西下有宋江丞相宅,今名柏树下。(有丞相手植柏树,故名)"在现今的府前村祖祠"圣厅"内,仍展存着一截古柏树杪,上贴红纸,注"丞相江万里手植古柏"。在府前村西,有余姓村庄亦名柏树下,其成村时间就是江万里为官的南宋理宗年间,显然村名之得也系于江万里之手植古柏,江万里的父亲江烨曾在此地课教。

康熙年间的《江氏大成宗谱》对古柏有神性叙述:"古柏在林塘相府前,乃相国亲手所植,盖仿召公之甘棠遗爱也。弘治间,被蚁鳞集,一日为雷火击,焚去之,莫非天眷忠贞以祐手迹之布耳?后正德间,旁有禾堆,火起烧树。有人大呼火焚伤柏树,即时风息火绝。越数日,枝叶焦枯半矣。时采桠者俱获灾。守柏翁会同族长严立诫谕,不许剪伐,日以守之,年以培之,因得重荣。子孙遵守其教,永获其荫也矣。"所谓"甘棠之遗爱",是说江万里手植柏树,是仿效周朝召公在甘棠树下理政,辅佐周武王治天下。明代弘治年间雷火焚掉蚀树之蚁,正德年间采残桠者获灾,这些都让古柏有了神性。重新荣茂的古柏应该枯伐于20世纪50年代。据村中老人回忆,民国时期古柏树主干虽部分空蚀,但树冠如伞,三人合抱难围。有村民挖柏树皮煎水治心气痛,屡见药效,古柏在斧痕斑斑下经风雨侵蚀日渐枯萎。

江万里手植古柏在后人的凭吊里,又有一分精神的寄寓。明崇祯年间任过湖广巡抚、御史都堂兼兵马尚书的都昌人余应桂(二矶)有咏此古柏诗:"丞相祠前古柏苍,百围千尺影堂堂。扶疏懒带残枝叶,刚劲憨知挽雪霜。孤干支天笙鹤泣,直根贯地蛰龙伤。氤蕴时有微风引,郁烈交生不断香。"有诗人吟"不受寒霜染,哪随凡物穿",以柏喻江万里坚贞之志;有诗人诵"一木尚图支宋室,孤根未许染胡尘",以树指称江万里擎危局之操守。当年江万里与柏树同植下的,应该还有松树。同邑的明代名宦江一川吟的是江万里手植之松,"宦成恩莫报君亲,松下重过忆古人",以树咏怀,松柏同类,"持节到今三百载,不因冰雪减精神"。

如今的府前江村,触山垴苍翠欲滴,一派葳蕤。

(三)林 塘

府前村成村的公元纪年十分有特色,为北宋政和元年,是年为公元1111年——四个1的年份。"政和"是宋徽宗赵佶的年号,所寄托的福祉当然是美好的，"政和"乃政通人和。更早的出处在《尚书》，有"庶政惟和，万国咸宁"之语。只是北宋末期赵家天下已危如累卵，15年后的靖康元年（1126），北宋为金所灭，皇帝宋徽宗与继任的宋钦宗被掳。似是为了避乱，江本善（1059—?）52岁由鄱阳十四都铁炉埠泽源迁徙至都昌十四都林塘肇村。江本善字俊声，属济阳世家江氏第106世，传至113世——其7世孙江万里，已兴村近百年。

村名取林塘，村址处当然有塘，《江氏宗谱》中如此述"塘"："左腋菱塘，右腋君子塘，林塘后艮龙戊向，阳储贵人峰旭星暗拱其户，代代不乏文士。"琢磨起来，这为"林塘"给出了一说——"林"谐音"菱"。塘域今仍存，只是面积上因填塞比起初要少了三分之一，尽管如此，府前村的门口塘还是给人阔大之感。村中老人介绍，塘型与鄱阳铁炉埠泽源寻根地相一致，属"凤凰下池"之吉形。经本善公数代开拓，以水赋形，将思源之情写在了村头，驻在了心头。"林塘"当然也可拆开来分析，"林"连山，"塘"系水，斯地为山清水秀之地。

明代万历年间的都昌县知事王天策在所撰《宋丞相古心先生石沙湾墓碑记》中有"神林塘故居"之语，林塘又称神林塘，源于江万里。旧《都昌县志》载："江文忠父韦斋，皆有善德，一夜梦神人授林塘吉地，因卜宅焉，遂生先生。"说江烨（韦斋）梦神人示吉而生江万里（文忠），"神林塘"由此平添几许神秘色彩。

府前、柏树下、林塘，名之于村，皆有底蕴；赓之于后，长发其祥……

82. 阳峰乡府前江村（二）：江万里的《文忠公家训》

（一）

在中国古代，家训家规是在家庭范围内的道德教育形式，也是中华道德文化传承的一种形式。南北朝时北齐的颜之推创作了《颜氏家训》，后人称之为"家训之祖"。在历史的长河里，司马光、朱熹、陆游、曾国藩等都传有影响深远的家训，成为人们的治家良策、修身典范。南宋爱国名相江万里也有《文忠公家训》传世。此家训载于康熙版《江氏大成宗谱》卷一，兹录于下：

> 父之所贵者慈也，子之所贵者孝也，君之所贵者义也，臣之所贵者忠也，兄之所贵者爱也，弟之所贵者敬也，夫之所贵者和也，妇之所贵者柔也。事师长贵乎礼也，交朋友贵乎信也。见长者敬之，见幼者爱之。有德者年虽下于我，我必尊之；不肖者年虽高于我，我必远之。仇将以义解之，怨者以直报之。人有恶则掩之，人有善则扬之。人有小过含而容忍之，人有大过以理而责之。勿以恶小而为之，勿以善小而不为。处公无私仇，治家无私法。勿损人而利己，勿妒贤而嫉能。见非义之财则勿取，遇合义之事则从之。诗书不可不学，礼义不可不知，子孙不可不教，奴仆不可不恤。守我之分者理也，听我之命者天也。人能如是，天必相之。此乃日用常行之道，若衣服之于身体，饮食之于口腹，不可一日无也。可不谨哉！可不慎哉！

江万里，字子远，号古心，谥文忠。所谓"谥号"，就是古代对皇帝或其他有地位的人死后，依其生前事迹给予的称号，由当朝皇帝授予，算是对一个人的盖棺定论。一般是褒谥，也就是表扬类的字眼，比如"康""文""平""忠""武""襄""明""懿"一类；也有持中性的平谥，比如"愍""怀"一类；甚至还有贬评的恶谥，比如"厉""炀"一类。谥号"文忠"者不乏历史名人，比如唐朝的颜真卿，宋朝的苏轼、欧阳修，元代的张养浩，明朝的张居正，清朝的林则徐、胡林翼、李鸿章等。载于都昌江氏宗谱的《文忠公家训》，自然是江万里所撰家训。

《文忠公家训》收录于江万里的文集中，刻立于他的故里阳峰府前江村的碑廊内。江万里在《充泉亭碑》中的数语,后人可视作理解《文忠公家训》的一把钥匙:"四端于我,充满勃郁,大包天地,细入芒忽,是为体用。""四端"即指仁、义、礼、智四种道德品行的端绪,也就是孟子所说的"恻隐之心""羞恶之心""辞让之心""是非之心"。《文忠公家训》以十二对关系,树仁、义、礼、智的训诫,即父与子、君与臣、兄与弟、夫与妇、师长与朋友、长者与幼者、有德者与不肖者、仇与怨、恶与善、小过与大过、恶小与善小、处公与治家等。用现代人的眼光去打量,其间当然有封建糟粕的成分,但那个时代有书院教育家背景的江万里,以家训的形式宣示了他关于修身、齐家、治国、平天下的伦理哲学。

家训贵在践行,江万里陈述为"是为体用"。文忠公用"三勿""四'不可不'"谆谆教诲子孙"谨哉""慎哉"。他润物无声似的道来:"此乃日用常行之道,若衣服之于身体,饮食之于口腹,不可一日无也。"

(二)

《文忠公家训》成为一代代府前村人学诗书、知礼义、教子孙、恤弱者之"日用常行之道"。翻阅府前村千年村史,有"兄宰相弟尚书""父成仁子取义"的赫赫忠孝大义,更有江姓人家在人间烟火里的沉浸与奋起。

曾任都昌县委机构编制委员会办公室副主任的江训铎一直致力于在全社会弘扬江万里的爱国主义精神,参与和推动江万里研究,现任江万里研究会会长。江训铎退休后在参与圣厅、江万里陵园、南山万里楼等的建造和完善基础设施方面可谓鞠躬尽瘁,情怀尽展。作为土生土长的府前人,他讲述近代村史,说起清代江家元和江义兴(鑫)两位先祖的功德。关于江家元扶贫济困的事迹还有一个小故事。说家元公家境富裕,某年冬夜,村民在村里的老圣厅烧木柴烤火,烤薯充饥。年轻的江家元去了祖厅,与乡亲们聊着,劝他们天寒多穿点儿衣服,肚饿多吃点儿米饭,可要小心火烛,不要惹火烧了祖堂。村民平日里也知少东家为人实诚大方,便说:"我们哪有厚衣御寒,又哪有稻谷充饥,明天还要忍饥受冻为你家干雇工呢。"江家元说:"当家的我娘正好今日去了外婆家,我且现在回家将你们借钱借粮的契条烧了,将一些旧棉衣发给你们穿。"第二天,江家元的母亲从娘家回来,听说了烧契发衣之事,将儿子一通叱责,并叫来族长取消了江家元作为长房长孙本应该多分的一分家业。对于家元公的乐善好施,江训铎能背出宗谱上关于他德行的记载:"道光荒岁,三百余穀(车),尽皆济世。萌

其子孙,瓜瓞绵绵。"江义兴是家元公的曾孙,他在府前江村"仗义兴村"凭的是威严。清末世风日下,府前村的村风有随之沉沦之势,一些村民沉溺赌博,荒废家业,甚至败家到典地卖田。邑庠生江义兴以一个读书人的肩承祖训道义,主动站出来煞邪止歪。他订立村规,禁嫖禁赌,崇祀祖先,整肃仪制,几乎是力挽狂澜地将村风端正过来,让《文忠公家训》发扬光大。

中国优良家训里关于"齐家"当然有兴家业的内涵。阳峰府前村是有名的建筑村,年已耄耋的江民镜是见证人和参与者。江民镜于20世纪70年代初在当时的阳峰公社共升大队当主任。1977年,共升大队依托当地的瓷土矿、石英矿办起了一家窑场,为景德镇烧制做高档瓷需要的瓷粉。集体经济风生水起,当时的共升大队书记是梅舍里人江训章,他与分管企业的大队主任江民镜各有一辆名牌自行车,一部是凤凰牌,一部是永久牌,这在当时着实令人羡慕。时任阳峰公社书记的黄世民,很赏识江民镜主抓乡镇企业发展的能力,便将江民镜调到阳峰建筑队,其时阳峰发挥传统的建筑技艺成立了建筑队。1981年,队改公司,江民镜成为阳峰建筑公司的第一任经理。都昌在20世纪80年代初期有三级资质的建筑公司只有两家,一家是县建筑公司,另一家便是阳峰建筑公司。阳峰建筑公司那时吸纳阳峰建筑从业人员逾千人,承揽的建筑业务遍布景德镇、九江各县。1996年,江民镜辞去阳峰乡建筑公司经理职务,成立了自己的建筑公司。府前村人江民凤后来成了阳峰乡建筑公司的第三任经理。阳峰现今是都昌有名的建筑之乡,不乏在县内外建筑行业崭露头角的创业者。不少府前村人凭着勤劳和智慧,夯实着阳峰建筑品牌的大厦基础。

作为一代教育家,《宋史》评价江万里"问学德望,优于诸臣""议论风采,倾动一时"。他在知吉州(今吉安)时创办的"白鹭洲书院",培养了抗金英雄文天祥、爱国词人刘辰翁等。在江万里的故里府前村,忠孝传家久,诗书继世长。改革开放以来,有府前骄子陆续考入复旦大学、中国人民大学、首都经贸大学、北京工业大学、东南大学、西北大学等名校,迈步辉煌人生路。在府前村林塘岸树立的人文宣传牌上,有"丹凤自古出祥地,林塘依旧话蝉联"的诗句。可以说,江民繁、江南父女跋涉于书山学海,对此做了最好的诠释。江民繁近期在网络诗词平台发表的"江帆词选"下,所附作者简介真的是内敛而简约:"江帆,实名江民繁,江西都昌人,寓居杭州。毕业于复旦大学新闻系,报人兼学人。"江民繁著有《中国历代才女小传》(浙江文艺出版社出版)、《吴藻词传》(浙江大学出版社出版)等。江民繁的女儿江南是风雅江南的当代"才女"。江南 10 岁时获全国少年儿童诗歌大奖赛儿童组一等奖,11 岁出版诗集《一束小野花》,被杭州市作家协会破格吸收为作协会员。同父亲一样,江南高中毕业后考取复旦大学新闻学院,随后取得复旦大学中国现当代文学硕士学位,现为《人民日报》高级记者,驻浙江分社多年,著有"央媒记者看浙江"之《风景曾谙》(红旗出版社出版)、《万物皆云:数智城市的杭州密码》(浙江人民出版社出版)。江民繁拟词作《望江南·贺江南著〈风景曾谙〉》:"风沉静,树影泛微波。锦瑟年华谁与度?青山碧水月痕多。不肯暗消磨。江流逝,岁月易蹉跎。曾踏莺花烟雨路,暖风催换绿裙罗。且悟且行歌。"江民繁、江南父女两代人在人生"风景曾谙"里,赓承万里公之文脉。家乡府前村的云卷云舒、风起云涌里何尝不是"万物皆云"?

"千古林塘忠烈门,触山垴下府前村。清溪穿境钟灵秀,绿野环峰托晓暾。联璧文章匡社稷,凌云气节耀乾坤。宗祠重建弘宗德,耕读相传启后昆。"这是毕业于清华大学的府前人江民春老先生 2018 年岁末为村中祖祠"圣厅"重建竣工所赋诗作。先祖忠孝传家,后昆德才继世。府前江村人纳《文忠公家训》之精华,在当下将其发扬光大,并将其作为兴国旺家之本……

83. 阳峰乡府前江村(三):江万里诗词里的"勤廉"神韵

南宋爱国名相江万里人生的绝章,写在饶州(今鄱阳县)芝山下止水池的波澜里——那"墨",是和了血的淋漓池水。江万里在白鹭洲书院教过的得意门生文天祥,在老师投止水而殁的 8 年之后,直面元人的威逼利诱,含笑饮刃留下了"人生自古谁无死,留取丹心照汗青"的绝唱。英雄文天祥的"丹心"史册里,纸背后又何尝不是号称"古心"的恩师江万里浩然正气的一脉灌输?

都昌人江万里是 13 世纪中国有名的政治家、教育家,却说不上是那个时代的"文学家"。尽管作为进士出身的江万里,饱读诗书,学养深厚,但他留传下来的诗文并不多。我们且来择其数篇诗词作品,品味其间的"勤廉"之气,感受其中的清正廉明之神韵。

江万里的《水调歌头·寿二亲》这首词写于宋理宗嘉熙四年(1240),是年江万里 42 岁,知吉州军兼提举江西常平茶盐。江母陈氏 63 岁,江万里作此词贺寿:"生日重重见,余闰有新春。为吾母寿富贵,外物总休论。且说家怀旧话,教学也曾菽水,亲意尽欣欣。只此是真乐,乐岂在邦君? 吾二老,常说与,要帝勤。庐陵几千万户,休戚属儿身。三瑞堂中绿醑,酿就满城和气,端又属人伦。吾亦老吾老,谁不敬其亲?"

为母亲陈氏祝寿,江万里在词作中没有张扬场面的渲染,而是谈家常一样来温习父母的家训:"吾二老,常说与,要帝勤。"都昌《江氏宗谱》载江万里父亲江烨"经明行修,学者号曰韦斋先生"。《宋史》江万里本传言:"自其父烨始业儒。"有谱载江万里母亲陈氏为陈大猷之女,这样叙来宋末元初在都昌创办云住书院的理学大家陈澔乃江万里表叔。于此,也有史学家在彼此间年岁的相隔上质疑,提出江万里母亲陈氏应是陈大猷之堂姊,江万里在陈大猷辞世后以"甥"之名赞颂陈大猷"三世注述经典,万古开霁群蒙"。陈大猷之子陈澔(1260—1341)这位著了《礼记集说》的经归先生,应是比江万里小 62 岁的堂姑表弟。与江万里同季为相的饶州乐平(今江西乐平市)人马廷鸾(1222—1289)称陈氏"令仪有则,柔范有闻"。江万里从小得父母教诲,要"勤廉"立世。入仕后的江万里体悟到真正的"人伦"是"庐陵几千万户,休戚嘱身"。马廷鸾评价江万里

"载扬家训之遗芳"。的确,江万里自小沐浴着家传"廉勤"之风,以至成人后将此渗入品行之髓。

宋理宗淳祐元年(1241),江万里43岁。是年,他在吉州城东的白鹭洲创办"白鹭洲书院",亲为诸生讲学。正值农忙,江万里作《知螺江府劝农诗》:"农岂犹需我劝农,且从人意卜年丰。喜闻布谷声声急,莫为催科处处穷。父老前来吾语汝,官民相近古遗风。欲知太守乐其乐,乐在田家欢笑中。"

螺江府即吉安府,吉安境内有螺子山(螺冈),赣江流经吉安的一段称螺子江,故民间也称吉安为螺江府。"劝农"即勉励农耕,为古代地方长官的职责之一。说"劝"其实不太确切,执掌一方的官吏往往是严厉督察。号称一代硕儒的朱熹在《劝农文》里就劝谕农人要"各宜知悉",官吏"巡行察视,有不如教,罚亦必行"。江万里满怀宽政爱民、宅心仁厚之心,诗中劝农哪里见得到一丝严苛的"催科"语气,全是温婉的"官民相近"之娓语。尾联化用欧阳修《醉翁亭记》语,清正廉明、亲民爱民的"太守"江万里"乐在田家欢笑中"。

宋理宗淳祐二年(1242),45岁的江万里由吉州赶赴隆兴府,改除江西漕运使。舟经临江(今江西清江)慧力寺前,风浪大作,舟人恐,请烧香许愿,江万里以胡床坐于船头,索纸笔书一诗投诸江,以《诗退风涛》表白心迹:"万里为官彻底清,舟中行止甚分明。如今若有亏心事,一任碧波深处沉。"

这首七绝直抒胸臆,掷地有声。传说诗笺一投江,旋即风平浪静。虽属传奇神话,但人们分明读出了江万里为官清廉,像临江水一样清澈见底、舟行浪破的廉勤之品。江万里对苍天表白:我若做了亏心事,就任凭沉到江湖深处。他的无私之心跃然纸上。

江万里曾对宋理宗明言"君子只知有是非,不知有利害"。江万里是当时公论的"骨鲠之臣","极力破权门之死党,奋身主善类之齐盟"。理宗淳祐六年(1246),49岁的江万里拜监察御史,仍兼侍讲。监察御史属御史台察院,掌分察六部及朝廷其他机构,大事奏劾,小事举正。宋理宗眼见朝纲日崩,寄厚望于江万里"惩宿弊而新之,祛奸逐邪,惟骨鲠之士是畀"。清正廉洁、刚正不阿的江万里在监察御史任上,不畏权奸,正气凛然,对祸国殃民的林之谦等七人进行弹劾,使他们被罢降。丞相史嵩怙势擅权、陷害忠良,江万里会同台谏官员一起上疏论列。

"去国离家路八千,平生不爱半文钱。苍天鉴我无私意,莫使妖禽夜叫冤。"

这是宋理宗景定五年(1264)江万里66岁时所赋七绝《辟妖禽吟》。是年江万里以端明殿学士知建宁府,兼权福建路转运使,未几,加资政殿学士,依旧职知福州兼福建安抚使。康熙年间的《江氏大成宗谱》对此诗吟前哦后附上了神奇传说。说江万里赴福建建宁府践知府之任,当地官吏好心禀告:"大人不要在公堂理政,更不要就近寝于公堂之侧庑。建宁实不安宁,数任知府懈怠,治地冤案多积,怨声载堂。有妖禽夜啼为孽,大人初来乍到要格外小心,避躲为是!"江万里捻髯正色道:"本官受天子之命抚靖建宁,高悬刚正与廉勤之剑,为百姓做主,有冤申冤,有案查案,为何要畏惧躲避?"江万里器宇轩昂地赴堂治事,一天忙碌下来寝榻就近置于堂侧。到了晚上,妖禽果啼,阴气袭来。江万里遂书《辟妖禽吟》,书讫,朗声而诵,就烛燃之,妖禽即坠树而销。自此不再有妖禽,百姓称为神明所致。这当然是附会上去的故事,《辟妖禽吟》其实就是江万里高洁品行的宣示、廉勤志向的表白。"平生不爱半文钱""苍天鉴我无私意",振聋发聩,彪炳后世。

江万里进入暮年,体弱而衰,面对南宋王朝的"无可奈何花落去",他的悲凉透彻心底。晚年所吟七绝《梅花》,是在凿通的止水池旁,为赵宋王朝低吟着挽歌。尽管已风烛残年,其诗思仍贯注着执着、高洁与不屈。"草际春回残雪消,强扶衰病傍溪桥。东风不管梅花落,自酿新黄染柳条。"这《梅花》就是气节坚贞的江万里的自喻。在"新黄染"与"梅花落"对比的凄恻中,江万里的清正之身,不在柳边在梅边,忠义长存天地间。

宋度宗咸淳十年(1274),江万里因病辞知潭州(今湖南长沙)、湖南安抚使职。时军事重地襄樊已失,元兵压境,权臣贾似道不理朝政,江万里观大势已去,事不可为,遂退居饶州芝山,开凿"止水池"。次年,元军攻破饶州,在此危难之时,江万里镇定自若。至元兵入宅,他才起身离座,与弟子诀别:"大势不可支,余虽不在位,当与国为存亡。"言毕,江万里偕儿孙等投止水,一时积尸如叠。任过户部尚书的江万里胞弟江万顷及其儿子,亦被元兵执捕,被肢解而死。

后人在纪念江万里的"古心堂"里拟就一副经典对联:"兄宰相弟尚书,联璧文章天下少;父成仁子取义,一门忠孝世间稀。"江万里慷慨赴死,以身殉国,谱写了一曲光耀千秋、韵传万代的爱国主义壮歌。

84.中馆镇四甲里余村:余笛的"北游南旋"

【余氏家规】读圣贤书,非为名利。既职司民社,必上不负国,下不负民。

作为江西18个文明古县之一的都昌,设县于汉高祖六年(前201)。在距今2200余年的历史星空,闪烁着诸多耀眼的历史名人,比如陶侃、江万里、刘锜、陈澔等。都昌清代道光年间的举人余笛(1808—1839),以格律诗称誉,有《北游南旋草》遗世。刚过而立之年的余笛,其人生的悠扬笛声还未奏出激烈之音便英年早逝。清同治版《都昌县志》将余笛列入"卷九·人物志·文苑传",可见他在清代颇具文名。

余笛的故里四甲里余村,现属中馆镇南塘村村委会管辖。在中馆当地人看来,四甲村其实包含了两个余姓村庄,一是四甲里,二是舍里。四甲村的肇村祖先是明代永乐年间的余表五,余表五是杰一公的7世孙。距今约610年前,余表五从西湾(现属芗溪乡声扬村辖)迁至十一都溪里,形成四甲余村。又历约180年,余表五的9世孙余克彦(1565—1599)于明万历年间,迁至舍里繁衍成另一个村庄。两村现今同属中馆镇南塘村村委会,族缘相亲,田地相连。在入四甲里的路口,有村牌石冠"大溪坂四甲里"。至于"四甲"得名,是因民国年间实行保甲制,大溪被划为"四甲",故改村名。

四甲里现有村民600余人(舍里现有500余人)。余表五当年择良地兴村是有讲究的。大溪坂"前有莲花塘,后有座背峦",更有四方之水经村旁大堰下注入浩瀚的鄱阳湖。中馆镇地域上守护的是都昌东大门,与景德镇区位更接近,四甲村人讲起在大溪坂的瓜瓞绵绵,总会提到村里现今有500余人在景德镇生活,一代代的四甲村人在瓷都点旺生存与繁盛之火。数百年来,四甲村不乏一代代的余氏骄子。比如清光绪年间的举人余昌炳,曾任山海关督销局盐务;清末景德镇的窑户老板余伍府,施善款义造罗家桥。限于相关资料难以收集,本篇着重对清道光年间的四甲村人余笛的"诗意人生"做番钩稽。

同治版《都昌县志》编纂于同治壬申年(1872),距余笛辞世仅33年。在《都昌县志》"卷之九·文苑"篇,有关于余笛的简略载录:

余笛,字鹤楼,十一都人。幼颖异,工骈俪诗古文辞,每试辄冠。其曹郡伯、张南山(维屏)、何申畲(增元)雅重之。道光丁酉拔贡魁乡闱,戊戌偕计入都。著《北游南旋草》二卷,多爱日望云之语,其天性然也。旋以疾卒于家。

县志里的寥寥数行,记下了关于"文苑"里的余笛的一些核心信息。我们翻检舍里余村余小文先生保存的民国年间编修的《大溪余氏宗谱》卷首,其中收录了《鹤楼行略》短文。"鹤楼"即为余笛字名,"行略"者,几可成"传略",落款为"同里兰石张培基撰"。张培基,字兰石,与余笛是同乡兼好友,在余笛的《北游南旋草》里可读到两首"怀张兰石"的诗。这里的"怀",当然不是对逝者的"怀念",而是对知己的想念。在《怀张若兰》一诗中,余笛引张若兰为"知己":"我从冷淡求知己,天假奇穷铸此人。借酒遗怀何碍醉,藏书满腹不愁贫。"在《对雪怀张兰石》一诗中吟咏:"绨袍高谊古来难,举世谁怜范叔寒。想见闭门高卧处,无人载酒访袁安。"余笛在京城会考落第归家途中遇雪,将自己与出身贫寒、命运坎坷的战国纵横家、秦国名相范雎(字叔)相比,又与东汉名臣袁安的"困雪"境况相类。此状此境下,他念及的是张兰石这位"绨袍高谊"。路遥知马力,雪寒怀人深,可见余笛与张兰石情谊之深。

我们且从张兰石所记《鹤楼行略》中,撷取余笛人生的几帧背影。余笛少年聪颖,"神识超然,颖出侪辈"。余笛少时孤贫,父亲去世后,母亲郑氏在织布纺线声中,将这个摇摇欲坠的家支撑起来。余笛的朋友每至家中,郑氏便以陶母"截发延宾"遗风,竭诚待客。余笛长大成人后,待母特别孝顺,唯以发奋读书报母恩。余笛平日里,特别注重仪表,一派书生斯文样,"体貌轩举,襟怀蕴籍,好修饰,一巾一履必如制"。余笛不仅能伏案出佳作,亦善辩,有口才,展魅力,"每谈论,口讲指画,娓娓不倦,所至争为之倾倒"。

初出茅庐的余笛因才学出众赢得不少贵人相助。同治版《都昌县志》所列"雅重之"的三个人中,除知府曹郡伯器重余笛,而在余笛诗作中没找到以谢其提携之恩的诗作外,另外两人即何申畲、张南山皆在余笛诗中踏歌为证。何申畲(增元)在嘉庆朝曾任军机章京,此职俗称"小军机",地位要比军机大臣低一等,后任江西南康府太守。道光庚寅年(1830),22岁的余笛得程督学以德相携,补弟子员,也就是民间所说的经县学而授的"童生"。第二年,余笛顺利考中廪生,有"食饩"待遇,乡间称"补了米的秀才",官家会给廪膳补贴。何申畲惜其才华,都昌秀才余笛得以进入白鹿洞书院求学。余笛在《怀申畬先生》二首七律中吟咏道"毕竟文章惊世易,独饶风骨似公难","事先知已惟公早,三复论文为我留",抒发对何申畬的敬意。张维屏,号南山,是广东番禺人,清道光二年(1822)进士,文、医、经皆精,尤工诗。道光十六年(1836)官居南康知府,亲主白鹿洞事,与在白鹿洞求学的晚生余笛结为知音。余笛有《怀张南山先生》诗:"霖雨沾人数十年,到头依旧赋游仙。宦途正显身偏隐,诗板虽藏也正传。但是好山都眷恋,每逢佳士辄缠绵。听松庐外松千树,此处知公别有天。"余笛与张维屏似乎一直是隔屏而神交,缘悭一面。张维屏就任南康府知府,都昌县属南康府的治下。喜揽文雅之士的张知府编纂过一册《庐香集》,其中收录了他人转传给他的余笛诗作。临调他邑之际,张维屏托人捎去诗集并修书一封,在谆谆勉励余笛之余,还表达了未见一面之憾。第二年,余笛束装赴见,可张维屏已辞官回故里去了,余笛只得把"霖雨沾人"湿润于心田。

余笛在科场吹响的笛音,似乎总能在"高山流水"处回响。余笛在白鹿洞书院攻读期间,相继得到两位主洞的教诲与赞叹,一为江州(今九江)进士骆应炳,一为广丰进士徐谦。道光十六年(1836),28岁的余笛以第一名的成绩选拔贡,阅他卷子的是文渊阁直阁事的许督学。这次拔贡考试的题目是议"礼乐"之旨,余笛由"礼乐有其文,必有其情"入题,阐发时风的"先进"与"后进"。许督学写下如此批语:"神理兼谐,情文交畅,具恢恢有余之度,无格格不吐之词。此玉堂仙品也。"余笛拔贡后参加乡试,明清时的乡试其实是一种门槛很高的科举考试,具备了秀才之身才可在金桂飘香的八月进入"秋闱"。乡试考棚不是在乡间,而是设在省城的贡院。这年乡试的考题是选自《论语·尧曰》篇中的一句"择可劳而劳之,又谁怨?欲仁而得仁,又焉贪?"余笛开篇就将"劳"与"仁"做了无缝的黏合:"夫劳择其可,欲在于仁,皆理之当然也,不怨不贪,是不于此而见事?"在一番述经析解后,得到的结语是:"此劳与欲之美也,而不骄不猛之实又可进观矣。"主试杨廷冕看罢余笛的考卷,"击节欣赏",拟录乡试第一,并写下如此评语:"扫尽浮词,独标真蔬于题中,字字咬出汗浆,知其寝馈于先正者深矣。"最后因答卷中存在一些引用誊录小误,余笛被列为第五名举人。按清例,乡试第一名为"解元",第二名为"亚元",第三、四、五名称为"经魁"。

以乡试全省第五名中举的余笛,顺理成章地要将科场的笛声吹奏到京师会试的考场。道光十八年(1838),余笛北上赴京参加会考,倘若得中,离殿试荣录

的"进士"之身就触手可及了。令人痛惜的是,舟车劳顿间余笛身染风寒,至京城已体衰难振。有同辈劝其放弃会试,但余笛不愿虚此一行,抱疾毕场。及至发榜,贡士不第。在京师滞延调养月余,中秋节这天,思乡心切的余笛启程南归故里,整四个月后的腊月十四夜至家中。他吟诗感怀:"身经病后仍留骨,句到吟成欲耸肩。"道光十九年(1839),余笛病逝于故里大溪坂,年仅31岁。

余笛在生命之灯行将枯尽之际,所做的一件事是整理自己的诗稿,并命名为《北游南旋草》。所谓"北游",指过去一年北上参加会试,途中所吟诗律;所谓"南旋",即南归之意。"南旋"的四个月,"时雨雪载途,蓬舱偃蹇",且多走水路,所以诗句中"雪""舟"是出现频率最高的两个字。余笛回程中,有与他同龄的罗善庵及泰和人余廉山同行。余廉山与余笛有族缘,余笛称他为"廉山叔"。三人在归途中互有诗词唱和。余笛对待功名得失,其实还算豁达。他在《咏菊》中曾自喻:"笑汝性情浑似我,逢人能淡不能浓。"赴京赶考,被他称为"游",怡情的是山水。会考失利,余笛也并没有多少的感伤,只有些许的惆怅。余笛已有"举人"之身,已然登上了仕途的台阶,只等朝廷任命,或跻身于七品"知县",或是低一品的"教谕"也是常制。若要硬拼个"进士"身,则来年可重考。

北上南下间,余笛情志上的变化,当然能从诗句中品咂得到。"北游"时作《渡黄河放歌》长律,一个"放"字何等的豪迈。面对黄河浊浪,诗云:"舟人告警我独喜,引杯更酌酌无已。风兮风兮真知己,正好举袂从此起。""南旋"时复作《重渡黄河》,在北国途中有淡淡的乡愁:"渡河而后离愁减,已觉南天是故乡。"余笛没有科考不利的颓萎,倒是有几分自嘲:"只恐河神翻笑我,春来冬去太奔波。"无论是"北游"还是"南旋",诗中寄寓的都是山水情、怀人情、读书情、故园情,所以后人论及余笛的诗作艺术成就,称有生活化、通俗化、清新化、抒情化之长处,但细品下来,其诗终究缺少几分立意上的高远、合时上的通透,诗格上终究鲜有磅礴激昂之势。

余笛的《北游南旋草》风格清新,朗朗上口,得到后世喜爱,这从版本学上的一些花絮多少能得到印证。余笛临终前编辑自己的心血之作,可说是在锥心操之,"取旧删订之辗转涂抹,期于无疵。家人劝以节劳,则姑应之不辍也。及卒,遗稿犹横陈满案焉"。余笛在《检南旋诗草漫题》中如此抒发对诗草的自珍:"不将落第扰襟怀,遣兴惟凭彩笔挥。赢得锦囊诗数卷,此来胜夺锦标归。"清同治版《都昌县志》对《北游南旋草》有载录,所谓草拟"二册",乃"北游"一册,

"南旋"一册,合为一辑。余笛的此诗集应刊刻过木刊印本,亦有浙江兰溪藏家在网络上拍售余笛诗集钞本。2013年冬季,中馆族人余明煌、余小文等人将从余笛后裔余显寿那儿得到的一册《北游南旋草》木刊本,以简体字重新印制了30余页的小册子。2021年盛夏,狮山乡籍的沪上律政界才俊李俊博士回家乡义家山,于八都访同邑退休老教师于承功先生,拜读了于先生在20世纪60年代从其师处阅得的原本后,用毛笔手抄的誊录本《北游南旋草》。李博士以"十年寻访,行踪万里,不期在老家得偿宿愿。冥冥中,故土总给游子一份眷顾和抚慰"来表达识见余笛诗集手抄本的欣喜之情,并且萌生了融入"发掘乡土文化,促进乡村振兴"主题而组织召开余笛生平暨《北游南旋草》学术研讨会的倡议。

"沿途鸡报晓,犹在梦中听。霜气侵人白,天光接树青。小寒生薄雾,月落见残星。遥指炊烟起,前村且暂停。"2021年已84岁的四甲村人余里恒,暮年还能完整诵吟出余笛的《早行》一诗。老人早年家里有油榨坊,年少时他在村里读过私塾,余笛的诗被先生用作范本。有公开资料说余笛是狮山乡人,这是一种讹传,余笛是中馆南塘四甲村人无疑。余笛亲生女儿后来嫁给都昌苏山土目人戴圣薾为妻,余氏(1835—1909)在戴家生四女。余笛女婿戴圣薾家是名门望族,其祖父戴凤翔是嘉庆年间的进士,任庐江(今属安徽)知府时,余笛曾在府治地合肥拜谒过戴凤翔,戴知府阅过比他要小30余岁的乡晚余笛诗作后,称道"此翰苑之才也"。张兰石在《鹤楼行略》中对余笛后人的叙载是,嫁给戴家的女儿是他的"四女",而余笛"以弟廷子嗣"。四甲村村民余显东在村里开了家小卖铺,他是余笛的6世孙。在他家楼房的下坡处有一山峦,就是当年余笛的故居所在。据说余笛中举后,拟大兴土木建厅堂,础石粗壮,檩桁坚固,只可惜还没等到行步仕途,便天不假年而亡故,那屋宅自然也没立起。

"故园好桃李,定亦一番新。"余笛180余年前在《早春》一诗中如此吟哦。余笛的诗笛余音已远逝,当下,四甲村人诗意生活的强音响彻秀美乡村……

85. 阳峰乡株桥邵村:谁存邵伯棠

(一)

都昌县阳峰乡株桥邵村其实含了两姓,一为利姓,二为邵姓。据说早先还有一户邓姓人家,现不存。

承袭"河南世家"的利姓定居阳峰株桥,最早可追溯到元代至大年间。说元代河南开封府一个叫利新一(约生于1270年)的缙绅,通过考拔,在湖广黄州府做推官,乱世谢职归乡,宦游至都昌四都吉阳,见此地山清水秀,于是落籍于此,最早的定居地便是株桥斗山。利新一710余年前定居株桥,携铜锣半面、谱牒一宗,永证根在"河南"。利新一的5世孙利简一(1403—1480)于明代正统年间由斗山分居现今的利家山,现有人口70余人,皆为清末利祖桂之后裔。利姓人家居村东南,与后来迁至此地的邵姓人家和睦相处,共居一村。利简一的弟弟利简二由斗山外迁至六都虬门村,繁衍成今天的周溪镇利家咀村(属虬门村村委会)。1998年那场百年不遇的洪水后,利家咀村几乎一分为四,一些村民从原住址分迁至周溪黄湖、盘湖、新街等地。都昌利姓村庄的根脉其实皆在阳峰株桥斗山。

(二)

阳峰乡域内,有两个邵姓村庄,除了株桥邵村,还有吉阳村村委会下辖的杉塆埂邵村。两村皆由县城恭仁坊邵家街分迁而出。杉塆埂邵村建村历史更长,可追溯到明嘉靖年间,距今约460年;而株桥邵村于清道光年间由邵隆聘(约生于1800年)从县城邵家街迁至阳峰株桥而成村,村名起初叫"鼎新邵村",取"革故鼎新"之意,距今约160年。

株桥邵村现有人口170余人,是一个极为平常的小村庄,可在清末民初,村里却出了一位闻人——邵伯棠。在当地乡间的老一辈人口中,邵伯棠中过举、当过官、办过学,是一个饱读诗书、深孚众望的"吃茶酒"的"大老倌"。我们且来搜罗零星史料,勾勒出时代舞台上邵伯棠的身影。

都昌史志专家邵天柱先生之祖父邵崇琦,与邵伯棠为族兄弟关系,均为邵家街邵孟坤之曾孙,属邵家街人口最盛的三房一支。邵伯棠年长族弟邵崇琦整整 20 岁,邵崇琦幼时家贫,年少时由邵伯棠带到三汊港商号管事,两家情谊一直很深。邵天柱先生作为邵伯棠的孙辈,对祖父辈十分敬重,叙写的邵伯棠传略,堪为关于邵伯棠生平的信史。

邵伯棠(1846—1926),派名崇参,字茂林,又字省吾,别号苪圃,晚年自号储山老人。他的一些名号,自然含了寓意。比如"省吾",定是含了在修德上的"三省吾身"之自律;"苪圃"者,草木茂盛的花园之意,该是喻指他一生致力于办教育培人才;而"储山老人",显然是说他晚年所安居的阳储山。清道光廿六年(1846)农历十月十八日,邵伯棠出生于都昌县城邵家街。清咸丰三年(1853)八月,洪秀全的太平天国军西征攻占都昌县城。为避"长毛"战乱,邵伯棠随祖父邵隆聘举家迁居都昌四都,邵家早年在此购有田产,即现村址所属。更有资料显示,邵隆聘便是鼎新邵村的建村始祖,邵伯棠为肇村第三代。邵隆聘生四子,长子、幼子早夭,三子死于战乱,仅次子邵敦祥生独子邵伯棠为继。邵伯棠从小便为家中的掌上明珠,以至惯养出宠娇之气。

邵伯棠 7 岁在县城入私塾就读,三个月后因避战乱,随家人迁徙到阳峰株桥生活。邵伯棠聪颖不凡,但说不上勤奋苦读,这与他从小身体孱弱多病有关。清同治八年(1869)己巳岁试,年已 23 岁的邵伯棠方入县庠,此后,于同治九年(1870)、同治十三年(1874)参加乡试,两次均落第。光绪二年(1876)丙子乡试,邵伯棠中本省第 75 名举人。是年,邵伯棠正是而立之年。光绪十二年(1886),邵伯棠赴京参加礼部会试,备荐吏部,遂加拣选知县。按清朝的官制,所谓"拣选知县",是指已具备七品知县之资格,但真就任则要等到有差缺,有差缺后再由吏部从此类候补人员中挑选人地相宜者委用。有的一候就是二三十年,一生也未被捡选上。邵伯棠因无差缺暂时未被任用,3 年后,以内阁大挑二等,奉旨暂以教职用,署江西抚州崇仁县之训导。"大挑"是清朝科举的一种定制,三科以上会试不中的举人,挑取其中一等的以知县用,二等的以教职用,意在使举人出身的有较宽的出路。4 年后,邵伯棠被指派到赣州的安远县、龙南县任训导。此时的邵伯棠已对官场产生厌倦之意,不愿远离家乡在外应差,于是辞不就职,只想耕读传家。他对一直以来颠踬于途的科举功名,亦有清醒识见:"八股无实用,不过假以猎取功名,且徒耗人心血。"他自书一联名志:"家塾有藏

书,遗子授孙兼课侄;山林无别事,种花饮酒并吟诗。"邵伯棠在崇仁县训导任上,光大抚州之地作为"才子之乡"的学风,颇有政声。朝廷不肯其请辞,征书促行,可邵伯棠铁了心归隐,便找了个都昌县城学宫(即文庙)毁坏待修,县署以扬大清圣庙儒化之功,力挽其监修的借口,而坚拒不从。

第二年,做事周备的邵伯棠专程赴京,得吏部引荐在乾清宫谒见光绪帝。光绪帝勉其督修学宫出力甚多,授五品衔。光绪三十四年(1908),邵伯棠奉旨选授江西赣州信丰县教谕,并敕授文林郎,晋封奉直大夫。

(三)

"奉直大夫",是从五品的散官。当年,邵伯棠在鼎新邵村所建宅院就冠名"奉直第",并辟有接待官客雅士的厅堂。邵伯棠在历史深处之背影,至今能散发光亮的,当然不是他的从五品虚职,而是他作为民国初年都昌一代教育名家,在创办"邵氏私立弘毅高小学校"上孜孜矻矻,诲人不倦。

宣统三年(1911)清朝终结,邵伯棠从信丰县教谕退任返乡。他毫无清朝遗老的迂腐之气,而是满怀热忱瞩望民国。民国初年,邵伯棠欣然受聘为浔阳道尹公署顾问。其间,江西自办南浔铁路,邵伯棠被推为都昌招股经理。他不顾年逾古稀之老态身躯,常自备旅资,亲往各乡劝招。因风气未开,劝招款项仅千元,但他不取本应得的50大洋酬金,热衷公益,自省其身,堪为典范。

邵伯棠取号"苘圃",就寄寓了他的真正旨趣不在宦场,而在兴学的教场。民国初年都昌教育荒驰,贫民子弟入学惟艰。1920年,已74岁高龄的邵伯棠每念及此,热泪涔涔,遂殚精竭虑,蹒跚于创办新式小学之路。筹办一所学校,首先要解决的是校舍和办学资费问题。邵伯棠利用他在都昌邵姓家族中的威望——俨然是族长之身,说服在都昌县城有"邵半街"之称的显赫邵氏大家族各房族首,将全县邵姓所共有的邵氏大祠(现县实验小学斜对面,近老余家厅处,1991年拆除)作为办学校舍,并将邵氏大祠、邵氏宗祠(属邵家街大房、三房共有,老印刷厂处,1953年拆除)、邵氏家庙(属邵家街二房所有,老图书馆处,1983年拆除),共计水田129.4亩、山地34.9亩、店铺4幢(其中星子县2幢)、住屋2幢划为校产,租金作为教职员工薪金和办公费用,且明示校长不取分文报酬,全仗义为。邵伯棠自捐银圆300,还数次上景德镇规劝族内窑户捐银办校,奔波于乡邑向开明殷实的富户劝募。民国十年(1921),都昌"邵氏私立弘毅高小学校"正式开办,75 岁的邵伯棠亲任校董会董事长和首届校长。

都昌弘毅小学,说是"私立",只是就其办学权属而言。邵伯棠主张以大胸襟、深情怀办校,做"弘毅"之士。学校不仅招收邵姓学生,而且向都昌各姓求学者敞开,既招男生,也收女生。为求名师,邵伯棠越境驰书,先后优聘县外名师前来就教,师资力量不亚于公立高等小学。他曾获民国教育部银质二等嘉祥章。学生入学只需缴纳课本购置费及寄宿生膳食费,其他学杂费一概免收,贫民子女报名踊跃。1921 年首批招生就达 66 名,分 6 级 3 班复式教学。在百年前的都昌,弘毅小学的办学条件和办学质量堪称一流。邵伯棠洞悉时政,对学生追求进步,虽无公开支持之举,但从不设障反对和告官追剿。首批学生中,有高致鹤、邵同福、赵宗汴、吴先珍、邵崇年、余岳毓等在校内相继加入了中国共产党或青年团组织,高致鹤、邵同福、邵崇年在弘毅小学毕业之后,还被学校留用为老师。

1926 年,邵伯棠在弘毅小学校长任上辞世,他精心呵护的花圃已是芳华初绽,想必老园丁邵伯棠定能含笑九泉。斯人其萎,风范长存。在继任者邵醉窗、邵翰伯等名流的勉力下,除 1930 年国民党都昌当局逮捕共产党教员高致鹤等人而查封停办一年、抗日战争县城沦陷一度停办 5 年外,弘毅小学一直坚持办学直到都昌解放。新中国成立后,弘毅小学并入"县城镇实验小学",成为现今都昌实验小学的前身。

(四)

邵伯棠作为科举时代的一名举人,吟诗作对的涵养自然不差,堪为都昌清末民初诗坛名家。

我们先来领略邵伯棠诗韵雅致的一面。"诗言志",邵伯棠平日里抒发心性的不少诗作随写随弃,存世不多。民国初年,他将所存诗文结集为《寻乐园焚余草》《寻乐园焚余续草》和《寻乐园杂俎偶存》4 册 6 卷,1922 年交南昌百花洲铭记石印所付梓。曾任都昌县知事的安徽人张大年、广东人饶宗为之作序,可见邵伯棠作为乡贤之声望。张大年评其诗文"朴实",饶宗称其诗词"平易近人",都中肯地道出了邵伯棠诗风平淡、不避俚俗、妇孺可诵、明了通晓的特色。如《宿周溪》:"满江风露冷凄凄,游子离乡望眼迷。料得老亲今夕里,计程应说到周溪。"《灯下写家书》:"欲凭寸楮报平安,写过灯前反复看。囊内无钱难入世,客中有病强加餐。一腔乡思传言外,万种春愁绕笔端。折叠又添三五字,星移斗转漏声残。"写其求学赴试旅途羁绊与思亲之切,率直见性。在《中秋微雨月色朦胧寄示儿致和》中告诫后辈处世心得:"昨宵玩月月华明,十五团圆定有情。毕竟风云天不测,算来显晦世空争。亡羊漫说牢休补,失马须知福正萌。且要谨身花酒地,琴书坐对咏怀清。"他吟老树抒怀:"纵遇狂风终不拔,倘逢烈日自成阴。"他怀名典喻世:"东里效颦成拙计,南阳访葛少真龙。"他的《次韵无名氏时事感怀》八首更是抨击时政,真抒胸臆:"踰垣司令先逃敌,大板军师早息庐。""自诩清流激浊流,朝秦暮楚不为羞。"在《渔父吟》中借渔父之口抒淡泊情怀:"泯嫌猜,尚和蔼,磊落光明不似世人狙且狯。"对发生在邻县湖口的李烈钧湖口起义讨袁一事,他在怜悯民瘼之余瞩望共和:"敢死军成不苟生,时流铁血报同盟。"

　　邵伯棠与当时的都昌诗宿多有唱和交集,也得县外诗家称许。浙江诗人陈锦文评其诗:"楚北逸才无匹偶,江东独步让伊谁。"邵伯棠 1920 年在筹办弘毅小学时,为募校资,一度客寓景德镇古南书院(都昌会馆)。某日约胡雪抱、余淡如、李定山、陈迪亚作文酒之会,恰逢他 74 岁寿日,名士毕集。邵伯棠率先赋诗云:"才仰八叉温助教,饮惭十日赵平原。"将在座的诗人喻为唐代名家温庭筠,自惭无平原君善士之能。座中元辰山人胡雪抱赋诗,相赠比他大 36 岁的阳储山人邵伯棠:"阳春小展霜花碎,天趣都归击壤翁。"伯棠翁脸色红润,精神矍铄的形象令座中乡晚十分仰慕。

　　株桥邵村的村民邵金泉,派名叫徽络,邵伯棠是他的高祖父。邵金泉能讲出一些从他祖父、父亲那里口口相传下来的关于邵伯棠的逸事。据说邵伯棠因为 3 岁时"种大果",即得了"天花",慈爱的母亲为儿子平安求神拜佛,祈愿只要能保命,遗下后患破相丑些都心甘。那时乡间的医疗弱得不堪一击,"大果"给邵伯棠留下了三处"破相":一是脚微瘸,二是左眼瞽,三是脸留麻。43 岁那年,邵伯棠以未中进士的举人之身在朝廷迎接"大挑",清代的所谓"大挑",就是将举人按照 20 个一批的顺序,由皇帝指派王公大臣对举人进行当面选拔,一不赏学识,二不拼文采,尤重人的外貌,"相貌魁伟"成为评判的重要标准。主考官见了邵伯棠,直言:"单目不能登金榜。"邵伯棠从容以对:"孤月能照万里明。"主考官诧异于这个来自鄱阳湖畔的举人的敏捷才思,不忍刷下,便禀皇上,皇上默许,于是邵伯棠以破相之人逆袭为"大挑二等"。有此仕阶,才有后来的晋封奉直大夫。

邵伯棠的后人还讲起他与一名学生之间的亦庄亦谐的旧事，从中可识得邵伯棠为人豁达开朗且不乏性情诙谐的一面。邵伯棠晚年致力于在都昌县城兴办弘毅小学，其实也在故里阳峰株桥的茅蓬垾办过一个书院。每逢过年的时候，邵伯棠教过的周溪、三汊港、大沙的学生会来书院住一周左右，聆听邵先生垂教。大沙龙头嘴张家有一个叫张书芬的学生，某年春节前后的某日来拜访邵伯棠，正逢邵伯棠到乡邑去"吃茶酒"去了，也就是以乡宿之德望去帮人调解纠纷去了。张书芬也是一个天性放达之人，仗着年轻气盛，便抓过先生书案上的纸笔，龙飞凤舞数字张贴于卧榻门上："一目射，满脸麻，真可恶也！"这分明是在言语间侮辱老师。邵伯棠归来见字，甚是懊恼。身边的族人也说实在辱人太甚，便将还未得及离开的书生张书芬留滞在书院，并请了邻邑的一个村民奔去大沙龙头嘴，将此情况告知张书芬家人。张家父亲听言儿子得罪了大先生，便随信使亲临书院，向邵伯棠谢罪赔不是，末了执意要接邵公去龙头嘴的家中做客，一来可使张家蓬荜生辉，二来亦好亲督张家庭训犬子。

且说张家当天就近叫了一顶抬轿，邵伯棠也上轿了。其实人情练达的邵伯棠还有个考量，他也知张书芬没有分寸地戏谑老师，但其敏才还是值得期许的。他料定张书芬日后定能张扬才情，书写人生芬芳之卷，便在心底对张书芬施爱有加。一行人行至三汊港的大兴桥桥头，邵伯棠提出对对子，活跃途中气氛。张书芬垂手应答："愚生已对先生慢恙，哪再敢应对造次？"邵伯棠勉其率性应对无妨。邵伯棠撩开轿帘，见张氏父子在自己面前的谦卑状，触景生情地出上联："三人同过三汊港。"语音刚落，张书芬应对下联："五眼观看五老峰"，顽劣之性难移。邵伯棠眨着独目，倒也没恼，含笑合帘。且说数年之后，张书芬在北伐中骁勇领兵，着实绽放出人生的芬芳来。某年，先生邵伯棠在鼎新邵村摆寿宴，张书芬正逢荣归故里，听说先生寿诞，便备了一份厚礼来贺寿。他将侍卫安歇在三里远的黄家洲，自己独行前去参加先生的寿宴。邵伯棠问张书芬："身边勤务何不同在？"张书芬作揖答："山高不可压太阳。为生徒者岂有带兵倚武参加先生寿诞之理？"因了张书芬的显赫之身，邵府主事者安张书芬为上座，张书芬力避，在坚拒不能之下，取了冠巾放置上席，自己则亲昵地在师身侧侍奉。

邵金泉如此道来邵伯棠子孙繁衍情况：邵伯棠的正室汪氏是株桥当地人，夫妇俩生一子三女。儿子邵伦和39岁因功名不顺，忧郁而亡；两女嫁到杨家

山,一女嫁到龙船地罗村。邵伯棠有三孙,名同仁、同贺、同期。邵伯棠另续贤惠之郑氏,后配无嫡嗣。邵伯棠 1926 年以 80 高龄溘然长逝于家中,与汪氏合葬于株桥的大桥港。

"留取丹心照汗青"的文天祥在《过邵伯镇》诗中吟:"我有扬州鹤,谁存邵伯棠。"这里的"邵伯"指地名,在古扬州(广陵),因是周召公封地而得名,而"棠"指听讼之处的海棠树下。文天祥的这首诗称颂的是东晋名臣谢安。在文天祥的老师、南宋爱国名相江万里的故乡都昌阳峰,18、19 世纪之交倒真有一个叫邵伯棠的人。谁存邵伯棠?邵伯棠的身影,更多的留存在薪火相传的桃李蹊下……

86. 南峰镇读书坂冯村：书声琅琅索原义

【冯氏家规】子孙有才，其族必兴。族中果有可期造之子弟，其父母即须课之读书，虽家贫亦须设法培植。昔郑左丞设义塾，以教族中子弟，实为良法。一族之中，文教大兴，便是兴旺气象。古来经济文章，无不从读书中出。族有英才，即可储为国家之用，既是以光前人，又可勉励后人。

我们都昌人会读书，在赣鄱大地是出了名的。20 世纪 70 年代后期，高考恢复，都昌学子井喷式地荣录各高等院校，至今势头强劲。那时便有俗语："都昌人一会读书，二会养猪。""一会"说的是都昌"老师苦教、学生苦学"，通过挤上高考"独木桥"以知识改变命运者众；"二会"说的是都昌农民勤劳操家，一家农户用潲水养一头或者数头猪，卖了换钱，几可温饱无忧。后来有都昌人将"一会""二会"装入逻辑之筐，进而阐述道："会养猪是为了子女能读上书，会读书是为了以后不养猪。"这跟进的言语既通俗，道理也明了：农家养猪卖钱缴学费供子女读书；子女考上大学，跳出"农门"，找到工作就不会回家接过父母的潲桶来喂猪。时至今日，农家养猪已不多见，读书之声却绵延不绝。

都昌县南峰镇大山村有冯姓村庄名"读书坂冯家"，直接以"读书"命名村庄，让人觉得村中屋宅里升腾起的袅袅炊烟里，分明有书气氤氲；也让人觉得阡陌间的泥土芳香里，亦分明有缕缕书香弥漫。在大山村域内不只有读书坂冯村，其他姓氏村庄也冠以"读书坂"，比如读书坂余村、读书坂徐村、读书坂鲍村、读书坂胡村、读书坂黄村。南峰镇大山村的黄姓村庄又称马蹄山黄家。都昌十都马蹄山上曾经响起的嘚嘚马蹄声，全然迥异于琅琅读书声，其间升腾起的是元末朱元璋与陈友谅大战的滚滚硝烟。马蹄山周边至今留有下阵塘、扎营凹等地名。大山村自古就汇聚文气与武烟，称得上"地灵"。读书坂之得名，是缘于宋代的冯姓祖先。我们且翻开史籍，朗声而诵，溯其本源。

（一）"读书坂"其名源于"冯椅在此教书"说

南宋理学家冯椅是朱熹在白鹿洞书院的门生，与黄灏、彭蠡、曹彦约合称都

昌"朱门四友"。关于冯椅的生平,"传家训扬新风"系列之《土塘镇冯家坊村:冯椅的"理学世家"》有详述,在此不再重叙。

冯椅没被列入《宋史》列传,倒是他的长子冯去非在脱脱等人著的《宋史》卷四二五中有《冯去非传》,其中有数语叙冯椅:"父椅,字仪之,家居授徒。"在此,我们不妨存录清同治版《都昌县志》"卷之九·人物志"中关于冯椅的注条:

> 冯椅,字奇之,号厚斋。性敏博学,精于经术。朱子守南康时,椅执经就正,修弟子礼。朱子以友待之,在黄、彭之间。由进士任德兴尉,调江西运干。既而致仕家居,授徒讲学。所著有《易经明解辑说》行于世。书诗、语、孟太极图、西铭皆有辑说;又有《孝经章句》《丧礼》《小学》《孔门弟子传》《续史记》及诗文志录合二百余卷。卒赠尚书,崇祀乡贤祠。《白鹿洞志》初祀宗儒祠,今配享紫阳祠。子四人,长去非、幼去疾,皆另有传;次去辨,仕至侍郎;去弱知宁国府。

冯椅著述,今遗存《厚斋易学》50卷,收入于《四库全书》。冯椅所著《周易明解辑说》初被美国哈佛大学燕京图书馆珍藏。《都昌县志》所列冯椅传略中,有"致仕家居,授徒讲学"八字,这当然为冯椅从官场退场后,在读书坂授徒留有一种可能。读书坂离都昌冯姓发脉地南峰石桥头不过十余里,冯椅是冯姓始迁都昌一世祖公甫公之7世孙。

查冯椅生平资料,有应黄灏、彭蠡之邀,赴彭蠡故里都昌清化乡黄湖里盛多园"石潭精舍"(今春桥乡辖)讲学的记载,大儒教化一方,以至形成"尽宋之季年,衣冠相望,犹有可考者"之盛。我们难以查到古籍中关于冯椅在南峰读书坂设馆授徒的记载。

(二)"读书坂"其名源于"冯椅少时在此读书"说

清同治版《都昌县志》"卷十六·古迹"有"读书坂"条,曰"在十都红水塘东,传是冯厚斋椅读书处",一个"传"字透露出此说之不确定性。此说首先要说明的一个问题是:冯椅是在哪儿出生长大的?查都昌《灵芝冯氏宗谱》,读书坂冯村人有赞同此说者,声称冯椅是盛世公之长子,从小随同叔父安世公在祖居地读书。冯椅小时候为何会在祖籍地南峰读书坂读书?有村民给予的说法是,冯椅是冯盛世之子,他从小跟随叔父冯安世在南峰石桥头生活和读书。我们能查阅到长大后的冯椅求学的两个时间节点:一是宋淳熙年间在白鹿洞书院拜师于朱熹;二是宋光宗绍熙四年(1193)登陈亮进士榜。冯椅从小就是一颗会读书的种子,这从他后来荣录进士的两篇会试考卷中可得到印证。《景印文渊阁四库全书》收录有魏天应编的《论学尺绳》,在卷八有当年考官对冯椅会试考卷的评价。考官在冯椅会试答卷《仁圣博施济众》上批云"文势圆转""节节相应""深得论体";在《周礼尽在鲁》上批云"节节照应,感叹之意,浮于言外"。冯椅后来承朱子学绪,传续道统,著书立说,更是进入读书人的化境。

在都昌土塘镇冯家坊村民文化活动中心的操场一侧,有保存完好的道明公墓,冯道明乃冯椅之曾祖父。2008年撰修的都昌《灵芝冯氏宗谱》中有《道明公迁徙序》,全文如下:"延鲁七世孙曰道明公,自本邑十都长宁乡灵芝山而迁于十三都潭塘椑树下江家园而居也。至道明公四世孙曰厚斋,又从江家园而徙泫潭琉璃瓦畈而居焉,其孙曰云逸而连分苦竹庄焉。但琉璃畈与江家园虽相隔咫尺,然因此地背镇桂峰,面环泫水,左绕官道,右瀋灵源,其间福址甫田叠叠连连,故毓灵生贤,如注书立言而享祀文庙者,故要林林然。而植勋建业绘像云台者,亦总总矣。夫曰泫则大,曰潭则深,大则容纳无穷,深则渊源不竭,所以历今缙绅巨儒蝉联相继,族属益繁,德业益广,较之畴昔又不侔焉,此潭所以名也。今皆呼为冯家坊,若柏树下、九山、岛山、仲海山、文中嘴、画林山、庙前山、塔前山、佛王山、六都塘口、四山、清溪、八都、九都、十一都,远而九江、彭泽、德化、星子、安义、鄱阳、万年、贵溪、乐平、进贤、建昌余邑,德兴、浮梁、安仁诸邦宦族虽迁不同时,或者有一迁再迁之异,皆由此泫潭而发始也。岂非理学相承,缵缨相继,蓊斯蛰蛰,麟趾振振之祖地乎? 故录之以为宗谱首引。"冯椅的祖籍在南峰石桥头,他的曾祖冯道明转迁至今天的土塘镇冯家坊,应该说冯椅是在冯家坊出生和长大的,所以2018年都昌冯氏宗亲重修纪念冯椅之陵园,选址就在冯家坊周边的桂峰下。

如果冯椅真有年少时在南峰读书坂读书的经历,那么大致是在什么年份? 这就涉及关于冯椅生卒年份的考辨。香港中文大学教授马楚坚先生对都昌历史名人江万里、朱门四友、陈澔等的研究可谓皓首穷经,成果颇丰,都昌人应该对他致以诚挚的敬意。马楚坚教授在撰文介绍冯椅时写道,冯椅的生卒年份为1188—1265,这显然有误。比如生辰,冯椅宋绍熙四年(1193)登陈亮榜进士,这是有定论的,他怎么会5岁中进士? 比如忌年,考据精微的马先生在同篇文章中写道,同为都昌"朱门四友"之一的曹彦约,在姑表兄冯椅辞世后写诗以悼。

这说明冯椅逝世于曹彦约之前。而马楚坚教授表述曹彦约的生卒年份为1157—1229,据此推算,曹彦约早逝于冯椅36年。这明显是马教授论述中的一个讹误。至于曹彦约的生卒年份,权威的定论是1157—1228。

冯椅到底生于何年?《冯氏宗谱》记载"生宋绍兴庚申之秋",也就是公元1140年。谱载,冯椅长子冯去非生于宋"乾道庚寅之秋",也就是公元1170年。由此可推算出:冯椅30岁时生长子,合乎情理;冯椅绍熙四年53岁时登进士,也属常道。

冯椅到底卒于何年?读书坂冯村保留最早的清同治丁卯(1867)所修原谱中,只录冯椅的生辰,殁于何年未记,也有宗谱记其殁于宋绍定五年(1232)一说。2018年重修的冯椅陵园碑记中有"厚斋仪之,庚申临降。绍定辛卯,易箦榻床。遐寿九三,乡贤配享"诸语,认定冯椅的生卒年份为1140年至1231年,算来虚寿实为92岁。冯椅的生年有定论,如果卒年如陵园碑记所说是"绍定辛卯"(1231),则他与曹彦约同年辞世;如同一年里冯椅辞世时间早一些,那么这与曹彦约为冯椅写悼诗就不矛盾。查百度,冯椅的年卒年份为1140—1227,享寿87岁,此为另一说。

在此,且录曹彦约《亲友冯仪之运干挽章三首》供读者存阅:

其一

闻道江西使,宾筵陨德星。

失声归士友,短气动朝廷。

屡选非无意,迟行若有灵。

忍令清燕处,我辈尚谈经。

其二

有学关时用,无心与物驰。

已称黄发老,犹似彩衣时。

世道空机穽,襟期自坦夷。

只今风月夜,犹足想清规。

其三

子也吾尝友,天乎独异渠。

仕无通籍禄,家有厚斋书。

讲说来匡鼎,风骚藉子虚。

争荣森窦桂,训不负蓄畜。

(三)"读书坂"其名源于"冯说道在此办学"说

都昌冯姓承袭"理学世家",源于南宋理学家冯椅,冯椅在历史上名声尤隆。冯姓的"大树遗风"承袭东汉开国名将、军事家冯异。每到一个地方停下宿营时,其他将军总是坐在一起讨论功劳,军功卓著的冯异却经常独自退避到树下,因此得"大树将军"之誉,后人赞其为人谦逊、从不自夸。比冯异更早的西汉大臣冯唐,因唐人王勃在《滕王阁序》里的名句"冯唐易老,李广难封",而成为"老来难以得志"的形象代言人。都昌冯姓奉冯唐为一世祖,奉北宋时的冯公甫为落籍都昌之始祖。冯公甫为冯唐的 48 世孙(详见"传家训扬新风"《南峰镇石桥头冯姓:灵芝呈祥》),冯椅是冯公甫的 7 世孙,他们是烈祖与仍孙的关系。都昌冯姓保存的清同治丁卯(1867)版《冯氏宗谱》如此叙述读书坂冯村之渊源:"读书坂之地,盖由公甫长者始居灵芝山而别筑于是地也。三传至说道公,游东都,买全监书归,聚族后俊与之学。当是时也,书灯煌煌,书声朗朗,翰墨芸香,文风悠扬,遂谓其所居之地为读书坂也。至瑞云公所闻张无垢之学,父子进士,名溢华夷,故其子孙世守而弗迁也。正谓书香习习,簪缨继继之祖地者焉。故录以弁诸首。"

揣读这段话,可知"读书坂"得名之另一说。北宋年间,曾任饶州(今鄱阳县)知府的冯公甫始居都昌石桥头。公甫公的 3 世孙冯说道,游历东都,买来国子监的全套课徒教本,带回家乡,并在石桥头北数里许办学堂。起初是冯姓家族子弟在此求学,学堂里一时夜晚书灯煌煌,白天书声琅琅,翰墨飘香,学风鼎盛,"读书坂"便由此叫开来。读书坂的学脉在一代代赓续,到冯说道之孙冯瑞云,更得张无垢(1092—1159)之经学真传。张无垢又名张九成,宋代经史大家,开创了理学"横浦学派"。冯瑞云父子同为进士,名满天下,其后裔笃守这方书香之祖地而不迁。

如此叙来,是先有读书坂,后有读书坂冯村。查有关资料,读书坂冯村的兴村始祖是元末明初的冯瑞云 9 世孙冯长四。冯长四是冯椅这一支发脉,由浤潭(今土塘冯家坊辖地)迁十都读书坂。想必当年长四公迁居读书坂,是为了子孙读儒传家。可在乱世,他却写下了悲壮的人生诗篇。宗谱载,冯长四"元末大乱,立寨固守地方,死于寇难"。

读书坂冯村在族源上与鄱阳县太塘坂冯村、都昌县万户镇长岭头冯村最接近。读书坂冯村有学堂地,在磨公峦前,现在都是村宅。学堂地前有砚墨池,至今塘域仍在。砚墨池左前方有笔架山,2021年村里进行高标准农田改造,平了一部分山头。读书坂冯村属公甫公次子冯秉瑞这一支,冯长四是冯椅的11世孙。村头早先有"五老爷庙",供奉着冯椅和他的四个儿子冯去非、冯去辨、冯去疾、冯去弱。至今五老爷庙旧址处的田塍宽地尚有古树,有小庙,是村民后立的。当年读书坂学堂地的缕缕书香、琅琅书声,也吸引了不少冯姓以外的子弟前来求学。有的怀孟母三迁之情怀,定居于读书坂周边,形成其他的姓氏村庄,也冠"读书坂"于村名前。冯说道当年从宋东都购国子监御定教材回读书坂办学授徒,据冯氏古宗谱载,源于"闻契丹之乱"的历史背景。

综上钩沉,我们是不是可以得出这样的结论:冯椅在读书坂读过书或是教过书,且存一说。但"读书坂"之得名,既不是源于冯椅在此教书,也不是源于冯椅少时在此读书,而是源于冯椅的高祖冯说道在此创办学堂办学。这股书香不绝如缕,芬芳四溢。现有510余人的读书坂冯村,不少学子在书山学海奋力跋涉,在新时代创造着自己的辉煌人生。比如村民冯上饶之女冯嘉茜2021年考取了中山大学物理学博士,成为从读书坂走出去的佼佼者。南峰镇大山、油山、暖湖、石桥四村小学合并组成南峰实验小学,新一代的读书声在立德树人中声声入耳……

87. 南峰镇梅树园冯村：探问"江西才子"
冯天问之才（上）

【冯氏家规】读书尚礼，轻财尚义，勿骄而自卑，致玷宗声。周贫恤苦，济物利人，毋悭客弗与，致乖大义。房屋整洁，服装朴实，毋邪侈繁华，致遭非议。

民国年间有"江西才子"之称的冯天问（1890—1948）是都昌县南峰镇梅树园村人（今属南峰镇南峰社区居委会所辖）。冯天问作为一代名儒的背影在远逝，我们且来搜集关于他的一些生平资料，对其才来一番探问。

（一）理学蕴才——问"故里村名"

冯天问的故里南峰是都昌冯姓的发脉地，这里有中华优秀传统文化中的理学之光，最有代表性的人物是南宋理学家、朱熹在白鹿洞书院的嫡传弟子冯椅。冯椅为都昌"朱门四友"之一，都昌冯姓承袭"理学世家"即源于此。理学家冯椅的 7 世祖冯公甫（约生于 995 年）是都昌冯姓的始迁祖。冯公甫的 7 世孙冯致中（约生于 1130 年）于宋孝宗隆兴二年（1164）中举，授建安判事。建安即如今的福建省建瓯市，"判事"一职相当于时下的中级人民法院院长。冯致中退休后回到故里都昌石桥头（今南峰镇石桥村村委会所辖），后在石桥之南的高地建别墅，杜门谢客，读书娱然。其遗址在南峰老街老门口，史称"石门楼"。冯致中在别墅门楣上题"南峰"二字，此为这方地域称"南峰"之由来。据南峰地方史爱好者冯南山、冯唐忠、冯国强诸先生考证，冯致中的胞弟冯大中（约 1142—1243）少时与冯椅同窗攻读于距南峰数里远的读书坂，后与饶州太守王十朋之子王舍人志趣相投，侠义游学。两人叹怀才不遇，命途多舛，为求超然于世，同赴有道教"第一福地、第八洞天"的金坛茅山（今江苏省镇江市句容县所辖）学道。宋嘉泰年间（约 1203 年），冯大中学道归来，在兄长冯致中的"南峰"别墅旁、与石门楼毗邻处筑室，种梅养鹤，觅泉炼丹，传道授业，卓有雅望。倚靠着与彭蠡湖相通的水运，亦赖兄弟俩的仁义侠胆，"南峰"渐渐商贾云集，冯家门庭更是高士盈门。仙风道骨的冯大中在宅旁种大片梅树，在春天的花径上，举觞吟

诗,群贤毕至。梅树枝头绽放芬芳,梅树底下高山流水,这方胜景地于是被人称为"梅树园"。冯致中、冯大中生活的南宋有"梅树园",却没有梅树园冯村。查有关南峰冯姓村庄成村资料,冯致中的9世孙冯轰三(约生于1375年)于明洪武年间由南峰老街迁居芗溪袁家头(今属芗溪乡马垅村村委会),冯轰三的6世孙冯倞(1515—1562)于明嘉靖年间由袁家头冯村迁居梅树园。后四房冯宗忠的子嗣也迁居梅树园,两房族裔同居一村,形成如今的梅树园冯村,现有村民1100余人。关于梅树园村名的来历,当然是上述的冯致中涵植梅园说人文渊源最深。也有村民讲述,成村之初,村头有一片梅树。某年小暑,明朝一府官轻车简从来到村中,在尽情体验"梅子黄时日日晴,小溪泛尽却山行"之后,口干舌燥起来,好客的冯家村民端来茶水招待,临别还摘下两衣兜的梅子,让府官在路上含梅解渴。府官连连道谢:"梅树园真好。果好人更好!"于是"梅树园"便叫了开来。

梅树园人现在身份证上的村名被写作"梅树泉",有外地人顺口叫成"梅水泉"。由"园"变"泉",当然不是简单的谐音,也有典故。当年冯大中掘井炼丹,泉水清冽,族兄冯椅曾亲书"丹泉"二字,"丹泉"美名从此远扬。相传元末朱元璋、陈友谅大战鄱阳湖,朱元璋的部下在南峰遍染瘟疫,战斗力赢弱,军师刘伯温命取丹泉之水,煮石桥头灵芝,数万兵卒喝灵芝汤得治,最终骁勇得胜。朱元璋成为明朝开国皇帝后,酬谢"丹泉"之救,嘱当年战将常遇春扩凿为池,砌石护之,赐名"酬池",且勒石为铭。那方由井而扩的池,在岁月的风沙里于明末被湮,鄱阳湖靠近南峰的一方水域留下了"酬池湖"之名。清雍正年间,乡饮僎宾、五房村人冯禄德(号兰溪)寻觅到丹泉旧址,率子孙重兴"四方井",造福乡梓。"南峰豆参"是"舌尖上的都昌"最响亮的品牌,据说取这口"四方井"之水制作的豆参,质地上乘。2017年春,五房村有识之士修缮"四方井",承载着厚重历史的古井得以保护。

都昌南峰梅树园人冯天问,派名宗涯,字眠云,号若水。《天问》是战国诗人屈原创作的长诗,通篇是对天地、自然和人世等事物和现象的发问,内容奇绝,显示出屈原沉潜多思的个性,表现出超卓非凡的学识和惊人的艺术才华,被誉为"千古万古至奇之作"。梅树园人冯宗涯,在"云""水"间对生涯发出"天问",贯通着祖先的一股理学之气。

（二）诗文见才——问"名流交往"

　　冯天问号称民国年间的"江西才子"，其真才实学首先表现为文才。冯天问的才学功底，得益于国学"童子功"。冯天问上五代家族祖先就来到景德镇生活。据《冯氏宗谱》记载，冯天问父亲冯承杰是躬松公之三子，名梁生，字泰心。冯承杰光绪甲申年(1884)县试第一，丁酉科(1897)邑庠第四名，入了秀才之列，后捐授过一个府职。冯承杰也是清末民初景德镇的一个头面人物：他历任景德镇教育会长、总商会董事、私塾改良会董事、师范讲习所国文教员，民国元年(1912)被财政部委任为景德镇统税局监察委员，民国九年(1920)任第三届省议会选举监察员，民国十二年(1923)任众议院选举暨第四届省选举调查员。出生于这样的家庭，冯天问幼承蒙教是不二选择。他4岁时，母亲段氏教他认方块字，一张四方纸，一面书字，一面有对应的图画，教而有法。他7岁时，父亲拿"四书"教他念。他9岁时，读宋代吕祖谦释《左传》的《东莱博义》。冯天问少时随大舅——晚清拔贡生段九皋读私塾，天赋聪慧的他几至过目不忘的程度，加之勤奋好学，遍览经、史、子、集，且后来历久不变，苦读不辍，可谓破书万卷。冯天问学而有法，贵在坚持。他向子侄们谈及他的读书"五字诀"——"熟""精""思""恒""用"，并举例说"贾谊的《过秦论》我已读了三百遍"。

　　民国初年，满腹经纶的冯天问得其挚友、浮梁县知事陈安举荐，曾任《浮梁县志》撰修主编，后赴上海担任《申报》的编辑。冯天问积极投身文学改革，有时将文言文古传奇翻译成白话文，在《小说月报》上发表。冯天问在沪上颇有文声，与蔡元培、黄炎培、郭沫若、包天笑、李公朴等名流皆有交往。他在上海滩的撰文得名流贤达推荐而卖价不菲——"文每篇40银圆，诗每首8银圆"。在江西，特别是南昌、景德镇、都昌、鄱阳、乐平、婺源等地，他以文会友，文名也受人追捧。冯天问曾给时任江西省国民政府主席熊式辉的瓷像题赞，熊给冯天问500银圆润笔之资，是一般诗文的50倍以上。1929年，蔡元培先生特地为冯天问的慈母段氏瓷像作序，文曰：

　　　　太夫人段氏，冯佩旃先生之德配，天问、天隐、天畏之贤母也。以慈惠声于邻里，而其勤苦俭啬，有非庸常人之所能者。天问、天畏文学传自庭训，而其六七岁时识字读书，以至经籍古文，每为太夫人所教

授,是亦足知教育之宜,重女学矣。

民国十八年三月

绍兴蔡元培拜题

文人冯天问的诗词作品主题上饱含家国情怀,语言上朴实通畅。他有一首发表在《申报》上的律诗《读报有感》,写作背景是1931年"九一八"事变,当冯天问在报刊上读到"日寇进攻我国山海关,守将张作霖不予抵抗,眼见国土沦陷"这一消息后非常气愤,挥笔以《读报有感》为题,予以谴责。诗曰:

肉食何曾为国谋,磨刀霍霍快恩仇。

功人谁信成烹狗,霸主从来是沐猴。

去国李陵空击柱,离家王灿又登楼。

闻知帷幄从容计,断送燕云十六州。

冯天问抗战时面对日寇入侵,以笔作武器,声讨侵略者,激发民众御侮斗志。兹录他的三首诗作于下:

抗战感叹(集唐诗)

年年战骨埋荒外,羽戟交驰日夕闻。

地下若逢陈后主,只今犹忆李将军。

羯胡事主终无赖,亚相勤王甘苦辛。

少小虽非投笔吏,犹堪一战立功勋。

抗 战 感 叹

大招遥奠战场魂,普渡难呼老佛门。

天地沉沉开劫运,江山处处有啼痕。

缘何面目将诗补,留得头颅报国恩。

破浪几时投笔去,剑横三尺耀乾坤。

读木兰辞有感

千秋唧唧木兰辞,喜慰爷娘奏凯时。

今日正当民族战,不知几个是男儿。

冯天问诗词创作喜用"集唐诗"形式,也就是诗中引用一句唐人名诗句,不露痕迹地将其与己作融为一体。他的诗崇尚通晓易悟,用典亦不晦涩。抒怀之作多融合了感伤情调,时代之阴影笼罩心头。赠诗亲友,时见他高蹈洒脱之姿。且录数首冯天问诗作与后人品鉴。

无　题

东南西北怅歧途,我是高阳旧酒徒。

浪迹却如潮有信,一年一度过鄱湖。

自南昌寄内余无尘二绝

其一

深闺消息近如何,生长蓬门傲绮罗。

犹记五更同梦醒,纸窗春雨晓寒多。

其二

调停寒暖费深情,伴读三更见月明。

我比王郎亲昵甚,由来呼姊不卿卿。

集唐诗题刘海戏蟾

洞在清溪何处边,蓬莱清浅半桑田。

瑶蜂若便如人事,空向秋波哭逝川。

晚春即事

翠微深处入云斜,曲曲春堤噪宿鸦。

侵暮野云浑似水,薄寒疏雨不妨花。

青溪桥外通樵径,绿树村中见酒家。

约与良朋同一醉,囊中自有不须赊。

集唐诗为珠山女校补壁

其一

纱窗日落渐黄昏,金屋无人见泪痕。

神女生涯原是梦,贾生才调更无伦。

惊风乱飐芙蓉水,变调如闻杨柳春。

却坐促弦弦转急,分明怨恨曲中听。

其二

驻马衔杯问谪居，茂林秋雨病相如。

数丛沙草群鸥散，万里云罗一雁飞。

鸣雁不堪愁里听，杜鹃休向耳边啼。

惟将迟暮供多病，梁父吟成恨有余。

题抱众医室

（伯父冯宗芳中医诊所）

茫茫天演竟翻亲，优劣从束胜败分。

数卷兔园留退步，一椽蜗舍寄闲身。

乞邻难作呼更客，商战徒伤弃甲人。

本草金匮千万卷，可堪医病不医贫。

自　　题

其一

生平落落欠人缘，出生痴顽亦大冤。

三载上书余白简，一家故物有青毡。

丝丝病骨思乡后，历历恩仇在眼前。

吟就新诗三百首，算来能值几文钱。

其二

思量一遍一凄然，尘海茫茫二十年。

何处可言消我恨，自身从不受人怜。

也知解事惟魑魅，未必含冤只杜鹃。

弹尽皂罗衫上泪，却无心绪向青天。

　　冯天问才思敏捷，也表现在替人作对子上。冯天问的侄子冯珂晃先生1921年出生，早年从教，晚年在景德镇成为一代名医，曾任景德镇市第一人民医院副主任医师。冯珂晃先生颇了解冯天问的生平，他曾忆及关于冯天问的一则撰联逸事。20世纪30年代，景德镇部分教育经费来自饮食馆纳的税，叫"馆捐"。有一阵教育机构的官吏竟吃白食，将"馆捐"作他用，缩减教育经费。景德镇教育界推选贤达宗观澜老师为代表，赴省里告状，要求惩治贪腐。宗先生由南昌返景德镇即逝,那年在景德镇办学的冯天问作挽联哀悼宗先生,上联为"为教育牺牲,奔走馆捐而捐馆"。此联的妙处在"馆捐"与"捐馆","捐馆"之意是指宗观澜先生为办学堂捐出生命。为扩大声讨占用教育经费的贪官的声势,同时让更多人纪念宗先生,冯天问将自己的上联刊发在景德镇的报纸上,以5银圆悬赏征对下联。数日未见佳联应征,冯天问自对下联:"愿大家努力,还须群策以策群。"

88.南峰镇梅树园冯村:探问"江西才子" 冯天问之才(下)

(一)呕心育才——问"办学之旅"

都昌县南峰镇梅树园冯村人、"江西才子"冯天问,他最大的才识不在于自身饱读诗书有文才,而在于呕心办学育人才。

说"景德镇是都昌人的码头",不只是说"都帮"人多势众,更是指在民国年间的景德镇政治、经济、文化诸领域有绝对的"都昌人现象",抑或说都昌人为景德镇方方面面的兴起做出了重大的贡献。比如景德镇民国年间的教育,其时煊赫一时的学校有不少是都昌人创办的。景德镇现代教育史上第一所新式学校——景德镇立模范小学,是 1912 年 2 月由都昌芗溪江家坊人江起鹏(号抟秋)创办的。景德镇第一所女子学校——女子公学,是 1914 年秋由都昌芗溪人余新国(字仲襄)创办的。1943 年春季开办的景德镇静山中学,是都昌汪墩人向德、刘一燕(即中共都昌党组织创始人刘越)创办的。"静山"其名,是时任江西省政府主席、都昌周溪人曹浩森已故父亲的名字。1944 年春,刘氏宗族会创办的天禄小学,是利用都昌在景德镇的公产作为办学基金兴办的,校名"天禄"取自景德镇刘氏宗祠门楣上石刻的"天禄遗风"四字,源于西汉名儒刘向、刘歆校书于天禄阁的典故。安道小学是都昌余氏宗族会 1943 年创办的,董事长为国民党浮梁县县党部书记余树芬。校名"安道",是都昌余姓北宋祖先余靖的字。宋仁宗时,余靖与欧阳修、王素、蔡襄俱为谏官,时称"庆历四谏"。冯天问则在 1925 年秋季创办了景德镇珠山女校,又于 1946 年联合景德镇都昌冯氏宗族会创办了延鲁小学,"延鲁"即都昌冯姓南唐祖先冯延鲁之名。

冯天问 35 岁时创办景德镇珠山女校,以他超人一等的民主思想和勇毅行为,冲破重男轻女的封建陋习,培育女性人才,实行男女平权。冯天问的弟弟冯天畏是留学日本工业大学的高才生,他 1927 年曾在珠山女校当过一个学期的美术教师。他的首任妻子余昌汉是创办安道小学的余新国之女。余昌汉毕业于南昌省立女子师范学校,曾任珠山女校第二任校长。据冯天畏撰文回忆,胞兄冯天问以他的威望,取得都昌冯氏宗族会和都昌老乡的支持,于民国十四年(1925)办起珠山女校。起初的校舍坐落于后街(老中华路)铁匠弄口,面积520余平方米,这是冯天问、冯天畏的父亲冯承杰的私宅,但冯承杰从不收租。办学经费靠同乡捐助和县署补贴。第一任校长是江苏人杨瑞溥(字绮霞),南京女子师范学堂毕业,是景德镇女子公学的骨干教师,冯天问延请德才兼备的她担任珠山女校校长。杨校长的女儿赵荫祥自南昌女子师范毕业后,也随母亲来珠山女校任教高级班。赵荫祥的丈夫是郭沫若的秘书。珠山女校创办时设初级班和高级班,共4个教室、8名教师,招收学生100余人,都昌人占多数。不少窑户的女儿入学后,能够帮助父亲记账,父亲满意后也乐于继续送女儿上学。上学的女子不缠足,形成新风气。学生毕业后,有部分升入南昌女职和女师。1928年夏,珠山女校校长余昌汉因患肺病,年仅20岁去世,再无合适人选接任校长,冯天问也无精力继续办学,创办三年的珠山女校于是被迫解散。

冯天问一直有着浓厚的办学情结。1938年至1939年间,冯天问利用冯氏宗祠在景德镇开办过国文、英语、算术补习班,并亲任国文老师,每天下午及晚间,为考初中的高小生、考高中的初中生上辅导课。刘一燕(1905—1967)在《我与静山中学》一文中回忆,"静山中学"的取名,是冯天问和曹仪建议的。作为"景德镇的绅耆",冯天问从静山中学创办开始,就是学校的董事。

抗日战争快结束时,江西私立学校办学形成高潮,是有其历史背景的。1945年,国民党政府下令清查社会团体,凡会馆、祠堂的房产,除办学或其他社会事业的可以缓免,余者皆征为国有。为避征收,冯天问顺势促推景德镇冯家祠堂会利用名下的68幢房屋、8块基地等会产收入,创办延鲁小学。冯天问任名誉校长,首任董事长是冯肃,校长是冯文轩。1947年底,冯翰章继任校长。冯天问的侄子冯珂晃在景德镇解放后也担任过延鲁小学校长。延鲁小学1951年改名景德镇市第十三小学,后在旧址办广播电视大学。

(二)世间异才——问"特立独行"

生活中的冯天问有什么样的生活习惯呢?写作此文留下的一个遗憾是一直没联系上冯天问的后裔,未能配上一张他的旧照,以睹其貌。冯天问在生活上绝对是一个特立独行之人,比如喜诉善讼,伶牙俐齿;比如不修边幅,有"邋遢相公"的绰号;比如久浸旧社会黑染缸而吸食鸦片,成瘾伤身。冯天问1948年

去世时,享寿仅 59 岁。

冯天问自命清高,不喜捧上压下、阿谀奉承,以"登场最恨腰难折,顾影其如面自憎"明志。他一介寒儒,生活清贫,平日里住景德镇铁匠弄口,因天井有枇杷树一株,称"枇杷老屋"。他待人和善,乡亲们叫他"邋遢相公",他也不恼,自嘲为"达达山翁"。"达达"二字出自《论语》:"己欲立而立人,己欲达而达人。"1925 年出生的都昌人冯献珍,一直在景德镇从事戏剧工作。景德镇解放后,冯献珍作为冯姓人员,根据组织安排,当选为延鲁小学董事长,其时冯天问已去世一年。冯献珍与冯天问生前有密切接触。在公开出版的《都昌文史资料·第 3 辑·都昌人与景德镇》里,收录有他对"邋遢相公"的长相素描和声望评价:

> 冯天问生于清末民初,家境并不宽裕,世居镇上有年,靠刀笔及题诗拟对联生活,交友广杂,三教九流,贫富官民,都与之接触。他身材中等清瘦,上唇蓄有短须,脸部因牙齿脱落,两颊稍陷瘪,但双目炯炯有神。遇事沉着冷静,智慧过人。精通古文韵律,题诗答对,略思即成,应付自如,故有"才子"之名。起居不修边幅,穿着随便,一件长袍罩褂往往穿得油亮如剃刀布,流鼻水以袖口一揩了之,竟得了个"邋遢相公"的绰号。善刀笔,字意尖刻锐利,经他之手的诉状,胜诉者多。替人写状,从不计较报酬多少,当然别人也不会少给。替穷人写状,分文不取,完全尽义务。他曾说:"君子爱财,取之有道,穷人的血汗钱不能要。"凡是找上门的,有求必应,肯助人为乐。在旧社会能有如此之举,还是少见,颇有侠士之风。因而博得镇上人,尤其是都昌人的爱戴和崇敬。历任专员、县长都对他另眼相待,是景德镇闻名人物之一。他在冯姓中有很高威望,深得人心,素来一言九鼎,一倡百和。

涉讼辄胜的景德镇"师爷"冯天问,却在旧社会染上了吸鸦片的恶习。他的侄子冯珂晃曾如此回忆叔叔吸鸦片之事:

> 叔染此嗜好,烟瘾甚大,受害很深。在当时禁烟政令之下,主管当局明知他吸烟,但从未找过他的麻烦。随着禁烟,收管烟土,市缺无售,叔吊瘾为难之际,往往官府暗地送来。民国初年,浮梁县知事陈安与叔交厚。在一次禁烟中,市无烟售,陈安便偷偷着人送来,以资叔所需。叔为表达谢意曾作四绝一首,送给陈安。诗曰:"官长相逢愁狭道,那堪狂客吐车茵。只今吴市吹箫日,竟那猪肝累使君。"叔曾教我

此四句诗,系四个典故。还有一次,专员鄞景福主持禁烟,设立"硬戒所",捕捉所有烟犯,关监硬戒。叔虽列外,但因缺货,不得供给。

冯天问也知嗜好鸦片之害,曾作一拆字联,表达"烟"虽"好",却"苦"上"天"。联文曰:"因火成烟,若不撇开终世苦。女子虽好,夫未出头总怨天。"

(三)乡梓道才——问"梅园背影"

都昌南峰梅树园冯村自清以降,有很多人在景德镇生活,几乎家家与景德镇沾亲带故。一代代梅树园人在景德镇打拼,历尽酸甜苦辣与悲欢离合,不少人的名字镌刻在成就瓷都辉煌的史册里。比如北伐时的景德镇瓷商界,按家产多少排列,有"三尊大佛、四大金刚、十八罗汉"之诨号。"三尊大佛"首尊为都昌南峰余晃村人余英泾,而"四大金刚"之首的冯承就(1886—1935)就是南峰梅树园人,比冯天问要长一辈。冯天问家族上四代开始就来到景德镇,靠做窑工打拼起步,说不上家富业广。冯天问应该是在景德镇老后街铁匠弄口出生,在景德镇长大的。都昌人寻根意识特别强,乡愁情结异常深。在梅树园老家,老一辈村民能讲述一些传下来的关于冯天问的逸事。南峰老街梅树园有桂花树下"九连环"之说。村中原有一棵丹桂,每到秋季芬芳馥郁。桂树现不存,当下村民在其根址处建造了一幢阔大的仿古宅院,待价而沽,冠名"桂花苑"。"九连环"指环桂花树处原有9栋老宅,皆是在景德镇发了财的梅树园人,回到故里兴建的豪宅,进连进、屋挨屋,一共9幢,现仍存数幢,已废弃不居。冯天问家族当年就属"九连环"之一。2023年仲春的一天,梅树园的赵九田老婆婆在自家院落里晒着太阳。她对来寻觅冯天问老家踪影的采访者介绍自己是"庚午生"。1930年出生的她已94岁高龄了。老婆婆娘家是芗溪西山赵村人,从小在梅树园长大。赵九田老婆婆爽朗地说,她解放前见过"天问叔","他不高不矮,文化高,会写状纸、打官司"。20世纪40年代,冯天问清明节或是正月开春,会带上族裔来梅树园拜祖先、走亲戚。冯天问叫赵九田的公公冯承先"伯父",赵九田则叫冯天问"哥哥"。赵九田家原留有一卷冯天问的字画,有时农历六月六还会从木质箱筐里翻出来晒晒。老婆婆赵九田家2020年意外发生了一场火灾,那卷珍藏的冯天问遗墨化为了灰烬。

梅树园村民讲述,某年冯天问坐小船从梅树园回镇上,途中在一岸头下避风之际,听见一老妪哭泣。冯天问与同行人便走上前去问个明白,老妪说她独

子昨天被抓了壮丁,让多病的她老来无依。冯天问详细地问了地名、姓名等情况,劝老妪不要太伤心。第三天,妇人的儿子就被放了回来。村民还讲述了冯天问打一场狗官司的故事。说景德镇一家的爱犬被窑户老板家的推车当街压死了,犬主家请冯天问写诉状,冯天问写道:"推车走走,压死家狗;未谋家财,先谋家狗。"第三天,窑户老板也上门请冯天问写应诉状,冯天问挥笔写下:"推车走走,压到死狗;不为死狗,为何不走?"此事官府也难断,遂不了了之。

1947 年出生的梅树园人冯宗秀 30 多岁时在景德镇务过工,后来在家专事木雕花匠(民间木雕工艺,至今仍是南峰的特色手艺),改革开放后到深圳等地从事仿古木雕,制作的成品销往美国等地。冯宗秀在族上老哥冯天问去世一年前出生,他当然没见过"才子"族兄,但他早先一直与冯天问的后人保持联系。每年清明节前,冯天问、冯天畏兄弟的后裔会结伴来到梅树园,为祖先扫墓祭祀,一来就是一二十人,有时便是宗亲冯宗秀出面接待的。近十余年来,随着格外恋旧、乡愁情深的一些老人日渐去世,冯宗秀已 10 多年没有机会与冯天问这一支的后裔联系了。

在景德镇铁匠弄口,冯天问老宅的枇杷树如今不见了;在故里梅树园,"九连环"的桂花树如今也不见了,令人感慨不已。梅树园永远在,梅树园的一代代子民,无论身在何地、身居何位,这份乡愁也就永远在……

89. 左里镇董家湾村（一）：追思老作家董晋的 "鄱阳湖文学"情怀

【家训家规】夫学犹植也，不植则落。若焚膏继晷，则鸡鸣与鹿鸣同听。诚映雪而苦吟，则布衣随锦衣顿新。

董晋先生在省城南昌驾鹤西去的准确时间是 2021 年 5 月 22 日 19 时 45 分，享年 91 岁。在斯日斯时的 6 个多时辰前，中国"杂交水稻之父"袁隆平院士在湖南长沙逝世。要圆中国人"禾下乘凉"之梦的袁隆平先生亦出生于赣北，籍贯德安县，比董晋先生年长 1 岁。我当日在微信群读到的哀挽董老的诗作中，有都昌文友称九江"双星陨落"。

董晋先生的知名度当然不能与袁隆平先生相比，但他在鄱阳湖文化圈享有一定的知名度。"澎湃新闻"所发董先生逝世的文稿消息题为《中国作协会员，鄱阳湖文学领军人物董晋逝世，享年 91 岁》。作为都昌的一名文学爱好者，回首我与董晋先生交往的起点，应该是在 1985 年。其时，我刚从多宝中学调入县城实验小学任教，20 世纪 90 年代董老的外孙女钱新韵（丹丹）就在我担任班主任的班上就读。那时的董老也说不上"老"，刚过花甲，还是县八一中学的一名在编教师（后转入县城东湖中学）。印象中他常牵着小外孙女的手，斜背着书包送丹丹上学。作为老师的我家访时，到过董老那时的住处——"雪凝轩"（2020 年被拆除不存），离学校也就三四百米远。对于"雪凝轩"之寓意，董老曾如此阐述："雪者，洁白清寒，亦送冬迎春，预兆未来之尤物；凝者，坚贞不渝也，乃激浊扬清、持守性灵之旨趣。"承载着小城初迎"文学的春天"气息之"雪凝轩"，原是县百货公司的一间仓库瓦房，内室并不亮堂，甚至有潮湿、逼仄感，有个小院子，院外墙上挂着那时只有书香人家才有的收件信箱。

董老晚年在接受记者采访时，多会说到 20 世纪八九十年代担任都昌县作家协会主席时，推荐培养了 18 位都昌文学青年加入九江市作家协会，且有一长串的名单列示，我的名字在其列。1997 年春，我调入都昌县委宣传部工作，因为文学，与董老的接触多了起来。我参加了他出力颇多的 2004 年在县城东湖宾馆召开的首届鄱阳湖文学论坛。董老戴着鸭舌帽,身形清瘦,精神矍铄,滔滔不绝。董老从年龄上是我的父辈,且又有董氏家族的族缘(我父亲是今庐山市星子镇董家畈人),他是我可以亲近的一个长者。他后来在南昌定居,每到县城走亲访友,我们常常相聚。我曾兼任过县文联主席,他高扬"鄱阳湖文学"大旗时,工作上的交集也是情中之义。董老的夫人钱维瑜女士病逝后魂归故里,董老在他家乡左里镇董家湾举行骨灰安葬仪式,我应邀参加,表达对逝者的哀挽之情以及对董老的崇敬之情。那次我有幸结识了董老的长子钱宏先生,他赠予我其所著哲学专著数册。2017 年底我撰写的"传家训扬新风"系列写到了董老的家乡——左里镇董家湾,文中提到董晋、钱宏父子俩同为中国作家协会会员,董老转发此文并致谢。事实上,董老是都昌本土成长的作家中加入中国作协的第一人。近年来还有徐观潮、陈玉龙跻身中国作协会员行列,他们在写作题材和风格上,无不打上鄱阳湖地域的底色。

与董老最后一次面对面长谈的准确时间是 2017 年 9 月 12 日,我有一张当天拍摄的照片存记。那天中午,我们在一起吃过饭后,我约他在县委宣传部做个专访,想写一篇关于他创作生涯的文章,后来因我一时慵懒而没动笔。令人遗憾的是,当天所记的董老口述他的丰富人生的采访笔记已无处寻找。董老那天就他的人生经历和文学追求侃侃而谈。我记得他叙及自己婴儿时期得过一场病,严重到几乎要被放入竹筐,埋葬在村后挖的土包里。幸运的是,一乡间郎中让他起死回生。他谈及他早年在南峰公社等乡村教书的甘苦,感喟于他和夫人在政治运动冲击下曾远避鄱阳县投亲,靠一台缝纫机替人缝补衣物谋生的坎坷。我能读到的采写董老的文字,大都写他的文学特长和成就,没有看到董老传略一类的文稿;如有,我倒觉得对于了解董老的性情和契合董老的文化理念,会多一份人性的温度。

董老在米寿之年接受《中国报道》的采访,谈及他念兹在兹的"鄱阳湖文学流派"时说:"我不是开宗立派的人才,只是倡导者、实践者,在当今也有不少本土文学人才……诸家的历史沉淀,已纵向形成了一个具有地方文学特色风格的流派雏形,而完成这个历史使命的任务,历史地落在了当代。""百岁学人"董晋先生带着他的"鄱阳湖文学"梦逝去。他生前在言谈中谦逊地说自己"不是开宗立派之人",回首董老一生,我倒觉得他在潜意识里是有"开宗立派"的意愿和诉求的。作为常人的董老当然深知为事、为文难求圆满。比如在为文上,窃以为他还没有创作出享誉文坛的扛鼎之作;在为事、为人上,他亦有文人性格中的不圆融之处,有时甚至会招致微词。但董老炯炯眼神中所透射出的那份贯通文坛的精明,瘦弱身躯里所迸发出的那份躬耕文坛的坚韧,蹒跚步履中展现出的那种仍倾力前行、不懈奋进的姿态,还是令我对他身上弥散的那种"开宗立派"之情怀充满敬意。

2021 年 5 月 28 日,董老追悼会后魂归故里那天,他的次女钱慧明导演、次子钱汇宏先生从微信发来亲友为董老撰写的悼词,悼词列出了董老一串闪光的头衔,比如中华诗词文化研究所研究员、中华诗词学会发起人兼基金会委员、中国诗词研究院副院长、中国书画协会名誉主席、中国作家协会会员等,并且列出了董老人生中的"五个第一"。从我的视角去回望董老的一生,他在由"鄱阳湖文学"的高原试图向高峰跋涉的路途中,彰显出了赤子般的情怀。

董老有"溯源"意识。他将"鄱阳湖文学"的源头定为东晋诗人陶渊明,可谓底蕴深厚。有人考证,"五柳先生"的桃花源原型就在都昌的"十里陶家冲",陶渊明的曾祖父、东晋名将陶侃是都昌人也是不争的事实。"源出渊明"可以让从历史深处走来的"鄱阳湖文学"这面旗帜,感召多少呼应者和同道者?

董老重名人效应。全国政协原副主席钱昌照与他等共议"中华诗词学会"的筹立;国学大师季羡林为他题写"雪凝轩"室名;著名书法家欧阳中石为他的作品集《湖山剪影》题写书名;中宣部原副部长贺敬之为《鄱韵》会刊题字刊名;中国作协主席铁凝、副主席陈建功与他有交往;新加坡和泰国等域外诗人与他唱和……这样的名人效应,后人当然不能简单地评为"攀附",其实在"酒香也怕巷子深"的当下,董老与名人互动,的确是扩大鄱阳湖文化影响力的一种人脉资源运作。

董老展多面之才。他对诗词联赋、书法、散文随笔、理论研究,甚至电影剧本的写作,均有涉猎。纵观董老的文艺创作,我认为最具亮点的是诗词创作:据统计,他一生吟写格律诗 3000 余首。1991 年,他编辑《海宇诗鸿》,加强与海外诗友的联系;1993 年编辑《鄱湖遗韵》,收集都昌已故诗人名家的遗作;有《雪凝轩韵律选辑》问世。据说,他是中华诗词学会在江西省的最早发起人之一,参加了 1987 年 5 月 31 日至 6 月 3 日在北京召开的中华诗词学会成立大会。董老一生出版著述多达 18 册,凝聚了他一生跋涉书山的心血。

董老搭理论框架。他早期发表的文论《试论格律诗的现实价值》《也谈中国

诗歌走向世界》《试论诗词继承创新发展的若干问题》《论鄱阳湖文学风格流派》等不乏真知灼见。晚年的他更是与夫人共同提出了鄱阳湖文学创作研究会"四化"创作原则,即"诗化生活、净化灵魂、情化人生、爱化世界"的价值取向。他提出作家创作要有三种思维,除了形象思维、抽象思维,还要有悟象思维。

"鄱湖一帆卷长风,四化歌传广宇中。帆影鸥波清梦远,酒边人唱大江东。"这是董老的一首咏怀诗。斯人已逝,长风犹猎。被宋代大文豪苏东坡吟诵的"鄱阳湖上都昌县",正着力打造彰显鄱阳湖地域特色的文化高地,新时代里正呈现出万千气象……

90. 左里镇董家湾村（二）：董晋先生 与杨叔子院士的七封通信

　　"2022年11月4日晚，中国共产党优秀党员，我国著名机械工程专家、教育家，中国科学院院士，原华中理工大学（现华中科技大学）校长杨叔子，因病医治无效，在武汉逝世，享年89岁。""11月8日上午，中国共产党优秀党员，我国著名机械工程专家、教育家，中国科学院院士，原华中理工大学校长，全国优秀科技工作者，全国教育系统劳动模范，全国优秀教师，全国五一劳动奖章获得者，大学生文化素质教育的先行者，华中科技大学机械科学与工程学院教授杨叔子同志遗体告别仪式，在武昌殡仪馆天元厅举行。"这是我从媒体读到的关于杨叔子先生辞世的相关报道文字。杨先生生前有许多令人敬仰的身份，在我心中，"大先生"的称誉别有一番亲近感。

　　杨叔子先生是江西省湖口县人，湖口县与都昌是邻县。在都昌这个人文鼎盛之地笃诚记录地方历史的我，虽然与高山仰止的杨老并无一面之缘，亦无一字之往，但我在撰写"传家训扬新风"这个系列时，不时感知到杨叔子先生和他的父亲、辛亥革命元老杨赓笙，与不少都昌先贤的交往。比如都昌春桥乡杨培祥村的杨士京家族与杨叔子先生家族就算是世交。杨先生抗战胜利后求学于湖口初级中学，这所学校的前身就是1943年创办于都昌县大港邓仕畈的湖彭联立中学。2021年5月，我在采写追思中国作家协会会员、都昌老作家董晋先生的文章时，从董老外孙女钱新韵那儿了解到，董晋先生与比他小三岁的杨叔子先生情谊颇深。两位老人先后作古，我想，壬寅初冬世人深情送别杨叔子先生之际，钩沉他与同邑文友董晋先生的书信来往，既是对杨叔子先生的深切缅怀，亦是为"名人与都昌"留下一份珍贵的史料。

　　远在深圳的钱新韵女士将杨叔子先生写给外公董晋的七封信拍照发给了我。她回忆道，2020年，她与外公董老在南昌居所整理外公与海内外文友的书信，董老兴奋地谈及他与"一个很好的朋友杨叔子"的交情，并高声朗诵起杨先生写给他的信件。21世纪初，年届七旬的董老高扬"鄱阳湖文学"的旗帜，在沿湖各县拟轮流举办的"鄱阳湖文学论坛"风生水起，得到了杨叔子先生的支持。

那时的董老住在都昌县城"西街四巷二号",这是由国学大师季羡林先生题词的"雪凝轩"之所在,杨叔子先生当年写给董晋先生的书信就是寄往此地。他们俩因文缘和乡缘而起的书信有很多,钱新韵身边现在只留存有七份原件。

留存下来的杨叔子先生致董晋先生的七封书信,都是用印有"华中科技大学"笺头的信纸书写的,每封皆两页,清秀飘逸的钢笔行书。最早的一封写于2004年2月2日,当年1月18日杨先生收到了董先生寄的信及附上的文学报《鄱阳湖》。杨老在回信中称赞报纸办得很好,并予以鼓励:"环鄱阳湖地区,自古以来,大有人才,疏影暗香,非止少数,我深信,你们的工作对弘扬与培育民族精神,推进先进文化建设这一战略任务十分有益。"杨老随信还附上了他的文稿《文化要传承,诗教应先行》,请董先生"指教"。杨叔子院士一生心系教育,知行合一。他倡导"育人,而非制器"的教育思想,他常说:"一个国家、一个民族,没有现代科学,没有先进技术,就会落后,一打就垮;而没有优秀传统,没有民族精神,就会异化,不打自垮。"他在我国理工科高校首倡并大力推进文化素质教育,先后在百余所院校举办人文讲座300余场,吸引听众30余万人次。由他任编委会主任的《中国大学人文启思录》,被誉为"重塑大学人文精神的力作"。他长期致力于文化素质教育的理论研究与实践,形成了丰富的文化素质教育思想,对中国高等教育的发展产生了重大而深远的影响。杨先生心心为念的大学人文精神,在给董晋先生的封封致信中浸润着。

留存下来的杨叔子先生致董晋先生的第二封信写于2004年5月8日。信中对董老邀请他回江西参加当年的"鄱阳湖文学论坛",他因工作繁忙而不能前往一事予以解释。其谦谦君子风、殷殷文化情令人见信如沐:"由于工作太忙,日程均排满,无法前来参与盛会,身虽不能至,然心向往之。的确,鄱湖亲友如相问,一片冰心在玉壶……山不在高,水不在深,一切在于有特色;何况,鄱阳湖是我国第一大淡水湖,周围历史文化沉淀极深厚。鄱阳湖文学的发展,极有利于我国先进文化的发展,有利于小康社会的全面建设与我们民族的伟大复兴。"

留存下来的杨叔子先生回复董晋先生的第三封信写于2005年2月22日。此信中非常难得地留存下杨叔子先生唱和董晋先生的一首七绝《和董晋先生》。信中写道:"乙酉年正月初九收到董先生赠诗书一幅,特步韵和诗以志谢:金鸡高唱世谐和,鄱水滔滔涌曲歌。实愧诗人诗赠好,平生只顾力攀坡。"杨先生还在当年春节期间专为鄱阳湖文学论坛写了一篇题为《乡情寄语:为鄱阳湖文学叫好》的文章。在此文中，杨先生坦陈："一个国家、一个民族，抛弃了中华民族五千年的文明史，忘记了中华民族优秀的传统文化，特别是近一百多年来中华儿女求解放奔富强的辉煌史卷，必将为自我所埋葬……"对于董先生诚邀他来年参加第二届鄱阳湖文学论坛一事，杨先生动情表述道："至于第二届论坛能否参加，确实无法肯定，因为事情太多，分身乏术。然而还是老话，'身虽不能至，然心向往之'。希谅！'人情同于怀土兮，岂穷达而异心！'我深信，没有社会主义文化，就没有社会主义事业；没有中国特色文化，就没有中国特色社会主义事业。鄱阳湖区域要崛起，没有鄱阳湖文化的繁荣是决不可能的。"董晋先生的原诗为《赠杨叔子院士》："鄱阳湖口浪花和，父子双雄举世歌。科技人文齐播种，半承居里半东坡。"二老的唱和，在江西诗坛留下了一段佳话。

留存下来的杨叔子先生致董晋先生的第四封信写于2005年9月7日。杨先生在信中告诉董先生"最近一个多月，因病住院动手术"，病情刚愈，便提笔复信。杨先生信中留下了他力辞"挂名"的逸闻，其为人之笃诚、待名之谨严力透纸背："函中所言聘请一事，名誉会员兼高级研究员实无力担当，不论从学术、能力上讲，还是从时间、任务上讲，我都不合适。十分感谢你们的深情厚谊，我只要可能，一定会为鄱阳湖文学研究尽绵薄之力。"

留存的杨叔子先生致董晋先生的第五封信，写于2006年2月12日。杨先生特地注明当天是狗年元宵，他在此信一开头带点欢快而调皮的口吻问候董晋先生："您好！新春好！丙戌旺旺年好！"杨先生收到了董晋所撰、由作家出版社出版的雪凝轩诗歌总集《魂牵梦绕唱湖山》，里面收录了杨叔子先生寄给董晋先生的专为鄱阳湖文学论坛撰写的长文《乡情寄语：为鄱阳湖文学叫好》。在此信中，杨叔子的传统文化情结凝注笔端："一个民族的文化的确是一个民族所赖以生存与发展的支撑。"在信的结句，大先生诗情勃发："谢谢您魂牵梦绕的高歌！岂是黄昏诵，青山更照明。"

留存的杨叔子先生给董晋先生的第六封信是2006年12月13日写的。杨叔子先生赞同将"鄱阳湖文学论坛"改为"鄱阳湖文化论坛"。他更以宏观的视野谈道："将文化事业同文化产业关系处理好，既各有分工，又彼此紧密结合，鄱湖文化将呈现出她巨大的生命力。"在这封信里，杨先生再次提到"中华民族的伟大复兴"，当下的这个热词在近20年前就反复出现在杨叔子院士的文笺里，可见他总是一个勇立时代潮头的智者、仁者。

董晋先生遗物中留存的杨叔子先生给他的第七封信落款于 2007 年 4 月 10 日。此信是杨先生在外出差一段时间后的复信,对董晋先生邀请他参加第四届鄱阳湖文化论坛能否成行,表示要看工作行程安排,即使身不能至,心向往之,会写些文章对家乡鄱阳湖文化的兴盛予以支持。杨先生在信末引用汉代王粲《登楼赋》中的"人情同于怀土兮,岂穷达而异心",表达对故乡的深厚感情。这句话的意思是:人思念故乡的情感是相同的,岂会因为穷困还是显达而表现不同?

重温"大先生"杨叔子致都昌作家董晋先生的七封信,我总想起木心先生的诗篇《从前慢》里的句子:"从前的日色变得慢/车,马,邮件都慢/一生只够爱一个人/从前的锁也好看/钥匙精美有样子/你锁了,人家就懂了。"这些信件,是鄱阳湖畔两位老人深厚文化情结的信物,而当下人们的交往已远离尺牍的传递。杨先生在年逾七旬时一字一句落墨于笺上,一呼一应间礼仪毕致、温情尽展,尔后贴上邮票,通过邮局寄给远方默契的收信人,这种"从前慢",是一种多么温馨可期的"精美"。"从前慢"里的"一生只够爱一个人",在杨叔子先生身上也得到了生动的诠释。我在微信朋友圈看到文友转发杨叔子院士的夫人徐辉碧教授个人微信发出的泣血文字:"2022 年 11 月 4 日晚 10 点 50 分,89 岁的杨叔子在协和医院平静地离开了我们。上个月国庆节期间,杨叔子从医院回到家 3 天,他对我说:'我身体可能不行了。回顾我这一生,在党的培育下,在同志们的帮助下,做了一点工作。我是幸福的。我们相处 70 年来从同学、朋友到夫妻,感情非常好!生活是美好的。让我们相互牢记一句话,天长地久有时尽,此爱绵绵无绝期。当我死的时候,一定要丧事从简……'"2022 年 11 月 8 日,杨叔子院士的送别仪式在武汉市武昌殡仪馆举行。前来参加追悼会的人们肃静地站在灵堂,送"大先生"最后一程。夫人徐辉碧在家人的搀扶下,挥泪向杨叔子告别:"天长地久有时尽,此爱绵绵无绝期。杨叔子,我都记得。"从同学、朋友到夫妻,杨叔子院士与无机化学家徐辉碧教授相守七十载,他们之间至死不渝的爱情也丰富了"大先生"形象的内涵。

"平生只顾力攀坡",这是杨叔子先生酬和董晋先生的诗句,亦可以说是杨先生对自己"科学人文总相宜"的一生的传神表白。杨叔子院士已驾鹤西去,谨以此文为"大先生"送上都昌人的一瓣心香……

七、缤纷人生

91. 都昌镇矶山村：老农业专家胡云舞讲述2799项目建设的故事

2022年，是胡云舞先生的米寿之年。仲夏的一天，胡老在都昌县城的家中打电话给我，约我写写都昌2799项目建设的那些事。"国山，你写了那么多都昌地方人文历史的文章，包括我家族的，很不容易！你应该为都昌2799项目建设留下点儿文字记载。"我于是欣然前往。在胡先生的家中，他向我讲述了关于2799项目的一些经历。

在2799项目实施阶段，无党派人士胡云舞时任都昌县人民政府副县长，且分管农业。我们首先从2799项目的基本概况谈起。2799项目是联合国世界粮食计划署（英文缩写为WFP）援助开发江西鄱阳湖区低洼荒地、发展渔业生产的项目。2799为援助项目的编号。同时接受援助的有都昌、星子两县，三期内扩展到永修。都昌共接受无偿援助小麦34983吨，折合人民币1682万元；实际收到援粮折款1821万元、银行贷款513万元，合计2334万元。按照实施计划，项目须建设标准鱼池1500公顷。其中，都昌县1100公顷，折合1.65万亩。胡先生说，当年联合国世界粮食计划署援助的是小麦精粉，都昌方面商议过将援助的面粉从天津港运至江西的运输方式、管理费用等。后来省里协调，由省粮油公司接收面粉，折合的款项用于都昌2799项目建设。

胡先生讲，2799项目落户都昌时，时任国家水产总局副局长肖峰（1926—2007）倾情都昌、关心都昌。跻身"中国渔业的开拓者"之列的肖峰是一个老革命，原名赵焕彩。他1939年参加八路军，1941年加入中国共产党，后由120师司令部转入抗大学习。解放战争时期，先在东北民主联军总政治部工作，后转到地方工作。山西孝义人肖峰与九江有缘，曾担任九江地委副书记，后一度调到江西省农业部门工作。都昌2799项目建设从立项审批到开工建设，作为国家业务主管部门领导的肖峰予以热忱关心。胡云舞受省、市领导安排，也数次

赴北京向肖峰汇报项目进展情况,肖峰也不止一次来都昌现场指导。胡云舞先生说,都昌南山碑廊就有肖峰为都昌2799项目建设抒怀所填的《八声甘州》词一阕。

钩沉都昌人文历史,我常持刨根究底之心。数日之后,我特意去南山碑廊寻访肖峰词作的刻碑,发现碑廊上的第7块阴刻青石诗碑便是。字体已整体难辨,落款注由曾任都昌县委书记的严晴瑞书写。数日后,我竟从都昌县水产畜牧产业发展中心的张宝明先生处,找到了肖峰词作的完整版,后翻阅《都昌县志》(1993年版),发现"卷三十三·艺文"也收录了此词。兹录于下:

八声甘州·赞江西都昌援粮项目工程

余于1987年12月9、10两日,目睹鱼池工程壮阔豪迈,幸乐慰之。

噫吁,十万人洒江天,天公亦歌讴。见村姑斗泥,虎生炸砾,一代航舟。此处人地三分,唤醒洼荒洲。唯二七九九,无语风流。

陂塘颀长秀瘦,惹庐山狂笑,鄱湖娇羞。种黑麦丹苏,草催尾越游,细精养,鲤肥鲢跃,召来那,远客商贾啾。水泊图,凫逐鸥鹭,造化春秋。

肖峰在其词作的引言里标记了他这次来都昌的准确时间是1987年12月9日和10日,而碑廊标注的严晴瑞书碑时间为"戊辰年初夏",也就是1988年初夏。时任都昌县委书记的严晴瑞其实也留下过《会战颂》,寄语参加2799项目第二期大会战的广大干群。全文为:

二七九九,都昌所有。国际支援,全县动手。干群同心,团结战斗。雄兵十万,争魁夺首。建功立业,造福千秋。保质保量,一丝不苟。

胡云舞先生讲述,1983年春节前,省水产部门来了一行六人,对都昌2799项目立项做前期考察。时任县委书记吴金才带队到外地参观考察去了,胡云舞同另一位副县长王文明一起陪同省水产部门领导考察。那几日,冬雨催生寒意,一行人顶着严寒到矶山湖、新妙湖、周溪泗山等地考察。当年2799项目立项的宗旨是:缓解鄱阳湖渔业捕捞强度,利用低洼地建设精养鱼池,发展渔业生产,解决湖区剩余劳力出路,提高劳动收入和附近中小城市的吃鱼水平。现在看来,这个宗旨体现了经济效益、生态效益和社会效益的统一。

2799项目在都昌的立项经农牧渔业部(现更名为农业部)、财政部、外交部、外经部联署报国务院获批后，联合国粮农组织先后多次派出官员赴都昌进行评估、评价和检查。胡云舞先生回忆，紧邻县委大院（现东湖宾馆处）处本来是县政府机关的办公场所，为提高接待水平，政府机关搬迁到西湖旁原畜牧站的一栋楼里临时办公。时任县长罗强亲自抓与联合国粮农组织考察官员对接的工作。都昌县从景德镇请来建筑装潢工程队，按三星级宾馆标准对政府招待所进行提档装修，还铺设了红地毯，配置了那时还很少有的空调，请来了拿手的厨师做可口的饭菜。据相关资料记载，1985 年 9 月 11 日至 13 日，世界粮食计划署派布里吉斯先生一行五人组成评估组，对项目进行三天的初期评估。评估组用过午餐后就在当地领导的陪同下，深入现场核查土壤结构、土层深度、外湖水位、内湖聚雨面积等数据。评估组对都昌所做的前期准备工作和项目实施条件都给予了高度肯定。市水产部门专家卢象贤也为都昌 2799 项目实施出谋划策。

胡云舞先生作为都昌县当年分管农业的副县长，在 2799 项目实施期间，到天津、浙江、山东等地观摩过同类项目在其他省市的实施情况。他认为这些省市的项目实施地大多选址临海，土质松软，发展都不可持续。胡先生至今还怀念一个叫王炳忠的先生。王炳忠是世界粮食计划署驻华代表处高级项目官员，曾三次来都昌考察和评估 2799 项目。有一天晚上，胡云舞陪王先生在县电影院看电影，谈及对 10 亩一个的精养鱼池的开挖，建议鱼池设二级坡，认为设二级坡有三大好处：一是可减少土方量，减轻劳动强度；二是有压脚作用，避免陡坡浸泡后发生土崩；三是有利于养殖户在坡上取鱼。王炳忠对此很感兴趣，电影还没看完，就拉着胡先生回住宿地探讨起来。对于王炳忠等人对都昌的无私关心，当时也没什么好感谢的，县里准备了 4 床棉絮，作为土特产略表谢意。遗憾的是，王炳忠先生回京后遭遇车祸，半个月后不幸辞世，本来安排胡先生送出的打好的棉被也因此搁置了。

人民，只有人民，才是 2799 项目建设的主力军，才是都昌战天斗地、改天换地、顶天立地的真正英雄。我们且来对当年 2799 项目区三期工程大会战的概况做个梳理。

第一期工程于 1986 年 12 月 9 日正式开工，全县动员了 30 个乡镇 8 万余劳力上阵。时任县委书记吴金才、副书记江民才各领 4 万人马，分别奋战在矶山湖、周溪后湖两大战场，经过 40 天激战，克服了阴雨天气、土质坚硬和水下淤泥塌方等多重困难,完成了第一期主体工程开挖任务,并建成鱼池 382 口,计 3743.3 亩。"去挖鱼苗潭"成为民众的流行语。

第二期工程大会战于 1987 年 12 月 4 日拉开序幕。这一年是换届之年,新上任的县委书记严晴瑞和县长胡四珊率领新班子继续擎起大会战的旗帜,组织 10 万劳力上阵,分赴城关、北山、周溪三个工程区,打响总体战。县委提出"一切为了 2799,一切服从于 2799,一切服务于 2799"。1988 年 1 月 3 日,历时一个月的第二期大会战结束,开挖鱼池 1022 口,计 7972 亩。

第三期工程大会战于 1988 年 12 月 4 日开始,全县组织 8 万劳力参战,在北山、都昌镇、三汊港、杭桥、狮山、大沙、西源、周溪 8 个项目区开展。至 1989 年 1 月 9 日,工程胜利结束,开挖鱼池 4161 亩(含老鱼池改造)。

从 1986 年至 1988 年,三个寒冬,三期会战,三场胜利,2799 项目工程基本完成任务。在此,不妨摘录相关数据概述该项目浩大的工程量——三期大会战加上 1995 年为项目工程做准备开挖的样板池投入劳力 1.55 万人次,开挖样板池 711 亩,三年共调集劳力 27.5 万人次,共建精养鱼池 1.65 万亩(其中矶山 1 万亩,周溪 3000 亩),开挖排水渠 113 条共 8.39 万米,修筑防洪圩堤 24.9 千米。在突击主体工程的同时,还组织专业施工队搞好了 19 项配套工程建设,建设电力排涝站 14 座(总计 2910 千瓦)、扬水泵站 139 座、鱼类人繁中心 2 处、生产管理房 139 幢(共 10639 平方米),修建项目公路 92.16 千米、公路桥 48 座、人行桥 81 座、输电线路 86.33 千米、块石护坡 10.35 万平方米、150 吨冷冻库 1 座,总计完成土石方 1020 万方。

2799 工程大会战,凝练成了一种"都昌精神"。当年县委书记在总结讲话中如此表述其内涵:"和衷共济的友爱精神,奋发向上的进取精神,艰苦奋斗的创业精神,通力合作的协作精神。"而当年参加战斗的民工,看到昔日的湖滩荒地,变成了眼前的池成方、渠成网、坝成线、路成行,心中会觉得三年来一切的苦中苦、累中累,都变成了甜中甜、笑中笑。

胡先生还介绍了 2799 项目建成后的管理与经营模式。1988 年,三个重大项目乡分别设立了北山水产总场、都昌镇水产总场和周溪水产总场,下设若干分场,实行"县有、乡管、场办、户承包"的经营模式。1997 年,县委、县政府对 2799 项目区实行综合体制改革,并将北山水产总场、都昌镇水产总场、县水科所和矶山湖排涝站合并组建"都昌县矶山湖水产养殖场",隶属于县水产局(现并入县水产畜牧产业发展中心）。在机构设置上,都昌曾设 2799 项目办,存于 1983 年至 1992 年 2 月;也曾设 2799 项目管理局,主管 2799 项目区的经营和生产,隶属县水产开发委员会,驻县水产局内,存于 1990 年 2 月至 1991 年 8 月。

2022 年"立秋"节气后的第三天清晨,我独自骑着自行车来到 2799 项目矶山湖水产场区,凝视着墙上"WFP—中国 2799 项目"的标识,放眼一方方水面,走近养鱼人房舍旁粗壮的垂柳,池埂上的庄稼绿油油的,装饲料的四轮车旁蹲伏着守护犬,人间的烟火气息氤氲。池面喷发着的增氧薄浪让我想到在鄱阳湖禁捕的当下,2799 项目区的养鱼人为丰富渔品市场所做的贡献,我对何为"功在当代,利在千秋"有了更切实的体会。

沐浴中国改革开放的春风,承载都昌人民的拼搏与奋斗,接续新时代的产业振兴,2799 项目区如今仍在都昌大地绽放异彩。当年的 2799 项目建设者、见证人,各有各的故事,各有各的精彩,我记下的胡云舞先生的讲述,仅是碧波里的一朵浪花。也许人们通过这朵浪花的闪烁,能在记忆里泛化出与 2799 项目相连的浩瀚的湖……

92. 都昌镇芙蓉社区居委会："南山诗星"江五科的书法守正与诗词蕴长

留下了宋代大文豪苏东坡千古绝唱的"鄱阳湖上都昌县",有一张引以为荣的"国字号"文化名片——都昌是江西第三个、九江市第一个获"中华诗词之乡"的县。都昌县诗词文化兴盛,让鄱阳湖畔的这颗璀璨明珠闪烁着诗性的光芒。出生于 1936 年的江五科,是从都昌县公安局退休的一级警督。2021 年夏,他荣获九江市诗词联颁发的"南山诗星"奖牌,全市首批获得这项荣誉的共有15 位老诗人。他们入选的基本标准是"年满 80 岁以上,出版过诗词专集,数十载笔耕不辍,佳作迭出,为本土诗词事业做出了突出贡献"。如果要给都昌唯一一个跻身首批"南山诗星"之列的江五科先生的"诗历"填上准确的数字,那便有:江五科,2023 年 87 岁,60 余载坚持诗词创作,已创作近 3000 首诗词。

古代诗人抒怀铭情的首选便是吟诗,江五科撰七律一首致谢"南山诗星"奖事:"中华崛起竞风流,耄耋情牵咏未休。湖上金飙催白露,天边玉玦待中秋。诗星誉愧烟霞老,溢浦薪传俊彦稠。伏枥惊鞭奋蹄续,三千陌俚报江州。"都昌诗词学会的各诗友亦纷纷以诗致贺,江五科复以诗致谢:"白露佳辰景色幽,诗星雅誉出江州。难堪吟长登门贺,愧忝骚朋联网讴。岂慰削编劳夙昔,实鞭耄耋勉春秋。此身合伴诗葩老,美刺庄谐不懈求。"

江五科"耄耋情牵"的不只是咏诗,还有功底深厚的书法。已近米寿之年的江五科,其诗书人生呈现五彩。

(一)

抗日战争全面爆发的前一年,江五科出生于都昌县周溪大舍里江村(现属周溪镇输湖村)。父亲江有旺(1890—1965)是一位农民,湖区田地少,平日里便以驾船或刨烟为生。江五科 8 岁时入村中私塾读书,13 岁时因家贫辍学。他的书法童子功就是在读私塾的 5 年里练就的。天性聪颖的江五科自小书性好,在大舍、二舍、大屋刘家三个紧邻的村庄都很有名气。一个经典的印证是,他 19天就将《三字经》流利地背下来。村里的江玉涛是一个有名望的乡绅,江五科的书法启蒙就得益于他。从描红到写摹本到临帖,江玉涛一路施教。江玉涛让私塾里的学童不要买课本,而抄书为本,这倒合了江五科的家境,他家正好拿不出买课本的书费来。往往在每天上午,学生用小楷抄写一张颜体,江玉涛先生则从后排往前巡逡。对于虚衍者,江玉涛将毛笔从其背后猛地一抽,学童没握紧笔杆的手指间在笔杆抽离时,沾了一手的墨。不仅如此,头上也少不了一栗子击打(又叫"叩螺丝",周溪人俗称"打贼公")。总之头上挨了重重的一击后,学生记住了钻心的痛,也记住了练字要握紧笔的要义。

江五科读了5年多私塾,13岁那年因贫辍学,之后在家放牛、种田。这年腊月的一场婚宴,让少年江五科的好字在乡间着实露了一回脸。江五科的大姐夫张义柏是周溪张家垅村人,姐夫的弟弟那年新婚,按周溪当地的礼俗,亲戚除封礼包外还要送一副对联轴去贺喜。对联纸,村里的杂货铺里有卖。好的对联纸是"朱砂对",满纸着红,纸面毛糙而难沾墨,文雅之气浓;便宜一些的纸张是"金对",红纸面上洒了金点,纸面光滑,可用湿巾抹去败笔再重写。碰到这样的婚事,手捻胡髯的老先生成了大忙人,谁都想请个字好的先生着墨书对,挂出来供人体面地品评。不巧,那天村里的老先生皆外出,父亲为没能延请先生书对而愁眉不展。13岁的江五科嗫嚅着对父亲说:"我来写吧。"父亲回问了一句:"你能行吗? 你可是个小孩子。"但见江五科目光坚定,父亲便铺展开买好的"金对"纸。点、横、竖、撇、捺,13岁的江五科端正地写下来,并用小体题了款识。婚庆那天,张有旺带着对联和书写对联的儿子,到张家垅送礼吃喜酒。这五尺的婚联在主家的挂位也极有讲究,最显赫的是舅公家,挂主席的"栋树"位,其次是"油桐树"位,再次是"前大襟、后大襟"位,末位是"筒墩"位。按当地习俗,江家的贺联挂在了前大襟位。张家垅是一个大村庄,人口比大舍里更多,字写得好的先生亦多。婚对依位序一应垂挂好,照例让人品鉴。江有旺家的礼联一鸣惊人,让人眼前一亮。老先生摇头晃脑地追问:"这字体好了得,是哪位老先生手书?"新郎的哥哥张义柏含笑答:"是我母舅五科写的。"宾客自是一番"后生可畏""颜柳传人"的赞誉,在旁侧的江五科听了心里乐开了花。

人说"知识改变命运",江五科在紧要处的人生命运的确是书法改变的。江五科从私塾辞学回家务农,经历了互助组、初级社、高级社阶段,后在后湖大队当会计。1959年正逢中华人民共和国成立10周年大庆,喜欢舞文弄墨的江五科在大队部写了一副自拟联颂国庆,上、下联首字嵌了"后湖"二字。国庆节前

数日,时任周溪公社书记沈图茂(大沙人)带着公社的 6 大书记,各自骑着自行车,下到各村检查国庆 10 周年的氛围营造工作。来到后湖大队时,其他的大队干部都下村庄去了,只有会计江五科留在大队部。沈书记对江五科书写的那副对联赞不绝口,第二年便将写得一手好字的江五科调到公社办公室任秘书,负责写材料。那时印制文件需要在钢板上刻蜡纸,江五科得以一展书法之长。不久,江五科在公社一把手的关心下顺利地转为国编。1961 年,周溪公社分拆成周溪、沙岭、西源三个公社,江五科则调至刚成立的大沙区工委工作。1963 年冬,江五科在阳峰公社参加社教,随后的人生轨迹是驻社教县直营、县"五七"大军办公室,在县革委组织组整理下放干部档案,调至县保卫部。1971 年,江五科转到县公安局工作,直至 1996 年退休。在每个岗位上,"会写字"成为江五科的一张标签。比如在县公安局工作时,各科室的上墙制度框、民警春节前带回家过年的春联,江五科总是利用加班时间挥墨而就。

江五科的书法以遒劲的正楷见长,欧、颜、柳、赵诸体皆有集纳。20 世纪 90 年代初,县勘界办请他用工整的毛笔字誊写都昌与邻县勘界卷宗,永久保存。省勘界办曾对一笔不苟的都昌卷宗进行示范推广。庐山石门涧的工作人员慕名请江五科书写了"永结同心"四字。在此石刻前,多少人间仙侣流连忘返。晚年的江五科研墨不止,出版了《千字文》正楷字帖。力透纸背的楷书作品,也散见于亲友们张挂与收藏的字画中。

当今书坛存在追求怪异离奇甚至荒诞恶搞、任意涂鸦的"丑书""怪书"乱象,严重影响了青少年学书法,江五科对此忧心忡忡。他认为创新不等于恶搞,突围不等于割裂,守正方能创新。传统是根,书法的发展必须建立在传承书法经典、承续中华文脉的基础上,必须追求正体书法的雅正风范和正大气象。"砚田堪种德,留与子孙耕。"江五科在《砚铭》中如此言志。

(二)

江五科作诗填词起步要比练书法晚。他的诗词创作凭的几乎是自悟其道。读了 5 年私塾的江五科少时在家放牛作田,喜欢看《三国演义》《聊斋志异》一类的小说,对其中插入的诗词,心向往之。20 世纪 50 年代初的一天,他大胆向同放牛的江玉涛先生请教作诗门道,昔日的先生张玉涛有点儿神秘地说:"每首就28 个字(指七绝)、56 个字(指七律),可不容易写哦。"其实成年后深谙诗词创作之道的江五科回头去读江玉涛先生的诗,并不特别称羡,青出于蓝而胜于蓝也是常道。江五科真正接触诗词韵律是 1962 年在大沙区工委工作期间。某天,县委一干部下到大沙检查指导工作,晚上住在区工委时,翻检出公文包里的一本《韵书》来吟哦,无非是"一东二冬三江四支五微六鱼"一类的韵目。江五科却如获至宝,缠着县干部将薄薄的《韵书》借给他,他当夜就把其中的内容抄录在自己的笔记本上。后来,他在读唐诗宋词时进行比对,揣摩出诗词的用韵规范。20 世纪六七十年代,江五科写过数十首诗词,但怕因诗惹祸而悉数付之一炬,只将 1963 年吟唱的一首《如梦令·立春喜雨》留存在记忆深处:"久旱甘霖滂沛,喜值正阳新岁。田野绿油油,浇醒村边桃李。春矣!春矣!老柳垂条抽缕。"

江五科创作诗词的高峰期是在退休之后的 2000 年前后。凭着丰厚的诗词创作,他得到当时都昌诗词界前辈叶纯一、吴毓苏、詹文祥、余正新等的嘉许。江五科先后加入九江市诗词学会、江西省诗词学会、中华诗词学会,曾担任都昌县诗词学会副会长、《都昌诗词》主编(2004 年至 2010 年)。2005 年,江五科已写诗 1200 余首。他从中选出 800 余首,在作家出版社出版了个人诗词专集《湖曲露痕集》。"湖曲",喻指他成长的故土周溪大舍里江村在蜿蜒的鄱阳湖边,他亦是沿母亲湖鄱阳湖而坎坷地走过来。"露痕",在时间维度上,喻指人生即便长达百年,在历史长河里终是短暂的一瞬,犹如朝露留痕;在空间维度上,是说他的诗眼就如微小的朝露,主旨却能通天地之阔,探微知著,以小见大。

诗言志,江五科在"自序"中如此表白:"余因禀性耿介,不事攀缘,不习奉迎……胸中块垒,每诉之于诗词。""诗道之要,在于褒扬真善美,鞭挞假恶丑。深知僻见有违时趋,犹默默追逐于斯径而不悔也。"关于诗艺,江五科恪守正律,"作诗用平水韵,填词用《词林正韵》。至于诗词格律,均依传统例规,不敢稍事损益。"他曾以《诗词写作八咏》为题,对诗词创作中的取材、命题、选韵、定调、炼词、分段、鉴古、改定八个方面提出诗词创作的主张。江五科推崇清代"性灵说"的倡导者袁枚(随园先生),主张诗文审美创作应该抒写性灵,写出诗人的个性,表现其个人生活遭际中的真情实感。江五科在崇尚"性灵说"的同时,也特别注重诗词创作的内涵,主张诗味要耐人咀嚼。他的诗友邵天柱先生在为《湖曲露痕集》撰跋《赋到沧桑句便工》时,评价江五科先生的诗"功夫在诗外",在感受生活、解读生活、提炼生活上能达到古文论家所提出的"精骛八极,心游万仞"

"寂然凝虑,思接千载,悄焉动容,视通万里"之功力。

江五科与妻子晚年在都昌县城芙蓉小区的家中颐养天年。他的诗作已达近3000首,手抄诗稿一本一本地叠放在书案上。同置案头的还有他晚年花费心血担任主编的《都昌江姓统修宗谱》。2021年,他的小孙子江逸洲考入北京电影学院美术系。他叮嘱孙辈,从事艺术创作,中华传统文化中的书法和诗词是必不可少的人文素养。"襟怀坦荡无趋避,敲韵挥毫乐似仙。""词乏珠玑凝血泪,情钟翰墨励林泉。"这是江五科晚年生活情趣的吟白。江五科以一首《藜蒿吟》咏怀他的一生:

飘泊平生傍蠡涯,扎根洲渚友蒹葭。

水淹百尺犹存梗,日曝三朝尚发芽。

满目葱茏群手摘,嫩茎香脆众人夸。

风雷雨露滋灵性,悄向深秋小实华。

93. 万户镇塘美李村：全国劳模李咸龙如枝头 吐絮般绽放光彩

【李氏家规】只要勤心骘力，安分守己，此中稳稳当当，便有无限受用。

劳动最光荣，劳动最伟大，劳动最崇高，劳动最美丽。劳动模范是时代的先锋、民族的楷模。1948 年 9 月出生的李咸龙，是都昌万户镇塘美村的一位普通农民，20 世纪 90 年代初，他潜心钻研植棉技术，使皮棉亩产连年超过 200 公斤，成为全省响当当的"棉花大王"。1995 年，李咸龙荣获"全国劳动模范"称号。时光荏苒，李咸龙从县农业局退休后，继 2007 年出版哲思随想集《观世觅略》后，2020 年 11 月又出版了 31 万字的民间文学作品集《鄱阳湖传奇故事》。老劳模李咸龙一路走来一路歌，书写着人生的传奇故事。

迷书在心头

李咸龙从孩童时代到如今年逾古稀，心头一直迷恋着的是书。从求学读书，到亲近图书，到笔耕著书，书山跋涉全凭勤。

李咸龙出生在鄱阳湖边的万户镇塘美村所辖的李家村，10 岁时父亲去世，是勤劳贤惠的母亲把他和当时尚年幼的一个姐姐、两个妹妹拉扯大。李咸龙幼时由姐姐带在身边求学，5 岁时在村小当旁听生，7 岁时读一年级。因为家境困窘，聪颖懂事的姐姐过早失学。李咸龙 12 岁时以优异成绩考上南峰中学读初一，那时上学留给他的刻骨铭心的记忆是饥饿。一周只有四斤半米带到学校，几乎餐餐喝粥，放在饭盒里当菜蒸的是不变的腌菜。有时他还舍不得洗饭盒，怕冲洗掉粘在上面的碎米粒和米质碗垢。

李咸龙读完初一便因贫辍学，书念不成了，但身体单薄的他汲取知识营养的欲望却越发强烈。李咸龙自然没有钱去买书看，只得四处找人借。起初是看流散于民间的古典小说和历史传记，如《三国演义》《东周列国志》等。读《孙子兵法》《聊斋志异》《周易》时，第一遍根本看不懂，李咸龙循着注释一章一节地解读，一遍看不懂看两遍、三遍，甚至六遍、七遍，直至能揣摩其义。他在少年时

代就熟习了许多历史典故，记下了不少传奇故事。村里有个叫李运谟的同族老秀才，他当年在白鹿洞读书时遗留了不少古籍在家里，爱书的李咸龙一本一本地借来啃。后来，李咸龙还借了不少当代小说看，当时流行的《林海雪原》《铁道游击队》等战争题材的长篇小说，都令李咸龙爱不释手。参加生产队劳动，队长安排他和村里的大人一起踩水车汲水，他把书放在眼皮底下，边低头劳动边看书。劳作之余，他小跑着到村祖堂，找出事先藏在旮旯里的书，捧起来就读。

李咸龙更在生活的底层读人生这本大书。他在《鄱阳湖传奇故事》"自序"中如此写道："我生长在湖边，在鄱阳湖撑过船，打过湖草，捕过鱼，又在滩河放过树排、竹排……在老一辈船夫中，我的三爹李会仕是一位最喜欢听故事的人，他也喜欢讲故事，在船上每到一处，他都要把当地的传说讲给我听，讲了一遍又一遍。"民间文艺的种子播撒在李咸龙的心间，他读书之余也讲书，在船民中有"故事大王"之称。那时他白天和村民到湖洲上打草，晚上大家围坐在马灯旁，听李咸龙讲古今中外的传奇故事。当时有个长辈对那些只图玩小把戏的年轻人说："你们这是小聪明，有大用的还是咸龙这样的爱书人。万里江山一点墨，人生在世书为宝。"长辈这些朴素但富有哲理的话语，给了风华正茂的李咸龙不少鼓励，他读书的劲头更足了。

读书是李咸龙的终生追求。后来经济条件有了改善，碰到外出时，他喜欢逛当地的书店，花钱买书。范文澜的《中国通史简编》、蔡东藩的《中国历朝通俗演义》、二十五史等，家中摆了满满一书架。有空闲便读书，已然成了李咸龙生活中的日常功课。

痴棉在田头

爱读书、喜钻研的李咸龙，在棉花栽培上找到了施展拳脚的舞台。

李咸龙的家乡地处红壤丘陵地区，有着悠久的种棉历史，可由于多种因素影响，产量一直上不去，李咸龙觉得棉花栽培一定大有潜力可挖。上面的干部宣传棉花要在清明前播种，可李咸龙经过对比试验，说服生产队队长在谷雨时节播种，当年棉花产量果然提高不少。1973 年，棉虫猖獗，可李咸龙所在的村100 多亩棉花却未受虫害。一打听，原来是喷洒了李咸龙配兑的药水。大队干部送李咸龙到县里参加棉花培训班，并让他做了农技员。1979 年，李咸龙被推荐担任塘美村副主任，一干就是 15 年。1981 年秋季，棉叶跳虫作怪，当时塘美大队的棉花严重减产,公社领导严厉批评李咸龙"骄傲",可他却倍感委屈,同时也深知自己的植棉本领还没有到家。从此,他狠下决心,发誓要用十年工夫,磨炼成名副其实的"棉花通"。随后的十年,李咸龙钻研科学植棉简直到了痴迷的程度。书上理论取经,田头实践论证,制种、施肥、打药、化调等各个环节都精益求精,皮棉单产连年 200 公斤以上。

厚实的文化功底助力李咸龙在植棉舞台上大展身手。1993 年初,他编写了1.6 万余字的《亩产 200 公斤皮棉技术纪实》。他高产不忘广大棉农,经常热心指导其他农户栽培棉花,还把"技术纪实"报送给了棉花生产主管部门,并寄给了时任江西省副省长。副省长阅后写下如此批语:"作为一个普通农民,能动手总结农业技术经验,是难能可贵的,在生产上通过自己的努力,讲究科学种棉,创高产纪录,也是令人感动和敬佩的。全省农民都关心、爱好、依靠科学技术,是农村实现小康的可靠保障,是我省农业发展的令人鼓舞的征象。"

李咸龙被邀请到全省产棉地区领导干部会上做棉花生产专场报告,从专家到棉农,从会场到田头,在全省引起了轰动。李咸龙的这场报告历时 110 分钟,他用接地气的朴实语言,详细讲解了棉花培育过程中施肥、治虫、化验、灌溉、田间管理的具体操作要领。当时主持会议的省委常委、省农工委书记张逢雨称赞他"写技术总结很不简单",当即表态延长一天会期,专门讨论李咸龙的植棉技术稿,并指示要印一本册子发至全省棉区学习。获此殊荣,李咸龙当时激动得热泪盈眶。后来,李咸龙的《亩产 200 公斤皮棉栽培实践》小册子印发至省内所有棉区,张逢雨致信给李咸龙,热情称赞道:"这是农民自己写的书,凝聚着辛勤的汗水。"时至今日,李咸龙和老领导张逢雨还是好朋友。李咸龙写《观世觅略》,不忘把初稿送给老领导看,请他提修改意见。书正式出版后,张逢雨为之写序以示鼓励。1993 年 11 月 30 日的《农友报》头版头条以《李咸龙亩产皮棉超 200 公斤》为题,予以报道。2007 年,九江日报社主办的《长江周刊》头版头条以《昔日棉花大王　今朝农民作家》为题报道李咸龙的事迹。李咸龙的付出得到了组织的肯定:1994 年 4 月,他被安排到万户乡政府工作,聘为棉花技术员,1996 年 3 月担任徐埠乡科技副乡长,1999 年 12 月调到县农业局棉花生产工作办公室,直至 2008 年退休。

李咸龙的"棉花人生"由纯白而变得多彩。李咸龙在培植棉花的同时,听着棉花拔节的声音,也在培植着他的精神人格。

悟理在笔头

2007年1月,李咸龙第一本哲思随笔集《观世觅略》由中国文联出版社出版。都昌老乡、著名文化学者摩罗先生在题为《村夫野老的文化情怀》的序言中如此评述:"李咸龙的著作没有令人恐惧的道德审判、令人厌恶的装腔作势、令人战栗的杀机。平实的态度背后隐藏着包容、慈悲的文化胸怀。"李咸龙在《观世觅略》一书的"前言"中这样开宗明义:"《观世觅略》其寓意是观察世间的万事万物,寻求最佳的对待方式。文章的写作过程,是我在社会经历中,通过自己和他人的一些事例得到感悟,发现在平常的生活中,有些非常平淡,却又非常重要的东西,往往被人们忽略,在偶然灵感的启示下,用文字的方式记载下来,进行思索,发现在人生的道路上,有很多珍贵的东西,犹如瑰宝散落道旁,只要用心拾取,就是一笔偌大的财富。也是由于喜欢读书的原因,就去联系中国历史上的典例精华和现实中的民俗精粹,进行实质性的哲理分析。这种思索,常常使我在智识方面得到了启发,心胸觉得豁然开朗,大有点醒迷惘之感。"

其实李咸龙的《观世觅略》成书一如他在栽培棉花上的成名,也是"十年磨一剑"式的修炼。1995年,他把生活中的所思所想,有意无意地记录下来。2004年10月,他摘选其中几条投寄给人民日报社主办的《人民文摘》杂志和中国大众文学学会组织的人生格言征稿组委会,结果有三条入选人民日报出版社编印的《人生格言经典》,这激发了他写书的兴趣。迄今为止,李咸龙已断断续续地写了38篇人生格言类文章,总计15万余字。低调处事的李咸龙的本意是把这些文章作为家书传与子孙警世,并不想在他有生之年让这些文章面世。后来朋友知道他在著书,便借去读了几篇,对其文章称许有加,并说编纂成书面世,于己于人都是一件很有意义的事。李咸龙著书进入了欲罢不能的状态,有时半夜醒来,有了哲理思考,便披衣起床,记下灵感的一鳞半爪。为了节省书稿打印费,李咸龙学会了操作电脑,一字一句地在键盘上敲击着心血之作,连封面设计都是出于己手。

不少人诧异于他从"农人"到"哲人"的角色转变,李咸龙寻思着,这其中也蕴含着哲理:艰辛的劳动是成功打开人生大门的钥匙。

书奇在潮头

"观世"更要"入世",步入老年的李咸龙开始人生的转场——由植棉的田头至笔耕的案头,乐此不疲。

《观世觅略》出版后,从2007年开始,他创作的风帆驶向了鄱阳湖传奇故事这方水云间。李咸龙出生在鄱阳湖畔,驾船出湖、打草时,听船夫讲了许多动听的民间传说。近年来,生态文明建设的方略也呼唤着人们在绿水青山间注入文化之魂。越到老年,李咸龙越发有一种情怀——要创作一部鄱阳湖传奇故事集,让鄱阳湖的少年憧憬的湖梦更魔幻,让成年后的鄱阳湖人对母亲湖更亲近。

2007年,李咸龙行将退休,单位上的工作任务轻了,他将更多的精力转移到创作《鄱阳湖传奇故事》上来。他的创作,不是原汁原味地搜寻、循规蹈矩地实录,而是挥洒才情于其中的民间文学的全新创作。从乡间那里听来的一则短小故事或是一句民谚,只是给了他创作的灵感,宛如一朵晶莹的小浪花,李咸龙要用他的生花妙笔,以小见大,推陈出新,演绎出跌宕起伏的传奇故事,铺展到浩荡千词,连缀成"湖上文章"。开始创作的数年,李咸龙没有声张,有时租一条民船,由儿子陪着他去湖区采风,体察传奇故事发生的地理环境,收集像珍珠一样散落于民间的湖区故事。

从2007年开始创作《鄱阳湖传奇故事》这个系列的第1篇《老爷庙传奇》,到完成第15篇《七姊妹墩传奇》,再到结集由中国时代经济出版社有限公司正式出版,这一"剑"之出鞘,李咸龙历经13年磨炼。《鄱阳湖传奇故事》在内容上,有以鄱阳湖中某一地域为传奇故事承载地的,比如老爷庙、朱袍山、凤凰寨、犟山、蛇山、鲶鱼寨、七姊妹墩等。这些真实的地名,听上去就有一股魔力,令人逸兴遄飞。有以鄱阳湖区的人物为传奇故事演绎者的,比如朱元璋、陈友谅、榜眼曹履泰、罗隐(乐逸)、刘溉(介)、老相公(俞廷玉父子)等。有以鄱阳湖里的神怪为传奇故事的穿越者的,比如猪龙(江豚)、桩尾龙、露龙星等。有些篇什的创作灵感就来自湖区广为流传的谚语:"石打石门开,郎猪哥哥寄信来。""三月三,破船莫在江边弯;九月九,破船莫在江边守。""赵家天子杨家将,挂角将军万万年。""'激'字急倒人,'激'字哪里寻? 三点白下方,反文在右旁。""大鸡啄头,小鸡啄尾,啄得蜈蚣变鬼。""日里千人打,夜里万人填"……李咸龙用心去揣摩这些千百年来在湖区广为流传的民谚,为创作传奇故事开拓遐思领地。李咸龙也喜欢从古籍的只言片语中借题发挥,在顾盼间神思飞扬。比如《幼学琼林》里有秦始皇"鞭石之法",李咸龙创作时便生发出采药女阿房的情爱故事。故事背景中,鄱阳湖犟山的"九十九条山沟",是秦始皇鞭长所致,令人浮想联翩。

李咸龙爱读书打下的文史功底,让他在创作《鄱阳湖传奇故事》时得心应手。比如写到刘伯温与朱元璋纵论"反间计"时,李咸龙早年看过的《孙子兵法》为他舒展了捭阖的长袖。写到罗隐先生论风水章节时,李咸龙涉猎的《周易》为他旋转起文学的乾坤。李咸龙创作鄱阳湖传奇故事时,借鉴冯梦龙"三言"、蔡东藩"演义"的文体风格。他不只是有意模仿中国古典白话小说的语言韵味,在章节的转承上也多用"要知后事如何,请看下回"的章回体句式。李咸龙在编织故事情节时,不乏传奇色彩。在《乐逸传奇》中,民间流传的谶语是"打断后河颈,钉死李公岭。日里千人打,夜里万人填"。湖区民间有要打七枚铜钉才能破谶的故事,李咸龙加了后四句:"要想打断坳,子夜钉铜钉。北斗七星位,位位倒栽葱。""铜钉"者为"童丁"——用七个儿童为"钉"破谶。此情节的设定,就其故事性来说,自然得到了强化。在《桩尾龙传奇》中,将寒婆婆冷"寒"之"寒",与西汉名将韩信之"韩"姓相连,显得趣味盎然,而将韩姜"无夫自孕"设定为纳莲花之精华,这种艺术虚构也契合了神话传说的特质。

李咸龙每完成一篇文章,大多会在个人微信朋友圈首发,得到过不少专家和读者的首肯。也有影视剧传媒公司找他商洽一些篇章改编授权事宜。2020年11月,《鄱阳湖传奇故事》正式出版,此时的李咸龙有女儿出嫁的感觉,当红盖头慢慢掀开来时,期待着人群中有人多看一眼他的佳作。

李咸龙有一门绝活,就是大尺寸高分辨率地拷贝相纸材质的古字画。近年来拷贝过的最长的古画是清代宫廷画家徐扬创作的纸本画作《姑苏繁华图》,长达18米的画卷上纤毫毕现地展示了姑苏城内的繁华。盛世繁华竞逐,李咸龙心田亦现一派繁华……

2023年3月10日,李咸龙先生病逝于万户塘美李村家中。谨以此文哀悼李先生的驾鹤西去。

94. 和合乡田坂杜村：京城二级教授杜杨松
故园里的丁香花开

【杜氏家规】隆学校——盖必小子有造，而后成人有德，教以人伦，修其天爵，圣功也！

　　我手机里保存的照片，清晰地载录着 2018 年 7 月至 2019 年 7 月整整一年来，我与中国地质大学（北京）教授杜杨松的三次直接交往。

　　初识杜教授，是 2018 年 7 月 14 日下午，在北京港中旅维景国际大酒店，恰逢"都昌北京商会都昌文化教育界精英交流会暨蔡元培夫人黄仲玉女士诞生 140 周年纪念筹备会"召开。这是一次都昌骄子在北京的聚会，我有幸前往聆听，并做些前期的对接工作。杜杨松教授在会上发言，对开展纪念蔡夫人黄仲玉（都昌县城金街岭人）的活动，提了切实可行的具体建议。第二次与杜教授见面，是在 2018 年 8 月 10 日，其时中国地质大学（北京）大学生暑期社会实践支教团队来都昌。杜教授和学校的团委领导来到都昌，看望支教队的大学生，并现场为支教工作捐款 1 万元。作为关注家乡发展的京城教授，杜教授还为都昌的乡镇干部做了一堂"外向型经济发展"的报告，关爱家乡之情溢于言表。那次我陪杜教授回了他的老家——和合乡田畈村，看望他的兄嫂，并前往当地的田畈小学，杜教授表达了捐资奖教、奖学的意愿。第三次见面是在 2019 年 6 月 28 日，杜教授前来参加中国地质大学（北京）大学生社会实践基地都昌县田畈支教点暨田畈小学丁香奖学金设立仪式。我在其中做了一些联络工作，得到杜教授的热忱称道。

　　杜教授 2008 年 7 月就任中国地质大学（北京）二级教授，曾任中国地质大学科技处、科技与国际合作处处长，以及研究生院、科学研究院副院长等职，在中国地质界岩浆岩专业颇有声望。中国的教授职称等级通常有七级，正教授岗位分一到四级，副教授分五至七级。院士通常是一级教授，杜教授所属的二级，已是教授当中很高的等级了。我觉得与之相匹配的还有他的"德高"，这从他对家乡教育的一往情深可识得。杜教授首期捐出 12 万元，设立田畈小学"丁香奖学金"，每年对家乡的优秀教师、优秀学生予以奖励。奖学金以"丁香"命名，杜

教授的旨意之一是纪念故去的母亲——詹丁香。时任都昌县委常委、宣传部部长樊珈妤在仪式上致辞时,进一步解读"丁香"之意——丁香花之花语寓意高洁、勤奋与谦逊。

杜杨松教授为家乡的教育慷慨解囊,从积蓄中捐出 12 万元设立奖学金。他的内心有着怎样的故乡情结呢? 我揣想这一定与他的人生经历有关。在当天活动仪式结束后,我对杜杨松教授做了短暂的采访。我想用笨拙的文字,载录杜教授年少时在家乡的求学经历。这种留存,于他本人,是对人生特殊阶段的一次回望;于他的家族历史,是一段珍贵的资料;于这个时代,是一种"以人证史"的回眸。其间对细节的凝望有多精微,历史的温润度就有多动人。杜教授是 1977 年我国恢复高考招生考试第一年参加高考的,他的求学经历已然打上了深深的时代烙印,是那个年代的农家子弟沐改革开放春风,以知识改变命运的一个生动注脚。

1957 年 8 月,杜杨松出生在都昌和合田畈的磨盘洲杜家,父亲杜泽党和母亲詹丁香是没上过一天学的农民,但父母的勤劳、正直、质朴、坚韧,给杜杨松以无言的身教。1964 年 9 月到 1970 年 1 月,杜杨松在西田小学完成了小学学业。那时的西田小学原址在一个叫猪屎塘的地方旁边,是当今的田畈小学的前身。当年根据"学制要缩短,教育要革命"的指示,小学五年级、六年级同时升入初中。这导致和合农中的初一学生爆满。校长经请示上级后,想了一个办法,让升初一的五年级、六年级学生进行一次入学考试,择优选取 18 名学生直接插入初二年级就读。小学五年级的杜杨松跻身前 18 名,与初二年级的小哥哥排排坐了。直到现在,田畈人还津津乐道于杜教授当年"连跳两级"的佳话。更令人称羡的是,在初二年级强化训练 3 个月后,班上举行数学测试,前 6 名竟都是"跳级生",这其中自然有杜杨松。

1973 年 6 月,杜杨松从和合农中高中毕业,唯一的出路是回家务农,他断断续续地跟当地的师傅学过 3 年桶匠。桶匠有别于木匠,主要打制圆柱体的木器,比如尿桶、薪桶、水桶、饭甑等。那时,生产队严管上户做工挣钱,杜杨松更多的是在队上挣工分。不满 20 岁、身体羸弱的他,一天下来的底分是 8 分,相当于一个女劳力。在那个年代,"水利是农业的命脉"成为金科玉律,杜杨松随着村里的大人在村里村外推车挑土筑圩堤。以至现在年过六旬的杜教授,回忆起迈进南京大学之前的不少关乎人生命运的重要节点时,都把"坝上"作为生存环境的铺垫。1977 年 10 月底,杜杨松在和合丈家垅水库挑土筑坝,他读高中时的班主任吕敬前老师派学生找到杜杨松,告诉他全国恢复高考的好消息。吕敬前老师是大沙人,也是毕业于江西师范大学数学系的名师,在邻近的和合中学任教多年。吕敬前知道杜杨松书性好,是一块读书的好料。他让杜杨松当即收拾铺盖,随着传话的同门师弟直奔和合中学复习赶考。

杜杨松提着简之又简的行李,从圩堤走进了校园。同被恩师叫来复习的,还有詹和生、杜传发、詹美礼等同学,他们在学校搭起通铺落宿。家贫的杜杨松在食堂用膳的饭菜票,都是吕老师买的。复习20多天后,报考正式开始了。杜杨松的父母为了他当年能稳稳地考上,力主他报中专。在人生命运抉择的关键时刻,有贵人相助,实在是此生之幸。吕敬前老师就是杜杨松的贵人,吕老师相信杜杨松的实力,不但坚持要他报考大学,而且还要他填报中国一流的大学。吕老师甚至放出狠话:如果杜杨松决意要报考中专,那么他与杜杨松将"恩断义绝"。杜家人考虑到半年之后就要举行第二次高考,万一没考上大学,来年还可以再考,便同意杜杨松遵照吕老师的意见报考大学,而且是恩师为他圈定的赫赫有名的南京大学。

1977年冬天,杜杨松迈进了设在都昌县城的高考考场,第一堂考政治,答题还算顺手。第二堂考语文,杜杨松至今还记得当年的高考作文题目是"难忘的时刻"。他奋笔疾书,紧扣主题,阐发开去。第三堂考数学,那年的数学卷难度很大。本是强项的数学,杜杨松却考得垂头丧气。有个10余分的大题目,杜杨松在考场硬是找不着解题思路,一出考场思路却豁然开朗。杜杨松估摸自己的数学成绩只有70分上下。专门来县城为自己的学生高考"督战"的吕敬前,怕影响学生的情绪,也不好多问。吕敬前中午到其他考点打听了一下,得知都昌中学一位教数学的老师也参加了当年的高考,那位老师预判数学能得40分以上就是好成绩了。吕老师神采飞扬地鼓励估分70分左右的杜杨松乘胜挥笔,拿下最后一门——物理、化学合卷。没有多少人能终生记得自己的高考各科分数,可杜杨松清楚地记得40多年前的各科高考分数:政治75分,语文72分,数学68分,物理、化学(满分120分)26分,总分241分。由于物理、化学得分太低,拉分厉害,高考总分得分率不到60%。

杜杨松高考过后心情有点儿失落,以为落榜无疑,只等来年夏季再考。他仍旧上坝挑土,是年冬,转场到了县城近郊的矶山圩堤。某天晚上,筋疲力尽的杜杨松与大哥杜水松同盖一床被子聊着天。大哥悄悄告诉杜杨松:"今天我在

县城见到了在县中教书的和合老乡詹美秀老师,詹老师说县招办公布的高考上榜名单上有你的名字。"第二天,新的太阳从东方升起,杜杨松不敢去张扬被录取的喜悦,仍埋头挑土做坝。第三天上午,杜杨松接到让他下午去参加高考体检的通知。当时是寒冬,从矶山圩堤步行到县城途中要经过一片沼泽地,需要打赤脚涉水而过。三哥杜青松怕弟弟身体受寒影响体检,便打着赤脚,背起杜杨松,蹚过刺骨的水域到对岸。

1978年春节,杜杨松是在煎熬中度过的。上了分数线的同学都在年前接到了录取通知书,他高考分数在当地最高,却没收到录取通知书,全家人望眼欲穿,都盼着通知书飞来。到了年后的正月初三,杜杨松有点儿心灰意冷地到同学家看打扑克。那个同学告诉杜杨松,他的通知书年前也到了,只是夹在公社的报纸堆里无人打理,一直束之高阁。今天大队支书在公社办公室发觉后已将通知书送至杜家了。杜杨松拔脚往家中赶,在家中的木柜上找到了父母刚刚接到的来自江西省高招办的一封信,打开信便是他的南京大学的录取通知书。他父母当时喜不自禁,燃起爆竹庆贺,随即给吕敬前等恩师报喜请酒。后来,杜杨松和当年一起复习赶考的同学,每年都会与吕老师相聚,感恩老师当年的提携。

1978年元宵节过后,父亲送杜杨松经县城至九江坐船赴南京上学。1977年——全国恢复高考制度的第一年,有570万人走进考场,仅录取了30万人,杜杨松难得地被名牌大学录取。临走的那天早晨,又出现了暖心的一幕:做裁缝的二哥杜海松,送来3元4毛钱给弟弟,这是他昨晚收到的做户工的两天工钱。二哥还脱下穿在身上的"的确良"布料的蓝色裤子,膝盖和屁股部位已有补丁,蓝色也被洗成了灰白,这已是杜家最好的衣服了。二哥让杜杨松换上自己的裤子,这样见了大学同学也体面些。大哥、三哥也送来了搪瓷脸盆等必备生活用品。杜杨松是带着全家人的深情寄托,含泪踏上通往大学校园之路的。自此之后,杜杨松乘着励志的翅膀,翱翔于理想的蓝天。

著名诗人艾青在《我爱这土地》一诗中咏叹:为什么我的眼里常含泪水?因为我对这土地爱得深沉。当我们了解了杜杨松教授年少时在家乡走过的这段求学路,就更能理解他倾情家乡的这份助教之爱。杜教授在这次颁发丁香奖的第二天离开都昌回北京前,还专门给我发来奖学金的专项账户存折图片。他为人的纯粹、做事的笃诚,令人心生敬意。京城播来爱心种,田畈丁香次第开。大学教授杜杨松把他心中的一份挚念,留在了家乡的小学校园……

95.西源乡塘口段村:外交官段秀文的锦绣人生(上)

【段氏家规】敦孝悌、睦宗族、立业本、慎交友、调弟子、尚勤俭、遵法律、戒争讼、禁非为。

"传家训扬新风"系列此前曾以《在湖之西》为题,叙写过西源乡塘口村一代代村民浩荡的湖边岁月。对于从塘口村走出来的共和国外交官段秀文,我们不妨用几个数字来定位他的外交人生坐标:1946 年生,1965 年都昌中学高中毕业后考入北京外国语学院法语系,1973 年开始从事外交工作,直至 2006 年退休。在 33 年的职业外交生涯里,段秀文先后在外交部以及 5 个驻外使领馆机构供职,到过 130 余个国家。我们且来回望外交官段秀文的人生之途,借此从个人生涯的小切口,触摸大时代脉搏的律动。

故园:一个好学少年

如果说一个人成人成才后的学养有"童子功"之说,那么,段秀文的童子功着力于书法。

1946 年农历六月初一,段秀文出生于都昌西源塘口村一个普通的农家。塘口濒临鄱阳湖,父亲段云顺、母亲江凑凤既耕种几分薄田,也出湖打鱼谋生,日子过得困窘难堪。段秀文是家中长子,7 岁时被送往村里的小学读书。

塘口村小的老师是村里的段玉如老先生,他以前教过私塾。段秀文写得一手好字,得益于老先生在教学生习字时的传统教法:每天中午,老先生会要求孩童们练一个小时的毛笔字。通常一张课本大小的毛边纸,写两竖排八个大字,每个字周边配五个小字。在习字的方式上,老先生用的是极为合理的循序渐进法:第一步是正楷描红,顺着范字一笔一画行墨,一如幼儿在大人的扶持下蹒跚学步;第二步蒙帖在两个月后,学生将老师准备的字帖放置于透明的薄纸下面,学着走笔,顿挫有致,一如学步的幼童去了扶持,腾挪着碎步向前方拍手相招的大人怀抱中奔去;第三步临摹,一般在一个学期后,学生将老师买来的或手写的字帖置于案头,端正写姿,读过帖子,便握笔摹写一笔一画,一如学会走步的孩童,在大人的注视下颤颤巍巍地迈步向前。

段秀文从小就喜欢写字,在上学堂前便常常拿着灶膛里未烬的乌黑柴薪,作笔作墨地在废纸上涂画。及至小学,老先生循规蹈矩的习字启蒙,总是无法满足小秀文,他总是要弄出点儿"花样"来——规定每个大字旁练写五个小字,可他偏将大字四周写得满满的,占天占地,满页下来竟有两三百个小字。老先生每天都会把学生的习字收上来,用红水毛笔点改,大字写得好,画个大红圈;一字中某一笔写得特别出色,又在这一笔处画个小红圈。段秀文的书法练习本上总是大圈套小圈,赢得老师满堂表扬。这样习字坚持了数年,段秀文的书法"童子功"由此打下。村小四年,段秀文对那段懵懂岁月的回忆,除了练字,还有撕日历。学校有一本大人巴掌大小的日历,挂在教师办公房间的墙壁上。段秀文每天都是第一个到校,掀开新的一页日历。那日历除了有年、月、日的标示,还有名人名言、重要节日以及小知识集锦一类的文字。段秀文每天撕一页,每天读一页,学习日历上的知识。年底,他将撕下的日历重新装订起来,系统温习。待到春季、秋季开学的第一天,段秀文总是第一个来校,将假期未撕的一沓日历撕下,当作宝书似的翻阅,兴奋无比。

段秀文读五年级时由村小转到西源畈的中心小学,记得当年的校长是向国柱先生。每日练习毛笔字不再是基本课程了。这一年,因家贫,段秀文差点儿辍学,是伟大的师爱让他重返校园。那是五年级下学期要开学的时候,刚过完年的段家拿不出一分钱给段秀文报名,父亲段云顺让他去放牛。班上的小伙伴在学校唱出朗朗的读书声,段秀文则在山坡上放起了牛,听黄牛哞叫。当年没有"牧童骑黄牛,歌声振林樾"的欢快,有的只是对牛牯的惧怕,段秀文连傍晚赶牛入圈都要躲得远远的,不敢近前去拴绳。一个春雨淅沥的日子,段秀文五年级的班主任龚治仁老师和他同在学校任教的妻子,顶风冒雨踏进了段秀文的家门,恳切地劝导段云顺将书性超好的段秀文重新送进学校。至于学习费用,龚老师也说了帮忙相助的暖心话语。在一旁的母亲格外舍不得儿子放牛。就这样,父母跟邻居借了5毛钱,第二天又将段秀文送入西源畈继续读书。

段秀文六年级小学毕业后,被保送至三汊港中学读初中。那时中学一般都办在县城,据说三汊港中学是全省首个办在农村的中学。记得时任校长是赵家琳——来自河南的一名南下干部。当年,三汊港中学的办学条件十分差,学生住的是草房,教室才是瓦顶屋。一手好字让段秀文在初中脱颖而出。每到星期六下午,学校都会组织大扫除或勤工俭学,段秀文总是被教导主任王之瀚叫到办公室,替学校用钢板刻油印资料的蜡纸。小小年纪的他,手上抵笔关节处都被刻烙得出了血,但段秀文从不叫一声苦,只觉得老师这么信任自己,自己一定要坚持做好,每一笔每一画都要刻好,不可懈怠。

1962 年暑假,段秀文初中毕业。他原本打算考个中专,早点儿出来工作——家中兄妹五个,父母的背被沉重的养家负担压得不再坚挺。但最终在老师的鼓励和父母的支持下,他还是决定报考高中。段秀文对自己的学习成绩很自信,即使高中招生指标再少,他也相信自己一定能被录取。

初升高考试那天,正是农历六月初一,这一天也是段秀文 16 岁的生日。上午第一堂考语文,段秀文第一个交卷。父亲这一天赶到三汊港中学接考完试离校的段秀文回家,他捧出从家中带来的两个煮熟的荷包蛋给段秀文吃,一是为儿子庆生,二是为庆祝节日——农历六月初一也是三汊港一带过半年的节日,三是鼓励儿子初中毕业考出好成绩。父亲有点儿责怪段秀文考语文太早交卷,担心他没考好,可段秀文轻松地告诉父亲:没事的,题目不难。上午第二堂考数学,段秀文也做得很顺利。那一年初中毕业考试只需考语文和数学。两科考完已到中午,段秀文高高兴兴地同挑着行囊(一头是被子,一头是装简单生活用品的木扁桶)的父亲回了家。当年三汊港中学有 130 多个毕业生,但读完初中回家、迈入社会而主动退考的有 70 多人,留下来参加毕业考试的有 60 多人,当年被都昌中学高中部录取的仅有 7 人,段秀文成绩名列前茅。

都昌中学:一段锦绣文章

1962 年秋季开学,段秀文成为都昌中学高一(1)班的一名学生。其时,都昌中学校长是陈先麟,书记是张通明,副校长是段志鸿。高一(1)班的班主任是李剑吾老师,高二、高三年级分别由何光耀、熊园群老师担任班主任。

回首三年高中生活,段秀文印象最深的有两件事:一是展书法之长;二是得老师在高考填报志愿时的指教而为人生定向。段秀文高二时担任校学生会学习部部长,一直到高三上学期。那时都昌中学校园内立了 24 块宣传黑板报,由学生会主管。黑板报每两个星期更新一期,从各班通讯员中组稿,随后审稿、编排、誊写,段秀文是当仁不让的主角,也因此全面锻炼了他的协调能力和实践能力。高中阶段是人生起飞的关键期,学习任务重、压力大,但段秀文对文学一直

葆有热忱——阅读课外小说、欣赏古典诗词,以提高自己的作文水平。每周星期六下午,是全校大扫除或是参加其他体力劳动的时间,时任教导主任陈修发、总务主任朱培德早早地与段秀文的班主任打招呼:不要给段秀文安排劳动任务,要调他去誊写资料,因为他字好,做事认真负责。在都昌一中现今保存的一些历届学生学籍档案里,能查找到段秀文的毕业证书存根,用毛笔写的相关信息是当年县中语文名师吴毓苏的手迹,而"操行评语"竟是段秀文自己当年用钢笔所写。经他之手誊抄的"操行评语"有不少,在此不妨抄录一段段秀文1965年7月高中毕业时誊抄的"操行评语":

优点:1.思想进步,是非分明,能积极地参加各项政治运动(如二十三条学习、团九大会议传达),能大胆地开展批评;能认真地参加政治学习和毛著学习,发言积极,能积极地开展批评。2.学习努力刻苦,学习目的明确,计划性较强,爱写作;对升学和就业有比较正确的认识。3.工作积极,能任劳任怨,能出色地完成组织上交给的任务,工作中能上能下,埋头苦干。4.劳动积极,态度端正,能争干重活,要求参加体力劳动。5.关心集体,热心为集体服务,乐于助人。6.能模范地遵守制度,尊师爱校,群众关系较好。7.生活节俭,一直保持低标准水平。

缺点:1.工作中尚欠细微和尚欠些细心。2.学习成绩不平衡。3.对体育锻炼欠积极。

这段评语体现了那个年代对一个高中学生的评价标准,从中也能了解段秀文那时的一些学习和生活情况。比如"爱写作""学习成绩不平衡",说明他当年文科强于理科;"生活节俭""低标准",说明他家境困窘。段秀文的高中毕业证上署名是"段秀文",在此之前,他的真名叫"段庆贵"。"庆贵"在那个年代多少带点儿名利色彩,段庆贵同学在高考报名前夕改了一个响亮的名字。那个年代没有要到公安部门改户口、改身份证一说,只需在高考报名表上改名。彼时的段庆贵请教赏识他的语文老师吴毓苏,饱读诗书的吴先生说:"你文章写得好,'一段锦绣(秀)文章',就叫'段秀文'吧!"自此,"段秀文"闪亮登场。

段秀文1965年参加高考,顺利被北京外国语学院法语系录取,以至终生以外交官为立身之业。段秀文在高考报考学校和专业选择上,全仗当年爱生如子的老师的悉心指教。教语文的吴毓苏老师主张段秀文这位文章写得好的高足,第一志愿填报北京大学中文系。可段秀文喜欢外语,他想第一志愿填报北京大学西方语言系英语专业,第二志愿填报北京大学中文系。当年都昌中学高中学生学的是俄语,教俄语的陈和玉主动将优等生段秀文叫到宿舍,建议他不要报英语系。他分析道,北方省份高中学的是英语,江西考生学的是俄语,到大学重新改学英语,起跑时就开始显示短项,打马追都很吃力。陈和玉老师展示了国际视野,他继而分析道,20世纪60年代,国际社会要求恢复中国在联合国的合法地位的正义呼声很高,且随着全球民族解放、反殖民化浪潮的风起云涌,非洲特别是西非、中非的法国殖民地争取民族独立的斗争如火如荼,这些非洲国家的官方语言就是法语。中国与非洲国家同属第三世界,心心相印,与独立的非洲国家建立外交关系、互设大使馆是迟早的事,这就需要一批懂法语的外交官。在陈老师的建议下,段秀文将高考第一志愿改为北京大学西方语言系法语专业。都昌中学当时的团委书记谭策勤将工作积极的团员学生段秀文叫到办公室,肯定了他扬长报考法语系的方向,并分析了北大外语系与北外外语系在培养目标上的不同。北大东西方语言系当时主要培养的是教学科研翻译人才。谭老师从抽屉里拿出一张关于北外招生的内部宣传资料,当年隶属于外交部的北外的培养目标有两个:一是政治翻译;二是初级外交官。北外对拟录取学生的政审特别严,谭策勤老师分析,段秀文学习成绩好、家庭出身好,又是校学生会干部,符合"又红又专"的标准,正好彰显自身优势。那时都昌中学的老师关心学生真的是推心置腹、呵护有加。综合诸位老师的研判,段秀文高考第一志愿最终填报北京外国语学院法语系。高考揭榜,遂愿而录。

都昌中学1965年毕业的高中学子,可谓群星闪耀。段秀文考入北外法语系,江民繁考入复旦大学新闻学系,胡四珊、黄炳星、张锦帆、谭克发、曹雪鸿、向绍祖、朱训练、张通学、王华山、王旺松等一批应届毕业生从母校都昌中学起飞,展翅翱翔于名牌大学……

96. 西源乡塘口段村:外交官段秀文的锦绣人生(下)

北外:特殊年代的大学时光

1965 年秋季,19 岁的都昌学子段秀文荣幸地成为北京外国语学院法语系的一名学生。回首往事,如今已至暮年的段秀文总是感恩命运之眷顾,如果晚一年高考(1966 年开始,大学中止正常招生),十二年寒窗苦读的段秀文再怎么优秀,也无法踏进大学校门。段秀文踩着时代的节点,荣录北外,在特殊年代开始了一段特别的大学时光。

北京外国语学院的前身是 1941 年成立于延安的中国人民抗日军政大学三分校俄文队,建校始隶属于党中央领导,1980 年后直属教育部领导,1994 年更名为北京外国语大学。段秀文进入北外后,如饥似渴地学习。

1969 年底,北外走"五七"道路,全校 2000 余名师生,整体搬迁到湖北省钟祥县(今钟祥市)沙洋公社参加干校劳动。在湖北沙洋"五七"干校的一年零四个月里,段秀文的出色不是表现在外语成绩上,而是表现在插秧手艺上。那时北外在沙洋有五六百亩田地,师生以劳动为主,既种棉也种粮。1970 年 4 月,田间春插,段秀文少时在家乡塘口村挣过栽禾的工分,所以对栽禾算是轻车熟路。领导看了,直夸段秀文栽禾动作快、行矩直。在繁重的体力劳动之余,段秀文心里其实有几分苦闷和沮丧——看不出前途何在。北外的转机来自周总理的亲切关怀,爱才惜才的周总理指示北外 1969 届、1970 届 2000 余名在校学生作为外交人才储备起来。劳动当然是第一位的,但外语专业不能荒废,每天学生要学一个小时以上的外语。1970 年前后,中国与加拿大等国家正式建立外交关系,急需外交人才。1971 年 9 月,北外的学生从湖北回京,全部返回北外进行一年外语专业进修,补齐所学之不足,然后由国家统一分配到外交一线工作。段秀文离开沙洋回到北京,这一天,他记得十分清晰,是 1971 年 9 月 12 日。

外交部:三十三载云和月

1973 年 3 月,段秀文经过进修一年余,被安排到外交部礼宾司工作。

段秀文在外交部礼宾司的起初三年,最难忘的是得到了周恩来总理的亲切教诲,近距离感受了周总理令人折服的人格魅力。1973 年,段秀文在礼宾司参加来华的各国外交部部长以上的贵宾的礼仪接待工作,几乎每个星期都能见到为中国外交事业日夜操劳的周总理。那时刚到礼宾司不久,段秀文随同礼宾司的同志在周总理接见外宾前向周总理当面汇报有关接待安排。记忆力超人、亲和力暖人的周总理,发现参加汇报的人员中有一张新面孔。周总理微笑地问段秀文是新来的吧,段秀文有点儿拘谨地回答:"我是一名外交战线的新兵。"周总理鼓励他:"好!年轻人要好好干,礼宾司工作很重要!"周总理为国鞠躬尽瘁,1974 年后,身体已大不如前,参加外宾接待的频次也少了些,段秀文也就没再见到敬爱的周总理了。1976 年春寒料峭的 1 月 8 日,"人民的好总理"周恩来逝世,全国人民沉浸在无限悲痛之中。元月 9 日,外交部礼宾司选派了 5 名同志随同外交领域的代表去北京医院瞻仰周总理的遗容,段秀文作为年轻外交人员代表,最后深情地向周总理告别。

段秀文的毛笔书法一直使他在工作岗位出彩。在礼宾司工作了十年,他现场领略了朱德、董必武等老一辈无产阶级革命家在外交场合的不凡风采,也亲历了多位外交部部长的外交风格。那时宴请外宾的三五桌小型宴会所用菜单和座位卡一般都用毛笔手写,段秀文的一手漂亮毛笔字派上了用场。有时见到一些外宾将他手书的菜单、座位牌收存起来作为纪念,段秀文便很有成就感。碰到友好国家领导人逝世,中国外交部会向逝者所在国家驻中国使领馆送花圈吊唁,花圈上的绶带往往出自年轻的段秀文之手。

1982 年 8 月,已积累一定外交工作经验的段秀文,被派往地处西非的中国驻塞内加尔大使馆工作,当时大使是梁枫。四年之后的 1986 年,段秀文应召重回外交部办公厅,在信使队工作,主要职责是负责国内与驻外使领馆机密文件的传递。面对面的传递,可以确保机密信息不被现代技术破译。即便到了信息科技飞速发展的当代,外交部的信使队仍存在,仍然发挥着独特的作用。段秀文在信使队工作了 8 年,历千山万水,蹈波谲云诡,不辱使命,奔赴征程,足迹遍及百余个国家。段秀文抱定一个信念:手中的信件比自己的生命还重要,要确保万无一失,安全传递!信使履职不少于两人外出,就是在飞机上睡觉,也要确保身上的外交文件要在另一个同行者的视线监控下。

关于段秀文外交官生涯后 13 年的丰富履历,我们简列于下:

1993 年 4 月,段秀文赴中国驻马里大使馆任一等秘书、研究室主任。

1997 年 1 月,段秀文回到外交部办公厅,从事调研工作。主要从国内外各方汇集的海量信息中,筛选特别重要的内容,经高度浓缩编写成简明条目上报,供上级领导参阅。

1999 年 11 月,段秀文赴瑞士,在中国驻日内瓦联合国代表团工作,2001 年底回国。

2002 年春,段秀文被派往中国驻摩洛哥大使馆工作,负责行政事务。

2004 年 4 月,段秀文从驻外使馆调回外交部信使队,直至 2006 年 10 月退休。

作为首位从"鄱阳湖上都昌县"走出去的职业外交官,段秀文在 33 年的外交职业生涯中,亲历和见证了中国外交在维护国家利益、维护世界和平中的风风雨雨。退休后的段秀文,笃厚的外交情怀不变。2021 年 11 月,他填词作《清平乐·说"不"》,抒发一个老外交官的感慨:"民殷物阜,国弱遭强掳。赖有中流擎砥柱,伟岸宏声说'不'。神州焕发青春,百年挥斥乾坤。狼子磨刀霍霍,灭他亡我之心。"

退休后的段秀文在北京、九江、都昌三地欢度幸福晚年,有时也会前往在匈牙利创业的儿子家。2021 年农历四月初,相爱终生的爱妻冉新因病辞世,段秀文十分悲伤,将心中的哀悼和思念吟成一首首诗词,寄托哀思,颂扬爱妻的"懿德",告慰她的在天之灵。之后,段秀文还编印了《思虑赞美与追怀——献给结发妻子冉新的诗词专卷》,情愫感人,佳作传世。

2022 年,段老是在生他养他的都昌西源塘口村过的年。正月十二日,已 76 岁的段老应高中母校之邀,回到母校走走看看,与数位高中同学回首求知的三年美好时光,感恩母校对他的培育。行走于宋末元初的理学大师陈澔创办的"云住书院"原址建起的新都昌一中,感受书香馥郁的校园氛围,段秀文感慨万千,赋诗抒怀:"六十年前求学来,情牵追忆满襟怀。人更物替寻踪迹,校扩师承固学台。履职外交乖远隔,感恩母校喜重回。高中承教千余日,学子由兹展翅飞。"

"我从这里走向世界,只要付出辛勤努力,一切均可变为现实。"壬寅之春,段秀文以此书法作品题赠母校当下的学子。这亦是段秀文对自己外交官人生信条的精辟诠释。

97. 都昌镇白洋垄社区居委会："爱心妈妈"苏日琴在太阳底下拨动爱的琴弦

　　太阳村，全称是"江西太阳村鄱阳湖儿童救助中心"。从 2007 年到 2022 年，太阳村创办已历 15 年。15 个春秋，近 5500 个日子，每一个日子都有爱的故事。15 年来，我见证过、记录过、传播过太阳村不少爱的故事。爱是什么？爱是你我。今天我要讲述的是"苏妈妈"在太阳底下拨动爱的琴弦的故事。故事的主角一是服刑人员的子女，名叫小泽（化名）；二是爱心妈妈——已过知天命之年的苏日琴。

　　小泽就出生在太阳村成立的 2007 年，家境优渥——他的父亲是一名商人。可他的父亲是一名不法商人：2010 年因犯诈骗罪在北京被法办，最后被押回南昌，银铛入狱。小泽母亲并不是他父亲法律上的妻子，只是他父亲当年招聘来的一个女秘书。小泽父亲身陷囹圄后，小泽母亲在仓皇之际，将 4 岁的他悄悄地放在办案的派出所里，挥泪避走娘家。北京的公安从媒体上了解到江西省都昌县有个"太阳村"救助服刑人员的子女、特困家庭的孩子，于是联系九江市公安部门。九江市公安部门联系了在九江城区创业的都昌籍太阳村爱心企业家潘炳生，潘炳生便驱车将小泽送到了太阳村，临别还将身上的 1500 元钱留了下来，让照顾小泽的阿姨给他添些生活用品。从此，小泽拥有了太阳村这个温暖的家。

　　太阳村有一个"爱心妈妈协会"，成立于 2008 年 5 月 30 日，首批会员 128 名。在都昌县城开办一家宾馆的苏日琴，便是首批"爱心妈妈"中的一员，并担任副会长。苏日琴"爱心妈妈"的角色至今已坚持了 14 年。2013 年，苏日琴送走了与她结对五年、初中毕业的小华（化名），小华是都昌周溪人。爸爸病故后，妈妈改嫁，小华在太阳村度过了 6 年温暖时光。小华初中毕业后离开了太阳村，苏日琴便与小泽结成"一对一"的"爱心母子"。其时，小泽 7 岁，正在太阳村小学读一年级。苏妈妈几乎每周都要去太阳村看望小泽，送上生活用品，鼓励他团结同学、勤奋学习。周末，苏妈妈有时会把小泽带回家，与她的孙子共用一个房间，结成"哥俩好"。太阳村在暑期还会组织部分孩子去省内的监狱开展亲情帮教活动,既让服刑人员看到子女在太阳村里健康成长而倍增好好改造的动力,又让孩子们以特殊的方式感受到亲情。每当父子相见,小泽爸爸看到儿子阳光灿烂的脸,总是对苏日琴连道感激。

小泽在太阳村快乐地成长,苏妈妈成为他最亲近的人。在小泽小学毕业刚上初中的那一年,小泽妈妈又出现了。小泽妈妈当年将儿子置于派出所后,回到河南老家,与当地的一个男子组成了新家庭,还生育了孩子。可割不断的母爱时时折磨着她,她特别思念小泽。有一天,她在媒体上看到了一篇关于"爱心妈妈"苏日琴的报道,还配了苏妈妈关爱小泽的照片。她断定,小泽就是她儿子。她在姐姐和父母的陪伴下,辗转从河南老家来到太阳村,找到了苏妈妈,见到了日思夜想的儿子。相聚数天后,她提出接走小泽,苏日琴理性地劝导她,这要征得小泽正在服刑的父亲的同意。太阳村与小泽父亲取得联系,可他坚决不同意他们接走儿子。无奈,小泽母亲愁肠百结地踏上了回豫之路。自此之后,母子俩节假日通过苏日琴的手机视频见面,血缘亲情油然重生。

2019 年,小泽的父亲因改造积极获减刑被提前释放。刚过花甲的他走出监狱的第一件事,就是直奔赣北的都昌,与儿子见面。苏日琴夫妇贴心地安顿好小泽爸爸在自家宾馆的食宿,约定双休日就让他们父子见面。与爸爸在一起的日子,小泽脸上多了几分神采,苏妈妈看在眼里,喜在心头。一个月后,小泽爸爸身体不适,苏日琴夫妇陪着他到都昌县城最好的医院做检查,对医生说是自己的亲戚——怕说出实情伤了小泽爸爸的尊严。医生将苏日琴夫妇拉到一边告诉他们,这个"亲戚"已是肺癌晚期。晚上,苏日琴夫妇将病情告诉小泽爸爸,并劝导他勇敢面对生活中的磨难。三天后,小泽爸爸心情黯然地回了浙江老家。

2019 年重阳节那天,苏日琴正带着孩子们在敬老院为爷爷奶奶表演慰问节目,她接到了小泽爸爸打来的电话。小泽爸爸说他身体越来越虚弱,已预感到自己快要不久于人世了。他想让小泽接个电话,临终前要告诉儿子,如果以后听不到到爸爸的声音了也不要伤心,爸爸会永远思念他。爱是一门艺术,苏日琴当即指出小泽爸爸这样告诉小泽实情不妥,会让小泽觉得生活又没了盼头,好不容易扬起的爱的风帆又要坠落。她建议小泽爸爸:不如在与儿子做道别时,编一个"爱的谎言",就说爸爸要出国到外面挣钱,很久才能回来。小泽爸爸含着热泪答应了,与儿子通电话时,叮咛儿子在爸爸"出国"的日子里,要好好听苏妈妈的话。三天后,小泽爸爸离开了人世。

2020 年暑假,小泽妈妈再次来到都昌太阳村看望儿子,一同来的还有她的现任丈夫。她知道小泽爸爸已经过世了。在公安部门通过亲子鉴定等方式确认了她与小泽的母子关系后,从有利于小泽成长的角度出发,太阳村同意她接走小泽。在苏日琴"爱的艺术"的字典里,有"隐忍"一词。小泽回到亲生母亲的怀抱后,尽管苏妈妈非常思念这个呵护了 8 年的孩子,但她懂得要让小泽全身心地融入亲生妈妈建立的家庭中去,不可以爱的名义过多地联系小泽。现在,小泽在妈妈那边安心读中学,苏日琴与小泽平日里也没什么联系,逢年过节才互相问候一声。爱本身就是无私奉献,不图回报。

爱花不语,芬芳自溢。太阳村爱心妈妈协会荣获 2019 年度"全国三八红旗集体"称号。继荣获九江市"三八红旗手"、江西省"三八红旗手"、江西省 50 位"慈母"之一等荣誉后,苏日琴 2021 年又荣获"全国巾帼建功标兵"称号。2021年 5 月 10 日,苏日琴还登上了央视《非常 6＋1》栏目,同其他两位爱心妈妈和太阳村的 10 岁女孩郭纳丽一起,讲述鄱阳湖太阳村的爱心故事。

送走小泽后,苏日琴又将黑龙江女子监狱狱警送来的小玲、小琦(均为化名)列为关爱对象。小玲、小琦都在太阳村读小学,他们的妈妈都是黑龙江女子监狱的服刑人员。苏日琴老家也在黑龙江,她对远离亲人的外地孩子总是给予特别的爱。苏日琴的丈夫黄勇曾是都昌县广播电视台的党支部书记,退休后也加入了"爱心爸爸"的行列。2020 年春季因疫情暴发,都昌中小学一时停止了线下教学,苏日琴夫妇将来自外省的十余位太阳村学生,安顿在自家的"名都爱心宾馆",开展线下学习和生活。苏日琴经常给孩子们包饺子,变着戏法让孩子们开心。丈夫黄勇看到小玲、小琦头发长了,便自己操起剪刀,给孩子们理发,场面十分温馨。

在迄今已走过的 14 年的爱之旅中,苏妈妈也无数次被孩子们纯真的感恩之心打动。从太阳村走出去的小颖,现在已是九江市区的一名小学教师。每逢太阳村节假日举行公益活动,小颖总是赶回来做活跃的爱心志愿者,总会在现场再次亲近苏妈妈。苏日琴记得,小颖在县城一所高中读书时,某个双休日吃坏东西,疼得在寝室床上打滚,小颖第一个想到的是让同学给她的苏妈妈打电话。苏日琴接到电话后,急忙赶到学校将小颖送至医院。苏日琴以家人的身份在"病危手术书"上签字,当晚手术结束后守在小颖的床前直到天亮。在苏妈妈的精心呵护下，小颖恢复了健康。每个双休日，苏日琴都会接小颖到自己家里吃餐饭，感受亲情。有一个双休日，小颖却没接到苏妈妈的邀请，她感觉到苏妈妈发生了什么事，于是打电话问苏妈妈，苏妈妈告诉小颖她近日生病了。当天傍晚，小颖便用从爷爷给她的生活费里节省下来的零钱，买了四个苹果，到苏妈妈家中探望她。在那一刻，苏妈妈搂过小颖，被这份真情感动得泪眼蒙眬。2022 年 5 月 28 日，苏日琴作为爱心妈妈协会的代表再次来到太阳村，参加有关单位和爱心人士组织的庆"六一"微心愿圆梦活动，262 位爱心妈妈共同为太阳村的孩子们捐款 26200 元，并陪孩子们圆梦微心愿。置身于太阳村孩子们的欢歌笑语里，苏日琴的爱之琴弦弹拨得更加韵味悠长。

　　亲爱的读者，当听我讲述完太阳村里的孩子们与苏妈妈的爱的故事，你是否感悟到，太阳村也期待着作为读者的"你"和作为作者的"我"融入其中，奉献爱、给予爱。爱是你我，爱是太阳……

98. 都昌镇惠民社区居委会：养老公寓院长王若湾的 "福寿之家"

　　王若湾总爱把笑意写在脸上，她之乐，乐在养老事业上。作为都昌县福寿养老公寓院长的王若湾，2008 年创办了这家民办公助的养老院，这家养老院如今已成为都昌县历史最长、规模最大的一家社会化养老机构。

　　1965 年出生的王若湾，婆家是都昌县多宝乡新屋黄登山村，丈夫黄子城（孝敏）2021 年退休前在九江民政部门工作多年，曾任九江市城乡居民最低生活保障办主任、市城乡社会救助局局长等职。王若湾祖籍是安徽凤台县，出生于江西彭泽县。曾谋职的九江市面粉厂改制后，王若湾在九江市创办了一家饭店，勇敢地走上创业之路。王若湾捧着一片真心转场养老事业，缘于她的母亲。那是 2004 年农历年关，王若湾的母亲突发胃出血，上吐下泻，情况十分危急。做过手术后，王若湾三姐妹和两个弟弟轮流在医院悉心照顾母亲，特别是王若湾陪护的时间更长：从 2004 年腊月二十四入院到第二年正月十六出院，几乎天天来医院陪母亲。孝顺女儿王若湾正是在此时萌生了一个想法：要是自己创办一家养老院，通过社会机构集体供养老人，就能给许多做儿女的减轻负担，让他们不用为上辈的生活起居太操心。

　　2004 年，当时的星子县民政局也有通过民营养老机构激活社会养老的想法。通过招商引资，当年 7 月王若湾来到星子县城，创办了一家拥有 50 张床位的民办公助养老院。由于管理到位，声誉渐佳，王若湾 2017 年还被推选为星子县政协委员。2008 年，都昌县民政部门探索社会化养老之路，将处于县城交通枢纽——大转盘处的一家养老院采取租赁发包的形式，引进民营模式，希望以此改变这家养老院在岗人员负担重、办院条件落后、服务措施难跟上的窘境。王若湾凭着对养老事业的执着追求和在星子办了四年养老院的经验，从众多竞租者中脱颖而出。"都昌福寿养老公寓"应运而生。

　　要将养老院打造成入院老人的幸福安康之家，王若湾要做的第一件事就是改善办院条件。她以自家房子做抵押，并向亲友筹借资金，2009 年总计投入 150 多万元，对原有的三幢楼的水电、消防、空调、室外活动场地等基础设施进行

改善。针对养老院没有正式的餐饮中心这一问题,王若湾当年又动工建设了1000多平方米的餐饮和管理大楼。办院硬件改善了,服务质量也得提高,服务质量是整体品牌提升的关键。对于来应聘护理员的应聘者,王若湾大多亲自面试,从责任心、护理技能、身体状况等方面综合考核,福寿养老公寓常年吸纳30余名"4050"人员在家门口就业,有的一做就是十余年。王若湾自己也积极参加省、市组织的护理员培训,并获得四级护理员资格证。2015年,王若湾荣获"江西省最佳护理员"称号,2021年荣获全县"三八红旗手"称号。

王若湾秉持"爱心、耐心、细心、真心",坚持办"四心"养老院。她的办院理念既朴素又动人——替儿女照护好老人,替儿女尽一分孝心。王若湾总是亲自为护理员做示范。有的老人甚至把她当作闺女,总是把憋在心里的一些家事,跟她唠叨唠叨;老大爷胡须长了,喊她来刮;老大娘头发长了,指甲长了,唤她来剪头发、剪指甲。平日里,王若湾总是叮嘱护理员要细致入微,观察每位老人在饮食方面的变化,哪餐减食、厌食了,要找到原因,及时调理,必要时及时与老人家人取得联系;对一些老人提出的口味上的要求要尽量满足,哪怕开些煮面条、蒸鸡蛋一类的小灶。2009年8月,西源乡82岁的曹婆婆的儿子在进贤县务工,无暇顾及母亲,便慕名将母亲送进都昌福寿养老公寓生活。刚进来时,曹婆婆身上脏兮兮的,且生有疮疖。王若湾亲自给曹婆婆洗澡,更换干净的衣服,细心地为她涂抹药膏治伤。曹婆婆在养老院度过了生命中最后一年的温馨时光。

王若湾最怕深夜接到护理员的告急电话。碰上老人突发状况,王若湾只要在院内,接到电话后总会第一时间赶到,冷静处理,呵护老人。2021年寒冬,某天凌晨一点多,王若湾接到护理员报告赵大爷摔倒在卫生间的电话,她迅即赶到现场。原来,能够自理的赵大爷晚上上洗手间时,不慎跌倒,摔破了头。王若湾利用自己的医学知识进行了有效的消炎和止血,并及时与赵大爷的子女进行沟通,科学处置了伤情。2022年7月,90岁的邱老太突然中暑,王若湾第一时间赶到,用藿香正气液、速效救心丸进行临时性救护,并及时叫来120救护车,将老人送进医院,使老人转危为安。

真心总能换来真情,不少老人也把福寿养老公寓当成了自己的家。从2018年开始,王若湾停办了自己参与的庐山市(原星子县)的养老院,集中精力办好都昌福寿养老公寓。进入养老公寓的老人2012年前不足70人,2014年达到104人,现如今已有156人。王若湾的养老公寓如今越办越红火,让她心里洋溢着满满的快乐。传统春节,儿女们一般会接老人回自己家中过年,有的老人要挨到腊月三十才肯随子女回家,吃过年夜饭,正月初一就嚷着回养老院。2022年已105岁的刘大爷是养老院的最长寿者,也是迄今为止在养老院居住时间最长者。他从王若湾创办"福寿养老公寓"的第一年就入住了,至今已在这里生活了14年。老人100岁生日时,其子女诚恳地邀请王若湾到他们的老家汪墩乡参加寿宴,分享喜乐。

王若湾全身心地融入养老事业,以民营力量发展养老事业,至今已有18年了。特别是在都昌着力的14年,她参与和见证了基层养老服务业的成长与壮大。老有所养,是千家万户关切的"家事",也是党和政府践行以人民为中心的发展思想的"国之大者"。党的十八大以来,我们国家规划部署"积极应对人口老龄化"国家战略,逐步建立起比较完善的养老服务体系、健康支撑体系、老年友好环境体系。王若湾投身的基层养老事业有了更大的作为,老人们的幸福指数也提升了她的快乐指数……

99. 多宝乡大陈湾村：健康管理专家陈文杞的 "治病不如防病，健康需要管理" 理念

　　军人出身的陈文杞想不到今生的职场会转战于"健康管理"领域。陈文杞在健康管理这个医学的新兴领域的出彩之处，可从他的头衔识得：温州市卫生健康委员会干部保健处原处长；温州市医学会健康管理学分会第一届、第二届主委，浙江省医学会健康管理学分会第一届至第三届副主委，浙江省医学会健康教育学分会第一届委员，中华医学会健康管理学分会第三届委员，中华医学会健康管理学年会暨中国健康服务业大会（第九至第十二届）学术委员，全国脑卒中早期筛查多中心研究专家组成员。

　　出生于 1961 年的陈文杞是都昌县多宝乡金沙村村委会大陈湾人。陈文杞中学时代就读于多宝中学，1977 年高中毕业后在家乡的金沙村小当了一名民办教师。一年的"孩子王"经历留给他的荣耀是，他当年启蒙的学生彭新民为博士后，现供职于地质部。

　　1979 年，18 岁的热血青年陈文杞投身军营，在驻宁波的海军某部服役，后考入设在南京的海军军医学院。1984 年毕业后，陈文杞在海军某部担任军医。1995 年，陈文杞以主治军医的职称转业到浙江温州市卫生局干部保健处工作，其时他的妻子和小孩在温州生活。

　　陈文杞转业地方，在卫生行政机关从事干部保健工作，起初有些不适应。他认为作为医生，在一线治病救人、救死扶伤更有成就感。可就是这个人生角色的转换，让他爱上了健康管理这个专业。这一坚守就是 26 年，直至 2021 年退休。即便在退休后，陈文杞仍乐此不疲地奔赴于健康管理的赛道上。

　　健康管理作为一门新兴的医学专科门类在中国蓬勃发展，真正始于 2003 年的那场"非典"。疫情过后，人们痛定思痛，更加关注和珍视自身的健康。2007 年，浙江省医学会健康管理学分会筹建，时任温州市卫生局干部保健处处长兼温州市体检中心主任的陈文杞当选为副主委。2009 年，敢为人先的温州成立全国第一个地市级健康管理分会，陈文杞被推选为主委。可以说，陈文杞是浙江乃至全国最早的一批健康管理领域的专家。他被选为第三届中华医学会

健康管理学分会委员、第九届至第十二届中华医学会健康管理学年会暨中国健康服务业大会学术委员,更是对他作为健康管理专家身份的认可。

陈文杞认为,健康管理是一个与传统的临床疾病诊疗有着显著区别的新理念,是以疾病预防为主的"防未病之病"的理念。健康管理是通过采集个人的健康信息(如健康体检、家族遗传、饮食习惯、烟酒嗜好、锻炼方式、作息规律等),进行科学的健康评估、分析,找出危害健康的危险因素,为人们制定一份具有针对性的健康促进书,然后按照专家的健康促进建议实施健康管理,通过加强沟通,以多种形式来帮助个人采取行动、纠正不良的生活方式和习惯,控制健康危险因素,实现个人健康管理计划的目标。健康管理过程中的健康干预是个性化的,即根据个体的健康危险因素,由健康管理师进行个体指导,设定个体目标,并动态追踪效果。

2023 年仲春,陈文杞在给温州市公务员开展的一次健康管理讲座中,如此阐述他从临床医生到保健医生的转型体会。他最大的收获是突破了临床医生的疾病思维,学会了健康医学思维。他认为,临床医生看病、治病,研究如何把病治好,如何诊断疾病、治疗疾病。疾病医学关心人有没有病,眼里只有健康人或是病人,也就是 0 或者 1,关注的是诊断能否成立达标,要不要治疗,怎么治疗,是用药还是开刀。医患关系是病人主动看医生。而保健医生是维护健康,研究如何让人不生病、少生病。健康医学关心的不仅是疾病,更关注疾病的风险,眼里除了疾病还有风险。他们认为健康是相对的,关注的是如何让健康人更健康,让高风险者恢复健康,让患病者得到更好的治疗。方法一般是早筛查、早评估、早干预、早治疗,不是用药片或刀片,而是通过营养、运动、心理等干预措施和健康教育。医患关系是医生主动跟踪随访。健康管理医学,如对体检报告的解读,是看有没有问题,是什么问题,为什么出现这种问题,怎么解决问题。陈文杞用哲思诗意之句如此描述科学健康管理的境界:"看山是山,看山不是山,看山还是山。"

近年来,陈文杞经常被邀请到温州市各机关事业单位、上市公司和基层社区开展健康管理讲座。从日常生活中的衣食住行、吃喝拉撒睡到健康体检,从中老年养生之道到女性保健,从糖尿病、高血压到脑卒中的风险评估与管理,课课受欢迎,堂堂赢掌声。

陈文杞用通俗的语言告诉听众,健康管理可以有针对性地预防慢性病。人

们得病不是偶然的,一个人从健康到疾病,要经历一个发展过程。一般来说,是从处于低危险状态发展到高危险状态,再发生早期病变,然后出现临床症状,最终形成疾病。由于疾病的种类不同,这个过程的长短也有较大的差异:急性病可以在几天至几个月内发病,而慢性病的发病过程可以很长,往往要几年甚至几十年的时间。这是一个从量变到质变的过程,其间的变化多数不能被轻易地察觉,各阶段之间也无明显的界线。健康管理的首要任务,就是要让人们懂得治病不如防病的道理,即使身体没有明显的疾病特征,也要重视健康体检。通过健康体检,可以了解自身健康状况,发现不易觉察的早期疾病及患病风险,及时干预,终止疾病的发生发展,科学延长健康寿命,避免健康受损带来的生理痛苦和经济负担。通过健康管理可以在早期发现疾病隐患,也许只需数百元、数千元即可排除和化解隐患,若任其恶化形成了癌变,也许花数万元、数十万元救治最终还是回天乏术。

科学健康管理就是从健康人身上发现健康危险因素,开出健康管理处方,将健康管理起来,避免形成慢性病。对于已患慢性病的人群,则应实施“慢性病管理”,引导他们接受正确的治疗,实施二级预防,促进康复。

陈文杞列出几个数据来说明健康管理的效果。据统计,当今因肿瘤而病故的占死亡人数的40%,因心脑血管疾病而病故的也占死亡人数的40%。如果进行科学的健康管理,即便得了肿瘤,五年存活率也可以达到80%以上,反之则只有20%。

陈文杞谈到一个误区,就是现在很多人把健康体检和健康管理等同起来。健康体检只是健康管理中的小部分,而接下来的疾病风险的分析、评估,以及跟踪干预更为重要。

从体检报告上,人们通常只看到血糖、血脂、血压、尿酸等方面有多少个箭头,而健康管理却会告诉人们箭头代表的含义,出现这种情况的原因,如何进行风险干预与化解。健康管理仅有体检不够,现行的健康体检仅仅是了解体检者当下的生理状态及所患疾病,并不能结合过去的疾病史及生活方式,进行全面的健康风险评估,更不能进行具有针对性的健康干预和促进。

健康体检者若不改变原来的不良生活方式、不良行为习惯依然会生病,只有进行规范的健康管理,施行定期随访(面谈和电话)、定期提醒、定期复查,通过周而复始、不厌其烦的全程跟踪指导,才能克服不良的生活习惯,消除疾病风险,促进健康财富增值。规范的健康管理是建立在完整的健康信息(包括健康体检数据和个人健康史、生活方式调查数据等)基础之上的健康风险评估,可以找出每个人具体的健康风险,然后针对这些风险,制定一整套个性化的健康促进书,其中包括个人基本信息、健康体检报告解读、健康风险评估、高发疾病风险提示、个人健康规划、个人生活方式指南等内容。其核心部分是健康风险评估,即依靠专门的电脑软件和专家团队,根据体检结果、个人健康史、生活方式调查数据等,进行综合分析,得出评估结论,并提出健康促进计划。就个体来说,最理想的是花些时间和精力,把自己变成一个自我保健的"专家",为自己制订一套保健方案,并依靠自我约束、自我管理,实现健康的生活方式。

陈文杞很高兴地看到,国家在政策层面积极推动健康管理,比如组织单位干部职工定期体检,对妇女两癌免费筛查,对消化道肿瘤、肺炎实施筛查,全国各地级市都成立了健康管理组织等。

如何开展健康管理? 陈文杞认为提高自身免疫力是健康管理的"硬核"。优化与之相连的生活方式是最关键的。如何提高免疫力? 陈文杞给出"四招"。

一是吃出免疫力。一个人的健康和免疫力息息相关,免疫力正常,病毒就不容易入侵,而营养均衡是对健康人群最基本的要求。吃得科学合理,有助于改善自身的免疫力。保持健康的一日三餐,每天保证摄入四大类食物,包括谷薯类(粮食类)、蔬菜水果类、优质蛋白质类(比如鸡蛋、牛奶、瘦肉),以及油脂类(包含烹调用油和坚果)。他建议一周吃25种以上的食物,同时注意蛋白质与碳水化合物、脂肪的比例,注意补充益生菌,这样有助于保证搭配合理、营养均衡。益生菌食品含有肠道健康细菌的活性培养物,这些有益微生物有助于消化系统从食物中吸收维生素和矿物质,从而保证免疫系统处于健康状态。

二是适度运动。运动是保护免疫力的"良药"。"运动是良药"的说法由来已久,世界卫生组织将"适量运动"作为健康四大基石之一。运动有助于激发和改善免疫力。人群统计结果显示,经常锻炼的人,其细胞免疫功能明显优于那些不锻炼的人。科学、适量的运动能强身健体,而盲目运动则会伤害身体,因此陈文杞不主张过度运动,建议采用轻松的有氧运动,以提高人体的耐力素质,快走、慢跑、瑜伽、太极拳、八段锦都是不错的运动项目。

三是好睡眠。好睡眠是天然的人体免疫屏障。俗话说"药补不如食补,食补不如睡补"。健康中国行动推进委员会印发的《健康中国行动(2019—2030

年)》中明确指出,"长期的睡眠不足会加大患心脑血管疾病、抑郁症、糖尿病和肥胖的风险,损害认知功能、记忆力和免疫系统"。人们要重视睡眠健康,每天保证充足的睡眠时间,工作、学习、娱乐、休息都要按作息规律进行。在几乎人人熬夜的今天,睡眠如奢侈品一般珍贵。想要拥有良好的免疫力,就要从高质量的睡眠开始。

四是保持良好健康的心态,这是免疫力的保证。人的心理会随着年龄的增长变得复杂。心理应激产生的压力,通过输入、评估、反应等过程对免疫力产生影响。心理应激产生压力后,生理会产生反应进行能动性调整,这一定程度上有助于机体对抗压力,恢复内稳定,保持免疫力,也可能使机体长期处于压力状态,导致形成躯体疾病的生理基础,造成免疫力低下,易感疾病。

陈文杞建议中青年人合理安排工作时间,每天做放松训练,适度宣泄负面情绪,保持与外界的联系,积极鼓励自己,通过调整心理状态来改善免疫力。论及"心态"时,陈文杞提出健康管理与修身养德相连。人要有"善念",多做好事,开阔胸襟,要常怀感恩之心,提升人生境界。他深感乐于助人、心情愉悦有益健康。

"饮食、运动、心理、睡眠,是免疫力的重要基石,保持良好的免疫力和健康状态要从健康生活点滴做起。"健康管理专家陈文杞如是说。我健康,我管理。如今,陈文杞在温州成立了自己的健康管理工作室,以此为平台,辐射到其他城市。在健康管理的田野上,陈文杞健硕如牛,勤耕不辍……

100. 都昌镇南山风景区:老馆长曹俊伦的十年文博往事

　　都昌县城紧临鄱阳湖的南山,起名于何时待考。北宋大文豪苏东坡留下过一首千古绝唱《过都昌》:"鄱阳湖上都昌县,灯火楼台一万家。水隔南山人不渡,东风吹老碧桃花。"这首诗自古以来就是都昌县城的最佳推介语。近一千年前,苏东坡就是站在南山吟咏此诗的,且以"南山"直入诗意,这说明至少在北宋,"南山"已是叫开了的南山。更有地方文史专家提出,都昌县是东晋名将陶侃的故里,南山一带有陶母墓、陶侯钓矶等遗迹,陶侃曾孙陶渊明的名句"采菊东篱下,悠然见南山"之"南山",就是都昌之南山。这样的考究将南山其名推及至少 1600 余年前。凝望南山,我们是不是可做这样的推测:"南山"其名,就是以其在都昌县城之方位而命名的——山居城南,便唤"南山"。而都昌县城从都村之王市(今蔡岭镇洞门口一带)迁至现城址,是唐大历年间。这样算来,"南山"其名距今亦有 1250 余年了。

　　古老的南山,在时光的山水浸润里灵动无比。2021 年 5 月,都昌南山有了一顶新的冠冕——鄱阳湖南山风景区成功创建为国家 AAAA 级旅游景区。都昌县鄱阳湖南山风景区由东湖、西湖、南山三个片区组成。在城区规划区内规划面积达 12.6 平方公里,一期规划建设 8.2 平方公里,南山为核心景区。

　　1941 年出生的曹俊伦先生,见证了南山风景区的华丽蜕变。曹俊伦是南山风景区的开拓者、建设者和见证人,所谓"筚路蓝缕,以启山林",用来形容 40 年前南山文博事业的拓荒者们,是很贴切的。2022 年岁次壬寅冬月,82 岁的曹俊伦先生在他居住了 30 多年的南山宿舍——"山舍"里,深情地向我讲述从 1982 年至 1992 年他的十年文博人生。在旁的曹先生夫人有点儿惊讶地告诉我,曹先生老来有脑梗之疾,平日说话结巴,今天聊他在南山的工作经历,特别顺畅,真是情到深处。我忠实地记录下曹老的所忆,既为曹俊伦先生十年人生砥砺留下印记,也为南山乃至都昌文博历史存录下一串真切的足印。

（一）

40年前的1982年秋天，不惑之年的曹俊伦，因被领导点将，从都昌县新华书店的一名职工，走马上任，负责组建都昌县第一个文物管理单位——"都昌县文物管理所"。开始只是宣布他为负责人，之后先后任命他为副所长、所长。

在曹俊伦看来，要回溯20世纪80年代都昌文博事业正式起步的历史，有两个分管领导的名字值得载入：一个是时任都昌县委常委、县人民政府副县长的王文明，一个是时任县文化教育局局长的但俊华。但俊华在有关资料里如此回忆："1982年清明节，我和几位县领导到南山祭扫烈士墓，看到破损的情景，都感到可惜，觉得管好南山古建筑已是刻不容缓的大事。我立即向县委、县政府写报告，要求抽调人员管南山，这是文化教育局的职责。很快，县里批转了我的报告，决定由我局负责抓好这件事。我当时就想到了在县新华书店工作的曹俊伦。"但俊华局长找曹俊伦谈话，情真意切地讲"保护濒临绝境的南山文物是我们这一代人的责任和义务。祖先留下了宝贵遗产，我们做子孙的要尽保护之责"的道理。曹俊伦担心自己不懂专业，怕有负重托，但俊华肯定了曹俊伦的事业心和责任感，送几乎同龄的曹俊伦六个字——"干中学，学中干"。1982年秋，曹俊伦走马上任，担任新成立的都昌县文物管理所的负责人。同时经组织推荐，志同道合的另外四名同志也抽调入列，他们是周振华、潘如谋、王友松、吴德朗。曹俊伦等人虽壮怀满志，可一旦面对南山文物败落的现状，困惑却是难免的。当时的南山，除了县民政部门修建的革命烈士纪念亭还算完整建筑外，因黄庭坚撰写的《清隐禅院记》而闻名的清隐禅院（又名南山寺）四面墙坍塌了三面，旁边的小观音阁被白蚁蛀蚀，破败不堪，苏东坡题写的"野老泉"石刻掩于荒野丛中。说到上山环境，可用"无水、无电、无路"来形容，"三无"之外，更是"无钱"去开展文博工作。

曹俊伦找到当时分管教科文卫工作的副县长王文明反应困境。王文明是修水县人，曾担任过武宁县委书记、九江地区水利局局长，1978年调任都昌县委常委、县革委会副主任，为都昌县的电改争取省里支持做出过独特的贡献。1984年年底，王文明调任九江（修水）茶科所党委书记，后转任九江市林业局副局长兼林科所所长。1982年，王文明作为当时分管都昌县文化工作的副县长，展示了他的工作魄力和文化情结。王文明对前来汇报工作的曹俊伦先是就抢救和保护南山文物提出了高站位的要求,他说:"南山不只是都昌的南山,外省人来看,南山便代表了江西;外国人来看,南山便代表了中国,因此,一定要干得漂亮。"至于钱,王文明说:"老曹,你也知道都昌是个财政穷县,拿不出钱来建南山风景区,你去想办法。向上寻求支持要钱,你要我怎么跑路,找我!"王文明当即表态会解决通电上山的实际问题,另外,他还协调县民政局,借了 3000 元给文物管理所,用于应急修缮清隐禅院。

<h2 style="text-align:center">(二)</h2>

曹俊伦同四位同事秉着对事业的无限忠诚和无私奉献,下定决心要翻开南山文博事业的新篇章来。

曹俊伦遇到的第一个难题是,县文物管理所无办公场所。他们自己动手,就着一面山岩,另三面用杂木支起柱子,搭起简易工棚。至于卫生间,是简陋之极的小草棚,棚顶盖的是农家的稻草。经王文明协调,从县民政局借来的 3000元,被用于修缮南山寺三面坍塌的墙。曹俊伦他们五个人把从县文教局拉过来的旧办公桌放进了南山寺,平时可在山下的工棚办公,刮风下雨天便在南山寺理事,同时还解决了潘如谋一家 6 口的住宿问题。

曹俊伦将无须钱款支撑的县文管所的工作有条不紊地抓起来。为争取县政府的重视,他们召开了当时的都昌镇、北山、东山(今大树)三乡镇相关联的40 多个大队(村委会)和县土管、民政、林业等部门的座谈会,划定了南山风景区的管理范围;以县政府的名义,发布了关于加强南山风景区管理的公告,并列出县文物管理所的职能;创办了《都昌文物通讯》小报,及时宣传上面的政策,交流基层工作动态。为加强自身业务学习,践行"干中学、学中干"的诺言,曹俊伦和同事认真学习《中华人民共和国文物保护法》《江西省文物保护管理条例》和都昌地方志、都昌党史等,并积极与省、市文保单位对接,特别是在"请进来""走出去"方面加强业务培训与学习,在实践中增长专业本领,以使自己成为文物保护的行家里手。

南山风景区规划蓝图上的博物馆、碑廊等景致如何变为立于眼前的实景,需要越过的一个坎是资金。曹俊伦的韧劲上来了:县财政无力拨付,他就配合县、局领导向上争取和向社会寻求帮助。曹俊伦认为,在南山风景区的建设史上,要为都昌县城金街岭人、时任江西省文化厅计财处处长、情系家乡的黄孝纲

记上一笔。通过黄孝纲,1983 年、1984 年分别从省文化厅、省财政厅争取到都昌南山文物管理专项经费 11.5 万元。1983 年,都昌县博物馆建设启动,占地370 余平方米,分文物库房、展厅、值班室三部分。展厅的三面花撑是从全县各地老宅收集的原件拼接成的,本身就是固化文物的一部分。1984 年 1 月 4 日举行了县博物馆正式对外开放仪式。博物馆如今有馆藏文物 1387 件(套),其中国家一级文物 5 件、二级文物 3 件、三级文物 84 件。全县有不可移动文物 339处,其中国保 1 处、省保 5 处、县保 35 处。1984 年下半年,从省文化厅争取到经费 5.5 万元,用于修建碑廊,修建苏东坡手迹石刻、野老泉半边亭,同时与附近的油盐潭、八仙石进行一体整修利用。1985 年 4 月,都昌县文物管理所更名为都昌县博物馆,2022 年 6 月,增挂都昌县文物管理所牌子,实行两块牌子、一班人马。当年,曹俊伦组织都昌县博物馆以县政府办的名义发出《致海内外都昌籍乡贤书》,寻求有志之士奉献爱心,倾情倾力建设南山风景区。1985 年,曹俊伦竟说服时任县委书记吴金才、县长罗强、县人大常委会主任吴林生、县政协主席詹志英四套班子主要领导齐崭崭地去了一趟景德镇,且留宿一晚,组织了一次在瓷都的都昌籍政界领导、各大瓷厂精英恳亲会,中心议题就是为家乡南山风景区建设募集资金。那时民营企业家还没形成气候,所以主要是倚仗有都昌籍人担任领导的单位出资支持。在这次座谈会上,有都昌籍人士提出都昌并不属景德镇管辖,拿钱难理顺,最终筹款的效果并不佳,可以说还让时任县委书记吴金才略有羞赧之感。在这次老乡联谊会上,时任景德镇市财政局局长的都昌万户乡人余晓霞提出了一个思路,说当时的九江市委书记兼市长江国镇是都昌左里乡人,可寻求他的帮助。江国镇毕业于天津大学,先后在轻工部景德镇瓷厂、景德镇卫生局、景德镇市二医院、景德镇市委等单位工作了十余年,与余晓霞交情不错,余晓霞表示可以直接与江国镇书记沟通,请求九江市委、市政府关心支持都昌南山风景区建设。

　　余晓霞局长也的确与老朋友江国镇书记进行了联系。随后,曹俊伦还陪同都昌县的领导去江国镇家中和办公室做专题汇报。1985 年底,江国镇批示九江市财政局为都昌县南山风景区建设下拨 10 万元的专项经费,真是雪中送炭。有了这笔经费,曹俊伦和同事们才启动南山景区围墙、办公用房、职工简易宿舍、门楼、碑廊等的建设。

　　1988 年,都昌县委、县政府请九江市委书记江国镇为南山门楼题词。江国镇的题词是用钢笔写的,落款"江国镇(一九)八八年一月"下盖了印章。曹俊伦请书法名家、当年的县图书馆馆长郭维勤等人将"南山"二字予以修饰,最终成了现在嵌入南山正门上方的模样。江国镇 1990 年从九江调回景德镇担任市委书记,1994 年曾任江西省政协副主席,2016 年辞世,享年 81 岁。江国镇在南山风景区建设的关键时刻,助了一臂之力,其名与南山共存。

1987 年,曹俊伦安排对 5 年前做了简单修缮的清隐禅院(南山寺)和观音阁进行了修旧如旧的重建。清隐禅院也是一处革命遗址。1926 年 3 月,都昌最早的一批党员刘越、刘肩三、谭和、王叔平、刘聘三在南山寺成立中国共产党都昌县第一个党小组,点燃了都昌这片热土上的红色火种。在南山寺入大门右侧厢房布置了都昌党小组成立的场景和革命烈士事迹展,同时将承载都昌古八景之一的"南寺晓钟"的古钟,从都昌中学校园收归南山寺,以实物增其底蕴。南山寺旁的观音阁外形是与寺院相统一的古木建筑,内部实际上是砖混结构,防傍山岩之蚁蛀。南山景区景观的打造,都立足古建风格。博物馆、观音阁、门楼、野老泉倚岩亭等的承建者都是由鸣山乡人冯春生先生组建的擅长古建技艺的工程队。曹俊伦带领他的五人团队尽力配合,来自建筑行业的吴德朗更是在监管施工质量方面一丝不苟。为了节省从省、市争取到的每一分钱,花小钱办大事,曹俊伦作为所里财务管理的第一责任人,严于律己。自己能干的活儿,他带头撸起袖子干,以节省人工费。创业之初,县文物管理所的五个人每人一盏马灯、一把锄头、一张铁锨、一担土筐、一柄柴刀,被他们戏称为"五个一"工程。工程建设中,他们不当甩手掌柜,亲力亲为,艰苦创业。1985 年前后的都昌县城与南山尽管已没有苏东坡当年吟咏的"水隔南山人不渡",但有一条仅能过大板车的土坝。每逢装运建筑材料上南山,往往先在坝头卸货,再通过大板车或者干脆肩挑,将货物转运至南山下的另一坝头,再运到南山工地。曹俊伦和同事们,成为转运队伍中的一支力量,"五个一"创业精神得到生动诠释。南山风景区建设初期,在开挖基沟、开辟防火带、植树绿化等过程中,曹俊伦一班人都洒下了心血和汗水。山门上坡处现在是一个圆池,名为"溢香池",当初就是用来引山泉水和储存雨水,以作生活用水和施工用水的,那时山上还没接通自来水。

南山风景区建设,每项工程开工,不搞仪式,不在形式上乱花一个角子。省文化厅、文物处领导来都昌博物馆检查指导工作时,按"四菜一汤"的标准,在馆里的内部食堂接待。组织全县各乡镇文物普查和保护工作会议时,与会人员也

是安排在内部食堂吃工作餐。1984年,县纪委在全县举办党风廉政建设十面红旗竞赛活动,小小的县文物管理所跻身表彰之列。1989年底召开全省文物工作会,县一级参加对象是各县分管副县长,可都昌博物馆馆长曹俊伦应邀列席会议,并在大会上做典型发言。

(三)

曹俊伦担任所长的都昌县文物管理所(博物馆)的工作范围当然不只局限于南山,而是拓展到全县。1981年4月,省文化厅部署全省文物普查工作,都昌县积极争取到省文化厅下拨的3万元文物普查经费,1982年8月正式开始文物普查。县文物普查小组的7位成员历时11个月,行程3000公里,提前一年出色地完成了全县文物普查工作。通过普查发现都昌商周遗址7处、古城址2处、唐代窑址7处、古墓葬61处、古建筑20处、石刻石雕24件,收集出土文物110件,印制拓片50余张,积累近10万字的文字资料。都昌县因此荣获"全市文物普查先进单位"称号。1987年,对全县古墓葬进行专项调查,登记重点古墓1240座。在文物普查的基础上,县政府公布了第一批全县重点文物保护单位。

1983年,都昌县政府决定对老爷庙进行修缮,曹俊伦作为业务部门的负责人,被派往老爷庙从事文物保护工作。老爷庙又称定江王庙,是都昌的一处道教文化圣地。相传,元末朱元璋与陈友谅大战鄱阳湖。在一次战役中,朱元璋被陈部追杀,仓皇落水。一只巨鼋将朱元璋驮起渡湖脱险。朱元璋1368年建立大明王朝成为明太祖后,赐封老爷庙为元将军庙,庙周围还留下了朱元璋的手迹摩崖石刻"水面天心"、插剑池等遗迹。充满神性的老爷庙更因与神秘的"东方百慕大"、神奇的江南最大沙山相连,而成为都昌最具开发价值、最具知名度的人文和自然景点。20世纪80年代初,老爷庙堂殿被县型砂厂的工人做了隔间宿舍,曹俊伦和县工作组的同志做深入细致的工作,将住宿的工人迁移出来。当年的老爷庙型砂厂效益很好,厂里按照县政府的意见支持了2万元用于修缮老爷庙。昔日的型砂厂后来风光不再,如今游客去老爷庙游览,还要经过当时型砂厂设立于茫茫沙山的红砖车间。这些已废弃的车间,又何尝不是值得保护利用的工业文化遗产?都昌县文物管理所(博物馆)按当年设计,在老爷庙的前堂安置了一只元鼋,以彰其历史底蕴。鼋底部迎庙门竖立一石碑,如今游人入庙门能见到的"加封显应元将军"字样,便是曹俊伦的手笔。当时他们也想请书法名家书写,但老爷庙要赶在 1984 年元月 4 日与南山的县博物馆同日对外开放,时间紧迫,曹俊伦在领导的催促下,手蘸翰墨,留下了一处印迹,世人对此细节多不知晓。

作为一名老共产党员,曹俊伦在基层文博岗位上坚守原则、不逾底线,守土有责、守土尽责。1985 年 3 月,有县领导主持协调会,要将清隐禅院的管理职能从文博部门划出去,曹俊伦从清隐禅院是都昌第一个党小组成立旧址,是一处爱国主义教育基地的立场,据理力争,坚决不同意将清隐禅院的管理权限做变更。1991 年,有人针对曹俊伦放出要"干掉他"的狂言,曹俊伦却毫不畏缩,独"闯"县委常委会,申明清隐禅院承载的革命文物的定位,共产党要继承先烈遗志不忘本。最后县委书记采纳了他的意见,维持原管理模式。曾有一位分管县领导向曹俊伦提出要一件馆藏文物"九龙紫砂壶",遭到婉拒后又请时任县长出面找曹俊伦。曹俊伦有理有据地说:"国家文物不可再生,是入了档案加以保护的。请您写个收条,加盖县人民政府大印,证明这件文物的去向,我好向上级文物管理部门呈送销档。"县长听罢赧颜,表示支持曹俊伦的守好文物保护大门的做法。从此,再也没人提从县博物馆私"借"文物的事了。

1992 年,曹俊伦调县文化局任副局长,离开工作了 10 年的县博物馆。退休后,他发挥余热,在九江日报社都昌发行站从事发行管理工作 10 余年。他的儿子曹正茂现今担任县博物馆党支部书记,且有副研究馆员职称,继续在都昌文博领域耕耘。曹俊伦暮年与老伴在县博物馆宿舍安享晚年。对于南山风景区的每一点变化,他都看在眼里,喜在心头。

文物和文化遗产承载着中华民族的基因和血脉,把文物保护好、传承好、利用好,是坚定历史自信、传承中华文明的实际行动,是推动文化自信自强、铸就社会主义文化新辉煌的重要内容。我通过记录曹俊伦先生的 10 年文博人生轨迹,也再次体会了文物和文化遗产穿越时空、直抵人心的魅力。

后　记

　　《村庄里的人文》在癸卯仲夏就要面世了,这算是我的"三娃","三娃"的名字是承着"大娃""二娃"的。从第一本《家训里的乡愁》,到第二本《乡愁里的村庄》,再到第三本《村庄里的人文》,实际上是衔尾接头,迂回其名。

　　因为这册书的书名落脚于"人文",所以我在酝酿"后记"时,便想到开篇要有个具有人文气息的绪。距今 929 年前的公元 1094 年,北宋大文豪苏东坡游历都昌南山时,留下了一首千古绝唱——《过都昌》,此诗成为都昌人文历史上最出彩的一页。诗曰:"鄱阳湖上都昌县,灯火楼台一万家。水隔南山人不渡,东风吹老碧桃花。"事实上,古代经都昌并为斯地留下赞美诗篇的名家不只苏东坡。清康熙版《都昌县志》中就收录有山水诗鼻祖谢灵运和诗仙李白过都昌时赋的诗。南北朝时期的谢灵运曾在都昌矶山一带译经,以至"石壁精舍"成为都昌古八景之一。脚着"谢公屐"的他在《入彭蠡湖口》一诗中写道:"洲岛骤回合,圻岸屡崩奔。""彭蠡湖口"就是指如今的都昌县城与永修县松门山隔湖相望的那方水域,古时松门山连同矶山都属都昌管辖。比谢灵运晚出生 316 年的唐代著名诗人李白经彭蠡都昌水域时想起他的偶像谢灵运而赋诗一首,诗题挺长且难记:《入彭蠡经松门观石镜缅怀谢康乐题诗书游览之志》。李白在此诗中吟道:"空濛三川夕,回合千里昏。"谢灵运和李白吟哦都昌的诗句中都用了"回合"一词。我的理解是,两诗中的"回合"皆为"迂回"之意。洲岛迂回、千里回合的矶山、松门山那方水域,离都昌县城不远,我每天都要站在岸头眺望那方水域,晨练半小时左右。在仲夏鄱阳湖水位将涨未涨之际,湖面呈水白滩绿的迂回状。在我瞩望天际间,迂回着的,还有时光河流里的九曲流觞与文辞浩荡。我想在此文中讲讲写作《村庄里的人文》时有关时代、县域、村庄、家庭的话题,这也是一种由远及近、由面及点的迂回。

　　"文章合为时而著,歌诗合为事而作",说这话的是唐代大诗人白居易。我的这个挖掘和存录都昌人文历史的系列,也算是文化大潮溅起的一朵小小浪花吧。时下的乡村振兴,既要"富口袋"——发展产业、壮大经济,又要"富脑袋"——激活文化、提振精神。如果说古建筑、老房子是传统村落的"形",那么历史文化、传统习俗等就是传统村落的"魂"。在发展中珍视历史传承,延续乡村文化脉络,守护乡村文化生态,留住美丽的乡愁,就是我的书写在乡村文化振兴大业中彰显的时代意义。

被苏东坡定位的"鄱阳湖上都昌县",是生我养我的故乡。我对这片土地的不离不弃,恐怕少有人能及。我没有走南闯北、在都昌之外的地方务工或生活的经历。1980 年,我参加高考,因慈祥的奶奶舍不得 15 岁的我离开身边,而入读都昌师范(1999 年改办都昌二中)。回首 50 余年的人生,我离开都昌时间最长的一次是 20 余年前赴中国传媒大学参加九江市委宣传部组织的新闻发言人培训班,培训时间也不过半个月。我至今没出过国门,没有远足的履历,我的"故步自封"与"孤陋寡闻"由此可见。我不是游子,都昌于我甚至产生不了故乡的意念,因为我几乎天天生活于此。乡愁于我,不是余光中笔下"小小的邮票"和"窄窄的船票",亦不是席慕蓉笔下"清远的笛"和"模糊的怅惘"。都昌与我,无须滴血认亲,她连着我的那根"脐带"始终未曾剪断。与我相交已十年有余、文武兼具、巧舌如簧的一位大师级作家朋友,对我的文笔有几分不屑,说我只有"乡间秀才"的才情。卑微如我有时也会激发出一些"文化自信",我袖着手,做眯缝眼状,回复大师:"'乡间秀才'会写讲话稿、各式公文、新闻报道,能吟诗作对。大师可会这些'八卦套'?"在才情秀于林的大师面前,我又没有"文化自信"的底气,最终只得笑着臣服:"我就是一颗拍不扁、砸不烂的'铜豌豆',我会以我的执着和坚持将这个都昌地方人文历史系列写下去。"大师有时也调侃我,说我是"鄱阳湖畔司马迁",在为都昌著"史记",精神可嘉。我粲然,我的念想是,将这个系列一篇一篇地写下去,一本一本地结集出版,写到老得再也无力写下去为止。到那时,我会制作一个套盒将我这套书依序收集起来,传于后人,算是我奉献给都昌的一份特殊礼物。

传统村落是中华农耕文明的重要载体和优秀基因库,承载着中华民族的历史记忆,也寄托着人们浓浓的乡愁。数量众多、个性鲜明、各具特色的传统村落既是村民生活的家园,也是孕育中华优秀传统文化的土壤。在采写这个系列

时,每到一个村庄,我都会尽可能地用田园调查的方式,翻阅宗谱,遍访耆老,了解其姓氏文化、兴村历史、民间传说、历史典故等,探索村庄"从哪里来"。我亦会探寻当下的骄子人生、民俗风情、文明新风、特色产业等,探究村庄将"向哪里去",以朴实的文字尽可能地记录下来。"来""去"之间,留下了诸多喟叹:譬如我在村上采访时,说不出什么村史的憨厚汉子会惋惜地附上一句"要是早几年来采访就好了,老倌在世能讲好多";譬如我在村上采访过的不少耄耋老人,抵抗不了岁月的风霜,一两年后驾鹤西去,我的采写便显示出抢救性挖掘的价值来。对都昌的人文历史,我翻箱倒柜地搜集整理,爬梳剔抉地钩沉言说。我抚摸乡土褶皱,尝试着重构历史脉络,在心境上尚实录、少浮躁、远名利。皓首穷经时、蹙眉冥想处,我总是被自己感动得泪湿眼眶。

从当下与传统真诚对话的时代舞台,到我从不曾远离的家乡都昌,再到升腾人间烟火气的各色村庄,我的"传家训扬新风"系列在迂回中觅到了"家训家风"这根楔子。我国的家训文化实质是伦理观、价值观教育和人格塑造,家训文化中,仍有不少重大甚至神圣的价值,是万世一系。我在采写中,以家训文化为切入点,把穿越时空、富有永恒魅力、具有当代价值的文化精神运用于新型家训文化的构建,促进当代家风建设、社会治理乃至整个社会的精神文明建设,以轨物范世,进而有利于社会、有益于后代。

本书共7辑,总计100篇,40余万字。其中"红色记忆"28篇,这是本册最为厚重的一辑。为什么都昌春常在? 因为英雄的生命开鲜花。在我今后的书写里,都昌本土红色题材,仍会是我着力的一个重点,以此赓续红色血脉,讲好都昌故事,凝聚奋进力量。"源远流长"13篇,多从村庄的姓氏起源和兴村历史考稽开来。"家族存史"16篇,记载了每个家族的历史中蕴含着的家国情怀。"文明新风"9篇,记录的是文明乡风入田畴,乡村振兴大业中的"文明力量"。"民俗风情"11篇,从民俗文化方面讲述着活态传承、活化利用的故事。"历史背影"13篇,在村庄的根性文化和精神家园里,回望那一个个背影,留住的是乡风乡韵乡愁之形。"缤纷人生"10篇,试图通过一个个乡贤式人物,去解码生机勃发的村庄里的人文。尽管我秉持着田园调查式的真诚著文品格,真实地书写论理,但其中的谬误在所难免,敬祈读者朋友谅解,并将文中讹错之处反馈于我,以便后期予以匡正。

感谢德高望重、学养深厚的胡迎建先生为本书赐序,感谢中国书坛"鄱湖三友"之一的黄阿六先生题写书名。以后出版续集时,我仍会敬请都昌籍文化名人为我撰序和题写书名,将此系列通体打造成蕴含饱满情怀的"都昌版"《乡愁》……

汪国山

2023 年 7 月 1 日